BASTEI LÜBBE TASCHENBUCH

Weitere Titel des Autors:

Das Amulett der Fuggerin
Die Sterndeuterin
Die Botschaft der Novizin
Der Traum von Eldorado

Titel in der Regel auch als E-Book erhältlich

Über den Autor

Peter Dempf, geboren 1959, studierte Deutsch, Geschichte und Sozialkunde für das Lehramt am Gymnasium. Neben seiner Tätigkeit als Seminarlehrer schrieb er u.a. Theaterstücke, Drehbücher sowie Essays für den Bayerischen Rundfunk, aber auch Jugend- und Sachbücher. Bekannt wurde der mit mehreren Literaturpreisen ausgezeichnete Autor jedoch vor allem für seine spannenden, fantasievollen und sprachgewaltigen historischen Romane. Peter Dempf lebt mit seiner Familie in der Nähe von Augsburg – seiner Heimatstadt, in der auch die Handlung seines neuesten Romans angesiedelt ist.

Peter Dempf

Fürstin der Bettler

Historischer Roman

BASTEI LÜBBE TASCHENBUCH

BASTEI LÜBBE TASCHENBUCH
Band 16736

1. Auflage: März 2013

Dieser Titel ist auch als E-Book erschienen.

MIX
Papier aus verantwortungsvollen Quellen
FSC® C014496

Originalausgabe

Ein Projekt der AVA international GmbH, Autoren- und Verlagsagentur

Textredaktion: Monika Hofko, Scripta Literaturagentur, München
Titelillustration: © Trevillion Images/Veronica Gradinariu; © FinePic®, München
Umschlaggestaltung: Pauline Schimmelpenninck, Büro für Gestaltung, Berlin
Satz: two-up, Düsseldorf
Gesetzt aus der Caslon
Druck und Verarbeitung: GGP Media GmbH, Pößneck
Printed in Germany
ISBN 978-3-404-16736-4

Sie finden uns im Internet unter
www.luebbe.de
Bitte beachten Sie auch: www.lesejury.de

Der Preis dieses Bandes versteht sich einschließlich
der gesetzlichen Mehrwertsteuer.

Wir hören lieber eine gut vorgetragene Lüge,
als uns der Wahrheit zu stellen.

Erster Teil

Mai des Jahres 1300

Absturz

I

Frierend erwachte Hannah. Die Kälte griff hart unter ihr Hemd, und sie brauchte einen Augenblick, um sich zurechtzufinden. Jakob lag nicht mehr neben ihr!

Sie war eng an ihn geschmiegt eingeschlafen, so viel wusste sie noch. Er hatte den Arm um sie gelegt, als wollte er verhindern, dass sie aus dem Bett falle, und sie hatte den Unterarm festgehalten und ihn an sich gepresst. So schliefen sie am liebsten ein.

Dann überfiel sie dieser Reiz tief im Hals, und sie konnte einen langen Augenblick nichts anderes tun, als ihre Lungen freizuhusten.

Sie tastete mit der Hand zur Bettkante, doch Jakob saß nicht dort, wie er es oft tat, wenn eine Rezeptur ihn beschäftigte oder wenn er an einer Arznei arbeitete. Oft stand er dann mitten in der Nacht auf und murmelte in ihren Schlaf hinein, er müsse unbedingt wichtige Dinge notieren, bevor er sie vergesse. Dann fuhrwerkte der Apotheker mit Zunder und Stahl herum, um eine Flamme zu schlagen. Schließlich stand er am eigens dafür aufgestellten Pult in ihrer Schlafkammer und schrieb bei abgedeckter Lampe. An diese nächtliche Unruhe ihres Mannes hatte sie sich gewöhnt. Das beständige Reiben seiner kalten Füße an den Waden und das Kratzen der Feder ließen sie normalerweise wieder in den Schlaf zurückgleiten, während er oft bis in den Morgen hinein arbeitete.

Jetzt jedoch horchte Hannah beunruhigt in die mondlose

Dunkelheit, die zu knistern schien wie dünnes Eis. Sie hörte keine Feder, kein Eintunken ins Tintenfass, sie hörte nur den Nachtwächter in die Gasse vor dem Haus hineinrufen. Er verkündete die dritte Stunde nach Mitternacht. Doch Jakob stand diesmal nicht am Pult.

Wieder musste sie husten wie der Webermeister aus ihrer Nachbarschaft, der nachts stundenlang aus hohler Lunge bellte.

Wo um alles in der Welt war Jakob? Hannah war jetzt hellwach und setzte sich auf. Eine dunkle Vorahnung, die sie sich nicht erklären konnte, aber die wie ein Druck unterhalb des Brustbeins saß, beschlich sie. Mit offenen Augen saß sie in der Schwärze der Nacht und lauschte.

Vermutlich war Jakob nur in den Hinterhof hinausgegangen, um sich zu erleichtern, und würde sich bald wieder an sie schmiegen, um sich zu wärmen.

Sie horchte, ob sie Geräusche aus dem angrenzenden Zimmer vernahm. Ihre Tochter Gera schlief in der Mädchenkammer, die nur vom Schlafzimmer der Eltern aus betreten werden konnte. Doch nicht einmal ihren Atem konnte Hannah hören.

Ihre Gedanken wanderten weiter durch das Haus und suchten die einzelnen Zimmer ab. Jedes der Zimmer hatte für die Hausfrau ein eigenes Geräusch. Über die Jahre hin waren sie ihr so vertraut geworden, dass sie allein am Klang der Worte oder an der Art des Gehens erkennen konnte, wo im Haus sich jemand aufhielt. Und endlich vernahm sie ein Geräusch: Jakob war offenbar im Verkaufsraum der Apotheke. Das leise Knarren der Dielen dort verriet ihr, dass er unruhig hin und her ging. Sicher suchte er nach irgendwelchen Inhaltsstoffen, die er zu einer neuen Arznei zusammenbrauen wollte.

Gleichzeitig sagte ihr ihr Gefühl jedoch, dass sie sich irrte. Der Schritt, den sie hörte, war nicht hektisch, war nicht getrieben von der Ungeduld und befeuert vom Strom der Gedanken.

Er war … Hannah musste schlucken, denn sie hatte beinahe das Gefühl, die Schritte seien von … einem Fremden.

Hastig schlug sie das mit Heu gefüllte Laken zurück. Der Duft des frischen Heus im Inlett wurde mit einem Mal überlagert von einem Geruch, der ihr jetzt beinahe mit Gewalt in die Nase stieg: Rauch. Es roch brandig. Es war nicht die Nachtluft, die knisterte, sondern …Sofort war sie aus dem Bett. Die Kälte der Holzdielen stach ihr eisig in die bloßen Fußsohlen.

Sie schnupperte – und dann packte sie das pure Grauen, und sie war wie gelähmt: Es brannte! Es brannte in ihrem Haus! Eine Gänsehaut lief ihr über den ganzen Körper – und plötzlich war ihre Lähmung verschwunden.

Aus Leibeskräften schrie sie nach ihrem Mann: »Jakob!« Ihre Stimme überschlug sich fast. Das Knistern wurde lauter, und der sargfinstere Schlafraum wurde durch ein Flackern leicht erhellt, das sich unter dem Türspalt hindurchzwängte. Wieder wurde Hannah von dem Hustenreiz gequält, er nahm ihr den Atem und den Mut zu handeln.

Wo war Jakob? War er wirklich in der Apotheke unten und versuchte vielleicht bereits, die Flammen zu ersticken? Doch sie konnte nun niemanden mehr unten hören. Wie eine Blinde tastete sich Hannah zur Tür.

Mit zitternden Händen und von heftigem Husten geschüttelt, gelang es ihr, die Klinke zu greifen. Als sie die Tür öffnete, schlug ihr Qualm entgegen, der ein flackerndes Licht mit in den ersten Stock zu drücken schien. Er quoll die Treppe herauf, als schiebe jemand ihn von unten hoch. Wieder bellte sie hustend und rang nach Luft. Sie hatte das grauenvolle Gefühl, ersticken zu müssen.

»Gera!«, schoss es ihr durch den Kopf. Ihr Kind! Ihre Tochter! Sie tapste ins Schlafzimmer zurück, hastete röchelnd und fast blind durch die von Rauch und Dunkelheit schwarze Nacht zum Mädchenschlafzimmer.

»Gera!«, schrie Hannah. Ihr war, als müsste sie mit aller Macht ihren Verstand beisammenhalten; der Rauch, die Schwärze der Nacht, das Schweigen ihrer Tochter und die Furcht vor dem Feuer wollten ihn hinwegspülen wie ein Hochwasser. Wie von Sinnen tapste sie in Geras Zimmer umher und tastete auf dem Bett nach ihrem Kind. Doch Geras Bett war leer. Hannah schrie noch einmal aus Leibeskräften den Namen ihrer Tochter. Keine Antwort.

Ein Poltern im Erdgeschoss übertönte plötzlich alles – offenbar war eines der Regale mit den schweren Tiegeln umgestürzt. Jetzt packte Hannah die Angst wie eine riesige Faust und trieb sie vor sich her. Sie suchte den Weg zurück zur Tür der Schlafkammer. Sie spähte nach unten und sah, wie durch den Rauch bereits Flammen die schmale Stiege herauflecktten. Dann war sie auch schon auf dem Weg hinauf zum Söller. Das Dachgeschoss hatte eine Außentür, die auf den hinteren Garten wies. Dorthin jagte sie mit atemloser Furcht. Doch die Tür nach draußen war verschlossen. In ihrer Hast gelang es ihr nicht, den Bolzen zu ziehen, der den Riegel sperrte. Er klemmte. Verzweifelt warf sie sich gegen die Tür, bis ihr die Schulter schmerzte – und erst der Schmerz gab ihr etwas von ihrem Denken zurück. Sie zitterte, als sie es erneut versuchte. Langsam zog sie diesmal den Sperrbolzen heraus, hob den Riegel – und war, als die Tür aufflog, auch schon auf dem rückseitigen Dachbalkon. Doch aus dem Hof unten leckten bereits mannshohe Feuerzungen empor. Der ganze Lichthof unter ihr stand in Flammen. Das Heu für die Ziegen, der Hühnerstall, der Raum mit den Kräutern, alles brannte und prasselte in einem verzehrenden Knacken und Knistern. Der Fluchtweg hinab und durch die hintere Pforte hinaus war ihr versperrt. Wieder packte das Entsetzen sie und fror sie regelrecht ein. Ungläubig starrte sie auf die rot züngelnden Fackelhände unter ihr, die sich nach ihr streckten, und rief Jakobs Namen. Eine hochschießende Lohe, als der Hühnerstall in sich zusammenbrach, versengte ihr die Haare und zwang sie, den Kopf zu wenden – und wie zufällig fiel ihr Blick dabei auf das Nachbardach und die beiden Leitersprossen vom Dachbalkon dort hinauf. Sie führten aufs Dach und von dort aus … Kaum hatte sie das Ende dieses Gedanken ergriffen, lenkte der Instinkt den Körper. Sie kletterte die beiden Stufen hoch, kroch auf das Hausdach und sprang laut schreiend vor Angst über den Abortspalt zwischen den Häusern. Dann rannte sie über das Dach des Nachbarn und musste ein weiteres Mal über einen Spalt hinwegsetzen.

Jakob war diesen Fluchtweg mit ihr schon zweimal gegangen. Sie kannte ihn auch des Nachts, erinnerte sich mit einem Mal an die Abstiege und plötzlich auch wieder an die Warnung, dass mindestens zwei Häuser zwischen ihr und dem Brandherd liegen sollten, damit sie unbeschadet davonkam. Diese wichtigen Hinweise hatte Jakob ihr einmal für solch eine Notlage gegeben, und nun schossen sie ihr wie Blitze durch ihren vor Angst wie leergefegten Verstand. Sie ließ sich an einem Seil hinab, das als Warenwinde gedacht war, und verbrannte sich dabei die Hände, weil sie es nicht fest genug hielt und wie rasend abwärtsglitt.

Unsanft schlug sie im Garten eines Gerbers auf, der vier Häuser weiter wohnte, und stolperte in der Finsternis gegen einen Gärbottich. Eine übel riechende Brühe schwappte über ihr Nachthemd und besudelte sie. Das Tor öffnete und schloss sich wie das bei ihnen zu Hause. Diesmal gelang es ihr schneller, es zu öffnen, und plötzlich stand sie auf der Gasse.

Niemand war mehr unterwegs. Der Nachwächter hatte alle Bürger längst in die Betten getrieben. Die Straßen waren leer. Hannah stolperte zurück in Richtung ihres Hauses.

Vom Ende der Gasse drohte ein feuriger Lichtschein. Jakob und Gera waren womöglich noch im Haus! Unvermittelt begann Hannah zu schreien, aus Leibeskräften zu schreien.

Fenster wurden aufgerissen. Schimpftiraden ergossen sich über sie – bis jemand den Lichtschein entdeckte.

»Feurio!« Der Ruf sprang von Fenster zu Fenster, von Haustür zu Haustür, von Mund zu Mund wie ein wildes Tier. Fensterläden wurden aufgerissen, Türen schlugen, Sicherungsbalken polterten zu Boden. Schreie füllten die schmale Gasse, ein Trappeln und Rufen hallte von den Wänden wider.

Eine Gestalt rempelte gegen sie, das rote, wie ein Busch vom Kopf abstehende Haar schien durch den Schein des lodernden Feuers von innen heraus zu leuchten. Sie trug einen Sack über der Schulter, der sich zu bewegen schien, doch der Widerschein des Feuers machte vieles lebendig. Die Gestalt umfasste die Öffnung des Sacks mit der Faust, und Hannah bemerkte, dass der Mittelfinger der linken Hand aussah, als hätte man ihn einmal gespalten und ihn dann mit groben Stichen wieder zusammengenäht. Die Gestalt hielt kurz inne – und einen Moment lang blickte Hannah ihr in die Augen. Sie waren schwarz wie Holzkohlestücke in dieser Brandnacht, und das Gesicht verzog sich zu einem Grinsen. Der Mann schien seine Freude an dem Feuer zu haben. Mit dem Schrei »Feurio!« riss er sich von ihrem Blick los und stürzte davon.

Schließlich holte die Feuerglocke vom Perlachturm die Menschen aus den Betten. Die Bewohner stürzten auf die Straße, Nachttöpfe oder Eimer in den Händen. Sie rannten an Hannah vorbei, die im Dreck der Gosse kniete, weil ihr die Beine versagten und sie am ganzen Leib zitterte. Die Menschen hasteten zum Haus am Ende der Gasse, zum Haus des Apothekers, zu *ihrem* Haus. Doch Hannah konnte sich nicht bewegen.

Sie sah zu, wie sich eine Kette vom Brunnen bis zu ihrem Haus bildete. Wie Menschen Eimer und Bottiche weiterreichten, hörte das Zischen von Wasser, das in die heißen Flammen geschüttet wurde und sich sofort in Dampf auflöste. Immer mehr Bewohner hasteten an ihr vorüber. Sie wurde getreten, mit Flüchen belegt, wie man sich an einem solchen Unglück nur weiden und nicht mit Hand anlegen könne. Schließlich wurde sie in eine Ecke gestoßen, wo sie wimmernd und zitternd auf den Knien kauerte.

Hannah schlug die Hände vors Gesicht. Was hatte sie nur verbrochen, um solch ein Schicksal zu erleiden?

Alles erschien ihr so weit entfernt, so unwirklich, als befände sie sich in einem Albtraum, als hätte sie eine Höllenvision, in der sich der Schlund zu Luzifers Reich öffnete.

Das Prasseln und Rufen steigerte sich zu einem Brausen, und endlich fand sie die Kraft, aufzustehen: Gera, Jakob!

Hannah stolperte aus dem Gassendunkel und drängte sich vor zum Haus. Mit den Ellenbogen musste sie sich den Weg freikämpfen.

»Gera!«, wollte sie schreien, doch sie brachte nur ein Krächzen zustande, »Jakob!«

Schließlich stand sie vor der Flammenwand, die einmal ihr gemeinsames Zuhause gewesen war. Wie durch einen roten Schleier hindurch sah sie die Menschen davorstehen, sah sie einen Eimer nach dem anderen in die roten und gelben Flammen schütten. Selbst vom Dach herab rieselte das Wasser. Hannah wusste, dass die Männer auf die Hausdächer gestiegen waren und die Balken und Wände der Nachbargrundstücke mit Wasser tränkten, damit die Flammen keine weitere Nahrung fanden.

»Schützt die gegenüberliegenden Häuser und lasst die Apotheke niederbrennen!«, hörte sie jemanden rufen.

»Gera und Jakob sind noch im Haus!«, schrie sie mit aller Kraft, doch ihr Schreien wurde vom Brüllen der Flammen geschluckt. Als sie auf das brennende Gebäude zustürzen wollte, wurde Hannah zurückgehalten. Sie schlug um sich, wehrte sich, biss und kratzte. »Jakob liegt unten, dort unten!«, heulte sie.

Plötzlich wurde sie losgelassen, und sie stolperte vorwärts. Im

Gebälk ihres brennenden Heims krachte und jaulte es. Die Fassade wankte, dann stürzten Teile davon auf die Gasse.

Hannah sah noch, wie ein junger Patrizier auf sie zukam, als wollte er nach ihr greifen, sie retten. Im flackernden Licht der Flammen erkannte sie seine wegen der Hitze verzerrten Gesichtszüge. Sie spürte, wie er sie am Ärmel packte, sie beiseitezog. Aber da senkte sich unter dem Aufstöhnen des Gebälks ein Teil der Hausfront auf sie herab, und sie stolperte unfreiwillig weiter, als hätte sie einen Stoß erhalten. Ein glühender Lehmbrocken streifte sie an der Wange. Um sie herum tat sich die Hölle nun wirklich auf. Die Fackeln der Unterwelt schossen aus dem Boden und entzündeten den Platz, an dem sie stand, und verschluckten sie. Alles um sie her stand in Flammen. Wie glühendes Blei floss die Atemluft in ihre Lungen. Sie fühlte kurz, wie ihre Haut, wie ihre Haare Feuer fingen. Dann ergoss sich aus dem ersten Stock ein Schwall Wasser über sie und schwemmte sie aus der Unterwelt an den Rand der Gasse. Dann krachte der Bottich, in dem sie noch am Abend gebadet hatten, vor ihre Füße.

Wieder drang der Ruf verzerrt an ihre Ohren: »Lasst den Apotheker niederbrennen. Schützt die gegenüberliegenden Häuser!«

Ihr Bewusstsein begann zu schwinden, ähnlich der Sonne, die langsam hinter den Horizont sinkt. Sie spürte noch, wie jemand sie an ihrem Nachtgewand packte und sie aus den Trümmern riss, wie sie hingelegt wurde, wie die Helfer über sie hinwegstiegen und das Wasser aus den Eimern auf sie niederschwappte. Dann fühlte, sah und hörte sie nichts mehr.

2

Hannah schrak aus einem Dämmerzustand auf, der sie umfasste wie eine klamme Decke. Alles an ihr war nass. Ihr Gesicht brannte, und ihre Hände fühlten sich an, als lägen sie trotz der eisigen Feuchtigkeit um sie her in glühenden Kohlen. In ihren Ohren hatte sich das Fauchen der Flammen eingenistet und wollte nicht weichen. Nur langsam erwachte die Erinnerung an das, was geschehen war: der Rauch, das Feuer, das brennende Haus, der Wasserguss.

Als sie die Augen zu öffnen versuchte, waren ihre Lider verklebt, als wären sie in der Hitze des Brandes miteinander verschmolzen. Mit den Fingern zog sie die Hautfalten auseinander, und ein stechender Schmerz durchfuhr sie.

Der Anblick, der sich kurz darauf ihren entzündeten Augen bot, ließ sie aufstöhnen. Vor ihr lag eine rot schwelende, qualmende, schwarz verkohlte Fläche, aus der sich graue Dampfwolken kräuselten. Davor standen Gestalten, schwarz wie Höllenteufel, und mühten sich mit Wassereimern ab. Dort hatte einmal ihr Zuhause gestanden. Doch jetzt ragten nur noch einige rauchende Balken in die Luft.

Sie selbst lag gegenüber ihrem Wohnhaus in einer zurückgesetzten Toreinfahrt wie ein abgelegter Sack Lumpen. Die Wände der Häuser links und rechts waren verkohlt, aber heil geblieben.

Mühsam rappelte Hannah sich auf und schleppte sich zu den Trümmern hinüber. Der Lehm des Fachwerks war zu hartem Ziegel verbrannt. Die Balken glühten noch.

Hannah stolperte über die Gasse, wo noch immer erschöpfte und über und über verrußte Menschen herumliefen.

Sie zwängte sich zwischen den erschöpften Helfern hindurch. »Gera? Jakob?«, wollte sie ihnen zurufen. Doch ihre Stimme schien ebenso versengt worden zu sein wie das Haus vor ihr. Sie brachte kein Wort heraus. Sie achtete nicht auf die Hitze, die noch immer von dem Brandherd aufstieg. Hannah erkannte die Überreste des Eingangs zur Apotheke. Links davon musste sich ihr Mann aufgehalten haben. Von dort hatte sie das Geräusch von Schritten gehört. Ihr Blick glitt suchend über die verkohlten Balken und die Reste der Einrichtung. Die Decke war herabgebrochen und hatte die Regale mit sich gerissen. An einer Stelle wölbte sich der Brandschutt. Inmitten der dort aufgetürmten, schwarz verfärbten Tiegel, Porzellanscherben und Balken entdeckte sie tatsächlich die verkohlten Umrisse von Beinen und einen zusammengekrümmt am Boden liegenden Körper. Jakob lag dort, als kauerte er sich angstvoll zusammen.

»Jakob!«, formten ihre Lippen einen stummen Schrei. »Jakob!«

Sie wollte zu ihm hinstürzen, doch sie trat auf einen noch glühenden Balken, der sich zischend in die Hornhaut ihrer Füße brannte und sie vor Schmerzen aufheulen ließ. Sie wich zurück und bemerkte, wie Tränen ihr über die Wangen liefen.

»Jakob!«, hauchte sie noch einmal.

Doch da wurde sie am Arm gepackt und zurückgerissen.

»Seid Ihr wahnsinnig, Weib!«, herrschte eine Stimme sie an. Und als Hannah hochsah, blickte sie in das rußige Gesicht ihres Nachbarn. Mit Gewalt zerrte der alte Feingerber Wagner sie von ihrer verkohlten Heimstatt weg.

Hannah wollte etwas sagen, wollte ihn um Hilfe bitten, doch sie brachte noch immer keinen Ton heraus. Nur ein heiseres Zischen drang aus ihrem Mund.

Der Alte führte sie zur gegenüberliegenden Hauswand. »Ihr

steht nur im Weg, Weib!«, herrschte er sie an. »Dort ist eine ganze Familie verbrannt. Der Apotheker war ein herzensguter Mensch, genau wie seine Frau. Bestimmt hat er Euch auch einmal geholfen, wie so vielen. Tot. Alle tot. Das Weib, der Mann das Kind. Der Herr erbarme sich ihrer.«

Der Feingerber verstummte. Man konnte spüren, wie sehr ihn der Tod der Apothekerfamilie berührte. Dann wandte er sich ab und griff nach einem Eimer mit Wasser, den eine der Stadtwachen anschleppte. Zu zweit schütteten sie den Inhalt in hohem Bogen in die rauchenden Trümmer.

Hannah stand da, an die Hauswand gelehnt. Nur langsam verstand sie, was eben geschehen war. Wagner, der Feingerber von nebenan, ihr Nachbar, ein Freund der Familie, mit dem sie gern geredet und mit dem sie und Jakob viel gelacht hatten, hatte sie nicht erkannt. Mehr noch, er hatte sie für eine Fremde gehalten.

Langsam sank Hannah in sich zusammen. Die Beine wollten das Gewicht des Körpers nicht mehr tragen. Sie glitt mit dem Rücken an der Hauswand hinunter zu Boden, bis sie im vom Wasser aufgeweichten Seim der Gasse hockte.

Sie betrachtete ihre Handrücken und sah, dass sie stark gerötet und an mehreren Stellen mit hellrosa Blasen übersät waren. Sie drehte die Hände um. Auch die Handflächen waren wund, aufgerissen und mit Blasen übersät. Als sie sich mit der Hand über den Kopf fuhr, erschrak sie. Ihr Haar, ihr langes blondes Haar, mit dem Jakob so gern gespielt hatte, war verschwunden. Das Feuer hatte es völlig versengt.

Erst langsam begann sie zu verstehen, dass sie am ganzen Körper Brandwunden hatte, die ihr nicht nur unerträgliche Schmerzen bereiteten. Vermutlich wurde sie von ihnen auch derart entstellt, dass sie kaum noch wiederzuerkennen war. Sie hob den Blick zum Himmel und schickte eine Frage hinauf. Eine Frage, die ihr bis in die Seele hinein brannte: »Warum ich?« Warum war sie verschont geblieben, während Jakob und Gera verbrannt waren?

Durch den Schleier ihrer Tränen nahm sie eine Gestalt wahr, die das Geschehen ein wenig abseits verfolgte, ohne sich an den Hilfsarbeiten zu beteiligen. Sie stand da mit dem Gestus eines Kaufmanns, der den Warenballen einer Rottfuhr abschätzte, um möglichst günstig einzukaufen.

Hannah fuhr sich mit der Hand über die Augen, damit sie besser sehen konnte. Sie kannte den Mann. Jeder kannte den Mann, der ein Vermögen damit gemacht hatte, verzweifelten Kaufleuten überfällige Warenladungen für billiges Geld abzukaufen, und Männern, die unter ärgster Geldnot litten, auf ihre Häuser Kredite zu gewähren und sich an gewagten Geschäften zu beteiligen. Was er als Wohltat an Verschuldeten ausgab, war in Wahrheit nichts anderes als das Ausnutzen notleidender Menschen.

Es war der Patrizier Hartmut Aigen. Er musste schon eine ganze Weile dort gestanden haben, mit vor der Brust verschränkten Armen, die Hände unter die Achseln gesteckt, offenbar damit er nicht fror. Nur kurz schweifte sein Blick über Hannah hinweg, dann blickte er wieder zum Grundstück. Sie konnte beobachten, wie er grimmig die Lippen aufeinanderpresste, sodass sie nur noch aussahen wie ein dünner Strich, blutleer und hart. Schießlich drehte er sich um und stapfte ein Stück die Gasse hinunter.

Hannah beobachtete die Männer weiter, die sich wie schwarze Kobolde um eine rauchende Esse versammelt hatten und beständig Wasser nachgossen, damit die Flammen nicht wieder aufloderten. Für die Apotheke war es zu spät. Die Helfer konnten nur noch die umliegenden Gebäude retten.

Da riss ein Stoß in die Seite sie aus ihrer Erstarrung.

»Weib, hau ab. Hier gibt's nichts zu klauen!«

Hannah sah hoch. Einer der städtischen Büttel stand neben ihr und hatte ihr offenbar mit dem Schaft seiner Pike einen Schlag versetzt.

»Los, weg! Du stehst nur im Weg.«

»Aber ich …«, wollte Hannah sich verteidigen, doch ihre Stimme versagte erneut.

Mühsam erhob sie sich und versuchte dem Kerl mit Gesten zu verstehen zu geben, dass sie sehr wohl hierher gehörte, dass sie die Besitzerin dieses Hauses war, die einzige Überlebende. Doch der Büttel blieb unerbittlich. Er schien sie nicht zu verstehen.

»Wenn du dich nicht sofort schleichst, Weib, bekommst du die spitze Seite zu spüren!«

Hannah gab nach. Sie schleppte sich aus der Gasse, und mit jedem Schritt, den sie machte, trieb es ihr mehr Tränen in die Augen. Was für eine schreiende Ungerechtigkeit. Wenn sie doch nur sprechen könnte! Wenn sie sich doch nur zu erkennen geben könnte! Wenn sie doch nur sagen könnte, wer sie war!

Der Büttel kam ihr noch einige Schritte hinterher, doch dann ließ er von ihr ab.

Hannah glaubte wie in einem Nebel zu laufen. Als sie wahrnahm, dass der Büttel abdrehte, bog sie sofort in die Toreinfahrt ein, die zu ihrem Grundstück führte. Ihr Haus war das einzige in der Gasse, das nur auf einer Seite mit dem Nachbarhaus zusammengebaut war. Die andere Seite war offen gewesen, und dort hatte sie einen kleinen Garten gehabt. Sie stieg über das verkohlte Tor hinweg und schleppte sich auf das Grundstück. Ihren armen Jakob hatte sie entdeckt, aber wo war Gera? Und woher wollte der Feingerber wissen, dass auch die Frau des Hauses verbrannt war? Sie stand schließlich hier, unter den Lebenden.

Die Beine taten ihr weh, die Fußsohle, mit der sie auf den glühenden Balken getreten war, brannte wie Feuer, und ihr Gesicht schmerzte, als würde sie mit tausend Nadeln gestochen, und doch trieb ein Gedanke sie vorwärts: Wo war Gera? War Gera verbrannt, so wie Jakob, so wie ihr Mann? Dann musste irgendwo ihre Leiche zu finden sein. Oder hatte Gera rechtzeitig aus dem Haus fliehen können? Dann würde sie womöglich nach ihrer Mutter suchen. Sie musste sich Gewissheit verschaffen.

Die Mädchenkammer hatte wie die Kammer der Eltern im hinteren Teil des Hauses gelegen. Von der Rückseite des Hauses war nichts mehr übrig nach dem Brand.

Trotz der noch über den Trümmern wabernden Hitze betrat sie den Hinterhof und suchte zwischen den Balken und den Lehmplatten des Fachwerks nach einem Körper. Doch sie fand nichts. Kein verkohlter Körper, keine Kleidungsreste, nichts. Gera war verschwunden, als wäre sie zu Staub zerfallen. Allein der Gedanke schnürte ihr die Luft ab.

Sie stolperte über den verkohlten Schutt – und plötzlich schlug ihr etwas in die Kniekehlen, sodass sie niedersank. Mit den Händen musste sie sich in der heißen Asche abstützen, und sie schrie lautlos auf.

»Verfluchtes Bettelpack, du kannst wohl nicht hören!«, wurde sie angefaucht. Es war wieder der Büttel. Diesmal packte er sie unter der Achsel und zerrte sie über die rauchenden Trümmer hinweg auf die Gasse hinaus. »Ich mag es nicht, wenn ich etwas zweimal sagen muss. Wer nicht hören will, muss fühlen!«

Der Büttel schleifte sie weiter. Hannah begann sich zu wehren. Was fiel diesem Kerl ein, sie von ihrem Zuhause wegzuzerren? Sie wollte schreien, doch ihr Krächzen und ihr Widerstand fachten den Zorn des Ordnungshüters nur umso heftiger an.

»Warte! Dir werd ich's zeigen!«, fauchte er und klemmte sie wie ein Bündel Holz einfach unter die Achsel.

Hannah schlug mit den Beinen aus, trat und biss, sie wand sich wie eine Schlange, doch der rohen Gewalt des Büttels hatte sie nichts entgegenzusetzen.

»So ist's recht!«, hörte sie jemanden in ihren Zorn hineinrufen, und sie erkannte die Stimme ihres Nachbarn Wagner. »Sonst nimmt das Gesindel überhand!«

Aber sie war kein Gesindel! Sie war Hannah Meisterin, die Frau des Apothekers und Wundarztes Jakob Meister. All das wollte sie sagen, aber ihre Stimme versagte ihr immer noch den Dienst.

»Was habt Ihr denn da für eine interessante Fracht?«, hörte sie, als der Büttel mit ihr auf einen Karren zuging, den sie nur allzu gut kannte. Es war der Karren, der die Delinquenten fürs Rädern und Vierteilen zum Gögginger Tor hinaus und auf den Richtanger brachte.

Auch diese Stimme erkannte sie wieder. Aigen stand am Straßenrand und ließ seinen Blick über die Szene schweifen. Alles würde sich aufklären, davon war sie überzeugt. Alles würde wieder gut werden, wenn sie dessen Aufmerksamkeit gewinnen könnte. Verzweifelt versuchte Hannah, den Blick des Patriziers auf sich zu lenken, doch der sah nur kurz zu ihr hin. In seinen Augen konnte sie kein Erkennen oder eine andere milde Regung wahrnehmen. Ein kurzes Kopfnicken folgte, dann fühlte sie einen harten Schlag auf den Hinterkopf, und sie stürzte in ein schwarzes Nichts.

3

Hannah wurde abrupt wach, als ein Albtraum Wirklichkeit wurde. Sie verlor den Halt, kippte vornüber, fiel endlos, sie konnte sich nirgendwo festhalten und platschte schließlich hart in eine stinkende Lache. Dann schlug über ihr eine Klappe zu, und es war finster.

Benommen und mit schmerzender Schulter lag sie eine Weile in der feuchten Brühe. Alles tat ihr weh, und sie hatte das Gefühl, als hätte es ihr Arme und Beine zerschlagen. Auch ihre Knie brannten höllisch.

Wo um alles in der Welt war sie, und was war mit ihr geschehen?

Hannah versuchte sich zu bewegen und stellte erleichtert fest, dass sie das, wenn auch mühsam und unter Schmerzen, noch schaffte. Zuerst tastete sie ihre Gliedmaßen ab, um festzustellen, ob sie sich etwas gebrochen hatte. Ihre Glieder waren trotz des Sturzes offenbar heil geblieben. Jedenfalls konnte sie Arme und Beine bewegen. Langsam rappelte sie sich hoch und stand auf.

Sie stand da, und die stinkende Brühe tropfte von ihr, sodass es ihr beinahe den Atem nahm. Durch den Holzdeckel über ihr drang ein feiner Schimmer Licht. Langsam gewöhnten ihre Augen sich an die Finsternis. Der Raum war beinahe viereckig, gerade so hoch, dass sie noch darin stehen konnte. Er wurde oben von einer Luke aus nicht ganz bündig anliegenden Holzbrettern verschlossen. Durch die Ritzen hindurch sickerte das spärliche Licht. Auch die Wände waren aus Holz, doch so feucht und glitschig, als befände sie sich unter Wasser. Sofort keimte ein Verdacht in ihr. Es gab nur einen einzigen Ort in Augsburg, von dem jeder wusste, dass es dort so aussah wie hier, auch wenn man selbst ihn noch nie mit eigenen Augen gesehen hatte: die Wasserzelle im Stadtgefängnis, in den Hexenlöchern.

Ein Frösteln überlief sie, und ihre Zähne schlugen aufeinander. Der Büttel hatte sie niedergeschlagen und auf einen Karren geworfen. Und man hatte sie eingesperrt. Man hatte sie in das schlimmste Loch gesperrt, das es in der Stadt gab. Warum? Sie hatte doch nichts getan. Sie hatte nur …

Über sich hörte sie die kehlige Stimme des Büttels, hörte Ketten rasseln, hörte die mit Eisen beschlagenen Stiefel des Mannes über die Holzbohlen laufen und das Schreien von mindestens drei Männern. Doch sie verstummten unvermittelt.

Sie trat einen Schritt von der Luke weg, weil sie befürchtete, ein weiteres Opfer könnte zu ihr herabgeworfen werden, doch sie blieb allein.

Man hatte sie zu Unrecht hier eingesperrt. Man hatte sie mit jemandem verwechselt. Man hatte sie … Die Nässe kroch ihr die kalten Beine hoch – und plötzlich war der Schmerz wieder da. Der Schmerz über die Behandlung hier, der Schmerz ihrer Verbrennungen, der Schmerz über den Verlust ihrer Lieben.

Sie wollte schreien, doch nichts als ein jämmerliches Krächzen kam über ihre Lippen, sie hämmerte mit den Fäusten gegen die schwere Holzluke über ihr, hämmerte gegen die feuchten Bohlen an den Wänden. Doch selbst ihre Schläge waren nur ein mattes Wummern.

Sie würde allein bleiben, niemand würde sie suchen oder nach ihr sehen: kein Ehemann, kein Onkel, keine Tante, keine Kinder. Ihr Mann war verbrannt, die Tochter wohl ebenfalls – und nicht einmal mehr gute Freunde erkannten sie.

Erschöpft lehnte sich Hannah gegen die glitschige Wand des

Kerkers und schloss die Augen. Doch mit einem Mal zog die Wucht der Erkenntnis ihr die Beine unter dem Leib weg, und sie sank erneut in den Dreck des Bodensatzes. Wenn sie nicht bald eine Salbe auf ihre wunden Hautstellen bekam, würden diese sich entzünden, und die Entzündung würde sie langsam auffressen. Sie wartete – auf den Tod.

Verzweifelt rappelte sie sich wieder auf und hockte sich so in eine Ecke des Raumes, dass sie möglichst nicht im Wasser saß. Ihr Kleid hatte sich bereits vollgesogen mit der Brühe und wurde mit jedem Augenblick schwerer. Hannah überlegte, was zu tun sei. Sie zermarterte sich den Kopf, wie sie ihre Lage verbessern, wie sie Hilfe herbeiholen könnte.

Zuerst musste sie ihre Stimme wieder zurückbekommen. Die Hitze und der Rauch hatten ihr zugesetzt, doch jetzt war es kühl, feucht, und kein stechender Rauch verätzte ihre Kehle. Hannah versuchte zu summen, dann einen Laut zu formen. Doch nur ein mattes Zischen kam aus ihrem Hals. Unzählige Male stemmte sie sich gegen ihre Stummheit, und ebenso oft versagte die Stimme. Es war hoffungslos.

In ihrem Kopf nistete sich Verzweiflung ein. Wenn Jakob und Gera, ihre beiden liebsten Menschen, tot waren, was sollte sie noch auf dieser Welt? Sie sollte ihnen besser ins Jenseits folgen.

Irgendwann hörte sie über sich die Bohlen ächzen, und die schwere Holzklappe öffnete sich. Eine Stimme brummte etwas von Essen, dann platschte etwas vor ihr ins Wasser. Sie konnte nicht genau sehen, was es war, denn der plötzliche Lichteinfall machte sie blind. Erst als die Klappe über ihr wieder zufiel, kroch sie vorwärts und tastete danach. Es war ein kleiner Flechtkorb, der Brot und eine Schweinsblase mit Flüssigkeit enthielt. Das Brot hatte sich bereits mit dem Brackwasser vollgesogen. Sie riss es heraus, drückte es aus, zögerte kurz, sie musste den Ekel vor dem matschigen Brei zwischen ihren Fingern erst überwinden.

Doch sie hatte Hunger. Schließlich schlang sie das Brot hinunter. Sie öffnete die Schweinsblase, verschüttete beinahe die Hälfte der Flüssigkeit und trank dann in gierigen Schlucken.

Dann setzte sie sich wieder in ihre Ecke. Als hätte das Essen ihre Sinne geschärft, roch sie die schlammige Brühe um sie her nur umso stärker. Das Kotige und Brackige des Wassers stieg ihr in die Nase wie ein Brechmittel – und plötzlich wallte es in ihr auf. Sie spie Brot und Wasser in einem Schwall auf den nassen Boden. Gleichzeitig wurde sie von einem Weinkrampf geschüttelt, der nicht enden wollte. Es zog ihr die Gedärme zusammen. Ihr Magen krampfte, ihre Gliedmaßen wurden nach innen gezogen, als reiße jemand mit aller Macht daran, und wieder und wieder würgte sie den Inhalt ihres Magens heraus, bis nur noch bittere Galle kam und sich mit ihren Tränen vermischte. Sie würde elend verrecken in diesem Loch.

Hannah zog die Beine an und legte den Kopf auf die Knie. Sie wollte nur noch sterben.

Wozu leben? Alles, was sie sich in ihrem Leben erhofft, alles was sie sich erarbeitet und gewünscht hatte, war in einer einzigen Nacht zerstört worden. Es hatte sich buchstäblich in Rauch aufgelöst. Ihr Leben, ihre Sicherheit hatten sich verflüchtigt. Mann und Kind waren tot. Als Weib allein in einer Welt, in der sich Männer schon kaum behaupten konnten, war gleichbedeutend mit einem Todesurteil. Ebenso gut konnte sie sich auf der Straße anbieten – falls sie je wieder das Tageslicht zu sehen bekam.

Sie schaukelte mit dem Oberkörper vor und zurück, vor und zurück. Die Bewegung beruhigte sie. Sie träumte sich zurück in das Haus, das letzte Nacht niedergebrannt war, zurück in eine Zeit, als Jakob und sie sich entschieden hatten, es zu kaufen. Sie hatten das giebelständige Fachwerkhaus von den Nonnen des Klosters St. Stephan erworben. Vierhundert Gulden hatte Jakob dafür bezahlt und damit – und weil er den Frauen des Klosters seine Hilfe als Apotheker angetragen hatte – einen zweiten Bieter aus den Reihen des Augsburger Patriziats ausgestochen. Das war viel Geld gewesen für ihre junge Familie, doch Jakob hatte hart gearbeitet und sich als Apotheker rasch einen Namen gemacht. Selbst, dass die Apotheke ein Stück vom Stadtkern entfernt an der neuen Stadtmauer beim Steffinger-Tor lag, war kein Nachteil gewesen, wie sie zuerst vermutet hatten. Nein, er kam mit den Nonnen und den männlichen Geistlichen des Viertels ins Geschäft – und über diese mit den wirklich Reichen der Stadt. Und er belieferte nicht nur die wohlhabenden Familien. Seine Hustentinkturen, seine Wundsalben und Pasten gegen Grind und Hautausschlag verteilte er auch unter den Armen der Gemeinde. Er verlangte von den Begüterten etwas mehr für seine Arzneien und stellte dafür größere Mengen her, als verlangt waren. Was übrig blieb, verschenkte er an die Armen im Namen der Barmherzigkeit Jesu Christi. Dennoch blieb ausreichend Geld, um die Schulden zu begleichen und ein Leben in Wohlstand und Sicherheit zu führen. Jakob war beliebt gewesen. Sie als seine Frau stand in hohem Ansehen. Die Erfüllung ihres gemeinsamen Lebens war ihr Kind, ein fröhliches Ding – und in einer einzigen Nacht war das alles dahingegangen.

Wie ein Mühlstein wälzte sich dieser Gedanke in Hannahs Kopf herum. Der Gedanke an die Stunde zwischen Erwachen und Verhaftung, so als würde sie in dem sich ewig drehenden Rad der Zeit festhängen. Doch dazwischen streute die Erinnerung Fetzen ihres Lebens: die Vermählung mit Jakob, die Geburt Geras, der Kauf des Hauses, die Armensprechstunden … Und immer wenn sie dachte, sie würde endlich aus dieser endlosen Schleife ausbrechen können, begannen die Erinnerungen wieder durcheinanderzuwirbeln und sie zu peinigen und zwangen sie zurück in die unselige Brandnacht.

Wie lange sie so in ihrer Ecke gehockt und über ihre Vergangenheit nachgegrübelt und ihren Oberkörper vor und zurück gewiegt hatte, wusste sie nicht zu sagen. Die Dunkelheit stahl ihr jegliches Zeitgefühl. Als sie wieder zu sich kam und sich dem sich drehenden Erinnerungsrad des Schicksals entwunden hatte, waren ihre Beine eingeschlafen, und sie konnte sich kaum mehr bewegen. Sie wollte aufstehen, doch ihr Körper gehorchte ihr nicht. Sie fühlte eine glühende Hitze in sich pochen. Die ersten Anzeichen von Fieber. Wenn sich erst Wundbrand bildete, dann gab es keine Rettung mehr.

In ihr dumpfes Brüten hinein nahm sie Stimmen wahr. Die eine Stimme war die des Wächters, aber sie konnte nicht verstehen, was er sagte. Der Kerl sprach zu undeutlich. Die Stimme des zweiten Mannes konnte sie genau hören. Sie war melodisch und drang zumindest in Satzfetzen bis zu ihr hinab. »… Mörderin … Mann und Kind … beinahe … Stadt niedergebrannt …«, vernahm sie. Die Worte »… Schleusen … ertrinken …« und das Klirren einiger Geldstücke drangen bis zu ihr herunter, dann wurden die Geräusche schwächer, offenbar gingen die beiden Männer über ihr fort. Sie hörte nur noch ein verhaltenes Lachen, wie über ein gutes Geschäft. Dann war alles wieder still.

Kurze Zeit später begannen Ketten zu rasseln. Ein Gluckern setzte ein, so deutlich und so nah, dass sie glaubte, sie würde plötzlich mitten in einem der Lechkanäle sitzen. Schließlich spürte sie eine eisige Strömung an ihren Füßen. Das Rauschen wurde stärker. Aus den Ritzen zwischen den Bohlen schossen feine Strahlenfinger. Das Wasser in ihrer Zelle stieg! Es war so kalt, dass sie das Gefühl hatte, ihre Zehen würden abfrieren.

Hannah tastete nach den Holzbohlen und spürte, wie durch die Ritzen hindurch Wasser in ihr Gefängnis gepresst wurde. Der Wächter hatte eine Schleuse zu den Lechkanälen geöffnet!

Es stimmte also, was man sich in der Stadt über dieses Loch hier erzählte. Dass die Gefangenen dort gefoltert wurden. Dass man sie beinahe ertrinken ließ, damit man Geständnisse aus ihnen herauspressen konnte. Dass der eine oder andere Delinquent dabei tatsächlich ertrank, was weiter nicht tragisch war, denn schuldig waren sie alle, die in diese Wasserzelle gesperrt wurden. Aber *sie* war nicht schuldig. Sie war unschuldig. Und niemand hatte sie bislang zu irgendetwas befragt oder überhaupt angehört.

Hannah hämmerte erneut gegen die Holzluke über ihr, während das Wasser bereits ihre Knie umspülte und die Beine darunter gefühllos wurden.

Bald wurden ihr die Arme lahm vom Hämmern. Die Fäuste fühlten sich an wie Bleigewichte, sie waren blutig und zerschrammt, und die Beine drohten unter ihr wegzuknicken, weil sie sie nicht mehr spürte. Wie weit würde das Wasser noch steigen? Bis zum Hals, bis zum Kinn?

Als der Wasserspiegel ihr bis zur Brust reichte, hörte sie auf, gegen die Luke zu hämmern. Sie versuchte wieder zu schreien – und tatsächlich spürte sie, wie die feuchte Kühle ihrer Kehle wohltat. Sie konnte plötzlich wieder krächzen. Sie konnte einen einzelnen Ton hervorbringen. Doch das Wasser stieg unaufhaltsam. Hannah stellte sich auf die Zehenspitzen, damit sie nicht mit Mund und Nase unter Wasser geriet. Schließlich verlor sie den Boden unter den Füßen, doch sie konnte immer noch kurz Luft holen, wenn sie sich sinken ließ und sich vom Boden abstieß, um immer wieder aufzutauchen.

Doch dann stieß sie mit dem Kopf gegen die Bohlendecke und fand keinen Platz mehr, um zu atmen. Sie hatte immer gedacht, dass der Irrsinn sie in diesem Augenblick packen und mit sich reißen würde. Doch nichts dergleichen geschah. Sie wurde ruhig, hielt die Luft an und ließ sich einfach sinken. In völliger Gelassenheit beschloss sie, ein letztes, ein allerletztes Mal zu versuchen, an die Oberfläche zu kommen. Wenn ihr dies nicht gelänge, dann würde sie einfach einatmen, das Wasser tief in die

Lungen saugen und ertrinken. Kaum hatte sie den Boden berührt, schnellte sie nach oben in dem Wissen, dass sie mit dem Kopf gegen die Falltür schlagen würde. Doch sie durchbrach den Wasserspiegel, wurde an den Schultern gepackt, hochgerissen, auf den Boden geworfen und dort liegen gelassen.

4

»Zieht Euch aus, rasch!«, hörte sie jemanden sagen, noch während sie nach Luft schnappte. Ihr ganzer Körper war ein einziges Zittern. Sie hätte nicht stehen, geschweige denn eine Bewegung machen oder sich gar ausziehen können.

Schwielige Hände packten sie, rissen ihr das Nachthemd vom Leib, das sie seit der Stunde trug, als sie aus der brennenden Apotheke geflohen war. Sie lag da, bloß und verstört, und sah, wie der Mann in dem dunklen Raum, in dem sie sich nun befand, sich an einer weiteren Frau zu schaffen machte. Auch ihr zog er das Hemd über den Kopf. Hannah schämte sich ihrer Nacktheit, doch jede Bewegung raubte ihr beinahe die Sinne, sodass sie sich nicht bedecken konnte. Der Mann kam zurück, sah auf sie hinab und holte tief Luft. »Mein Gott«, murmelte er und fuhr sich mit der Hand übers Gesicht, als könne er nicht glauben, was er sah. »Hier«, sagte er schließlich und wandte sich ab, »zieht das über. Rasch.«

Hannah stöhnte, doch ihre Gliedmaßen waren derart steif und unbeweglich, dass sie nur reglos daliegen konnte. Selbst ihre Blöße war ihr plötzlich gleichgültig. Sollte der Kerl nur hinschauen; außer einem zerschlagenen und verbrannten Körper sah er ohnehin nichts.

»Jetzt nehmt schon. Die hier«, der Mann, den Hannah an der Stimme als den Wächter über ihr ausmachte, zeigte auf die zweite Frau, »braucht den Fetzen nicht mehr. Aber Euch könnte er helfen.«

Endlich versuchte sie nach den Lumpen zu greifen, ihre Finger um das Stück Stoff zu schließen, doch es gelang ihr nicht.

Währenddessen schleifte der Wächter die stumm Daliegende zum Wasserloch. Dann nahm er eine der Kerzen, entzündete damit eine Fackel und strich mit der Flamme über das Gesicht und die Arme der Frau, die dalag wie eine Wachspuppe. Er versengte ihr Haare und Haut. Danach löschte er die Fackel im Wasser und steckte sie zurück in die Halterung. Schließlich packte er die Frau bei den Schultern und ließ sie durch die Öffnung der Wasserzelle gleiten. Das Wasser stand bereits bis zur Lukendecke. Ganz langsam tauchte die Fremde in das schwarze Loch hinab. Dann warf der Wächter die Luke krachend zu und stieß die Frau so vollends in die Tiefe.

Hannah begann laut zu wehklagen.

»Jetzt habt Euch nicht so. Die Frau war schon tot. Pech für das Weib, aber Glück für Euch.« Der Wärter baute sich erneut über ihr auf. Im Halbdunkel des Verlieses konnte sie seine Augen nicht sehen. Es waren nur schwarze Höhlen in einem ansonsten gutmütigen Gesicht. Von irgendwoher kannte sie diese Miene, aber sie vermochte sich nicht zu erinnern, woher.

»Was habt Ihr getan?«, fragte der Wärter flüsternd. Er kniete sich neben sie hin, doch Hannah zuckte zurück. »Ich will Euch nichts tun«, sagte er. »Ihr müsst nur das Kleid überziehen, schnell.«

Er nahm sie am Arm, stützte sie ab und streifte ihr mit der anderen Hand umständlich den stinkenden Stofffetzen über. Dann hob er sie auf die Schulter, schleppte sie in einen anderen Raum und legte sie in der dunkelsten hinteren Ecke ab. »Bleibt ruhig. Kein Sterbenswort, sonst endet Ihr wie die Vettel da im Wasser«, zischte er ihr ins Ohr.

Hannah kauerte sich in die Ecke, starr vor Angst und vor Schmerzen. Alles an ihr fühlte sich wund und offen an, sodass sie unwillkürlich zu wimmern begann.

Kaum hatte der Wächter ihre Zelle verlassen und das Schloss abgesperrt, als auch schon gegen eine Tür geklopft wurde und die andere Stimme wieder zu hören war, so laut, dass Hannah alles verstehen konnte.

»Ist das Loch vollgelaufen?«

Eine Weile herrschte Schweigen, so als zögerte der Wächter mit der Antwort. »Ja, Herr«, hörte Hannah ihn dann sagen. »Aber das wird zusätzlich kosten. Ich muss jeden Eimer mit der Hand …«

»Jetzt komm mir nicht damit. Hier, ein Silberstück. Zeig mir das Weib, los, Kerl.«

»Sie hat … hat versucht zu schreien …«, sagte der Wärter weiter.

»Schluss jetzt, Kerl. Ich will sie sehen und mich überzeugen, dass du sie ersäuft hast. Erst dann habe ich meine Ruhe.«

»Ihr werdet es sehen …«

Hannah hörte, wie das Fallgatter angehoben wurde und ein paar weitere Geräusche – offensichtlich wurde die armselige Tote aus dem Wasser gezogen.

»Schaff sie weg. Hier ist ein ganzer Goldgulden. Mehr, als du im Monat verdienst.«

»Zwei«, hörte sie den Wärter sagen, leise, aber bestimmt.

»Willst du mich vielleicht erpressen?«, rief der Fremde aufgebracht. »Schließlich war nicht ich es, der das Weib ertränkt hat, sondern …«

»Zwei«, sagte der Wärter erneut.

»Also gut. Hier, zwei rheinische Gulden. Aber kein Wort mehr.«

In Hannahs Schmerzgedanken schlich sich Bewunderung für den Wärter. Mit der Erhöhung seiner Forderung hatte er nicht nur sein Salär aufgebessert, sondern auch den Fremden von der Toten abgelenkt.

Wenn Hannah sich alles bisher Geschehene – ihre Rettung aus der Wasserzelle, den Tausch ihrer Kleidung mit der der Toten, die Worte des Wärters und dessen Verhandlungen mit dem Fremden – richtig zusammenreimte, dann wollte dieser Fremde offensichtlich sehen, ob sie, Hannah, wirklich ertrunken sei. Doch sein Ärger über die Bezahlung hatte ihn offensichtlich unaufmerksam werden lassen.

Warum tat der Wächter das für sie?

Vor ihrer Zelle hörte sie das Geräusch von Schritten – das unvermittelt abbrach.

»Wer liegt hier drin?«, fragte der Fremde misstrauisch.

»Ein Bettelweib«, sagte der Wärter und sperrte das Verlies unverzüglich auf. »Die Vettel hat vermutlich Lepra. Wir werden sie morgen vor die Stadt bringen. Nach Sankt Sebastian, ins Leprosenhaus. Wollt Ihr zu ihr und sie Euch ansehen?«

Wäre sie nicht beinahe besinnungslos gewesen vor Schmerzen, hätte Hannah laut herausgelacht. Der Fremde verneinte sofort, und seine Schritte entfernten sich hastig.

»Schafft sie weg!«, war der letzte Satz, den sie noch hörte, dann klang es so, als schlüge eine schwere hölzerne Tür zu. Sie hörte noch einen Schlüssel sperren, dann war Stille.

Doch Hannah hatte das Gefühl, als hätte der Wärter seinen Platz nicht verlassen. Er musste vor ihrer Zellentür stehen, oder in unmittelbarer Nähe, irgendwo da draußen im Dunkel des Durchgangs. Er hatte sie eben zum zweiten Mal gerettet. Obwohl Müdigkeit und Erschöpfung sie niederzwangen, lauschte sie dem Wärter.

»Ihr seid doch die Apothekerin, nicht?«, flüsterte der Wärter.

Hannah hätte ihm gern geantwortet, doch sie wusste, wie es um ihre Stimme stand. Also brummte sie nur.

»Euren Mann – ich kenne ihn.«

Wieder brummte Hannah mit einer gewissen Hoffnung in der Stimme.

»Es war vor mehr als einem Jahr. Sicher erinnert Ihr Euch nicht mehr daran. Ich war bei Euch in der Apotheke. Euer Mann hat nicht gezögert, als ich ihm von Stephanie erzählt habe. Sofort hat er seine Sachen gepackt, sie mir in die Hand gedrückt und nur gesagt, ich solle vorausgehen.«

Das Sprechen des Wärters war in ein ersticktes Schluchzen übergegangen. Hannah nahm an, dass er direkt vor dem in die Holztür der Zelle eingelassenen kleinen Gitter stand.

»Ich werde jetzt aufschließen«, flüsterte er. »Ich komme zu Euch in die Zelle. Niemand wird Euch etwas tun.« Sie hörte, wie der Schlüssel sich im Schloss drehte, hörte das Quietschen der Tür, hörte seine Schritte. Hannah wunderte sich, wie sehr sich das Gehör schärfte, wenn das Augenlicht nicht zu gebrauchen war.

»Euer Mann … er hat damals meiner Stephanie geholfen. Eine gute Frau. Sie ist Wäscherin und hatte sich eine schwere Entzündung am Unterarm zugezogen. Die Wunde eiterte stark und Stephanie fieberte bald. Der Bader hatte ihr schon gesagt, er müsste den ganzen Arm ab dem Ellenbogen abnehmen, bevor das Fieber sie zerfräße. Wundbrand. Ein schreckliches Wort und ein Todesurteil. Stellt Euch nur vor, was das bedeutet hätte. Für mich, für unsere Kinder. Allein Euer Mann … er hat sich meiner Stephanie angenommen. Sie durfte jeden Tag zu ihm kommen. Er hat ihr die Wunde zuerst mit dem Messer gesäubert, dann ausgebrannt und sie schließlich mit einem Mittel bestrichen und frisch verbunden. Eine Woche später war sie fieberfrei. Er war ein … Engel, Euer Mann. Unser Engel.«

Hannah sah die schemenhafte Gestalt des Wärters und hörte, wie er sich zu ihr auf den Boden der Zelle setzte. Seine Stimme, die die Worte nur geflüstert hatte, kämpfte mit der inneren Bewegung, die die Erinnerung hochspülte.

Für eine Weile verstummte er, bis er sich wieder gefasst hatte. Dann erzählte er weiter. Langsam. Stockend. Er war das Sprechen nicht gewohnt, das hörte sie ihm an.

Er erzählte ihr, wie die Wunde seiner Frau ganz langsam verheilt sei, wie sich endlich Schorf gebildet habe, wie der Schorf schließlich abgefallen sei, wie er die Narbe auf dem Arm seiner Stephanie geküsst habe, die sich dort gebildet hatte. Weißlich sei sie gewesen, stotterte er, weißlich und ein wenig eingesunken, so als würde ihr ein Stück Fleisch im Unterarm fehlen. »Sie wartet auf mich«, sagte er zuletzt. »Jetzt. Zu Hause. Und kann mich mit beiden Armen umfangen.« Die letzten Worte sprach er mit bebenden Lippen. »Das hat sie Eurem Mann zu verdanken.«

Hannah seufzte. Einer Frau, die sie nicht einmal kannte, hatte sie also ihr Leben zu verdanken. Und dankbar war sie, wenn sie an die Tote dort im Wasserloch dachte. Sie hätte dem Mann so gern die Hand auf den Arm gelegt oder ihm sogar die Füße geküsst, doch sie war zu schwach. Und sie fror erbärmlich in den fadenscheinigen Fetzen der Toten, die inzwischen durch ihre nasse Haut feucht geworden waren.

»Ich werde Euch laufen lassen«, flüsterte der Mann. »Aber Ihr müsst mir etwas versprechen: Verschwindet aus der Stadt. Bitte. Wenn jemand erfährt, dass Ihr überlebt habt und ich Euch herausgelassen habe, dann muss ich es büßen. Sie schlagen mir die Hände ab, und – wenn sie gnädig sind – auch den Kopf. Aber sie sind nicht gnädig.«

Schweigen breitete sich aus, nur unterbrochen vom gelegentlichen Stöhnen aus den umliegenden Zellen.

Hannah wälzte sich raschelnd von einer Seite auf die andere.

Schließlich stand eine Frage in der Stille, von der sie erst allmählich begriff, dass der Wärter sie gestellt hatte.

»Was habt Ihr verbrochen?«

Hannah verstand den Sinn dieses Satzes zunächst nicht.

Was hätte sie ihm schon sagen sollen, selbst wenn sie dazu in der Lage gewesen wäre? Nichts hatte sie verbrochen. Nichts. Sie saß zu Unrecht in den Hexenlöchern. Wieder versuchte sie, dem Wärter etwas zu sagen, doch die Stimme versagte ihr. Was, wenn ihre Stimme nie wieder zurückkam?

Ihr stöhnendes Brummen brachte dem Wärter offenbar in Erinnerung, dass das Sprechen ihr schwerfiel.

»Ich hatte vergessen. Ihr könnt ja nicht reden. Was immer dieser Teufel mit Euch gemacht hat, Ihr verdient es nicht.«

Hannah hörte, wie er in den Taschen seines Wamses suchte.

»Hier, das stammt von der Toten. Sie hieß Röttel. Merkt Euch den Namen. Röttel. Mit diesem Namen war sie in der Liste der Stadtarmen geführt. Das hier ist ihre Bettelmarke.«

Ein metallener Gegenstand klimperte neben ihr auf den steinernen Boden der Zelle. Unwillkürlich griff Hannah danach, obwohl sie solch eine Marke nie brauchen würde – schließlich war sie die Frau des Apothekers. Sie schloss die Finger um das Metall und spürte die Kälte, die es verströmte.

Hannah schwieg, und in ihrem Schweigen schien ihr ganzes Nichtverstehen mitzuschwingen. Sie schnaubte unwillig durch die Nase.

»Oh, natürlich«, sagte der Wärter. »Ihr seid es nicht gewohnt, dass die Menschen keine christlichen Namen tragen.« Er ließ so etwas wie ein Lachen hören. Der Wärter schien Hannah durch die Dunkelheit hindurch anzustarren. »Doch wer keine Zukunft hat, braucht keinen christlichen Namen mehr. So blieb ihr einfach nur der Name Röttel.«

Stille breitete sich aus, eine Stille, die schmerzte, dann räusperte der Wärter sich verlegen.

»Ihr sollt Euren Mann … mitsamt der Tochter … im eigenen Haus verbrannt haben. Aber ich glaube das nicht. Ich kann es mir nicht vorstellen«, warf der Wärter hastig in den Raum. Er erhob sich, und sie hörte Zweifel in seiner Stimme. »Aber Euer Mann hat damals auch nicht gefragt, wer da zu ihm kommt und ihn um Hilfe bittet. Er hat einfach geholfen.« Wieder verstummte er, und Hannah begann sich zu fragen, warum er ihr das alles sagte. »Der Apotheker hat so freundlich von Euch gesprochen. Ich kann es mir nicht vorstellen.«

Langsam begann sich in Hannahs Kopf alles zu drehen. Sie sollte das Feuer gelegt und Mann und Kind …? Glaubte er das wirklich? Sie stöhnte laut auf. Was war das für eine verkehrte Welt? Sie hatte niemandem irgendetwas getan. Wenn sie doch nur ihre Stimme wiederhätte, sie würde ihm erklären können, was wirklich geschehen war.

Langsam begann sich ein Bild zusammenzufügen. Ein Bild, das so grotesk war, dass sie es sofort wieder aus ihrem Kopf verscheuchte. Sie wurde als Brandstifterin angeklagt. Sie war angeblich die Mörderin ihrer Tochter und ihres Mannes. Doch wer verbreitete nur solche Schauermärchen? Und warum?

5

Bruder Adilbert blickte sich verstohlen um. Er war allein im Scriptorium seines Klosters Sankt Ulrich und Afra. Rasch zog er aus der Schublade seines Stehpults einen Bogen Papier und legte ihn auf das Pergament, auf das er gerade Zeilen der »Vita Simperti«, der »Lebensgeschichte des heiligen Simpert«, kopierte. Dann schweifte sein Blick erneut durch den kleinen Raum. Noch immer war er allein.

Rasch tauchte er die frisch gespitzte Feder in das Tintenfass und begann mit runden, weichen Buchstaben auf dem jungfräulichen Papier die ersten Zeilen des Brautlieds aus dem biblischen Hohelied in deutscher Sprache niederzuschreiben.

»Schön bist du, meine Freundin, ja schön; deine Augen blicken wie Tauben hinter deinem Schleier hervor. Dein Haar gleicht einer Herde von Ziegen, die herabsteigt von Gileads Bergen.«

Er liebte dieses Lied. Er liebte die Zeilen, die sich langsam, aber mit anschwellender Inbrunst steigerten und die Formen des Weiblichen in immer höheren Tönen zu preisen begannen.

»Wie ein Streifen von Scharlach sind deine Lippen ...«, schrieb er und musste seiner Hand dabei befehlen, ruhig zu bleiben und sich dem gleichmäßigen Strich der Feder unterzuordnen, statt sich dem Zittern der Erregung hinzugeben, das mit jedem Wort, mit jeder Zeile, mit jedem Vers heftiger wurde.

»Wie der Davidsturm ist dein Hals ...«, schrieb er aus dem Gedächtnis und fuhr sich mit der Zunge über die trockenen Lippen, voller Vorfreude auf die beiden nächsten Verszeilen, die in seiner eigenen Sprache um so viel sinnlicher klangen als im spröden Latein.

»Deine beiden Brüste sind wie zwei Kitzlein, wie Zwillinge einer Ricke, die unter den Lilien …«

Ein kleines Geräusch ließ ihn hochfahren. Jemand betrat den Raum. Das letzte Wort wurde durch einen Klecks schwarzer Tinte verunstaltet, und ein Fluch presste sich über Bruder Adilberts Lippen. »Herrgott, was stört Ihr mich?«

Die Arbeit für Bruder Medardus war dahin. Solch ein Geschmier würde er nicht entgegennehmen wollen. Und das bedeutete für Adilbert wiederum: kein zusätzlicher Krug Wein, kein zusätzlicher Zipfel Wurst und kein zusätzlicher Apfel.

Der Bruder hinter ihm sagte nichts, sondern lachte nur leise.

Bruder Adilbert streute rasch Sand über das Blatt und faltete es zusammen. Er stellte sich dabei so, dass der andere Mönch keinen Blick auf das Papier werfen konnte. Dann legte er es in die Schublade zurück. Erst jetzt, da niemand mehr lesen konnte, was er da geschrieben hatte, drehte er sich um.

»Oh«, entfuhr es ihm. »Wer seid Ihr? Ihr habt hier nichts zu suchen! Das ist das Scriptorium! Hier haben nur Mönche Zutritt.«

Die Gestalt vor ihm trug einen bodenlangen Umhang mit einer Kapuze, die er sich tief ins Gesicht gezogen hatte, sodass nur der Mund und das Kinn zu sehen waren. Ein sauber gestutzter Vollbart, weiß wie Schnee, umrahmte das Gesicht. Der Mund verzog sich zu einem Lächeln. »Ich habe überall Zutritt.« Der Mann machte keinerlei Anstalten, sich aus dem Raum zu entfernen. Er ging um die vier Stehpulte herum, die dort im direkten Lichteinfall standen, und spähte in die aufgeschlagenen Werke, die kopiert wurden. Nun, diese enthielten keine Geheimnisse, und wenn Adilbert sich recht erinnerte, lagen gerade nur ein Altes Testament, ein Neues Testament und seine »Vita Simperti« auf den Pulten. Nichts, was verborgen werden musste.

Adilbert wusste nicht recht, was er tun sollte. Er warf einen schnellen Seitenblick zum Eingang des Scriptoriums, aber von dort erwartete er eigentlich keine Hilfe. Die meisten Brüder waren am späten Nachmittag im Garten oder mit eigenen Studien beschäftigt, weil die Lichtverhältnisse im Scriptorium für ihre Schreibarbeit nicht mehr ausreichten. Bruder Adilbert hatte diese ungestörte Zeit bewusst gewählt, um das Blatt für Bruder Medardus herzustellen. Der hatte ihn schon lange darum gebeten, und mit jedem Tag Warten war der Preis dafür gestiegen. Doch jetzt war nichts mehr aus dem Bruder Cellerar herauszukitzeln – und daher hatte er sich an die Arbeit machen wollen.

Bruder Adilbert räusperte sich und fasste wieder Mut. Der Mann vor ihm war ein Laie, so viel stand fest. Ihm war das Betreten des Konvents verboten. So viel stand ebenfalls fest. Dennoch strich er durch die Reihen der Stehpulte wie ein Hund und steckte seine Nase in alle Bücher. Das stand ganz offensichtlich fest. Und an diesem Umstand galt es ebenso offensichtlich etwas zu ändern.

»Raus hier!«, brüllte Bruder Adilbert in einem plötzlichen Anfall von Kühnheit. »Ihr dürft hier nicht sein!«

Der Fremde schaute auf, aus dem dunklen Loch der Kapuze starrte er ihn an, doch er wirkte keineswegs erschrocken.

»Ich darf das sehr wohl, Mönch«, sagte er seelenruhig und trat an das Schreibpult des Mönchs. Dann griff der Unbekannte rasch in die Schublade des Pults und zog das gefaltete Blatt Papier heraus, das Adilbert soeben dort hineingelegt hatte.

Der Fremde hielt es zwischen Zeigefinger und Mittelfinger und schwenkte es hin und her.

»Ihr schreibt auf Papier? Nicht auf Pergament? Dann wird es wohl eine Skizze sein oder eine Anmerkung, die noch überprüft werden muss. Oder irre ich mich womöglich?«

Verblüfft schüttelte der Mönch den Kopf. »Nein. Natürlich

nicht. Eine Skizze. Jawohl, nicht mehr als das. Unwichtig. Gebt schon her.« Mit ausgestreckter Hand stand er da und forderte das Papier. Doch der Mann entfaltete das Papier rasch und begann zu lesen: »Deine beiden Brüste sind wie zwei Kitzlein, wie Zwillinge einer Ricke …« Der Fremde hielt inne. Ein hohler Ton, der ebenso gut ein Lachen sein konnte wie eine Unmutsäußerung, drang aus der Kapuzenhöhle. »Höchst aufschlussreiche Skizzen«, murmelte er. »Ihr solltet noch ergänzen: *Deine Gestalt ist der Palme gleich, deine Brüste sind wie Trauben.* Oder den Vers, der mir der liebste ist aus dem Hohelied: *Dein Schoß ist ein rundes Becken, es mangle ihm nie der gewürzte Wein.* Wundervoll, nicht?«

Mit einer raschen Geste steckte der Unbekannte das Blatt in sein Wams, ging um das Pult herum und legte dann von der anderen Seite die verschränkten Arme auf das Stehpult.

Wieder sah Bruder Adilbert nur die untere Hälfte des Gesichts, während sich die obere Hälfte im Kapuzenschatten verbarg. Der Mönch hatte das Gefühl, als wäre alles Blut aus seinem Leib gewichen und hätte nur eine Hülle zurückgelassen. Wenn er sich bewegt hätte, wäre er vermutlich in sich zusammengesunken wie ein leerer Sack.

»Ich werde Abt Heinrich nicht verraten, Bruder Adilbert, dass Ihr erotische Verse aus der Bibel kopiert und an Eure Mitbrüder verteilt. Vermutlich nicht uneigennützig, sondern für kleine Vergünstigungen. Schließlich ist die menschliche Natur mit Fehlern behaftet, und solche kleinen Fehler muss man ihr nachsehen.«

Langsam ahnte Adilbert, worauf der Mann hinauswollte. Seine innere Stimme sagte ihm: Wie immer der seltsame Fremde ins Scriptorium gekommen war, er war nicht gekommen, um seine kleinen Schwächen aufzudecken, sondern um sie auszunutzen.

Die Augen des Fremden schienen ihn scharf zu mustern, und als der Unbekannte anhob zu sprechen, glaubte der Mönch, der andere könne Gedanken lesen.

»Ich will etwas Ähnliches von Euch, was Bruder Medardus von Euch wollte.«

Adilberts Augen weiteten sich. »Erotica? Ihr wollt von einem Mönch Erotica?«

Jetzt lachte der Fremde laut auf, doch es war ein unfrohes Lachen.

»Wenn ich Erotica wollte, würde ich mich unbedingt an einen Mönch wenden.« Die Stimme troff vor Spott. »Wer kennt die Schliche der menschlichen Natur besser als jemand, der sie beständig unterdrücken muss? Wer all seine Kraft dafür aufwenden muss, nicht nur die Natur, sondern auch seinen Geist zu überwinden, ist das geeignete Gefäß für Fantasien aller Art, Bruder Adilbert. Auch der schlimmsten.«

Der Mönch wunderte sich wieder, woher der Fremde seinen Namen kannte. Doch er ließ sich nichts anmerken. Stattdessen bohrte er nach.

»Wenn Ihr keine Texte wollt, dann … dann wollt Ihr Bilder?«

Der Fremde schürzte sie Lippen und betrachtete den Kuttenträger von oben bis unten. Bruder Adilbert versuchte, seine mit Farbe und Tintenklecksen verunreinigten Ärmel zu verstecken.

»Ich weiß sehr wohl, dass Ihr ein leidlich begabter Maler seid. Aber ich bevorzuge das Original. Ihr nicht auch? Es ist – sozusagen – farbecht und bleicht erst im Alter aus.«

Der Mönch wusste nicht, was er sagen sollte. Was um alles in der Welt wollte der Kerl von ihm, noch dazu im Scriptorium, zu dem er keinen Zutritt hätte haben dürfen?

»Ich will euch nicht länger auf die Folter spannen, Bruder Adilbert. Ich brauche eine Urkunde. Sagen wir, ich brauche sie, weil das Original leider nicht mehr auffindbar ist – und solche Verluste, die natürlich vorkommen können und die ärgerlich sind, können Ärger bereiten.«

Die Nachmittagssonne versteckte sich noch hinter dem Glockenturm. Im Scriptorium herrschte eine diffuse Helligkeit. Nur für etwa eine kurze halbe Stunde würde die Sonne hinter dem Turm hervorbrechen und durch eine Lücke zwischen Turm und Dach scheinen, bevor sie gänzlich unter das Satteldach der Kirche fiele, einen Lichtstrahl durch das hohe Fensterkreuz schicken und ihn auf Bruder Adilberts Pult richten. Ein heller Streifen Licht würde dann langsam über die Schreibfläche kriechen. Der Mönch mochte dieses kurze Lichtspiel, das um diese Jahreszeit, im Mai, beinahe jeden Tag in derselben Art und Weise vor sich ging. Es war die Zeit für seine heimlichen Arbeiten, weil niemand sonst hier noch arbeitete. Wenn der dunkle Balken des Fensterkreuzschattens schließlich über sein Pult gewandert war, begann der Abend.

Doch wenn Bruder Adilbert gehofft hatte, dass die hereinscheinende Nachmittagssonne mit ihrem Licht die Kapuze des Fremden ausleuchten würde, so wurde er enttäuscht. Der Schattenbalken des Fensterkreuzes verdeckte jetzt das Gesicht des Fremden, sodass seine Gesichtszüge weiterhin verborgen blieben. Wie der Balken mitten durch das Gesicht des Unbekannten lief, hatte etwas Unheimliches. Dennoch schimmerte es merkwürdig hell unter der Kapuze.

»Ihr wollt eine Urkunde fälschen lassen?«, fragte Bruder Adilbert leise. Er fürchtete, dass ein Mitbruder heimlich dem Gespräch lauschte, das eine so merkwürdige Wendung genommen hatte.

»Nein. Ihr versteht mich falsch. Ich will keine Urkunde fälschen, ich will nur eine verloren gegangene Urkunde ersetzen lassen. Sicher ist sicher, Mönch. Man weiß nie, was die Zukunft bringt. Und für meine Söhne und Enkel sind handfeste Besitzbeweise allemal besser als Gerüchte über verlorene Unterlagen.«

Das Lächeln, das Bruder Adilbert zu sehen glaubte, beschränkte sich auf die beiden hochgezogenen Mundwinkel. »Und … wenn ich mich weigere?«

»Nun, ich verstehe, dass Euch mein Anliegen ungewöhnlich erscheint, aber ich habe für Euch auch eine ungewöhnliche … nun, sagen wir, eine für einen Mönch ungewöhnlich handfeste Belohnung.«

Jetzt wurde Bruder Adilbert doch neugierig. Was mochte er einem Mönch anbieten, der im Konvent eigentlich alles besaß, was er zum Leben und für sein Seelenheil brauchte?

»Nun macht Ihr mich doch neugierig, Fremder«, sagte der Mönch.

»Dann will ich Euch nicht länger auf die Folter spannen.«

Völlig überraschend trat der Fremde einen Schritt zur Seite. Ein Strahl Sonnenlicht fiel in die Kapuze. Das Gesicht war so weiß wie ein Laken, und ein einzelnes Auge wurde sichtbar und starrte den Mönch an. Es war stahlgrau, und die Pupille lag darin wie ein schwarzer Apfelkern.

»Ihr dürft Euch an einem Original sattsehen und es, wenn es Eurem Gelübde nicht zuwiderläuft, auch berühren. Sobald Ihr die Urkunde abgegeben habt, steht Euch Sulamith zu Verfügung.«

Bruder Adilberts Mund wurde trocken. Er musste sich mit der Zunge mehrmals über den Gaumen streichen, um genügend Speichel zu sammeln, damit er schlucken konnte.

»Sulamith?«, fragte er tonlos.

»Sulamith. Das Hohelied. Ihr versteht?«

Bruder Adilbert schüttelte den Kopf, obwohl er sehr wohl verstanden hatte.

»Wende dich, wende dich, Sulamith, wende dich, wende dich, damit wir dich sehen können«, zitierte der Fremde das Hohelied. »Deine beiden Brüste sind wie zwei Kitzlein, wie Zwillinge einer Ricke.«

»Aber …«, versuchte Bruder Adilbert einzuwenden.

»Solltet Ihr Euch weigern, werde ich dieses Blatt hier an den Abt weitergeben.« Er hielt dem Mönch die Übertragung des erotischen Gesangs aus dem Hohelied hin.

Bruder Adilbert fühlte, wie er über und über rot anlief. Wenn Abt Heinrich dies erfuhr, würde er ihn mit Schimpf und Schande aus dem Orden weisen – und Bruder Medardus ebenso.

Schließlich nickte er. Kleinlaut und mit leiser Stimme lenkte er ein. »Was soll ich für Euch erstellen?«

Er sah zu Boden. Er wollte das Grinsen im Gesicht dieses anmaßenden Kerls nicht sehen. Der legte ein Blatt auf die Abschrift der »Vita Simperti« und schob es vor Bruder Adilbert hin.

»Dieses Grundstück gehörte mir und wurde von Pächtern bewohnt. Es genügt mir, wenn Ihr dies notiert. Das Datum setzt Ihr bitte auf einen Zeitraum vor etwa fünf Jahren fest. Ich habe Euch den Abschluss hier vermerkt.«

Bruder Adilbert starrte auf die kleine Schrift, in der dieser Kerl seine Notizen geschrieben hatte. Sie war spitz und wirkte giftig. »Eine Pachturkunde braucht Zeugen«, versuchte er einzuwenden.

»Das lasst nur meine Sorge sein. Die Zeugen gibt es – und sie werden wieder unterzeichnen. Die Namen habe ich hier aufgeführt.«

Bruder Adilbert nahm das Blatt und steckte es in die Schublade seines Pultes. »Wann soll die Schrift fertig sein?«

»Ihr habt längstens eine Woche Zeit. Ich denke, das wird genügen, Bruder Adilbert.«

Der Mönch fuhr auf. »Es braucht Zeit, das Pergament vorzubereiten, die Seiten zu kalken, zu wetzen, glatt zu streichen. Das geht nicht in einer Woche.«

Wieder flog ein spöttisches Lächeln über die Lippen des

Mannes. Er griff unter sein Wams und zog ein Pergament hervor, das sorgfältig zu einer Rolle gebunden war.

»Hier. Das wird genügen. Es ist noch mit einem alten Vertrag beschrieben. Radiert ihn aus und setzt den meinen darüber. In einer Woche. Ich erwarte, dass Ihr pünktlich seid.« Damit wandte er sich dem Ausgang des Scriptoriums zu. Kurz bevor er den Raum verließ, drehte er sich noch einmal um. »Ach ja, faltet das Pergament mit dem Falzbein, wenn Ihr fertig seid. Enttäuscht mich nicht, Mönch«, sagte er.

Bruder Adilbert stand da und sah ihm nach, wie er durch die Tür verschwand. Der Unbekannte ging so leichtfüßig, als würde er schweben. Dann wurde dem Mönch bewusst, dass er nicht nachgefragt hatte, wie der Mann in den Konvent gekommen war. Er stürzte hinter ihm her auf den Gang hinaus, doch der Fremde war bereits verschwunden.

Ein Schauder durchlief Adilberts Körper, als dachte: »Als hätte ihn der Teufel persönlich verschluckt …«

6

»Wo ist ein Spiegel?«

Ihre Stimme klang so, als hätte sie mit Tonscherben gegurgelt und sich dabei die Kehle aufgerissen.

»Glaubt mir, Röttel, Ihr wollt Euch nicht darin sehen.«

»Ich bin nicht die Röttel, ich bin die Hannah Meisterin.« Sie presste jede einzelne Silbe durch ihren entzündeten Hals, als müsste sie die Laute erst gebären. Ihre Stimme war nur langsam wiedergekommen.

»Die Hannah, die Ihr meint, ist tot. Ertrunken. Die neue Hannah sieht ihr in nichts mehr ähnlich.« Stephanie, die Frau des Wärters, redete leise. In ihrem Ton lag eine Bestimmtheit, die Hannah erschauern ließ. Wenn sie den vernarbten Arm ihrer Pflegerin betrachtete, glaubte sie zu ahnen, wie sie selbst aussehen musste.

Jetzt, drei Wochen nach der Brandnacht, hatte sich ihre Haut inzwischen in großen Blasen abgelöst. Die darunterliegende junge Haut war narbig und rot. Auch ihre Hände waren bis hinauf zu den Ellenbogen so rot wie in den Kochtopf geworfene Flusskrebse. Sie war fast kahl, ihre blonden Haare waren bis auf ein paar Strähnen beinahe vollständig versengt. Auf Stephanies Anraten hatte sie diese mit Nussbaumöl braun eingefärbt und das Öl auch auf Hände, Arme und im Gesicht verteilt.

Und heute kam eine weitere Veränderung hinzu. Zuerst hatte sie als Röttel noch knapp eine Woche in den Hexenlöchern verbracht, dann hatte der Wächter sie bei Nacht und Nebel zu sich nach Hause gebracht und weitere zwei Wochen versteckt. Und jetzt warfen ihre Gastleute sie auf die Straße. Der Wärter hatte ihr die Bettelmarke gebracht, die sie in der Zelle zurückgelassen hatte, und ihr eingeschärft, dass sie nicht länger als zwei Wochen in der Stadt bleiben dürfe. Dann müsse sie verschwinden. Und zu ihrem niedergebrannten Haus dürfe sie schon gar nicht. Das werde streng bewacht.

Hannah hatte in der Zeit, die sie bei dem Ehepaar verbracht hatte, Muße genug gehabt, darüber nachzudenken, was geschehen war.

»Wenn mein Mann heute zurückkommt, müsst Ihr das Haus verlassen haben«, sagte Stephanie. »Die Schwarze Liss wartet draußen auf Euch. Sie weiß Bescheid. Sie wird Euch die Bettelorte der Röttel zeigen.«

»Die Schwarze Liss?«, fragte Hannah.

»Ihr werdet sie kennenlernen.« Damit tauchte sie die Finger in das Nussbaumöl und rieb Hannahs Nacken mit der braunen Flüssigkeit ein. »Damit ihr nicht so auffallt. Bettler waschen sich nicht so oft.«

Hannah sah an sich hinunter. Die verdreckten Lumpen und Flicken der Röttel, die sie trug, widerten sie an.

»Verdient Euch ein wenig Geld – und dann verlasst die Stadt, wie Ihr es meinem Mann versprochen habt. Es ist zu Eurem und zu unserem Besten.«

Wenig später schloss sich die Tür des kleinen Häuschens in der Jakober Vorstadt hinter Hannah, und der Geruch der Armut empfing sie.

»Mein Gott, was haben sie mit dir gemacht? Dich in den Kochtopf geworfen und über dem Feuer gesotten?«

Hannah hätte die Frau gar nicht bemerkt, die da auf der anderen Seite der Gasse auf dem Boden kauerte, weil sie ebenso schmutzig wie der Boden und dadurch beinahe unsichtbar war.

»Seid Ihr die Schwarze Liss? Die Freundin der Röttel?«

»Hör zu, Weib. Leg dein feines Getue ab, wenn du hier überleben willst. Ich bin niemandes Freundin. Die Röttel und ich haben gemeinsam gebettelt. Mehr nicht.«

Die Schwarze Liss erhob sich mühsam. Sie musste sich auf einen Stock stützen. Hannah sah, dass sie stark hinkte, weil ihre Hüfte offenbar verwachsen war. Außerdem war ihr linker Arm verkrüppelt, als wäre er einmal gebrochen gewesen und schief zusammengewachsen. Sie wiegte sich beim Gehen, als müsse sie bei jedem Schritt, den sie machte, immer noch eine kleine Steigung erklimmen. Hannah vergaß beinahe ihre eigenen Schmerzen und das Ziehen auf der Haut, wo die Verbrennungen zu heilen begannen.

Zudem hatte die Schwarze Liss einen großen dunklen Fleck, ein Teufelsmal, das sich von der Wange über den Hals zog. Offenbar versuchte sie diesen Makel zu verbergen, indem sie gebückt ging, das Kinn auf die Brust gedrückt, und die Menschen nur von unten her ansah.

Hannah sah der Frau hinterher, wie sie davonhumpelte, und hätte beinahe vergessen, ihr zu folgen. Doch die Hinkende blieb kurz stehen. »Was ist jetzt? Brauchst du eine Einladung?«

Hannah schluckte ihren Ärger hinunter. Man duzte die Hausmagd, das Gesinde, und das Bettelvolk duzte sich untereinander, aber man duzte nicht die Frau des Apothekers. Und das war sie, die Frau des Apothekers, das durfte sie nicht vergessen. Sie wollte eben zu einer Erwiderung ansetzen, als die Schwarze Liss nach vorn wies, auf die kleine Jakobskirche, eine der vielen Pilgerkirchen auf dem Weg zum Jakobsgrab, ein ärmliches Gemäuer für ein ärmliches Volk. »Röttel, du sitzt dort, vor dem Haupteingang.«

Röttel. Allein der Name war wie ein Peitschenhieb ins Gesicht und ließ jede Erwiderung in tausend feine Tröpfchen zerstieben.

Sie war nicht mehr die Apothekerin, nicht mehr die Hannah Meisterin, die sie noch vor drei Wochen gewesen war. Sie war jetzt die Röttel.

»Ich werde nicht betteln!«, sagte Hannah. »Ich bin nicht die Röttel.«

Die Schwarze Liss blieb stehen und wartete, bis Hannah neben ihr stand. Dann grinste sie zu Hannah hoch. Leise sagte sie: »Jetzt will ich dir mal was sagen, du verzogenes Weibsstück. Wenn du etwas zu fressen haben willst, musst du die Hände aufmachen. Und manchmal vielleicht die Beine. Wenn nicht, dann verreckst du, hier in einer Ecke oder an der Stadtmauer oder sonst wo, und niemand wird es auch nur bemerken.« Sie entblößte eine Reihe brauner Zähne. »Almosen gibt es aber nicht umsonst. Die Röttel hatte einen guten Platz vor Sankt Jakob. Aber sie war angeblich vier Wochen in den Hexenlöchern. In der Zeit haben sich andere den Platz unter den Nagel gerissen. Mach dich auf was gefasst. Du wirst zulangen müssen, damit du an Almosen kommst. Umsonst, Schwester, ist der Tod, und der kostet das Leben.« Sie lachte vor sich hin. »Normalerweise sitzt du mir gegenüber. Wir haben gut zusammengearbeitet, die Röttel und ich, und die Almosen geteilt. Also kämpf um deinen Platz.«

Damit ließ die Schwarze Liss Hannah stehen und humpelte hinüber zum Haupteingang der Kirche. Dort verschwand sie in der Menge der Pilger und Bettler und Stadtarmen, die sich vor dem Gotteshaus sammelten. Langsam ging Hannah näher und fand sich plötzlich in einem Sog von Menschenleibern wieder, der sie zur Kirche führte. Bei dem bloßen Anblick wurde Hannah von Übelkeit erfasst. Offene Wunden, Grind, verkrüppelte und fehlende Gliedmaßen. Zerlumpte Gestalten, verschorfte Haut, schwarze Stümpfe. Eine Ansammlung von Höllenfiguren, in die Hannah da stolperte.

Sie wollte sich nicht in die Schar der Bresthaften einreihen. Doch die nachfolgenden Pilger, die sich durch diesen Bodensatz einen Weg bahnen mussten, schoben und stießen sie vorwärts. Hände reckten sich ihr entgegen und zerrten an ihren Lumpen, als hätte sie selbst Almosen zu verteilen. Die Bettelnden heulten, stöhnten, fluchten, schrien, sangen und spuckten aus, wenn man nichts gab. Es war wie das Heulen aller Teufel am Eingang zur Unterwelt.

Plötzlich griff eine Hand nach ihr, zerrte sie aus dem Strom und stieß sie in die Gruppe der Bettler auf der anderen Seite des Kirchenportals. Flüchtig nahm Hannah das Gesicht der Schwarzen Liss wahr, die ihr den Stoß versetzt hatte und sie herausfordernd anschaute. Doch da stolperte sie bereits über Beine und Körper. Ein Aufschrei, ein Kreischen.

»Was willst du hier?«, keifte ein Weib direkt neben ihr und stieß ihr die Faust gegen die Hüfte.

»Mach Platz!«, fauchte eine weitere. »Hau ab, du alte Vettel!« Wieder hagelte es Schläge aus kleinen knochigen Fäusten. Hannah hob die Arme, um ihren Kopf zu schützen. »Trau dich!«, schrie vor ihr eine Furie, packte sie am Arm und zog sie weiter. Hannah strauchelte über Beine und verfing sich in Armen, bis sie aus der Gruppe hinausstolperte. Bevor Hannah sichs versah, landete sie in der Nebengasse, begleitet von Fußtritten, geprügelt und gestoßen. Sie taumelte, fiel in den Kot der Straße, besudelte ihre Hände, ihre Kleidung und wäre beinahe von einem Fuhrwerk überfahren worden, dessen Pferde vor ihr scheuten. Geistesgegenwärtig rollte sie sich zur Seite, und die mit Eisen beschlagenen Hufe und die hölzernen Speichenräder verfehlten sie um Haaresbreite. Der Kutscher fluchte und beschimpfte sie mit den unflätigsten Wörtern. Dann schlug er mit der Peitsche nach ihr und trieb sie zurück zur Kirchenmauer.

Wie besinnungslos rutschte Hannah über den Schlamm der

Gasse, nur getrieben vom Willen zu überleben, und lehnte sich schließlich keuchend und am ganzen Körper zitternd gegen die Mauer des Gotteshauses. Sie zog die Beine an den Körper, ließ den Kopf auf die Knie sinken und weinte hemmungslos. In ihrem Kopf wirbelten die Gedanken durcheinander wie Herbstlaub im Wind. Sie konnte keinen davon fassen. Ihr Blick war trüb vom Tränenschleier und dem Schmutz, der ihr übers Gesicht lief und erbärmlich stank.

Plötzlich fühlte sie, wie jemand zu ihr trat und wie der Stoff ihres Kleides sich leicht bewegte. Vorsichtig sah sie auf, und durch den Nebel der Tränen erkannte sie einen Mann, der sich rasch in Richtung Nebeneingang entfernte. Aus der Kirche erklang ein vielstimmiges Gebet, dann fing eine hohe Stimme an zu singen, und alle stimmten ein. Sie sah nach unten. In der Kuhle ihres zerlumpten Kleides, zwischen Brust und Knien lagen zwei abgegriffene und an den Rändern beschnittene Kupfermünzen. Sie starrte auf das Geld und begann langsam zu begreifen. Sie war ganz unten angekommen, dort, wo kein Gesetz mehr strafte, wo ein Menschenleben nichts galt und wo es nur noch um eines ging: um das nackte Überleben.

Hannah rappelte sich auf. Sie würde sich den Tod holen, wenn sie noch länger hier im Nassen hocken blieb.

Sie lehnte sich mit dem Rücken gegen die Kirchenmauer und starrte auf den Weg, der am Perlachturm vorbei den Hang von der Oberstadt herunterführte und durch das Barfüßertor, das Hexentor. Ihr war, als würde damit ihr eigener Weg beschrieben. Sie kam aus der Oberstadt und war jetzt im Wasserviertel der Stadt gelandet. Sie hatte das Tor ihres eigenen Todes durchschritten und war in der Hölle der Gegenwart angekommen – und ob es einen Weg zurück und hinauf in die hellere und trockenere Gegend gab, das war völlig ungewiss.

Sie hätte nicht sagen können, wie lange sie so dagestanden

hatte. Doch plötzlich wusste sie, was sie tun musste. Hannah blickte auf das Fachwerk des gegenüberliegenden Hauses, das sich dunkel und verwittert zu einem Flechtwerk verband und in die Höhe reckte, um das Skelett eines Bauwerks zu bilden. So lenkten die Ereignisse eines Lebens den Gang der Dinge. Alles hing mit allem zusammen, alles stützte sich gegenseitig. Es konnte demnach nicht sein, dass das Haus ihres Mannes einfach niedergebrannt war. Es galt nach einer Ursache zu forschen. Sie musste nur suchen.

Mit den beiden Kupfermünzen in der Hand lenkte sie ihre Schritte auf das Barfüßertor zu, durch das sie hindurchmusste. Dann noch durch das Tor zur Bischofsstadt, um in den Pfaffenwinkel und zu ihrem Haus an der Stadtmauer nahe des Stephinger Tors zu gelangen.

Sie lief die Gasse entlang und auf das Barfüßertor zu. Doch Hannah musste erfahren, wie sehr sich das Leben einer Bettlerin gegenüber dem einer Bürgerin veränderte. Vor dem Barfüßertor standen Wachen. Sie konnte den Durchgang schon sehen, da rief ein Wächter: »Weg hier! Niemand von deinesgleichen kommt durch das Tor.«

Jetzt erinnerte sie sich daran, dass man versuchte, die Jakober-Vorstadt von der übrigen Stadt zu trennen. Die Jakobskirche war eine Station auf dem Weg nach Santiago und wurde von Bettlern, Kranken und Bresthaften besucht. Niemand wollte diese Menschen in der Stadt haben, vor allem nicht in der Oberstadt der reichen Kaufleute. Das Barfüßertor sollte verhindern, dass sich Krankheiten und Seuchen ausbreiteten. Das Tor durchschreiten durfte nur, wer sich als Stadtbürger ausweisen konnte. Und sie war durch das Gitter dieser Auslese gefallen. Niemand würde sie auch nur einen Fußbreit in die Oberstadt lassen.

Doch sie gehörte jetzt zu den Augsburger Stadtarmen, also zu denen, die ein Recht darauf hatten, vor allen Kirchen die Hand aufzuhalten. Sie hielt ihre Bettelmarke hoch – und blickte in die Spitzen der Hellebarden.

»Du musst noch viel lernen, Röttel«, hörte sie eine Stimme hinter sich kichernd sagen.

Hannah wandte sich um. Die Schwarze Liss stand da und hielt ihr die geöffnete Hand entgegen.

»Ich bin nicht die Röttel«, zischte Hannah. Sie konnte nicht umhin, in die geöffnete Hand zu schauen. Zwei Kupfermünzen lagen auf der offenen Handfläche.

»Für ein Brot und einen Schluck Bier für zwei reicht es«, bemerkte die Schwarze Liss.

Hannah hielt ihr die zwei Kupfermünzen entgegen, die sie selbst bekommen hatte. »Ich brauche kein Almosen von dir!«

»Oh.« Die Schwarze Liss klang ehrlich erstaunt. »Ich dachte, sie hätten dich in die Gosse gestoßen. Aber ich sehe, du hast ein natürliches Talent, Mitleid zu erregen.«

»Hau ab!«, stieß Hannah hervor, doch die Schwarze Liss bedachte diesen Satz mit einem Lächeln und hakte sich unter.

»Ich kann mir denken, was du willst. Aber allein hast du noch nicht die Erfahrung. An den Wachen dort kommst du nie und nimmer vorbei. Es gibt allerdings andere Wege.« Die Schwarze Liss grinste und schaute sie von unten her an.

Die Bettlerin wirkte älter, als sie wohl war. Hannah hatte zunächst gedacht, die Stadtarme habe mindestens vierzig Jahre auf dem Buckel. Jetzt wirkte sie beinahe nur halb so alt.

»Wir holen uns Brot, Röttel, dann schauen wir hinauf in die Oberstadt!«

Die Schwarze Liss humpelte vor ihr her, bog am Barfüßertor nach rechts ab und ging am Graben entlang bis hinunter zur unteren Mauer, ohne sich einmal nach Hannah umzudrehen. Plötzlich zeigte sie nach vorn. »Der Hexenturm. Da geht's über die Hennastäpfala hinauf in den Pfaffenwinkel. Niemand, der uns aufhält.«

Ein wenig mehr als fußbreiter Pfad aus gemauerten Ziegelstufen, der so steil und schmal war, dass er in der Bevölkerung nur »die Hühnerleiter«, Hennastäpfala, genannt wurde, schmiegte sich zwischen alter und neuer Stadtmauer an den Hang. Hannah wusste, dass er in eine Gegend führte, in der viele der Kleriker des Domkapitels wohnten. Mühsam erklommen sie die brüchigen Stufen. Die Gassen waren hier wie schmale, von hohen Mauern gesäumte Schläuche, damit man nicht ins Innere der Gärten blicken konnte. Die Schwarze Liss humpelte den Hang in einer Geschwindigkeit hinauf, die Hannah der Frau gar nicht zugetraut hätte. Langsam begriff Hannah, dass die Bettlerin das Domareal umgangen hatte und sich jetzt entlang der inneren Mauer bewegte. Die Frau kannte sich besser aus als sie selbst. Noch zwei Querstraßen, und sie würden an der niedergebrannten Apotheke vorbeikommen.

Doch die Schwarze Liss bog zuvor links ab, humpelte an der Klostermauer von Sankt Stephan entlang und klopfte endlich an die Pforte des Klosters.

Es war ein dunkles schweres Tor, das den Frauenkonvent von der Welt abschloss. Liss hämmerte mit der Faust dagegen, sodass ein dumpfes Dröhnen ertönte.

»Was willst du hier?«, fragte Hannah.

Die Schwarze Liss kniff die Augen zusammen und betrachtete Hannah so lange, dass diese schon fast glaubte, sie würde nie mehr antworten.

»Essen«, sagte sie nur. »Mein Gott, hat man dir denn gar nichts beigebracht?«

»Was sollte man mir denn beibringen?«, fragte Hannah verärgert zurück.

»Was? Na, nicht zu verhungern beispielsweise.«

In diesem Augenblick öffnete sich eine Klappe in der dunklen Tür des Konvents. Der Ausschnitt eines Gesichts erschien, weiß und fein geschnitten, mit blauen Augen. Die Augen sprachen lebhaft, doch die Lippen, die hinter dem schweren Holz verborgen lagen, sagten nichts.

»Um der Liebe unserer Jungfrau willen bitten wir um ein Stück Brot«, säuselte die Bettlerin und senkte demütig den Blick. Hannah bemerkte, dass der Stock der Schwarzen Liss verschwunden war und sie stattdessen die Hände gefaltet hielt.

Hannah beeilte sich, es ihr gleichzutun.

Die Klappe schlug zu, und man hörte, wie sich die Schritte dahinter entfernten. »Und was jetzt?«, flüsterte Hannah. »Hat wohl nicht geklappt. Oder sollte ich lernen, wie es nicht …«

Ein Seitenblick des Schwarzen Liss ließ sie verstummen. Die beiden standen regungslos da. Die Schwarze Liss begann laut zu beten und hängte ein Ave-Maria ans andere. Nach einer endlos langen Zeit des Wartens, die von den Zweifeln gefüllt war, ob sie die blauen Augen je wieder sehen würde, hörte sie Schritte, und die Klappe öffnete sich erneut. Zwei Brote wurden herausgeworfen, und die Bettlerin fing diese auf, bevor sie in den Seim der Gosse fielen. Dann schlug die Klappe abermals zu.

»Vergelt's Gott!«, rief die Bettlerin, und zischte Hannah zu: »Hab ich zu viel versprochen?« Dabei reichte sie ihr eines der Brote.

»Warum tust du das?«, fragte Hannah.

»Was?«, fragte die Schwarze Liss und biss herzhaft in ihr Brot.

»Mir helfen!«, antwortete Hannah.

Die Schwarze Liss schloss die Augen, während sie kaute, schob dabei das abgebissene Stück Brot langsam im Mund hin und her, bis Hannah das Wasser im Mund zusammenlief und sie selber etwas von ihrem Brot zu essen begann.

»Weil ich glaube, dass uns etwas verbindet, Schwester!«

Hannah verschluckte sich beinahe und musste husten, so überrascht war sie von der Antwort.

»Was«, fragte sie mit vollem Mund, »was sollte uns verbinden?«

Die Schwarze Liss betrachtete Hannah, als würde sie ein besonderes Stück Ware mustern, als würde sie an deren Wert zweifeln und es sich noch einmal genau überlegen müssen, bevor sie zugriff.

»In dir steckt noch zu viel von der Apothekerin, Röttel, als dass ich dir darauf schon eine Antwort geben könnte«, sagte sie nur und humpelte weiter. Jetzt wieder mit ihrem Stock in der Hand, den sie zuvor unter ihren Röcken versteckt hatte.

»Ich bin nicht die Röttel!«, zischte Hannah.

»Das solltest du aber. Du siehst ihr fast ein bisschen ähnlich. Und wenn du auch nicht die Röttel bist, so hast du doch ihre Bettelmarke. Nur darauf kommt es an. Die Frauen werden dich annehmen oder ablehnen. Es liegt an dir selbst.«

»Warum hieß sie eigentlich Röttel?«, fragte Hannah und folgte langsam kauend der Bettlerin.

»Niemand weiß, wie die Frau wirklich geheißen hat. Irgendwann ist sie wie viele andere hier in der Gosse von Augsburg gestrandet, und die Bettler haben ihr einen Namen gegeben. Vielleicht ist sie irgendwann einmal eine Anne gewesen oder eine Katharina, eine Gertrud oder Sarah – aber das war vor ihrer Zeit auf der Straße. Röttel hat sie geheißen. Nur Röttel. Nach dem, was sie getan hat, wie sie aussah, was man ihr zutraute. Sie hatte rotes Haar, wenn es gewaschen war.«

»Und Ihr? Ihr heißt Schwarze Liss, wegen des Mals?«

Die nickte nur, ohne stehen zu bleiben.

»Wegen des schwarzen Hexenmals – und weil ich irgendwann eine Elisabeth gewesen bin. Damals …« Sie führte den

Satz nicht zu Ende, und Hannah fragte nicht nach, denn etwas anderes fesselte ihre Aufmerksamkeit.

Sie roch den Ort, noch ehe sie ihn sah. Kalter Rauch und eine fettige Feuchtigkeit lagen zwei Wochen danach immer noch in der Luft. Als sie in die Gasse einbogen, in der ihr Haus gestanden hatte, trafen sie auf einen Büttel.

»Gesindel hat hier nichts zu suchen«, fuhr er sie an und stieß seine Hellebarde in den Boden.

Hannah erstarrte. Auch die Schwarze Liss blieb stehen und betrachtete den Mann. »Zu alt für mich«, sagte sie gelassen. Dann drehte sie sich um und murmelte: »Hätte nicht gedacht, dass er das Haus bewachen lässt.«

Hannah verfolgte das Schauspiel verwundert. Sie durfte nicht zu den Ruinen ihres eigenen Hauses? Hinter dem Büttel ragten einige schwarze Balken in die Gasse, und die Kiesel am Boden waren rußgeschwärzt.

Die Schwarze Liss zog Hannah am Arm. »Wir schauen uns das Spektakel von oben an«, sagte sie. »Bleib ruhig.«

Hannah hätte am liebsten losgeschrien. Sie hätte sich am liebsten auf den Kerl gestürzt, um an ihm vorbeizukommen. Aber sie wusste sehr wohl, dass sie ihm nicht gewachsen war. Und noch einmal eine Woche in den Hexenlöchern würde sie nicht durchhalten. Also ließ sie sich von der Bettlerin mitziehen.

Sie liefen ein Stück zurück und versuchten es dann an einem Aufgang zu den Wehrgängen der Stadtmauer. Als die Schwarze Liss die Treppe betreten wollte, hielt Hannah sie zurück.

»Das ist verboten«, mahnte sie.

Überrascht sah die Bettlerin Hannah an. »Natürlich ist das verboten. Und?«

»Ich … ich will nicht zurück in die Hexenlöcher.«

Zuerst starrte die Schwarze Liss sie verblüfft an, dann lachte sie schallend, fasste sich jedoch sofort wieder. »Es ist fast alles verboten, was wir tun, Röttel. Fast alles. Wenn du dich durch diese Stadt bewegst und die Bettelmarke an deiner Kleidung trägst, kann man dich wegen allem und jedem in den Turm werfen. Dein bloßes Dasein ist gegen die Gesetze der Stadt.«

Sie drehte ihr den Rücken zu und begann die Treppe hinaufzusteigen.

Als Hannah ihr nicht nachkam, hielt sie kurz inne. »Es ist verboten, du hast recht. Aber in ruhigen Zeiten wie diesen schert sich kaum jemand darum.« Mühsam schnaufend und unter heftigem Stöhnen kletterte die Schwarze Liss die hölzernen Stufen empor bis zum Wehrgang. Niemand hinderte sie daran.

Hannah sah von unten her zu, wie sie auf den Wehrgang hinaustrat. Ihre Beine waren wie festgewachsen. Ihr bisheriges Leben hatte in der Einhaltung von Regeln bestanden. Wenn sie zurückblickte, war es eingeengt gewesen von einem ganzen Staketenzaun von »Tu-dies-lass-das«-Geboten, die sie in die Richtung einer städtischen Bürgerseele gelenkt hatten. Selbst ihr Mann hatte sie darin bestärkt, sich nach den Gewohnheiten und Gegebenheiten zu richten. »Als Apothekerin schauen sie auf dich!«, hatte er sie beschworen, wenn sie zu spät in die Messe gelaufen oder eine zu moderne Haube getragen hatte. Sie waren umgeben gewesen von festgeschriebenen und selbstauferlegten Gesetzen – und sie hatte es nie als bedrückend empfunden, sondern als gottgegeben. Jetzt aber verweigerte ihr die Erziehung den Gehorsam.

»Kommst du endlich?«, blaffte es von oben herunter.

»Gleich«, murmelte Hannah und atmete tief durch. Schon der erste Schritt jagte ihren Herzschlag in die Höhe, und ihr wurde schwindlig. Dann, mit jedem Schritt, den sie sich trotzig abrang, wurde sie mutiger.

Hatte sich das Gesetz dieser Stadt darum gekümmert, was mit ihr geschehen war? Nein. Man hätte sie beinahe umgebracht.

Und sie wollte wissen, wer und was dahintersteckte. Sie stapfte, zornig auf sich und auf ihre Hemmungen, die Treppe hinauf, bis sie bei der Bettlerin ankam.

»Wir sollten nur etwas leise und vorsichtig sein«, mahnte die Schwarze Liss schief lächelnd.

Ihre Blicke trafen sich kurz. Hannah atmete tief durch und stand jetzt mit vor Anstrengung klopfendem Herzen und weichen Knien auf dem hölzernen Wehrgang.

»Da lang.« Die Bettlerin übernahm wieder die Führung. Sie gingen in Richtung Norden weiter. Hannah konnte durch die Schießscharten hindurch die nach Osten verlaufende, an die Mauer ansetzende Mauererweiterung erkennen. Es dauerte eine Weile, bis sie sich dem Unglücksort unbeobachtet genähert hatten. Tatsächlich konnten sie den Brandherd von oben her gut einsehen.

»Sie haben drei Leichen darin entdeckt«, teilte die Bettlerin Hannah auf dem Weg dorthin mit.

Hannah brauchte ein wenig Zeit, bis sie begriff, was das bedeutete, und Tränen schossen ihr in die Augen. Ihre Familie war tot.

»Drei Leichen?«, hakte sie nach.

»Einen Mann, zwei Frauen. Alle drei bis zur Unkenntlichkeit verbrannt. Man munkelt, es seien der Apotheker und seine Familie, die Frau und das Kind.«

Hannah musste schlucken. Das bedeutete, dass auch ihre Tochter verbrannt war. Als würde man ihr ein brennendes Holzscheit in die Gedärme bohren, fühlte sie den Schmerz in ihrem Bauch. Ihre Gedanken waren wie früher Nebel, der sich ausbreitete und alles verschluckte. Doch dann tauchten in dieser Nebelbrühe Inseln des Verstehens auf. Etwas stimmte nicht.

»Hast du gesagt, drei Leichen? Aber … das kann nicht sein«, stieß Hannah hervor. »Ich stehe doch hier.«

»Ich war nicht dabei – aber das ist das, was ich weiß und was sich alle erzählen. Du bist jetzt die Röttel, nicht mehr die Apothekerin, vergiss das nicht!«, mahnte die Schwarze Liss.

Jetzt fuhr Hannah auf und legte all die Wut, die sich in ihr angestaut hatte, in diesen einen Satz. »Ich bin nicht die Röttel, ich bin …« Weiter kam sie nicht, weil ihr die Schwarze Liss den Stock in den Bauch rammte und nach unten wies.

Sie waren über den Aufstieg hinaus und den Wehrgang entlanggegangen. Zur Stadt hin hatte der Gang ein offenes Geländer. Nur hinter den Schießscharten, die mit beweglichen hölzernen Kugeln mit Durchstich ausgestattet waren, hatte man mannshohe Verschalungen angebracht. Sie sollten Brandpfeilen oder Kugeln den Weg über den Gang hinaus und ins Quartier dahinter verwehren. Hinter eine dieser Bretterwände drängte die Schwarze Liss Hannah zurück. Sie kauerten sich hin und blickten auf die Verwüstung unter ihnen. Von dort aus hatten sie einen guten Überblick über die Häuserzeile hinter der Mauer.

Hannah verschlug es die Sprache. Die Apotheke war verschwunden. Das Haupthaus, die Bäume des kleinen Gartens, das Hinterhaus mit dem Labor, alles war ein Raub der Flammen geworden. Als hätte man aus einem Gebiss einen Zahn ausgebrochen, klaffte die Lücke zwischen den Häusern, schwarz und wie verkrustet von altem Blut. Nur das gemauerte Untergeschoss war erhalten, obwohl die Sandsteine ausgeglüht und zum Teil geborsten waren. Von der Treppe ins Obergeschoss und von den tragenden Stützbalken waren nur noch Stümpfe vorhanden. Die restlichen Balken lagen wüst übereinander wie das Gerippe eines längst aus dieser Welt gegangenen Tieres.

Mitten in diesem verkohlten Chaos standen zwei Männer und unterhielten sich mit lebhaften Gesten. Einer von ihnen war der Stadtpfleger Heinrich Stolzhirsch, so viel konnte Hannah erkennen. Im Hintergrund wartete ein Bär von einem Mann mit verschränkten Armen, die Hände in leinenen Handschuhen, die nur die Fingerspitzen freiließen. Er hatte rote Haare, die abstanden wie ein Besen, und trug ein dunkelrotes Wams. Sie kannte ihn ebenso wenig wie den, der sich mit dem Stadtpfleger unterhielt. Der trug ein helles Wams, dazu bunte Beinlinge und einen Hut, an dem zwei buschige Straußenfedern wippten.

»Was tun die drei da?«, fragte Hannah lauter, als es geboten war.

Sofort unterbrachen die beiden Männer ihr Gespräch und blickten umher, als hätten sie Hannahs Stimme gehört.

»Wenn du so weitermachst, wirst du die Stadt schneller verlassen müssen, als dir lieb ist«, zischte die Bettlerin sie an. »Sei froh, dass sie nicht nach oben gesehen haben.«

Hannahs Herz klopfte wild. Der Schreck war ihr in die Glieder gefahren, sodass sie am ganzen Leib zitterte, und ihr war plötzlich bewusst geworden, dass sie zum Freiwild geworden war. Nichts und niemand würde sie beschützen, wenn man sie bei einem Frevel wie dem Betreten des Wehrgangs erwischte.

»Verflucht!«, entfuhr es der Schwarzen Liss plötzlich, und sie ließ sich hinter die Verschalung zurückfallen.

»Was ist?« Hannah hauchte die Frage nur. Sie konnte kaum reden, so heftig hämmerte ihr das Herz in der Brust.

»Ich weiß, wer dieser Laffe mit den Straußenfedern ist«, flüsterte die Bettlerin. »Und den Rothaarigen im Hintergrund wirst du noch kennenlernen.«

»Jetzt sag schon«, drängte Hannah.

Doch die Schwarze Liss hielt sich die Hand vor den Mund und schüttelte nur den Kopf.

Also ließ sich Hannah auf alle viere nieder und spähte selbst an der Bretterwand vorbei.

Die beiden Männer steckten wieder die Köpfe zusammen und schienen miteinander zu flüsterten. Immer wieder deutete der mit den Pfauenfedern zur Stadtmauer hin, machte Schaufelbewegungen mit den Händen und zeigte auf den Platz vor ihm.

Allerdings kehrte er ihr weiterhin den Rücken zu, sodass sie sein Gesicht nicht sehen konnte.

Hannah richtete sich wieder auf. »Wen hast du eben gesehen?«, fragte sie die Bettlerin.

Zuerst bewegten sich nur die Lippen der Schwarzen Liss, tonlos, als getraute sie sich nicht, die Stimme zu heben. Schließlich würgte sie zwei Wörter hervor: »Hartmut Aigen!«

»Aigen?«, wiederholte Hannah. »*Der* Aigen?«

Schwerfällig, als sei ihr ganzer Körper gelähmt, nickte die Schwarze Liss.

»Und der andere, der Rothaarige?«

»Es ist der *Rote*. Einer unserer ... Bettlerkönige.«

Hannah hob fragend die Brauen. Sie kroch noch einmal vor bis zum Rand und beobachtete die beiden Männer dort unten. Diese hatten die Stimmen gesenkt, sodass sie nichts mehr verstehen konnte. Mit beiden Armen machte Aigen ausholende Bewegungen und gestikulierte in der Luft, als zeigte er Mauern an oder umriss Gebäude. Es wirkte ganz so, als plane Aigen den Bau eines Hauses – ein Haus auf ihrem Grund und Boden! Hannah konnte nicht fassen, was sie sah. Schließlich war sie als Erbin noch am Leben. Niemand durfte dort ohne ihre Zustimmung ein Haus bauen. Auch wenn drei Leichen am Brandherd gefunden worden waren und sie offensichtlich als tot galt.

»Er kauft der Stadt Grundstücke ab, die niemandem mehr gehören, weil die Besitzer ohne Nachkommen verstorben sind«, unterbrach die Schwarze Liss Hannahs Gedanken. Sie hatte einen Pfeil abgeschossen, der Hannah zutiefst verwundete. »Deshalb die drei Toten im Haus. Dich gibt es nicht mehr. Dich, deinen Mann und deine Tochter. Alle verbrannt. Alle hinweggerafft, ohne dass sie ein Testament hinterlassen hätten.«

Hannah starrte auf den Mann mit dem Federhut hinunter.

»Aigen!«, dachte sie noch, als sie von der Schwarzen Liss weggezogen wurde.

»Verschwinden wir, bevor sie uns doch noch aufspüren.« Sie nickte in die andere Richtung, aus der jetzt die schweren Tritte von Stiefeln zu hören waren.

Hannah bemerkte noch, dass der dritte Mann, der mit den roten Haaren, verschwunden war. Hatte er sie gesehen?

Ein Poltern vor ihnen schreckte sie auf. Jemand war gestolpert. Ein unterdrückter Fluch folgte. Es war keine Patrouille, die da den Wehrgang entlangkam. Die beiden Männer unten schienen die Schritte oben ebenfalls zu hören und zogen sich in einen Winkel des Hauses zurück, der von oben nicht einsehbar war.

Hannah und die Schwarze Liss huschten zum Abgang und kletterten, so schnell sie konnten, nach unten. Von unten konnte Hannah erkennen, wie der unheimliche bärenhafte Mann von der anderen Seite her auf dem Wehrgang erschien und um sich blickte. Sie erschauerte. Nicht auszudenken, was geschehen wäre, wenn der Kerl nicht gestolpert wäre!

7

Die Dunkelheit schlich sich in die Winkel der Stadt wie eine Katze, geräuschlos und mit einem samtenen Schimmer im Fell. Lichter flammten hier und dort auf wie die grün schillernden Augen eines Tieres.

Hannah hatte sich keine Gedanken darüber gemacht, wo sie schlafen sollte. Sie war der Schwarzen Liss hinterhergelaufen wie betäubt, die Arme vor der Brust verschränkt, weil sie mit Magenschmerzen kämpfte, seit sie die Nachricht von den drei Leichen erhalten hatte. Erst als sich die Dunkelheit über die Gassen senkte, wurde ihr mit einem Schlag bewusst, dass sie kein Nachtlager hatte.

In eines der Gasthäuser konnte sie nicht, da ihr die Bettelei nichts weiter eingebracht hatte als die beiden Kupfermünzen und ein weiteres Stück Brot bei den Barfüßern.

»Fledermausturm!«, sagte die Schwarze Liss. Hannah blickte bewundernd auf die Frau, die sich unermüdlich an ihrem Stock durch die Straßen schleppte.

Nach ihrem Abenteuer auf dem Wehrgang waren sie zurück in die Jakober Vorstadt gegangen, hatten sich vor die Jakobskirche gesetzt. Zwar hatten die Bettlerinnen sie zuerst schief angeschaut, weil die Schwarze Liss sie als Röttel vorgestellt hatte, doch hatte niemand gemurrt oder dagegen aufbegehrt.

»Kaum ein Bettler ist der, der er vorgibt zu sein«, hatte die Liss ihr gesagt, als sie wieder vor der Jakobskirche angelangt waren. »Deine Marke lautet auf den Namen Röttel. Wenn die Röttel stirbt, fällt die Blechmarke zurück an die Stadt. Aber die Marken werden nicht einfach wieder ausgegeben. Es kann Monate dauern, bis ein Bettler zum Stadtarmen erhoben wird. Also wird die Marke den Toten abgenommen, und man schlüpft in die Rolle der Toten. Niemand fragt danach, niemand stört sich daran. Manche Bettler werden so hundert Jahre alt!«

Die Schwarze Liss hatte gelacht über Hannahs verblüfftes Gesicht.

Danach waren sie ans Tor gegangen, hatten von den Pilgern, die gegen Abend Einlass verlangten, ein Almosen erbeten, schließlich, als sie auch dort keinen Erfolg hatten, war die Schwarze Liss mit ihr über den Pfaffenwinkel zurück zum Barfüßerkloster gehumpelt, um sich dort für eine Suppe und einen Kanten Brot anzustellen.

Jetzt hinkten sie beide zurück zur alten Stadtmauer unter den Hennastäpfala.

Hannah kannte den alten Fledermausturm. Er hatte einer stadtbekannten Hexe und Kupplerin als Unterschlupf gedient, bis die sich selbst in einem Feuer verbrannt hatte und vom Teufel geholt worden war. Bei diesem Ereignis war der Turm halb abgebrannt und seither nicht wieder aufgebaut worden.

Hannah hörte das Rauschen des Stadtbachs, der unterhalb der Turmruine vorüberfloss. Dann bog die Schwarze Liss nach rechts ab und klopfte gegen ein massives Tor. Nur kurze Zeit später öffnete sich der Einlass einen Spaltbreit.

»Die Schwarze Liss und …«, hörte Hannah eine Männerstimme sagen.

»Die Röttel!«, antwortete die Liss.

»Die Röttel? Ich dachte, sie wär' tot.«

»Sie lebt, wie du siehst«, entgegnete die Schwarze Liss und drängte sich durch den Spalt. »Sie hat in den Hexenlöchern gesessen.«

Der Kerl hinter der Tür brummte, ließ Hannah jedoch ein.

Dahinter empfing sie ein nur schwach beleuchteter Innenraum. In der Mitte des Turms flackerte ein kleines Feuer, das den Raum schwach erhellte. Hitze und Rauch wurden von einer Esse aufgenommen. Eine steinerne Treppe, die sich an der Mauer hinaufwand, führte in ein weiteres Stockwerk. Überall saßen und lagen Frauen. Manche hatten sich in zerlumpte Decken gehüllt und schliefen, andere hockten um das Feuer herum und redeten, andere lehnten teilnahmslos an der Mauer des Turms und starrten mit glasigen Augen zur Decke.

»Es ist eine Zuflucht«, flüsterte die Schwarze Liss und machte ein Zeichen, dass Hannah ihr folgen sollte. Sie humpelte zur Treppe und zog sich hoch in das nächste Stockwerk. Im ersten Stock glommen nur zwei Kienspäne und verbreiteten kaum Licht, sondern hielten nur die Dunkelheit ein wenig fern.

»Dort«, sagte die Bettlerin und deutete auf eine hölzerne Pritsche, die breit genug war für zwei Leute. Eine Frau lag darauf und schnarchte leise.

Die Schwarze Liss trat zu ihr hin, setzte den Stock an und schob die Frau einfach von der Pritsche. Mit einem Aufschrei fiel die Schläferin auf den Boden.

»Wie oft muss ich dir noch sagen, dass du hier nichts verloren hast, Bet?«, knurrte die Schwarze Liss, als die Frau sich schimpfend aufsetzte und ihren Platz verteidigen wollte. »Außerdem ist die Röttel zurück. Sie braucht Ruhe.«

Murrend rollte sich die Frau neben der Pritsche zusammen, zog sich ihre Decke über die Schultern und schlief sofort wieder ein.

»Leg dich auch hin und schlaf«, sagte die Schwarze Liss. »Montag, Mittwoch und Freitag und am Sonntag dürfen wir hier schlafen. Das kostet einen Heller im Monat. An den Tagen dazwischen schlüpfen wir woanders unter.« Die Schwarze

Liss legte sich auf die Pritsche. Hannah zögerte nicht lange. Zu mehreren in einem Bett zu liegen war ihr nicht fremd. Mit ihren Schwestern zusammen hatten sie sich zu dritt ein Bett geteilt, bis sie geheiratet hatte.

Als sie nebeneinanderlagen und Hannah in die Dunkelheit starrte, ging ihr die Frage durch den Kopf, die sie der Schwarzen Liss schon den ganzen Tag hatte stellen wollen.

»Warum hilfst du mir, Liss?«

Zur Antwort erhielt sie ein verdrießliches Knurren. »Warum musst du immer fragen?«

»Weil ich es wissen will. Jakob, mein Mann, hat immer gesagt, wer nicht fragt, bleibt dumm. Ich will nicht dumm blieben und in einer Welt herumtapsen, die ich nicht verstehe. Ich will verstehen!«

Lange Zeit rührte sich die Schwarze Liss neben ihr nicht, und Hannah glaubte schon, sie wäre eingeschlafen. Doch dann spürte Hannah, wie sie sich zu ihr umdrehte. Sie spürte, dass die Augen der Bettlerin auf ihr ruhten, spürte, wie diese Augen die Finsternis durchdrangen, als wären es Laternen.

»Glaubst du vielleicht, ich bin in der Gosse geboren worden? Glaubst du, ich habe mein ganzes Leben hier auf der Straße verbracht? Als Freiwild für jeden Mann. Als Dreck, den man wie Dreck behandelt?«

Hannah schwieg. Was sollte sie auch dazu sagen? Erst jetzt fiel ihr auf, dass sie nichts über die Schwarze Liss wusste.

»Mein Vater und ich haben in dem kleinen Lusthaus vor dem Stephinger Tor gewohnt, über dem Sparrenlech am Rande der Bleich. Wir haben gut gelebt, bis jemand auf den Gedanken kam, das Grundstück und das Haus wären für einen Botanikus unschicklich. Oder vielleicht hat ihm mein Vater auch nur zu wenig geholfen, ihm keinen Kräutertrank gebraut oder ihm den falschen gegeben, vielleicht einen Gifttrank nicht mischen wollen oder … Ich weiß es nicht … Ich war jedenfalls auf dem Stadtmarkt, als es passiert ist.«

Liss' Stimme begann zu zittern, und sie stockte. Hannah tastete mit der Hand zu ihr hinüber und berührte die Finger der Bettlerin. Sanft strich sie darüber.

»Was ist passiert?«, flüsterte Hannah.

Die Schwarze Liss seufzte, als würden die Erinnerungen an das Geschehen sich auf ihren Brustkorb setzen und ihr die Luft abdrücken.

»Ich … ich will nicht darüber reden. Nicht jetzt. Ich habe ihn nur … ich wollte zu ihm, wollte ihm helfen …« Wieder stockte sie, und Hannahs Finger flochten sich in die von Liss. »Wenn ich so daliege, wie jetzt, und in die Nacht starre, dann sehe ich ihn vor mir und versuche zu verstehen, was damals passiert sein könnte. Es gelingt mir nur nicht.«

Die Schwarze Liss seufzte und schwieg. Hannah schloss die Augen. Sie wollte die Schwarze Liss nicht drängen. Sie würde ihr zur rechten Zeit alles erzählen, da war sie sich sicher. Vor ihrem inneren Auge stieg das Bild der in Flammen stehenden Apotheke auf. Wie bei einem Gemälde sah sie die rote Lohe vor sich, als die Schwarze Liss fortfuhr und sie aus ihren Gedanken riss.

»Ich wollte zu ihm, aber ich habe ihn nicht erreicht.«

Die Bettlerin drehte sich auf die andere Seite und rollte sich zusammen. Hannah wusste, dass sie die Geschichte der Liss in dieser Nacht nicht mehr erfahren würde. Alles an ihrer Erzählung blieb noch nebelhaft und unvollständig. Sie überlegte, ob sie die Liss zum Weitersprechen auffordern sollte. Doch die Anstrengungen des Tages wälzten sich über sie hinweg, und das nahe und warme Läuten der beiden Theophilos-Glocken im Dom begleitete sie in den Schlaf.

Sie hatte traumlos geschlafen. Zum ersten Mal war sie nicht in einen endlosen Schlund gestürzt und hatte sich, wie ein Stein in die Tiefe fallend, nicht retten können. Zum ersten Mal seit dem Unglück war sie im Traum nicht ertrunken oder bis zu Unkenntlichkeit verbrannt. Sie fühlte sich ausgeruht und erfrischt – und nur der Gedanke, dass sie allein in dieser Welt war, dass sie Mann und Kind verloren hatte, drückte sie nieder.

Als sie sich umdrehte, sah sie, dass die Schwarze Liss bereits aufgestanden war.

Hannah setzte sich auf und schaute um sich. Mindestens zwanzig Frauen zählte sie; einige machten sich gerade auf, andere schliefen noch. Ein paar Frauen schienen bereits ausgeflogen zu sein.

Bislang hatte sie nicht gewusst, dass es solche Schlafhäuser gab. Wenn man sich jedoch die Trauben von Bettlern und Tagelöhnern vor Augen führte, Männer und Frauen, die vor den Kirchenportalen herumlungerten, wenn man sich bewusst machte, wie viele Stadtarme es gab, die von der Stadt durchgefüttert wurden, dann wurde einem deutlich, dass sie nicht alle in der Gosse liegen konnten. Sie mussten irgendwo unterschlüpfen.

Hannah erhob sich, als sie von der Treppe her die Schwarze Liss winken sah.

»Der frühe Vogel fängt den Wurm!«, rief diese. »Es ist besser, wir verschwinden, solange der Dürre Karl noch nicht auf ist.«

»Der Dürre Karl?«, fragte Hannah.

»Der Kerl von gestern Abend. Er betreibt diese Schlafstätte. Tagsüber ist es ein Rotes Haus für die Handwerker. Manchmal braucht er ein paar Frauen dafür. Dann darf man eine Woche lang kostenlos hier wohnen.«

»Ein Rotes Haus? Du meinst ein Haus für …« Hannah raffte sofort ihren Rock, um hinter der Schwarzen Liss die Treppe hinabzusteigen. Erst jetzt erkannte sie, dass diese nur aus in der

Mauer steckenden Holzbohlen bestand. Ohne Geländer. Eng an die Mauer gedrückt lief sie hinter der Schwarzen Liss her. Sie gingen durch den Raum und waren schon am Tor, als sie angesprochen wurden.

»Wohin so eilig, meine Täubchen?« Der Kerl war mindestens sechs Fuß groß, ging leicht vornübergebeugt, so als könnte das Rückgrat ihn kaum tragen, und drückte mit Händen, die mindestens doppelt so groß waren wie die eines gewöhnlichen Menschen, gegen die Tür. Er hielt den Kopf leicht schräg und musterte Hannah. Er hatte nur ein Auge; das andere fehlte ihm offenbar, denn irgendjemand hatte ihm das Lid mit groben Stichen über der leeren Höhle zugenäht.

»Wen hast du mir denn da mitgebracht, Liss? Sieht aus, als wäre sie in einen Sudtopf gefallen und gesotten worden.«

»Lass sie in Ruhe, Karl!«, zischte die Schwarze Liss.

»Aber ich will doch nichts von ihr«, grinste der Dürre Karl sie an. Dabei fasste er Hannah mit einer seiner riesigen Hände unter das Kinn, und ehe sie sichs versah, tastete er mit der anderen über ihre Brüste.

Sie zuckte zurück, und der Kerl lachte. »*Noch* nichts!« Doch plötzlich wurde er ernst. »Du schuldest mir Geld, Liss. Und nicht nur mir. Der Rote war gestern Vormittag da. Er hat gesagt, du hättest ihm seinen Anteil nicht abgeliefert. Er würde sich aber holen, was ihm zusteht.«

Die ganze Zeit über hatte er die Schwarze Liss nicht ein einziges Mal angesehen, sondern den Blick unverwandt auf Hannah gerichtet und sie mit Blicken verschlungen. Sie hatte das Gefühl, als wäre sie nackt.

In Hannahs Kopf pochte es schmerzhaft. Sie vermochte nur gepresst zu atmen und war bereit, sofort zu kratzen und zu beißen, wenn dieser riesige Kerl sie noch einmal anfassen würde. Doch der Dürre Karl schien ihre Angst zu spüren. Er beugte sich vor, zeigte ihr beim Lachen seine Zahnlücken und starrte sie mit seinem einen Auge gierig an. »Keine Angst, meine Schöne, wir kommen schon noch zusammen. Wenn nicht jetzt, dann eben später.« Er lachte unmäßig, als habe er einen besonders guten Scherz gemacht.

Hannah drehte das Gesicht weg. Sie wollte ihn nicht ansehen, sie wollte seinen stinkenden Atem nicht riechen, sie wollte nur weg, weg, weg.

»Ja, geht nur arbeiten, meine Täubchen. Heute Abend wird der Rote da sein. Der will das Geld.« Die letzten Sätze säuselte der Dürre Karl und wollte Hannah am Hals kraulen. Doch die fuhr ihm blitzschnell mit ihren scharfen Fingernägeln über den Handrücken und kratzte ihn blutig. Der Kerl zog verblüfft die Hand zurück und besah sich die roten Striemen, die sich über die Hand zogen. »Oho, das nenn ich Temperament.«

Mit einer Verbeugung öffnete er die Tür, als hätte er verstanden, was sie ihm mit ihrer Gegenwehr sagen wollte.

Im Vorbeigehen flüsterte er ihr zu: »Ich erwarte dich, Täubchen!«

Das Tor des Fledermausturms schloss sich hinter den beiden Frauen. Hannah hörte den Dürren Karl pfeifen, während sie über die schmalen Tritte der Hennastäpfala zum Kloster bei Sankt Stephan hochliefen.

Hannah bemerkte, wie die Stadtarme mit den Händen über die feuchte Mauer strich und dann den Schmutz in ihrem Gesicht verteilte. Mit einem Rockzipfel wischte sie sich den Dreck dann wieder aus dem Gesicht, aber in den Poren und Falten blieb etwas davon haften. Sie sah aus, als wäre sie um zehn Jahre gealtert.

Sie nickte Hannah zu, es ihr gleichzutun, und Hannah beschmierte sich ebenfalls mit dem feuchten Ziegelstaub.

»Beim Betteln darfst du nicht schön sein, sondern musst Mitleid erregen«, brummte die Schwarze Liss, die Hannah kritisch musterte. Dann nickte sie und ging wortlos weiter. Hannah stapfte ihr nach.

Lange sagte die Schwarze Liss nichts, dann aber, in einem kleinen Verbindungsgang zwischen zwei Häuserzeilen blieb sie stehen, drehte sich zu Hannah und packte sie an den Oberarmen.

»Es war ein Fehler, was du eben gemacht hast«, begann sie. »Wir dürfen uns den Dürren Karl nicht zum Feind machen.«

»Warum? Soll er mich etwa anfassen dürfen?«, gab Hannah zurück.

»Darum geht es nicht.« Die Schwarze Liss redete schleppend, so als fiele es ihr schwer, das zu sagen, was sie jetzt sagen musste. »Wir müssen irgendwo schlafen. Wenn wir nicht im Fledermausturm unterkommen, müssen wir in der Gosse nächtigen oder in einer Kirche Unterschlupf suchen.«

»Dann tun wir das eben«, antwortete Hannah trotzig.

Mitleid lag im Blick der Bettlerin, als sie Hannah losließ. »Du bist wirklich noch nicht die Röttel, sonst würdest du das nicht sagen. Glaubst du, auf der Straße lässt man dir deine Ruhe? Glaubst du, die Geistlichen in den Kirchen überlassen einer Frau, die so jung und trotz ihrer Brandwunden so hübsch ist wie du, einfach so ein Nachtlager? In was für einer Welt hast du denn gelebt?«

Langsam begriff Hannah, was die Schwarze Liss ihr sagen wollte. Sie stand vor der Schwarzen Liss und blickte an ihr hinunter. Heute Morgen hatte die Bettlerin noch ebenso jung ausgesehen wie sie selbst. Inzwischen hatte sich ihr Aussehen so sehr verwandelt, dass man sie für eine alte Frau hätte halten können. Und da begriff Hannah noch etwas anderes, nämlich, was dies alles bedeutete.

»Ist das der Grund, warum du dich älter machst, als du bist, Liss?«

Die Angesprochene nickte bedächtig. »Unter unseresgleichen gelten andere Regeln. Als Frauen sind wir – wehrlos.« Es war kein Lächeln, das auf ihren Lippen lag, es war ein Blick gepaart mit Schmerz, mit Schicksalsergebenheit, so als müsste man die Welt, in die man mit der Geburt geworfen worden war, so annehmen, wie sie einem entgegenkam.

»Ich bin nicht wehrlos«, sagte Hannah, aber es klang nicht wirklich überzeugt. Dann senkte sie die Stimme. »Ich bin nur allein, seit Jakob und meine Tochter …« Sie konnte den Satz nicht beenden. Ein heftiges Schluchzen unterbrach sie. Plötzlich fühlte sie, wie sie in eine Leere gespült zu werden drohte, die bodenlos schien. Gera und Jakob, beide waren tot – und sie lebte. Hannah spürte, wie ihre Knie nachgaben. Sie musste sich an der Wand abstützen. Ein Schwall dunkler Gedanken stieg in ihr auf und raubte ihr alle Kraft.

»Komm«, sagte die Schwarze Liss, fasste Hannah am Arm und zog sie mit sich. »Wir brauchen etwas zu essen – und wir brauchen ein paar Münzen bis heute Abend.«

Hannahs Lippen zitterten, doch die Welt ließ ihr keine Wahl. Wer sich der Trübsal überließ, der sank bis auf den Grund des Elends. Und sie hatte ein Ziel vor Augen.

Sie stapften am Dom vorbei und durch das Tor der Domstadt hinunter in die Kaufleutestadt, vorbei am dreigiebeligen Rathaus und dem Brunnen vor dem Weberzunfthaus. Der Geruch nach frischem Brot stieg ihr in die Nase, als sie am Brotmarkt vorüberschlichen. Auf schräg gestellten Karren boten die Bäcker ihre Brote und Semmeln und ihr süßes Gebäck feil. Hannah bemerkte, wie hungrig sie war, und ihr Magen zog sich schmerzhaft zusammen bei dem Duft des gebackenen Teigs. Am liebsten wäre sie stehen geblieben und hätte sich wenigstens satt gerochen, doch die Schwarze Liss zog sie weiter.

»Wir müssen einen guten Platz bekommen, Röttel, wenn du

etwas zu essen willst«, herrschte sie Hannah an. Sie ging um die Kirche Sankt Moritz herum – und dort lagerten bereits gut vierzig zerlumpte, einbeinige oder einarmige Wesen vor dem Hauptportal. Die Schwarze Liss unterdrückte einen Fluch und stieß Hannah vorwärts. »Lass dich nicht wieder kleinkriegen. Die Röttel hatte einen Platz in der dritten Reihe vor dem Portal. Da gehörst du hin. Diesen Platz hat sie bezahlt – also hol ihn dir.«

»Und wenn sie bemerken, dass ich nicht die Röttel bin?« Verzweiflung lag in Hannahs Stimme.

»Du hast ihre Marke, also bist du die Röttel, egal welches Gesicht du trägst!«, zischte die Liss.

Die Angst schnürte Hannah die Kehle zu. Sie war zwar nicht die Röttel, aber sie musste etwas essen. Was die schiere Not aus den Menschen machte und mit den Menschen machte, hatte sie sich bis dahin kaum vorstellen können. Selbst jetzt beobachtete sie sich, als würde sie eine Fremde begleiten.

Mit den Ellenbogen arbeitete sie sich vorwärts bis zur dritten Reihe. »Ich bin die Röttel«, zischte sie immer wieder, wenn sie sich an irgendwelchen zerlumpten Kerlen vorbeischob oder wenn eine der Frauen sie aus dem Weg stieß. Das Bewusstsein, dass sie hungrig war und essen wollte, hielt sie aufrecht. Sie entwand sich den Griffen, schlug auf die Finger, die an ihr zerrten, und zischte den anderen ihr »Ich bin die Röttel!« scharf in die Ohren.

Als sie schließlich dort kauerte, wo sie nach Meinung der Schwarzen Liss zu sitzen hatte, war sie verschwitzt und erschöpft. Am liebsten hätte sie die Augen geschlossen, sich zusammengerollt und ein wenig geschlafen.

Anders als am gestrigen Tag vor der Jakobskirche nahm die Schwarze Liss diesmal neben ihr Platz. Dies geschah so mühelos, als sei es das Selbstverständlichste der Welt. »Warum musst du nicht kämpfen?«, flüsterte Hannah ihr zu.

»Weil ich jeden Tag hier sitze ... und ... Ich erkläre es dir später«, flüsterte die Bettlerin zurück.

In diesem Augenblick kamen die ersten Besucher der Frühmesse.

Sankt Moritz war die Kirche der reichen Bürger und Patrizier. Männer in langen schwarzen Roben, die mit Pelz besetzt waren, erschienen. Hannah kannte sie alle. Sie unterhielten sich miteinander und gingen ungerührt durch das Spalier der Bettelnden und um Almosen Flehenden, kümmerten sich nicht um die Hände, die an ihnen zerrten, die nach einer Münze gierten, um die bittenden und fordernden Blicke, um die Zurufe. Als wären die Menschen um sie herum gar nicht da, so bahnten sie sich ihren Weg.

Hannah senkte den Blick und hob die Hand. Als die ersten Kirchgänger durch die Menge geschritten waren und nichts gegeben hatten, wurden die Rufe lauter, verengte sich die Gasse, drängten die Bettelnden nach vorn und forderten ihr Recht. Fast mit Gewalt mussten sich die Gottesdienstbesucher den Weg in die Kirche bahnen.

»Greif ihm in die Tasche!«, schrie die Schwarze Liss ihr zu, als einer der Männer, in dem sie einen der Bitschlin-Sprösslinge erkannte, stolperte und beinahe zu Boden stürzte. Wie von selbst fuhr ihre Hand in die Tasche der mit Pelz verbrämten Schaube, und tatsächlich ertastete sie ein paar Münzen. Ihre Hand schloss sich um die Münzen – doch ehe sie sichs versah, war der junge Fant aufgesprungen und hatte sie kurz mit sich gerissen. Ihr Arm glitt aus dem Wams. Weitere Geldstücke wurden dadurch aus der Tasche geschleudert und klimperten auf den Boden. Das Geräusch löste schrilles Gekreisch aus. Die Bettler und Bettlerinnen warfen sich zu Boden, versuchten mit dem Körper die Münzen zu bedecken, um sie sich zu sichern. Doch mit Fußtritten und Faustschlägen wurden sie zur Seite gerissen und weggestoßen.

Hannah jedoch hielt ihre Faust weiter geschlossen. Fassungslos betrachtete sie diesen Kampf um ein paar Kupfermünzen.

»Was tun sie da?«, flüsterte sie, nachdem sie sich in ihre Reihe zurückgekämpft hatte.

»Sie wollen leben, Kindchen«, sagte die Schwarze Liss neben ihr, die sich ebenfalls auf den Boden geworfen hatte und jetzt mit einem triumphierenden Ausdruck im Gesicht auf ihre geschlossenen Finger hinunterblickte. »So eine Gelegenheit kommt so schnell nicht wieder.«

Ein schnalzendes Geräusch ließ Hannah zusammenfahren. Eine weitere Gruppe von fünf Patriziern näherte sich. Doch diesmal wich die Menge vor ihnen zurück. Der Durchgang wurde breiter. Mitten in der Gruppe schritt Hartmut Aigen einher. Sie hatte ihn sofort erkannt, obwohl sich der Laffe wieder neu eingekleidet hatte und so bunt schillerte wie ein Stieglitz. Sogar die Haare hatte er sich getönt und farbige Seidenbänder eingeflochten. Vor ihm her ging ein Lakai, der seinem Herrn mit einer Peitsche den Weg freiprügelte. Kurz bevor er durch das Portal in die Kirche trat, drehte er sich um und warf mit raschen Bewegungen zwei Hände voller Kupfermünzen unter die Wartenden. Das Rudel der Bettler stürzte sich auf das Geld wie ein Schwarm Schmeißfliegen. Hannah beteiligte sich nicht daran, sondern starrte Aigen an, in dessen Gesicht sich Abscheu und Genugtuung paarten. Für einen kurzen Augenblick trafen sich ihre Blicke, und Hannah bemerkte, wie eine Falte sich in Aigens Stirn grub. Sofort senkte sie den Blick und tat so, als würde sie ebenfalls auf dem Boden nach Münzen suchen, ohne ihn dabei aus den Augen zu lassen. Tatsächlich fand sie eines dieser kleinen Geldstücke, das unter den Fuß des Stadtarmen vor ihr gerollt war. Als dieser sich auf die Knie niederließ und dabei die Ferse hob, kam es zum Vorschein, und Hannah griff zu.

Sie konnte noch aus den Augenwinkeln beobachten, wie Aigen den Kopf schüttelte, sich umdrehte und schließlich in der Kirche verschwand. Hannah blickte ihm verstohlen nach, bis der bunte Vogel im Dunkel des Kircheninneren verschwunden war.

Jemand zupfte Hannah am Rock.

»Komm, wir verschwinden«, flüsterte die Schwarze Liss und erhob sich.

Hannah ließ sich das nicht zweimal sagen. Entschlossen drängten sie sich aus der wild umherwogenden Menge von Männern und Frauen.

»Sie tun den Leuten Gewalt an und haben sie in der Gewalt«, sagte die Schwarze Liss, als sie sich zum Katharinenkloster hinüber zurückzogen. »Mit welcher Verachtung Aigen sie belohnt hat.«

»Ich habe Hunger«, jammerte Hannah. Ihr Bauch krampfte sich zusammen, als hätte sie ihren monatlichen Blutfluss. »Ich muss etwas essen.«

Die Schwarze Liss lehnte sich mit dem Rücken gegen die Klostermauer und Hannah stellte sich neben sie. »Schau«, sagte Hannah und öffnete ihre Faust. Ein gutes Dutzend Kupfermünzen hatte sie erwischt.

Die Bettlerin nickte mit verkniffenem Mund und öffnete ebenfalls die Faust. Auch in ihrer Hand lagen acht Münzen wie kleine dunkle Kiesel.

»Du hast recht. Wir sollten etwas zu essen kaufen. Dann denkt es sich leichter.« Sie nahm fünf der Münzen und schob sie in den Saum ihres Rocks. Die drei verbliebenen Geldstücke steckte sie in einen Beutel, den sie zwischen ihren Brüsten hervorzog.

»Warum tust du nicht alles in den Beutel?«, fragte Hannah.

»Also, deine Fragerei bringt mich noch mal ins Grab. Tu's mir einfach nach. Du wirst noch früh genug erfahren, wofür es gut ist. Die Röttel hatte ein ebensolches Versteck.« Sie deutete auf Hannahs Rock.

Hannah entdeckte am Saum ihres Rocks eine ähnliche Öffnung. Sie nahm acht Heller und steckte sie in den Saum. Den Rest behielt sie in der Hand. Einen Beutel besaß sie nicht.

»Brot?«, fragte die Schwarze Liss und grinste sie an.

»Brot!«, antwortete Hannah. »Ich sterbe vor Hunger.«

»So schnell stirbt man nicht, Kindchen.«

Sie machten einen Bogen um Sankt Moritz und ließen sich vom Duft der Bäckerstände auf dem Brotmarkt anlocken. Wie ein Schwarm Mücken umschwirrten die Menschen die Stände. Hannah wollte auf den erstbesten Stand zulaufen und dem Bäcker für eine ihrer Münzen etwas abkaufen, doch die Schwarze Liss hielt sie mit harter Hand zurück.

»Wir werden nicht jeden Tag so viel Glück haben. Also teil dir den Verdienst ein. Er muss womöglich für einen Monat reichen.« Sie schlichen um die Karren mit den Backwaren herum, atmeten den Duft des frischen Brots ein und rochen sich fürs Erste satt.

Hannah konnte sich kaum noch auf den Beinen halten, so sehr packte sie der Hunger in den Eingeweiden. Doch erst als sie mindestens zweimal um alle Karren herumgestrichen waren, musterte die Schwarze Liss die Bäcker selbst. Dann deutete sie mit dem Kinn in Richtung eines jungen Gesellen, der unruhig auf und ab lief. Er war beinahe alle seine Brote losgeworden. Nur ein etwas verschobener Laib lag noch auf dem Karren.

»Schau ihn dir an. Entweder will er so rasch wie möglich zurück in die Backstube, oder aber mit dem Brot stimmt etwas nicht.« Die Schwarze Liss lächelte boshaft. »Es ist vermutlich zu leicht und auch etwas missraten. Aber sein Meister würde ihn verprügeln, wenn er es nicht losbrächte. Also nehmen wir es ihm ab, für günstiges Geld. Bevor die Marktaufsicht ihn stellt, die dort drüben anrückt.«

Noch bevor sie an den Karren herangetreten waren, blaffte der Geselle sie an: »He, verschwindet!«

»Ist er nicht ein netter Junge, Röttel?«, sagte die Schwarze Liss zu Hannah.

»Er wird uns sicher etwas zu essen geben.« Hannah ging auf das Spiel der Stadtarmen ein, ohne recht zu wissen, worauf die hinauswollte.

»Haut ab! Ihr vertreibt mir die Kunden!«, schimpfte der junge Kerl erneut. Hannah sah, wie sein Blick immer unruhiger zur Marktaufsicht hinüberging, wie er von einem Fuß auf den anderen trat.

Der Stadtbedienstete wurde begleitet von einem Schreiber, der eine Handwaage in der Hand hielt. Er deutete auf verschiedene Brotlaibe und Semmeln, ließ sich diese geben und prüfte anhand der Waage, ob sie dem vorgeschriebenen Gewicht entsprachen.

Der Geselle wollte soeben zusammenpacken, als die Röttel sich halb auf die Karrendeichsel setzte.

»Wohin so eilig, mein Freund?«

»Steht auf. Ihr macht mir nur Schwierigkeiten«, fauchte der Junge. »Ich rufe sonst den Büttel.«

»Ach ja?« Die Schwarze Liss lachte belustigt. »Ruf ihn ruhig. Er wird sich sicher für das Brot hier interessieren.«

Dabei hob sie den Arm und winkte die Marktaufsicht heran. Der Schreiber schien sie tatsächlich gesehen zu haben, denn er nickte ihr zu, musste jedoch noch ein Rosinenbrot abwiegen und das Gewicht notieren.

»Seid Ihr verrückt?«, beschwor der Geselle sie, schon nicht mehr ganz so forsch.

»Nein, aber hungrig«, nahm Hannah die Frage auf. »Und interessiert an diesem Brot.«

»Ich … kann es nicht verschenken«, murmelte der Junge.

»Wir wollen es nicht geschenkt«, sagte die Schwarze Liss langsam. »Wir wollen nur, dass es gewogen wird.«

»Verfl…«, stieß der Geselle hervor.

Hannah konnte nicht erkennen, ob der Geselle den Satz der Bettlerin gemeint hatte oder den Umstand, dass die Marktaufsicht direkt auf sie zukam.

»Ihr habt gewonnen«, sagte der Geselle plötzlich. »Ich schenke euch das Brot. Aber nur unter der Bedingung, dass ihr sofort davon esst. Sofort. Nehmt schon. Beißt ab.«

Hannah ließ sich nicht zweimal dazu auffordern. Das Brot zu packen, es auseinanderzureißen und einen Bissen davon in den Mund zu schieben, war eine einzige fließende Bewegung. Ohne sich weiter um den Gesellen oder die Marktaufsicht zu kümmern, liefen die beiden Frauen davon. Noch nie hatte Hannah ein Stück Brot so köstlich gefunden.

8

Bruder Adilbert setzte den letzten Punkt unter das Dokument. Es war leicht zu erstellen gewesen. Die Kanzleischrift der Stadt kannte er im Schlaf. Schließlich hatte er im Auftrag des Abtes Heinrich mehrere Schenkungsurkunden aus der Zeit der Klostergründung kopiert und ergänzt.

Er überflog den Text noch einmal, obwohl er wusste, dass er sorgfältig und fehlerlos arbeitete.

Auf dem Pergament waren in sauberen Buchstaben und Zahlen die Grundstücksgröße und die Art des Grundstücks im Pfaffenwinkel notiert. Auch ein Haus mit Hinterhaus wurde erwähnt, in dessen Untergeschoss es eine Werkstatt gab. Ein gewisser Felix Meier verpachtete das Grundstück im Namen seines Herrn, dessen Name jedoch nicht eingetragen werden sollte. Das würde vor Ort erfolgen, wenn die Zeugen zugegen waren. Nichts Ungewöhnliches oder Merkwürdiges enthielt die Schrift also. Fast glaubte er schon, dass es sich tatsächlich nur um die Wiederherstellung einer verloren gegangenen Urkunde handelte. Solche Missgeschicke kamen vor, und die Ursachen waren vielfältiger Natur: Ratten, Wasser, Feuer oder eben schlicht das Alter. Wenn das Pergament nur von minderer Güte war, dann konnte es durchaus vorkommen, dass die Kalkschicht zu dick aufgetragen worden war. Dann bröckelte sie ab, und damit verschwand auch die Schrift unwiederbringlich. In solch einem Fall musste man die Urkunde erneuern.

Auch die Zeugenreihe war beeindruckend. Nicht nur der hiesige Abt Heinrich, auch ein Dompropst und sogar der Stadtpfleger selbst waren aufgeführt. Solche Männer unterschrieben eine Urkunde nicht einfach so. Der Besitz des Grundstücks samt Haus hatte offenbar seine Richtigkeit.

Einigermaßen beruhigt faltete er das Dokument und legte es in die Schublade unter seinem Pult. Dann beugte er sich über seine eigentliche Arbeit.

Doch er konnte sich nicht darauf konzentrieren. Immer, wenn er das Dokument in der Hand hielt, musste er an den unheimlichen Besuch des Fremden denken. Es beunruhigte ihn, dass er nicht wusste, wohin der Unbekannte verschwunden war. Dabei hatte er nicht viel Zeit verstreichen lassen, bis er ihm hinterhergelaufen war. Er hätte ihn auf alle Fälle noch sehen müssen. Wenn der andere sich nicht in Luft aufgelöst hatte, dann musste er einen Weg genommen haben, der ihm, Adilbert, unbekannt war. Und das erschien dem Mönch kaum möglich. Er hatte sein Leben in diesen Mauern verbracht und kannte sie wie die Falten und Taschen seiner eigenen Kutte. Wenn der Unbekannte nicht der Teufel gewesen war, dann musste er einen Gang kennen, von dem viele im Konvent – ihn eingeschlossen – nichts wussten.

Tagelang hatte Bruder Adilbert die Wände abgeklopft, hinter Bilder gesehen, doch nirgends war er auf einen Hinweis gestoßen, dass man vom Gang zum Scriptorium aus nach draußen gelangen konnte.

Er wandte sich wieder der Kopierarbeit an der »Vita Simperti« zu, in der vom Willen des Heiligen die Rede war, den von einem Wolf verschleppten Knaben vor den Gefahren des Waldes zu schützen und ihn den Eltern gesund wiederzubringen.

Bruder Adilbert konnte Latein leidlich lesen und übersetzen, was ihm wertvolle Dienste leistete. Für ihn waren diese Abschriften nicht nur eine Ansammlung von Buchstaben, die es abzumalen galt, sondern sie ergaben einen Sinn.

»Nun, Bruder Adilbert, habt Ihr meinen Auftrag ausgeführt?«

Der Mönch ließ die Feder, die er gerade eingetunkt hatte, in das Tintenfass zurückfallen, so heftig erschrak er.

»Herrgott!«, stieß Bruder Adilbert hervor. Die spritzende Tinte hatte einen feinen Regen schwarzer Punkte über die Seite verteilt. Es würde ihn unendliche Mühe kosten, all diese Spritzer mit dem Federmesser abzukratzen und mit Kalk wieder unsichtbar zu machen. Bruder Adilbert drehte sich um und blickte in das dunkle Gesicht unter der Kapuze.

»Die Urkunde!«, sagte der Fremde und streckte die Hand aus.

Am Ringfinger der rechten Hand entdeckte der Mönch einen Siegelring, der ihm jedoch völlig unbekannt war. Das wiederum verwunderte ihn wenig, schließlich hatte er die Mauern dieses Klosters beinahe fünfzehn Jahre lang nicht verlassen Er kannte von der Welt dort draußen nur ein Stück Himmel, in den er sich in warmen Sommern hineinträumte, wenn er unter einem Apfelbaum im Klostergarten stand und den Blick hob.

Bruder Adilbert griff in die Schublade und holte das gefaltete Pergament heraus. Er hatte es mühsam abgeschabt, hatte es neu eingekalkt und wieder beschrieben.

Der Unbekannte wollte danach greifen, doch im letzten Moment zog der Mönch die Hand mit dem Pergament zurück.

»Ihr sagtet etwas von einer … Belohnung für meine Mühe.«

»Sagte ich das? Nun, dann wird es wohl stimmen.«

»Und wenn ich Euren Versicherungen misstraue?«, fragte der Mönch etwas zu hastig, was sein tiefes Unbehagen nur allzu deutlich machte.

»Würdet Ihr mich besser kennen, würdet Ihr wissen, dass ich meine Versprechen halte. Immer halte. Aufs Wort.« Das Lachen des Fremden wirkte so kalt, dass Bruder Adilbert fröstelte.

»So seid Ihr ein Scholastiker – und damit gefährlich. In Worte kann man die Welt legen – oder eben nichts.«

»Ich sehe, Bruder Adilbert, ich habe in Euch den richtigen Mann gefunden. Sorgt dafür, dass Ihr in einer Woche hier in diesem Raum allein seid. Dann will ich Euch eine süße Versuchung bringen. Bis dahin …«

Ungeduldig wedelte der Fremde mit der beringten Hand und forderte das Dokument.

»Ich nehme Euch beim Wort.«

»Was Ihr tun sollt«, sagte der Unbekannte, dessen Kapuze wiederum keinerlei Blick auf das Gesicht gewährte. Bruder Adilbert hatte das unbehagliche Gefühl, als wäre dahinter einfach nichts.

Bruder Adilbert übergab ihm das Pergament, und der Unbekannte schob es unter seinen Kapuzenmantel.

»Wollt Ihr es nicht wenigstens prüfen?«, fragte der Mönch verblüfft.

»Eure Arbeit ist berühmt, Bruder Adilbert. Außerdem …«, hier zögerte der Fremde einen Augenblick lang, »… würdet Ihr es bereuen, wolltet Ihr versuchen, mich zu betrügen.«

Damit ließ er Bruder Adilbert stehen und lief mit wehendem Mantel zur Tür.

Diesmal hatte der Mönch jedoch seine Fassung rasch wiedergewonnen. Kaum war der Fremde aus der Tür, rannte er ihm nach. Bruder Adilbert zog die Tür auf, spähte nach draußen – doch er sah niemanden mehr.

Die Tatsache, dass der Unbekannte nur höchstens zehn Schritte Vorsprung hatte und dennoch wieder wie vom Erdboden verschluckt war, nahm ihm zuerst den Atem. Er fühlte, wie eine eisige Hand ihn im Nacken packte und ihm kalt über den Rücken fuhr. War es doch der Teufel gewesen, der ihn hier versucht hatte?

Vorsichtshalber hatte er als Mönch bei der Erstellung des Dokuments sorgfältig darauf geachtet, dass kein Blut auf das Pergament kam. Weder beim Spitzen der Federkiele noch beim

Radieren hatte er einen Tropfen davon vergossen. Und er hatte auch kein Rinderblut verwendet für die Tintenfarbe. Denn der Teufel brauchte Blut, wollte er ihn um das Seelenheil bringen.

Er murmelte rasch ein Vaterunser, dann versuchte er wieder zu denken, wie er es gewohnt war: mit klarem Verstand.

Er trat auf den Flur hinaus und blickte sich aufmerksam um – dann lächelte er. Seine List war aufgegangen. Tagtäglich war er vor seiner Arbeit in die Küche gegangen und hatte etwas Ruß aus dem Aschebehälter des Ofens geholt. Die Rußflocken hatte er sorgfältig auf dem Boden um sein Stehpult herum verstreut und nur einen kleinen Bereich freigelassen, damit er nicht selbst in den dunklen Staub trat. Der Fremde war in den fettigen Ruß getreten und hatte auf dem Boden des Gangs leichte Fußabdrücke hinterlassen.

Bruder Adilbert musste nicht lange suchen. Wer wusste, wonach er schauen musste, dem fielen die Abdrücke ins Auge. Der Mönch folgte ihnen und erwartete, dass sie vor einer Mauer einfach aufhören würden. Doch die Fußabdrücke führten zu einem alten Schrank im Flur, der, wie drei weitere Schränke, zur Aufbewahrung von Wäsche und liturgischen Gegenständen diente.

Vor der Schranktür endeten die Spuren.

War der Kerl durch den Schrank gegangen, weil ihm die Mauern zu dick waren? Bruder Adilbert hob die Brauen. Dann griff er nach der Tür und zog sie auf. Sie ließ sich geräuschlos öffnen. Im Schrank befanden sich rechts eine Reihe mit Schubladen, links hingen an einer Stange mehrere Mönchskutten. Es waren die Kutten verstorbener Brüder, die für einige Zeit dort aufbewahrt wurden, um dann an neu Ordinierte weitergereicht zu werden.

Bruder Adilbert griff zwischen die Kutten und schob sie beiseite.

Dahinter trat die hölzerne Rückwand zutage. Bruder Adilbert tastete sie ab. Nichts deutete auf einen Durchgang hin. Dann betrachtete er prüfend den Boden des Schranks und nickte. Deutlich waren zwei Fußabdrücke zu sehen, die … Bruder Adilbert stutzte … nicht zur Rückwand zeigten, sondern nach rechts, zur Schubladenseite. Vorsichtig ließ er die Kutten zurückschwingen, schob sie alle zur linken Außenwand und tastete die Schubladenwand ab. Tatsächlich ertastete er einen schmalen Spalt, so als wäre die Wand geteilt. Vorsichtig drückte er dagegen – und tatsächlich öffnete sich eine Tür, die gerade so schmal war, dass sich ein schlanker Mann hindurchzwängen konnte.

Bruder Adilbert knurrte vor Genugtuung, und sein Herz schlug einen rasenden Takt. Er hatte also den Weg gefunden, den dieser Teufel für gewöhnlich nahm. Am liebsten hätte er laut herausgeschrien, dass er diesen Kerl und seinen Mummenschanz schon halb aufgedeckt hatte.

Er ließ die Kutten vorsichtig wieder zurückgleiten, schloss leise die Tür des Schranks und versuchte sich das Gebäude vorzustellen. Wenn er sich den Grundriss vor Augen führte, dann musste in dieser Mauer entweder eine Treppe beginnen oder aber ein Leiterschacht in die Tiefe führen.

Morgen oder übermorgen würde er hindurchgehen.

Morgen oder übermorgen würde er dem Fremden auf die Schliche kommen.

9

Wie ein Geist war beim Dom die grobschlächtige Frau vor Hannah und der Schwarzen Liss aufgetaucht und hatte beide unsanft aus der Menge vor der Heilig-Drei-König-Kapelle gezogen. Die Schwarze Liss hatte gerade noch Gelegenheit gehabt, Hannah zuzuraunen: »Die Dicke Fanny! Die hat mir gerade noch gefehlt ...« Jetzt standen sie vor dem Domstadttor und stritten miteinander.

»Sie ist nicht die Röttel!«, sagte die Dicke Fanny und deutete auf Hannah und musterte sie von Kopf bis Fuß.

»Du musst dich täuschen«, antwortete ihr die Schwarze Liss. »Sie war fast vier Wochen in den Hexenlöchern.«

»Hältst du mich für blöde?«, blaffte die Bettlerin die Schwarze Liss an.

»Muss ich ehrlich sein, oder darf ich lügen?«, versetzte diese keck.

Zornig holte die Dicke Fanny aus und schlug mit dem Handrücken zu. Sie traf Liss an der Lippe. »Die Röttel – nie und nimmer!«

Die Schwarze Liss fuhr sich mit der Zunge über den Riss in der Lippe, aus dem ein dicker Tropfen Blut quoll.

»Wag es ja nicht, dich auf meine Kosten lustig zu machen, solange du in meinem Bezirk arbeitest, Liss.«

Auch wenn Liss gleichgültig mit den Schultern zuckte, spürte Hannah, dass sie dieser Frau nichts weniger als die Pest an den Hals wünschte.

Sie stand stumm dabei, wie die Bettlerin ihr geraten hatte. Langsam begann sie zu begreifen, dass die Stadtarmen nach einer bestimmten Ordnung arbeiteten, die sich nach der Gottesdienstordnung der Kirchen richtete, denen sie zugeteilt waren. Der Röttel, so hatte die Liss ihr verraten, war den Kirchen Sankt Jakob, Sankt Moritz und der Heilig-Drei-König-Kapelle vor dem Dom zugewiesen sowie gegen Abend der Kirche Heilig Kreuz. Dorthin würde die Schwarze Liss sie nicht begleiten können, da sie selbst bei Sankt Ulrich betteln müsse. Männer und Frauen waren offenbar in Riegen eingeteilt, die zu unterschiedlichen Zeiten an unterschiedlichen Orten die Hände nach Almosen ausstreckten.

»Das kostet mindestens zwei Heller. Ich kenne alle meine Frauen – und das ist nicht die Röttel! Die ist viel zu fett.«

Die Dicke Fanny war nicht eigentlich dick. Sie hatte jedoch offenbar durch mehrere schwere Geburten einen Kinderbauch zurückbehalten, der sich nicht zurückgebildet hatte. Dabei war ihr Gesicht so knochig, dass sie gut und gern als Vorbild des Sensenmanns durchgegangen wäre. Ihr Gesicht war blass und teigig. An den Händen und um die Augen wirkte die Haut wie durchsichtig.

»Zwei Heller? Bist du verrückt?«, blaffte die Schwarze Liss.

Wieder holte die Dicke Fanny aus, doch diesmal war die Schwarze Liss gewarnt. Sie holte mit ihrem Stock aus und ließ ihn auf die Dicke Fanny niedersausen, und Hannah hörte, wie mit einem hässlichen Knacken ein Knochen in Fannys Hand brach. Die Bettlerin stand zuerst da wie versteinert und betrachtete ihre Hand, an der zwei Finger in einem schiefen Winkel abstanden. Dann wurde das Gesicht noch blasser und verzerrte sich.

»Ich bin die Röttel, auch wenn es in deinen verdammten Schädel nicht hineingeht!«, brach es plötzlich aus Hannah heraus.

»Verflucht, was kann ich dafür, dass man mich beinahe angezündet hat?«

Ein hasserfüllter Blick der Dicken Fanny traf sie. Diese hielt sich die Hand. Sie wankte leicht.

»Im Grunde ist es mir egal, ob du die Röttel bist oder nicht«, fauchte sie zwischen aufeinandergebissenen Zähnen. »Zwei Heller, oder ihr werdet an keiner Kirchentür mehr betteln.«

Hannah sah Tränen in den Augenwinkeln der Frau. Die gebrochene Hand musste höllisch schmerzen.

»Hier«, sagte Hannah, »deine zwei Heller. Und lass uns in Ruhe.« Sie drückte der Dicken zwei Geldstücke in die gesunde Hand, dann drehten Hannah und die Schwarze Liss sich wie auf Befehl um.

»Ihr … werdet keine Ruhe mehr haben … solange ich laufen kann«, zischte die Dicke Fanny hinter ihnen her. »Das wirst du mir büßen, Liss!«

Die Schwarze Liss wartete, bis die Dicke Fanny außer Hörweite war. »Sie wird es nicht überleben«, sagte sie trocken, als sie zur Kapelle zurückgingen.

Hannah erschrak. »Wegen der gebrochenen Hand?« Hannah fühlte ein Bedauern mit der teigigen Frau.

Die Liss zuckte mit den Achseln. »Sie hat eine schlechte Wundheilung. An ihrem letzten Kind wäre sie beinahe verblutet.«

»Warum hat sie Geld verlangt?«, fragte Hannah leise. Sie musste schlucken bei dem Gedanken, dass diese Unvorsichtigkeit ein Todesurteil gewesen war. Es schnürte ihr die Kehle zu.

Die Schwarze Liss hielt kurz inne, schloss die Augen und stieß einen tiefen Seufzer aus.

»Bedaure es bloß nicht, dieses Weibsstück.« Dann spie sie auf den Boden. »Es ist ohnehin schon spät«, sagte sie dann und deutete auf die aus der Kapelle strömenden Geistlichen. »Und die Pfaffen sind geizig. Kaum einer lässt eine Münze fallen. Als könnten sie ihre Heller mit ins Jenseits nehmen. Dafür beten sie für uns und für unser Seelenheil. Mir wäre ein voller Bauch allemal lieber. Mit einem vollen Bauch glaubt es sich leichter an das Heil der Seele und die Vergebung der Sünden.«

Hannah lief hinter der Bettlerin her, die in die Kapelle ging.

»Setz dich her, ich muss mit dir reden.« Sie nahmen auf einer Bank Platz, die für Bresthafte im hintersten Winkel der Kirche aufgestellt worden war.

Die Kirche wirkte verlassen und düster. Die Frühjahrssonne war längst hinter den Häusern der alten Pfalz verschwunden.

Hannah betastete ihr Gesicht und fuhr sich über ihr spärliches blondes Haar, das inzwischen verfilzt war. Ihre Wangen waren eingefallen, die Wangenknochen standen hervor. Und sie spürte die Stellen, wo ihr Gesicht von Brandwunden gezeichnet gewesen war. Eine Schönheit war sie wohl nicht mehr.

Die Schwarze Liss riss sie aus ihren Betrachtungen, indem sie sie kurz anstieß.

»Was immer du von uns Stadtarmen bislang gehört hast, Röttel, vergiss es. Wir haben ebenso eine Ordnung wie die Weber oder die Bäcker. Zwar haben wir kein Zunftrecht, aber wir sorgen dafür, dass alle von den Brosamen der Reichen satt werden können. Zumindest alle, die eine Bettelmarke haben. Wir brauchen Frauen, die dafür sorgen, dass niemand die Regeln verletzt. Die Dicke Fanny ist so eine Frau.«

Die Schwarze Liss faltete die Hände, als wollte sie beten. Doch offenbar versuchte sie nur, ihre Gedanken zu ordnen. »Sie wacht über die nördliche Stadt. Das ist gut so, denn dann findet sich nicht so viel Gesindel unter denen, die vor den Kirchen die Hand aufhalten. Für ihre Dienste verlangt sie jedoch Geld.«

»Aber das ist doch …«, unterbrach Hannah den Redefluss, doch die Liss schnitt ihr mit einer harschen Handbewegung das Wort ab.

»Urteile nicht voreilig. Natürlich nimmt sie auch für sich selbst. Andererseits sorgt sie dafür, dass auch Frauen versorgt werden, die gerade ein Kind unterm Herzen tragen oder eines geboren haben und deshalb nicht betteln können. Sie bezahlt Begräbnisse. Oder willst du einfach auf den Schindanger kommen? Unsereins ist noch nicht einmal so viel wert wie ein kranker Gaul. Und sie bezahlt die Geistlichen, die ein paar tröstende Worte am Grab sagen. Dafür ist das Geld. Und es ist herzlich wenig.«

Hannah senkte den Kopf vor Scham. Sie hatte keine Ahnung gehabt. Sie hatte überhaupt so wenig Ahnung von diesem Leben. »Entschuldige«, wisperte sie.

Dann saßen die Frauen stumm auf der Bank und genossen einfach das Dunkelwerden in der leeren Kapelle. Die Stille hier drinnen nahm fast Gestalt an und wurde zu einem tröstlichen Balsam, der sich auf die geschundenen Seelen legte.

Langsam erkannte Hannah, in was sie sich da verstrickt hatte. Tagsüber hatte sie nur versucht, sich etwas zu essen zu beschaffen, sich unauffällig zu bewegen und die Rolle der Röttel einzunehmen. Jetzt, nachdem im Kircheninneren der Abend spürbar wurde und sich verdichtete, wurde ihr schlagartig klar, dass unter der Röttel, zu der sie langsam wurde und zu der sie sich heute zum ersten Mal bekannt hatte, auch noch eine Hannah Meisterin steckte. Nur dass diese langsam begraben zu werden drohte. Sie wollte das nicht, doch sie wusste nicht, wie es zu verhindern war. Sie war ja ein Niemand. Sie konnte noch nicht einmal beweisen, dass sie lebte. Ihr abgebranntes Haus gehörte einer Toten, keiner Lebenden. Sie konnte also noch nicht einmal ihr Dasein rechtfertigen; schließlich waren drei Leichen gefunden worden. Damit hatte man ihr nicht nur die Gegenwart genommen, sondern auch die Zukunft, ihre einzige Zukunft: Gera. Sie spürte, wie ihre Unterlippe zu zittern begann und wie Trostlosigkeit sich in ihr ausbreitete, sodass sie sich am liebsten auf den steinernen

Fußboden der Kapelle geworfen hätte, um dort für eine Schuld Abbitte zu leisten, die sie sich aufgeladen haben musste, sonst hätte Gott der Herr sie nicht so hart bestraft. Dabei war sie sich einer solchen Schuld nicht bewusst.

Sie wollte sich eben aus dieser Düsternis losreißen, wollte aufstehen, als die Tür zur Kapelle aufgedrückt wurde.

»Los, hier rein!«, hörte sie eine Stimme – und diese ging ihr durch und durch. Sie fasste neben sich nach der Hand der Schwarzen Liss.

»Es wird nichts passieren. Du gehst vor bis zum Altar und wartest dort.«

Ein Kind stolperte in die Kapelle und stakste durch den leeren Innenraum bis zum Allerheiligsten. Dort blieb es einfach stehen. Das Kind trug ein dünnes grünes Kleid ohne Saum, das sich an den Rändern aufzulösen begann.

Hannah spähte zur Kapellentür, doch der geöffnete Flügel verwehrte ihr den Blick auf den Mann selbst.

»Er wird gleich kommen. Nur Geduld«, sagte die Stimme beschwörend. Dann fiel das Portal wieder zu, und das Innere der Kirche füllte sich mit einer beinahe unerträglich drückenden Stille. All das Sanfte, Beruhigende, Umfangende war verschwunden und hatte etwas Bedrohlichem Platz gemacht. Hannah und die Schwarze Liss wagten kaum zu atmen. Sie drückten sich kurz stumm die Hand: Sie waren eindeutig am falschen Ort und mussten etwas miterleben, was nicht für ihre Augen und Ohren bestimmt war.

Hannah hörte, wie das Kind leise zu weinen begann. Schließlich hockte es sich auf den Boden vor dem Altar, schluchzte und wimmerte.

Hannah zog die Schwarze Liss an der Hand, um dieser zu bedeuten, sie sollte mit ihr zusammen zu dem Kind gehen. Doch die Bettlerin saß starr da und wie versteinert. Hannah konnte sie nur schemenhaft erkennen und sah, wie sie energisch den Kopf schüttelte.

Hannah glaubte, es müsse sie innerlich zerreißen. Sie konnten das Kind doch nicht einfach im Stich lassen.

»Aber wir müssen doch helfen!«, hauchte Hannah endlich.

Sofort hörte das Wimmern auf.

»Ist da jemand?«, fragte die Kleine. »Bitte, ist da jemand?«

Die Schwarze Liss packte Hannah mit eisernem Griff am Handgelenk, damit die der Kleinen nicht antwortete. Ein Kloß bildete sich in Hannahs Kehle. Das Mädchen, das so mutterseelenallein in dieser dunklen Kapelle hockte und warten musste, tat ihr unglaublich leid.

Was tat es überhaupt hier?

Als würde ihre Frage unverzüglich beantwortet, ging die Seitentür der Kapelle auf, die aufs Finstre Grät, auf den Friedhof, hinausführte. Ein Husten kündigte einen Mann an. Von ihrem Platz aus konnte sie im Schein des letzten Tageslichts, das von außen hereinfiel, einen dunkel gekleideten Kerl sehen, der eine Kappe auf dem Kopf trug. Er ging vornübergebeugt, als trüge er die Last der Welt auf den Schultern. Er ließ die Tür hinter sich zufallen und schlurfte zum Altar.

Das Mädchen war verstummt, als habe es diese Erscheinung erwartet.

»Da bist du ja!«, hörte sie den Mann sagen. »Komm mit.«

Offenbar widerspruchslos erhob sich die Kleine, schniefte und folgte dem Mann zurück zum Eingang. Als der Kerl die Seitentür öffnete, fiel ein Lichtfinger auf das Mädchen. Sie war hellblond und mit einem dünnen grünen Rupfen bekleidet, der gerade ihre Blöße bedeckte. Ihr Körper war spindeldürr, und doch zeichneten sich erste weibliche Formen ab. Das Mädchen war nicht mehr Kind, aber noch nicht ganz Frau. Ein Zwischenwesen, dachte Hannah, das später unter der Mühsal des Frauenlebens und der Mutterschaft verschüttet werden würde. Die schmale, sehr gerade Nase war das Einzige, das im schwachen Licht von dem Gesicht zu sehen war.

Dann schlug die Tür zu, und sie waren wieder allein. Erst jetzt bemerkte Hannah, dass die Schwarze Liss sie noch immer am Arm festhielt und ihr Handgelenk umklammerte.

»Was war das?«, flüsterte Hannah.

»Das willst du lieber nicht wissen«, hauchte die Schwarze Liss – und doch klang es in der Stille der Kapelle, als würde sie schreien. Die Bettlerin ließ Hannah los, stand auf und ging zur Kapellentür.

Hannah folgte ihr. Sie wollte nicht allein in der Kapelle zurückbleiben, weil etwas Bedrohliches in ihr zurückgeblieben war, das sie frösteln machte. Sie wollte auch nicht dem Mann und dem Kind in das Finstre Grät hinaus folgen, weil es dort draußen in der hereinbrechenden Dämmerung noch unheimlicher sein würde.

Vor der Kapelle war es noch ein wenig hell. Heller, als in der Kapelle zu vermuten gewesen war.

Nicht nur die Helligkeit empfing sie überraschend, auch der Geruch. Im Kapellenraum hatte es nach Weihrauch und nach Heiligkeit geduftet, hier draußen stank es nach Fäkalien und nach Gewalt.

Hannah wunderte sich, dass sie diesen Unterschied erst jetzt so deutlich wahrnahm. Die Dinge wurden deutlicher, wenn man sie direkt miteinander vergleichen konnte. Jakob hatte einmal gesagt, wenn er nach einem neuen Einfall suche, dann müsse er alles, was ihn sonst immer umgebe, verlassen. Wer sich immer in denselben Umständen aufhalte, könne die Brüche darin nicht mehr erkennen.

»Du musst zu Heilig-Kreuz rüber, Röttel«, riss die Schwarze Liss sie wieder aus der Welt, in der sie sich gerade verloren hatte.

»Wir treffen uns danach vor dem Fledermausturm. Du solltest nicht allein in den Turm reingehen. Warte auf mich. Und schau, dass du zumindest eine Münze ergatterst, sonst schlafen wir heute Nacht auf der Straße. Ach ja: Vergiss nicht, du hockst auf der zweiten Stufe. Lass dir den Platz nicht wieder wegnehmen.«

Offenbar hatte es die Schwarze Liss eilig wegzukommen. Ohne sich noch einmal nach Hannah umzudrehen, lief sie in Richtung Domtor und hinunter zur Innenstadt.

Hannah sah ihr eine Weile nach, dann richtete sie sich auf und schaute um sich. Niemand nahm Notiz von ihr. Die Geistlichen, die die Straße hinauf und hinunter eilten, weil sie zur Kaufleutestadt hinauswollten oder von dort kamen, sahen sie nicht einmal an. Jetzt war sie endgültig zur Röttel geworden. Sie sah an sich hinab und sah eine der Stadtarmen, in Lumpen gehüllt, die ihre Bresthaftigkeit zur Schau stellte und die dafür Almosen einforderte, weil Reichtum Mildtätigkeit verlangte.

Langsam setzte sie sich Richtung Westen in Bewegung. Sie ging an der Mauer der Bischofsstadt entlang bis zum Kreuztor und schlüpfte durch das Binnentor hindurch und auf den Zuweg zu Heilig Kreuz hinaus. Außer ihr selbst war keine Menschenseele mehr auf der Straße. Als wäre die Stadt ausgestorben. Dabei saßen die Menschen nur bei sich zu Hause und aßen. Aus den Fenstern der Häuser der kaiserlichen Pfalz, an denen sie entlanggestrichen war, war der Lärm der gemeinsamen Familienmahlzeiten gedrungen und hatte sie ausgeschlossen. Hannah musste schlucken, als ihr klar wurde, dass es solch ein Zusammensein für sie nicht mehr gab.

Die Fassade von Heilig Kreuz ragte vor ihr auf, dunkel und düster wie alle Kirchen, mit dem ganz eigenen grauen, roh behauenen Stein, wie er für die Gotteshäuser vorgesehen war, die ehemals außerhalb der Stadtmauer gelegen hatten. Ihr Mann hatte schon immer die Nase gerümpft und über die Wallfahrt

»Bluthostie« gespottet, dem »wunderbarlichen Gut«, zu dem die Kranken pilgerten und das sie um Heilung anflehten.

Sie hockte sich vor das Tor. Viel erwartete sie sich nicht von diesem Ort, denn die Augustinerchorherren, denen die Kirche und das dahinterliegendes Spital gehörten, hatten sich zwar der Seelsorge im Spital und der Betreuung der Wallfahrt verschrieben, nicht aber dem Almosenwesen.

Hannah musste nachdenken, darüber, was sie tun sollte, ob sie in der Stadt bleiben sollte, darüber, dass sie für tot galt, über die drei Leichen in den Trümmern der niedergebrannten Apotheke.

Warum drei Leichen? Wer war der dritte Tote, den man in den Trümmern der Apotheke gefunden hatte? Aber warum kümmerte sie das überhaupt noch? Es war doch so, dass die drei Toten sie aus dem Leben ausschlossen. Weil es diese drei Toten gab, gab es keine lebende Hannah Meisterin mehr. Und weil sie nichts vorweisen konnte, was sie als Frau des Apothekers Meister auswies, konnte sie auch nicht darauf hoffen, dass sie zu ihrem Recht kommen würde. Vor allem nicht als Frau. Sie wusste sehr wohl, was mit Frauen geschah, die sich ihr Recht zu nehmen versuchten: Sie wurden aus der Stadt gewiesen.

Langsam sammelten sich die Stadtarmen um das Portal des Gotteshauses. Sie hockten sich zu beiden Seiten des Eingangs nieder. Hannah hatte sich auf die zweite Stufe gesetzt, so wie die Schwarze Liss ihr geraten hatte, und niemand machte ihr diesen Platz streitig. Das Blechabzeichen der Stadtarmen machte sie zur Röttel.

Den Bär von Mann sah sie schon von Weitem. Er hatte feuerrotes Haar, das ihm wie ein wilder Busch vom Kopf abstand. Es leuchtete selbst ohne Sonne. Sein Schritt hatte etwas Ausgreifendes, und der Mantel, den er offen trug und der hinter ihm herwehte, reichte ihm bis zu den Fußknöcheln und war aus schwerem Loden und völlig verdreckt und abgeschabt. Nur das rote Wams darunter leuchtete, obwohl es ebenfalls stark verdreckt war. Und seine Hände steckten in diesen leinenen Handschuhen, die nur die Fingerspitzen freiließen.

Ein Wispern lief durch die bettelnde Menge vor der Kirche. Hannah hatte das Gefühl, als würden alle zusammenrücken, um dem Kerl keinen Platz dazwischen zu gewähren. Doch zugleich fragte sie sich, wer ihm diesen Platz wohl verwehren konnte?

In der Kirche erklang das melodische Singen der Chorherren, die mit ihren Stimmen Christus hochlobten. Es war, als würde sich einen Augenblick lang eine Decke aus der warmen Innigkeit des Glaubens über die Bettler legen.

Doch diese Empfindung verging jäh, als der Rothaarige schließlich vor die Kirche trat.

Mit einer Stimme, die auf die Sitzenden niederging wie ein Gewitter, forderte er einen Platz in der vordersten Reihe. Alle sahen weg, alle rückten näher zusammen, sodass ein einziges Knäuel aus Leibern entstand. Doch der Kerl packte eine Frau und einen Mann mit raschem Griff am Kragen und zog sie aus der Menge, als wären sie Säcke. Und mit ebenso großer Gleichgültigkeit stieß er sie zu Boden. In die entstandene Lücke stellte er sich, ohne auf Gegenwehr zu stoßen. Er musterte die zweite Reihe, sein Blick und der von Hannah trafen sich. Schon ließ der Rote die Hand auf Hannah niedersausen – doch die biss zu.

Ein Stöhnen lief durch die vor der Kirchentür Versammelten, als hätte sie einen Frevel begangen. Der Kerl zuckte mit der Hand zurück, betrachtete verblüfft die Bisswunde und richtete dann den Blick wieder auf Hannah.

»Was soll das, Weib?«, blaffte er Hannah an.

»Ich bin kein Weib, ich bin die Röttel!«, keifte Hannah zurück.

Der Rote schüttelte sich, als könne er nicht recht verstehen, was Hannah da gerade gesagt hatte.

»Die Röttel?«

»Ja, kein Weib.«

»Oh, ja dann, verzeiht.« Blitzschnell packte der Rote zu, packte Hannah am Kragen und zerrte sie aus der Menge. Mit der anderen Hand versetzte er ihr eine Ohrfeige, sodass sie glaubte, die Wandlung im Inneren der Kirche hätte bereits begonnen und die Schellen würden geläutet. Dann versetzte er ihr einen so heftigen Stoß, dass sie gegen die gegenüberliegende Hausmauer taumelte und sich heftig den Kopf anstieß.

Hannah spürte, wie sich auf ihrem fast kahlen Schädel eine klebrige Flüssigkeit ausbreitete: Blut.

»Lass dir den Platz nicht wieder wegnehmen«, hatte die Schwarze Liss gesagt. Genau darum wollte sie jetzt kämpfen. Sie brauchte den einen Heller. Sie wollte nicht im Freien schlafen müssen.

Sie rappelte sich auf und starrte den Roten an, der sich auf ihren Platz gesetzt hatte, als wäre nichts geschehen.

»Hau ab!«, schrie Hannah. »Hau ab von meinem Platz!«

Wie eine Furie raste sie auf die Gruppe zu, die sich nicht weiter rührte. Niemand kam ihr zu Hilfe, niemand machte ihr Platz, niemand nickte ihr auch nur aufmunternd zu. Als hätten sie das Unrecht nicht gesehen, hockten alle auf ihren Plätzen und starrten auf die noch geschlossene Kirchentür.

Hannah stolperte in die Menge hinein, erwischte den Roten mit der Faust und traf ihn an der Schulter.

Der Rote grunzte nur. »Was willst du, Weib? Mich ärgern? Hau ab, so schnell dich deine staksigen Beine tragen können. Und komm mir nie wieder unter die Augen, wenn dir dein Leben lieb ist. Du hast es mit dem Roten zu tun. Merk dir das.« Mit einer verächtlichen Bewegung, die ihn kaum Kraft zu kosten schien, stieß er Hannah erneut die Stufen hinunter, und wieder schlug sie lang hin in den Schmutz.

Wieder rührte sich niemand in der Menge. Alle drehten den

Kopf weg, als wäre nichts geschehen. Hannah schmeckte Blut auf der Lippe, und sie wusste nicht, ob es von der Wunde am Kopf stammte oder ob sie sich tatsächlich die Lippe aufgeschlagen hatte. Sie rappelte sich hoch und blickte durch einen Schleier aus Wut und Schmutz auf den Roten, der sich ihr spöttisch lächelnd zugewandt hatte und ihren Platz einnahm.

10

Jeden Tag hatte Bruder Adilbert vor dem Schrank gestanden, eine Kerze in der Hand. Und er hatte nicht den Mut gefunden, den Durchgang zu öffnen, um nachzusehen, wohin er führte.

Er stützte sich schwer auf sein Schreibpult und schalt sich wegen seiner Feigheit. Das Leben hinter diesen Klostermauern hatte ihn untauglich gemacht für das Leben draußen. Er wusste es – doch er konnte es nicht ändern.

Was nutzte es schon, eine Lebensbeschreibung wie die »Vita Simperti« zu kopieren, wenn man daraus nichts zu lernen verstand? Furchtlos war der Heilige einer Wölfin in den düsteren Forst gefolgt und hatte ihr nicht nur das Kind wieder entrissen, das sie verschleppt hatte, sondern sie auch noch gezähmt. In einem von Wölfen verseuchten Wald umherzustolpern, dazu gehörte Mut. Eine schmale Tür zu durchschreiten, die allenfalls in die Stadt hinausführte, dazu gehörte noch nicht einmal ein großes Maß an Überwindung. Aber selbst das brachte er nicht auf.

Mutlos tauchte er die Feder in die Tinte und kritzelte einige schiefe Buchstaben auf das Pergament. Und er beschloss, es für heute sein zu lassen. Er würde sich nur seine schöne Abschrift verunstalten, wenn er so weitermachte.

Bruder Adilbert drehte sich um und spürte noch den Luftzug, den die Tür verursachte, wenn sie geöffnet wurde. Der Flügel schwang auf, und er erwartete schon, den dunklen Umhang des

Fremden zu sehen. Doch was dort durch den Türspalt schlüpfte, ließ ihn scharf die Luft einziehen.

Sie war hellblond, mit einem dünnen grünen Rupfen bekleidet, der gerade ihre Blöße bedeckte.

»Wer bist du denn?«, fragte er und setzte völlig verdutzt hinzu: »Wie kommst du hierher?«

Das Mädchen war sicher nicht älter als zwölf Jahre. Es war spindeldürr, mit Armen und Beinen wie Stecken, und doch zeigten sich erste weibliche Formen. Kein Kind mehr und noch keine Frau, dachte der Pater. Eine Kindfrau, dessen Augen ihn unsicher anblickten.

»Ich bin Euer … Geschenk«, flüsterte das Mädchen so leise, dass Bruder Adilbert es kaum verstand. Dennoch wusste er sofort, was sie gesagt hatte. Er fuhr sich mit der Zunge über die trockenen Lippen.

»Wer schickt dich?«, fragte er.

»Er sagte, Ihr wüsstet, von wem ich komme.«

Bruder Adilbert stieß die Luft durch die Nase aus. »Oh Herr«, zischte er leise. »Was soll ich mit dir anfangen, Kind?«

Ohne eine Miene zu verziehen, ging das Mädchen auf ihn zu, hob den Rock und bot ihm seine Weiblichkeit dar. Unter dem Rupfen trug es nichts.

Bruder Adilbert wusste nicht, wohin er schauen sollte, so beschämt war er. Schließlich drehte er sich um und starrte in seine »Vita Simperti«, deren gerade und gleichförmige Zeilen sich ausnahmen wie die Ordnung der Welt.

»Nimm den Rock runter!«, befahl er dem Mädchen.

»Aber … mögt Ihr mich nicht?«, fragte die Kleine ängstlich. Der Mönch hörte das leise Rascheln von rauem Stoff. Er drehte sich um – und da stand das Kind völlig nackt vor ihm. Bruder Adilbert spürte, wie die Männlichkeit sich bei ihm zu regen begann. »Den Verführungen der Eva ist kein Mönch gewachsen«, murmelte er halblaut, um dann lauter hinzuzusetzen: »Zieh dich an. Was soll das?«

Plötzlich standen dem Mädchen Tränen in den Augen, und eine große Zähre rollte ihm über die Wange und lief ihm in den Mundwinkel.

»Wenn Ihr mich zurückschickt, bringt er mich um«, schluchzte das Mädchen.

»Er kann doch nicht ... also er ... erwartet doch nicht, dass ich ...«

»Bitte«, flehte das Mädchen ihn an. »Ich ... wenn Ihr mich zurückschickt ... ich tauge zu sonst nichts ... bitte ...«

»Jetzt zieh dich endlich an!«, knurrte der Mönch die Kleine an. Das Mädchen zuckte zusammen, ging in die Knie und hob ihr Kleid auf. Umständlich ließ es den Fetzen über ihren dürren Körper gleiten.

»Er bringt mich um, er bringt mich um«, flüsterte es dabei fortwährend.

»Er bringt dich nicht um!«, sagte Bruder Adilbert. »Und jetzt erklärst du mir einfach, wie du heißt, woher du kommst und was du hier sollst.«

Das Mädchen schüttelte energisch den Kopf. »Ich darf nicht.«

»Ach, aber als Mädchen hier in den Konvent eindringen und einen Mönch belästigen, das darfst du?« Bruder Adilbert hatte etwas schärfer gesprochen, als er es beabsichtigt hatte.

Sofort brach das Mädchen wieder in Tränen aus und schlug die Hände vors Gesicht.

Unter heftigem Schluchzen brachte sie nur hervor, dass er – und Bruder Adilbert wusste nur zu genau, wer dieser »er« sein musste – ihr gesagt habe, der Mönch habe Bedürfnisse, und um die solle sie sich kümmern.

»Und du kennst diese Bedürfnisse?«

Das Mädchen nickte.

»Und du weißt, wie man sie … behandelt?« Bruder Adilbert wollte das rechte Wort nicht aussprechen.

Wieder nickte die Kleine.

»Und deshalb bist du hier?«

Zum dritten Mal bestätigte das Mädchen, trat einen Schritt auf den Mönch zu und griff rasch unter seine Kutte. Bruder Adilbert wich erschrocken zurück und schlug ihre Hand weg.

»Lass das bleiben«, knurrte er heiser und wusste nicht recht, welcher Teil von ihm sich hier sträubte. Er atmete tief durch und betrachtete das Mädchen. Dessen Augen waren jetzt weit aufgerissen vor Furcht, und Tränen standen darin.

»Oh Herr«, stöhnte der Mönch wieder. »Wein doch nicht schon wieder.« Gleich darauf tat es ihm leid, dass er so grob gewesen war. Ihr Schluchzen schnitt in die Stille, und Bruder Adilbert glaubte fast, die Tränen auf den Steinfußboden aufschlagen zu hören. »Du kannst mir doch nicht unter die Kutte fassen. Ich bin ein Mönch.«

Das Mädchen nickte. »Ich weiß. Aber niemanden stört das. Nur Euch.«

Verblüfft hockte sich Bruder Adilbert auf die Fersen, sodass sein Gesicht jetzt auf gleicher Höhe war wie das des Mädchens.

»Niemanden?«, fragte er nach.

Das Mädchen schüttelte wieder den Kopf.

»Aber das heißt … du hast … du bist schon mit anderen … die Bedürfnisse …« Er wusste nicht recht, wie er es sagen sollte, ohne die Sprache der Gosse zu verwenden.

»Wenn Ihr damit meint, dass ich keine Jungfrau mehr bin. Ja.«

Die Ehrlichkeit der Kleinen war erschreckend.

»Aber wer tut so etwas? Wie heißt *er*?«

Verlegen sah das Mädchen zu Boden, dann schüttelte sie den

Kopf und zuckte schließlich mit den Schultern. »Ich weiß es nicht.«

»Und du, wie heißt du?«

»Giber…«, das Mädchen unterbrach sich und fuhr sich mit der Hand an den Mund, als hätte sie etwas getan, was sie niemals hätte tun dürfen. Verängstigt sah sie um sich.

»Ist er hier? Draußen womöglich?«

Bruder Adilbert wartete die Reaktion des Mädchens nicht ab, sondern stand auf und rannte zur Tür. Er riss sie auf und trat auf den Gang. – Nichts. Nicht einmal die Tür zum Schrank stand offen. Auf dem Boden entdeckte er nur seine Fußspuren und die des Mädchens. Er drehte sich wieder um und schloss sorgfältig den Flügel.

»Giberta also?«, schloss der Mönch und sah, dass er recht hatte, als sie ihn erneut mit weit aufgerissenen Augen erschrocken anstarrte. »Wo kommst du her, Giberta?«, fragte er.

Das Mädchen stand vor ihm, mit gesenktem Kopf und zuckenden Schultern. Er traute sich nicht, sie in den Arm zu nehmen. Es war eine verzwickte Lage, aus der er sich wünschte, so rasch wie möglich erlöst zu werden. Dafür gab es nur eine Möglichkeit. Bruder Adilbert wedelte mit den Händen, als müsse er einen Albtraum verscheuchen.

»Geh mir aus den Augen!«, sagte er. Nicht nur, dass sie sich als Frau im Konvent aufhielt – auch die Tatsache, dass sie sich schon so lange in diesem Raum war, erhöhte für ihn die Wahrscheinlichkeit, mit ihr zusammen angetroffen zu werden. »Aber …«, begann Giberta wieder, doch Bruder Adilbert schob sie Richtung Tür.

»Verschwinde, und sag deinem … deinem …«, er kannte das Wort dafür gar nicht, fiel ihm jetzt ein, »dass ich für solche Geschenke keine Verwendung habe.«

Der Mönch sah zu, wie das Kind auf den Gang hinaustrat.

Immer wieder sah sie sich zu ihm um, doch er wedelte sie weg wie schlechte Luft. Das Mädchen ging zum Schrank, stieg unter Schluchzen hinein und war endlich verschwunden.

Bruder Adilbert lehnte sich gegen die kühle Mauer neben der Tür und schickte ein Dankgebet gen Himmel. Er hätte der Versuchung nicht mehr länger widerstehen können.

»Herr, ich bin doch auch nur ein Mann. Warum musst du mich so schwer prüfen?«, flüsterte er.

Gleichzeitig reifte ein Entschluss in ihm. Er würde den Weg endlich beschreiten, dem Mädchen nachgehen.

Er tastete nach dem Münzbeutel unter seiner Kutte. Geld hatte er also bei sich – und seine Begierde war geweckt. Bevor er sich wieder in Bedenken verstrickte, stieß er sich von der Wand ab, verließ den Raum und ging auf den Schrank zu.

Der Durchgang war noch offen. Er stieg in den Schrank, schloss die Tür hinter sich, zwängte sich durch den engen Türspalt und stand auf einer nur schwach beleuchteten Treppe, die steil nach unten führte. Vorsichtig Stufe für Stufe nehmend stieg er hinunter. Er kam an einem kleinen vergitterten Fensterchen vorüber und sah hinaus. Vor ihm lag der Kirchberg. Der Gang endete an einer schmalen Tür. Sie war verschlossen. Er rüttelte noch einmal an dem Griff, doch die Tür rührte sich nicht. Er drehte sich um, und sein Blick streifte in der Dunkelheit eine kleine Nische in der Wand, die sich noch dunkler abzeichnete. Wäre er der Hüter dieses Schlüssels gewesen, er hätte ihn dort hinterlegt. Schließlich wäre es irgendwann aufgefallen, wenn er mit einem Schlüssel herumgelaufen wäre, wo es keiner Schlüssel bedurfte. Die einzigen Brüder, die Schlüsselgewalt hatten, waren der Abt und der Bruder Cellerar.

Es kostete ihn Überwindung, die Hand in das dunkle Loch zu stecken und dort herumzutasten. Tatsächlich griffen seine Finger unter dem Staub und Schmutz der Jahre einen Schlüsselbart. Er packte ihn und hielt tatsächlich einen Schlüssel in Händen, rostig und lange Zeit unbenutzt. Er wischte ihn an seiner Kutte ab und steckte ihn in das Schloss.

Zuerst tat sich nichts. Doch je öfter er den Schlüssel zu drehen versuchte, desto leichter ließ er sich bewegen. Schließlich sperrte er mit einem knirschenden Ruck. Langsam stieß er die Tür auf und stand in einem kleinen Holzverschlag. Wozu er diente, konnte er nicht sagen. Er roch jedenfalls wie der Abtritt des Klosters.

Bruder Adilbert schloss sorgfältig die Tür hinter sich, schlüpfte durch die andere Tür Verschlags nach draußen und stand im Freien. Er hatte das Kloster verlassen.

Rasch blickte er sich um, und tatsächlich sah er das Mädchen. Es stieg zusammen mit dem mysteriösen Kapuzenmann den Hang hinauf in die Oberstadt. Der Mann hielt sie mit der linken Hand am Oberarm gepackt und zog sie grob vorwärts. Als sie sich losreißen wollte, holte der Kerl mit der Rechten aus und schlug zu.

Bruder Adilbert zerschnitt es das Herz. Er hätte das Kind nicht fortschicken dürfen, doch jetzt war es zu spät. Bevor er ihnen folgen konnte, waren die beiden über die Kuppe verschwunden.

Rasch lief er ihnen nach, doch als er oben angelangt war, völlig außer Atem und mit schmerzenden Beinen, waren die beiden nirgends mehr zu sehen. Er verscheuchte die düsteren Gedanken an das Kind und holte tief Luft. Das war jetzt sein Abenteuer.

Ziellos ließ sich Bruder Adilbert durch die Stadt treiben, beobachtete die Menschen und genoss seine neue Freiheit. Niemand beachtete den Mönch, der, neugierig alle Eindrücke aufsammelnd, durch die Gassen streifte. Er wollte gerade wieder zurück in den Konvent, als er schließlich vor einem Haus in der Unterstadt angesprochen wurde. Eine ansehnliche junge Frau zwinkerte ihm zu und fragte, ob denn auch Mönche Männer seien?

Bruder Adilbert betrachtete das Geschöpf, das sich mit seinem gelben Kleid und den geröteten Wangen als Hübschlerin zeigte. Es war kein Mädchen, das ihn hier anlächelte. Es war eine reife Frau.

»Oh ja«, antwortete er, schlug mit der Hand gegen seinen Beutel mit Münzen und ließ sich in das Haus einladen.

11

Als Hannah wieder erwachte, fühlte sie sich nicht nur zerschlagen, sondern gedemütigt. Ihr Gesicht, ihr ganzer Körper schmerzte, als wäre sie zwischen die Mahlsteine einer Mühle geraten. Noch viel mehr schmerzte es sie aber, dass sie wieder einmal verloren hatte. Sie hatte den Platz der Röttel nicht verteidigen können. Sie war nicht hart genug. Sie war zu schwach für dieses Leben in der Gosse. Außerdem hatte sie nagenden Hunger.

Als sie die Augen aufschlagen wollte, bemerkte sie, dass sie nur ein Auge öffnen konnte. Das andere war zugeschwollen.

Sie lag da, wo der Rote sie hatte liegen lassen, gegenüber der Kirchenpforte von Heilig Kreuz.

»Röttel?«

»Ja?«, versuchte Hannah zu antworten, aber sie brachte nur ein Krächzen zustande. Hannah wollte sich erheben, doch der Schmerz raste noch heftiger durch ihren Körper und zwang sie nieder. »Was wollt Ihr?«, krächzte sie mühsam.

Jemand kniete sich neben ihr nieder.

»Liss?«

»Ja. Ich bin's. Wer hat dich so zugerichtet?«

»Der … Rote«, stammelte Hannah. Ihre Unterlippe brannte, als sei sie in der Mitte gespalten worden.

»Du hast dich mit dem Roten angelegt?« Die Schwarze Liss pfiff durch die Zähne. Lauernd schaute sie um sich. »Dann müssen wir weg, Kindchen. Mit dem ist nicht zu spaßen.«

»Ich … kann nicht … aufstehen«, stöhnte Hannah, die das Gefühl hatte, ihr ganzer Körper sei zermalmt worden.

»Wir müssen aber schleunigst hier weg, denn sollte der Rote hier wieder auftauchen …«

Hannah schloss die Augen und versuchte, ihren Beinen zu befehlen, sich hinzustellen. Vielleicht würden sie den Rest des Körpers mitnehmen, dachte sie. Tatsächlich rappelte sie sich mit Liss' Hilfe auf und stand schließlich schwankend vor der Schwarzen Liss.

»Und wohin jetzt?«, murmelte sie.

»Jedenfalls nicht in den Fledermausturm. Dort wartet er bestimmt. Wir bleiben diesmal im Freien.« Die Liss seufzte und fasste Hannah unter den Armen. »Du scheinst das Unglück regelrecht anzuziehen, Röttel«, sagte sie und humpelte, Hannah hinter sich her ziehend, in Richtung der Bastion Lueginsland.

Stockend erzählte ihr die Apothekerin von ihrer Begegnung mit dem Roten, von ihrer Wut auf den Kerl und von ihrem Versuch, ihren Platz zu verteidigen.

»Das hätte ich dir gar nicht zugetraut«, sagte die Schwarze Liss. »Du bist doch kein so ein verwöhntes Ding, wie ich gedacht habe.«

Sie verschnauften einen Augenblick, weil der Weg anzusteigen begann und sie außer Atem kamen. »Du hast nur noch nicht die richtige Art gefunden.«

Hannah hörte gar nicht recht hin, als die Schwarze Liss von Gemeinschaft und Einstehen füreinander schwafelte, als sie die Gruppe beschwor und das richtige Wort erwähnte, das die Menschen zum Eingreifen veranlasst hätte. Sie konnte ihr rechtes Auge immer noch nicht öffnen, und ihre Lippe war aufgerissen und blutete wieder. Doch das Gehen fiel ihr mit jedem Schritt etwas leichter, und der Schmerz in Armen und Beinen ließ langsam nach.

»Wo gehen wir hin?«, fragte sie. Langsam wurde es dunkel, und die Gassen zur Bastion hinauf waren unbeleuchtet. Überall raschelte und knisterte es, als wären die Seitenwege und Hänge belebt.

»Auf halbem Weg gibt es einen Kellerzugang. Der reicht gut zehn Fuß in den Hang hinein, bevor die Tür kommt. Dort können wir bleiben – wenn der Platz unbesetzt ist.«

Die Stimme der Schwarzen Liss klang zwar zuversichtlich, doch Hannah fühlte sich unbehaglich bei dem Gedanken, in dieser Finsternis draußen zu nächtigen. Vollkommene Dunkelheit war ihr keineswegs fremd. Selbst ihr Mann war nicht vermögend genug gewesen, überall Talglichter aufzustellen. Doch um ihr Anwesen waren Mauern gewesen, die schützten.

Plötzlich bog die Liss nach links ab, und Hannah wäre beinahe gestolpert.

»Sind wir da?«, fragte Hannah und löste ihren Arm aus dem Griff der Bettlerin.

»Still!«, zischte die, und sofort verstummten alle beide.

Erst jetzt vernahm Hannah das Geräusch von Schritten, die ihnen von oben entgegenkamen. Es war ein ungleichmäßiger, stolpernder Takt, als würde jemand immer wieder aus den Tritt kommen und sich dann wieder fangen.

Es waren zwei Gestalten, die ihnen entgegenkamen. Hannah erstarrte, denn sie konnte von Weitem sehen, dass zumindest einer der Unbekannten eine Laterne trug.

»Wir müssen in die Büsche, sonst sehen sie uns«, flüsterte sie.

»Schnell«, zischte die Liss zurück. »Wir hocken uns hin und ziehen den Kopf ein.«

Sie drückten sich in die Büsche am Wegrand, die hier unter der Wehrmauer dicht und üppig standen, und hielten den Atem an, als die zwei Männer den Weg herab auf sie zukamen. Es waren Handwerker, die ihren Dienst beendet hatten und jetzt wohl nach Hause wollten. Viele von ihnen, das wusste Hannah, wohnten zum Fischertor hin. Ob allerdings der Lueginsland noch von den Bäckern verteidigt wurde, wusste sie nicht zu sagen.

Die beiden unterhielten sich über ein Ereignis, das offenbar in der letzten Woche die Gemüter der Stadt erregt hatte.

»… die armen Dinger. Also wer so was macht!«

»Ja, ein regelrechter Teufel muss das gewesen sein.«

»Einfach in den Stadtgraben geworfen«, antwortete der andere. Man merkte seinem schweren Zungenschlag an, dass er nicht mehr ganz nüchtern war.

»Und zuvor die Kehle durchgeschnitten. Wie man das nur machen kann. Mit dem Messer … ritsch … über den Schlund gezogen und dann, dann …«

»Einfach so … splitterfasernackend, als wenn man sich nicht schämen würde …«

»Herrgott, wer tut so etwas? Der muss doch ein Tier sein.«

»Oder Schlimmeres!«

Beide hatten sich wohl zum Wärmen mehr als einen Krug mit auf die Bastion genommen und schwankten jetzt Arm in Arm an den Frauen vorbei. Sie bemerkten nichts.

»Bruder«, sagte der eine plötzlich und blieb gleich hinter Hannahs und Liss' Versteck stehen. Er deutete zu seiner Linken den Hang hinab. »Der Obstgarten dort unten sieht nachts immer aus wie ein Friedhof. Er ist mir … mir unheimlich.«

»A bah«, machte der andere. »Wer tot ist, ist tot. Von denen steht so schnell keiner auf und zieht dir am Fußgelenk. Dort unten faulen nur Äpfel und Birnen.«

Plötzlich erbrach sich sein Begleiter den Hang hinab in Richtung Friedhof. Der säuerliche Geruch nach vergorenem Schnaps und Wein drang zu Hannah herüber.

»Hoppla, Freund Luitpold«, sagte sein Kumpan und klopfte ihm freundschaftlich auf den Rücken.

»Werden die beiden Kleinen im Fischerdorf begraben? Weil sie doch …«, der mit Luitpold Angeredete unterdrückte ein Würgen, »… weil sie doch hier oben im Stadtgraben gefunden worden sind, Hannes.«

»Der Teufel könnte sie dort abgelegt haben«, beschied Hannes und versuchte seinen Saufkumpan weiterzuziehen.

Hannah verlor langsam die Geduld. Am liebsten hätte sie beide mit Geschrei und Gekeife vertrieben, doch sie mussten befürchten, dass die Gegend daraufhin nach Hexen abgesucht würde – und wenn sie dann noch hier wären, würde es ihnen schlecht ergehen. Also ertrug sie den Gestank und das Geschwätz der beiden Kerle.

Langsam bewegten sich die Männer wieder vorwärts.

»Es war so ein hübsches Ding dabei … so hübsch, da hätte man selbst gern mehr als seinen Blick gewagt«, vernahm sie noch, dann wankten die Gestalten hinab zum Fischertor und waren außer Hörweite.

»Hast du gehört, was sie erzählt haben?«, fragte Hannah die Schwarze Liss.

»Ich hab, um ehrlich zu sein, nicht recht zugehört«, gestand die Bettlerin beiläufig, als wollte sie das Thema schnell beiseiteschieben. »Jetzt komm weiter. Wir sind gleich da.«

Der Weg machte eine Biegung, dann stieg er noch einmal steil an. Hannah mühte sich den Weg hoch, ihre Beine pochten, und ihr Gesicht brannte wie Feuer. Auf halbem Weg packte die Stadtarme Hannah am Arm. »Wir sind da!«, flüsterte sie.

Hannah konnte nichts erkennen. Weder einen Weg noch den Friedhof, der zu ihrer Rechten liegen musste.

»Es muss hier sein. Ich weiß es genau. Fünfzig Schritt vom Beginn des Gartens an. Wir sind gut hundertfünfzig Fuß gegangen.«

Tatsächlich fand die Schwarze Liss nach einigen Versuchen

einen Durchgang durch das Gestrüpp. Hannah stützte sich schwer auf Liss. Gut fünfzehn Fuß konnten sie einen beinahe geraden Weg hineinlaufen, bevor sie auf eine Holztür stießen.

Es war so finster wie in der Hölle. Hatten sie zuvor noch die Sterne am Himmel gesehen, verdeckte das Blattwerk jetzt selbst diese.

»Setz dich hin, Hannah.«

Hannah traute sich nicht, sich niederzulassen. Im Gestrüpp raschelte es die ganze Zeit. Es mochten Ratten sein, oder Mäuse und Vögel, die sich hier tummelten.

»Ich habe noch nie draußen übernachtet«, sagte sie verzagt.

»Es gibt für alles ein erstes Mal. Komm her.«

Hannah spürte, wie die Schwarze Liss die Hände nach ihr ausstreckte. Langsam tastete sie sich zu ihr hin, bekam die Fingerspitzen zu fassen und ließ sich stöhnend zu Boden sinken. Es war unerwartet trocken in diesem Winkel. Sie lehnte sich gegen die schräge Böschung des Zugangs. Sie riss ihr eines Auge so weit auf wie möglich, um das wenige Licht einzufangen, das durch die Zweige sickerte, doch mehr als nebelhafte Schemen gebar die Finsternis nicht.

Ihre Ohren lauschten auf jedes Geräusch, jedes Schleifen oder Tapsen, jedes noch so feine Knacken und Reißen. Sie hörte die Schwarze Liss neben sich atmen und sie hörte ihren eigenen Atem. Sie hörte ein größeres Tier, vielleicht einen Marder, sich anschleichen, schnüffeln und wieder davonhuschen. Sie war so gefangen in ihrem Lauschen, dass sie ganz steif dasaß und sich keinen Fingerbreit rührte.

»Du muss dich entspannen, Kind. Nichts wird dich hier stören. Es ist besser als im Fledermausturm.«

Plötzlich drang ein feines Läuten durch die Nacht, als würde irgendwo eine Totenglocke geschlagen. Es war eine ferne, winselnde Klage, und sie schwebte im Dunkeln wie eine Mahnung.

Hannah zuckte zusammen, doch die Schwarze Liss beruhigte sie.

»Draußen vor dem Tor läuten sie die Mitternachtsglocke bei Sankt Sebastian. Die Aussätzigen beten um Hilfe für ihr körperliches und seelisches Leiden.«

Es klang schaurig – und der Gedanke an das Leprosenhaus vor den Mauern ließ Hannah frösteln. Hannah wollte sagen, dass ihr im Fledermausturm wohler gewesen wäre. Ohne eine schützende Mauer um sich herum fühlte sie sich immerfort bedroht.

»Mich plagen zwei Dinge, Liss«, flüsterte sie.

»Immer heraus mit der Sprache«, ermunterte die Bettlerin sie. »Ich kann ohnehin noch nicht schlafen. Also reden wir. Aber du musst flüstern.«

Langsam wurde es kühl, und Hannah rutschte näher zur Schwarzen Liss hin, die ihren Arm um sie legte. Die beiden Frauen versuchten sich gegenseitig ein wenig zu wärmen. Die Schwarze Liss begann ihr über das filzige Haar zu streichen.

»Was war das für ein Mädchen heute in der Kapelle? Worauf hat sie gewartet?«

Hannah spürte, wie die Stadtarme für einen Augenblick mit dem Streicheln innehielt.

»Warum willst du das wissen?«, fragte die Schwarze Liss.

»Das Mädchen hat … so traurig gewirkt. Am liebsten hätte ich es in den Arm genommen und getröstet. Und der Kerl, der sie abgeholt hat … widerlich.« Hannah hatte sich in Rage geredet.

»Pst«, mahnte die Liss. »Ich glaube nicht, dass du das wirklich wissen willst, Kindchen. Die Welt ist kein Paradies. Sie ist noch nicht einmal der Weg dorthin. Diese Welt, Röttel, ist die wahre Hölle und der Mensch darin der Teufel.«

»Sag das nicht, Liss«, widersprach Hannah. Sie wechselte das Thema, weil sie bemerkte mit welchem Widerwillen die Liss das Thema anschnitt.

»Noch eins, was mich den Tag lang schon beschäftigt.« Sie drückte die Hand, mit der die Liss ihr über die Haare strich.

»Und das wäre?«

»Du hast gesagt, dass man drei Leichen auf dem Brandplatz gefunden hat. Wie ist das möglich? Es dürften allenfalls zwei sein: mein Mann und meine Tochter. Ich lebe ja noch. Woher hast du das gewusst?«

Hannah spürte wieder, dass die Liss sich scheute, darüber zu reden. Doch diesmal begann sie zu sprechen.

»Wir haben den Brandplatz längst durchsucht«, sagte sie. Die Schwarze Liss machte eine lange Pause machte, und auch Hannah schwieg.

»Für uns sind die Kleinigkeiten wichtig und wertvoll. Jeder Nagel, der gefunden wird, jede Kupferplatte, jeder Ring und jeder unversehrte Teller sind Schätze, die uns für diesen Tag oder für mehrere Tage, vielleicht sogar für Wochen das Leben erleichtern, wenn wir sie verkaufen. Die Schmiede sind an allem interessiert: Metall, Silber, Gold. Was immer aus den Trümmern zu fischen ist, ist für uns wertvoll. Und manchmal … manchmal greift man zwischen zwei unversehrte Balken im Fachwerk und zieht eine Schatulle hervor, die voller Goldstücke oder Schmuck ist.« Die Schwarze Liss machte wieder eine Pause. »Dann kann man sich in ein Spital einkaufen wie das Heilig-Geist-Spital und sich bis zum Lebensende pflegen lassen oder sogar wieder als Handwerker arbeiten, wenn man noch jung genug ist.«

Eine Stille entstand. Im Gebüsch über ihnen raschelte es. Dann kreischte es plötzlich, ein Getümmel entstand, ein Geflatter, dann herrschte wieder eine so durchdringende Stille, dass sie schmerzte wie Nadelspitzen. Hannahs Herz schlug schneller, dann jedoch beruhigte es sich wieder. Welches Tier sollte ihr schon gefährlich werden können?

Als der Ruf des Nachtwächters von der Stadt her ertönte, hielt Hannah es nicht mehr aus.

»Aber der Brandplatz war doch bewacht.«

Hannah spürte, wie die Schwarze Liss den Kopf schüttelte.

»Du denkst noch immer wie die Frau des Apothekers, für die zwei Wochen Hexenlöcher oder Turm ein Unglück sind, und ein Brandmal auf der Schulter oder auf der Stirn das Ende. Was haben wir schon zu verlieren? Nichts. Die Schmiede ringsum sind uns dankbar, weil sie an billiges Metall kommen. Sie fragen nicht, woher es kommt.« Sie schnaubte unwillig. »Sogar der Tod wäre für manche ein Gewinn.«

»Was hat das mit den drei Leichen zu tun?« Hannah schauderte bei dem Gedanken, mit glühendem Eisen gebrandmarkt zu werden oder gar die Nase abgeschnitten oder eine Hand abgehackt zu bekommen.

»Die Luderin hat sie gesehen. Drei Menschen. Sie kann es beschwören.«

»Wer ist die Luderin?«, hakte Hannah sofort nach.

»Die Luderin? Na, die Luderin eben. Sie ist eine Hübschlerin, die sich nicht immer daran hält, sich ihr Geld mit Männern außerhalb der Stadt zu verdienen.«

»War ein Kind dabei?« Hannahs Frage klang ihr laut und schrill in den Ohren.

»Pst, Kindchen. Man darf uns nicht hören.« Über ihnen liefen in einiger Entfernung die Wachen den Wehrgang entlang und riefen sich Parolen zu, die beantwortet wurden wie ein Echo.

»Wir gehen morgen zu ihr. Du triffst sie an der Jakobskirche. Frag sie und sie wird dir sagen, was genau sie gesehen hat.«

Hannah fand den Tonfall der Liss merkwürdig verhalten, so als würde sie ihr etwas verschweigen. Doch sie hatte nicht mehr die Kraft, nachzufragen. Sie musste schlafen. Die Augen fielen ihr zu. Sie hatte das Gefühl, sie könnte fliegen und sich über die Dinge erheben wie ein Vogel. Sie schlug mit den Armen, hob vom Boden ab, und bald schwebte sie über der Stadt und betrachtete die Häuser und auch den Brandplatz von oben. Sie musste lachen, als sie so über dem zerstören Anwesen schwebte, und endlich kam ihr ein Gedanke, der schon beim Gespräch mit der Schwarzen Liss kurz in ihr aufgezuckt war: die Kassette mit Geld und Schmuck! Sie besaß ebenfalls eine solche Kassette. Ihr Mann hatte im Flur eine Steinfliese gelöst und darunter in einem Metallbehälter Münzen, Ketten und Ringe verwahrt. Ein Schmerz durchfuhr sie, als sie an Jakob dachte, den es in ihrem Leben nur noch als Erinnerung geben würde. Sie fühlte, wie seine Hände ihren Körper auf und ab strichen und wie sein Mund … Sofort begann sie zu trudeln und auf die Häuser zuzustürzen.

»Die Kassette!«, rief sie im Traum. »Ich muss die Kassette finden!«

Mit dem Wort »Kassette« in ihren Gedanken wachte sie auf.

Zuerst konnte sie sich nicht rühren. Es war eisig, und die Kälte hockte in den Gliedern, als wäre sie dort gewachsen. Die Finger ließen sich kaum bewegen, die Arme nicht beugen, und ihre Beine fühlten sich an, als hätte sie sie in Eiswasser getaucht.

Hannah schlug die Augen auf. Die Sonne ging gerade über der Stadtmauer auf und schickte erste Lichtfinger zwischen den Zweigen hindurch. Der Nachtwächter rief über die Stadt hinweg seinen letzten Spruch und kündigte den Morgen an. Die ersten Kirchen riefen müde zum Frühgottesdienst, und ihre Glocken woben für die Matutin ein Netz aus Geläut.

Hannah rappelte sich mühsam auf. Die Schwarze Liss war verschwunden.

»Liss?«, rief sie vorsichtig. Doch da raschelte es im Gebüsch, und Hannah hörte, dass die Schwarze Liss ihre Notdurft verrichtete. Sie suchte sich mühsam kriechend eine andere Lücke im Strauchwerk und hockte sich unter Schmerzen hin, um sich zu erleichtern.

»Habe ich im Schlaf geredet?«, rief sie zur Bettlerin hinüber, die aus dem Gebüsch auftauchte und ihren Rock richtete.

»O ja, Kind, hast du. Sei froh, dass du nicht im Fledermausturm geschlafen hast, sonst würdest du nicht mehr leben.«

Hannah wischte sich mit ein paar Blättern ab und trat in den Durchgang. Erst jetzt konnte sie sehen, dass ein Tor aus zwei Flügeln in den Hügel hineinführte. Vermutlich war das der Zugang zu irgendwelchen Gewölben unter der Mauer. Seit Jahren schien niemand mehr die Türen geöffnet zu haben, denn sie waren mit Gras und Buschwerk zugewachsen.

»Wie meinst du das?«, fragte Hannah.

»So wie ich es sage. Oder glaubst du, einer der Kumpanen lässt dich am Leben, wenn er erfährt, dass in einem Hohlraum unter der Steinfliese deines Hauses eine Kassette liegt, die voller Gulden ist?« Sie schüttelte den Kopf. »Röttel, du wirst noch eine ganze Zeit brauchen, bis du wirklich zu uns gehörst.«

»Vielleicht will ich gar nicht zu euch gehören«, murmelte Hannah leise.

»Ob du es willst oder nicht. Du wirst es müssen. Es gibt für dich keinen anderen Weg.«

Hannah musterte die Schwarze Liss aufmerksam. Sie wurde nicht recht schlau aus ihr. »Warum hast du mich leben lassen? Du weißt jetzt, wo das Geld liegt. Also nimm es dir.«

Die Blicke der beiden Frauen trafen sich, und sie musterten einander lange, bis Hannah den Blick senkte. In den Zügen der Schwarzen Liss lag ein eigenartiger Ausdruck, den sie nicht zu deuten vermochte. Etwas wie Zuneigung und Ehrlichkeit lag darin und die Enttäuschung über Hannahs Frage, gepaart mit einer gewissen Berechnung. Mit diesem Blick sagte sie ihr, dass sie jeder anderen die Kehle durchgeschnitten hätte.

Die Schwarze Liss ließ die Frage unbeantwortet. Stattdessen stellte sie fest: »Die Schwellung ist noch recht gut zu sehen.«

Ja, Hannahs rechtes Auge war immer noch dick geschwollen. Doch der Riss in der Lippe hatte sich mittlerweile verkrustet und tat kaum mehr weh. Sie fuhr mit der Zunge darüber und dachte an den Schlag des Roten.

»Und was jetzt? Geld oder die Luderin?«, fragte die Schwarze Liss dann.

»Die Luderin!«, schoss es aus Hannah heraus. »Auch auf die Gefahr hin, dass die Kassette weg ist.«

Sie rafften ihre Röcke und schoben sich durch die Zweige der Büsche vor ihnen. Nacheinander traten sie rasch auf den Weg zum Lueginsland hinaus und gingen den Zitadellenhügel hinauf, um den Garten herum, vorbei am alten Galluskirchlein, aus dem das Murmeln von Gebeten drang, und gingen schließlich vor dem Fledermausturm zum Bleichertörlein hinunter, um von dort aus zu Sankt Jakob zu gelangen.

Hannah knurrte der Magen. Sie hatte Hunger wie noch nie in ihrem Leben. Doch die Bettlerin nahm offenbar Umwege und weniger begangene Straßen in Kauf, um zu Sankt Jakob zu gelangen. Bäcker oder gar etwas Warmes gab es auf diesem Weg nicht. So rumpelte es in Hannahs Magen vernehmlich, als sie bei der Kirche ankamen.

Mindestens dreißig Menschen hatten sich bereits davor versammelt. Die meisten hielten als Bettelschale eine wie eine offene Hand geformte Jakobsmuschel hoch und stützten sich auf ihren Pilgerstab. Muschel und Stab waren die üblichen Zeichen für ihre Pilgerfahrt. Sie waren vermutlich auf dem Weg nach Santiago de Compostela in Spanien und holten sich in der Frühe den letzten Segen auf ihrem Weg. Schließlich war die Jakobskirche eine der Stationen auf diesem Weg nach Süden.

»Was ist die Luderin für eine?«, fragte Hannah.

Die Schwarze Liss schürzte die Lippen. »Sie muss die Hand nicht mehr selbst aufhalten. Sie lässt sie aufhalten und kassiert ab. Aber sie steht nicht deswegen da. Hier gibt es Männer. Und Männer haben Bedürfnisse.«

»Sie bietet sich Männern an.« Hannah konnte ihren Abscheu nicht verbergen.

»Nicht nur sich selbst. Sie vermittelt auch ihre Mädchen an Männer. Für ein kleines Entgelt.« Die Schwarze Liss stemmte die Hände in die Hüften. »Den Rest musst du machen, Kindchen. Geh zu ihr hin, frag sie, was du wissen willst, aber lass dich nicht mit ihr ein, sonst musst du für sie arbeiten.«

Hannah wusste nicht recht, was sie sagen sollte. Mit solchen Menschen hatte sie niemals zu tun haben wollen.

»Ist die Luderin denn da?«, fragte Hannah unsicher, doch die Schwarze Liss schüttelte nur bedauernd den Kopf.

»Frag die anderen, wo sie abgeblieben ist«, sagte sie. »Und schau, dass du nicht wieder verlierst.«

Hannah drängelte sich zu ihrem Platz durch, den sie als Röttel einnehmen durfte. Die Bettler murrten unwillig, doch sie drehte sich nur kurz um und fauchte sie an wie eine Katze: »Ich bin die Röttel. Der Platz steht mir zu.«

Die Bettler neben und hinter ihr verstummten sofort.

Nur gleich neben ihr kicherte eine der Frauen spöttisch. »Wenn du die Röttel bist, dann bin ich der Stadtpfleger von Augsburg.«

»Wer sagt etwas anders?«, fuhr Hannah sie an.

»Du hast weder ihre Stimme noch ihren Körper. Ob das Gesicht dasselbe ist, kann ich nicht erkennen, dazu ist es zu rot und zu zerschunden. Aber in wenigen Wochen weiß man auch das.«

»Und wer bist du?«, fragte Hannah barsch und wusste sofort, dass sie das nicht hätte fragen dürfen.

»Die Röttel kennt mich nicht mehr? Die Röttel kennt die Krumme nicht mehr?« Sie beugte sich zu Hannah herüber und zischte nahe an ihrem Ohr. »Wenn du schon behauptest, du wärst die Röttel, dann solltest du möglichst schnell dazutun, ihre Freundinnen und Vertrauten kennenzulernen.«

Hannah bewegte sich in dieser Gesellschaft auf dünnem Eis. Jede Bemerkung, jede Frage, jede Antwort verriet, dass sie nicht dazugehörte. Und wer nicht dazugehörte, der wurde schnell ausgestoßen, das wiederum wusste sie sehr gut.

»Warum sollte ich die Krumme kennen?« Sie versuchte ihrer Stimme einen überlegenen Klang zu geben. »Ich habe mehrere Wochen in den Hexenlöchern gehockt. Da ist keine Freundin gekommen. Da hat mich keine Vertraute besucht. Da war ich allein. Also – nenn mir einen Grund, warum ich euch alle hier noch kennen soll?«

Die Krumme sah sie zweifelnd an. »Vielleicht tust du gut daran, uns nicht mehr zu kennen«, sagte sie schließlich. »Jeder ist sich selbst der Nächste.«

Hannah drehte sich brüsk von der Krummen weg. Die sollte nicht sehen, wie ihre Lippen vor Furcht zitterten. Dann – als wäre ihr eine Eingebung gekommen – drehte sie sich wieder zu ihr um. »Ich suche die Luderin. Wo ist sie?«

»Ja, weißt du das denn nicht?«

»Was soll ich wissen?«, fragte Hannah vorsichtig.

Jetzt rutschte die Krumme ein Stück näher heran und setzte ein spöttisches Grinsen auf. »Vielleicht ist es doch besser, wenn man uns kennt. Dann weiß man wenigstens, was in der Stadt vor sich geht.«

Hannah erkannte den Fehler, den sie begangen hatte. Unter diesen Menschen wurde der Zusammenhalt großgeschrieben. Jeder konnte irgendwann in eine Lage kommen, in der er Hilfe brauchte. Also gewährte man Hilfe, wo es möglich war.

»Tut mir leid!« Niedergeschlagen nickte Hannah. »Du hast recht.«

»Schon gut«, lenkte die Krumme ein. »Die Hexenlöcher machen einen bitter.« Sie zögerte, dann brach es regelrecht aus ihr heraus: »Man hat sie zur Sau gemacht!«

»Man hat sie …? Was hat man sie?« Hannahs Verblüffung war echt. Zwar hatte sie den Begriff schon gehört, gesehen hatte sie das Spektakel aber noch nie.

»Tu nicht so, als wüsstest du nicht Bescheid. Gerade du! Sie steht angekettet vor dem Rathaus.«

Jetzt mischte sich eine weitere Frau ein. Sie war bis auf die Knochen abgemagert, sodass man das Gefühl hatte, einem Gerippe gegenüberzustehen. Sie öffnete einen zahnlosen Mund und spie die Worte aus. »Sie hockt da mit Schweinsohren und einem Saurüssel. Beides hat man ihr umgebunden.«

»Vor dem Rathaus?«, fragte Hannah, und als beide Frauen nickten, zog sie sich zurück. »Ach ja«, schickte sie ihrem Rückzug hinterher. »Morgen sitze ich wieder da. Da könnt ihr euch drauf verlassen.«

»Vielleicht ist sie ja doch die Röttel«, murmelte die Krumme halblaut und sah sie forschend an. Es war das Letzte, was Hannah verstand.

Sie machte einen langen Umweg über die Domstadt, um zum Rathaus zu gelangen. Hier oben, in der Oberstadt der Kaufleute und Händler, der Zunfthäuser und reichen Klöster, war es weniger schmutzig und angenehmer zu gehen als in der Unterstadt um Sankt Jakob. Vor allem war es trocken, und es stank nicht nach Fäulnis und Verwesung. Die Lechkanäle trugen den Nebel und die Feuchtigkeit in die Unterstadt am Hang und in die Vorstadt um Sankt Jakob. Die Menschen bewegten sich anders. Die Kleidung war eine andere. Doch die Gesichter verschlossen sich, wenn sie an den Wohlhabenden vorüberging, der Griff an den Beutel sollte dem Träger versichern, dass er noch da war.

Nur in einem unterschied die Oberstadt sich nicht von der Unterstadt: Man ergötzte sich oben wie unten ebenso gern am Unglück und am Schaden anderer. Schon von Weitem konnte sie die johlende und grölende Menge sehen, die sich um die Unglückliche drängte. Wer den Schaden hatte, wurde verspottet und verhöhnt. Wohl auch aus Furcht, selbst einmal an dieser Stelle zu sein – und wie als wollte man einen Abwehrzauber gegen dieses Ereignis sprechen, bespuckte man den Delinquenten und bewarf ihn mit Unrat.

Hannah drängte sich durch die Menge und schob sich mit Ellenbogenstößen und laut ausgestoßenen Flüchen durch die Menschenansammlung. Schließlich stand sie ganz vorn und konnte sehen, was dort geschah.

Vor ihr kniete eine Frau, deren Alter sich nicht recht bestimmen ließ, denn ihr Gesicht war unter Schweinsohren und einem Schweinerüssel verschwunden. Eines der Ohren hatte noch geblutet, als man es der Luderin angelegt hatte. Es hatte einen Streifen geronnenen Blutes über ihre Wange gezogen. Man hatte sie tatsächlich zur Sau gemacht.

Die Luderin hatte sich farbige Bänder ins Haar geflochten, und sie machte einen sehr gepflegten Eindruck. Doch sie hatte von allem zu viel: zu viel Rot auf den Wangen, zu viel Schwarz in den Haaren, zu viel Farbe in der Kleidung, zu viel Busen im Kleid. Alles erschien Hannah zu üppig und übertrieben. Doch nun war sie besudelt mit verfaultem Gemüse und schimmeligem aufgeweichten Brot. Und aus dem Unrat heraus und über dem rosa Schweinerüssel glühten ihre grünen Augen vor Hass.

Hannah wollte sich gerade zu der Bettlerin hinabbeugen, als sich zwei Büttel der Stadt vordrängten und sie beiseiteschoben. Offenbar hatte die Luderin ihre Strafe abgebüßt.

»Wenn du noch einmal den Herrn Aigen oder andere Mitglieder des Rats verunglimpfst, indem du unwahre Behauptungen von dir gibst, werden wir dich brandmarken«, zischte einer der Büttel ihr zu.

Sie rissen ihr die Ohren vom Kopf und nahmen ihr die Schnauze ab. Dann schlossen sie die Handschellen auf, mit denen sie kniend am Boden festgemacht war.

Die Menge zerstreute sich, bis nur noch Hannah übrig blieb. Die Luderin kniete da, den Kopf gesenkt, mit keuchendem Atem.

»Darf ich dir helfen?«, fragte Hannah sanft.

Die Luderin hob langsam den Kopf und sah Hannah von unten her an. Dann streckte sie ihr die Hand entgegen.

»Zieh mich hoch.«

Hannah zog, und die schwere Frau erhob sich mühsam, so als hätte sie Schmerzen in Knien, und rieb sich die Handgelenke, an denen von den Eisen rote Striemen zurückgeblieben waren.

»Du brauchst also Arbeit?«, fragte die Luderin, kaum dass sie stand. »Wenn deine Larve wieder aussieht wie die einer Frau, kannst du zu mir kommen.« Sie wischte sich Speichelfäden und das blutige Fett der Schweineschnauze aus dem Gesicht. »Saubande!«, murrte sie halblaut. »Einerseits brauchen sie einen, andererseits verachten sie uns.«

»Ich will nicht für dich arbeiten«, sagte Hannah. »Ich will dich etwas fragen.«

Abschätzig musterte die Luderin Hannah von Kopf bis Fuß. Dann zog sie geräuschvoll die Nase hoch und spuckte den Schleim auf die Straße. »Da bist du bei mir an die Falsche geraten. Ich beantworte grundsätzlich keine Fragen. Das gehört zu meiner … Tätigkeit.«

Die Luderin drehte sich um und stapfte davon. Sie bewegte sich langsam und schwerfällig.

Hannah folgte ihr trotzig in kurzem Abstand. Von der schroffen Art der Luderin würde sie sich nicht vertreiben lassen. Auch eine Lektion, die sie inzwischen gelernt hatte. »Wo willst du hin?«, fragte sie und lief neben der Luderin her. Den fauligen Geruch der besudelten Kleidung zog die Luderin hinter sich her wie eine Fahne.

»Ich brauche niemanden. Ich komme gut allein zurecht.« Wieder spuckte die kräftige Frau aus.

»Wenn es tatsächlich so wäre, dann würdest du jetzt nach Hause humpeln«, versetzte Hannah.

Die Luderin blieb stehen, baute sich vor Hannah auf und atmete tief ein. Hannah erwartete eine Schimpftirade oder ein ähnliches wortreiches Unwetter, doch nichts dergleichen geschah. Der Gestank hüllte sie beide ein und ließ sie gleichzeitig die Nase rümpfen. Dann lachte die Luderin so, dass ihr Bauch und ihr riesiger Busen bebten.

Doch gleich darauf wurde sie mit einem Mal ernst. »Ich habe schon lange kein so unerschrockenes Weib mehr erlebt. Also, was willst du von mir?«

»Ich weiß, du warst auf dem Brandplatz beim Stephinger Tor«, begann Hannah zögernd. Sie wusste nicht recht, wie viel sie verraten durfte, ohne sich selbst zu verraten.

»Es ist verboten, dort zu sein.« Die Luderin blickte sie lauernd an. »Der Platz ist bewacht.«

»Nehmen wir an, du hättest das Verbot nicht gesehen und wärst – zufällig – doch dort gewesen. Wie viele Menschen sind dort verbrannt?«

Plötzlich packte die Luderin Hannah am Arm und zerrte sie von der Straße weg. Sie ließ Hannah auch nicht los, als sie sich in die Wintergasse begaben und von dort aus über den schmalen Durchgang beim Hunoldsberg in die Altstadt hinuntergingen. Erst als sie die Hochterrasse hinter sich gelassen hatten und ihnen die stete Feuchtigkeit der Unterstadt in die Lungen drang, blieb die Luderin stehen, völlig außer Atem und verschwitzt. Sie wischte sich mit ihrer schmutzigen Hand übers Gesicht, bevor sie redete.

»Bist du von Sinnen?«, fragte sie barsch.

»Warum?« Hannah sah sie herausfordernd an. »Macht man sich schon strafbar, wenn man dich etwas fragt?«

»Unsinn. Es kommt darauf an, was man mich fragt«, antwortete die Luderin unwirsch.

Hannah hob die Augenbrauen und bedeutete damit, dass sie nicht recht wusste, was die Luderin damit sagen wollte.

»Weißt du, warum sie mich zur Sau gemacht haben?«

Hannah schüttelte den Kopf. Woher sollte sie das auch wissen.

»Weil ich einem meiner … Kunden … eine Frage gestellt habe. Eine einfache Frage. Dafür musste ich vier Stunden auf dem Boden knien, mir diese Drecksnase umbinden und mich mit faulem Gemüse bewerfen lassen.«

»Welche Frage denn?« Hannah schüttelte ungläubig den Kopf. Dass man bestraft wurde, weil man eine Frage stellte, konnte Hannah sich nicht vorstellen.

»Jetzt hör genau zu, meine rotgesichtige Unbekannte. Ich werde dir das nicht beantworten! Schluss – und jetzt verschwinde.«

Hannah schüttelte wieder den Kopf. »Ich werde nicht verschwinden. Nicht, solange ich keine Antwort erhalten habe.«

»Wer bist du, dass du glaubst, mich umstimmen zu können?«, blaffte die Luderin sie an.

Hannah hatte das Gefühl, als würde eine gewisse Bewunderung für ihre Hartnäckigkeit in der Stimme mitschwingen.

»Ich bin die Röttel!« Selbstgewiss nannte sie ihren Bettlernamen.

Verblüfft betrachtete die Luderin Hannah von oben bis unten, bis sie auf einmal wieder herzhaft zu lachen begann.

»Weib. Du magst mich für blöd halten, aber das bin ich nicht.« Als die Luderin bemerkte, dass ihre laute Stimme hinter den ersten kleinen Seitenfenstern Bewegung auslöste, zerrte sie Hannah weiter. Niemand bewegte sich hier unten in der Handwerkerstadt ungesehen und ungehört.

Erst zwei Straßen weiter blieb sie wieder stehen und wandte sich zu Hannah um. »Du bist alles, Frau – nur nicht die Röttel.« Mit einer Handbewegung wischte sie die Erwiderung, die Hannah schon auf den Lippen hatte, beiseite. »Es ist mir auch egal, warum du die Röttel sein willst. Ich will nur wissen, wer dich schickt.«

Erstaunt antwortete Hannah: »Niemand. Wer sollte mich denn schicken?«

Wieder erfolgte eine Musterung, als müsste die Luderin sie für teures Geld kaufen. Ihr Blick wanderte von den Füßen bis zum Scheitel, ruhte lange auf Hannahs Händen und wanderte über deren Schoß und deren Brüste zurück zum Gesicht. Zuletzt drehte sie Hannahs Hände um und besah sich die Handflächen.

»Jetzt sage ich dir einmal, was ich sehe. Du brauchst vorerst nur den Kopf zu schütteln, wenn es nicht stimmt.«

Sie gingen weiter zum Kloster der Beginen und blieben dort wieder stehen. Es waren kaum Menschen in der Straße unterwegs, und wenn, dann waren es Fremde, die zum Roten Tor hinaus und in Richtung Süden wollten.

»Du bist in den letzen Wochen einem Feuer etwas zu nahe gekommen, einem großen Feuer. Das ist nicht schwer zu erraten. Wenn ich nachdenke, dann hat es nur zweimal in den letzten sechs Wochen so stark gebrannt, dass das geschehen konnte: auf dem Scheiterhaufen vor der Stadt und beim Haus des Apothekers. Da ich nicht glaube, dass du den Bütteln vom Scheiterhaufen gesprungen bist, wird es wohl der Apothekenbrand gewesen sein.«

Die Luderin sah Hannah herausfordernd an, und die kam nicht umhin, den Scharfsinn der Frau zu bewundern. Hannah schwieg, und die Dicke nickte beifällig.

»Wenn ich mir deine Hände ansehe«, fuhr die Luderin ungerührt fort, »erkenne ich, dass du in den letzten Jahren nicht allzu viel gearbeitet haben kannst. Sie sind immer noch weich und ohne Schrunden und Risse. Auch findet sich keine Narbe auf dem Handrücken oder in den Handinnenflächen. Du stammst aus gutem Hause, nicht von der Straße«, spottete die Luderin. Dann setzte sie etwas hinzu, was Hannah traf wie eine Ohrfeige. »Du bist entweder die Apothekerin selbst, obwohl ich die nie gesehen habe, oder deren Tochter.«

Die Luderin verschränkte die Arme vor ihrem mächtigen Busen. »So, jetzt erzähl mir, wer dich geschickt hat.«

Hannah konnte kaum atmen, so verblüfft war sie über das, was die Luderin da messerscharf geschlossen hatte. Sie besah ihre Hände und musste zugeben, dass die Hübschlerin vor ihr recht hatte.

»Ich ... ja ... äh ...«, stotterte sie. »Äh ... niemand ... ich meine nur, die ... die Schwarze Liss ... sie hat gesagt ... hat mir erzählt ...«

»Die Liss?«, unterbrach die Luderin Hannah. »Das Weib kann ihr Maul auch nicht halten.«

»Ihr habt recht ... völlig recht ... ich bin ... ich war ... ach, verflucht, ich weiß selbst nicht mehr, ob ich noch die Apothekerin bin oder schon die Röttel ...«, entfuhr es Hannah.

Die Bettlerin legte ihr die Hand auf die Schulter. Rasch blickte sich die Luderin um. »Wir gehen an einen Ort, an dem wir uns wirklich ungestört unterhalten können. Bis dahin ...« Sie legte den Zeigefinger auf den Mund.

Die Luderin bog nach links ab und steuerte die Unterstadt an. Vor einem breiten Handwerkerhaus blieb sie stehen. Sie klopfte dreimal kurz und zweimal lang. Es dauerte eine Weile, dann wurde das Tor geöffnet.

»Mein Reich«, sagte sie und lud Hannah mit einer großen Geste in das Haus ein.

Hannah zögerte kurz, schließlich wusste sie nicht, wie weit die Freundschaftlichkeit dieser Frau wirklich ging. Es konnte ebenso gut eine Falle sein, und sie würde diese Schwelle nie mehr überschreiten.

12

Die Luderin hatte sich in Hannahs Beisein von einer ihrer Frauen entkleiden lassen und lag jetzt in einem Zuber, der ihre unförmigen Maße gerade so fasste. Während eine Magd die Kleider in einem Bottich wusch, rieb eine zweite Baderin die Bettlerin ab, und eine dritte kümmerte sich um deren Haar. Sie entfernte die farbigen Bänder daraus, goss warmes Wasser über die schwarzen Locken und reinigte sie behutsam mit einem Kamm. Bald hüllte ein Dunst aus Wasserdampf und feinen Ölen sie ein. Die ganze Zeit über wurde kein Wort gesprochen.

Ein anderes Mädchen kümmerte sich um Hannah. Sie säuberte die blutverkrustete Lippe und kühlte mit einem Lappen das Auge. Allmählich konnte Hannah das Auge wieder öffnen. Und sie konnte etwas sehen. Das Auge war unversehrt geblieben.

»Wer hat dich so zugerichtet? Du hast ja überall blaue Flecken. Bist wohl einem ›Beschützer‹ in die Hände gefallen!«

Hannah antwortete nicht. Was sollte sie auch sagen? Sie hatte genug damit zu tun, ihre schmerzenden Stellen zu ignorieren. Schließlich brachte ein Mädchen, das kaum älter als vierzehn Jahre sein mochte, ein Brett mit Brot und Käse. Sie war ungefähr so alt wie Gera, ihre Tochter, und Hannahs Augen füllten sich mit Tränen, als sie die Kleine sah. Sie war froh, dass ihr Gesicht feucht war vom Dampf im Raum und dass ihre Tränen so nicht auffielen. Mit einer energischen Geste wischte sie sich über das Gesicht.

Das Essen war das Zeichen für die Baderinnen, die Luderin und ihren Gast allein zu lassen.

»Warum willst du die Röttel sein?«, fragte die Luderin.

»Wollen? Von Wollen kann keine Rede sein. Ich muss … Die … die andere … ist tot …«

Hannah brach ab. Das kurze Leben auf der Straße hatte Misstrauen in ihr gesät. Sollte sie ihr Schicksal jedem erzählen, der sie mit ein wenig Wohltat köderte? Nein, erst musste sie die Luderin besser kennenlernen. Außerdem ließ der Gedanke sie schaudern, der Brandstifter könnte erfahren, dass sie noch lebte.

Die Luderin beobachtete sie aus ihrem Zuber heraus scharf. Nicht das leiseste Mienenspiel, nicht die kleinste Bewegung entging ihr. Hannah hatte das Gefühl, vor diesem Blick ebenso nackt zu sein wie die Luderin in ihrem Bad.

Die Luderin nickte, als würde sie die Unterbrechung richtig deuten und verstehen. »Ich will dir etwas erzählen«, begann die Bettlerin dann, die in Hannahs Augen so gar keine mehr war. »Weil deine Augen so einen ehrlichen Blick haben. Ich habe mich in solchen Dingen noch selten getäuscht – und dort, wo ich falschgelegen habe, haben es diejenigen, die mich hintergangen haben, längst bereut.«

Hannah schluckte. Dann stammelte sie: »Ich … ich hintergehe dich nicht … ich will nur wissen …«

»Es waren drei Leichen«, sagte die Luderin leise. »Ich habe sie gesehen. Zwei Männer und eine Frau.«

In Hannahs Kopf dröhnte der letzte Satz wie der Schlag einer Glocke. Ihr Blick verschwamm, und das Zimmer schwankte leicht. »Zwei … Eine …«, stammelte sie. »Aber das … es ist unmöglich.«

»Warum?«, fragte die Luderin und nahm sich von dem Brot und dem Käse. Mit einer Handbewegung lud sie Hannah zum

Essen ein, doch die verspürte mit einem Mal keinen Hunger mehr.

»Die Familie des Apothekers … das Ehepaar hatte ein … ein Mädchen …« Sie war nicht mehr in der Lage, weiterzusprechen. Ihre Unterlippe bebte.

Während Hannah ins Leere starrte, fuhr die Luderin fort zu essen, und zwischen den einzelnen Bissen murmelte sie: »Die beiden Männer waren ineinander verkrallt. Ein Regal oder etwas Ähnliches war auf sie gefallen und hat sie vermutlich erschlagen.«

Hannah richtete den Blick auf die Bettlerin. Sie dachte an die Brandnacht zurück. Ein umstürzendes Regal! In ihrem Kopf lief das Unglück noch einmal ab – bis zu dem Augenblick, als sie das Geräusch aus dem Untergeschoss gehört hatte, ein Scheppern, ein Zerbersten von Flaschen und Tiegeln. Natürlich! Eines der Regale war umgestürzt und hatte zwei Männer unter sich begraben: ihren Mann … und wen noch?

»Die Frau«, flüsterte sie. »Wie sah die Frau aus?«

»Hör zu, Röttel, oder wie du sonst heißen magst. Was ich jetzt sage, hat mich an den Pranger gebracht und mich zur Sau gemacht. Solltest du es weitererzählen, wirst du mich kennenlernen. Und zwar auf eine Art und Weise, wie du es nicht für möglich hältst.« Die Drohung war so beiläufig ausgesprochen, als handelte es sich um eine Einladung zum Essen.

»Die Leiche der Frau war kaum verbrannt, so als hätte sie dort nicht von Anfang an gelegen. Für die Mutter war sie zu jung. Es könnte also das Mädchen gewesen sein. Sie war sehr jung. Sehr, sehr jung.«

»Vierzehn. Die Apothekertochter war vierzehn«, sagte Hannah tonlos.

Die Luderin zuckte mit den Schultern. »Man hat sie nachträglich ins Feuer geworfen, so viel steht fest.«

Mit aufgerissenen Augen sah Hannah die Luderin an.

Die Luderin hob eine Augenbraue. »Na, verstehst du? Drei Bewohner …«

Hannah nickte und wusste nun, was sie zuvor nur geahnt hatte. »… drei Leichen. Es fehlte die Apothekerin.«

»Oder sonst jemand. Ich habe dem Stadtpfleger gegenüber erwähnt, dass mit den Toten insgesamt, aber mit dieser Toten im Besonderen etwas nicht stimmt. Er war mit einem Patrizier da, mit Aigen, um den Platz zu besichtigen. Aigen gehört das Haus nebenan. Er wollte seinen eigenen Schaden besehen und hat sofort Interesse an dem Grundstück geäußert, weil … nun ja, wenn keine direkten Verwandten da sind, dann fällt das Grundstück an die Stadt. Und die einzige Tochter des Apothekers lag ja … im Feuer. Wegen meiner Frage, ob sich der Stadtpfleger und der Herr Aigen die Toten schon einmal angesehen hätten, hat er mich an den Pranger stellen lassen. Weil ich ihm nicht Ehre genug erwiesen hätte. Weil ich ihn beleidigt hätte. Pah! Der Hurenbock.«

Hannahs Kiefer mahlten, als würde sie ununterbrochen Essen zerkauen, dabei sammelte sich in ihrem Mund nur bitterer Speichel. Die stickige Luft, der Dampf, der sich zwar langsam verzog, der aber schwer auf den Lungen lag, die Bilder, die sich in ihrem Kopf sammelten, all das begann sich zu drehen und zu einem einzigen Knäuel zu verwirren.

»Ich … Danke«, stammelte Hannah und erhob sich. »Ich muss raus.« In Hannah Kopf überschlugen sich die Gedanken. Das Mädchen, das dort gelegen hatte. Wenn es nun nicht Gera gewesen war? Der Zweifel schmerzte wie ein Dorn, der sich in die Haut gebohrt hatte. »Ich muss gehen.«

Die Luderin nickte und schlug mit dem Messer, das sie zum Käseschneiden in der Hand hielt, auf das Brett. Sofort erschienen zwei der Frauen von eben.

»Bringt sie raus und gebt ihr Brot und Käse mit«, befahl sie.

Als Hannah an ihr vorüberging, hielt die Luderin sie am Arm fest. Die Feuchtigkeit ihrer Finger drang durch den Stoff ihres Ärmels.

»Sei vorsichtig! Ich weiß nicht, was du denkst, aber mich haben sie nur einer Frage wegen an den Pranger gestellt und zur Sau gemacht. Ich weiß nicht, was sie mit dir machen werden, wenn sie erfahren ...« Sie löste den Griff um Hannahs Arm. »Hier, nimm das. Du musst dir selber helfen, sonst tut es keiner.« Sie hielt ihr das Käsemesser hin, eine dünne, mit einem speckigen Holzgriff versehene Klinge, und steckte es in ein Lederfutteral, an dem zwei Lederriemen hingen. »Versteck es im Ärmel. Bind es dir um den Unterarm und behalt es immer am Körper. Immer, verstehst du!« Die Luderin packte Hannah wieder am Arm, und eine der Frauen band ihr das Futteral so an den linken Unterarm, dass sie mit der rechten Hand das Messer herausziehen konnte.

Schließlich riss Hannah sich los. Sie wollte nichts mehr hören, kein Mitleid, keine Ratschläge. Wie in einem Nebel aus Bildern und Sätzen, aus Geräuschen und Wörtern ging sie hinaus – und stand, ehe sie sichs versah, vor der Tür des Hauses. Wo sollte sie hin? Wo fand sie einen Augenblick der Ruhe, den sie brauchte, um die Gedankensplitter zu ordnen und zu einem Gesamtbild zusammenzufügen.

Aigen besaß das Grundstück nebenan. Das hatte sie nicht gewusst. Deshalb war er so schnell dort gewesen. Vor ihrem inneren Auge loderte wieder das Feuer und zeigte ihr dunkel die Umrisse des Patriziers gegen den Brandherd.

Wie von selbst führten ihre Beine sie zum Fledermausturm zurück.

Sie fühlte nichts, keine Kälte, keinen Hunger, nicht einmal Schmerzen. Erstaunt nahm sie wahr, dass sie ein an den Zipfeln zusammengeschnürtes Tuch in der Hand hielt. Natürlich,

Brot und Käse. Doch sie konnte jetzt nichts essen. So trottete sie auf den Turm zu und wollte sich dort einmieten, sich einfach hinlegen, die Augen schließen. Sie ging durch den Tag, als laste das Gewicht der Welt auf ihr. Wie von einem Mühlstein bewegt wälzten sich die Gedanken an die vergangenen Ereignisse durch ihren Kopf, und die Steine zermahlten alle Geschehnisse zu feinem Staub, aus dem sich ein Teig aus neu zusammengemischten Einzelbildern kneten ließ. Das ergab in ihrem Kopf mit einem Mal einen ganz anderen Ablauf der Nacht. Doch sie wusste nicht, wie wahrscheinlich dieser Ablauf war.

Hannah setzte sich auf einen der Poller, der eine Hausecke gegen die Wagenräder der Karren schützen sollte. Sie wollte nur in Ruhe nachdenken. Ein Lichtstrahl Sonne fiel auf sie und wärmte sie ein wenig. Nun meldete sich doch der Hunger wieder, und sie holte sich aus dem Tuch ein Brot und biss ein Stück Käse ab, aber der schmeckte schal angesichts der Gedanken, die sie bewegten.

Das Mädchen, die beiden Männer – das ergab in ihren Augen alles keinen Sinn. Sie hatte Gera nicht im Zimmer vorgefunden. War sie vielleicht schon nach draußen gelaufen? War sie vielleicht auf der Suche nach ihrer Mutter zurückgekehrt und von einem Balken, von einer einstürzenden Mauer getötet worden? Sie wollte gerade in das Stück Brot beißen, als es ihr gewaltsam aus der Hand gerissen wurde.

»Der Frühlingswind weht die ersten Schmetterlinge vorüber«, wurde sie begrüßt. Der Mann, der vor ihr aufgetaucht war wie aus dem Nichts, steckte sich das Stück Brot auf einmal in den Mund und kaute grinsend.

Verwirrt blickte sie ihn an.

»Da hat es sich doch gelohnt, die Augen ein bisschen aufzuhalten. Irgendwann müssen sich auch die schönsten Falter zum Schlafen in eine Ecke verziehen.« Wieder grinste er breit.

Den feuerroten Haaren, dem verdrießlichen Zug um seinen Mund und dem schweren Loden war sie schon einmal begegnet, und die Erinnerungen daran waren nicht erbaulich.

»Der Rote«, flüsterte sie.

Wie ein Fels von einem Mann stand er vor ihr und beugte sich zu ihr hinab. »Es ist recht so, wenn du mir etwas zu essen bringst. Nur nicht so schüchtern. Ich bin da nicht wählerisch.«

Wie von selbst hob sich ihr Arm mit der Verpflegung, und der Rote riss sie ihr aus der Hand. Er holte Brot und Käse aus dem Tuch, ließ es dann fallen und stopfte sich das Essen mit beiden Händen in den Mund.

Hannah war wie gelähmt. Das Kauen der Kiefer, das Schlucken, das geräuschvolle Schmatzen – das alles ließ sie erstarren. Statt wegzulaufen blieb sie einfach sitzen.

Als der Rote den letzten Bissen hinuntergeschluckt hatte, sagte er: »Der Hunger ist gestillt. Aber satt ... satt bin ich noch nicht, mein Schmetterling.«

Bevor Hannah begriff, was er damit meinte, packte er sie am Arm und zog sie von ihrem Poller herunter. Mit drei, vier langen Schritten ging es hinein in die schmalen Gassen des Pfaffenwinkels. Ihre Beine stolperten wie von selbst hinter dem Kerl her.

Es ging hinunter zum Stadtbach. Er drängte sie in eine breitere Lücke zwischen zwei Gebäuden und stieß sie schließlich, so mühelos, als wäre sie nur eine leere Hülle, gegen die Hauswand. Hannah hörte den dumpfen Aufschlag und spürte einen stechenden Schmerz am Rücken und am Hinterkopf. Sie hoffte inständig, dass sie sich nichts gebrochen hatte. Schließlich sank sie langsam an der Hauswand zu Boden.

»Hat dir die erste Begegnung nicht gereicht, mein Schmetterling? Musst du mir wieder über den Weg flattern?« Er beugte sich zu ihr herunter. Sie roch seinen fauligen Atem, seinen scharfen Schweiß. »Geld? Hast du Geld für mich gesammelt?«

Sie schüttelte den Kopf und zog ihn sofort ein, weil sie spürte, wie der Rote ausholte. Der Schlag traf sie dennoch unerwartet. Sie kippte zur Seite, und ihr Kopf schlug wieder hart gegen das Holzfachwerk.

»Ich konnte nicht betteln«, wimmerte Hannah leise. Sie dachte einen Augenblick an das Geld in ihrer Börse, doch sie wollte dem Roten die paar Münzen nicht einfach in den Rachen werfen. Nicht ihm.

»Aber zu fressen hast du dir besorgt, was?«, höhnte der Rote und holte wieder aus. Das raue Leinen der Handschuhe schürfte ihr die frische Haut von der Wange.

»Ich konnte wirklich nicht betteln!«, schluchzte Hannah.

»Du konntest nicht? Du konntest nicht! Du wolltest nicht. Aber du sollst. Du musst.« Mit jedem Satz wurde der Rote lauter. Er schrie sich in eine Wut hinein, peitschte sich mit seinen eigenen Worten hoch – und dann schlug er abermals zu. »Weißt du eigentlich, was ich mache, wenn Weiber wie du nicht betteln können?« Die letzten Worte flötete er geradezu. Wieder spürte sie einen kräftigen Hieb; diesmal hatte er sie getreten. Hannah fühlte den Schmerz kaum mehr, denn der Tritt traf sie an der Schläfe und raubte ihr Gehör und Gefühl. Sie spürte nur, wie sie ganz zur Seite kippte und mit dem Gesicht im Schmutz landete. Sie war unfähig, sich zu bewegen, sich zu erheben, zu hören, zu fühlen. In ihrem Kopf rauschte es, als würde ihr Wasser durch den Schädel gegossen.

Sie nahm noch wahr, wie der Kerl ihr den Rock hochschob, wie er ihr die Beine auseinanderdrückte, und dann schrillte es in ihrem Kopf, als würde eine Pfeife geblasen, und sie sank langsam in eine Tiefe hinab, die ihr bodenlos zu sein schien …

Als sie erwachte, blickte sie in das Gesicht der Schwarzen Liss. Die strich ihr mit der Hand sanft über die Stirn und über die Haare. Hannah sah Tränen in den Augen der Bettlerin, und sie sah auch, wie deren Lippen sich bewegten, doch hören konnte sie nichts.

Ihr ganzer Körper fühlte sich an, als wäre sie unter ein Fuhrwerk geraten. Und dann fühlte sie das Brennen, das sich über ihren Unterleib hinaufzog bis zu den Brüsten.

»Was …?«, flüsterte sie.

»Endlich bist du wach«, hörte sie die Schwarze Liss. Es war, als stünde sie weit weg von ihr.

»Wer war das?«, fragte die Bettlerin. »Wer hat dich so zugerichtet?«

Hannah schloss die Augen. Wer war was? Sie versuchte sich zu erinnern, doch es gelang ihr nicht. Alles tat ihr weh. Ihr Unterleib brannte, als hätte das Feuer sie dort erneut versengt. Dann flatterte ihr das Wort »Schmetterling« ins Gedächtnis, und sie versuchte ihre Gedanken hinter dem flüchtigen Begriff her zu schicken.

Sie öffnete die Augen wieder und sah über sich die dunklen Balken eines Fachwerks, die sich gegenseitig stützten und im Mauerwerk verschwanden, bis ihr die Augen schmerzten.

Dann war die Erinnerung wieder da. Der Rote, der auf sie eingeschlagen, der sie getreten, der sie zu Boden geworfen, der sich auf sie gelegt hatte und schließlich gewaltsam in sie eingedrungen war. Sie ließ die beiden Worte über ihre zerschundenen Lippen tropfen wie zähflüssiges Blut. »Der Rote«, hauchte sie.

Die Bettlerin, die Hannahs Kopf in ihren Schoß gebettet hatte, sah sich gehetzt um.

»Wir müssen fort«, hörte sie die Schwarze Liss von weit her sagen. »Fort, bevor er zurückkommt. Kannst du aufstehen?«

Hannah wusste nicht, ob sie aufstehen konnte. Sie musste es dennoch versuchen. Ihr war, als hätten die Tritte und Schläge ihr alle Muskeln und Knochen weich geklopft und als könnte sie diese nicht mehr zusammenhalten. Mit Hilfe der Schwarzen

Liss schaffte sie es, obwohl ein Schwindel sie erfasste und gegen die Hausmauer sinken ließ.

Sie bewegten sich ganz vorsichtig von dem Ort zwischen den Häusern weg. Die Schwarze Liss führte sie über die Hennastäpfala den Mauerberg hinauf, den heruntergekommen zu sein Hannah sich nicht mehr erinnerte. Es ging langsam. Zu langsam für die Bettlerin. Die drängte und schob sie vorwärts und wurde erst ruhig, als sie in die Gassen des Pfaffenwinkels eintauchten.

Hannah betastete ihren Kopf. Sie fühlte Blut an der Wange, über dem Auge, am linken Ohr. Aus ihrem Unterleib rann Blut über ihre Oberschenkel. Mit jedem Schritt fühlte sie sich dennoch sicherer, wurde sie schneller. Sie humpelte weiter, weg von diesem schrecklichen Ort, weg von dem Roten.

Die ganze Zeit über sprach die Schwarze Liss kein Wort.

Hannah wusste nicht, wohin es gehen sollte. Sie wusste nur, dass sie sich in der Nähe des Fledermausturms nicht mehr sehen lassen durfte. Schließlich erkannte sie die Gegend. Jeder Schritt brachte ihr das Denken zurück, jeder Schritt war ein neuer Gedanke, bis sie schließlich selbst die Führung übernahm und zielstrebig einen Ort ansteuerte, den sie schon zuvor hätte aufsuchen sollen: den Brandplatz.

Der körperliche Schmerz betäubte ihren inneren Schmerz, sodass sie glaubte, sie könne die Begegnung aushalten. Als sie in die Straße einbiegen wollten, trat einer der Stadtschergen aus einer Nische.

»Geh weiter«, zischte die Schwarze Liss.

Sie bogen nicht in die Gasse zu ihrem Haus ein, sondern liefen geradeaus weiter. Erst als sie außer Sicht waren, blieb Hannah stehen. Sie blickte sich kurz um, dann zog sie die Schwarze Liss ganz nah zu sich hin und flüsterte ihr ins Ohr: »Wir gehen hinten herum. Das Grundstück grenzt an die Straße, die an der Stadtmauer entlangführt. Dort gibt es eine Pforte.«

Hannah schlurfte voraus, die Bettlerin humpelte ihr nach. Sie mussten beide einen erbärmlichen Anblick abgeben, eine halb Erschlagene und eine fast Lahme mit Stock. Wäre ihre Lage nicht so verzweifelt gewesen, hätte sie darüber gelacht.

Ihr Schädel dröhnte, als sie in den Mauerumgang einbogen. Sie spürte ihre Beine fast nicht mehr, und der brennende Schmerz im Unterleib wurde zu einem harten Pochen.

»Es ist nicht mehr weit«, sagte sie mehr zu sich selbst als zu Liss.

Sie kamen an der Stelle vorüber, an der sie zum Wehrgang hochgestiegen waren – und schließlich standen sie vor der hinteren Pforte. Die doppelt mannshohe Wand, die das Gartenhaus zur Stadtmauer hin abgeschlossen hatte, wurde von einer schmalen Pforte durchbrochen, deren Tür stark angekohlt war Die Schwarze Liss drückte die Klinke. Nichts rührte sich. Die Pforte war abgeschlossen.

»Verdammt«, vernahm Hannah die Schwarze Liss wie aus weiter Ferne.

»Du brauchst nicht zu flüstern«, sagte Hannah und trat einen Schritt zurück.

»Ich flüstere nicht. Ich schreie«, sagte die Schwarze Liss.

Die Liss drehte sich zu Hannah um und hob eine Augenbraue. Sie deutete auf Hannah, dann auf ihre eigenen Ohren, dann wieder auf Hannah und zuckte mit den Achseln.

Hannah nickte nur. Offenbar hatten die Schläge des Roten ihr Gehör in Mitleidenschaft gezogen. Jetzt wandte sie sich zu der Pforte hin. Ihre Augen glitten über die Mauer und blieben an einem Stein hängen, der ein ganzes Stück über ihr aus der Ummauerung ragte. Hannah deutete darauf und machte mit der Hand eine Drehbewegung als Schließzeichen. Sie trat an den Poller neben der Tür. Die Schwarze Liss sah sie verständnislos an. Hannah nahm deren Hand und drückte sie gegen ihr Gesäß.

»In meinem Zustand komme ich sonst nicht hoch. Du musst mich halten.«

Hannah stieg auf den Poller. Sie musste ein Aufstöhnen unterdrücken, weil ihr alle Glieder wehtaten. Doch die Schwarze Liss schob von hinten und drückte sie so gegen die Mauer.

Hannah streckte sich, rüttelte an dem Stein, der sich endlich aus der Lücke ziehen ließ, ließ ihn fallen, griff in die Höhlung und hielt triumphierend einen Schlüssel in die Höhe.

Hannah kam ins Wanken, als die Schwarze Liss sich hinter ihr rührte. Sie rutschte ab und fiel der Länge nach in die Gasse. Der Schlüssel wurde ihr aus der Hand geschleudert und schlitterte einige Fuß über den Boden, bis ein Mann mit dem Fuß darauftrat. Hannah hatte sein Kommen nicht bemerkt.

»Was wollen wir denn mit dem Schlüssel?«, fauchte der Mann, und Hannah zog es die Eingeweide zusammen. Sie drückte den Kopf auf den Boden. Obwohl sie kaum etwas hören konnte, erkannte sie die Stimme sofort. Nie mehr würde diese Stimme sich aus ihrem Gedächtnis löschen lassen. Nie mehr.

Der Mann bückte sich, hob den Schlüssel auf und besah ihn sich genau. »Für welche Tür braucht ihr denn den?«, fragte er höhnisch.

Mit der einen Hand hob er den Schlüssel auf, mit der anderen packte er Hannah mit eisernem Griff am Handgelenk, zog sie hoch und hielt ihr den Schlüssel unter die Nase. »Für welche Tür?«

Hannah, die vor Schmerz und vor Angst nur noch verschwommen sah, deutete mit dem Kopf in die Richtung, von der sie glaubte, dort würde sich die Pforte befinden.

»Das Tor wollt ihr beiden Hübschen aufmachen? Das Tor?«

Er schüttelte den Kopf, als könne er nicht recht verstehen, was die beiden Weiber dort wollten, dann lachte er, ließ Hannah los, sodass sie wieder zu Boden sackte.

Der Rote beugte sich über sie. »Na, Weib, hat es dir mit mir gefallen? Ich komm heut Nacht wieder. Freu dich drauf.«

Hannah schloss die Augen, und ihre Eingeweide krampften, sodass sie sich zusammenrollte, damit der Schmerz erträglich wurde.

Der Rote lachte, trat im Vorbeigehen der Schwarzen Liss mit dem Stiefel in die Seite und ging weiter. Den Schlüssel warf er über die Schulter hinter sich, und mit einem leisen Klirren landete er auf dem Pflaster.

Hannah wurde von einem Weinkrampf geschüttelt. Was hatte sie denn getan, dass Gott der Herr sie so strafte? Genügte es ihm nicht, dass er ihr die ganze Familie genommen hatte? Genügte es ihm nicht, dass er ihr die Schönheit weggebrannt hatte? Genügte es ihm nicht, dass sie geschändet worden war? Was wollte er denn noch von ihr?

Hannah lag zusammengerollt wie ein Kind im Mutterbauch und schluchzte.

Sie spürte, wie die Schwarze Liss sie hochzog und, indem sie sie stützte, mit ihr unter den Wehrgang zur Stadtmauer ging, der etwas überstand. Dort setzten sie sich hin, und die Liss bettete Hannahs Kopf in ihren Schoß. Sie sagte nichts, sie strich ihr nur über die Haare, bis das Weinen nachließ. Ein Schluchzen durchbebte ihren Körper noch eine ganze Weile. Endlich fühlte sie sich wenigstens ein bisschen geborgen, obwohl der Anblick des halb verkohlten Tores, der rußgeschwärzten Mauer und das Wissen, dass das Haus dahinter nicht mehr da war, ihr wie ein Messer durchs Herz fuhren.

Sie wollte nur noch die Augen schließen. Sie wollte sterben, und sie fragte sich unaufhörlich, wie bei einer Gebetslitanei, warum Gott der Herr gerade sie am Leben gelassen hatte.

»Wäre es nicht besser, ich wäre tot?«, murmelte sie.

»Was für ein Unsinn«, antwortete die Schwarze Liss. »Schau

mich an. Ich bin nicht viel älter als du, aber so schief, wie ich gehe, interessiert sich kein Mann für mich. Die wollen gesunde Frauen. Habe ich mich deshalb umgebracht? Wünsche ich mir deshalb den Tod? Nein. Im Gegenteil. Vielleicht hat mich der Herr dazu ausersehen, genau dir zu helfen. Und wenn ich es recht überlege, dann haben wir etwas zu tun.«

Doch Hannah wollte nicht aufstehen. Sie wollte im Schmutz liegen bleiben. Dort gehörte sie offenbar hin, das hatte ihr das Schicksal klargemacht.

Dann sah sie den Schlüssel auf dem Pflaster liegen. Der Schlüssel erinnerte sie daran, dass es noch einen Ausweg gab. Die wenigen Gulden, die sie in der Kassette unter der Steinfliese aufbewahrt hatten, würden sie für ein paar Wochen über Wasser halten können. Und das war mehr, als sie sich im Augenblick erhoffen konnte.

Hannah stand mühsam auf, ging dorthin, wo der Schlüssel lag, bückte sich, nahm den Schlüssel und schleppte sich zur Pforte. Sie steckte den Schlüssel ins Schloss – und bemerkte, dass die Tür gar nicht abgeschlossen gewesen war.

»Sie ist offen«, sagte sie überrascht.

»Aber ich habe doch probiert, sie aufzustemmen. Es ging nicht«, sagte die Schwarze Liss verwundert.

»Vielleicht liegt etwas davor«, sagte Hannah. »Komm, hilf mir.«

Hannah drückte die Klinke hinunter, und gemeinsam stemmten sie sich gegen die Tür, bis sie schließlich tatsächlich nachgab. Sie hörten, wie etwas über den Boden schabte, dann stand das Türblatt so weit auf, dass sie hindurchschlüpfen konnten.

Hannah ging voraus, die Bettlerin folgte ihr. Im ersten Augenblick hatte Hannah das Gefühl, als würde man ihr mit einem Brett vor den Kopf schlagen. Schwarze Trümmer überall, die aus der Nähe noch gespenstischer wirkten als vom Wehrgang aus. Alles war schwarz: die Balken, der Boden, die Mauerreste.

Wie betäubt stolperte Hannah vorwärts. Sie wusste nicht, wo im Garten sie war, sie konnte nicht erkennen, wo das Haus begann. Sie musste sich erst vergewissern, wo welcher Gebäudeteil gestanden hatte.

»Jetzt beeil dich, Kindchen. Der Wächter schaut auch ab und zu am Grundstück vorbei. Wir können uns hier nirgends verstecken. Und sollte uns jemand erwischen, landen wir in den Hexenlöchern. Und zwar ohne Ohren und Nase, weil sie uns die abschneiden werden.«

Hannah erwachte langsam aus diesem Albtraum. Sie blickte genauer auf die Trümmer. Langsam schälte sich aus ihrem Gedächtnis der Grundriss des Hauses. Zielsicher ging sie zu einer Stelle, überlegte und sagte schließlich: »Hier muss es sein!«

Die Schwarze Liss ließ sich neben Hannah auf den Boden nieder, und sie begannen den Schutt wegzuräumen und die ehemals roten Steinfliesen freizulegen.

Hannah klopfte auf eine der Fliesen, dann auf eine andere. Bei der dritten schließlich hatte sie Glück. Sie klang hohl.

»Das ist sie«, flüsterte Hannah.

Rasch war sie freigelegt, und Hannah und Liss hoben sie gemeinsam aus dem Boden.

Darunter kam tatsächlich eine große graue Metallkassette aus Zinn zum Vorschein, und Hannah durchfuhr ein heftiges Glücksgefühl. Sie hob die Kassette aus dem Loch. Es klimperte darin. Hannah schloss die Augen und seufzte. Sie enthielt Geld und Schmuck.

»Willst du die ganze Kassette mitnehmen?«, flüsterte die Schwarze Liss nah an Hannahs Ohr.

Hannah nickte. »Den Schlüssel hatte mein Mann um den Hals hängen. Ich habe keinen Schlüssel. Wir müssen sie aufbrechen. Das würde hier zu viel Lärm machen, und es würde zu lange dauern.«

Die Schwarze Liss nickte. Sie legten die Platte wieder zurück, schaufelten mit ihren mittlerweile rußschwarzen Händen Steine und Schutt über die Öffnung, Hannah nahm die Kassette an sich, und dann verschwanden sie.

Sie erreichten unbehelligt die Pforte, die noch immer offen stand, und Hannah schlüpfte hindurch. Die Bettlerin folgte ihr und zog die Tür hinter sich zu. »Soll ich absperren?«, fragte sie Hannah über die Schulter.

Doch Hannah konnte nichts sagen, sie konnte nur auf den Kerl schauen, der sich da breitbeinig vor ihr aufgebaut hatte, die Arme vor der Brust verschränkt.

»Nein, Liss, lass ruhig offen«, sagte er spöttisch. »Ja glaubt ihr beiden denn, ihr könnt mich auf den Arm nehmen?«

Hannahs Herz klopfte heftig, und sie brachte keinen Ton heraus. Endlich stieß sie mühsam hervor: »Der Ro-te!«

»Also, das ist nett von euch, dass ihr mir die Kassette beschafft habt. Das weiß ich zu schätzen.« Er schnippte mit dem Finger, um ihnen zu bedeuten, dass sie ihm die Kassette aushändigen sollte, doch Hannah hielt sie noch fester an sich gedrückt. In dieser Kassette lag so viel Hoffnung für sie, dass sie deren Verlust nicht überleben würde. Das wusste sie.

Der Kerl trat auf sie zu, packte die Kassette und riss sie ihr einfach aus den Händen. Dann hielt er sie ans Ohr, schüttelte sie, und ein heiseres Lachen entfuhr seiner Kehle.

»Gut gemacht. Sehr gut gemacht. Wie das klimpert. Wollen doch sehen, welchen Schatz ihr mir da gehoben habt!«

Er drehte Hannah und der Schwarzen Liss den Rücken zu, suchte an der Mauer einen kleinen Vorsprung und schlug das Behältnis aus Zinn zweimal dagegen. Der Verschluss brach und Münzen und Schmuck fielen zu Boden.

»Na, so was!«, murmelte der Rote und pfiff durch die Zähne, kniete sich hin und begann aufzusammeln.

Hannah sah nur die Hand des Roten vor sich, wie sie gierig nach den Sachen griff, und plötzlich loderte in ihr eine zornige Flamme auf. Als der Rote die Brosche in der Hand hielt, die sie von ihrer Mutter zur Hochzeit geschenkt bekommen hatte, brach ein Feuersturm aus Zorn und Wut in ihr los. Das alles gehörte ihr, ihr, ihr! Sie durfte sich nicht übertölpeln lassen. Sie durfte sich von diesem Kerl nicht noch tiefer in die Gosse treten lassen. Sie spürte das Futteral am Unterarm. Plötzlich hatte sie das Messer in der Hand, das die Luderin ihr gegeben hatte. Sie trat von hinten auf den Roten zu, der noch immer auf dem Boden hockte und die Münzen aufklaubte, hob die Hand und stach zu. Das Messer fuhr dem Roten in den Oberschenkel.

Sie hörte einen dumpfen Laut, so als wollte der Rote irgendetwas sagen. Er wollte sich umdrehen, wollte sich aufrichten, doch das Bein gehorchte ihm nicht. Sie wich zurück, um nicht in die Reichweite seiner Arme zu gelangen, und sah zu, wie er sich mühte, wie er versuchte, seinen schweren Körper aufzurichten. Der Rote brüllte, er schlug um sich und machte mit unglaublicher Behändigkeit einen Satz auf Hannah zu, die sich an die Wehrmauer drückte. Er bekam ihren Unterschenkel zu fassen und riss sie zu Boden. Doch Hannah wehrte sich. Sie wand sich wie eine Schlange. Wieder stach sie zu, wie blind diesmal, dann hörte sie ein schnalzendes Geräusch. Der Rote schrie erneut auf und ließ los. Blut schoss aus einer Wunde unterhalb der Wade. Sein Atem keuchte. Hannah sah, dass sie ihm die Achillessehne durchtrennt hatte. Entsetzt ließ sie das Messer fallen. Der Rote würde nie wieder gehen können, und der Blutverlust war vermutlich tödlich.

Es gelang ihm nicht, sich aufzurichten. Ein Zittern lief durch seinen Körper. Er lag bäuchlings auf dem Boden, mit verzerrtem Gesicht, das zunehmend blasser wurde. Dann, ganz langsam, so als müsste er jeder einzelnen Faser seines Körpers befehlen, sich vorwärtszuziehen, kroch er erneut auf Hannah zu. Er stützte sich mit den Armen auf, als wollte er sich wie eine Schlange erheben und auf Hannah zuschießen. Aus der Wunde am Oberschenkel sickerte Blut, das die Hose dunkelrot durchtränkte. Auf seiner Stirn bildeten sich Schweißperlen. Mit Augen, die ihm vor lauter Anstrengung aus den Höhlen zu quellen drohten, starrte er Hannah an. Er öffnete den Mund, blieb jedoch stumm, obwohl die Lippen seltsame Zuckungen vollführten. Sein Atem, der bislang keuchend gegangen war, begann zu pfeifen, dann riss er die Augen auf und sackte mit dem Gesicht voraus stöhnend in den Schmutz der Gasse.

Erstaunt betrachteten die beiden Frauen die rote Lache auf dem Boden und den wimmernden Kerl.

»Hannah!«, flüsterte die Schwarze Liss. »Du hast ihm … du hast ihm einfach …«

Hannah war noch nicht in der Lage, etwas zu sagen, geschweige denn zu begreifen, was soeben geschehen war.

Die Schwarze Liss flüsterte: »Du hast ihn einfach abgestochen. Einfach so.«

Hannah schluckte. »Er hatte die Brosche meiner Mutter …«, begann sie, aber die Bettlerin winkte ab.

»Er hat es verdient. Los komm. Er hat uns Arbeit erspart und die Kassette aufgebrochen. Sammle das Geld ein und den Schmuck. Und dann nichts wie weg hier. Wenn uns jemand sieht, enden wir auf dem Rad.«

In fliegender Hast sammelte die Schwarze Liss die Münzen auf, während Hannah wie betäubt dastand und nicht wusste, ob sie heulen oder triumphieren sollte. Sie hatte sich gerächt. Das war der eine Gedanke. Und der lag im Widerstreit mit dem anderen, gewichtigeren: Du hast ihn getötet! Auch wenn er noch lebte, es war nur mehr eine Frage der Zeit. Kaum jemand überlebte solch eine Verwundung.

Schließlich bückte sie sich nach der Brosche ihrer Mutter, die der Rote noch immer in der Hand hielt. Sie zögerte, die Finger des Mannes aufzubiegen und sie an sich zu nehmen. Aber der Mann war nicht mehr bei Bewusstsein – vielleicht sogar schon tot. Doch schließlich siegte ihre Wut über diesen grausamen Kerl, diesen Frauenschänder, diesen Dieb. Der Rote wehrte sich nicht. Sie spürte nur ein Zittern in seinen Fingern, und schüttelte sich vor Ekel.

Kaum hielt sie die Brosche in der Hand, trat die Schwarze Liss auf sie zu. »Hilf mir. Wir müssen ihn umdrehen und unter ihm nach Geld suchen. Er rührt sich eh nicht mehr.«

Hannah holte tief Luft. »Nein«, hauchte sie. Allein das Aufbiegen der Finger, um die Brosche an sich zu nehmen, hatte all ihre Kräfte verbraucht.

Die Bettlerin stieß sie an. »Jetzt hör mir zu, Röttel. Bislang ist es eine bloße Auseinandersetzung zwischen Bettlern. Kaum der Rede wert. Selbst wenn er es nicht überlebt, sind die Stadtschergen froh, dass sich das Gesindel gegenseitig aus dem Weg räumt, das spart der Stadt Kosten. Wenn sie aber unter seiner Leiche Geld finden, dann ist es Raub. Dann werden sie nach uns suchen. Und der Wachtposten von vorhin hat uns gesehen. Wenn er dich vielleicht auch nicht kennt. Mich kennt er sicher. Willst du sie hinter mir herschicken?«

In Hannahs Ohren klang die kleine Rede der Schwarzen Liss wie Hohn. Doch sie wollte die Bettlerin nicht in Schwierigkeiten bringen. Unter Schmerzen half sie der Schwarzen Liss, den Körper des Roten auf den Rücken zu drehen. Der Rote stöhnte leise. Er öffnete die Augen. Seine Lider flatterten. Die Liss hob das Messer auf, das noch neben ihm lag, wischte es vorsorglich an dessen Kleidung ab und gab es Hannah. »Sauber machen kannst du es später.«

Tatsächlich lagen noch drei Silbermünzen unter seinem

Körper. Hannah nahm sie rasch an sich – und zuletzt zog die Schwarze Liss die Marke des Stadtarmen von der Brust des Mannes.

Der Rote hatte die Augen wieder geschlossen. Er versuchte die Hand zu heben, nach der Liss zu packen, doch die schlug seine Hand einfach weg.

»Jetzt können wir ihn liegen lassen. Gott sei seiner Seele gnädig.«

Die beiden Frauen erhoben sich und machten sich, so schnell es ihnen möglich war, auf in Richtung Fischertor.

Hannah fühlte sich, als wäre sie geklopft worden wie nasse Kochwäsche.

Die Schwarze Liss stützte Hannah. Als sie am Fischertor angelangt waren, sagte sie: »Wir müssen uns erholen. Du musst dich erholen. Du siehst aus, als hätte man dich durchgewalkt.«

Die Schwarze Liss wirkte frisch und tatkräftig. Hannah dagegen war wie willenlos. Doch die Zuversicht, die von der Bettlerin ausging, übertrug sich auf sie.

»Was sollen wir tun?«

»Drüben in der Fischervorstadt«, die Bettlerin zeigte auf das geschlossene Tor, hinter dem der Ort jenseits des Grabens lag, »gibt es eine Frau, die uns aufnehmen wird. Wir müssen nur hinüberkommen.«

Hannah nickte nur müde. Also ins Fischerviertel. Doch wie man dort hinübergelangte, das wusste sie nicht. Vor wenigen Jahren war die Brücke über den Graben wegen Baufälligkeit abgerissen worden. Eine neue hatte man noch nicht gebaut.

»Wie willst du hinauskommen?«, fragte sie matt; allmählich schien ihr die Kraft aus dem Körper zu sickern.

Die Schwarze Liss lachte leise. »Ganz einfach. Sie hob die Bettelmarke hoch. »Sie ist mehr wert als Gold. Pass auf.«

Die Schwarze Liss nahm Hannah an der Hand. Die ließ sich

einfach mitziehen. Sie schritten durch das Tor, das keine Bewachung hatte, und liefen an dem Wall vor der Mauer entlang. Immer wieder fielen Hannah beim Gehen die Augen zu. Doch die Bettlerin zog sie mit, und ihre Beine bewegten sich wie von selbst vorwärts.

Der Graben am Fischertor war trocken. Er lag zu hoch am Berg und konnte deshalb nicht mit Wasser gefüllt werden.

»Dort hinunter musst du selber klettern. Ich kann dir dabei nicht helfen«, sagte die Bettlerin.

Sie deutete auf eine Stelle nahe der alten Brücke. Schmale Trittstufen, die man ins Erdreich gegraben hatte, führten abwärts. Hannah blickte mit müdem Blick auf den Pfad, der hinunterführte, dann verlief er durch das fast mannshohe Gestrüpp. Schließlich stieg er auf der anderen Seite des Grabens wieder hinauf.

Der Graben hätte längst ausgeräumt werden müssen, um irgendwelche Angreifer zu behindern und das Legen von Feuer unmöglich zu machen. Doch der fruchtbare Boden, der durch allen möglichen Unrat genährt wurde, ließ das Unkraut wuchern. Hannah sah sogar den grünlichen Spiegel eines Tümpels, in dem sich Regenwasser sammelte, weil es nicht abfließen konnte.

Sie nickte und setzte sich auf die oberste Stufe und suchte mit dem Fuß Halt. Doch als sie den Fuß auf den nächsten Tritt setzte und sich vorbeugte, wurde sie von einem heftigen Schwindel erfasst. Die Tritte waren beinahe senkrecht in die Böschung eingegraben. Jede noch so kleine Unsicherheit würde sie straucheln und stürzen lassen.

»Ich kann nicht«, sagte sie heiser.

»Dreh dich um«, bestimmte die Schwarze Liss. »Du darfst nicht mit dem Gesicht voraus hinuntersteigen.« Dann hielt sie inne, mahlte mit den Kiefern und setzte hinzu: »Also gut. Ich geh voraus.«

»Ich kann nicht …«, wimmerte Hannah.

»Du wirst können müssen, denn es ist die einzige Möglichkeit, dass du nicht aufs Rad geflochten wirst. Also zier dich nicht. Das können wir uns jetzt wirklich nicht leisten.«

Hannah verfluchte die Schwarze Liss. Die hatte doch keine Ahnung, wie es in ihr aussah und was sie hier durchmachte. Hannah sah der Schwarzen Liss nach, die sich rückwärts den Hang hinuntertastete, doch sie zögerte, ihr zu folgen. Sie würde keinen Schritt dort hinunter tun. Keinen Schritt, schwor sie sich!

Plötzlich hörte sie ein Hornsignal von der anderen Seite der Mauer. Dies wurde von anderen Hörnern beantwortet. Schließlich wurde die Glocke von Sankt Georg geläutet. Zuerst wunderte sich Hannah, was das zu bedeuten hatte, doch dann fuhr ihr die Erkenntnis durch die Brust wie ein Dolch: Man hatte den Roten gefunden.

Mit einem Mal waren alle Bedenken wie weggewischt. Das Gespenst des Rades, auf das sie geflochten werden konnte, und auf dem man ihr die Gliedmaßen brechen würde, stand ihr als Schreckensbild vor Augen – und es war allemal schrecklicher als der vielleicht dreißig Fuß tiefe Graben. Sie legte sich auf den Bauch, schob sich rückwärts an den Rand. Sie stellte ihre Füße auf die erste Stufe und tastete sich dann langsam Stufe für Stufe hinab. Hannah schloss die Augen, überließ sich ganz ihrem Tastsinn in Händen und Füßen und kam endlich unten an.

»Du kannst die Augen wieder aufmachen. Du hast es geschafft, Röttel«, sagte die Liss zufrieden.

Verlegen blickte Hannah nach oben und ihr wurde bewusst, in wie großer Gefahr sie gewesen war. Der Hang fiel fast senkrecht ab.

»Sie haben den Roten gefunden«, sagte Hannah.

»Ich weiß. Man wird sich wundern. Der Rote ist bei uns Bettlern eine wichtige Person.«

Hannah hob eine Augenbraue. »Warum? Er ist ein grobschlächtiger, brutaler Kerl gewesen.«

»Oh ja, das war er. Aber er hat bestimmt, wer wo betteln, wer welches Viertel betreten durfte oder verlassen musste. Er kassierte von allen, beschützte uns aber auch vor fremden Bettelhorden, die regelmäßig in die Stadt einfallen, und er hatte gute Beziehungen zum städtischen Rat.«

Die Schwarze Liss nahm Hannah bei der Hand und zog sie mit sich. Das Gestrüpp bedeckte den Pfad tatsächlich beinahe vollständig, sodass er von oben nicht einsehbar war. Links und rechts zweigten Pfade ab, die offenbar zu den anderen Auf- oder Abstiegen führten. Ein Labyrinth durchzog den Graben.

»Komm, nach links«, sagte die Liss und bog einfach ab. Der unter den Büschen versteckte Weg verlief schräg über den Graben und an dem kleinen Tümpel vorbei, den sie schon von oben gesehen hatte. Dessen Oberfläche schimmerte grünlich golden wie die Flügel der Goldkäfer. Ein herber Duft nach Haselsträuchern und Hainbuchen lag in der Luft – und dann war da etwas Süßliches …

»Riechst du das?«, fragte Hannah die Bettlerin.

Die blieb stehen und schnüffelte. »Ein Tod kommt selten allein«, sagte sie beiläufig, doch auch Hannah bemerkte das Zittern in ihrer Stimme.

»Es riecht nach Verwesung?« Hannahs Gesicht verzog sich angewidert.

»Es kommt immer wieder vor, dass ein Tier hier herunterstürzt oder dass die Fischer ihre verdorbene Ware im Graben abladen.«

Die Schwarze Liss klang wenig überzeugend.

Hannah war wieder hellwach. Eine unbestimmte Unruhe hatte sie erfasst. Der Geruch beunruhigte sie offenbar mehr, als sie es sich eingestehen wollte. Mit einem Ärmel bedeckte sie ihre

Nase. Dann schob sie sich seitlich ins Dickicht und arbeitete sich vor bis zu dem Tümpel. Nur einen Steinwurf von ihr entfernt führte ein Pfad von der anderen Seite her auf die Wasserlache zu. Hannah schätzte die Entfernung vielleicht auf fünfzehn, allerhöchstens zwanzig Fuß.

Der Tümpel war etwa so groß wie ein Dorfteich. Er war bedeckt mit kleinen Wasserlinsen und mit den zähen Fäden von Algen. Sie suchte das Ufer ab, doch sie konnte keinen Tierkadaver entdecken. Dagegen sah sie sich selbst im grünen Spiegel des Wassers. Ein zerschundenes Gesicht sah ihr entgegen, ein geschwollenes Auge, magere Wangen. Ihr einstmals blondes Haar, auf das sie so stolz gewesen war, war bis auf wenige zottige Büschel weggebrannt. Doch wenn man sich den Gossenschmutz wegdachte, verbarg sich dahinter noch ihre alte Schönheit. Müde tauchte sie die Hand ins Wasser, um ihr Spiegelbild zu verscheuchen.

Beim Weitergehen zerkratzten die Brombeersträucher ihr Hände und Gesicht. Sie verhakten sie sich in ihrer Kleidung und in den restlichen Haaren, als wollten sie verhindern, dass sie sich davonstahl. Hannah wehrte sich, und je wütender sie gegen diese Krallen ankämpfte, desto unrettbarer verfing sie sich in dem Gestrüpp. Schließlich gab sie auf. Diese Welt war nichts für sie – und sie war nichts mehr für die Welt.

»Bitte, Liss, hilf mir«, bat sie endlich tonlos. Doch die Schwarze Liss war offenbar weitergegangen und hörte sie nicht.

»Liss!«, rief Hannah endlich. Sie hatte sich mit ihren wenigen verfilzten Haaren so verfangen, dass sie den Kopf nicht mehr drehen konnte. Bei jeder Bewegung hatte sie das Gefühl, sie risse sie sich die letzten vom Brand noch übrig gebliebenen Haare aus. Ihr Kopf wurde von den Ranken festgehalten. Sie hatte sich in den Brombeerranken verfangen wie eine Fliege im Netz einer Spinne.

Sie griff zum letzten Mittel, das ihr noch einfiel: dem Messer der Luderin. Sie hatte es wieder in die Lederscheide gesteckt. Jetzt zog sie es heraus und begann sich loszuschneiden.

Mit jeder Strähne, die fiel, fiel ein Teil ihres Stolzes. Jetzt war sie endgültig ganz unten. Tiefer sinken konnte sie nicht mehr. Noch tiefer lag nur noch die allerletzte Grube, die jedem Menschen zustand.

Sie warf keinen Blick mehr auf die in den Ranken hängengebliebenen Haare, als sie sich wieder aus dem Gestrüpp zwängte. Wieder auf dem Weg, wurde ihr schlagartig klar, dass sie der Schwarzen Liss nicht gesagt hatte, was sie am Wasser wollte. Außerdem, durchfuhr es sie siedend heiß, hatte die Bettlerin all ihr Geld und einen Großteil des Geschmeides bei sich. Hannah sah die Bettlerin vor sich, wie sie sich umdrehte, wie sie schneller ging, wie sie zuletzt mit ihren humpelnden Schritten fast rannte, damit Hannah sie nicht mehr einholen konnte. Hannah sah vor ihrem inneren Auge das schiefe Grinsen, das die durch ihr dunkles Mal Gezeichnete aufsetzte, während sie den Schatz der Apothekerin, ihren Schatz, zählte. Sie hörte sie bereits lachen, überreizt lachen, weil sie so viel Dummheit und Ungeschicktheit wie bei dieser Hannah Meisterin noch niemals erlebt hatte. Die Schwarze Liss, sie war sicher längst über alle Berge mit ihrem Schatz …

Hannah stolperte weiter auf dem Pfad, blind von Tränen – und rannte plötzlich in die Schwarze Liss hinein.

»Vorsicht!«, sagte die nur und drehte sich um.

Hannah begann schrill zu lachen, konnte sich nicht mehr halten vor Lachen, vor Freude, vor Glück. Sie umarmte die Bettlerin ungestüm. Doch die erwiderte die Umarmung nicht. Schließlich wischte Hannah sich mit dem Ärmel über die Augen, klärte ihren Blick und sah erst jetzt, worauf die Schwarze Liss wohl schon seit einiger Zeit blickte. Stumm.

Der süßlich faulige Geruch nach Verwesung war mit einem Mal durchdringend, und Scharen von Fliegen summten herum.

»Nein«, sagte die Liss tonlos. »Ich bin nicht davongelaufen.«

Hannah stand da, beschämt, wie klar die Bettlerin gespürt hatte, was in ihrem Kopf vorgegangen war.

»Was hältst du davon?«, setzte die Liss hinzu und deutete mit dem Stock auf das Ding vor ihr.

Erst jetzt schaute Hannah genauer hin – und sie wich entsetzt zurück. Noch bevor sie ein Wort hervorbrachte, erbrach sie sich ins Gebüsch. Sie würgte halb verdautes Brot und kaum verdauten Käse hervor, bis nur noch grünliche Galle kam.

Die Schwarze Liss stocherte indessen mit dem Stock an dem Kadaver vor ihnen herum. Unzählige grünlich schillernde Schmeißfliegen erhoben sich böse summend und gaben den Blick auf einen wirren blonden Haarschopf und auf die beinahe durchsichtig schimmernden Beine eines Mädchenkörpers frei.

Hannah konnte den Blick nicht lösen von diesen dünnen Beinen, obwohl Ekel und Entsetzen ihr die Kehle zuschnürten. Der Körper war in ein dünnes grünes Rupfenkleid ohne Saum gehüllt. Darunter war er offenbar völlig nackt. Hannah erkannte das Kleid wieder. Sie hatte es sofort erkannt.

»Es ist die Kleine«, sagte die Schwarze Liss. »Es ist die Kleine aus der Kirche.«

Hannah spürte, was die Bettlerin nicht aussprechen wollte, was unausgesprochen in der Luft hing, als würden die Schmeißfliegen es in den Wind summen.

»Jemand hat sie umgebracht und hier abgelegt«, sagte Hannah und wischte sich den Mund ab. Ihr Speichel war vermischt mit der bitteren Galle. Sie musste ausspucken vor Widerwillen und Abscheu. »Schlimmer als die Tiere«, stieß sie hervor.

»Viel schlimmer«, sagte die Schwarze Liss. Mit ihrem Stock schob sie das Kleid beiseite. Auf der schon bläulich verfärbten

Haut konnte man blutige Striemen erkennen. »Sie haben ihr Spiel mit der Kleinen getrieben.«

»Wer tut so etwas?«, fragte Hannah, und erst jetzt hob die Schwarze Liss den Kopf. Sie deutete den Hang hinauf zur Stadt.

»Die sogenannte bessere Gesellschaft. Die Patrizier, die Stadtpfleger, die Pfaffen, und wer sonst noch alles zu viel Geld und zu wenig Not hat. Sie alle wissen nicht mehr, was es heißt, zu leben. Sie müssen sich ihren Nervenkitzel eben durch solche Spiele verschaffen.« Mit dem Schwung ihres Stockes bedeckte die Schwarze Liss den Körper wieder. »Niemand hätte das Mädchen hier gefunden, wenn wir nicht zufällig drübergestolpert wären.« Sie schüttelte immer wieder den Kopf, als könne sie das Schreckliche daran nicht begreifen. »Lass uns gehen. Wir können dem Mädchen ohnehin nicht mehr helfen.«

Hannah nickte. In ihrem Kopf stand das Bild des schlurfenden Alten, der das Mädchen aus der Kapelle geholt hatte. Sie hätte eingreifen müssen, sofort eingreifen müssen, wie sie es vorgehabt hatte, aber sie hatte es nicht getan. Man durfte nicht warten. Man musste handeln, wenn man Schlimmeres verhindern wollte. Unverzüglich handeln.

Zweiter Teil

Ende Juni des Jahres 1300

Aufstieg

I

»Wir können uns nicht länger hier verkriechen!«, verkündete Hannah.

»Ich habe befürchtet, dass du das irgendwann sagst.« Die Schwarze Liss seufzte und drückte sich tiefer in den Waschzuber. Hannah hörte ihr wohliges Seufzen.

Sie stand vor der Hütte der Witwe Hutter und blickte zur Stadtmauer hinüber, in deren Schatten sich das Fischerdorf duckte. Die rötliche Ziegelwand wirkte in der frühsommerlichen Hitze spröde und ausgedörrt.

»Vier Wochen sind genug.«

Sie hatten ihre Wunden geleckt, hatten über ihren Fund nachgedacht und Pläne für die Zukunft geschmiedet.

Die Schwarze Liss hockte mit angezogenen Beinen im Zuber, und Hannah goss ihr sonnenwarmes Wasser über die verfilzten Haare.

»Sag mal, Liss – was ich dich immer fragen wollte: Was ist eigentlich mit deinem Oberschenkel passiert? Ich dachte immer … nun ja … weil du einen Stock brauchst.«

Hannah hatte im Lauf der Zeit bemerkt, dass Liss' Hinken nicht von einer verwachsenen Hüfte herrührte, sondern von einem schief zusammengewachsenen Knochen. Der bildete eine Art Knolle, die der Bettlerin aus dem Oberschenkel wuchs.

Hannah nahm die Seife und begann der Schwarzen Liss den Rücken damit abzureiben.

Sie hatte bei ihrem Mann gelernt, wie man Seife herstellte –

und weil sie ohnehin länger in der Fischersiedlung bleiben mussten, hatte sie begonnen, aus Holzasche und Regenwasser eine Lauge herzustellen, die sie mit dem Fett der Schafe vermischt und eingekocht hatte. Dann hatte sie der staunenden Liss erklärt, dass der Brühe noch ein Prise Salz beigemischt werden müsse, und von einem alten Lavendelbüschel hatte sie die getrockneten Blüten abgerieben und dazugegeben. All das brauchte nur noch kalt gestellt und zwei Wochen in Ruhe gelassen zu werden. Mit der Seife und mit dem Sand, den sie vom Lechufer geholt, gesäubert und abgekocht hatten, rieben sie sich gegenseitig die Haut ab. Es schäumte und duftete himmlisch.

»Mein Vater war Botanikus«, begann die Liss zögernd. »Wir wohnten am Stadtrand. Ganz hier in der Nähe. Vater hatte vom Bischof die Kate vor der Mauer bekommen, weil er ihm … ach, ich weiß nicht, was er ihm genau zusammengebraut hat. Aber es hat geholfen. Meist haben sie Liebestränke von ihm gewollt. Mittel zur Stärkung der Manneskraft.«

Hannah musste unwillkürlich lächeln. »Für den Bischof?«

»Für alle alten Männer«, bestätigte die Bettlerin. »Dafür hat Vater das alte Lusthäuschen bekommen und das Stück Garten oberhalb des Grabens.«

Hannah deutete in Richtung Lueginsland und machte eine weit ausholende Geste. »Das liegt doch dort drüben?«

»Ja. Am Stephinger Tor. Vor fünf Jahren hat es noch meinem Vater gehört«, antwortete sie und hielt kurz mit dem Waschen inne. »Ich glaube, ich sollte es mit dem Schrubben nicht übertreiben. Nicht dass ich mir die Haut wegschabe.«

»Lenk nicht ab. Mein Mann hat immer behauptet, wer sich regelmäßig wäscht, bleibt länger gesund. Und alle fünf Jahre ein gründliches Bad kann nicht schaden. Allzu oft gewaschen scheint mir das auch nicht zu sein.« Hannah goss der Schwarzen

Liss erneut einen Krug aufgewärmten Wassers über den Rücken und durch die Haare.

»Ist schon gut«, maulte die Bettlerin. Sie genoss das Bad sichtlich. Dann wurde sie plötzlich ernst. »Es war vor beinahe fünf Jahren. Ich bin von einem Botengang zurückgekommen, habe nach meinem Vater gerufen – und ihn schließlich am Hang zum Graben an einer alten Hainbuche hängen sehen. Die Zunge quoll ihm aus dem Mund, dick und blau. Er hat nach Luft gerungen, und er hat nach Fäkalien gerochen. Ich habe ihm helfen wollen, habe ihn an den Beinen gepackt und ihn gestützt …«

Sie unterbrach ihre Erzählung und drehte sich zu Hannah um.

Die sah, wie die Augen der Frau im Zuber sich mit Tränen füllten. Hannah hob nur fragend eine Braue.

Die Bettlerin schluckte, bevor sie fortfuhr. »Dann ging alles ganz schnell. Jemand hat mich gestoßen. Von hinten. Ich konnte niemanden sehen oder hören. Dann bin ich den Graben hinuntergestürzt. Du hast gesehen, wie steil es da sein kann. Wir haben den Garten nicht gepflegt, also ist dort alles ganz überwuchert mit Büschen und Sträuchern. Das hat mich vermutlich gerettet. Ich bin unten gelegen, bevor ich auch nur einen ordentlichen Gedanken habe denken können. Dabei hab ich mir den Oberschenkel gebrochen. Ein Busch hat mich davor bewahrt, dass ich in den Wassergraben geplumpst bin. Ich kann nicht schwimmen.«

Hannah sah sie verwundert an. »Da gibt es schon Wasser?«

»Ja, am Stephinger Tor ist der Graben nicht trocken wie hier. Ich wusste, derjenige, der mich gestoßen hatte, würde nach mir suchen. Ich bin ins Gebüsch gekrochen. Immer tiefer hinein – und dann war da so ein Kerl, ein Mann, den ich nicht kannte, der sah aus, als wenn er jemanden suchen würde. Dann ist er wieder verschwunden.«

Hannah sah sie bestürzt an. »Dann hat sich dein Vater gar nicht selbst erhängt?«

Die Schwarze Liss hatte sich wieder gefangen. Sie sah hinauf zum Lueginsland.

»Drei Gedanken beschäftigen mich seit fünf verdammten Jahren, Röttel. Hat sich Vater selbst an den Baum gehängt? Wer hat mich gestoßen? Und warum?«

»Hast du eine Antwort auf deine Fragen bekommen, Liss?«

Die Bettlerin stieg aus dem Zuber. Jetzt konnte Hannah nicht nur die knollenartige Verdickung an ihrem Oberschenkel sehen; sie sah auch, wie jung die Schwarze Liss wirklich war. Tatsächlich war sie wohl kaum älter als sie, Hannah, selbst.

»Wahrscheinlich wäre ich dort unten im Graben krepiert«, sagte die Schwarze Liss, während sie sich abtrocknete und sich die Haare mit einem Tuch trocken rieb. »Wenn nicht die Witwe Hutter mich entdeckt hätte. Beim Kräutersammeln hat sie mich rein zufällig gefunden. Daraufhin hat sie mich mit in ihre Hufe geschleppt und sich um mich gekümmert. Aber mit dem Oberschenkel war es da schon zu spät.«

Hannah gab der Liss das Kleid, das sich die Bettlerin überstreifte. Sie sah, wie die Liss die Marke der Stadtarmen prüfend betrachtete. Kein Wort fiel mehr zwischen ihnen. Hannah wollte diese Stille nicht durch albernes Geschwätz stören, und die Liss hatte vermutlich kein Bedürfnis weiter zu reden. Sie hatte ihr ohnehin mehr erzählt, als Hannah von sich selbst preiszugeben bereit gewesen wäre.

»Suchst du nach dem Kerl?«, durchbrach Hannah die Stille.

Die Schwarze Liss sagte lange nichts, sah hinüber zur Stadtmauer und hinauf in die Sonne, deren Licht gleißend in den Augen stach.

»Ja«, sagte sie. »Allerdings weiß ich nicht, nach wem ich suchen soll.« Sie verstummte, biss sich auf die Lippe und fuhr dann fort: »Aber irgendwann wird der Kerl vor mir stehen, und ich werde wissen, dass er und kein anderer es gewesen ist.«

»Hast du dich deshalb um mich gekümmert, Liss?«

»Ja. Weil ich spüre, dass in dir dasselbe Flammenherz schlägt, das sich an den Kerlen rächen will, die für all dein Unglück verantwortlich sind.« Sie schlug dabei auf den Fortsatz an ihrem Oberschenkel. »Mein Vater war ein lebenslustiger Mensch. Zu lebenslustig, als dass er sich selbst aufgehängt hätte. Außerdem hatte er eine Tochter zu versorgen und zu beschützen. Er musste mich vor dem Scheiterhaufen bewahren«. Sie deutete auf ihr Mal. »Es ist nicht einfach, mit solch einem Zeichen herumzulaufen.«

Hannah betrachtete das Blutmal, das von der Wange über den Hals verlief und sie bis zur linken Brust hinab verunstaltete. In schlechten Zeiten konnte dies ein Todesurteil sein.

»Den Tod der Mutter hatte er längst verkraftet. Er wollte nur das Häuschen nicht räumen, das der Bischof ihm wegen einiger seiner Essenzen überlassen hatte. Einmal stand so ein Hanswurst vor der Tür, so ein bunter adliger oder patrizischer Geck. Vater hat ihm einfach die Tür gewiesen und ihm bedeutet, er hätte das Recht, hier zusammen mit seiner Tochter bis ans Ende seiner Tage zu leben.« Die Liss hielt kurz inne, als wäre der letzte Satz, den sie sagen wollte, um so viel schwerer auszusprechen als alle anderen vorher. »Drei Tage später – war er tot.«

Die Witwe Hutter öffnete gerade das Fenster der Hütte. Ihr grauer Haarschopf und das eckige Gesicht mit den roten Wangen erschienen. Sie rief den Frauen zu, das Wasser mit der Lauge nicht einfach wegzuschütten, sondern damit das Beet zu wässern. Hannah begann das Wasser aus dem Zuber zu schöpfen und goss damit das Gemüse. Als sie zur Stadtwehr hinübersah, kam ihr ein Gedanke.

Hannah rief der Hutter Babett zu, sie würde ihr nach dem Bad gern die Bienenstiche auf die Gelenke setzen. Die Alte nickte. Kurze Zeit später humpelte sie steif zur Bank vor dem Haus und ließ sich stöhnend nieder. Hannah wandte sich wieder zu der Bettlerin.

»Liss«, fragte sie in das helle Gleißen der Nachmittagssonne hinein. »Wer hat das Lusthäuschen eigentlich bekommen, nachdem dein Vater und du nicht mehr da wart? Ist es an den Bischof zurückgefallen?«

Die Schwarze Liss zuckte mit den Achseln. »Wahrscheinlich. Aber ich weiß es nicht. Mich hat es nicht wieder an den Ort gezogen.«

Hannah nickte verstehend. »Wir sollten uns dennoch danach erkundigen.« Sie strich ihr sauberes Kleid glatt. »Lass uns aufbrechen, sobald ich die Babett versorgt habe.«

Hannah ging zur Babett hinüber, die ihr aufmunternd zunickte, und schob ihr die Röcke über die Knie hoch. Die Gelenke der Alten waren dick und gerötet.

Die Witwe Hutter strich Hannah übers Haar, als die so vor ihr kniete. »Ach, Kindchen, das Leben ist eine Plage. Ist man jung, hinkt der Verstand immer hinter dem Körper her, und der treibt uns zu allem möglichen Unsinn. Wird man alt und ist im Kopf endlich frei von allen körperlichen Bedrängnissen, dann will der Körper nicht mehr so recht. Schau mich an.« Sie lachte leise, obwohl Hannah wusste, wie sehr sie unter ihren gichtigen Gelenken litt.

Hannah strich über die geschwollenen Knie. Dann stand sie auf und ging hinters Haus zum Bienenkorb. Dort hing eine hölzerne Pinzette. Geschickt fing sie damit eine der Bienen am Einschlupfloch und hielt sie so, dass ihr Stachel gut sichtbar blieb. Dann eilte sie zu Babett zurück und setzte die Biene an deren Knie an. Sofort stach das Tier zu. Hannah ließ es so lange dort, bis der Stachel richtig saß, dann zog sie es weg. Der Stachel blieb in der Haut, und man sah, wie er weiter Gift in den Körper der Frau pumpte. Acht Bienen für jedes Knie brauchte sie und zwei für jeden Finger der knotigen Hand. Sie achtete darauf, dass sie keine Tiere nahm, die gelbe Pollenhöschen zum Korb trugen, um den Honigertrag nicht zu schmälern. Am wirksamsten waren die Wächterbienen, die vor dem Bau hockten und auf die einfliegenden Sammlerinnen warteten.

Die vier Wochen bei der Hutter Babett hatten Hannah gelehrt, dass sie mit ihrem Wissen, das sie als Frau des Apothekers gesammelt hatte, sich selbst und anderen helfen konnte. Mit der Hutterin hatte sie begonnen. Die Schwellungen an den Gelenken der Alten ließen durch die Bienenstiche tatsächlich nach, und sie konnte wieder einigermaßen gehen.

Auch sich selbst hatte sie geholfen, nicht nur mit der Seife, sondern mit einer Salbe, die sie aus getrockneten Calendulablüten für sich angerührt hatte. Die Babett hatte das Schweinefett dazugegeben, und Hannah hatte die Blüten gestoßen und gemischt. Das hatte ihre Verbrennungen gelindert und die Wunden abheilen lassen. Sie hatte sich zu erinnern versucht, wie ihr Mann gearbeitet hatte, was er vermengt und ausgezogen, gekocht und geseiht hatte – und hatte einfach nachgemacht, was sie in der Apotheke unter seiner Anleitung auch schon immer getan hatte.

Daraus waren die Behandlung mit dem Bienengift, die Calendulasalbe und die Seife entstanden. Hannah fühlte, wie sie sich selbst dadurch aufrichtete. Sie konnte helfen und ihre Schuld bei der Babett ein wenig abtragen.

Sie wusste nicht recht, woher sie die Kraft nahm und den Lebensmut nach den Ereignissen, die sie in die Gosse gefegt hatten. Manchmal wurde sie sogar von dem schier unaussprechlichen, sündigen Gedanken erfasst, ihrem Leben ein Ende zu setzen, selbst wenn sie dafür auf ewig im Höllenfeuer büßen müsste. Doch dann dachte sie an Jakob, wie er verbissen an seinen Experimenten gearbeitet hatte, dann dachte sie an Gera, die tot war, und sie dachte daran, dass sich gerade eine Frau nicht unterkriegen lassen durfte, so wie die Hutter Babett ihr Leben meisterte. Sie würde sich durchbeißen, weil all diese Menschen ihr ein Vorbild waren.

Hannah atmete tief durch und führte die Bienenbehandlung zu Ende. Als sie die Röcke wieder über Babetts Knie herunterzog, stand die Schwarze Liss schon bereit.

Es dauerte eine kleine Weile, bis sie sich von der Witwe Hutter verabschiedet hatten. Die alte Frau behandelte die Liss und Hannah wie ihre eigenen Kinder. Sie umarmten, küssten und herzten sich, als gelte es, sich für immer voneinander zu trennen.

Die Alte strich Hannah übers Haar, das allmählich wieder nachzuwachsen begann. »Du hast goldene Hände, Töchterchen, das musst du dir merken, und du bist nicht auf den Kopf gefallen. Das mögen die Männer zwar nicht so gern, aber lass dich davon nicht beeindrucken. Mit deinem Wissen kannst du vielen helfen, so wie du mir geholfen hast.«

In einem kleinen Leinensäckchen gab die Witwe den beiden Frauen etwas zu essen mit, dann brachen diese auf.

Hannah dachte lange darüber nach, was die Hutter Babett gesagt hatte. Ihr Apothekerwissen war unvollständig, aber es war vorhanden. Bei vielen der Rezepturen war sie ihrem Mann zur Hand gegangen oder hatte sie sogar selbst hergestellt. Sie hatte ein gutes Gedächtnis – und das würde sie jetzt brauchen können. Doch vorerst galt es, sich anderen Herausforderungen zu stellen. Eine davon hieß: der Rote.

»Was, glaubst du, ist aus der Sache mit dem Roten geworden, Liss?«

Sie hatte an den ersten Tagen oft und lange über den Tod ihres Schänders gesprochen, hatte ihre Tat in Gedanken hin und her gewälzt, hatte sich, wenn sie nachts schweißnass aufgewacht war und von dem Kerl geträumt hatte, wie er schwer auf ihr hockte, stumm an die Schwarze Liss gedrückt – und schließlich kein Wort mehr darüber gesprochen.

Doch jetzt näherten sie sich wieder der Stadt – und sie mussten sich den Dingen stellen. Wenn sich das Gerücht verbreitet hatte, dass eine von ihnen den Mann getötet hatte, konnte das immer noch die Hexenlöcher und das Rad bedeuten.

Hannah horchte in sich hinein, doch sie empfand keinerlei Reue wegen ihrer Tat. Der Kerl hatte den Tod verdient. In ihren Augen war dieser Tod sogar viel zu schnell eingetreten. Der Tod hätte ihn nicht ereilen dürfen, er hätte ihn erleiden müssen. Langsam. Mit derselben quälenden Langsamkeit, mit denen er seine Opfer gequält hatte. Das änderte zwar nichts an ihrer rechtlichen Schuld, nach dem Gesetz würde sie bestraft werden, es änderte allenfalls etwas in ihrer Seele. Das Wissen darüber, dass ihr Peiniger nicht mehr lebte, ließ sie beruhigter einschlafen.

Sie kletterten in den trockenen Graben hinunter.

»Wir werden sehen«, sagte die Schwarze Liss, der dieser Abstieg diesmal so viel schwerer fiel als ihr. Mit beiden Händen mussten sie sich an Wurzeln und Gestrüpp festhalten – und als sie unten ankamen und sich ansahen, mussten sie lachen.

»Warum haben wir uns eigentlich gewaschen und geschrubbt. Wir sehen aus wie zuvor!«, sagte Hannah.

»Komm weiter.« Die Schwarze Liss grinste schelmisch. »Wir müssen uns schließlich für die Stadt parfümieren. Wären wir sauber, würden wir nur auffallen.«

Sie kämpften sich durch das Gesträuch. Die Liss war sichtlich darum bemüht, nicht an der Stelle vorüberzukommen, wo das Mädchen sicherlich immer noch lag. Soweit es die zwei Frauen mitbekommen hatten, war das Mädchen nie gefunden worden. Es war nie bestattet worden; im Grunde hatten man es vergessen, wie es zuvor von der Welt vergessen worden war. Hannah erinnerte sich an die traurigen Augen des Mädchens in der Kapelle, die gewirkt hatten, als wäre ihre Seele in einen Brunnen ohne Boden gefallen.

»Wir sollten vielleicht nicht gerade dort auftauchen, wo wir hinuntergestiegen sind«, flüsterte die Bettlerin. Hannah bemerkte, wie unsicher auch sie wirkte. Liss' Augen wanderten unstet über die mehr als mannshohen Büsche und versuchten, das Dickicht zu durchdringen.

Vorsichtig sog Hannah die Luft ein, ob sie den süßlichen Gestank der Verwesung riechen konnte. Doch es roch nur modrig dumpf, wie es in feuchten Gräben und in der Nähe von Tümpeln eben roch. Sie waren noch nicht allzu weit gegangen, als die Schwarze Liss hastig mit der Hand winkte und sich duckte.

Hannah schloss zu ihr auf und suchte mit dem Blick das Gestrüpp ab, um zu sehen, was die Bettlerin so beunruhigt hatte.

»Was ist?«, flüsterte Hannah ihr ins Ohr.

Doch die Liss sagte nichts, tippte nur an ihr anderes Ohr und legte dann den Finger auf den Mund.

»Du hast was gehört?«, hauchte Hannah.

Die Schwarze Liss nickte heftig und deutete nach vorn. Hannah starrte auf die Stelle, auf die Liss deutete, aber außer dem Knöterich, der über den Weg wucherte und alles unter sich begrub, was nicht schnell genug in die Höhe schoss, war nichts zu sehen.

So hockten sie eine ganze Weile da, doch nichts regte sich.

Schließlich sagte Hannah: »Wir gehen weiter!«, und wollte sich erheben, als sich unweit vor ihnen das Blattwerk teilte und drei Männer mit einem Sack auf dem Rücken aus einem Seitenpfad des Wegs traten, der wohl nur für Kundige erkennbar war.

Als der letzte Mann hindurchgeschlüpft war, stellte der seinen Sack ab, drehte sich um und ordnete den Bewuchs so, dass niemand den Zugang zufällig entdecken konnte. Er hatte ein eigenartig starres Gesicht, das keinerlei Regung zeigte und aussah wie eine Maske.

Die Männer redeten nicht miteinander. Die beiden anderen warteten, bis ihr Kumpan seinen Sack wieder geschultert hatte, dann gingen sie weiter, immer die Umgebung beobachtend und sichernd. Aus dem Sack des Dritten drang ein Geräusch wie ein Stöhnen. Schließlich verschwanden die drei Männer aus ihrem Blick.

»Schmuggler!«, sagte die Liss.

Sie warteten lange hinter den Büschen, bis sie sich trauten, weiterzugehen. Auch als sie endlich weitergingen, bewegten sie sich so leise wie möglich und blieben immer wieder stehen, um sich zu vergewissern, dass niemand sie entdeckt hatte. Hannah spähte zwischen dem Gezweig immer wieder zu den Aufstiegen hinauf, ob die drei auftauchten, doch sie waren nicht mehr zu sehen. Das wiederum bedeutete, dass sie noch irgendwo vor ihnen im Graben sein mussten.

»Wie weit willst du gehen?«, fragte Hannah die Schwarze Liss und sprach damit aus, was sie beide wohl dachten, dass sie nämlich, je weiter sie im Graben vorwärtskamen, desto sicherer auf die Männer stoßen mussten. Außerdem begann sich der Bewuchs zu lichten. Man konnte immer weiter sehen.

»Wir steigen am Lueginsland bis zur Mauer hoch und gehen dort entlang. Am Stephinger Tor kommen wir sicherlich in die Stadt.«

»Wir gehen nicht durchs Fischertor?«

Die Schwarze Liss schüttelte energisch den Kopf. »Ich habe Angst, dass sie dort auf uns warten.«

»Wer sind *sie*?«, hakte Hannah nach, doch die Liss zuckte nur mit den Schultern. »Willst du Brückengeld bezahlen?«

Die Schwarze Liss blickte über die Schulter zu Hannah zurück und grinste. »Das lass nur meine Sorge sein.«

Die einzige Möglichkeit, an den städtischen Wachen vorbeizukommen, war, den Brückenzins zu zahlen. Nur dann wurde man in die Stadt gelassen. Bettler, Sieche, Kranke oder Menschen mit ansteckenden Krankheiten mussten draußen bleiben. Arme, die den schützenden Raum ihrer Stadt verließen, gingen auch des Vorrechts verlustig, als Stadtarme zu gelten. Am Tor wurde ihnen normalerweise das Bettelzeichen abgenommen. Wenn auch die Kontrollen innerhalb der Mauern nur halbherzig waren, bei Fremden waren sie umso strenger. Hannah konnte sich nicht vorstellen, wie die Schwarze Liss es anstellen wollte, die Toranlage zu überwinden.

Bald konnte Hannah das brackige Wasser des Grabens riechen. Irgendwo vor ihnen musste er beginnen. Er wurde vom Stadtbach gespeist und füllte vor allem die Nordseite des Grabens mit Wasser.

Die Schwarze Liss verlangsamte den Schritt, zog Hannah am Kleid und bedeutete ihr, sich zu ducken. Das letzte Stück führte über eine nicht bewachsene Fläche. Man konnte von da aus, wo sie standen, die braunen Erdstufen erkennen, die bis zur Mauer hinaufführten.

»Dort müssen wir also hoch?«, stellte Hannah fest.

»Allerdings«, sagte die Schwarze Liss. Sie machte jedoch keine Anstalten weiterzugehen. Vielmehr beobachtete sie das Ufer des Stadtgrabens, das mit hohem Schilf bewachsen war. »Da drüben sind sie!«, flüsterte sie endlich und deutete nach schräg rechts hinüber.

Tatsächlich schwankte dort, vielleicht einhundertfünfzig Fuß von ihnen entfernt, das Schilf.

»Sie sitzen in einem Boot«, sagte sie.

»Sie fahren mit dem Boot weiter? Aber auf dem Wasser kann man sie doch genau sehen!«

»Sie werden nachts fahren«, erwiderte die Liss.

»Nachts? Bis wohin?«

Die Liss wiegte den Kopf. »Wer weiß, sie könnten um die halbe Stadt herumfahren.«

»Dann können wir jetzt wohl nicht weiter. Müssen wir warten, bis es dunkel ist? Sie könnten uns ja sehen.«

»Wir gehen trotzdem weiter. Sie werden es gewohnt sein, dass ab und zu Menschen diesen Weg benutzen. Wir dürfen sie nur nicht aufscheuchen. Also los. Aber schau nicht zu ihnen hinüber.«

Hannah hatte kein gutes Gefühl, doch sie ließ sich von Liss mitziehen. Sie gingen durch das Grasland, bis sie zu den Stufen gelangten. Es kam Hannah hier bei Weitem nicht so steil vor wie am Fischertor. Dennoch mussten sie den Hang auf allen vieren hinaufklettern.

Plötzlich öffnete sich in der Mauer über ihnen eine Luke. Wächter sahen von dort herab. Hannah hörte, wie sie lachten und scherzten, konnte aber kein Wort verstehen. Erst als sie ihnen von oben zupfiffen, ahnte sie, worüber sie sich unterhalten hatten: über Weiber. Sie fühlte sich erst wieder besser, als die Luke oben zufiel und sie wieder unbeobachtet waren.

Der Weg entlang der Mauer war schmal, und mehr als einmal wäre sie auf dem Pfad beinahe gestolpert und den Hang hinuntergestürzt. Nur die Geistesgegenwart der Schwarzen Liss rettete sie, denn diese drehte sich bei jedem Aufstöhnen, das Hannah von sich gab, um und packte sie bei der Hand. Endlich erreichten sie das Stephinger Tor.

Acht schwere Ochsenfuhrwerke warteten davor, und die Kutscher und Fuhrwerker harrten darauf, eingelassen zu werden.

Die Schwarze Liss sah stirnrunzelnd auf die lange Kette von Karren. »Zu viele Wagen«, murrte sie. »Das wird dem Helmuth nicht gefallen.«

»Wem? Was soll wem nicht gefallen?« Hannah sah die Liss fragend an.

»Schau einfach zu und lerne!«, sagte die schroff.

Sie kletterte behände über das Geländer, das den Weg zum Tor einfasste, und betrat die Zugbrücke. Hannah folgte ihr.

Vor ihnen gähnte die Tordurchfahrt, die hinter dem Tor steil in die Oberstadt hinaufstieg. Die Schwarze Liss trat unter das Torgatter und schritt einfach geradeaus. Sie war schon fast hindurchgegangen, als ein Wachmann den beiden Frauen entgegentrat.

»Halt. Euer Begehr? Das Brückengeld.«

Die Schwarze Liss ging auf den Wachmann zu. Es war ein schneidiger Bursche von vielleicht siebzehn oder achtzehn Jahren. Sie sagte kein Wort, beantwortete die Fragen des Mannes nicht, sondern trat vor ihn hin und sah ihn von unten her an. »Kannst du mir den Helmuth herausholen? Den Kastner Helmuth.«

»Ich … ich kenne keinen Kastner Helmuth«, sagte der Junge.

»Der Helmuth hat uns herausgelassen. Wir mussten zur Beerdigung unserer Tante, meine Schwester und ich. Das schwöre ich bei Gott. Der Helmuth hat gesagt, wir sollten gegen Mittag wieder hier sein, da würde er seine … nun, seine Belohnung abholen. Jetzt ist es doch um die Mittagszeit?«

Die Schwarze Liss trat noch einen Schritt näher und stand jetzt so dicht vor ihm, dass der Junge unwillkürlich einen Schritt zurückwich. Die Liss machte wieder einen Schritt auf den Mann zu, legte ihm die Hand auf das Herz und senkte den Blick. Der Wachmann trat verlegen von einem Bein aufs andere.

»Komm«, sagte sie leise, aber so, dass Hannah alles verstehen konnte. »Helmuth hat gesagt, es gäbe da eine Kammer. Hinten, im Wachraum.«

Langsam dämmerte es Hannah, was die Liss vorhatte. Zwei weitere Wachen hatten die Liss bemerkt und pfiffen hinter ihr her. Einige Sprüche über ein gutes Gelingen und einen netten

Nachmittag begleiteten die beiden, als sie in Richtung Wachraum gingen.

Die Schwarze Liss hakte sich bei dem Jungen unter. »Keine Angst. Meine Schwester lässt schon keinen von denen in die Stube. Sie hält Wache.« Die Liss kicherte wie über einen gelungenen Scherz.

Der junge Wachhabende ließ sich von ihr in den Nebenraum der Wachstube schieben, und bevor sie beide darin verschwanden, winkte die Schwarze Liss Hannah vor die Tür.

Hannah drehte sich mit dem Rücken zur Tür, so unbehaglich war ihr zumute, doch sie konnte nicht umhin, alles mitanzuhören. Es war ein Stöhnen und Scharren und dumpfes Stampfen. Mit dem Rücken zur Kammer stand sie da und hielt den Blick gesenkt, bis ihr die Tür in den Rücken gestoßen wurde und sie ins Stolpern geriet.

»Los komm, Schwester. Wir haben es etwas eilig, bevor der Junge wieder zu sich kommt.« Die Liss stand auf der Türschwelle, die Haare etwas wirr und das Kleid über die rechte Brust herabgezogen.

»Du hast ihn doch nicht etwa …?« In Hannahs Stimme lag etwas wie Panik. Ihr Blick lag auf der entblößten Brust.

Die Liss zog den Stoff hoch und rief über die Schulter in den Raum hinein, sie werde sich das nächste Mal noch zugänglicher zeigen. Dann nahm sie Hannah am Arm und sie liefen gerade so rasch, dass es nicht aussah, als würden sie fliehen, unter dem Torbogen durch. Die beiden Wachhabenden, die eben noch so frech dagestanden und ihnen ihre Scherze zugerufen hatten, schlugen sich auf die Schenkel vor Lachen.

»Nächstens kommst du nicht so billig davon, Liss«, riefen sie ihr nach, aber da hasteten die beiden Frauen bereits den Anstieg hinauf und bogen zu Sankt Gallus und dem Kloster Sankt Stephan ein.

Erst als sie um die kleine Kapelle herum und außer Sicht der Wachmannschaften und Fuhrwerker waren, blieben sie stehen. Beide waren außer Atem.

Hannah beugte sich vor und stützte sich mit beiden Händen keuchend auf die Schenkel.

»Du hast doch nicht wirklich …?«, stieß sie hervor. »Ich meine, der Junge lebt hoffentlich noch.«

Die Schwarze Liss blickte Hannah verblüfft an. Dann erst verstand sie und verzog das Gesicht zu einem Grinsen.

»Was? Ihn umgebracht?« Die Schwarze Liss lachte. »Er lebt – und ist sehr lebendig, wie es nur die Jungen sind. Kaum hatte ich ihn an der rechten Stelle berührt, ging es schon los. Ich hatte kaum noch Zeit, den Rock zu heben.« Sie musste lachen und schüttelte den Kopf. »Manchmal hat man eben Glück. Das nächste Mal weiß er Bescheid – dann wird es nicht so einfach.«

Dann wurde sie unvermittelt ernst. Hinter der Galluskirche führte eine Treppe den Wehrgang hinauf.

Hannah deutete, noch immer schwer atmend, dorthin. Sie waren schon einmal einen ähnlichen Aufgang hinaufgestiegen. Wenn man von hier aus ein kurzes Stück in Richtung Süden ging, würde man am Brandort vorüberkommen.

»Wir sollten uns ansehen, wem das Häuschen vor dem Tor gehört«, sagte Hannah. »Es liegt doch gleich dahinter oder etwa nicht?« Sie deutete mit dem Daumen über die Schulter auf die Mauer hinter ihr.

Die Schwarze Liss nickte. Sie zeigte auf eine schwere Eichentür, die mit Eisenbändern beschlagen war und durch die Mauer hindurch nach draußen führte. »Dort bin ich aus und ein gegangen.«

Sie schlichen die Treppe hoch, nachdem sie sich etwas ausgeruht hatten.

Vom Wehrgang aus konnte Hannah durch eine schmale Öffnung auf ein kleines Steinhaus blicken. Dahinter begann die Ummauerung der Jakobervorstadt im rechten Winkel an die Nord-Süd-Mauer der Innenstadt. Das Häuschen schien unbewohnt zu sein. Die Läden waren geschlossen, und der Garten war verwildert. Nur niedergetretenes Gras ließ vermuten, dass hin und wieder jemand dorthinkam. Etwas hangabwärts stand ein Baum mit mächtigen Ästen. Dort hatte vermutlich Liss' Vater den Tod gefunden. Daran vorbei führte eine Treppe aus Stein zum Graben hinab und bis zu einem kleinen Steg.

»Gab es die Treppe damals auch schon?«, fragte Hannah.

Die Schwarze Liss schob Hannah von der Luke weg. Es dauerte eine ganze Weile, bis sie verstand, wovon Hannah gesprochen hatte.

»Der Steg ist neu, die Treppe auch«, sagte sie nachdenklich. »Wer um alles in der Welt braucht dort unten eine Anlegestelle?«

Hannah versuchte, über Liss' Schulter zu spähen.

»Wer will da draußen schon wohnen?«, sagte die Schwarze Lizz mehr zu sich selbst. »Und da sind Stiefelspuren.«

Hannah pfiff leise durch die Zähne. »Denkst du, die drei Kerle landen mit ihrem Boot dort unten?«, sagte sie zu Hannah.

»Wenn man den Schlüssel zu der Pforte da unten hätte …«, spann die Liss Hannahs Gedanken weiter.

»Es würde sich zumindest anbieten, Liss.«

»Das wiederum würde bedeuten, Röttel, dass das Haus hier …«

Weiter kam sie nicht, denn auf dem Wehrgang waren Schritte zu vernehmen und eine gedämpfte Stimme, die einen Namen rief. Hanna hörte etwas wie »Bene…!«

Hannah und die Schwarze Liss wollten zur Treppe zurück. Doch auch von dort unten vernahmen sie das Knarren von Holzstufen und das Poltern einer sich nähernden Gestalt.

Die beiden Frauen sahen sich an. Die Liss sah blass aus. »Los«, hauchte sie. Sie drehten sich um und liefen den Wehrgang entlang in Richtung Süden. Sie mussten den nächsten Turm erreichen, bevor die Männer auf den Wehrgang hinaustraten.

Die Sonne stach vom Himmel und warf, jetzt zur späteren Nachmittagszeit, einen Schatten über den Wehrgang, weil ein Teil davon überdacht war.

»Bleib stehen«, zischte die Liss und presste sich an die Mauer. »Wenn wir Glück haben, dann sehen sie uns im Schatten nicht.« Es war verboten, sich auf dem Wehrgang aufzuhalten – und für das Bettelvolk ohnehin. Wurden sie erwischt, bedeutete das zumindest einige Tage Turm oder die Hexenlöcher.

Hannah presste sich dicht neben der Schwarzen Liss an die Ziegelmauer, doch sie teilte deren Hoffnung nicht. Es war viel zu hell, als dass sie unsichtbar werden konnten.

Ängstlich schaute sie zurück. Ein Mann war von unten heraufgekommen, ein weiterer aus dem Turm getreten, zu dem der Aufstieg hochgeführt hatte. Es waren keine Wächter. Keiner von ihnen hatte eine Hellebarde oder einen Helm, geschweige denn einen ledernen Panzer. Der Mann, der von unten heraufgestiegen war, trug einen Mantel und hatte trotz der Hitze die Kapuze über den Kopf gezogen. Seine Füße steckten in einer Art Sandalen. Den anderen Mann hatte Hannah schon einmal gesehen. Er hatte im Hintergrund gestanden, als die Liss und sie selbst Aigen auf dem Brandplatz beobachtet hatten. Es war der Unheimliche mit dem dunkelroten Wams. Was hatte der hier zu tun?

»Was sind das für Leute?«, flüsterte die Liss. »Die gehören ebenso wenig hierher wie wir.«

Hannah konnte weder antworten noch sich bewegen. Die Angst schnürte ihr die Kehle zu und sie hatte das Gefühl, als wäre sie festgewachsen. Hoffentlich entdecken sie uns nicht, hoffentlich entdecken sie uns nicht, hoffentlich entdecken sie uns nicht, hämmerte es in ihrem Kopf.

»Was machen die da? Schau, sie öffnen die Luke und werfen etwas nach draußen!«

Hannah zitterte vor Angst. Es war, als wollten ihre Augen nicht sehen, was dort vor sich ging. Erst als sie sich dazu zwang, gelang es ihr. Einer von ihnen hantierte an der Luke herum und hielt etwas in der Hand, dass aussah wie ein Knäuel Wolle.

»Sie spielen wie die kleinen Jungen«, krächzte sie.

»Oh nein. Das ist kein Spiel, das sag ich dir. Wir müssen hier weg. Hier geht es nicht mit rechten Dingen zu«, flüsterte die Liss und schlich weiter. Hannah wäre ihr gern gefolgt, doch sie konnte ihre Beine nicht bewegen. Sie konnte sich nur nach der Liss umschauen – und entdeckte sie nirgends mehr.

Sie wollte schon nach der Liss rufen, das sah sie die Hand der Bettlerin keine zehn Fuß vor sich, so als würde sie aus der Mauer wachsen und ihr zuwinken. Natürlich. Dort stieß die Mauer der Vorstadt an die Stadtmauer – und der Wehrgang bog nach Osten hin ab, daher konnte sie von ihrer Warte aus die Liss erst jetzt erkennen. Plötzlich war ihre Beweglichkeit zurück, sie huschte das kurze Stück bis zur Liss hin, und die zog sie hinter die Biegung, aus dem Blickfeld der Männer.

Hannahs Hals war trocken und fühlte sich so rau an wie Bruchstein.

»Ich hätte das beinahe nicht überlebt«, stöhnte sie, doch die Liss beachtete sie gar nicht. Sie stand an einer der Scharten und blickte hinaus. Hannah, der es einen kleinen Stich gab, dass sich die Liss nicht um sie kümmerte, trat neben sie. Doch dann war auch sie wie gebannt von dem, was dort zu sehen war.

»Ist das ein … Schlüssel?«, fragte Hannah.

»Ja. Verrückt, nicht?«

Die beiden Männer ließen tatsächlich einen Schlüssel an der Mauer hinab und befestigten dann den Wollfaden, an dem er hing, am Laden der Schießscharte, sodass er etwas über Blickhöhe nahe der Pforte baumelte. Nur wer wusste, wo er sich befand, konnte ihn entdecken.

»Wofür ist der, Liss?«

»Wenn mich nicht alles täuscht, Röttel, dann gibt es für den Schlüssel nur eine Verwendung: die Pforte.«

»Verstehst du, was das soll?«, fragte Hannah.

»Wenn wir im Krieg wären, würde ich sagen, hier wird gerade die Stadt verraten. Wer weiß, wo der Schlüssel hängt, kann nämlich jederzeit durch diese Pforte in die Stadt kommen. Auch nachts.«

»Aber wer kann unbemerkt durch diese Pforte wollen?« Hannahs Blick wanderte vom Mauerdurchbruch bis zum Lusthaus hinüber und wieder zur Pforte zurück. »Die Schmuggler!«, schloss Hannah messerscharf.

Die Schwarze Liss nickte.

»Jetzt müssten wir nur noch wissen, was und für wen sie schmuggeln.« Hannah blickte nachdenklich drein.

»Ja, Röttel. Wenn es tatsächlich der Schlüssel für die Pforte ist.«

Hannah sah die Liss überrascht an. »Was ... was willst du damit ... sagen?«

»Was sucht ihr Weibsleute auf dem Wehrgang?«, herrschte sie da eine Stimme an.

Die beiden fuhren herum. Vor ihnen stand einer der Handwerker, die wohl für die Bewachung dieses Mauerabschnitts zuständig waren. Er roch scharf nach Beize und Holz. Ein Tischler oder Zimmerer. Er war noch recht jung und sicher kräftig und schnell. Selbst mit Harnisch, Helm und Hellebarde war er ihnen vermutlich überlegen. Außerdem warteten auf der anderen Seite noch zwei Männer. Es war demnach besser, sich mit dem Handwerker hier abzugeben, als die Beine die Hand zu nehmen.

»Wir … die Luft hier oben ist besser …«, versuchte sich die Schwarze Liss herauszureden. Doch die Ausrede war zu plump.

Unter dem Helmrand des Mannes bildeten sich tiefe Falten. Hannah wusste sofort, dass dieser Kerl nicht mit frechen Reden zu übertölpeln war. Sie hatte schon oft erlebt, dass Handwerker über mehr Lebensklugheit verfügten als so mancher Kaufmann. Weil es offenbar zum guten Ton gehörte, mit ihnen zu feilschen oder sie übers Ohr zu hauen, hatten sie eine Art natürliches Misstrauen gegen jeden falschen Ton entwickelt. Außerdem sah er sie mit einem Blick an, der Hannah unsicher machte. Fast schien es, als erkenne er sie – als würde er ahnen, dass mit ihr irgendetwas nicht stimmte.

»Was habt Ihr da zu gaffen? Was gibt es da draußen?« Er schob die beiden Frauenzimmer zur Seite und blickte durch die Luke.

»Was wollt Ihr hören?«, fragte die Liss wieder spöttisch.

Doch der Mann beachtete die Schwarze Liss gar nicht. Er zog den Kopf aus der Luke und wandte sich zu Hannah um. »Also. Was hattet Ihr hier zu schaffen?«

Er wechselte die Hand an der Hellebarde – und jetzt wusste Hannah, woher sie den Mann kannte. Vom Ringfinger verlief über die rechte Hand eine lange Narbe, die weißlich leuchtete. Und sie wusste auch, von wem diese Narbe stammte: von ihrem Mann.

»Wir wissen nicht …«, stammelte Hannah.

»Seid Ihr krank? Aussatz, Lunge, Blattern?«

Hannah schüttelte energisch den Kopf. In ihr begann ein Plan zu reifen. Ihr Mann hatte den jungen Handwerker, er war tatsächlich Tischler, vor dem sicheren Tod bewahrt. Der Finger war schwer entzündet gewesen, und es hatte sich schon Wundbrand gebildet. Eigentlich hätte man ihm die ganze Hand abnehmen müssen, aber das hätte nicht nur bedeutet, dass er nie wieder hätte arbeiten können und damit verarmt wäre, sondern es wäre auch einer Schändung gleichgekommen. Der Armstumpf eines Diebes unterschied sich schließlich in nichts von dem eines ehrlichen Handwerkers.

»Nein, Herr!«, sagte sie schüchtern.

»Lasst das Gesäusel. Ich bin kein Herr und das wisst Ihr genau«, fuhr sie der Handwerker an.

Hannah senkte den Blick. »Ihr müsst uns helfen!«, flüsterte sie beinahe unhörbar.

Der Handwerker trat näher. Jetzt musterte er sie unverhohlen neugierig. »Wir kennen uns, nicht wahr?«

»Euer Finger.« Hannah deutete auf die Hand des Tischlers. »Mein Mann hat Euch … gerettet.«

Der Tischler sagte nichts. Er schaute ihr nur lange in die Augen, ließ dann den Blick über ihr Gesicht wandern, das immer noch die Narben der Verbrennungen trug, als suchte er nach einem Zeichen, nach etwas, das er wiedererkennen konnte.

»Ihr hattet bereits den Wundbrand im Finger, weil ihr noch gebeizt habt, obwohl ihr längst zum Arzt oder Bader hättet gehen sollen«, fuhr Hannah fort. »Ich habe Euch danach verbunden, mehrmals verbunden. Ihr sagtet, Ihr könntet den Beruf nie mehr ausüben.« Hannah versuchte aus den Augen des Wächters ein Erkennen abzulesen, doch die blieben so grau und abweisend wie zuvor. »Ihr müsst uns helfen.« Hannah wiederholte die Bitte jetzt lauter.

»Warum sollte ich Euch helfen?«

»Ihr habt die Hand behalten, obwohl bereits zwei Ärzte gesagt hatten, sie müssten Euch die Hand abnehmen. Nur mein Mann, der Apotheker, hat sich getraut …«

»Hannah Meisterin«, brach es aus dem Handwerker heraus. »Ihr wollt mir weismachen, Ihr seid die Hannah Meisterin?«

Hannah nickte verlegen. Der Bursche klang nicht so, also würde er ihr glauben.

»Ich hab jetzt diese Spielchen satt, ihr Weibsleut. Ihr seid nicht die Hannah Meisterin! Das Haus des Apothekers ist abgebrannt, und die Meisterin, Gott hab sie selig, ist mit verbrannt. Ebenso wie die Tochter.«

»Nein, die Hannah Meisterin bin ich nicht mehr. Das stimmt. Seit unser Haus niedergebrannt ist und ich nicht ...« Ein Stoß in die Seite brachte sie zum Verstummen. Die Schwarze Liss hatte recht. Sie konnte einem Fremden nicht ihre ganze Geschichte erzählen.

»Dann lasst uns wenigstens gehen«, bat Hannah.

»So schnell Euch Eure Beine tragen können«, herrschte er sie an und senkte die Spitze der Hellebarde. Hannah und die Schwarze Liss ließen sich das nicht zweimal sagen. Sie rannten davon, als wäre ein ganzer Schwarm Wespen hinter ihnen her.

»Was sollte das?«, fragte die Liss, als sie wieder bei Atem waren. »Wenn derjenige, der das Haus niedergebrannt hat, Wind davon bekommt, dass die Eigentümerin lebt, dann gnade dir Gott!«

Zerknirscht presste Hannah die Lippen aufeinander. »Ich wollte doch nur einen sicheren Platz zum Schlafen. Er wohnt neben dem Roten Haus der Luderin.«

»Du wirst mit dem Turm oder mit der Tordurchfahrt am Lueginsland vorliebnehmen müssen, Röttel. Außerdem müssen wir dorthin, wenn wir etwas über das Lusthaus erfahren wollen.«

Die beiden schlichen durch die Gassen und vorbei am Brandplatz, der in unmittelbarer Nähe des Aufstiegs lag. Hannah wagte einen Blick durch die jetzt nur noch angelehnte Tür. Alles war ausgeräumt. Die schwarzen Balken waren verschwunden, der Keller freigelegt, die ganze Fläche wirkte wie mit dem Besen gefegt.

»Sie werden wohl bald mit dem Neubau beginnen«, sagte die Liss.

»Nur die Keller lassen sie stehen.«

Ein dumpfes Pochen klang aus den Tiefenkellern herauf. Qualm, der wohl von den Fackeln und Talglichtern stammte, kräuselte sich aus den Lücken in den Holzfußböden.

»Sie werden wohl die Fundamente verstärken.« Die Schwarze Liss blickte ihr über die Schulter.

»Oder Mauern ausbrechen«, sagte Hannah nachdenklich. »Ich verstehe nur nicht, wozu!«

2

Sie standen vor dem Fledermausturm, und in Hannahs Bauch breitete sich ein flaues Gefühl aus. Sie blickte die Straße hinunter. Dort unten erkannte sie die Lücke, in die der Rote sie gedrückt hatte. Allein der Gedanke daran schwemmte in ihr all ihre Ängste wieder hoch. Sogar die Wange schmerzte, auf die er sie geschlagen hatte, und unwillkürlich fasste sie mit der Hand an die Stelle. Am liebsten hätte sie laut aufgeschrien.

Die Schwarze Liss klopfte an das Tor des Turms. Es klang dumpf und unheilvoll in Hannahs Ohren.

Es dauerte eine Weile, bis sie von drinnen Schritte hörten.

Die Sonne schickte ein leichtes Licht und weiche Luft in die Gasse. Eine warme Hand schien sanft über sie hinwegzugleiten und sie zu streicheln. Es war, als berührte eine wohlwollende Natur die Häuser und die Bewohner.

Sie wollte nicht in diesem Turm schlafen. Sie wollte sich nicht dem Dürren Karl ausliefern. Die schlurfenden und matten Schritte des Dürren Karl, die sie von der letzten Übernachtung noch im Ohr hatte, passten nicht zu diesem luftigen Tag.

Das Tor zum Turm öffnete sich einen Spalt, und Hannah erkannte sofort das gierige Auge des Dürren Karl.

»Da seid ihr ja wieder«, hörte sie den Kerl sagen. »Ihr getraut euch hierher?«

»Wir wollen die Nacht hier unterkommen«, sagte die Schwarze Liss.

»Nach allem, was über euch geredet wird? Nein!«, sagte der

Dürre Karl und wollte das Tor schließen, doch die Liss hatte ihren Stock bereits in die Lücke gestellt.

»Oh. Was wird denn geredet? Das interessiert mich doch.« Die Bettlerin reckte herausfordernd das Kinn.

Hannah wusste, dass Gerüchte unter dem einfachen Volk das waren, was Vertrauen und guter Leumund unter den Kaufleuten waren.

»Hört euch um, dann werdet ihr es erfahren. Und jetzt nimm den Stock aus dem Spalt.«

»Den Teufel werd ich tun, Karl. Außer du rückst mit der Sprache heraus.«

»Nun. Wenn du willst. Sie sagen, dass ihr eine Spur des Todes hinter euch herzieht. Zuerst versucht ihr den Roten abzustechen, dann kommt euch das Mädchen im Graben in die Quere – und …« Der Dürre Karl macht eine eindeutige Bewegung mit der Hand quer über den Hals. Dann versuchte er mit dem Fuß den Stock aus der Lücke zu drücken, doch die Schwarze Liss stieß zu, traf ihn auf die Zehen, und der Kerl stöhnte auf vor Schmerz.

»Alles Lüge!«, herrschte die Schwarze Liss ihn an. Mit einem Seitenblick auf Hannah verhinderte sie, dass diese etwas sagte.

»Ihr kommt nicht rein.«

»Verflucht, Kerl. Sag mir das, wenn du wieder einmal einen Bedarf hast!«, knurrte die Bettlerin und drehte sich weg.

Hannah trat noch einmal auf das Tor zu. Vielleicht gelang es ja ihr, den Dürren Karl umzustimmen. Auch wenn sie nicht in den Turm wollte; noch weniger geheuer war ihr der Platz beim Lueginsland.

Sie ließ die Schwarze Liss vorbei und trat ans Tor, das noch nicht wieder geschlossen war.

»Lasst uns ein, Karl«, wollte sie sagen, doch so weit kam sie nicht. Der Arm des Dürren schnellte heraus, seine riesige Hand packte Hannah am Handgelenk – und ehe sie sichs versah, wurde sie mit einem Ruck ins Innere gerissen. Die Wucht, mit der sie hineingezogen wurde, schleuderte sie bis ans andere Ende des Raums. Dort prallte sie unsanft gegen die Ziegelwand. Dann hörte sie, wie die Tür sich schloss und wie ein Riegel vorgelegt wurde. Hannah war zu benommen, als dass sie genau wusste, was vor sich gegangen war, doch allmählich dämmerte ihr, dass der Dürre Karl sie in seiner Gewalt hatte.

Dumpf hörte sie jemanden gegen das Tor pochen und ihren Namen rufen. Doch den Dürren Karl kümmerte das alles nicht. Langsam ging er auf Hannah zu.

»Da wird sich jemand freuen, Röttel«, sagte er.

Das Innere des Turms war düster, doch der Gesichtsausdruck des Dürren Karl war unmissverständlich. Wie gebannt starrte sie auf die Hände des Turmbetreibers, die sich an dem Strick zu schaffen machten, der anstelle eines Gürtels die Hose hielt.

»Was willst du?«, fragte Hannah leise und wusste natürlich sofort, was er wollte.

»Jedenfalls nichts von der Schwarzen Liss. Die lassen wir schön draußen«, stieß der Dürre Karl hervor. »Sie ist mir – na sagen wir – zu wenig umgänglich. Den Roten beinahe ins Jenseits zu schicken. Ts, ts, ts. Wer tut denn so was? Da ist mir die Sanftmütige lieber.«

Hannah kannte dieses Vorgeplänkel. Es war das Auskosten der Macht über eine Frau. Es war dieser Moment, in dem ein Mann sich an seiner Allmacht berauschte.

Hannahs linkes Bein begann zu zittern. Sie musste nach hinten greifen und sich an der Wand abstützen, weil sie nicht mehr allein stehen konnte. Eine Hitze lief ihr über den Rücken und brannte sich in ihren Unterleib.

»Nein!«, flüsterte sie. In diesem »Nein« lag nicht nur ihre Angst, die sich aus der Erfahrung mit dem Roten speiste, sondern ebenso eine Warnung. Eine nicht zu überhörende Warnung.

»Fass mich nicht an«, zischte sie, und auch ihre Stimme zitterte. Es klang unsicher, angstvoll und wenig überzeugend. Ihr Befehl entlockte dem Dürren Karl nur ein Grinsen, das seine Zahnlücken zeigte.

»Wir werden uns verstehen, Röttel«, sagte der Kerl und trat noch einen Schritt näher, die Hose am Bund zusammenraffend.

Hannah konnte nicht anders, sie musste auf diese Hose starren, auf die Faust, die den Stoff festhielt, auf die schmutzigen Knöchel, die weiß hervortraten. Jeder Schritt, den er näher kam, schwemmte Bilder in ihr hoch und ließ sie verkrampfen. Ihre Beine zitterten, ihre Hand wurde feucht, und plötzlich spürte sie das Futteral am Handgelenk und tastete unwillkürlich nach dem Messer, das sie immer noch in einer Scheide am Handgelenk trug wie ein Armband. Zuerst zuckte sie zurück, doch da roch sie schon seinen fauligen Atem.

Sie musste sich wehren, durchzuckte es sie. Sie musste sich früher wehren als beim Roten. Sie wollte es nicht, sie wollte nicht schon wieder einen Menschen verletzen oder gar töten. Doch die Welt, in die sie da hineingeraten war, schien nur darauf zu warten, ihre Bewohner an den Sensenmann zu übergeben.

»Dein Wissen ist leider falsch«, sagte sie, und ihre Stimme bebte. Hannah berührte erneut die Waffe an ihrem Handgelenk und fühlte, wie sie ruhiger wurde. »Ich habe den Roten erstochen.«

»Du? Erstochen?« Jetzt lachte der Dürre Karl und schlug sich auf den Schenkel. Dann verstummte er unvermittelt. »Dann kannst du vielleicht auch ein Küchenmesser einigermaßen benutzen. Wenn das so ist, habe ich Arbeit für dich. Am Vormittag darfst du dich um meine Kunden kümmern, und am Abend kochst du. Aber zuvor muss ich sicher sein, dass du auch eine gewisse Eignung für die Vormittage besitzt.« Der Dürre Karl verzog den Mund und ließ seine Zähne sehen, von denen manche so schwarz waren, dass es in der Düsternis des Turms wirkte, als öffne sich ein Schlund in die Hölle.

Hannah wich ganz zurück an die Wand. Die Ziegel drückten sich ihr hart in den Rücken.

Sie wollte nicht, dass er sie berührte, sie wollte in Ruhe gelassen werden. Aber vielleicht war das unmöglich in dieser Welt. Vielleicht bestand diese Welt darauf, dass man sich in ihr zu verteidigen hatte, dass man sich zur Wehr setzen musste – und nur wer sich wehrte, durfte hier, im Seim der Gosse leben. Sie wollte leben. Sie wollte herausfinden, wer ihren Mann und die Tochter ermordet hatte. Sie wollte …

»Mach die Beine breit!«, hallte die Stimme des Dürren Karl im Gewölbe wider.

Hannah ließ sich mit dem Rücken an der Mauer hinuntergleiten und sah ihn vor sich aufragen, die Hose nur noch mit der zur Faust geballten Hand haltend.

Langsam, als wäre ihr diese Bewegung keineswegs zuwider, spreizte sie die Beine.

»Na also, Kindchen«, lobte sie der Dürre Karl. Er stieg aus der Hose, kniete sich hin und beugte sich zu ihr vor.

»Und jetzt, mein Kind, wirst du lernen, wie man einen Mann wirklich glücklich macht …«, krächzte der Dürre Karl.

Hannah war selbst überrascht, wie kalt sie sich plötzlich fühlte, jetzt, da die Bedrohung so nah war, und wie wenig sie zitterte und Angst hatte vor dem, was geschehen würde.

Der Dürre Karl stützte sich mit beiden Händen am Boden ab und brachte sein Gesicht nahe an das ihre. Hannah spürte, wie die Erinnerung an die Begegnung mit dem Roten sie zu lähmen drohte, wie das Erlebnis sie unfähig machen würde, sich zu wehren. Tränen der Verzweiflung liefen ihr über das Gesicht und machten sie blind. Und blind riss sie das Messer aus dem Futteral, packte es mit beiden Händen und stieß es nach oben.

Sie hörte etwas knacken, hörte das Röcheln des Dürren Karl und spürte das Zittern, das durch seinen Körper lief.

Dann fuhr der Dürre Karl hoch und riss ihr dabei das Messer aus der Hand. Hannah schrie. Das Gesicht des Dürren verschwand vor ihr im Dämmerlicht. Sie sah nur seine Hände, die sich um den Griff des Messers legten. Dann erst fiel ein schwacher Schein auf sein Gesicht. Sie hatte ihn am Kehlkopf getroffen.

Ungläubig starrte der Dürre Karl auf den Messergriff und zog das Messer aus der Wunde. Jetzt pulste das Blut aus dem klaffenden Schnitt, und ein Gurgeln zeigte Hannah an, dass der Turmbetreiber langsam an seinem eigenen Blut erstickte.

Hannah kroch, so schnell sie konnte, unter dem Dürren Karl weg. Schließlich kippte der nach vorn, zuckte noch ein paarmal und blieb dann regungslos liegen.

Hannah sah stumm auf den leblosen Körper, dann drehte sie sich weg und begann zu weinen, hemmungslos zu weinen.

Was geschah nur hier unten in der Gosse mit ihr? Machte das Leben unter diesen ... diesen Tieren sie hier selbst zum Tier? Sie zitterte plötzlich wieder am ganzen Leib.

Vor ihren Augen hatte sich ein blutroter Schleier gebildet, den sie nicht mehr los wurde und der ihr den Blick auf die Wirklichkeit verwehrte.

Die flüsternden Stimmen, das Öffnen und Schließen des Tors, das Streicheln über ihr Haar, das Lachen und Fluchen drangen nur wie ein Rauschen in ihr Bewusstsein. Wie lange sie so dalag, konnte sie nicht sagen.

Irgendwann tauchte sie aus ihrem Kokon auf, entfernte das Gespinst um ihren Geist und lauschte in die Dunkelheit hinein. Sie riss die Augen auf, so weit sie konnte, doch die Schwärze war undurchdringlich wie eine Wand, sickerte hinter ihre Augäpfel und verursachte das schmerzende Gefühl, erblindet zu sein.

Hannah richtete sich auf. Sie spürte eine Decke, auf die man sie gelegt hatte, spürte ein Laken, das ihre Beine bedeckte. Sie spürte, dass man sie ausgezogen und gewaschen hatte. Sie spürte den kratzigen Stoff eines frischen Hemds, das man ihr übergezogen haben musste – doch sie konnte sich nicht daran erinnern, dass all das mit ihr geschehen war.

Hannah lauschte in die Schwärze hinein, ob jemand atmete oder ob sie allein war in dieser Höllenfinsternis.

»Na, aufgewacht, Röttel?« Die Stimme schnitt durch die Dunkelheit, als besäße sie ein Messer aus Worten.

»Liss?«, fragte Hannah sofort.

»Ja, Röttel, genau die.« Die Stimme der Liss klang warm und besorgt.

»Aber … der Dürre Karl hat dich doch ausgesperrt …« Hannah versuchte ihre Gedanken zu ordnen, was ihr in der gestaltlosen Schwärze um sie herum nur schwer gelang.

»Der Dürre Karl? Nun, der ist tot.«

»Tot?« Die Flut der Erinnerung schwappte über sie hinweg: Der Kerl, der sich an ihr vergehen wollte. Das Messer. Der Hieb. Sie erinnerte sich an den Schwall Blut, der dem Mann aus der Kehle gequollen war. Am eigenen Blut war er erstickt. Und sie empfand keine Reue dabei.

»Du hast ihn erstochen, Röttel.« Der Satz blieb in der Schwärze hängen und waberte von einem Ende des Raums zum anderen, als könne er sich nicht daraus befreien.

»Ich wollte das nicht. Er hat mich … er wollte …« Weiter kam sie nicht, denn ein Schluchzer brach aus ihr heraus, und schließlich liefen ihr die Tränen wie Wasser über die Wangen. Doch es waren nicht die Tränen der Trauer um einen Toten, sondern die Tränen des Entsetzens, dass sie zu solch einer Tat fähig war.

»Das wissen wir. Die Frauen haben zugesehen. Niemand macht dir einen Vorwurf.« Die Schwarze Liss verstummte kurz, als suchte sie nach Worten. Doch dann redete sie weiter, leicht und leise, und sagte einen Satz, der Hannah erschreckte: »Du hast getan, was viele von uns gern getan hätten, wenn sie den Mut dazu gefunden hätten.«

»Aber …«, versuchte sie einzuwenden, doch die Liss unterbrach sie sofort: »Sag jetzt nichts über Nächstenliebe und ›liebet Eure Feinde‹. Das ist das Geschwätz, das uns die Pfaffen vorsäuseln, damit wir Ruhe geben. Oder glaubst du, dass irgendeiner der Kaufleute der Oberstadt, den man um sein Hab und Gut gebracht hat, dem Räuber auch noch sein restliches Eigentum hinterherwirft?«

Hannah spürte, dass die Liss recht hatte. »Ich fühle mich trotzdem schlecht. Er ist der zweite Mensch, den ich … getötet habe.«

»Du hast dich verteidigt. Beide Male. Du hast dich deiner Haut erwehrt. Der Dürre Karl, er war … eine lästige Mücke, genau wie der Rote … und beide sind erschlagen worden.«

In der Finsternis des Turminneren klangen die Worte der Schwarzen Liss, als entstammten sie dem Höllenbuch der Unterwelt.

Hannah horchte, wie die Liss klackend mit Feuerstein und Metall hantierte, dann spritzten Funken auf. Sie fielen auf einen Zunderschwamm, der zu glühen begann und der, angeblasen, ein wenig Stroh zum Aufflackern brachte. Schließlich fielen die Flammen in eine Schale mit trockenen Blättern und daran entzündete die Schwarze Liss ein Talglicht. Während das Stroh kurz aufflackerte und wieder in sich zusammenfiel, begann die Talgflamme immer stärker zu leuchten. Schließlich entzündete sie weitere Talglichter, und die Dunkelheit um sie her zog sich in die Nischen der Mauern zurück, nur um dort weiter bedrohlich und finster zu hocken.

Hannah schaute um sich. Sie lag links neben dem Tor in

einem kleinen Verschlag, der durch alte, löchrige Decken abgehängt war. Dort standen eine Pritsche und eine dunkle Truhe.

Sie schlug die Decke zurück, stand auf und versuchte auf wackligen Beinen zwei Schritte zu tun. Die Talglichter erhellten den Raum nur spärlich und gaben ihm etwas Düster-Kerkerhaftes.

»Wo habt ihr ihn hingebracht?«

»Den Dürren Karl?«, fragte die Schwarze Liss. »Wir haben ihn, sobald es dunkel genug war, durch den Brunnenschacht hinabgelassen. Die Strömung ist derzeit stark genug. Sie wird ihn in den Stadtbach spülen und erst in Oberhausen oder noch später wieder freigeben.« Sie lachte ein kurzes freudloses Lachen. »Niemand wird ihn vermissen.«

Hannah verharrte, dann fuhr sie sich mit beiden Händen über das Gesicht und seufzte. »Ist es nicht schrecklich, wenn man aus dem Leben geht, und keine Menschenseele trauert um einen? Was für ein Leben habe ich dann gelebt?«

Die Düsternis um sie her schien die Frage zu verdichten. Sie spürte sie fast körperlich.

»Das ist unser Los, Röttel. Wen interessiert schon ein Weibel oder eine Bettlerin? Niemand wird je ein Heldenlied über dich oder mich oder den Dürren Karl schreiben.«

Hannah starrte in das Rund des Turmes. Lange ließ sie ihre Augen die dunklen Fugen entlangwandern, bis sie antwortete.

»Unsere Kraft reicht viel weiter, Liss. Wir nutzen sie nur nicht, und wir vertrauen ihr nicht.«

Die Gedanken der beiden Frauen wurden von einem Schrei durchbrochen, der dumpf vom ersten Stock herabdrang.

»Was um alles in der Welt …?«, flüsterte Hannah.

Die Schwarze Liss blieb ruhig. »Viele der Frauen sind krank. Manche sind schwanger und bringen ihre Kinder hier zur Welt. Andere kommen her, um zu sterben.«

Angestrengt horchte Hannah nach oben. »Braucht sie Hilfe? Ich bin die Frau eines Apothekers. Ich kenne mich aus mit Krankheiten. Ich habe viele Kranke behandeln helfen.«

Die Liss legte den Kopf schief. »Lass lieber die Finger davon. Du hattest bislang eher den Tod an den Händen kleben. Ich weiß nicht, ob sie dir vertrauen.«

Hannah hörte nicht mehr hin. Obwohl sie nicht ganz sicher auf den Beinen war, tastete sie sich durch den Raum bis zur Treppe. Langsam stieg sie hinauf und ließ sich durch das jetzt zum Wimmern abgeschwächte Schreien leiten.

Als sie den Kopf durch die Treppenöffnung steckte, wandten die Köpfe der Frauen sich ihr zu. Es waren gut zwei Dutzend Frauen, die auf hölzernen Gestellen lagen. In der Mitte des Raums stand ein länglicher Tisch. Ganz hinten in der Ecke hatten sich drei Frauen um ein Bett herum versammelt und versuchten, die Jammernde darin zu beruhigen.

Hannah stieg in den Raum hinein und ging zu der Ecke. Die Frauen begannen hinter ihr zu tuscheln und zu reden.

»Was fehlt ihr?«, fragte Hannah die drei Frauen am Bett.

»Was geht es dich an, Röttel?«, fragte eine der Frauen zurück.

»Ich bin die Frau eines Apothekers. Ich kenne mich auch mit Krankheiten aus.« Hannah flüsterte die Worte zu sich selbst, weil sie nicht wollte, dass der ganze Schlafsaal Mutmaßungen anzustellen begann. Und sie erinnerte sich an die Hutter Babett, die ihr dankbar gewesen war, weil sie zu helfen vermochte.

»Sie hat Schmerzen im Bein. Man muss es abnehmen. Aber wer soll das tun?«

Hannah schluckte. Wundbrand war nicht heilbar. Er fraß die Menschen auf und ließ sie qualvoll sterben. Wenn sie sich an Wundbrand wagte, würde sie verlieren.

»Lasst mich einen Blick darauf werfen. Ich brauche Licht. Ich brauche Luft. Und ich brauche saubere Tücher und abgekochtes

Wasser. Vielleicht können wir ihr Bein retten. Aber dazu muss ich es erst sehen.«

»Talglichter können wir dir hinstellen, Röttel. Auf Tageslicht musst du allerdings noch warten. Das gibt es erst in drei Stunden.«

»Aber heißes Wasser wird es schon jetzt geben, oder?«

Die Frau neben ihr nickte, drängte sich durch die Menge und verschwand im Untergeschoss. Hannah betrachtete die Kranke, die mit fiebrigen Augen und eingefallenen Wangen vor ihr lag. Sie war jung, und wenn sie nicht so vor Schmutz gestarrt hätte und ihre verfilzten Haare gebändigt gewesen wären, wäre sie sogar hübsch gewesen.

»Wie heißt du?«, fragte Hannah.

Das Wimmern brach ab. Die wässrigen Augen der Bettlerin richteten sich auf Hannah. Währenddessen trat Hannah an das Bett, schlug die Decke zurück und musste unwillkürlich die Hand auf die Nase legen. Von der offenen Wunde am Bein ging ein unbeschreiblicher Gestank aus.

»Nelda«, hauchte die Kranke.

Der Unterschenkel des linken Beins war rot entzündet. Auf Höhe des Schienbeins klaffte eine offene Wunde, die stark nässte.

»Wie ist das passiert?«

»Der Rote. Er hat … mich geschlagen. Das Bein ist … aufgeplatzt … und hat sich nicht mehr geschlossen.«

Überrascht sah Hannah auf. »Der Rote? Der Rote ist tot! Da kannst du sicher sein.«

Nelda schüttelte den Kopf. Auch ringsum sah Hannah nur Kopfschütteln und zusammengepresste Lippen.

»Der Rote geht jetzt auf Krücken. Die Achillessehne an einem Bein ist durchtrennt, und beim anderen Bein sind die Sehnen im Oberschenkel durchtrennt worden. Er humpelt, aber er lebt.«

Ihre Furcht wuchs von einem Augenblick zum andern ins Unermessliche. Unwillkürlich begann Hannahs linke Hand wieder zu zittern. Sie konnte nichts dagegen tun. Ihr wurde schwindlig, und sie musste sich an einer Stuhllehne festhalten, um nicht umzukippen.

Der Rote lebte also. Er hatte ihren Messerstich und die Schnitte durch die Sehnen überstanden. Sie hatte lange Wochen hindurch vor lauter Gewissensbissen nicht schlafen können – und jetzt erfuhr sie, dass ihr Peiniger noch immer auf dieser Welt umherhumpelte. Wieder drohte die Furcht sich ihrer zu bemächtigen, aber da fühlte Hannah eine Hand auf ihrer Schulter. Sie kannte die Frau nicht, die sich zu ihr herabbeugte. Sie hörte nur, wie sie ihr leise ins Ohr flüsterte: »Sie ist noch so jung. Hilf ihr.«

Hannah nickte stumm, und mit einem Mal war ihr Zittern verschwunden, und sie war wieder die Frau des Apothekers.

»Legt sie auf den Tisch und bringt Lichter, so viel ihr entbehren könnt«, rief sie über die Schulter und dachte gleichzeitig, dass hier ein Sieg über den Tod auch ein Sieg über den Roten wäre.

Hannah packte mit an. Sie trugen Nelda auf den Tisch in der Mitte. Die Frauen brachten Talglichter und Öllampen, aber all das künstliche Licht leuchtete die Wunde nicht richtig aus. Zu viel Schatten, zu viel Undeutlichkeit – Hannah konnte nur beginnen, die Frau zu säubern.

Zuerst wusch sie ihr mit warmem Wasser die Beine. Dabei streifte sie auch den Oberschenkel des verletzten Beins. Die junge Frau zuckte zusammen, und Hannah besah sich die Stelle genauer. »Oh, der verfluchte Kerl!«, entfuhr es ihr.

Ihre Blick und der Neldas trafen sich. Darin lag ein Vertrauen, wie es nur Frauen untereinander haben können.

»Ich werde nichts verraten«, sagte Hannah und erntete einen

dankbaren Blick dafür. Sie wischte über den Bluterguss an Neldas Oberschenkel und sah die dunklen Spuren der Gewalt am Schoß. Der Rote hatte sich an dem Mädchen vergangen, wie er sich an ihr vergangen hatte.

Hannah musste sich zusammennehmen, um nicht laut herauszuschreien. Sie würde diesem Kerl das Handwerk legen, wenn sie auch noch nicht wusste, wie sie das bewerkstelligen sollte.

»Liss!«, schrie sie. »Liss!«

»Was gibt es denn so Eiliges?« Die Bettlerin humpelte aus dem Hintergrund zu ihr hin.

»Wusstest du, dass der Rote noch lebt?«

Hannahs Stimme klang anklagend.

»Ich habe es selbst eben erst erfahren«, sagte die Liss.

»Gut. Ich versuche dem Mädchen hier zu helfen. Dafür machst du mir den Roten ausfindig.« Hannah stützte die Hände in die Hüften. In ihr wuchs ein Widerwille gegen diesen Unhold. Mit jedem Atemzug saugte sie in diesem Turmloch etwas ein, das nichts mit Mut zu tun hatte, sondern das eine Mischung war aus dem Leid der Frauen, das sich überall in diesen Wänden festgesetzt hatte, und dem Zorn gegen die Gewalt, der sie ausgesetzt waren. Vor ihrem inneren Auge stand die Kleine, die unten im Stadtgraben gelegen hatte und die niemals die Gelegenheit erhalten hatte, in eine Welt hineinzuwachsen, in der sie sich entwickeln konnte. Hannah atmete das Fluidum dieses Turms tief ein. Ihr war, als würde es ihre Seele aufrauen und damit empfänglich machen für etwas, was diesem Kerl, dem Roten, entgegengehalten werden musste.

»Was zum Teufel hast du vor?«, fragte die Schwarze Liss.

Hannah antwortete nicht sofort, sondern schwieg eine kleine Weile.

»Was ich vorhabe, Liss?«, fragte sie schließlich. »Ich werde ihm ein Teufel sein, ein Huckauf, der sich auf ihn setzt und ihn nicht mehr loslässt. Er wird sich nicht mehr getrauen, gegen die Wand zu pinkeln, ein Glas Bier zu leeren oder nachts allein durch die Gassen zu humpeln. Das verspreche ich dir.«

Hannah wandte sich wieder Nelda zu und begann den Unterschenkel zu untersuchen. Der Fäulnisgeruch nahm ihr schier den Atem. Das Bein hatte sich bereits entzündet, und an den Rändern begann die Wunde zu schwären. Sie entdeckte schon Maden am Bein.

»Du musst die Maden entfernen!«, sagte die Liss und presste den Ellbogen auf die Nase.

Hannah schloss kurz die Augen. Wenn sie die Frau retten wollte, musste sie überlegen, was ihr Mann, der auch als Arzt tätig gewesen war, immer gesagt hatte: »Der Herr, unser Gott, hat uns in der Natur so viele Heilmittel hinterlassen. Wir müssen sie nur finden und verwenden.« Irgendwann hatte er auch etwas über Maden gesagt, über Fliegenmaden. Er sagte etwas davon, dass er Menschen kennengelernt habe, die nur deshalb überlebt hatten, weil Fliegenmaden das böse Fleisch weggefressen hätten. Maden waren gut. Man musste den Maden vertrauen. Fliegen waren schlecht. Man musste daher nur darauf achten, dass die Schmeißfliegen nicht schlüpften.

»Gib mir Wasser, das vorher gekocht hat, damit wir die Wunde säubern können. Die Maden lassen wir. Sie werden noch nützlich sein.«

Hannah sah, wie Neldas Augen sich weiteten, wie sie den Mund öffnete, um etwas zu sagen, sich dann aber nicht getraute.

Hannah legte ihr die Hand auf die Schulter. »Vertrau mir. Sie tun dir nichts.«

Sie wäre beruhigter gewesen, wenn sie selbst nur halb so überzeugt gewesen wäre, wie sie eben geklungen hatte. Wenn sie ehrlich zu sich war, wusste sie kaum etwas.

»Ich lasse die Wunde ein wenig frei. Bis der Tag anbricht, dann kann ich sie mir genauer ansehen.« Sie spürte dem Lächeln nach, das sie Nelda schenkte. Es sollte zuversichtlich wirken.

Hannah richtete sich auf und fragte in die Runde: »Was habt ihr an Kräutern und Salben hier? Es gibt sicherlich noch eine ganze Reihe von Verletzungen zu behandeln.«

Die beiden folgenden Stunden verbrachte sie damit, aufgeschürfte und eitrige Wunden zu säubern, sie mit einigen Kräutern, die im Turm vorhanden waren, zu bedecken oder aus den getrockneten Blättern und Stängeln einen Sud zu bereiten, mit dem man sie auswaschen konnte.

Mit dem Anbruch des Tages gönnte sie sich eine Pause. Sie setzte sich zu Nelda, die eingeschlafen war vor Erschöpfung, und ließ den Blick über deren ausgemergelten und geschundenen Körper gleiten. Sie war noch mehr Mädchen als Frau, das war unter dieser angebrochenen Schale zu sehen. In der Gosse alterten die Menschen schneller. Ihre Erfahrungen wurden ihnen regelrecht in die Haut gegerbt und blieben als Narben sichtbar.

Hannah saß da, starrte auf die blau-gelben Ergüsse an Neldas Oberschenkeln und musste unwillkürlich an den Roten und an den Dürren Karl denken. Sie empfand kein Bedauern. Sie bereute nicht, was sie getan hatte. Sie konnte sich nicht dafür anklagen, weil sie einen Menschen getötet hatte. Sie hatte in Notwehr gehandelt – und gleichzeitig wusste sie, dass ihr Vorgehen keine Notwehr gewesen war. Sie hatte abgewartet, hatte ihm die Möglichkeit gegeben, es zu überdenken, sie in Ruhe zu lassen. Er hatte sich dagegen entschieden, und sie hatte ihm eine Lektion erteilt.

Es konnte nicht verborgen bleiben, dass der Dürre Karl verschwunden war. Und selbst wenn seine Leiche nicht gefunden wurde, konnte sich jedermann denken, was mit ihm geschehen war. Irgendwann würde ein neuer »Dürrer Karl« hier aufkreuzen und sich festsetzen. Erneut würden die Frauen geschlagen werden, würde man ihnen Gewalt antun und sie dazu zwingen, irgendwelchen Stadtoberen zu Willen zu sein.

Währenddessen war die Schwarze Liss leise zu ihr getreten und betrachtete das Mädchen auf der Pritsche.

»Wird sie überleben?«, wisperte die Liss ihr ins Ohr.

Hannah zuckte nur mit den Schultern. »Ich hoffe es.«

Dann begann Hannah in der zunehmenden Helligkeit, die Wunde zu säubern. Nelda wachte mit einem panischen Blick in den Augen auf, weil sich ihr Schmerzen und Erinnerung offenbar in einer unheilvollen Mischung zeigten. Erst als Hannah auf sie einsprach, beruhigte sie sich.

Die Wunde hatte bereits den Knochen erreicht, aber dort noch keine Entzündung hervorgerufen. Hannah arbeitete ruhig und schnell. Vier Maden beließ sie auf der Wunde. Schließlich wickelte sie einen mehr oder weniger sauberen Leinenfetzen um die Wunde.

»Du musst jetzt ganz ruhig liegen bleiben. Morgen machen wir den Verband ab und holen die Maden heraus. Dann sollte die Entzündung sich gemildert haben.«

Sie redete zuversichtlicher, als sie tatsächlich war.

Schließlich lehnte sie sich mit dem Rücken gegen die kühle Mauer und schloss die Augen.

»Liss? Liss, bist du da?«, rief sie leise in die heraufziehende Helligkeit.

»Röttel?«

»Wie sicher bist du dir der Frauen, die hier schlafen?«, fragte Hannah leise.

»Wie meinst du das, Röttel?«

»Wir können uns verkriechen und warten, bis der Rote vor dem Tor steht und reinwill. Und er wird hier reinkommen. Das weiß ich.«

»Oh ja, das wird er«, sagte die Liss bestimmt.

Die Schwarze Liss saß irgendwo neben ihr in einem noch nicht von der spärlichen Sonne beschienenen Teil des Schlafsaals, sodass sie nur ihre Stimme hörte, sie aber nicht sehen konnte.

»Ich will das nicht. Schick die Frauen los. Sie müssen uns sagen, wo er sich aufhält – und sie müssen ihn piesacken. Sie müssen ihn zur Weißglut treiben.«

»Wie soll das gehen, Röttel?«

Langsam drehte sich Hannah zur Schwarzen Liss um. Und dann erklärte sie ihr etwas, das langsam in ihrem Kopf gereift war, seit sie das tote Mädchen im Graben gesehen hatte. Sie setzte der Schwarzen Liss ihre Gedanken auseinander, die diese nur mit einem Kopfschütteln bescheinigte.

»Das ist unmöglich«, sagte sie schließlich.

»Es ist nicht unmöglich. Wir haben es nur noch nicht zu denken gewagt. Die Männer denken und handeln auch nicht anders.«

3

Bruder Adilbert rekelte sich auf der mit Rosshaar gepolsterten Kline, einer den römischen Tischsitten nachempfundenen Liege mit erhöhtem Kopfteil zum Essen und Schlafen. Eine wohlige Zufriedenheit durchströmte ihn, die sich noch dadurch steigerte, dass er von seinem Platz aus Celante zusehen konnte, wie sie sich wusch und bückte.

Seit vier Wochen besuchte er zweimal in der Woche das Haus in der Unterstadt und dessen Bewohnerinnen. Er hatte mit Celante einen eigenen Geschmack entwickelt, und in seinen Augen war sie ihm so etwas wie eine Geliebte geworden. Seine Sulamith. Celante war eine füllige Frau, die sogar seinem Bedürfnis nach einem Gespräch nachkam, das sich nicht nur um die Farbe der Augenlider drehte. Sie eröffnete ihm eine Welt, wie er, der hinter Klostermauern lebte, sie sich niemals erträumt hätte. Immer wieder brachte sie ihn zum Staunen.

Beide waren sie nackt, wie der Herr sie geschaffen hatte. Celante sorgte nicht nur für sein männliches, sondern auch für sein leibliches Wohl. Wenn er kam, zogen sie sich in ein Zimmer im ersten Obergeschoss zurück, das nach hinten hinausging, sodass zufällige Blicke von gegenüber in ihr Nest unmöglich waren.

»Was gibt es Neues in der Stadt, Celante?«, fragte er und biss herzhaft in einen Apfel, der mindestens so süß schmeckte wie ihre Lippen.

»Wir Frauen haben Angst.« Sie brachte ihm einen Becher Wein, stellte ihn an den Rand der Kline und setzte sich zu ihm.

Der Bissen blieb dem Mönch im Halse stecken, und er musste husten. »Ihr Frauen? Angst? Wovor?«

»Nicht vor einem Mönch wie dir«, sagte sie neckisch und zwickte ihn in die Brust. Dann wurde sie plötzlich ernst. Sie setzte sich aufrechter hin und drehte ihm den Rücken zu. »Obwohl niemand sagen kann, ob nicht ein Kerl wie du daran beteiligt ist. Vielleicht bist du es ja selbst.«

Jetzt stützte sich Bruder Adilbert auf den Ellbogen und zog Celante zu sich her. Sie sträubte sich etwas, doch schließlich gab sie seinem Drängen nach und lehnte sich an ihn. Wenn er es nicht besser gewusst hätte, wäre Bruder Adilbert der Meinung gewesen, sie genieße seine Berührungen, so wie er die ihren genoss. Doch er bezahlte für diese Gunst – und sie erfüllte ihm seine Wünsche. Auch den, ihm Interesse an seiner Person vorzuheucheln. Neugierig bohrte er nach. »Erzähl mir von diesen Ängsten. Was beunruhigt dich?«

»Ich ... ich will nicht sterben.«

Er lachte, verblüfft über diese Antwort. »Aber – du musst nicht sterben.«

»Ich bin eine Frau, eine junge Frau.«

»Das bist bist du fürwahr«, murmelte Adilbert.

»Sie töten Kinder! Ich habe Angst, sie werden auch mich töten.«

Jetzt hatte sie die ganze Aufmerksamkeit des Paters. Er straffte sich, und wie ein Blitz durchfuhr ihn ein Bild: das eines schmächtigen blonden Mädchens.

»Wer sind *sie*?«

Celante zuckte mit den Schultern. »Niemand weiß es. Aber gerade erst hat man wieder zwei Kinder gefunden. Beide tot.«

Bruder Adilbert schluckte schwer. »Kinder sterben leicht. Gott der Herr hat sie mit einer schwachen Gesundheit ausgestattet. Vielleicht will er ihre Unschuld bewahren, wenn er sie so früh zu sich holt.«

Celante griff nach seinem Kinn und zog so seinen Blick auf sich.

»Ach ja. Ich dachte immer, unser Gott sei ein Gott des Verzeihens. Wenn ich mein Leben bereue, ehrlich bereue, müsste er mir dann nicht den Eintritt in das ewige Leben gewähren, egal, wie mein Leben bis dahin verlaufen ist und was ich für Schandtaten begangen habe?«

Ein Lächeln huschte über Bruder Adilberts Gesicht.

»Du hättest Theologie studieren sollen, Celante.«

Ihr Lächeln war verständnisvoll und doch von einer gewissen Schwermut getränkt. »Ich studiere die Menschen. Damit habe ich ausreichend zu tun.«

»Du sagst, es seien zwei Kinder gewesen? Zwei?«, bohrte der Mönch weiter.

»Es sind viel mehr: Man munkelt von fünf, sechs, sieben Kindern. Ich weiß es nicht. Im letzten Jahr sind es mehr geworden. Die letzten beiden Kinder haben sie erst vor Kurzem gefunden. Wir sind vorbeigekommen, als der Totengräber sie ... sie aus dem Graben geholt hat.« Ihre Stimme stockte, und sie musste schlucken.

»Wirklich erst vor Kurzem?«, fragte Bruder Adilbert.

Sie zuckte mit den Schultern. »Ein Junge und ein Mädchen. Beide kaum älter als zwölf Jahre. Das Mädchen, blond, schmächtig, der Junge ebenfalls schmal und in seinem Aussehen fast ein Mädchen. Sie waren schrecklich entstellt. Beide hatte man im Stadtgraben abgelegt. Beim Fischertor. Das war vor ungefähr vier Wochen. Dort hat man schon vor sieben Wochen eine Kinderleiche gefunden und davor auch schon.«

»Vor vier Wochen?«, wiederholte Bruder Adilbert tonlos.

Im Kopf rechnete er nach. Vier Wochen. Vor eben dieser Zeitspanne hatte er Giberta fortgeschickt, das Mädchen, das ihm der Fremde hatte aufdrängen wollen. Giberta, sein Geschenk. »Er tötet mich«, hatte sie ihm verängstigt gesagt – und er hatte diesen Satz nicht beachtet. Jetzt war sie womöglich tot, denn Celantes Beschreibung des schmächtigen, blonden Mädchens passte genau zu Gibertas Erscheinungsbild.

»Aber es könnte sich auch um einen natürlichen Tod gehandelt haben.«

»Wenn eine durchtrennte Kehle ein natürlicher Tod ist, dann ja.«

Wieder stieß er die Luft aus den Lungen. »Sie war blond, sagst du?«

»Ja!« Jetzt war sie es, die sich aufrichtete. »Du hast doch nichts damit zu tun?«

Bruder Adilbert schüttelte den Kopf, aber er musste sich hinlegen. Ihm war schwindlig. »Mein Gott«, sagte er. »Mein Gott, das arme Kind.«

Celante sprang unvermittelt auf, ein Messer in der Hand.

Bruder Adilbert staunte, woher sie es genommen haben konnte, schließlich war sie genauso nackt wie er selbst.

»Was willst du? Mich erstechen? Bist du die Mörderin der beiden Kinder?« Bruder Adilbert war überrascht über die Wendung, die das Gespräch genommen hatte.

»Ich? Du hast gesagt: ›Mein Gott, das arme Kind‹.«

»Leg das Messer weg, Celante. Ich mag vielleicht gegen das Keuschheitsgelübde verstoßen, aber ich bin kein Mörder. Von Kindern schon gar nicht.«

Stockend begann er zu erzählen, wie er Giberta kennengelernt und wieder fortgeschickt hatte, in der Hoffnung, dass er sich irrte. In vier Wochen starben viele Menschen, viele Kinder und Halbwüchsige. Er berichtete, wie ihm das Mädchen zugeführt worden war und dass er gern mehr über den Auftraggeber gewusst hätte. Jetzt umso mehr, als er vermutete, dass der Fremde mit dem Tod des Mädchens zu tun hatte.

Celante legte das Messer weg – und jetzt sah er, wo es sich befunden hatte: unter der Kline. Es steckte dort in einem Futteral, offenbar damit die Mädchen es zur Hand hatten, wenn sie es brauchten.

Celante setzte sich neben ihn und streichelte ihn über die Wangen. »Ich hätte dir das gar nicht zugetraut, Mönch«, sagte sie. »Aber erzähl mir von dem Auftrag, für den du entlohnt werden solltest.«

Bruder Adilbert genoss die Zärtlichkeiten und begann erneut von den Umständen zu erzählen, unter denen sein Auftrag stattgefunden hatte. Er vermied dabei von Urkundenfälschung zu reden, sondern stellte es so hin, als hätte er nur eine verloren gegangene Urkunde neu geschrieben – und letztendlich wusste er schließlich immer noch nicht, wie es nun genau mit dem Dokument stand.

»In der Frauenvorstadt, sagst du, liegt das Haus?«

Der Mönch nickte und zog Celante näher zu sich heran. Ihr Körper war warm, und jede Berührung ließ seine Haut zittern. Adilbert wollte Celante zu sich herab auf die Kline ziehen. Doch die stützte sich mit den Händen ab und verhinderte so, dass er seinen Willen bekam. Lange betrachtete sie ihn und forschte mit leicht gerunzelter Stirn in seinem Gesicht.

»Du solltest dich unbedingt mit jemandem unterhalten«, sagte Celante ernst. »Mit einer Frau. Und zwar bald.«

4

Hannah überlegte, was genau sie sagen wollte. Die Stadt war nicht sehr groß. Die Viertel der Stadtarmen waren auf Oberkönige und Unterkönige verteilt. Allesamt waren es Männer. Der Rote war für das Viertel zuständig, in dem der Fledermausturm lag. Das jedenfalls hatte ihr die Schwarze Liss erzählt.

Wenn sie verhindern wollte, dass die Frauen weiter drangsaliert wurden, wenn sie die Tyrannei des Roten brechen wollte, dann mussten vier Dinge geschehen. Einmal musste sie das Vertrauen der Frauen gewinnen. Das war ihr mit ihrer Aktion gegen den Dürren Karl bereits weitgehend gelungen. Sie vertrauten ihr, manche fürchteten sich vielleicht sogar vor ihr. Allerdings musste sie dieses Vertrauen jetzt in Zuversicht verwandeln, Zuversicht in die eigene Stärke. Das war ein schwieriges Unterfangen, und ob es ihr wirklich gelingen würde, wusste sie nicht zu sagen. Daneben galt es, den Roten auszuschalten. Auch das musste sie mit der vorherigen Aufgabe verbinden. Schließlich kam die letzte und sicherlich schwierigste Aufgabe auf sie zu: Sie musste verhindern, dass ein anderer Mann die Stelle des Roten einnahm.

All das musste sie auf eine Weise bewerkstelligen, dass die Frauen nicht das Gefühl bekamen, sie würden von ihr zu etwas gezwungen, was sie nicht wollten.

Hannah schlug die Hände vors Gesicht. Wenn jemand ihr vor zwei Monaten gesagt hätte, sie würde eine ganze Horde bettelnder und sich den Männern anbietender Frauen führen, dann hätte sie denjenigen ausgelacht. Doch jetzt tat sie genau das.

Hannah trat von Neldas Krankenbett weg und ging die Treppe hinunter in den unteren Raum. Dort hatten sich die Frauen versammelt, die sich gesund genug fühlten. Als Hannah den Raum betrat, verstummten alle Gespräche. Erwartungsvoll hoben die Frauen den Kopf. Hannah setzte sich auf den Stuhl, den man für sie freigelassen hatte.

Sie wusste, dass die ersten Worte darüber entscheiden würden, wie es weiterging, dass diese sogar darüber entschieden, ob sie eine Gefolgschaft haben würde oder nicht. Sie war sich nicht sicher, ob sie die Last auf sich nehmen wollte, die diese Verantwortung mit sich brachte. Schließlich hatte sie bis dahin zusammen mit ihrem Mann entschieden – und das hatte sie schon für ein großes Glück erachtet. Ihre Nachbarinnen waren gehalten worden wie Sklavinnen, die jeden Haushaltsgulden von ihren Ehemännern erbetteln mussten und die sich mit Wohlverhalten und Unterwerfung zu bedanken hatten. Sie seufzte, weil sie daran dachte, wie sehr Jakob ihr fehlte. Er hatte sie geachtet, und nie war ein böses Wort über seine Lippen gekommen. Sie vermisste seine Zärtlichkeiten, und sie vermisste seine Stimme, mit er ihr von seiner Arbeit erzählt und mit der er ihr manchmal auch etwas vorgesungen hatte.

Hannah schloss kurz die Augen, um sich zu konzentrieren. Als sie die wieder öffnete, blickte sie direkt in das Gesicht der Schwarzen Liss. Es war ernst und strahlte eine Zuversicht aus, die sie selbst gern gehabt hätte. Die Liss nickte ihr zu.

»Ihr wisst«, sagte sie, und ihre Stimme kratzte rau in ihrer Kehle, so dass sie sich räuspern musste, »der Dürre Karl ist tot. Das heißt, der Fledermausturm ist ohne männliche Führung. Das zumindest werden die Männer glauben. Allen voran der Rote. Es wird also nicht allzu lange dauern, dann werden dort draußen Kerle auftauchen, die den Dürren Karl beerben wollen.«

Hannah ließ ein wenig Zeit verstreichen, um die Wirkung ihrer Worte zu überprüfen. Dann fuhr sie fort: »Ich bin der Meinung, dass wir das verhindern können. Ich bin der Meinung, dass sich keine Frau einem Mann hingeben muss, nur damit sie eine Nacht in Sicherheit verbringen kann.«

Einige Frauen nickten, andere wiegten jedoch bedenklich den Kopf. Hannah atmete tief durch. Jetzt würden sich das Schicksal des Fledermausturms und damit ihr eigenes entscheiden. »Wir müssen den Männern zeigen, dass wir nicht schwach sind.«

Ein Gemurmel erhob sich.

Hannah hob die Arme und gebot Ruhe. »Ich weiß auch, wie wir das anstellen können. Wir können nicht mit Gewalt vorgehen und nicht mit Muskelkraft. Wir Frauen haben jedoch eine Eigenschaft, die den Männern nicht schmecken wird. Wir können mit Verstand und kleinen Sticheleien mehr erreichen als andere mit roher Gewalt.«

Bei ihren letzten Worten horchten die Frauen auf. Tatsächlich löste sich die Spannung in Gelächter, als sie ihren Vorschlag unterbreitete. Plötzlich waren die Frauen, die so ängstlich und gespannt darauf gewartet hatten, was sie zu sagen hatte, überzeugt und voller Tatendrang.

Wieder hob Hannah die Arme und verschaffte sich Ruhe. »Der Erfolg des Willens liegt in der Tat«, sagte sie. »Lasst es uns also an einem Beispiel durchspielen. Und ein eindrucksvolleres Objekt unseres neuen Willens als den Roten gibt es wohl nicht.«

Sie wartete und schaute dabei in die Augen der Schwarzen Liss. Diese hatte die Lippen aufeinandergepresst und lächelte, während Hannah den Frauen erklärte, wie sie vorgehen sollten. Sie teilte sie in einzelne Gruppen auf und schärfte ihnen ein, was sie zu tun hätten und wie weit sie gehen dürften. Sie sah die Augen der Frauen leuchten, als sie ihnen ihren Plan enthüllte.

»Machen wir uns auf den Weg«, sagte die Liss schließlich. »Holen wir uns aus der Jakobskirche Pilgerstäbe und bringen wir dem Roten das Fürchten bei. Zehn Frauen werden wohl genügen. Der Rote treibt sich jetzt vermutlich vor Sankt Moritz herum.«

»Stellen wir ihn«, flüsterte Hannah.

Sie schwärmten aus, und Hannah und die Schwarze Liss gingen nebeneinander her. Kaum hatten sie den Turm verlassen und kamen an der Stelle ihrer Demütigung durch den Roten vorüber, fiel Hannahs Selbstsicherheit in sich zusammen wie ein Kartenhaus. Wollte sie wirklich einen Rachefeldzug lostreten? Die Bettlerin teilte ihre düsteren Gedanken offenbar, denn sie sah sie immer wieder von der Seite an.

Schließlich unterbrach die Schwarze Liss ihren humpelnden Schritt und blieb stehen. Hannah hielt ebenfalls inne, wagte es aber nicht, die Liss anzusehen.

»Wenn es so geht, wie du es dir ausgedacht hast, Röttel, musst du dich vor dem in Acht nehmen, was du damit heraufbeschwören wirst.«

»Wie meinst du das?«, fragte Hannah.

»Außerdem musst du dir im Klaren darüber sein, dass du es nicht nur für die Frauen tust.«

Hannah stampfte mit dem Fuß auf. »Was redest du da? Natürlich tue ich es für die Frauen.«

»Sei ehrlich. Du willst wissen, wer hinter dem Brandanschlag steckt. Du willst denjenigen zur Verantwortung ziehen, der das Haus niedergebrannt hat. Du willst denjenigen bestrafen, der dir Gewalt angetan hat. Deshalb tust du das alles. Und wenn du erreicht hast, was du willst, wirst du in ein Leben zurückkehren, das nichts zu tun hat mit dem unseren. Aber du wirst einen

Krieg hinterlassen, der nicht der unsere ist. Davor habe ich Angst.«

Hannah sagte nichts. Unsicher kratzte sie sich am Oberarm. Hatte sie die Folgen ihres Aufrufs zum Widerstand gegen Kleinkönige wie den Roten wirklich durchdacht?

»Ich weiß nicht, ob du recht hast«, sagte sie leise. »Aber zumindest für Nelda muss ich es tun. Erst wenn der Rote nicht mehr durch Augsburgs Straßen streift, kann sie wieder ruhig schlafen.

»Ich hoffe, du hast recht«, sagte die Schwarze Liss.

»Kann ich auf dich zählen, Liss?«

Die Bettlerin humpelte an Hannah vorbei, ohne ein Wort zu sagen. Stumm gingen sie nebeneinander her. Hannah wagte es nicht, die Frage zu wiederholen, und sie wagte es auch nicht, die Liss zu drängen. Schließlich konnte sie aber nicht mehr an sich halten. »Liss!«, brach es verzweifelt aus ihr heraus.

Die Schwarze Liss schüttelte den Kopf, während sie sich humpelnd weiter den Berg hochkämpfte.

Hannah spürte, wie sich ihr Herz verkrampfte vor Angst, Liss' Unterstützung zu verlieren. Sie wusste sehr wohl, dass sie nur mittels der aufopfernden Unterstützung ihrer neu gewonnenen Freundin bis hierher gekommen war. Sie hatte noch niemals ein so tiefes Gefühl der Freundschaft und Verbundenheit erlebt. Ohne Liss war ihr Plan zum Scheitern verurteilt.

Schließlich berührte die Liss Hannah leicht am Arm. »Ich will wissen, wer meinen Vater getötet hat, Röttel. Und vielleicht ist der Rote ja der Schlüssel dazu.«

Sie lächelte, und in ihren Augen lag die Leidenschaft, die Hannah vom ersten Tag an bei der Freundin bemerkt hatte.

So gingen sie weiter stumm nebeneinander her bis zum Brotmarkt.

Die Frauen, die vorausgegangen waren, standen um den Platz herum und hielten Ausschau. Tatsächlich humpelte nicht allzu lange nach dem Ende der Messe bei Sankt Moritz der Rote aus Richtung der Schranne daher. Er zog das eine Bein nach, dessen Achillessehne Hannah mit dem Messer durchtrennt hatte. Das andere Bein schien ebenfalls in Mitleidenschaft gezogen zu sein, denn er brauchte zwei Krücken, um vorwärtszukommen.

Jetzt stand er mit den Frauen auf einer Stufe. Er war angreifbar und konnte sich nicht wehren. Doch sie sah auch, wie er Blicke mit Kerlen am Straßenrand tauschte, wie er sie hierhin und dorthin schickte, damit sie Brot oder Semmeln stahlen oder eintrieben. Der Rote war nicht allein. Also musste es schnell gehen.

Hannah nickte den Frauen zu.

Nun lief alles wie am Schnürchen, und der Rote verstand vermutlich nicht, wie ihm geschah. Alle Frauen hielten lange Pilgerstöcke in Händen, die sie sich aus den Beständen der Jakobskirche, der Pilgerkirche Augsburgs, ausgeliehen hatten. Die erste Frau trat von hinten an ihn heran, und als er die Krücken hob, um sie weiter vorne abzusetzen, schlug sie ihm eine Krücke aus der Hand. Der Rote strauchelte. Die zweite Krücke wurde ihm ebenfalls weggeschlagen, gleichzeitig traf ihn ein Stock zwischen den Beinen, sodass er sich krümmte. Zwei weitere Stöcke trafen ihn im Gesicht und im Magen. All das geschah, während die Frauen wie beiläufig an ihm vorübergingen. Zuletzt kam Hannah. Der Rote wälzte sich stöhnend auf dem Boden. Sein Gesicht lief bereits blau an, weil einer der Stöcke ihn quer über der Nasenwurzel getroffen hatte. Mit einem gezielten Hieb traf sie sein linkes Auge. Der Rote wollte schreien, wollte um Hilfe rufen, doch einer der ersten Schläge hatte offenbar den Kehlkopf getroffen, sodass er kein Wort hervorbrachte.

Hannah beugte sich zu ihm hinab, als wollte sie ihm aufhelfen, doch dann drückte sie ihn auf den Boden und flüsterte dem Stöhnenden ins Ohr: »Das war für Nelda. Solltest du mir noch einmal begegnen, schlage ich dir auch das zweite Auge aus. Verschwinde aus der Stadt, Roter, solange du noch kannst.«

Dann stieß sie seine Krücken unter den nächsten Karren und damit aus der Reichweite des Kerls.

Hannah erhob sich. Alles war so schnell gegangen, dass niemand recht bemerkt hatte, was dem Roten widerfahren war. Rasch und unauffällig mischten sich die Frauen wieder unter die Besucher des Brotmarkts.

Hannah nahm nicht den direkten Weg zurück zum Fledermausturm, sondern machte mit der Schwarzen Liss zusammen einen Bogen um den Brotmarkt herum.

Sie empfand keinerlei Reue, kein Mitleid. »Bin ich ein schlechter Mensch, Liss?«, fragte sie und hoffte, ihre Freundin würde sie freisprechen von den Schuldgefühlen, die sie quälten.

»Wir entschuldigen uns für alles«, sagte die Liss. »Wir glauben immer, wir sind für die Fehler dieser Welt verantwortlich. Wir müssen uns davon freimachen und dürfen nicht immer nur zurückstecken. Mach dir keine Sorgen.«

Sie gingen an der Schranne vorüber, und Hannah hielt Ausschau nach einem der Kräuterweiber, die regelmäßig die Märkte besuchten. Am Schmalzmarkt wurde sie fündig.

Sie kaufte getrocknete Kräuter, Beeren und Pulver. Daneben erstand sie einen schweren Topf mit Schweineschmalz. Sie bezahlte mit dem Geld, das sie ihrem Hausschatz entnommen hatte. Und obwohl die Händlerinnen sie argwöhnisch ansahen und ihre Bettlermarke verstohlen musterten, bekam sie, was sie verlangte. Geld stinkt nicht, dachte sie. Wer immer das gesagt hatte, er hatte wieder einmal recht behalten.

Beladen mit ihren Schätzen machten sich die beiden Frauen auf den Weg zum Fledermausturm. Die Stimmung, die sie dort empfing, glich der eines Schwarms Sperlinge in der Hecke. Sie zwitscherten, schwatzten und flöteten einander ihre Heldentaten zu, sodass sie Hannah und Liss zunächst gar nicht bemerkten. Erst als Hannah mitten unter ihnen stand und ihren Stab auf die Dielen rammte, sodass der hölzerne Boden zitterte, verstummten sie. Schlagartig war es still, so als wäre der Sperlingsschwarm ausgeflogen und die Hecke verwaist.

»Er wird kommen«, sagte Hannah mit einem leichten Beben in der Stimme. »Er wird kommen und sich rächen wollen. Und er wird seine Männer mitbringen. Wir sind aber nur Frauen. Keine von uns kann mit einem Dolch oder mit einem Schwert umgehen. Sie aber werden Messer und Schwerter haben, wenn sie diese auch nicht öffentlich tragen dürfen.«

Hannah schaute die umstehenden Frauen an, die ihren Worten gebannt folgten. »Wir sollten das tun, was wir können, bevor der Rote mit seinen Männern hier ist: Nachdenken und Arzneien herstellen. Soweit ich es von meinem Mann gelernt habe, können wir mit Schmalz und Kräutern vieles lindern. Das ist unsere Stärke. Wenn die Frauen hören, dass sie hier einen Ort finden, an dem ihnen geholfen wird, werden sie zu uns kommen«, – und vielleicht zu uns halten. Den letzten Teil dachte sie nur noch. Ihn laut auszusprechen getraute sie sich nicht. »Je mehr Frauen wir sind, desto leichter können wir uns verteidigen«, ergänzte sie halblaut.

Den ganzen restlichen Tag und die beiden folgenden passierte nichts. Zwar klopften Freier, die offenbar sonst regelmäßig kamen, an das Tor, doch die Frauen öffneten nicht, und die Männer zogen unverrichteter Dinge wieder ab. Darunter waren Priester und Prälaten ebenso wie biedere Handwerker und der eine oder andere Kaufmann. Inzwischen sprach sich unter den Stadtarmen herum, dass Hannah Wunden zu behandeln verstand, und immer mehr Bettlerinnen begehrten Einlass, um sich Abschürfungen, eitrige Stellen oder einfach nur den Grind behandeln zu lassen. Die Kranken erhielten zusätzlich eine kleine Mahlzeit und durften, wenn sie keine Unterkunft hatten, auch eine Nacht hier in Sicherheit schlafen.

Am dritten Tag stand der Rote vor dem Tor. Er klopfte nicht, er begehrte nicht Einlass, er stand nur da und starrte auf die Holzbohlen des Tors. Stumm.

Sein Kopf war verbunden. Das ausgeschlagene Auge von einem schmutzigen Verband bedeckt. Sein Gesicht hatte eine unnatürliche blaurötliche Färbung angenommen. Die Wunde hatte sich offenbar entzündet. Er schwankte leicht.

Hannah beobachtete ihn vom ersten Stock aus durch eines der Turmfenster. Sie hatte das Gefühl, als würde der Rote sie mit seinem gesunden Auge erkennen. Doch das war unmöglich, da sie im Dunkel der Fensteröffnung stand und von draußen gewiss nicht zu sehen war.

»Ich gebe ihm noch höchstens vier qualvolle Tage«, sagte sie zu Liss. »Morgen oder übermorgen setzt der Wundbrand ein, wenn er die Wunde nicht säubert. Da es das Auge ist, geht es schnell.«

»Woher weißt du das alles?«, fragte die Schwarze Liss.

»Ich habe meinem Mann geholfen, Salben zu mischen, Kräuter zu reiben, Tees zu bereiten, Theriak herzustellen. Außerdem konnte ich mir die Rezepte und die Behandlungsmethoden immer schon schnell merken.«

Sie sah wieder hinaus auf den Platz vor dem Turm, sah, wie der Rote immer stärker schwankte. »Ich vergesse nicht so schnell. Nichts vergesse ich, Liss, gar nichts.«

Die Schwarze Liss legte ihr eine Hand auf den Arm. »Hinter ihm stehen mindestens ein Dutzend Männer, die seine Arbeit weitermachen werden.«

»Ich werde meine Arbeit ebenfalls weitermachen.«

»Gut, dann frage ich dich, was wir tun sollen. Wenn der Rote hier herumsteht, kommt keine Frau mehr.«

Hannah dachte kurz nach. Dann drehte sie sich um und ging zur Treppe. »Wir werden ihn in den Turm holen und ihn behandeln.«

»Bist du verrückt?«, fuhr die Schwarze Liss auf.

»Mag sein, aber auch nicht verrückter als er. Außerdem will ich ihn etwas fragen – und das kann ich nicht, wenn er dort draußen steht.«

Sie war schon beinahe am Fuß der Treppe, als sie sich auf die Zehenspitzen stellte und hinaufrief: »Zudem verhindern wir so, dass sie den Turm anzünden und uns ausräuchern. Alles hat einen doppelten Zweck.«

Sie ging die restlichen Stufen hinunter und zum Tor, deutete auf zwei Frauen, ihr zu folgen, dann schob sie den Riegel hoch.

Das Tor zu öffnen, nach draußen zu eilen, den Mann zu packen und mitzuschleifen, bis sie wieder hinter den sicheren Mauern waren, war eine einzige fließende Bewegung. Der Rote ließ sich führen wie ein Kind, als wäre aller Wille aus ihm gewichen. Sie legten ihn auf die Pritsche, auf der schon Nelda gelegen hatte. Es gab Hannah einen Stich ins Herz.

Der Rote starrte sie nur an, und sein gesundes Auge verfolgte jede ihrer Bewegungen.

Hannah hatte die Frauen, die ihr halfen, angewiesen, die Handgelenke des Roten festzumachen. Dann erst entfernte sie den Lappen über dem Auge. Bereits der erste Blick auf die Wunde sagte ihr, dass der Rote die nächsten beiden Tage nicht überleben würde. Die Wunde hatte sich schwer entzündet und das ausgeschlagene Auge erfasst. Es war nicht entfernt worden. Als sie versuchte, den zerstörten Augapfel auszuschälen, stöhnte der Rote auf und bäumte sich auf. Der Augenhintergrund war schon schwer vereitert. In kurzer Zeit würde sich die Entzündung über den Nerv ins Gehirn fressen. Mehr aus Pflichtgefühl denn aus Hilfsbereitschaft rieb sie eine ihrer Salben in die Höhle.

»Du wirst nur noch einen halben Tag leben«, flüsterte sie. »Vielleicht wirst du noch ein paar Stunden bei klarem Verstand sein.« Hannah ließ ihre Worte wirken, dann fragte sie: »Was hast du bei der Brandstelle zu suchen gehabt?«

Langsam wanderte der Blick des gesunden Auges zu Hannah, und die dunkle Pupille starrte sie an.

Dann schien plötzlich Skepsis darin aufzuflackern. Womöglich lag es daran, dass Hannahs Brandwunden seit dem Unglück abgeheilt waren. Dass sie langsam wieder aussah wie sie selbst. Auch wenn das Feuer Narben hinterlassen hatte.

»Jetzt weiß ich, wo ich dich schon gesehen habe«, flüsterte der Rote heiser. »Du bist nicht … die Röttel …. Du bist die Apothekerin!«

»Du kennst mich?« Hannah presste die Lippen aufeinander. Wie kam es, dass er sie kannte, sie ihn jedoch nicht?

Das Grinsen, mit dem er Hannah bedachte, löste in ihr das untrügliche Gefühl aus, als hätten sich in einem einzigen Augenblick die Machtverhältnisse umgekehrt.

»Du … wirst mich … pflegen müssen, wenn … wenn du etwas … erfahren willst.« Er sprach langsam und gepresst. Doch ein spöttischer Zug umspielte seinen Mund, den der Schmerz zwischendurch immer wieder zerriss.

»Was hast du mit dem Brand zu tun?«, fragte Hannah nun drängender.

»Das wirst du … nie erfahren«, sagte der Rote schwach.

»Das wirst *du* nicht überleben«, zischte Hannah, »wenn du nicht den Mund aufmachst.«

Der Rote schloss sein gesundes Auge, als wollte er schlafen, und drehte den Kopf zur Seite.

Hannahs Herz schlug wie rasend, als sie seinen Kopf zurückriss, sodass er sie ansehen musste. Es kostete sie ungeheure Überwindung das zu tun, was sie vorhatte. Sie dachte an Jakob und an ihre Schändung durch den Roten und drückte ihm mit einer raschen Bewegung den Daumen ihrer rechten Hand in die noch gesunde Augenhöhle. Zu ihrem eigenen Erstaunen bemerkte sie, dass sie dabei nicht zitterte, dass sie keine Skrupel verspürte, dass sie vielmehr so ruhig und gelassen war wie ein Folterknecht. Das war nicht sie, das war eine andere Hannah, die Hannah der Gosse. Die Röttel.

Der Rote schrie gellend auf.

»Wenn ich mit dem nächsten Satz nicht höre, was ich wissen will, bist du blind.« Sie drückte erneut zu. »Also, was verschweigst du mir, Kerl?«

Der Rote heulte schrill auf, als Hannah ihren Daumen weiter in die gesunde Höhle bohrte. Dann ließ sie nach, damit er sich besinnen und antworten konnte.

»Ich höre!«, zischte sie.

Zuerst atmete er nur tief durch, dann jedoch sagt er: »Ich habe … deine Tochter …«

Hannah war wie vom Donner gerührt. »Gera? Gera lebt? Du hast Gera?«

Sie löste ihren Griff. Das rechte Auge des Roten war jetzt ebenfalls blutunterlaufen. Er richtete den Blick auf sie, und diesmal wusste Hannah, dass sie nichts mehr von ihm erfahren würde.

»Fahr zur Hölle, Hexe«, murmelte der Rote.

Hannah bemerkte erst jetzt, dass sich das ganze Haus um sie versammelt hatte, weitere dreißig Frauen, die oftmals nur für die Nacht im Turm unterkamen. Nelda war ebenfalls darunter, kalkweiß vor Entsetzen, den Roten vor sich zu haben.

Hannahs Gesicht war nass von Tränen.

Die Schwarze Liss legte ihr eine Hand auf den Arm. »Wir

fesseln ihn, und dann werden wir ihn wieder befragen«, sagte sie. Sie führte Hannah zu einem Stuhl und bedeutete ihr, sich niederzusetzen. »Er wird reden, Röttel. Du wirst sehen. Wir werden deine Tochter finden, wenn er sie wirklich hat.«

5

Der Rote war tot. Er war dem Fieber schneller erlegen, als Hannah es erwartet hatte. Sie starrte auf den Leichnam und nahm ihn doch nicht wahr. Ihre Augen waren ein einziges Tränenmeer. Aus ihrem anfänglichen Triumph war ein klägliches Versagen geworden. Er hatte kein Wort mehr von sich gegeben, hatte sie keines Blickes mehr gewürdigt. Das Wissen um die Bedeutung seiner Worte hatte er mit in den Tod genommen, und Hannah gab sich die Schuld. Es war ihr Vorgehen gewesen, ihre Skrupellosigkeit. Sie erkannte sich selbst nicht wieder.

Hannah ließ sich neben den Tisch, auf dem der Rote noch lag, auf den Boden sinken. Sie fühlte sich wie betäubt.

Sie hatten ihn losgebunden, und ein Arm des Toten war über die Tischkante herabgerutscht, und die Hand, die in einem halb zerrissenen leinenen Handschuh steckte, baumelte vor ihren Augen. Wütend schlug sie diese weg – und der Handschuh verrutschte und entblößte eine Narbe am Finger, von der sie glaubte, dass sie sie schon einmal gesehen hatte. Hannah erstarrte. Hastig ging sie auf die Knie und zerrte den Handschuh ganz von der Hand des Toten.

»Was hast du denn?«, fragte die Liss und runzelte die Stirn.

Doch Hannah achtete nicht auf sie. Sie warf den Stofffetzen achtlos beiseite und starrte auf den Mittelfinger der linken Hand. »Liss!«, flüsterte sie. »Liss! Ich bin ihm schon einmal begegnet.«

»Du bist dem Roten schon mehrmals begegnet, Kind.« Die Schwarze Liss seufzte.

Hannah deutete auf die Narbe. Der Finger schien in der Mitte gespalten gewesen zu sein. Nur mit groben Stichen hatte man ihn zusammengenäht.

»Ich erinnere mich an diese Narbe, Liss. Ich bin dem Roten schon begegnet, bevor er mich berührt hat.«

Die Schwarze Liss beugte sich über die Hand. »So etwas vergisst man wohl tatsächlich nicht«, brummte sie. »Denk nach!«

In ihrem Schmerz zermarterte Hannah sich das Hirn. Sie betrachtete die Hand mit dem Finger und das Gesicht, das entstellt war von der Entzündung.

Dann fiel es ihr wieder ein. Sie erinnerte sich an die unheimliche Gestalt, die sie vor ihrem brennenden Haus angerempelt hatte. Dort war sie dem Roten schon einmal begegnet. Wenn sie auch sein Gesicht nicht recht hatte erkennen können, den gespaltenen Finger hatte sie deutlich genug vor Augen, wie er die Öffnung eines Sacks zugehalten hatte.

Plötzlich versiegten ihre Tränen, während das Bild vor ihrem inneren Auge ablief, als würde sie es noch einmal durchleben.

»Er kam damals direkt vom Brandplatz!«, flüsterte sie heiser und mit trockener Kehle, während sie ins Leere starrte. Rasch schilderte sie der Schwarzen Liss ihre Vision von eben, die in ihr verschollen gewesen war. »Und er hatte diesen Sack dabei …«

»Jetzt glaubst du, dass deine Tochter dringesteckt hat?« Die Liss brachte die Sache auf den Punkt.

Hannah sah sie an. »Ja. Das wäre möglich. Der Sack schien sich zu bewegen. Ich habe das damals dem Flackern des Feuers zugeschrieben. Vielleicht hat sie aber nur meine Stimme gehört und gestrampelt.«

Hannah legte den Kopf in beide Hände und versuchte, sich die Nacht in ihr Gedächtnis zurückzuholen. Sie war offenbar dem Roten begegnet und einer anderen Gestalt ebenfalls, wenn auch etwas später: Hartmut Aigen! Derselbe Aigen, der offenbar versuchte, dem Stadtpfleger ihr Grundstück abzuschwatzen und der damals mit dem Roten zusammen gewesen war.

Sie setzte sich mit der Schwarzen Liss in eine Ecke des Turms. Ihr Schmerz war wie weggeblasen. Jetzt hatte sie wieder eine Aufgabe. Sie musste ihre Tochter finden! Sie musste Gera finden, wo immer man sie hingebracht haben mochte. Doch wenn ihre Tochter in diesem Sack gesteckt hatte, wer waren dann die Leichen?

Gemeinsam überlegten sie, wie sie vorgehen sollten.

»Wir pflegen einen guten Umgang mit dem Totengräber, dem alten Gisbert, Röttel. Wir werden ihn fragen. Und wenn er die Leichen gesehen hat, dann kann er uns vielleicht auch sagen, ob ein vierzehnjähriges Mädchen dabei gewesen ist.«

Die Stimme der Schwarzen Liss beruhigte Hannah, dennoch konnte sie keine Ruhe mehr finden und lief unablässig auf und ab, bis die Liss ihr ein Zeichen gab.

Zum frühen Morgen hin brachen sie auf. Das Klappern der Webstühle begleitete das dumpfe Humpeln der Schwarzen Liss. Dieses Konzert der Webbäume schlug einen gleichmäßigen Takt in den Morgen, sodass man seinen Schritt unwillkürlich anpasste.

Die Beseitigung der Leiche des Roten hatten sie in die Hände der Frauen aus dem Turm gelegt. Die würden sie in den Stadtbach werfen.

Jetzt standen sie vor dem kleinen Friedhof bei Sankt Georg, und die Schwarze Liss spähte über die Mauer, ob sie den Totengräber sehen konnte.

Tatsächlich stand der bereits bis zur Hüfte in einem Loch und schaufelte mit bedächtigen Bewegungen Erde auf einen Haufen.

»Lass mich reden, Röttel. Der Gisbert ist etwas eigen. Das bringt der Umgang mit den Toten mit sich.« Sie klopfte auf ihre Umhängetasche.

Mit Hannahs Geld hatten sie einen Krug Obstbrand erstanden.

»Ja, aber du darfst ihn nicht so betrunken machen, dass er uns nichts mehr sagen kann«, mahnte Hannah.

Die Liss verzog das Gesicht. »Man darf ihn nicht unterschätzen. Er hat einen scharfen Verstand. Allerdings hat ihm die Natur einen bösen Streich gespielt – und mit solch einem Antlitz hat man es nicht leicht in dieser Welt.«

Als sie den Friedhof betraten, kamen sie in eine andere Welt. Es war, als würde alle Aufgeregtheit draußen bleiben und die Zeit sich verlangsamen. Zügig schritten sie auf den Mann in dem Grabloch zu, der mürrisch, aber in stoischem Takt die Erde aus dem Loch beförderte.

»Gisbert! So eine Überraschung.«

Der Totengräber hielt inne, stützte sich auf seinen hölzernen Spaten und blickte auf. Seine Augen waren von roten Äderchen durchzogen, seine Nase schimmerte bläulich, und seine Oberlippe war durch eine breite Scharte gespalten. Das ganze Gesicht war zerfurcht und aufgeschwemmt. Das Sonderbarste daran war jedoch, dass es sich nach innen zu sinken schien, statt nach außen zu wachsen. So als hätte eine riesenhafte Faust ihm alle vorstehenden Gesichtsmerkmale nach innen getrieben.

Der Speichel lief ihm über das Kinn, weil die Lippen ihn nicht im Mund halten konnten.

»Gisbert, wir brauchen deine Hilfe«, sagte die Schwarze Liss.

Der Angesprochene sah die Liss und Hannah an, nickte und wandte sich wieder seiner Arbeit zu. Er stellte keine Fragen und zeigte auch sonst keine Reaktion, dass er verstanden habe.

Die Schwarze Liss nahm den Krug aus ihrer Tasche und

stellte ihn an den Rand der Grube. Dann schlug sie mit einem Stein dagegen.

Gisbert, der Totengräber, sah kurz hin, unterbrach seine Arbeit jedoch nicht.

»Erinnerst du dich an die drei Toten vom Brand des Apothekerhauses?«

Gisbert warf eine Schaufel Erde auf den Haufen am Kopfende, stützte sich dann auf seine Schaufel und nickte. Dabei ließ er den Krug nicht aus den Augen.

»Ein Mann und zwei Frauen waren es, nicht wahr?«, bohrte die Liss nach.

Der Totengräber sah sie an. Kein Muskelzucken in seinem Gesicht verriet, ob er verstanden hatte, was die Liss ihn da gefragt hatte. Er wandte sich wieder seiner Arbeit zu und stach eine weitere Scholle ab. Während er die Schaufel schwang, sagte Gisbert mit einem zischenden und blasenden Begleitton: »Ein Mann, zwei Mädchen.«

Die Schwarze Liss fragte weiter: »Zwei Mädchen? Nicht zwei Frauen?«

»Zu jung«, fauchte es aus der Scharte des Mannes. »Heute die dritte Tote. Das Loch – das ist für sie.«

Überrascht sah Liss zu Hannah hinüber. Das Loch, das er grub, war für die Tote, die man zuletzt gefunden hatte.

»Wo haben sie das Mädchen gefunden?«, fragte Hannah.

Der Totengräber ließ seinen Blick von der Schwarzen Liss zu ihr wandern und dann wieder zurück. Wortlos hob er mit seiner Schaufel Erde aus und schwang sie aus der Grube.

»Sie darf nicht mit mir reden«, sagte er nur.

»Ich weiß«, sagte die Schwarze Liss.

Hannah wusste natürlich um das Verbot, mit den Leuten zu sprechen, die einen unehrenhaften Beruf ausübten, oder diese Leute gar zu bewirten. Abdecker, Henker, Bader und eben Totengräber. Wer mit ihnen ohne Notwendigkeit zu tun hatte, der lief Gefahr, selbst ausgestoßen zu werden. Lieber ließ man in der Stadt einen toten Henker auf der Straße verfaulen, als ihn zu beerdigen. Wer ihn berührte, der wurde geächtet.

»Ich bin …«, fing Hannah an, doch die Schwarze Liss schüttelte energisch den Kopf.

Hannah holte noch einmal tief Luft. Die Liss hatte recht, sie durfte ihre eigentliche Herkunft nicht so leichtfertig preisgeben.

Also begann sie nochmals: »Ich bin eben neugierig. Wo hat man die letzte Tote gefunden?«

»Im Graben«, zischelte Gisbert.

Hannah und die Schwarze Liss sahen sich an.

»Wie viele waren es seit dem Brand?«, fragte die Liss.

Der Totengräber hob eine Hand und zeigte fünf Finger. Dann nahm er einen weg. »Ein Junge, mit den beiden Toten im Haus.«

»Fünf«, wiederholte Hannah. »Mein Gott. Wer tut so etwas?«

»Der Obstbrand ist für dich, Gisbert. Danke.«

Die Schwarze Liss wich etwas zurück vom Rand des Grabes. Der Totengräber griff rasch nach dem Tonkrug und steckte ihn in eine Tasche seines weiten Mantels.

Dann drehte er sich zu ihnen um und machte eine Bewegung, die Hannah fast körperliche Schmerzen bereitete. Er fuhr sich mit der Hand über die Kehle.

»Allen war der Hals durchgeschnitten worden? Auch den beiden Mädchen im Haus des Apothekers?«, deutete Liss die Geste.

Der Totengräber nickte und wandte sich wieder seiner Arbeit zu.

Nachdenklich und etwas niedergeschlagen verließen sie den Friedhof. Zwei Mädchen, das konnte durchaus bedeuten, dass eines davon Gera gewesen war – wenn der Rote sie zum Narren gehalten hatte und ihr nur noch mehr Schmerz hatte zufügen wollen.

Hannah grübelte darüber nach, wie das geschehen sein konnte. Schließlich war Gera vor ihr ins Bett gegangen. Sie hätte durch das Schlafzimmer gehen müssen, und das hätte sie unwillkürlich geweckt. Oder hatte ihr Mann die Tochter mit hinuntergenommen? Womöglich war die ihm gefolgt, und sie selbst, Hannah, war einfach nicht aufgewacht. Sie konnte sich einfach nicht erklären, warum Gera nicht in ihrem Zimmer gewesen war.

»Was sollen wir jetzt tun?«, fragte Hannah, als sie wieder auf die Straße traten. Vom vielstimmigen Konzert der Webstühle begleitet, schlichen sie zurück zum Turm.

Schon von Weitem sahen sie, dass vor dem Tor mindestens ein Dutzend Bettlerinnen warteten. Es bedrückte Hannah, wie verwahrlost die Frauen waren. Es gab keine Macht, die sie schützte, und kein Gesetz, das sich ihrer annahm. Recht und Gerechtigkeit endeten an der Schwelle zur Armut. Sie würden sich dieses Recht selbst nehmen müssen. Mit dem Dürren Karl und dem Roten hatten sie begonnen.

»Sie kommen wegen dir«, sagte die Schwarze Liss.

»Wegen mir? Was für ein Unsinn.« Hannah schüttelte den Kopf. »Was soll ich ihnen schon geben können?«

»Zuwendung, Röttel. Du gibst ihnen Zuwendung, als Heilerin und für ihre Seele – und ein Gefühl der Sicherheit.«

»Du siehst ja, wie sicher es in dieser Stadt ist. Fünf Kinder mit durchschnittener Kehle. Was für ein Unrecht. Und womöglich …« Ihre Stimme brach, als sie an Gera dachte. Womöglich hatte dasselbe Schicksal sie ereilt. Ihre Hoffnung, Gera könnte noch leben, hatte sich nach dem Gespräch mit Gisbert wieder in Luft aufgelöst.

»Du bist dabei, die Bettlerkönigin zu werden. Du nimmst fast den Platz des Roten ein«, bemerkte die Schwarze Liss.

»Ich will nicht die Bettlerkönigin werden«, sagte Hannah und ließ den Blick noch einmal über die zerlumpten Gestalten gleiten. »Was wäre das auch für eine Herrschaft?«

Hannah kannte eine der Frauen, die dort warteten. Es war die Luderin. Sie wurde offenbar von anderen Frauen darauf aufmerksam gemacht, dass Hannah kam. Die Luderin hob den Kopf und winkte kurz mit der Hand.

Die Schwarze Liss trat ein Stück zurück. Hannahs Auftritt hatte etwas Würdevolles.

»Bis jetzt war mir noch gar nicht bewusst, dass das Gebiet abgesteckt und die Stadt in unterschiedliche Gebiete eingeteilt ist«, sagte Hannah über die Schulter hinweg zur Schwarzen Liss.

»Du weißt vieles nicht, Röttel. Aber dafür hast du ja mich.«

Sie waren am Turm angelangt, und eine der Begleiterinnen der Luderin drängte sich vor und ergriff das Wort, als Hannah an ihr vorüberging.

»Sie will mit dir reden, Röttel«, sagte sie.

Hannah nickte und begrüßte die Luderin mit einer Umarmung. »Ich habe dir zu danken. Dir und deinem Messer«, flüsterte Hannah der Frau ins Ohr.

»Da hatte ich wieder den richtigen Riecher«, sagte die Luderin und zwinkerte Hannah zu.

Wenig später saßen sie einander im ersten Stock des Turms gegenüber.

»Du wolltest mit mir reden, Luderin«, begann Hannah.

Die Luderin nickte bedächtig. »Du musst aufpassen, dass du keine Schwierigkeiten bekommst.« Sie machte eine gewichtige Pause. »Nein, die Toten zählen nicht. Der Rote oder der Dürre Karl sind keine Erwähnung wert. Aber du bist wichtig. Die Berichte über deine Erfolge ziehen schneller durch die Stadt als der Westwind. Sie sind bereits in aller Munde.«

Hannah erwiderte vorsichtig, dass sie nur ihre Kenntnisse

einsetze und versuche, denjenigen zu helfen, um die sich sonst niemand kümmere.

»So etwas ruft Neider auf den Plan, Röttel.«

»Neider?«, fuhr sie auf. »Wer sollte es mir neiden, dass ich mich mit Menschen beschäftige, für die sich noch nicht einmal die Kirche interessiert?«

Die Luderin lehnte sich zurück. »Mir fallen da mehrere Gruppen ein. Unter anderem die Kirche. Aber auch Freudenhäuser, denen die Frauen weglaufen, weil sie sich dir anschließen wollen.«

Langsam begann Hannah zu begreifen. Die Luderin hatte Angst, ihren Einfluss zu verlieren. Wenn ihr die Frauen wegliefen, dann musste sie ihr Rotes Haus womöglich zusperren.

»Willst du mich warnen, Luderin?«

Sie saßen einander stumm gegenüber und sahen einander in die Augen. Hannah hatte das Gefühl, als würde die Luderin ihr bis auf den Grund der Seele blicken. Ihre grünen Augen leuchteten.

»Das auch, aber nicht vor mir, Röttel. Meine Frauen bekommen so manches erzählt. Wenn die Männer zufrieden sind, dann bricht aus ihnen oft das hervor, was sie einem Fremden niemals weitergeben würden. Meine Frauen bekommen geheime Pläne und Einschätzungen zu hören, während sich die Männer an ihren Brüsten ausruhen. Sie sind dann so offen, wie meine Frauen es zuvor für sie waren.«

Hannah schwieg nachdenklich.

»Es wird gemunkelt«, fuhr die Luderin fort, »dass eine neue Hexe in der Stadt ihr Unwesen treibt. Für ihre Messen und Anrufungen soll sie schon vier Jungfrauen und einen Jungen getötet haben.«

»Wer setzt solche Gerüchte in Umlauf?« Hannah sah die Luderin entgeistert an. Plötzlich sah sie die Klatschgeschichten aus der Zeit vor dem Brand mit anderen Augen. Auch sie hatte diesen Erzählungen gelauscht, auch sie hatte damals noch kopfschüttelnd ihre Bemerkungen dazu gemacht. Jetzt war sie selbst Mittelpunkt einer solchen Anschuldigung – und nur sie wusste, dass es nicht zutraf.

»Womöglich jemand, der ein Interesse daran hat, dass du nicht zu mächtig wirst in dieser Stadt. Es kann aber auch nur der Versuch sein, dich loszuwerden, so wie du den Dürren Karl losgeworden bist. Da ist die Anschuldigung, du wärst eine Hexe, ein einfaches Mittel.«

Die Luderin sah Hannah forschend an. Das grasige Grün von deren Augen irritierte Hannah.

»Aber … das stimmt doch nicht. Wie können die Leute so etwas sagen? Ich helfe nur den Frauen. Mehr tue ich nicht. Und mit diesen Toten habe ich weiß Gott nichts zu tun.«

Die Luderin nickte, als wäre das alles selbstverständlich. »Das weißt du. Das weiß ich. Aber unter den Mönchen und Pfaffen gehen diese Hexengeschichten gern um. Solange der Bischof noch nichts davon gehört hat, bist du sicher. Aber es ist nur eine Frage der Zeit, wann sich das alles zu einem Sturm gegen dich auswächst.«

Hannah betrachtete die Frau vor sich. Deren bunte Kleidung und das stark mit Kohle und Ocker gefärbte Gesicht machten sie aufdringlich. Ihre Augenfarbe schien sich langsam einzudunkeln, so als würde ein Wolkenschatten über das Wiesengrün der Iris ziehen. Doch sie schien ehrlich in Sorge zu sein, sonst hätte sie ihr gedroht. Die Macht dazu hatte sie sicherlich.

»Lass diesen Turm Turm sein. Er bietet dir keinen Schutz«, fuhr die Luderin fort. »Aber ich will dich nicht drängen. Du behandelst auch meine Mädchen. Dafür möchte ich mich erkenntlich zeigen. Solltest du Schutz brauchen – mein Haus steht dir immer offen!«

»Du musst dich nicht bedanken, Luderin.«

Jetzt lächelte die kräftige Frau zum ersten Mal, seit sie in den Turm gekommen war. Sie reichte Hannah über den Tisch hinweg die Hand. »Ich weiß, Röttel.« Sie machte eine Pause, als müsse sie sich überwinden, dann sagte sie: »Wenn du Zuflucht suchst. Das Haus neben dem unseren steht leer. Es gehörte einem Handwerker, der erst unlängst bei der Wache betrunken die Zinnen hinabgestürzt ist. Ich habe es gekauft. Du musst dich nicht gleich entscheiden.«

Die Luderin stand auf und schickte sich an zu gehen. Hannah, die sich ebenfalls erhoben hatte, blickte ihr nach. Bevor sie ging, drehte die Luderin sich noch einmal um. »Fast hätte ich es vergessen. Letztens war ein Mönch bei einer meiner Frauen. Er hat etwas gefaselt von einem kopierten Dokument für ein Brandgrundstück.«

Sofort war Hannah hellwach. »Wer ist es? Ich muss ihn sofort sprechen. Viele Brandgrundstücke hat es in den letzten Monaten sicher nicht gegeben.«

Die Luderin nickte. »Komm nächsten Mittwoch bei uns vorbei. Vormittags. Da besucht er Celante, eines meiner Mädchen. Regelmäßig.«

Die Luderin ging die Treppe hinab. Sie atmete schwer und lief nicht mehr so leichtfüßig wie noch vor einigen Wochen. Hannah wunderte sich, doch sie maß diesem Umstand keine große Bedeutung bei.

Den Frauen, die sich jetzt in den ersten Stock heraufwagten, trug sie auf, die Kranken heraufzubringen, und bat um heißes Wasser und frische Tücher. Dann stellte sie die Salben bereit, die sie gemischt hatte. Es war alles herzlich wenig, aber mehr gab es im Augenblick nicht. Sie würde so bald wie möglich selbst sammeln müssen.

»Du bist keine Hexe, Röttel«, hörte sie jemanden im Hintergrund sagen.

Hannah drehte sich um. Sie hatten einen Bereich des ersten Turmstockwerks abgeteilt. Dahinter lagen bettlägerige Frauen. Im Augenblick war da allerdings nur Nelda.

»Du bist wach, Nelda?« Hannah war erleichtert, weil sie schon befürchtet hatte, das Mädchen würde nicht wieder aufwachen.

»Ich habe alles gehört. Entschuldige«, sagte sie mit schwacher Stimme.

»Du brauchst dich nicht zu entschuldigen. Ich habe nichts zu verbergen.« Hannah trat hinter den Vorhang aus bräunlichem Barchentlaken. Nelda lag da, blass und dünn. Sie war nur noch der Schatten einer Frau.

Wenn man als Hexe bezichtigt wurde, nur weil man jemandem helfen wollte, war das mehr als nur eine Ungerechtigkeit. Es war ein Verstoß gegen das Gebot der Nächstenliebe. In diesem Augenblick traf Hannah eine doppelte Entscheidung. Sie musste die Frauen anführen, und sie würde demjenigen das Handwerk legen, der solche Gerüchte über sie verbreitete.

6

Nelda strahlte über das ganze Gesicht, als sie auf Hannah zulief. Die Entzündung an ihrem linken Bein war zurückgegangen. Die Wunde hatte sich geschlossen. Sie humpelte zwar noch, aber sie würde ihr Bein behalten können. Sie fiel Hannah um den Hals und presste sie an sich, bis diese sich wehren musste.

»Nelda, du drückst mir die Luft ab. Lebend nütze ich dir mehr«, protestierte Hannah lachend.

»Ich … ich …, stotterte Nelda. »Ich bin dir so unendlich dankbar.«

»Sag nichts und hilf mir lieber.« Hannah lächelte sie an. Sie kämpfte selbst mit den Tränen. Lange Zeit hatte es nicht so ausgesehen, als könnte sie Neldas Bein retten. Doch die Natur der jungen Frau war robust. Sie und das Wissen, dass der Rote tot war, hatten Nelda aufgeholfen.

»Jetzt muss ich mich nicht mehr so um dich kümmern. Du bist schon fast gesund. Andere Frauen warten darauf, dass sie ein wenig Linderung erhalten. Bring Kerzen und einen Leuchter. Ich brauche Licht.«

Hannah richtete den Tisch her, den sie für ihre Behandlungen nutzte. Spät abends hatte es geklopft, und eine verletzte Frau war zusammen mit einem Mädchen in die Turmstube gestolpert. Sie war übel zugerichtet worden, hatte Schnittwunden von einem Messer im Gesicht. Hannah würde nähen müssen.

»Ich helfe dir«, sagte Nelda bestimmt. »Du zeigst mir, was du tust. Und ich lerne es. Zwei Frauen, die die Kunst zu heilen beherrschen, sind besser als eine.«

Erstaunt drehte sich Hannah zu Nelda um. »Hast du dir das auch wirklich gut überlegt, Nelda?«, fragte sie. »Du weißt, was sie auf der Straße schon über mich reden. Und trotzdem willst du von mir lernen?«

»Ja«, sagte Nelda mit glänzenden Augen.

Hannah wandte sich wieder ihren Vorbereitungen zu und strich das Laken glatt, das sie über den Tisch gebreitet hatte. Dann brachte Nelda Kerzenständer. »Dann wollen wir gleich damit anfangen. Das Wichtigste – und das musst du dir hinter die Ohren schreiben, Mädchen – das Wichtigste ist Sauberkeit. Sie hat dich gerettet. Sie wird vielleicht auch die Frau retten, die man mir gerade bringt.«

Inzwischen hatten drei Frauen das junge Weib nach oben geleitet. Es konnte allein gehen, war aber völlig geschwächt.

»Leg dich her«, sagte Hannah voller Mitleid. Zwei tiefe Schnitte liefen über Stirn und Wangen. Die Frau blutete heftig, und sie zitterte, als würde sie frieren. Hannah kannte diesen Zustand. Ihr Mann hatte, bevor sie sich in Augsburg niedergelassen hatten, ein Jahr als Bader an einem Feldzug teilgenommen, und sie hatte ihn begleitet. Wenn Männer mit großen Schnittwunden kamen, die ihnen von einem Schwert geschlagen worden waren, zitterten sie ebenfalls wie Espenlaub. Es war dasselbe Wundzittern wie bei dieser Frau. Hannah wusste auch, dass sie schnell sein musste. Solange der Zustand anhielt, empfand die Frau kaum Schmerzen. Die setzten erst ein, wenn sie ruhig wurde, und dann konnten solche Schnittwunden zum Tod führen.

Hannah schluckte gefasst. »Wer hat das getan?«, fragte sie mit fester Stimme.

Statt der Frau antwortete das Mädchen, das höchstens vierzehn Jahre alt war und das die Verwundete begleitete.

»Ein Mann«, sagte sie leise. »Er ist zur Luderin gekommen und hat nach dem Mädchen gefragt, das immer den Mönch empfangen hat. Wir haben uns nichts dabei gedacht und ihn zu Celante geschickt. Die war gerade frei. Und dann hat er sie … so zugerichtet«, berichtete das Mädchen stockend.

»Das hier ist Celante?« Hannah horchte auf. War das nicht das Mädchen, von dem ihr die Luderin erzählt hatte? Doch bevor sie weiter darüber nachdenken konnte, humpelte die Schwarze Liss bereits die Treppe herauf. Sie hielt die Dinge in der Hand, die Hannah jetzt benötigte: Nadel und gefetteten Zwirn.

»Haltet sie fest«, sagte sie nur leise zu den Umstehenden und begann ihr Werk.

Nach zehn Stichen war sie schweißgebadet und völlig erschöpft. Der Schweiß lief ihr den Rücken hinab, und der Stoff ihres Kleides klebte am Körper. Das Gesicht der Frau sah aus, als hätte man es aus mehreren Teilen zusammengefügt.

Die ganze Zeit über hatte Celante ihr in die Augen gesehen und keine Miene verzogen, obwohl die Stiche sicher brannten wie das Höllenfeuer. Als Hannah den letzten Faden verknotet und abgeschnitten hatte, stieß Celante nur die Luft aus den Lungen und schloss die Augen.

»Du hast Glück gehabt«, sagte Hannah.

»Glück nennst du das?«, flüsterte die junge Frau gepresst. Das Gesicht spannte sicherlich schrecklich. »Du hast keine hängende Lippe, keine schlaffen Wangen, kein schlappes Augenlid. Die Schnitte waren weniger tief, als ich gedacht habe. Sie werden verheilen.«

»… Und eine hässliche Fratze zurücklassen.« Mit einem Seufzer erschlafften ihre Glieder und ihre Gesichtszüge. Sie hatte die Besinnung verloren.

»Legt sie auf eine Pritsche und wascht sie mit kaltem Wasser ab. Schnell. Sie ist ohnmächtig geworden. Versucht sie wieder zurückzuholen. Lagert ihre Beine hoch. Das sollte ebenfalls helfen.«

Mit besorgter Miene überließ sie alles Weitere Nelda und den anderen Frauen. Jetzt erst konnte sich Hannah dem Mädchen zuwenden, das die ganze Zeit über neben ihr gestanden und mit schreckgeweiteten Augen zugesehen hatte, wie sie die Wunde gesäubert und schließlich vernäht hatte.

»Wie sah der Kerl aus, der dich gefragt hat?«

Das Mädchen blickte zu ihr hoch, dann wieder auf Hannahs Hände, die sie gerade in einer Schüssel mit Wasser wusch, in das sie zuvor Weinessig gekippt hatte. Es roch bittersüß nach vergorenem Wein und Blut.

»Ihr habt Zauberhände«, sagte sie schüchtern.

»Oh, sei vorsichtig mit solchen Begriffen, Kind. Das kann leicht ins Auge gehen, wenn Mutter Kirche davon erfährt«, mahnte Hannah und lächelte sie an. »Wie heißt du?«

»Maria«, sagte die Kleine und schloss langsam die Augen.

»Also, Maria«, fragte Hannah, »wie hat der Kerl ausgesehen, der Celante das angetan hat?«

»Wie der Teufel«, sagte Maria zögernd, und ihre Augen weiteten sich plötzlich. »Wie der Leibhaftige.«

»Ist das nicht übertrieben? Was hatte er für Gesichtszüge?«

Das Mädchen schluckte. Langsam, als wäre sie nicht ganz bei sich, stieß sie hervor: »Er war – weiß. Das Gesicht. Nur die Augen. So rot wie die Augen von einer Ratte. Wie die Augen des Satans. Ganz weiße Hände. Kalkhände. Kapuze über dem Kopf. Schwarzer – höllenschwarzer Mantel.«

Völlig abwesend und mit Entsetzen im Blick richtete das Mädchen die Augen auf Hannah. »Ist nicht gelaufen. Er ist geschwebt. Treppe hoch. Schreie. Die Frauen sind zusammengelaufen. Sofort. Dann war er weg. Weg. Wie durch ein Loch im Boden verschluckt. Dann das Blut. Das ganze Blut.«

Hannah nickte. Der Kerl hätte wohl die Gelegenheit gehabt, Celante niederzustechen. Er hatte es aber nicht getan, er hatte sie nur verletzt. Das tat man, wenn man etwas erfragen wollte. Es war offensichtlich, dass der Unbekannte nicht nur nach Celante gesucht hatte. Hoffentlich käme Celante wieder zu Bewusstsein – Hannah musste unbedingt mit ihr sprechen.

Die Schwarze Liss hatte die ganze Zeit über dabeigestanden. Jetzt trat sie zu Hannah hin und nahm sie beiseite. Sie senkte die Stimme. »Er wollte offenbar den Mönch, von dem die Luderin erzählt hat. Warum wollte er den Mönch?«

»Wir müssen ihn suchen und ihn fragen. Womöglich kennt er einige Antworten«, sagte Hannah.

»Worauf?« Die Schwarze Liss sah Hannah scharf an.

Hannah zuckte mit den Schultern. »Das erfahren wir, wenn wir mit ihm geredet haben.«

Die Schwarze Liss nickte. »Du willst also zur Luderin. Das ist nicht ungefährlich.«

»Warum?«

»Warum, warum? Glaubst du, sie lassen dir den Turm hier? Glaubst du, sie werden nicht versuchen, das Geschäft mit den Frauen wieder an sich zu reißen? Dort draußen warten mindesten vier Männer, die anstelle des Dürren Karl den Turm haben wollen. Und sie werden sich von einer Frau nicht aufhalten lassen.«

Hannah streckte sich. Bis jetzt war sie weggelaufen. Doch nun wollte sie das nicht mehr. »Sie sollen nur kommen. Wir werden ihnen zeigen, wem dieser Turm gehört.«

Die Liss nickte ernst. »Also gut. Wenn du so zuversichtlich bist, dann sollten wir Kriegsrat halten. Denn wir müssen die Festung verteidigen, sonst wird sie gestürmt werden. Der Stadt wird es egal sein, wer den Fledermausturm führt, wenn nur Ruhe einkehrt.« »Zuerst muss ich schlafen, Liss. Ein paar Stunden Nachtruhe. Im Morgengrauen brechen wir auf.«

Die beiden Frauen nickten einander zu.

Am liebsten hätte Hannah sich einfach dort, wo sie stand, niedergelegt. Selbst der Weg zur nächstgelegenen Pritsche erschien ihr unendlich weit. Sie schleppte sich mit Mühe dorthin und überlegte, schon halb im Schlaf, wie grausam doch diese Welt war.

7

Bruder Adilbert streckte sich auf seiner Pritsche aus und zog den löchrigen Filz über sich, der ihm als Decke diente. Er fror erbärmlich. Außerdem war das Brett, auf dem er lag, um einiges unbequemer als das Bett im Roten Haus und nicht zu vergleichen mit den weichen und warmen Rundungen, die ihn dort sonst noch umfingen.

Warum tat er sich dieses Klosterleben nur an? Es fiel ihm schwer, keusch zu leben, er versorgte seine Mitbrüder mit verbotenen Bildern und Geschichten, er fluchte wie ein Kutscher, und bei der Einhaltung der Betzeiten war er unzuverlässig, fahrig und flatterhaft.

Im Grunde war er kein Mönch, sondern ein Verirrter, dem es um die warme Suppe und das Dach über dem Kopf ging. Einzig die Liebe zu den Büchern hielt ihn in diesen Mauern. Ohne seine Bücher fühlte er sich wie abgestorben – wenn man vom Genuss der warmen Schenkel eines Weibes absah. Dabei war er keineswegs zu alt für die Welt. Nein, er fühlte sich jünger und forscher wie manch anderer im Konvent.

Die Kälte zog alles in ihm zusammen und brachte ihn dazu, sich zusammenzurollen wie ein kleines Kind. Doch es half nichts. Schließlich hielt seine Blase es nicht mehr aus. Bruder Adilbert erhob sich, schlüpfte in seine Ledersandalen und schlurfte auf den Abtritt. Wenn es wenigstens warm und angenehm gewesen wäre in diesem Kloster. Aber nein, diese ungewöhnliche Sommerkälte schlich durch die Gänge wie ein Unhold und griff mit

Krallenfingern nach jedem, der sich keine dicke Zudecke leisten konnte. Außerdem zog es durch die Gänge, was alles noch viel schlimmer machte.

Auf dem Abtritt dachte er über seine Fähigkeiten nach. Ein Schreiber und Maler war er, der in jeder Stadt unterkommen konnte. Allerdings wusste er auch, wie man mit abtrünnigen Mönchen verfuhr. Wurden sie ergriffen, schnitt man ihnen die Männlichkeit ab, band sie aufs Rad und überließ sie den Raben und Krähen.

Doch ein ähnliches Los erwartete ihn auch im Kloster. Seine Männlichkeit war hier zu nichts zu gebrauchen, und das Leben verkürzte sich ohnehin, weil er jeden Tag darauf wartete, dass seine Lunge sich entzündete.

Er musste sich anderweitig umtun. Die Dienste eines gelehrten Schreibers und Lesers waren in einer Stadt allemal willkommen.

Bruder Adilbert beendete sein Geschäft. Jetzt würde er hoffentlich einschlafen können. Er eilte zurück zu seiner Zelle.

Als er um die Ecke bog und in den Gang wollte, der zu seiner Klause führte, zuckte er zusammen. Ein schabendes Geräusch ließ ihn aufhorchen. Er blieb stehen, trat ganz in das Dunkel des Ganges zurück und lauschte in die Finsternis hinein. Während er selbst in der schwärzesten Ecke verharrte, sah er aus der anderen Richtung ein Licht schwankend auf sich zukommen. Das war keineswegs unüblich, schließlich zwang dieses Wetter vor allem die älteren Mönche hinaus in den Garten oder auf den Abtritt.

Irgendetwas an diesem Licht gefiel ihm jedoch nicht. Mönche liefen nicht in der Mitte des Gangs. Sie bewegten sich dicht an der Wand. Außerdem benutzten sie die schwachen Talglichter. Die waren billiger. Das Licht vor ihm aber war, der Größe der Flamme nach zu urteilen, eine teure Wachskerze. Außerdem bewegten sich die Mitbrüder nie lautlos. Sie gingen schlurfend und murmelten Gebete, während der Unbekannte geräuschlos dahinschlich.

Zu Bruder Adilberts Überraschung blieb die Gestalt vor seiner Zelle stehen, blickte nach links und nach rechts, als wollte er eine unliebsame Begegnung vermeiden. Schließlich stellte er die Kerze am Boden ab. Die Hand, die er dabei entblößte, schimmerte eigenartig hell im trüben Licht des Ganges und war fast so schmal wie die Hand einer Frau.

Natürlich gab es auch in Sankt Ulrich gegenseitige Besuche von Mitbrüdern, und manche dienten nicht nur freundschaftlichen Zwecken, sondern waren Ausfluss gegenseitiger Leidenschaft. Diese Leidenschaft sei widernatürlich, pflegte Abt Heinrich zu predigen.

Bruder Adilbert wollte schon aus dem Schatten treten und dem Mann zurufen, er solle ihn gefälligst in Frieden lassen, als er in der Hand des Wesens einen Gegenstand aufblitzen sah.

Das Kerzenlicht enthüllte ein blankes Messer.

Bruder Adilbert stockte der Atem, und er hätte sich durch seinen tiefen Atemzug des Erschreckens beinahe verraten. Der Mönch drückte sich noch tiefer in den Schatten der Wand. Er versuchte, so flach wie möglich zu atmen, und prüfte, ob der Dunst seines Atems im Gang zu sehen war. Tatsächlich zog die Luft aus seinen Lungen als weißer Hauch in den Gang, und er zog sich die Kutte über den Mund. Der Unbekannte sah nochmals kurz nach links und rechts, als hätte er ein Geräusch gehört. Im Schein der Kerze zeigte sich dem Mönch ein bleiches Gesicht unter der Kapuze, so als würde dort ein Toter stehen, ein Wiedergänger.

Dann ging alles sehr schnell. Der Unbekannte riss die Tür zu Adilberts Zelle auf und stürzte hinein. Adilbert vernahm ein Geräusch, als würde Leinen zerreißen, dann einen unterdrückten

Fluch. Schließlich tauchte das Wesen wieder auf und ließ den Blick suchend den Gang auf und ab wandern.

Schließlich hob der Unbekannte rasch die Kerze auf und huschte in die Richtung davon, aus der er gekommen war. Bruder Adilbert atmete auf, als der Fremde nicht bei ihm vorbeiwollte. Natürlich ahnte er, wohin der Unbekannte floh: zum verborgenen Ausgang. Bruder Adilbert wusste auch, was das Wesen mit dem Messer in seiner Zelle gewollt hatte: ihn töten.

Erst jetzt, als der Schatten weg war, spürte der Mönch, wie weich seine Knie waren. Er rutschte an der Wand herunter zu Boden, weil seine Beine ihn nicht mehr trugen, und blieb einfach sitzen. Er schickte ein Dankgebet an seinen Herrn Jesus Christus, dass dieser ihn mit einer für die Kälte zu dünnen Filzdecke und mit einer schwachen Blase ausgestattet hatte. Nur deshalb hatte er überlebt. Er saß zusammengekauert da und überließ sich seinen Tränen, die ihm über die stoppligen Wangen flossen. Seine Zähne klapperten, und er hatte das Gefühl, als würde die Welt um ihn herum schwanken, obwohl er saß.

Was um alles in der Welt hatte er verbrochen, dass man ihn töten wollte?

Irgendwann rüttelte eine Hand ihn wach. Bruder Adilbert fuhr hoch und starrte in das Gesicht eines Mitbruders. Beide schrien auf vor Schreck.

Bruder Adilbert fasste sich rasch, doch er konnte sich nicht erheben. Er spürte seinen Körper nicht mehr. Er war durchgefroren bis auf die Knochen. Aber er lebte. Und nur das zählte.

»Ihr habt mich vielleicht erschreckt!«, murmelte der Mönch.

»Oh, Ihr mich auch, Bruder Konrad«, erwiderte Bruder Adilbert.

Bruder Konrad, der ihn gefunden und geweckt hatte, zog ihn an der Hand mühsam hoch. »Es hat schon zu den Vigilien geläutet«, sagte der Mönch.

»Danke, Bruder«, antwortete Adilbert.

»Ein Gelübde oder eine Bußübung?«, fragte Bruder Konrad, der damit das Schweigegebot brach.

Bruder Adilbert senkte den Blick. »Ich suche Buße, Bruder Konrad.«

Der Mönch ihm gegenüber brummte nur etwas Unverständliches, dann ging er kopfschüttelnd in Richtung Kirche.

Bruder Adilbert folgte dem Mönch. Bevor er sein Morgengebet verrichtete, wollte er sich jedoch den Ort ansehen, der ihm beinahe zur Falle geworden wäre. Vor seiner Zelle blieb er stehen, während sein Mitbruder weiterging. Adilbert musste sich zwingen, die Schwelle zu überschreiten und sich in die Finsternis der kleinen Zelle zu begeben.

Er setzte sich auf die Pritsche und tastete umher. Die Decke war völlig zerfetzt, und im Holz der Pritsche ertastete er fünf tiefe Kerben.

Bruder Adilbert hockte in dieser Höllenfinsternis – und das Zittern kam wieder, zusammen mit den Tränen. Er konnte es nicht verhindern, und mit einem Mal war er froh, dass es dunkel war.

Hier hätte ich liegen können, dachte er noch, und sah vor seinem inneren Auge eine Lache aus Blut, die sich unter seinem Lager bildete. Ihm wurde übel.

War dieser Anschlag auf sein Leben nur deshalb betrieben worden, weil er eine Urkunde gefälscht oder weil er das Mädchen abgewiesen und sich damit als unbestechlich erwiesen hatte? Zumindest als moralisch einigermaßen gefestigt. Der ganze Widersinn dieser Situation stieg ihm in den Hals und führte zu einem überreizten Kichern, das er nicht unterdrücken konnte. Er musste sich einfach täuschen.

Das krampfhafte Kichern verebbte schließlich. Der Mönch seufzte tief auf. Er barg sein Gesicht in den Händen und versuchte nachzudenken, doch ein Zittern erfasste seinen ganzen Körper und hinderte ihn daran, auch nur einen vernünftigen Gedanken zu fassen. Wer wollte einem einfachen Mönch des Klosters Sankt Ulrich ans Leben?

Er saß da und starrte in die Finsternis. Plötzlich wurde ihm eines klar. Er konnte nicht mehr im Kloster bleiben. Der Unbekannte würde es wieder versuchen. Und das nächste Mal würde der Mörder ihn hier finden.

Bruder Adilbert schlüpfte aus seiner Zelle. Die blasse Helligkeit, die vom Licht des Mondes herstammte und den Gang blau flutete, tat ihm wohl. Er rannte Bruder Konrad nach, der sicher gerade in den Mönchschor von Sankt Ulrich und Afra einbog. Er wollte ein letztes Mal die Choräle singen, die für die Vigilien vorgesehen waren. Dann hatte der glücklose Mörder genügend Vorsprung, und er, Bruder Adilbert, würde das Kloster verlassen können.

8

Am Morgen versammelte Hannah die Frauen im Eingangsbereich des Turms. Sie verteilte die Aufgaben, teilte Messer aus, erklärte, wie man sich vor eindringenden Unbekannten schützte, schlug vor, dass sie ein Losungswort für den Zugang zum Haus vereinbaren sollten, gab es aus und schärfte den Frauen ein, keinen Mann einzulassen – und wenn sich doch einer einschleichen sollte, beherzt zuzustechen.

»Erinnert Euch daran, wie Nelda und Celante zu uns gebracht wurden«, sagte sie leise. »So sehen Frauen aus, wenn sie durch Männerhände gegangen sind. Das sollte euch eine Lehre sein.« Dann zog sie sich den Kapuzenmantel über, den sie dem Dürren Karl abgenommen hatte, und schlüpfte zusammen mit der Schwarzen Liss nach draußen.

Zwei Glockenschläge später standen die beiden Bettlerinnen vor dem Haus der Luderin, und noch bevor Hannah die Hand an den Ring legen konnte, um zu klopfen, öffnete sich die Tür.

Ein stark geschminktes Gesicht sah ihnen entgegen.

»Wir haben dich erwartet«, sagte die Luderin, die eigenhändig geöffnet hatte. »Wie geht es Celante?«

Hannah zuckte nur mit den Schultern und drängte sich an der Luderin vorbei ins Innere. Es war die Schwarze Liss, die antwortete.

»Wenn sich die Wunden nicht entzünden, wird sie es einigermaßen überstehen. Eine Schönheit wird sie nicht mehr. Die Röttel hat sie geflickt wie ein Stück Tuch.«

Die Luderin sah von einer zu anderen. Dann nickte sie. »Wir haben einen unerwarteten Gast. Er kam heute Morgen zu nachtschlafender Zeit und hat das ganze Haus in Aufruhr versetzt.«

»Wer denn?«, fragte Hannah.

»Er sitzt im hinteren Zimmer. Kommt.«

Misstrauisch sahen Hannah und die Liss einander an.

Die Luderin verriegelte sorgfältig die Tür hinter ihnen. Dann folgten sie ihr in die hinteren Zimmer, die Hannah bereits von ihrem ersten Besuch her kannte.

In einer Ecke des Raumes hockte, in sich zusammengesunken wie ein Häuflein Elend, ein Mönch. Er sah kurz hoch, als die Frauen eintraten.

»Ein Mönch?«, entfuhr es Hannah. »Doch nicht etwa *der* Mönch?«

Jetzt war offenbar die Neugier des Mönchs geweckt. »Wie meint Ihr das?«

Der Mönch stand umständlich auf. Er hatte dunkle Ringe unter den Augen, und unter der Nase und auf den Wangen sprossen Bartstoppeln. Seine Gestalt wirkte gebeugt, so als wäre er geschlagen worden, und er musterte die beiden Frauen etwas ängstlich.

Hannahs Blick blieb an den von Tinte bunten Fingerspitzen des Mannes hängen. Dies und die ängstlichen Augen des Mannes milderten ein wenig den Groll, den sie wegen Celante gegen ihn hegte. Wäre der Mann kein Mönch gewesen, hätte er ihr sogar gefallen können. Seine Finger waren lang und schlank, die Hände schön gezeichnet, die Lippen hatten ein blasses, ein wenig verschämtes Rot, und das Kinn wirkte kräftiger und männlicher als der ganze Mann. Er war auch keiner von diesen herausgefressenen, fetten Benediktinern, sondern schlank und gerade gewachsen.

»Ihr seid also der Grund dafür, dass man Celante so zugerichtet hat!«, begann Hannah.

Der harsche Gesprächsbeginn ließ den Kerl zusammenfahren.

»Ich …«, erwiderte der Mönch zaghaft.

Hannah deutete auf einen Stuhl. Sie selber setzte sich lieber auf die Kline. »Erzählt, was Ihr zu sagen habt, Mönch.«

Der Mönch nickte ihr dankbar zu, blieb aber stehen. Er schloss die Augen, als müsste er erst darüber nachdenken, was oder in welcher Reihenfolge er erzählen sollte. Dann begann er, mit einem kurzen Seitenblick auf die Schwarze Liss, die ihm gegenüberstand, die Arme vor der Brust verschränkt.

»Ich konnte nicht ahnen, was für Folgen es hat, dass ich … zu Celante … ich meine, ihre Dienste …«

Hannah wischte mit einer Handbewegung die Unsicherheit des Mönchs weg. »Wir wissen, wovon Ihr redet, Mönch. Fahrt fort.«

»Nennt mich Bruder Adilbert«, sagte der Mönch. »Die Luderin hat mich darüber in Kenntnis gesetzt, dass Celante gestern Abend verletzt worden ist. Von einem hellgesichtigen Unbekannten unter einer Kapuze.« Er unterbrach sich wieder und räusperte sich mehrmals. »Das Kapuzenwesen war in der Nacht noch bei mir und hat versucht, … versucht, mich umzubringen. Ich … ich war zu der Zeit zufällig auf dem Abtritt. Nur deshalb habe ich überlebt.«

Hannah sah den Mönch durchdringend an. »Woher wisst Ihr dann davon?«

»Ich habe das Wesen dabei beobachtet, wie es in meine Zelle geschlüpft ist und auf mein Bett eingestochen hat.« Er machte eine Pause. »Die Stiche und das zerfetzte Bettzeug habe ich natürlich erst danach entdeckt. Aber das Messer habe ich gesehen. Danach hat es sich in Luft aufgelöst. Außerdem …«, er schluckte vernehmlich, »war dieses Wesen so weiß wie … wie Schnee.«

Was der Mönch sagte, klang wie eine dieser Abenteuergeschichten, wie eine dieser Sagen, denen sie manchmal auf dem

Markt oder bei den Buden auf dem Fronhof gelauscht hatte. Sie waren voll mit tapferen Rittern, Drachen und Zauberern, die durch Wände gehen und sogar fliegen konnten.

»So war Euer vermeintlicher Mörder ein Gespenst, eine *phantasma mentis*«, spöttelte sie.

Bruder Adilbert sah Hannah überrascht an. »Woher könnt Ihr Latein?«

»Ach, wisst Ihr – ein wenig Latein zu beherrschen ist keine Sache der Bildung, sondern eine des guten Gedächtnisses. Mein Mann«, Hannah zögerte kurz, dann fuhr sie fort, »mein verstorbener Mann hat mir etwas Latein beigebracht und es mit mir gesprochen. Für ihn war das Schrecknis der Unwissenden das Gespenst der Angst – eine *phantasma mentis*. Eine Vorstellung des Geistes. War es nun ein Gespenst?«

»Das dachte ich anfänglich auch, Weib«, antwortete er. »Doch es gibt im Kloster einen jahrhundertealten Gang, der wohl vergessen worden war, den jedoch ein findiger Kopf wieder geöffnet hat. Kein Geheimnis, sondern eher eine Zufälligkeit. So konnte ich zweimal die Woche unbemerkt das Kloster verlassen, um Celante zu … zu treffen, und das Wesen muss wohl auf demselben Weg ebenso unbemerkt ins Kloster gelangt sein. Was mich zu dem Schluss bringt, das dieses Gespenst ziemlich menschlich ist.«

»Dann ist der Kerl Euch gefolgt?« Die Schwarze Liss raunzte ihre Frage in den Raum und fing sich sogleich Hannahs scharfen Blick ein.

»Ich habe nichts von einem Kerl gesagt. Es kann ebenso gut eine Frau gewesen sein«, antwortete Bruder Adilbert ruhig.

Die Schwarze Liss sog die Luft geräuschvoll ein. »So ein Unsinn.«

»Was veranlasst Euch, das zu glauben?« Hannah hatte wieder das Fragen übernommen und schüttelte unmerklich den Kopf. Die Liss schwieg schuldbewusst.

»Die schmalen Hände. Das Wesen hatte so schmale Hände«, antwortete der Mönch leise.

Hannah fuhr sich mit der Hand über das Gesicht. Das war etwas, was sie noch nicht bedacht hatte. Sie hielt den Mönch für einen guten Beobachter. Allein die farbigen Finger verrieten ihr, dass er im Scriptorium kopierte. Dazu musste man neben einer gewissen Genauigkeit und einem ungeheuren Durchhaltevermögen auch eine gute Beobachtungsgabe besitzen. Wenn Bruder Adilbert glaubte, es könnte ebenso gut ein Mann gewesen sein wie eine Frau, dann konnte daran durchaus etwas Wahres sein. Aber war eine Frau zu solch einer Tat fähig?

»Warum trachtet man Euch nach dem Leben, Bruder Adilbert? Was kann ein Mönch wie Ihr schon verbrochen haben, dass Ihr den Tod verdient? Oder ist man schon dem Tod geweiht, weil man das Gelübde der Keuschheit gebrochen hat?«

Bruder Adilbert setzte sich nun doch auf den Stuhl, den er zuvor abgelehnt hatte. Er sah schuldbewusst in die Runde.

»Das ist eine lange Geschichte«, begann er.

»Erzählt sie uns, wir haben Zeit«, ermunterte Hannah ihn.

Langsam und stockend, doch mit jedem Satz sicherer in seiner Schilderung, erzählte er von seinem Kopierauftrag, von dessen Durchführung, von dem Besuch des unheimlichen Kapuzenmanns und später des Mädchens, von dem Geheimgang, von dessen Benutzung durch ihn, von seinen Besuchen bei Celante, und schließlich endete er, wo er begonnen hatte: bei der Nacht, die ihn beinahe das Leben gekostet hätte.

Hannah hatte ihm mit wachsender Neugier und mit immer größerer Verblüffung zugehört. Was der Mönch da erzählte, war kaum zu glauben.

»Seid Ihr sicher, was die Lage des Hauses anbelangt, für das Ihr die Urkunde kopiert habt? Habt Ihr einen Namen? Was wisst Ihr von dem Brand? Was …«

Aus Hannahs Augen schossen die Tränen. Sie schluchzte hart auf, dann erstickte ihre Stimme. Doch auch ohne, dass Bruder Adilbert antworten musste, war für Hannah eindeutig: Was der Mönch da erzählt hatte, handelte vom Haus ihres Mannes, von der Apotheke in der Frauenvorstadt, vom Tod ihrer Tochter Gera, ihres Gatten Jakob und von ihrem Schicksal.

Bruder Adilberts Augen weiteten sich, und die Schwarze Liss rührte sich nicht vom Fleck, so überrascht wirkte sie. Da stand der Mönch auf und nahm Hannah in den Arm. Er drückte sie an sich, obwohl sie sich zuerst dagegen wehrte und ihn halbherzig wegschob. Doch Bruder Adilbert hielt Hannah fest, die schluchzend an seiner Brust lag und schließlich einfach alles geschehen ließ und still vor sich hin weinte.

»Ihr kennt das Haus?«, fragte Bruder Adilbert endlich.

Jetzt war es an der Schwarzen Liss zu reden, denn Hannah brachte kein Wort mehr heraus. Den bittenden Blick, den sie der Liss zuwarf, nahm diese auf und erklärte dem Mönch kurz die Lage. Sie erzählte ihm, wer die Röttel wirklich war, und beschwor ihn, niemandem etwas davon zu erzählen.

Als sie geendet hatte, war es still im Raum. Weder Hannah noch die Schwarze Liss oder die Luderin getrauten sich auch nur ein Wort zu sagen. Das Schweigen lastete auf den Gemütern der Anwesenden wie eine dunkle Decke. Niemand versuchte, diese wegzuziehen, und so brütete jeder über den eigenen Gedanken.

Endlich durchbrach Hannah selbst die Stille. »Ihr habt die Besitzurkunde für das Haus und das Grundstück meines Mannes gefälscht, Mönch! Es hat mir gehört. Mir – und jetzt gehört es … wem?« Hannah blickte ihn zornig an.

»Ich weiß nicht, wem das Grundstück gehört, Röttel. Der Name sollte erst nachträglich eingetragen werden.«

Bruder Adilbert klang in Hannahs Ohren durchaus glaubwürdig.

»Aber ich weiß, wem es gehört, Röttel«, fuhr die Liss dazwischen. »Erinnerst du dich an die beiden Männer, als wir uns das Grundstück angesehen haben? Aigen stand mit dem Stadtpfleger mitten zwischen den Trümmern …«

»… und hielt ein Pergament in der Hand: die Besitzurkunde«, ergänzte Hannah fassungslos.

Die Schwarze Liss schüttelte den Kopf. »Aigen wollte zumindest die Situation zu seinen Gunsten ausnutzen und das Grundstück erwerben.«

»Und damit ihm niemand in die Suppe spucken kann, musste er die Zeugen für diesen Schwindel beseitigen.« Bruder Adilbert schüttelte den Kopf. »Das wäre viel Aufwand für wenig Ertrag. Da muss etwas anderes dahinterstecken. Wenn es denn stimmt.«

»Aber ich verstehe nicht, warum Celante es büßen musste«, ergänzte die Luderin.

»Das werden wir herausfinden«, flüsterte Hannah und löste sich aus den Armen des Mönchs.

Auch wenn Bruder Adilbert etwas eigenartig nach einer Mischung aus Männerschweiß, Weihrauch und Farbe roch, was ihr nicht unbedingt unangenehm war, hielt sie es für schicklicher, sich ihm zu entziehen.

»Verzeiht«, hauchte sie und mied seinen Blick.

Jetzt mischte sich die Luderin in das Gespräch. »Ihr könnt nicht ins Kloster zurück, Bruder Adilbert. Ich kann Euch aber auch nicht hierbehalten. Ein Mönch stört nur … die Geschäfte … Ihr versteht hoffentlich.«

Der Mönch nickte hilflos. Hannah bemerkte, wie fremd er zwischen den Frauen wirkte. Als wäre er aus der Welt gefallen und könne sich nicht mehr wieder hineinfinden.

»Wir haben jedoch letztens das Nachbarhaus gekauft. Es gehörte einem Handwerker, einem Tischler. Er ist bei einem seiner

Wachgänge in der Nähe des Stephinger Tors vom Wehrgang gestürzt und hat sich das Genick gebrochen. Er war alleinstehend. Dort könntet Ihr eine Zeit lang wohnen, Mönch. In diesem Haus wird Euch niemand suchen.«

Die Luderin grinste, und auch Bruder Adilbert gelang so etwas wie ein Lächeln.

»Ich … ich«, stotterte er vor Verlegenheit los. »Ich muss mich bedanken.«

Die Luderin winkte ab.

Hannah hatte sich wieder in der Gewalt, und kaum war ihr Tränenstrom versiegt, arbeitete bereits eine Frage in ihrem Inneren, die sie bislang einfach weggeschoben hatte: Woher hatte das Wesen von Celante gewusst, und warum wurde sie entstellt? Was für einen Sinn ergab das?

Die Luderin reichte Bruder Adilbert den Schlüssel für das Nachbarhaus, dann musste sie sich um zwei Neuankömmlinge kümmern. Hannah und die Schwarze Liss warteten, bis die Männer nach oben verschwunden waren, dann begleiteten sie den Mönch nach nebenan. Als sie das Tor des Handwerkerhauses durchschreiten wollten, blieb Hannah stehen wie vom Donner gerührt. Sie kannte das Haus, und sie hatte auch den Tischler gekannt, der hier gewohnt hatte. Hannah berührte den Arm der Schwarzen Liss, die sie überrascht anschaute.

»Wir sind ihm beide schon begegnet«, flüsterte Hannah. »Er war es, der uns damals auf dem Wehrgang gestellt hat, wie wir das Geschehen beim Lusthaus beobachtet haben.«

Die Schwarze Liss fuhr sich überrascht mit der Hand an den Mund. »Ob es gut ist, wenn wir den Mönch gerade dort unterbringen?«

Die beiden Frauen hatten unhörbar für den Mönch miteinander getuschelt.

Jetzt lächelte Hannah Bruder Adilbert an. »Wir müssen zurück in den Fledermausturm«, kündigte sie an. »Wir kommen Euch bald besuchen.«

Als Hannah und die Schwarze Liss sich umwandten und gehen wollten, hielt der Mönch sie hastig zurück. »Nur einen kurzen Moment. Ich habe eben etwas verschwiegen. Ich wollte nicht … ich dachte … es kam mir so falsch vor …«

Die Schwarze Liss verdrehte sie Augen. »Ach, Mönch, jetzt redet schon. Von Eurer Stotterei wird man noch ganz wirr.«

»Das Mädchen, das mich im Kloster verführen sollte. Es ist tot. Ich habe Celante davon erzählt, und sie hat mir von den Toten berichtet. Sie hat mir gesagt, es seien sogar mehr als nur dieses eine Mädchen gewesen.« Er machte eine kurze Pause. »Ob das etwas zu bedeuten hat, weiß ich nicht. Aber nicht lange danach wurde Celante verletzt, und ich wurde beinahe getötet.«

Das Haus verströmte einen eigentümlichen Geruch, der Hannah in die Nase stieg, sodass sie niesen musste. »Ich weiß nicht, ob das etwas zu bedeuten hat. Ich muss darüber nachdenken, Mönch.«

Hannah und Liss traten in einen düsteren Vormittag hinaus, der in der Wasservorstadt noch feucht schmeckte und trübe Gedanken quellen ließ. Hannah hakte sich bei der Liss unter, und so humpelten sie beide durch die engen Schluchten der Häuser, bis sie hinter dem Rathaus herauskamen.

Die Bettlerin hielt inne und begann zu sprechen: »Celante ist verstümmelt. Man hat ihr von dem Mädchen erzählt, das wir womöglich tot gesehen haben. Der Tischler ist tot, der den Mauerabschnitt zum Lusthaus hinaus bewacht hat. Und auf den Mönch, der das Mädchen gesehen hat und plötzlich eins und eins zusammenzählen konnte, ist ein Anschlag verübt worden. Das ist doch auffällig!«

Hannah blieb stehen und beobachtete die Handwerker, die vor ihren Häusern saßen, und sah den Marktfrauen nach, die Gänse zum Geflügelmarkt brachten oder Holz auf einer Kiepe trugen.

»Zufall kann es kaum sein«, sagte sie ruhig.

Hannah hockte sich unter einen der Bäume, die den Marktplatz hinter dem Rathaus etwas begrünten. Sie legte das Kinn auf die Knie und sagte lange Zeit gar nichts. Endlich hob sie den Kopf. »Das sind zu viele lose Enden, als dass daraus ein Zwirnfaden werden könnte, den wir aufspulen. Ich verstehe so vieles nicht. Warum wird unser Haus niedergebrannt? Warum will Aigen das Grundstück unbedingt haben? Oder ist das alles nur ein Zufall und wir bauen uns ein Gebäude aus Gedanken, die jeglicher Grundlage entbehren? Ach, Liss. Ich weiß es nicht.«

Die Schwarze Liss antwortete nicht, sondern stieß Hannah mit dem Ellenbogen in die Seite. Aus drei Straßen, die auf den Platz einmündeten, traten gleichzeitig Frauen in Bettlergewändern und sahen sich um, so als suchten sie etwas. Schließlich deutete eine von ihnen auf den Baum und auf die darunter Sitzenden.

»Sie suchen nach dir, Röttel«, warnte die Schwarze Liss.

Hannah sah um sich. Sie musste sich erst kurz wieder zurechtfinden, bis sie wusste, wovon die Liss redete. »Nelda ist dabei. Sie suchen mich wirklich. Das kann nichts Gutes bedeuten.« Der letzte Satz wurde von einem tiefen Seufzer gefolgt.

Sie schloss kurz die Augen. Sie wollte so gern ein wenig vom Anbruch des Sommers mitnehmen, bevor es wieder zurück in die Düsternis des Fledermausturms ging. Es war ein Moment der Kraft, der da in sie strömte und ihr das Gefühl gab, dem Kommenden gewachsen zu sein – oder doch zumindest nicht von dessen Gewalt überspült zu werden.

Als Hannah die Augen wieder öffnete, sah sie Nelda winken.

»Sie vertrauen dir, Röttel. Wenn du wirklich wissen willst, wie das alles mit dem Haus und mit Aigen und deiner Tochter zusammenhängt, dann kannst du auf sie bauen. Sie sind allesamt stärker als der mächtigste Kaufmann in der Stadt. Das darfst du nie vergessen.«

Bevor Hannah erwidern konnte, dass ihr alle Macht gestohlen bleiben könnte, wenn sie nur einen Hauch der Zuneigung ihres Gatten oder nur einen Splitter der Liebe ihrer Tochter für sich hätte retten können, war Nelda bei ihr. Blass sah sie aus und krank. Die Erschöpfung stand ihr ins Gesicht geschrieben.

»Endlich haben wir dich gefunden!«, begrüßte sie Hannah.

»Du solltest doch das Bett hüten!«, schalt Hannah die junge Frau.

»Es ist etwas vorgefallen«, stieß diese atemlos hervor. Ihr ernstes Gesicht sagte Hannah, dass ihre Vorahnung richtig gewesen war.

Hannah hob die Augenbrauen. »So rede doch!«, drängte sie, nachdem Nelda keine Anstalten machte weiterzusprechen.

Doch die junge Frau schüttelte energisch den Kopf. »Du musst mitkommen, Röttel. Schnell. Ich kann das hier nicht sagen. Die Gassen haben Ohren. Es wäre schneller ums Haus, als wir laufen können.«

Beunruhigt sahen Hannah und die Liss sich an. »Na dann los!«, sagte Hannah und erhob sich.

Als sie den Turm betraten, roch Hannah bereits den süßlichen Geruch von Blut. Hörte das denn nie auf?, dachte sie, voller Angst davor, was sie vorfinden würde. Sie streifte ihren Filzmantel ab und hastete in den ersten Stock hinauf. Vier Frauen standen um den Tisch herum. Als Hannah hinzutrat, wichen sie zurück und gaben den Blick frei auf ein Kind. Hannah stöhnte auf. Der Anblick schnitt ihr in die Seele, als würde jemand eine Kerbe in weiches Holz schlagen.

Dort lag ein Mädchen. Sie hatten es entkleidet und gewaschen. Hannah schossen die Tränen ins Gesicht, als sie die Verletzungen sah. »Mein Gott, wer tut so etwas?«, murmelte sie. Sie musste sofort wieder wegsehen. Ihre Augen ertrugen es nicht.

Die Haut des Mädchens war am Rücken und auf den Schenkeln aufgeplatzt. Striemen von Peitschenhieben liefen darüber. An den Handgelenken war die Haut wund gescheuert bis auf das Fleisch, und an einem Bein hing noch ein Stück Strick.

Das Mädchen war eben dabei, zur Frau zu erblühen – und eine brutale, kranke Fantasie hatte den Stängel geknickt und beinahe gebrochen.

Das Mädchen hatte einen Schnitt an der Kehle. Hannah bemerkte es am röchelnden Atem. Doch entweder war es bei Dunkelheit geschehen oder das Messer war stumpf gewesen. Der Schnitt hatte zwar den Kehlkopf verletzt, aber er hatte nicht die Ader am Hals durchtrennt.

»Wo um alles in der Welt habt ihr sie gefunden?«, fragte Hannah tonlos, während sie sich daranmachte, die unzähligen Wunden zu versorgen. Das Mädchen stöhnte bei jeder Berührung auf.

»Herrgott«, betete die Apothekerin, »warum hast du sie so gestraft und lässt sie dann auch noch bei Bewusstsein? Sie ist so jung, sie kann noch keine Sünde begangen haben.«

Hannah arbeitete rasch und mit der allergrößten Vorsicht. Sie konnte zwar lindern; ob sie das Mädchen jedoch retten konnte, das stand auf einem ganz anderen Blatt. Die Besorgnis war ihr offenbar im Gesicht abzulesen, denn die Frauen um sie herum arbeiteten ebenfalls stumm und verbissen.

»Wo habt ihr sie gefunden?«, fragte sie erneut in die Runde, während sie gleichzeitig heißes Wasser und Tücher, Salben und Pinzetten verlangte. Eine der Frauen, die ihr zur Hand gingen, begann zu reden.

»Sie lag im Wasser. Ein Stein war um ihr linkes Bein gebunden. Aber das Wasser war an der Stelle offenbar nicht tief genug. Sie war nur bis zur Brust im Wasser. Die Schultern haben herausgeschaut. Wenn wir nicht gekommen wären …« Sie ließ den Satz offen, doch Hannah ahnte, was sie sagen wollte. »Wir haben es gerade noch aus dem Wasser geholt und dann hierher gebracht«, ergänzte die Frau.

»Der Fundort? Wo genau?«, zischte Hannah unruhig.

»Unterhalb der Fischersiedlung, beim Fischertor.«

Sie nickte. Das bestätigte ihre Vermutung. Das Bild des toten Mädchens, das die Schwarze Liss und sie bei ihrer Flucht entdeckt hatten, trat ihr vor Augen. Es hatte ähnliche Verletzungen aufgewiesen, und ihr war ebenfalls die Kehle durchgeschnitten worden.

»Wie viele sind es jetzt? Fünf, sechs?«, fragte Hannah und fuhr sich nervös durchs Haar.

»Zu viele jedenfalls. Eindeutig zu viele«, antwortete die Schwarze Liss und legte ihr die Hand auf die Schulter. »Mit Gottes und mit deiner Hilfe wird die hier nicht zu ihnen gehören.«

»Habt ihr irgendetwas gesehen oder gehört?«, fragte Hannah, an die vier Frauen gerichtet.

Die Frau, deren wirrer brauner Haarschopf Hannah erst jetzt auffiel, schüttelte den Kopf.

»Nichts und niemanden. Wir kamen von der Fischersiedlung herunter und wollten zum Stephinger Tor hinein. Da haben wir ihr Röcheln gehört. Beinahe wären wir davongerannt vor Angst, aber dann haben wir sie im Schilf gesehen.«

Hannah wusste nicht, was sie sagen, wie sie handeln sollte. Zu sehr beschäftigte sie noch der geschundene Körper vor ihr, doch sie musste etwas tun – und ein unmissverständliches Gefühl sagte ihr, dass all diese Ereignisse miteinander zusammenhingen, so wie der Mönch es angedeutet hatte.

9

Eine Hand, die ihre Schulter berührte, weckte Hannah. Es brauchte einen Moment, bis sie wusste, wo sie war. Sie hatte sich nach der anstrengenden Arbeit des vergangenen Tages niedergelegt und geschlafen. Es war ein traumloser, bleierner Schlaf gewesen, wenig erholsam, und sie fühlte sich immer noch, als hätte sie wochenlang Steine oder noch schwerere Lasten geschleppt. Es war finster um sie herum. Offenbar hatte sie doch länger geruht, als sie gewollt hatte. Ihr Gefühl sagte ihr, der Morgen müsse bald anbrechen, doch es war immer noch schwarze Nacht.

Sie wollte sich gerade aufrichten, als eine Hand sich sacht auf ihre Lippen legte. Dann flüsterte die Schwarze Liss nahe ihrem Ohr. »Komm, aber sei leise.«

Hannah stutzte, aber sie erhob sich und folgte der Bettlerin.

Am Fuß der Treppe angelangt, wollte sie endlich etwas fragen, doch ein Zischen hinderte sie daran. Sie schlüpften zum Tor.

Hannah vernahm die Stimme Neldas, die offenbar die Morgenwache übernommen hatte, dann schlichen sie nach draußen und standen in der Gasse vor dem Turm. Die Schwarze Liss zog Hannah hinter sich her die Hennastäpfala hinauf und hinein in den Pfaffenwinkel.

»Wo gehen wir hin?«, fragte Hannah endlich mit Unmut in der Stimme. Sie hatte die Geheimnistuerei satt.

»Wo wir schon längst hätten hingehen sollen. Zum Brandplatz.«

»Was suchen wir dort?«, fragte Hannah, nun schon weniger verärgert.

»Antworten!« Die Schwarze Liss blieb weiter schweigsam, bis sie den Wehrgang erreicht hatten. Dort stellte sie sich in eine finstere Ecke, die von außen nicht eingesehen werden konnte.

»Ich habe nachgedacht«, begann sie. »Und ich glaube, Röttel, wir müssen uns in Acht nehmen.«

Sie sprach so leise, dass Hannah sie kaum verstehen konnte.

»Wie kommst du darauf?«, fragte Hannah. Auch sie flüsterte, obwohl es ihr schwerer fiel wegen ihrer rauen Stimme.

»Mir ist schon, während wir bei der Luderin waren, aufgefallen, dass an dieser Geschichte, die wir gehört haben, etwas nicht stimmen kann.«

Hannah hob verwundert eine Augenbraue. »Wie meinst du das?«, fragte sie.

»Mir fehlt ein Steinchen in dem Mosaik. Celante hat den Mönch verraten, weil ein Unbekannter ihr das Gesicht zerschnitten hat. Der Mönch ist von diesem … diesem Dämon beinahe getötet worden. Der wollte offenbar den Mord an dem Mädchen vertuschen, das der Mönch kannte, und weil er das Wissen an Celante weitergegeben hatte. Gleichzeitig wäre mit dem Tod des Mönchs das Wissen um die Fälschung der Urkunde ausgelöscht gewesen – und jetzt kommt es: Wer hat dem Dämon dann von Celante erzählt? Wer wusste, dass Celante die Sache mit dem Mädchen erfahren hatte und dass sie den Urheber dieser Geschichte, nämlich Bruder Adilbert, kannte?«

Einige Straßen weiter rief der Nachtwächter sein Lied in die Nacht hinaus. Es tönte wie eine ferne Mahnung herüber und verklang in der Nacht. Beide lauschten der schwermütigen Stimme.

»Du meinst, jemand hat zugehört, als Bruder Adilbert Celante davon erzählt hat?«

»Ich stelle mir eher vor, dass Celante dem Mönch von den

Leichen erzählt hat und dass der Mönch einen Zusammenhang zwischen dem Mädchen und seinem *Geschenk* gesehen hat. Eben weil er diese Verbindung gezogen hat, waren sie hinter ihm her.«

Eine ähnliche Überlegung war auch in Hannahs Gedanken herumgegeistert. Sie hatte das Geschehen nur nicht so klar in Worte fassen können, wie die Schwarze Liss es jetzt tat.

»Du nimmst also an, dass jemand aus dem Haus der Luderin den ›Dämon‹ benachrichtigt hat?«, sagte Hannah nachdenklich.

»Nicht den Dämon, sondern jemand anderen, der den Dämon beauftragt hat, sonst hätte der bei Celante nicht vorbeischauen und nach dem Mönch fragen müssen.«

Langsam schälte sich ein Bild der Ereignisse heraus. Wenn es stimmte, was sie sich da eben zusammengereimt hatten, dann gab es nur eine Person, die über die Möglichkeiten verfügte, Celante und den Mönch zu belauschen und das Wissen zu verwerten, schloss Hannah. »Die Luderin! Du glaubst, es war die Luderin?«

»Ja, gut möglich«, antwortete die Schwarze Liss. »Und ich glaube noch mehr. Die Kleine, die Celante bis zu uns her begleitet hat, ist ihr verlängerter Arm, besser gesagt, ihr verlängertes Ohr. Deshalb müssen wir vorsichtig sein.«

Hannah nickte bedächtig. Das klang einleuchtend, obwohl es keinerlei Beweise dafür gab.

»Das sind schwere Anschuldigungen, Liss«, sagte Hannah. »Aber um das zu bereden, hätten wir auch nur vor den Turm zu gehen brauchen.«

»Einmal wollte ich verhindern, dass die Kleine etwas mitbekommt. Nelda am Tor wird das verhindern. Außerdem sollten wir uns aber den Brandplatz einmal gründlich ansehen, findest du nicht? Und zwar bevor die Handwerker dort auftauchen.«

Der Tag hob langsam die samtene Decke der Nacht und ließ allmählich die Helligkeit hindurchsickern. Die Vögel begrüßten das erste Licht, und eine Amsel schien gegen die beiden Frauen in der Ecke der Wehrmauer zu zetern. Die ersten Schwalben verließen ihre Lehmnester und jagten in waghalsigen Schwüngen zirpend über die Dächer hinweg und durch die Gassenschluchten.

Die Schwarze Liss berührte Hannah, die ganz versunken war in dieses Schauspiel, am Arm. »Wir müssen los.«

Hannah nickte. Sie liefen an der Mauer entlang und bis zur rückseitigen Pforte ihres Hauses. Hannah stand davor, spähte nach links und rechts und versuchte dann, sie zu öffnen. Sie war offenbar nicht mehr abgeschlossen worden, seit sie das letzte Mal hier waren. Dahinter hatte sich allerdings alles verändert.

Der Brandschutt war weggeräumt worden. Man hatte die Grundmauern freigelegt und darauf bereits eine erste Lage Steine errichtet. Dort, wo früher der schmale Garten gewesen war, hatte man den Boden ausgehoben und einen Kellergang gelegt. Eine Verbindung zum alten Keller der ehemaligen Apotheke war ausgebrochen worden.

Hannah und die Schwarze Liss schlichen auf das Grundstück und besahen sich den Grundriss, der dort geplant war.

»Das wird ein Palast«, knurrte die Liss. »Da kann man mit seinem Arsch ganz schön durch die üppigen Zimmer schwänzeln. Und was wird das?«

Sie deutete auf den ausgehobenen Kellergang, um den herum eine Lage Grundmauerwerk gelegt worden war.

»Das sieht mir nach einem Atrium aus«, flüsterte Hannah.

»Aaschtrum? Was ist das?« Die Liss sprach den Begriff aus, als wäre es ein unflätiges Wort.

»A-tri-um«, verbesserte Hannah geduldig, dann erklärte sie: »Das ist ein Innenhof, der nach oben offen ist. Die Zimmer liegen um diesen offenen Hof herum.« Sie überlegte kurz, warum wohl ein Atrium gebaut werden könnte, kam jedoch zu einem klaren Schluss. »Man kann von außen nicht in den Hof schauen.«

Sie besah sich den Innenhof. Man hatte einen Gang ausgehoben, dem auch das Versteck der Kassette zum Opfer gefallen war. Offenbar wollte der Bauherr unter dem Atrium einen Weg von einem Gebäudeteil zum anderen hindurchführen.

Sie versuchte sich auch vorzustellen, wie das Haus aussehen würde, wenn es fertig wäre. Es würde fast aussehen wie ein Palast.

Der Abgang zum alten Keller zog sie magisch an. Der Schuttberg am Rande zeigte, dass die Maurer im Keller arbeiteten und Schutt von dort unten hochholten. Sie schienen zu graben oder Mauern auszubrechen. Doch wenn sie dort unten eine Mauer ausbrachen – und so viel verstand sie vom Zweck der Grundmauern eines Hauses –, dann würde das Gewölbe über ihnen einstürzen. Das würde niemand machen wollen. Also mussten sie den Keller anderweitig erweitern oder vertiefen.

»Wir hätten eine Kerze mitnehmen sollen«, sagte Hannah, die von oben in das Abstiegsloch hinabblickte.

»Wir haben eine Kerze mitgenommen.« Die Schwarze Liss grinste und zog einen Wachsstumpen aus ihrem Umhang.

»Ich möchte mir ansehen, was die Männer im Keller gemacht haben!«, drängte Hannah.

»So etwas Ähnliches habe ich mir schon gedacht.« Sie holte Zunder, Stahl und Feuerstein hervor, gab Hannah den Kerzenrest, kniete sich nieder, um besser arbeiten zu können, und in kurzer Zeit hatte sie eine Flamme geschlagen, mit der die Kerze entzündet wurde.

»Wir müssen uns beeilen. Bald kommen die ersten Maurer. Dann müssen wir wieder weg sein.«

Hannah nickte nur, dann war sie die Treppe hinabgestiegen. Dort unten roch es noch immer nach Rauch. Der erste Keller war so belassen worden, wie er war. Er bestand aus zwei gleich großen Räumen, die über einen Durchlass miteinander verbunden waren. Das niedrige gemauerte Gewölbe, in dem sie gerade noch stehen konnte, hatte dem Brand und dem einstürzenden Fachwerk standgehalten. Noch nicht einmal einen Riss in der Wölbung konnte Hannah entdecken. Selbst sie musste in den Kellerräumen gebückt gehen. Sie schlüpfte in den zweiten Raum und bemerkte auch dort keinerlei Veränderung. In der Ecke gab es einen Durchstieg mit einer hölzernen Leiter, die weiter hinunter ins nächste Geschoß führte.

Offenbar waren die Maurer tiefer hinabgestiegen. Hannah wusste, dass das alte Haus mindestens sieben Kellergeschosse besaß. Wenn dem obersten durch den Brand nichts geschehen war, dann waren die weiter unten liegenden sicherlich auch unbeschädigt geblieben. Ein unbestimmtes Gefühl drängte sie vorwärts. Sie achtete nur kurz darauf, ob die Schwarze Liss ihr folgte, dann stieg sie in den nächsten Keller hinunter.

Dort unten war der Gestank des Brandes beinahe völlig verflogen und wurde durch einen erdigen Geruch ersetzt. Hannah wunderte sich, da die Keller ja gemauert waren und keinen gestampften Lehmboden besaßen. Normalerweise waren sie trocken. Das Kerzenlicht flackerte über die Ziegelwände, die schon bröckelten und einen feinen roten Sand in den Ecken des Raumes zurückließen. Sie stieg noch ein Stück hinunter und stand in einem weiteren Raum. So tief war sie noch nie hier unten gewesen. Ihre Vorräte hatte sie früher alle im obersten Keller gelagert, damit sie nicht so tief hinunter musste.

Ein bedrückendes Gefühl beschlich sie, so als würde sie etwas Verbotenes tun. Sie sah sich um, und auch im Gesicht der Schwarzen Liss spiegelte sich Unbehagen. Sie blickten sich kurz an, dann waren sie sich einig. Sie würden wieder nach oben steigen. Nichts war hier unten geschehen. Die Geräusche, die sie damals gehört hatte, waren sicherlich nicht aus dem Keller gekommen.

Hannah drehte sich um, durchquerte den Keller und stieg

auf die Leiter. Sie musste das Licht gegen ihre schnellen Bewegungen abschirmen, sodass es kaum Helligkeit verbreitete. Die langen Schatten tanzten über die Gewölbedecken und machten die Räume fast lebendig. Es sah aus, als würden die Mauern atmen.

Kaum hatte sie einen Fuß auf die erste Sprosse gesetzt, als sie über sich Stimmen vernahm. Die Maurer begannen ihr Tagwerk.

Die Schwarze Liss drängte von hinten nach, doch Hannah bedeutete ihr, zu schweigen. Schließlich lauschten sie beide auf die Stimmen. Sie kamen näher. Die Maurer stiegen zu ihnen in den Keller hinab. Sie schienen es nicht eilig zu haben und hatten offenbar auch noch kein Licht entzündet.

»Was machen wir jetzt?«, hauchte die Liss.

Hannah deutete mit dem Finger nach unten. Sie würden tiefer steigen, tiefer als die Maurer. Geräuschlos drehten sich die Frauen um, durchquerten den zweiten Keller und stiegen eine weitere Ebene nach unten.

Ein Geruch nach feuchtem Putz empfing sie. Hannah spürte, wie die Luft feuchter wurde, und auch das Kerzenlicht flackerte unruhig.

Im Raum vor ihnen konnten sie nichts Ungewöhnliches erkennen. Es standen allerdings einige Kübel mit Erde und Handwerkszeug herum, so als hätten die Handwerker ihre Arbeitsstätte eben erst verlassen.

Hannah und die Schwarze Liss schlüpften in den nächsten Kellerraum, und Hannah unterdrückte einen Aufschrei: Ein Höllenwesen blickte sie an im schwachen flackernden Spiel von Licht und Schatten, das die Kerze erzeugte.

Auch die Schwarze Liss zuckte kurz, doch dann gewann ihr nüchterner Geist die Oberhand. Während Hannah keinen Schritt mehr weiterzugehen vermochte, drängte die Liss an ihr vorbei.

»Verflucht noch eins, was ist denn das?«, zischte sie halblaut vor sich hin.

Der Raum war ungefähr so groß wie die anderen, und an der gegenüberliegenden Mauer ragte der riesige Schädel eines Drachen auf. Das Maul war weit aufgerissen, und zwischen den Zahnreihen gähnte tiefschwarz ein Höllenschlund.

»Als hätten sie einen Wasserspeier vom Dom heruntergeholt und hier aufgestellt.«

Die Schwarze Liss ging hinüber zu dem Schädel und klopfte vorsichtig mit den Fingerknöcheln gegen die Zähne. Sie klangen hohl. »Gips und Farbe«, sagte sie fachmännisch. »Da hat sich jemand große Mühe gemacht.«

»Aber was um alles in der Welt soll dieser ... dieser ... Fastnachtskopf hier unten?«

Hannah näherte sich dem Drachenkopf zögernd. Ein grausiges Prickeln rann ihr über den Rücken. Sie hatte keinen Blick für die rot geränderten Augen, die gelblichen Zähne und auch nicht für die gespaltene Zunge des Untiers. Sie wurde angezogen von dem schwarz dräuenden Schlund, aus dem es kalt und übel riechend herauswehte.

»Riechst du das?«, fragte sie.

Die Schwarze Liss hielt ihre Nase in die Öffnung und sog die Luft tief ein. Dann nickte sie wissend.

»Das ist kein Fastnachtskopf«, sagte sie bedächtig. »Das ist ein Durchgang.«

Hinter sich hörten sie jetzt, wie die Maurer über die Leitern in den Keller herunterstiegen. Es würde nicht allzu lange dauern, dann wären die Kerle hier unten bei ihnen. Mit Schaudern musste Hannah daran denken, was die Männer mit zwei Frauen wie ihnen anstellen konnten. Da sie hier unerlaubterweise eingestiegen waren, galten sie als vogelfrei. Für Bettlerinnen gab es keinen Schutz, wenn man sie auf frischer Tat ertappte.

Rechts neben dem Drachenkopf ging es eine Ebene tiefer. Hannah untersuchte den Abstieg. Anders als in den oberen Stockwerken stand dort keine Holzleiter. Sie hätten diese von hinten mitnehmen müssen. Dafür war jetzt aber keine Zeit mehr.

Mit düsterem Unbehagen blickte sie in den Drachenschlund. Es gab keinen anderen Ausweg. Sie raffte ihren Rock und stieg zwischen die Kiefer des Drachen.

»Hoffentlich hast du recht«, flüsterte Hannah.

Die Liss folgte ihr.

Sie liefen geradeaus und tiefer in den Schlund des Untiers hinein.

Das Innere, das sie empfing, roch modrig. Die Wände waren mit neuen hölzernen Bohlen gesichert, die Decke war mit frischen Balken verstärkt.

»Das ist tatsächlich ein Tunnel«, flüsterte sie der Liss zu.

Das war es also, was die Maurer hier unten taten. Sie gruben einen Gang.

»Und wo führt der hin?«, zischte diese zurück.

»Was weiß denn ich?«

Hannah lief so schnell, wie der Boden und das flackernde Licht der Kerze es zuließen.

Hinter ihnen kletterten die Maurer in den Keller hinab. Sie lachten und scherzten und machten Gott sei Dank Lärm genug, dass Hannahs und Liss' Schritte auf dem gestampften Lehm nicht zu hören waren.

Die Wände des Ganges rückten immer enger aufeinander zu. Der Boden wurde feuchter, und feine Wurzeln hingen in den Raum hinein. Der Gang war sicherlich nicht erst neulich gegraben worden, sondern war schon einige Jahre alt. Nur die letzten zehn Fuß vor dem Eingang zum Keller des Apothekerhauses waren frisch verschalt gewesen. Und sie wusste nichts von dem merkwürdigen Drachenkopf und von dem Gang. Ihr Mann hätte ihr sicherlich davon erzählt, wenn er bereits da gewesen wäre.

Schließlich standen sie vor einer Holztür. Hannah versuchte, sich zurechtzufinden.

»Wo um alles in der Welt sind wir hier?«

»Jedenfalls nicht weit genug weg, als dass sie uns nicht finden könnten.«

Hannah schloss die Augen und versuchte nachzuvollziehen, wie sie gegangen waren. Als sie den ersten Keller betreten hatte, waren sie auf die Stadtmauer zugegangen. Auf der zweiten Ebene waren sie von der Mauer weggegangen, und auf der dritten Ebene verlängerte sich der Keller, bis er unter der … Sie stieß pfeifend den Atem aus. »Der Gang führt unter der Stadtmauer hindurch.«

»Unter der Stadtmauer hindurch? Und was nützt uns das?«, fragte die Schwarze Liss. Sie deutete nach hinten. Sie hörten, wie die Maurer weiter herunterstiegen. Man hörte sie zwar gedämpft, aber deutlich.

»Wenn sie uns finden, dann Gnade uns Gott«, murmelte Hannah. Sie untersuchte die Tür, die aus massiver Eiche gefertigt war. »Sie könnten unser Licht sehen.«

»Kein Griff, kein Schloss, kein Riegel. Wie in Dreiteufelsnamen lässt sich diese Tür öffnen?« Hannah war der Verzweiflung nah, denn sie mussten langsam eine Lösung finden, sonst waren die Maurer bei ihnen. Sie hörten, wie hinter ihnen im Vorraum die Werkzeuge verteilt wurden. Alles sprach dafür, dass die Männer über kurz oder lang den Raum mit dem Drachenkopf und schließlich den Gang betreten würden.

Mit aller Kraft warf Hannah sich gegen das Türblatt – und zu ihrem Erstaunen schwang die Tür auf.

Ein warmer Luftzug empfing sie und blies ihre Kerze aus. »Schnell, wir müssen die Tür schließen.« Hinter ihnen vernahmen sie bereits Flüche, offenbar hatten die Maurer den Luftzug gespürt und wussten somit, dass jemand die Tür geöffnet hatte.

Hannah und die Schwarze Liss drückten wieder mit aller Kraft gegen die Tür. Sie schloss sich leise.

»Wo sind wir?«, flüsterte die Schwarze Liss in die tintenschwarze Finsternis hinein.

»Zumindest auf der anderen Seite der Tür«, wisperte Hannah zurück. »Mach das Licht wieder an!«

Nachdem die Liss ihr Feuerbesteck herausgesucht und die Kerzenflamme neu entzündet hatte, konnten sie wieder etwas sehen. Die Holztür war geschlossen. Vor ihnen führte der Gang weiter. Sie folgten ihm. Nach einer ganzen Weile stießen sie auf eine steinerne Treppe, die nach oben führte. Ein schwacher Lichtschein fiel von dort zu ihnen herunter. Hannah stellte sich den Verlauf des Gangs, durch den sie eben gekommen waren, bildlich vor. In solchen Dingen besaß sie ein gewisses Geschick. Sie konnte Zimmergrundrisse genau aufzeichnen und verlief sich normalerweise nicht in der Stadt. Doch diesmal versagte ihr räumlicher Sinn.

Sie flüsterte der Liss ins Ohr: »Wir müssen nach oben und nachsehen!«

»Gut …«, wollte die Schwarze Liss sagen, doch dann stockte sie. Aus dem dunklen Raum vor ihnen drang das Wimmern eines Wesens, das nicht in diese Welt gehörte. Es fing leise und dunkel an, ein dumpfes Stöhnen und schraubte sich dann immer höher, bis es mit einem spitzen Laut unvermittelt abbrach. Und dann war da das Klirren einer Kette.

»Was … was war das?« Voller Entsetzen ließ Hannah die Kerze zu Boden fallen. Die Flamme erlosch, und das heiße Wachs tropfte auf den gestampften Lehmboden.

10

Wie eine gefangene Katze schlich Bruder Adilbert im Haus umher. Sehnsüchtig sah er aus dem Fenster auf die Gasse hinaus. Unten liefen die Bewohner des Lechviertels geschäftig hin und her, Bauern trugen Kraxen auf die Marktplätze, Hübschlerinnen führten ihre bunten Kleider aus, Kinder lärmten wie Sperlingsschwärme, Schweine grunzten in den Gassen und fraßen den Unrat, Gänse schnatterten, Hühner krakeelten, Wagenräder schlugen ihren harten Takt – die Welt wob am Schicksal dieses Tages, nur er war eingesperrt in dieses Haus und zur Stille verdammt. Würde er einen Schritt aus dem Haus tun, würde man ihn womöglich erkennen – und dann, so viel war ihm klar, würde seine letzte Stunde rasch anbrechen. Das hielt ihn in seiner Gefangenschaft, ohne dass man ihm Fußfesseln hätte anlegen müssen.

Bruder Adilbert verfluchte seine Bereitschaft, sich in das Nebenhaus sperren zu lassen, statt sofort die Stadt zu verlassen und das Weite zu suchen. Außerhalb Augsburgs hätte ihn niemand verfolgt oder zur Rechenschaft gezogen. Ein kurzer Schauer überlief ihn, als er an das weißgesichtige Gespenst dachte, das ihn beinahe erstochen hätte. So wie es jetzt aussah, würde ihn zwar niemand erdolchen, aber er würde sterben vor Langeweile. Niemand kam, niemand redete mit ihm, niemand holte ihn hier heraus. Natürlich war er das Alleinsein gewöhnt. Als Mönch lebte man in selbst auferlegter Einsamkeit. Aber man sah zumindest zu den Gebetsstunden und zum Mittagessen andere

Gesichter, man hatte etwas zu tun oder konnte sich zumindest mit allen möglichen Tätigkeiten ablenken.

Im vorderen Teil des Hauses lag eine Werkstatt, die der Tischler benutzt hatte. Im hinteren Teil befand sich eine Esse, deren Zug bis unters Dach führte. Der Keller war niedrig und glich eher einem feuchten Loch. Hier lagerten Hölzer, die offenbar weich gehalten werden mussten, damit man sie biegen konnte. Es roch nach Nässe und Schimmel. Im Obergeschoss, in das man über eine Wendeltreppe gelangte, befanden sich mehrere Wohnräume und – was für ein Luxus – ein eigener Abort, der in den Spalt zwischen den Häusern hineinreichte. Man musste nicht in den Hof, um sich zu erleichtern, sondern konnte vom Schlafzimmer aus durch eine Tür den Abtritt betreten und sich hier bequem auf ein Brett setzen. Als Bruder Adilbert diesen Einbau entdeckt hatte, musste er schmunzeln: Die Lösung des Tischlers war eines Kaisers würdig.

Der Hinterhof war groß, und am anderen Ende verlief eine Gasse. An die Mauer zu dieser Gasse lehnte sich ein schmaler Schuppen, eine weitere kleine Werkstatt, in die er jedoch noch nicht hineingesehen hatte. Ein Tor gab es nicht in dieser Mauer.

Mindestens dreimal war er durch das ganze Haus gegangen, hatte sogar den Dachboden betreten und abgesucht, und jetzt stand er vor einer Truhe, die ihm erst bei dieser dritten Begehung aufgefallen war. Er kniete sich hin und öffnete sie. Stoffballen, Hosen, Hemden und Schuhe kamen zum Vorschein. Alles fein säuberlich gefaltet und gestapelt. Zuoberst lagen eine Lederkappe und ein Filzhut.

Er wollte die Truhe schon wieder schließen, als er begriff, was er da vor sich hatte: den Sonntagsstaat des Tischlers. Es dauerte noch einmal eine ganze Weile, bis er verstand, dass dies hier seine Gelegenheit war.

Er legte die Kutte ab und suchte sich die Kleidungsstücke

heraus, die ihm angemessen erschienen und die ihm passten. Der Tischler hatte offenbar Adilberts Größe gehabt, allerdings fehlten diesem am Oberkörper die Muskeln des Handwerkers, sodass er in Oberhemd und Wams etwas verloren aussah. Seine Tonsur konnte er mit der schlichten Lederkappe verbergen. Als er die Verwandlung vollzogen hatte, sah er an sich hinunter. Wenn er sich dazu einen Bart stehen ließ, dann musste er doch als Handwerker durchgehen. Zuletzt betrachtete er seine Hände, die so ganz und gar nicht zu einem Handwerk zu passen schienen. Nicht einmal die Fingernägel zeigten Trauerränder.

Bruder Adilbert packte seine Kutte in die Truhe. Das beruhigte ihn ein wenig. So hatte er seine Kleidung wenigstens nur getauscht, nicht gestohlen, obwohl es bei einem Toten natürlich nichts zu tauschen gab.

Wieder streifte er durch das Haus – und jetzt, da er in der fremden Kleidung steckte, die für ihn ungewohnt war, empfand er sein Gefängnis als nur noch grausamer.

Er begann seine Wanderung erneut und schaute in jeden Winkel des Hauses. Zuletzt stellte er sich selbst eine Aufgabe, um gegen die Langeweile anzukämpfen.

Bruder Adilbert schloss die Augen und überlegte, wie er gehen musste, um den Keller zu finden, die Esse oder den Abtritt. Blind lief er auf den Dachboden und von dort in den Keller und wieder in das Schlafzimmer des ersten Stockwerks. Schließlich landete er auf dem Hof und blieb vor dem schmalen Schuppen stehen, der sich an die rückwärtige Mauer lehnte. Diesen Schuppen hatte er als einzigen Raum noch nicht betreten. Er betrachtete ihn prüfend und überlegte, wie er ihn in für seine geplante Flucht nutzen könnte.

Ob er hinaufklettern sollte? Das Dach reichte bis zur Mauerkrone. Wenn er hinaufstieg, dann konnte er auf der anderen Seite auf die Straße hinunterspringen. Doch er verwarf den Gedanken sofort wieder. Er würde sich nur die Beine brechen. Schon als Junge war er nicht so geschickt im Klettern gewesen wie die anderen, sondern hatte eher seine stille Freude in der Betrachtung gefunden. Ruhig dazusitzen und die Vögel zu beobachten, wie sie sich manchmal zutraulich näherten, das war sein Vergnügen gewesen, nicht aber das Klettern und Raufen.

Bruder Adilbert ging zu dem Schuppen und rüttelte an der Tür. Sie war unverschlossen. Ein dämmriges Licht empfing ihn. Holzstapel an Holzstapel füllte den Raum. Hölzer in allen Farben, braun, hell, fast schwarz. Der Tischler hatte sich hier wohl seine Trockenkammer eingerichtet. Adilbert wusste, dass Holz fünf, sechs Jahre und länger lagern musste, bis es bereit war zur Verarbeitung. Manche Tafeln für Bilder lagen sogar fünfzehn oder zwanzig Jahre, bis sie bemalt werden konnten.

Bruder Adilbert betrat den Schuppen. Er mochte den Geruch des Lagerholzes. Obwohl er sich beim Führen einer Axt sicherlich das Bein abgeschlagen hätte, faszinierten ihn Struktur und Farbe der unterschiedlichen Hölzer. Vom Weiß der Birke bis zum dunklen, oft beinahe schwarzen Ton der Eiche fanden sich alle Schattierungen. Er ging von Stapel zu Stapel und entdeckte endlich eine Lücke zwischen dem ersten und dem zweiten Stapel Holz, das an der Wand entlang aufgeschichtet war. Als Bruder Adilbert näher trat und sich diese Lücke genauer betrachtete, hätte er beinahe laut gejubelt. An der Rückseite war offenbar wie bei allen diesen Grundstücken doch eine Tür zur Gasse hinaus. Sie war wohl notwendig, damit das Holz nicht durch das ganze Haus und über das halbe Grundstück getragen werden musste, sondern gleich hier im Trockenraum gelagert werden konnte.

Bruder Adilbert untersuchte das Schloss und fand, dass ein einfacher Schlüssel sperren musste, konnte jedoch keinen entdecken. Das Schloss bestand eigentlich nur aus einem Loch in der Tür und einem Balken, der quer über diesem Loch lag und sperrte. Wieder suchte er die Wände ab. Es musste gar kein normaler Schlüssel sein, den es zu finden galt, es genügte ein einfacher Haken, mit dem man den Balken anheben könnte. Und tatsächlich – gleich neben dem Eingang hing an einem Holznagel ein gebogener Metallhaken. Der Mönch in Handwerkerkleidung öffnete die Tür, was von innen recht einfach war: Er hob einfach den Riegel an und zog das Türblatt zu sich her. Die Tür schwang auf. Dann probierte er den Haken aus. Wenn er ihn durch die Öffnung schob, einmal verdrehte und dann mit dem Haken den Balken hob, musste es gelingen. Nach drei Versuchen hatte er den Dreh heraus.

Glücklich über seine Entdeckung zog er sich die Lederkappe tiefer ins Gesicht und trat auf die Gasse hinaus.

Als sich die Tür hinter ihm geschlossen hatte und der Riegel in die Sperrung zurückgefallen war, atmete er tief durch, als würde die Luft hier anders schmecken als in seinem unfreiwilligen Gefängnis. Doch dann blieb Bruder Adilbert unschlüssig stehen. Jetzt stand er draußen und konnte sich in das Gespinst der Welt werfen, doch was sollte er beginnen?

Sein erster Gedanke war, die Stadt zu verlassen. Fort von hier und fort von dieser Bedrohung. Er nickte kurz, wie um sich selbst den Entschluss zu bestätigen, und marschierte los. Er würde Augsburg durch das Nordtor verlassen und sich dann nach Süden wenden. Vielleicht konnte er sich ja sogar in Rom niederlassen?

Entschlossen schritt er aus. Er ging an der unteren Mauer entlang, die ihn zum Fledermausturm führte. Als er dort vorüberkam, musste er an die beiden Frauen denken, die Röttel und die Schwarze Liss. Unwillkürlich nahm er den Weg über die Hennastäpfala hinauf in den Pfaffenwinkel. Wenn er durchs Stephinger Tor hinausging, dann konnte er sich auch den Brandplatz ansehen, für den er die Urkunde ausgestellt hatte.

Mit entschlossen gestrafften Schultern ging er erneut an der alten Mauer entlang. Irgendwann musste er zu dem Platz gelangen.

Er roch ihn, bevor er ihn sah. Trotz der Wochen, die zwischen dem Ereignis und dem Heute lagen, kitzelte das brandige Aroma sein empfindliches Riechorgan. Er entdeckte linker Hand die verkohlten Wände der Nachbarhäuser und die auf der Krone geschwärzte Mauer, deren Eingangstür unversehrt war. Sie hatte in der Mitte ein Durchsichtgitter. Unauffällig stellte sich Bruder Adilbert ans Tor und blickte hinein.

Die Trümmer waren weggeräumt, der Platz war eingeebnet worden. Die ersten Grundmauern hatte man auf den Kellermauern bereits hochgezogen. Links von der Mitte, dort wo auch in seinem Haus der Keller angelegt worden war, ragte eine Leiter aus einem Kellerloch. Sicherlich ging es dort hinab in die Vorratskeller, die hier oben auf der Hochterrasse tiefer waren als im Lechviertel unten, dessen Häuser nur wenig über dem Grundwasser lagen. Durch den Innenhof lief eine Art Grube, vermutlich ein Verbindungsgang zwischen zwei Kellerräumen.

Es war ein schönes, großes Grundstück, das sicherlich einen gewissen Wert darstellte. Doch war es keineswegs so wertvoll, dass es einen Mord rechtfertigte.

Noch einmal ließ er seinen Blick über das Grundstück gleiten. Was machte es so begehrenswert, dass man dafür tötete? Bruder Adilbert wagte nicht, das Gelände zu betreten, obwohl er bemerkte, dass die Tür nicht verschlossen war und sich nach innen drücken ließ.

Er wollte sich gerade abwenden, als ein Mann die Holztreppe nach oben stieg. Ein Maurer, der einen hölzernen Kübel in der Hand hatte. Offenbar wurde im Keller gearbeitet.

Er wandte sich ab und ging weiter in Richtung des Stephinger Tors. Er war noch keine zehn Schritte vom Brandplatz entfernt, da wurde er von spitzen Schreien aufgehalten. Es waren Schreie, hohe weibliche Schreie, die den Schrecken in sich trugen, der sie ausgelöst hatte. Schreie, die ihm ins Mark fuhren. Schreie waren es so voller Furcht, dass sie ihn sofort an das Mädchen erinnerten, das um seinetwillen das Leben verloren hatte.

Bruder Adilbert sah sich um. Kein Mensch befand sich auf der Mauer. Vor ihm lag der Aufgang zur Stadtmauer. Mit fliegenden Schritten lief er darauf zu und hastete die Treppe hinauf. Von dort oben konnte er das Gelände besser überblicken. Vielleicht konnte er so auch herausfinden, woher diese Schreie kamen.

Er lief den Wehrgang entlang und schaute hinab auf das Gelände unter der Mauer, doch er konnte nichts entdecken. Die spitzen Schreie verebbten, als würde sich die Frau beruhigen. Er konnte daher die Richtung nicht mehr bestimmen. Als er an einer der Schießscharten in der Mauer vorüberkam, vernahm er jedoch wieder einen Schrei vor der Mauer. Überrascht drehte er sich um, öffnete die Luke in der Mauer und sah nach draußen. Tatsächlich standen dort vor einem kleinen Gartenhaus zwei Frauen, die einander umklammerten. Bruder Adilbert glaubte die beiden Frauen zu kennen: die Röttel und die Schwarze Liss. Dann sah er etwas, das ihm gar nicht gefiel.

11

Die Schwarze Liss schrie und schrie und konnte sich nicht beruhigen. So aufgelöst hatte Hannah sie noch nie erlebt. Die Liss stürmte trotz ihres verwachsenen Beins schneller die Treppe hinauf, als Hannah ihr nachkam. Eine Klappe versperrte ihr den Weg. Sie stemmte sich mit aller Kraft dagegen, hebelte sie auf, ließ sie auf den Boden krachen, kroch hinaus, und wenige Augenblicke später standen sie vor dem Gebäude, in dem der Tunnel geendet hatte. Hannah hatte die Schwarze Liss schließlich eingeholt und hielt sie fest. »Ist ja schon gut«, sagte Hannah und versuchte die Bettlerin mit einer sanften Stimme und langsam streichelnden Bewegungen zu beruhigen.

»Das Geräusch«, stammelte die Schwarze Liss. »Das Geräusch. So unmenschlich. So fremd. Und dann dieser Schatten, dieser große Schatten.«

Hannah nickte. Auch ihr war der Schreck in die Glieder gefahren, wenn sie auch den Schatten nicht gesehen hatte. Doch sie hatte den Schrei vernommen und dann dieses Klirren einer Kette.

Die Schwarze Liss noch immer umfasst haltend, betrachtete Hannah das Gebäude.

»Ich glaube, ich weiß, wo dieser unterirdische Gang endet«, sagte sie tonlos.

Die Liss, die sich langsam wieder im Griff hatte, löste sich aus Hannahs Armen. Sie fuhr sich mit dem Ärmel über das Gesicht und drehte sich um. Dann stutzte sie.

»Das Lusthaus. Unser Lusthaus?«

Hannah sah sich um. Dieses Gelände hatten sie schon einmal eingesehen, von oben, vom Wehrgang aus.

Plötzlich schwirrte ihr der Kopf, weil so viele Dinge auf sie einstürzten. Alles schien mit allem zusammenzuhängen, alles aufeinander bezogen zu sein, als würden sie sich auf den schmalen Fäden eines Spinnennetzes bewegen und immer wieder auf dieselben Gabelungen stoßen.

»Hat es den Gang während eurer Zeit in diesem Haus auch schon gegeben?«, fragte Hannah.

Die Schwarze Liss drehte sich zu Hannah um. Beide musterten sich eindringlich.

Hannah sah in Liss' Gesicht noch immer den Schatten des Schreckens, der sie aus dem Haus getrieben hatte.

»Wenn es den Gang zu der Zeit, als dein Vater und du hier gewohnt habt, schon gegeben hat, dann würde sich erklären, warum … nun, warum das Haus unbedingt …«

»Willst du jetzt meinen Vater beschuldigen, dass er hier etwas Unrechtmäßiges getan hat«, zischte die Schwarze Liss Hannah an. In ihren Augen glomm ein gefährliches Licht.

»Nein, aber es würde erklären, warum das Grundstück so wertvoll war, dass man seinen Tod in Kauf nahm.«

Die Schwarze Liss verengte die Augen zu Schlitzen. »Du denkst zu schnell für mich, Röttel. Was soll der Gang erklären?«

Hannah zügelte sich. Sie konnte die Liss gut verstehen. Wenn sie an den Brand dachte, schossen auch ihr die Tränen in die Augen, ohne dass sie sich dagegen wehren konnte. Schlimme Erinnerungen peinigten die Menschen noch Jahre später.

»Der Gang führt unter der Mauer hindurch. Er endet in einem Bürgerhaus. Und jetzt stell dir vor, du kannst ungesehen in die Stadt hinein und wieder hinaus. Kein Torwächter stellt dumme

Fragen. Niemand kann dich nachts daran hindern, die Stadt zu verlassen oder zu betreten.«

»Dann hätten sich die Mörder meines Vaters beinahe fünf Jahre Zeit gelassen«, spottete die Schwarze Liss, während sie Hannah aufmerksam betrachtete.

»Vielleicht war es nicht die Zeit, die ihnen im Wege stand.«

»Pst. Pst!« Die beiden Frauen wurden in ihren Überlegungen unterbrochen. »Weg! Weg mit euch!«, rief die Stimme.

Hannah und Liss schauten umher, doch sie sahen niemanden. In Liss' Miene kehrte das Entsetzen zurück, und ihr eben noch strenger Gesichtsausdruck begann ihr zu entgleiten.

»Hier oben!«, zischte es über ihnen, und beide Frauen blickten an der Stadtmauer empor. Aus einer der Scharten winkte eine Hand. »Weg hier. Schnell! Da kommen Leute!«

Obwohl Hannah nicht wusste, wer das war und warum er sie warnte, begriff sie doch, dass sie und die Liss in Gefahr schwebten. Sie packte die Bettlerin am Arm und zog sie hinter sich her zu einem Gebüsch, das der Knöterich zu einer beinahe undurchdringlichen Wand geformt hatte. Sie schlüpften unter das Grün und hockten sich nieder.

»Wer war das?«, fragte die Liss, noch ganz außer Atem.

Hannah zuckte mit den Schultern. »Ich weiß es auch nicht.«

Sie schwieg, während sie aufmerksam auf die Geräusche um sie herum horchte. Doch sie hörten nichts. Von ihrem Versteck aus konnten sie den Weg herauf vom Graben überblicken, sahen die Tür des Hauses und die dem Graben zugewandte Seite. Eines der Fenster zeigte zu ihnen, aber es war durch einen Pergamentbogen verschlossen und sah aus wie blind. Auch einen Teil der Stadtmauer behielten sie im Auge.

»Vielleicht hat sich jemand einen Spaß mit uns erlaubt. So etwas soll vorkommen.« Die Schwarze Liss atmete hörbar ein und aus. »Aber ich verstehe vieles langsam nicht mehr.«

»Was war das für ein Wesen im Keller?«, flüsterte Hannah, doch sie bekam keine Antwort, denn nun vernahmen sie die Tritte von Stiefeln, schweres Atmen und leise Flüche. Dann sahen sie durch das Gestrüpp, wie ein paar Köpfe sich vorbeibewegten. Drei Männer stapften den Hang herauf. Schließlich erkannten sie, dass zwei der drei Männer einen Sack auf dem Rücken trugen. Sie hörten, wie der Mann ohne Last auf dem Rücken sagte: »Wir hätten nicht hochkommen dürfen. Das ist zu riskant.« Der Mann war lang und dürr. Sein Gesicht glich einer Maske. Es wirkte eigenartig starr und schien ohne sichtbare Gefühlsregungen.

Die Liss stieß Hannah an. »Den kennen wir«, flüsterte sie ihr zu. »Das ist einer von den Schmugglern.«

Hannah nickte. Auch sie hatte die Männer sofort erkannt. Es waren die drei Schmuggler, denen sie schon einmal begegnet waren.

Der kräftigere von den dreien stellte seinen Sack vor dem Haus auf den Boden und suchte mit flinken Augen die Umgebung ab. Auch das Mauerstück wurde einer Untersuchung unterzogen.

»Ihr habt die Schreie doch auch gehört. Glaubt ihr vielleicht, das war Zufall? Da hat jemand unsere Freundin gefunden.«

»Jetzt mal nicht zu schwarz, Hilgert. Wer soll hier schon herkommen?« Der dritte Mann mischte sich ein und beruhigte den Mann, den der Dürre Hilgert genannt hatte.

»Ich schau nach. Wartet hier.« Der Dürre verschwand in dem Fachwerkgebäude.

Ein ungutes Gefühl beschlich Hannah, so als hätten sie irgendetwas übersehen und sie käme nicht drauf. Sie zermarterte sich den Kopf, doch es war, als läge die Lösung vor Augen, ohne dass sie sie sehen konnte.

Dann kam der Dürre wieder zum Vorschein und blieb an der

Türschwelle stehen. Er betrachtete die Umgebung aufmerksam und suchte mit dem Blick den Boden ab.

»Und, was gefunden?«, fragte Hilgert.

Wortlos streckte der Dürre seinen Kumpanen die offene Hand hin. Darin lag ein Kerzenstumpen.

»Verdammt!«, entfuhr es Hannah. »Wir haben die Kerze fallen lassen!«

Die Hand der Schwarzen Liss verkrallte sich in Hannahs Arm. »Das ist meine Schuld!«

Der Dickere pfiff durch die Zähne. »Die Maurer waren das jedenfalls nicht.«

Der Dürre schüttelte energisch den Kopf, doch er sah seine beiden Gefährten nicht an, sondern ließ den Blick umherschweifen. »Außerdem ist unsere Freundin drinnen höchst unruhig«, ergänzte er.

»Wir hätten ein Schloss am Haus anbringen sollen«, murrte Hilgert.

»Das mit dem Schloss funktioniert nicht, das weißt du genauso gut wie ich. Du kennst ihn!«, blaffte der Dürre ihn an. Er deutete mit dem Daumen hinauf in den ersten Stock. »Wir hätten den Hund mitnehmen sollen!«

»Blödsinn! Du weißt, dass er bellt, wenn die Ware sich rührt. Er hätte uns schon einmal beinahe verraten.« Der Dicke wischte sich den Schweiß von der Stirn.

»Aber jetzt könnten wir ihn suchen lassen.«

Bei dem Wort *Hund* war Hannah zusammengezuckt. Ein Hund hätte sie sofort gefunden.

Der Dürre deutete auf die beiden Säcke. »Wir müssen die Ware loswerden, bevor womöglich jemand nachsieht.«

»Aber sie sind bestellt. Für heute Abend.«

»Wir werden liefern, aber auf dem klassischen Weg durch die Pforte.«

Hannah hörte das Wort *Pforte* und verstand sofort. Ihr Blick wanderte zu der Pforte hinüber – und tatsächlich, über Kopfhöhe baumelte immer noch der Schlüssel, den die Männer dort angebracht hatten. Er diente also tatsächlich dazu, diese Nebenpforte zu öffnen.

»Der Schlüssel ist von meinem Vater!«, hauchte die Liss ihr ins Ohr. »Nur er hat einen besessen – und natürlich der Bischof.«

Plötzlich knurrte Hannahs Magen laut und vernehmlich und erinnerte sie daran, dass sie seit gestern Abend nichts mehr gegessen hatte. Sie konnte nichts dagegen tun. Der Dürre wandte den Kopf und sah zu dem Gestrüpp hinüber.

»Hast du das gehört?«, fragte er Hilgert. »Dieses Knurren.«

»Ein Köter, was sonst?«, sagte der. »Der ganze Graben ist voll von den Viechern!« Er hob einen Stein auf und warf ihn zielgenau in das Gebüsch.

Der Stein traf Hannah an der Brust – und sie hätte beinahe laut geschrien. Doch sie konnte Schreck und Schmerz gerade noch beherrschen.

»Wir müssen weg«, wisperte die Liss. »Sofort. Wenn die nachsehen, erwischen sie uns.«

Hannah versuchte die Schwarze Liss zu beruhigen. Sie hielt sich die linke Brust, in der der Schmerz pulste wie ein lebendiges Wesen.

»Wenn wir weglaufen, hören sie uns. Wir könnten ihnen niemals entkommen.«

»Was glaubst du, ist in den Säcken?« Die Liss deutete mit einer Kinnbewegung zu den Männern hinüber. In einem der Säcke regte sich etwas, als wäre eine Schlange oder ein anderes Lebewesen darin. Ruckartige Bewegungen ließen die Rupfensäcke beinahe lebendig erscheinen.

Hannah wollte es im Augenblick nicht wissen. Ihre Aufmerksamkeit galt der Mauer. Sie konnte sehen, wie sich hinter einer der Scharten ein Schatten bewegte. Es war, als würden sie von dort oben noch immer beobachtet, ohne dass der Beobachter sich zeigte.

So viele lose Enden dieser Geschichte hingen herum, die sie gerne verfolgt hätte: Was war das für ein Wesen im Lusthaus? Wer war der Unbekannte auf der Zinne? Was hatten die Männer in den Säcken versteckt? Wofür um alles in der Welt brauchte man den unterirdischen Gang? Zumindest die letzte Frage konnte sie beantworten: zum Schmuggeln. Vermutlich wurden die Säcke in der Abenddämmerung hier heraufgebracht und anschließend durch den Tunnel in die Stadt geschafft. Das würde auch das Interesse an ihrem Haus erklären. Wenn der Gang schon zu Zeiten von Hannahs Vater da gewesen war, dann brauchte er nur wieder geöffnet werden. Dazu musste man allerdings das Grundstück in der Stadt besitzen, in dem der Gang endete.

Sie erinnerte sich an die Bruchарbeiten, die sie gehört hatte, als sie am Grundstück vorübergegangen waren. Die Arbeiter hatten wohl nur die Mauer einreißen müssen, mit der dieser Gang bislang verschlossen worden war.

Hannah wurde durch einen Stoß in die Rippen aus ihren Überlegungen gerissen. Die Schwarze Liss deutete zum Haus hinüber.

»Sieh dir das an, Röttel«, flüsterte sie, Angst in der Stimme.

In der Türöffnung des Lusthauses erschien eine Gestalt, ganz in Schwarz gekleidet und das Gesicht halb verdeckt mit einer schwarzen Kapuze. Was davon zu sehen war, das Kinn und die untere Hälfte des Gesichts, glänzte weiß wie polierter Marmor.

Die Männer zuckten zusammen, als der Mann auftauchte. Er bedeutete ihnen durch ein Winken, dass sie das Haus betreten sollten. Die Hand, die sich aus der schwarzen Kutte schälte, steckte in einem hellen Handschuh. Die Männer nickten, schulterten die Säcke und verschwanden einer nach dem anderen im

Haus. Der Dürre drehte sich auf der Schwelle noch einmal um und ließ seinen Blick erneut über das Gelände vor dem Lusthaus schweifen. Dabei blieb er länger an dem Gebüsch hängen, aus dem das Knurren ertönt war und in das Hilgert den Stein geworfen hatte. Schließlich drehte er sich jäh um und ging ebenfalls ins Haus. Hinter ihm schloss sich die Tür.

»Erinnerst du dich an die Geschichte, die der Mönch erzählt hat?«, fragte Hannah beinahe tonlos. »Ich habe ihm nicht geglaubt, als er von diesem Geistwesen, dieser Schwarzen Kapuze, gesprochen hat. Mönche sind einsam, so ganz ohne Frauen, da spinnt man sich schon mal etwas zusammen. Aber der Kerl dort war echt.« Sie stieß die Luft aus den Lungen und versuchte, ein Flattern der Stimme zu verhindern. Was sie gesehen hatte, hatte ihr Angst gemacht. Schlimmer noch. Der Blick, den sie auf das Wesen erhascht hatte, war ihr in die Eingeweide gefahren wie ein eisiger Speer und hatte sie von innen ausgekühlt.

»Was jetzt?«, flüsterte die Schwarze Liss.

In der Stimme der Bettlerin vernahm sie dieselbe Angst wie bei ihr.

»Kommen wir an den Schlüssel ran?«, fragte Hannah. »Er hängt weit über unseren Köpfen. Wir haben aber nur eine einzige Möglichkeit. Wenn die Kerle uns sehen, glaube ich nicht, dass es uns gelingen wird, in die Stadt zu gelangen. Sie wären zu schnell bei uns.«

Auch Hannah sah, dass es unmöglich für sie war, den Schlüssel mit der Hand zu erreichen. Sie würden nur über eine Räuberleiter darankommen, und das brauchte zu viel Zeit. Andererseits vermutete sie, dass die Männer, wenn sie in die Stadt hineingingen, den Schlüssel mitnehmen würden, denn sie mussten die Türe wieder hinter sich absperren, sonst würde der Nachtwächter Alarm schlagen. Sie konnten aber nicht bis zum Abend hier hocken. Ihre Blase drückte, und Hunger hatte sie auch.

Hannah spähte aus ihrem Versteck zum Haus hinüber. Wenn sie von dort aus nicht beobachtet wurden, dann könnten sie es vielleicht schaffen. Hannah überlegte noch, als die Schwarze Liss sie erneut am Ärmel zupfte.

»Schau mal zum Fenster!«, flüsterte sie nur.

Hannah wandte den Blick zum Fenster. Von dem einzigen Fenster, das in ihre Richtung zeigte, war das Pergament entfernt worden, mit dem es verschlossen gewesen war. Es wirkte jetzt dunkel wie eine schwarze Pupille. Dennoch schien darin etwas zu glänzen, ein heller Fleck. Es dauerte eine Weile, bis Hannah begriff, dass das kein Lichtfleck war, sondern das weiße Gesicht der Schwarzen Kapuze, die die Männer ins Haus geholt hatte. Der unheimliche Kerl stand am Fenster und spähte offenbar in den Garten hinaus, ob sich dort jemand bewegte. Sie hatte das Gefühl, als würde er das Dickicht mit seinen Augen durchdringen und sie dort hocken sehen.

Hannah saß starr und steif da und hoffte inständig, der Hellgesichtige würde sie nicht bemerken.

Wie lange es gedauert hatte, bis das Pergament wieder das Fenster verschloss, konnte Hannah nicht sagen, so lange saßen sie beide regungslos da und warteten. Dabei kam Hannah ein Gedanke. Der Schlüssel hing an einer Schnur, die von einer der Scharten herabhing. Wenn ihr Warner ihn hochziehen würde, dann könnte er ihnen die Tür von innen öffnen. Dazu musste sie ihn nur auf sich und den Schlüssel aufmerksam machen, wenn er noch auf der Mauer stand. Doch solange die Schwarze Kapuze sie jedoch beobachtete, konnte sie kein Zeichen geben.

Sie erzählte der Schwarzen Liss von ihrem Plan, dann lehnte sie sich langsam gegen einen Stamm. So saß sie da und sann vor sich hin. Zunächst hielt die Anspannung Hannah noch wach, doch irgendwann fielen ihr die Augen zu, nachdem sich am Haus nichts rührte, und sie schlief ein.

Geweckt wurde sie durch einen Sonnenstrahl, der schräg von oben durch das Blätterdach fiel und sich auf ihrem Gesicht niedergelassen hatte. Ein kurzer Blick genügte, und die Glocke vom Perlach, dem Stadtturm, bestätigte gleich darauf ihre Vermutung. Es schlug zu Mittag. Sie hockten demnach seit einer guten Stunde in diesem Gestrüpp. Die Liss hatte sich an Hannahs Schulter gelehnt.

Jetzt rüttelte sie Hannah, als gelte es Pflaumen von einem Baum zu schütteln.

»Ist ja gut, ich bin wach!«, herrschte Hannah sie an, verstummte jedoch sofort wieder.

»Schau zum …!«, war alles, was die Liss sagen konnte, danach verschlug es auch ihr die Sprache.

Hannah versuchte in die Hocke zu kommen, um besser sehen zu können, doch ihr rechtes Bein versagte ihr den Dienst. Es war wie taub. Erst als sie sich anders hinsetzte, begann das Blut wieder zu fließen, und es prickelte derart schmerzhaft, dass sie am liebsten laut geschrien hätte.

Doch das, was sie jetzt sah, nahm ihr jeglichen Schmerz.

»Maria Muttergottes, erbarme Dich unser!«, entfuhr es der Schwarzen Liss. »Das ist ein Teufel!«

Auch Hannah nahm der Anblick zuerst den Atem. Die Liss hatte recht, musste recht haben. Aus der Tür des Hauses tobte auf allen vieren ein Wesen, das halb Mensch, halb … sie fand keinen Vergleich dafür: Für einen Bären war das Untier zu schlank, und die Gliedmaßen waren zu lang, für einen Menschen aber war es zu klein und zu sehr behaart. Außerdem hatte das Wesen eine stark vorstehende Schnauze. Ein Hund konnte es aber auch nicht sein, denn es lief nicht nur auf allen vier Beinen, sondern auch auf zweien, und es besaß Hände zum Greifen, keine Pfoten mit Krallen – es hatte von allem etwas: von Bär, Mensch und Hund.

Der Dürre führte das Wesen an einer Leine, die es um den Hals gelegt hatte. Es schien sich vor dem Licht zu ängstigen, denn es schirmte seine kleinen dunklen Augen vor der Sonne ab. Dann begann es zu kreischen, so wie das Wesen gekreischt hatte, das sie aus dem Haus vertrieben hatte. Es war wie ein hässliches Lachen, das sich steigerte, als wäre das Untier wahnsinnig geworden, und wie wahnsinnig geworden verzog es auch das Gesicht und entblößte dabei vier gewaltige Reißzähne.

Der Dürre blieb in der Tür stehen, die Leine in der Hand, während der haarige Teufel sich gebärdete, als wäre er völlig von Sinnen. Er riss die Arme in die Höhe und warf Unrat in die Luft, er hüpfte und sprang und machte Überschläge.

Hannah legte die Hand auf Liss' Arm. »Die Schwarze Kapuze beobachtet uns wieder. Siehst du?«

Das Pergament war erneut von der Fensteröffnung entfernt worden, und obwohl nichts dahinter zu sehen war, glaubte Hannah doch die weißgesichtige Kapuzengestalt zu erkennen.

»Was ist das für ein Mensch?«, fragte Hannah, wagte ihre Frage aber nur zu hauchen.

»Ein Weißer«, entgegnete die Schwarze Liss. »Ein Mensch so weiß wie Schnee. Eine Laune der Natur.«

»Woher weißt du das?«

»Weil ich einmal einem begegnet bin«, sagte sie, und Hannah hörte, wie ihre Zähne knirschten.

Sie verstummten, weil sich das schwarze Untier ihrem Versteck näherte. Es riss an seinem Strick und kreischte, als hätten die Pforten der Hölle sich geöffnet. Doch der Dürre ließ den Teufel nicht von der Leine.

»Wir haben nur eine einzige Möglichkeit zu entkommen«, flüsterte die Schwarze Liss. »Wir müssen durch die Pforte.«

Hannah sah zur Stadtmauer hinüber. »Der Schlüssel. Er ist weg.« Ohne dass sie dagegen ankam, schwappte eine Welle kalter Angst über sie hinweg. Ob sie durch eines der Tore wieder in die Stadt kämen, war mehr als zweifelhaft, zumindest erheblich schwieriger. Ihre einzige Möglichkeit, sich zu retten, war dahin.

»Während du geschlafen hast, habe ich gearbeitet. Du ahnst ja nicht, wer dort oben auf der Mauer sitzt. Aber das erzähle ich dir später. Ich habe ihm den Schlüssel gezeigt und er hat mich verstanden und die Pforte aufgesperrt. Die Tür ist ...«

Mit einem Kreischen, das mehr einem Jubeln glich, warf sich das haarige Untier in die Leine, und die riss mit einem leisen Schnalzen. Verblüfft starrte das Wesen zuerst auf die Leine, dann auf seinen Peiniger. Kurz darauf galoppierte es auf allen vieren davon, sprang an der Mauer entlang und bis zum nächsten Baum.

»Der Teufel will gar nicht zu uns«, flüsterte Hannah triumphierend, als sich das Teufelsvieh in die andere Richtung davonmachte, hinter das Gebäude.

Der Dürre brüllte etwas in das Haus hinein. Gleich darauf sprangen Hilgert und der Dicke heraus. Hilgert hielt eine Stange in der Hand. Ihr Anführer zeigte in die Richtung, in die das Wesen verschwunden war. Dann jagten die drei Männer an der Mauer entlang und entfernten sich so von Hannah und der Schwarzen Liss.

»Egal, ob dort oben jemand sitzt und uns zusieht, Röttel. Jetzt oder nie!«, befahl die Liss und riss Hannah mit sich.

Wie eine Urgewalt brachen die beiden Frauen aus dem Gebüsch. Sie stürmten die vierzig Fuß den Weg entlang und hatten die Pforte fast erreicht, als die drei Männer auf sie aufmerksam wurden. Die letzten Schritte machten sie unter den Augen der Schmuggler, die zuerst verblüfft stehen blieben und sich ratlos ansahen.

Die Liss drückte die Klinke und warf sich gegen die Pforte, doch die ließ sich nicht öffnen.

»Herrgott, mach auf!«, schrie sie.

Jetzt reagierten die drei Männer.

Hannah sah aus den Augenwinkeln, wie die Schmuggler zuerst noch unentschlossen herumstanden. Doch dann ertönte aus dem Haus offenbar ein Befehl, den Hannah nicht recht verstehen konnte – und die Männer sprangen zur Pforte. Währenddessen versuchte die Schwarze Liss verzweifelt, das Tor zu öffnen. Sie warf sich erneut mit aller Kraft dagegen, doch die Pforte rührte sich nicht. Sie war offenbar doch nicht aufgeschlossen worden.

Schließlich begriff Hannah, woran es lag. »Du musst ziehen!«, schrie sie die Liss an.

Die Schwarze Liss stockte, dann drückte sie erneut die Klinke und zog. Die Tür schwang auf. Die beiden Frauen stolperten hindurch. Die Pforte schlug hinter ihnen zu, und Hannah hörte noch, wie ein Schlüssel im Schloss sperrte. Die Männer hämmerten von der anderen Seite dagegen, doch vorerst waren sie und die Liss in Sicherheit.

Hannah war noch ganz außer Atem.

»Weg hier!«, hörte sie eine Männerstimme schreien. »Vielleicht gibt es einen zweiten Schlüssel.«

Hannah drehte sich zu der Stimme um – und staunte nicht schlecht. Sie kannte den Mann nicht, der sie beide mit ausgebreiteten Armen aufhielt und vorwärtsdrängte. Doch sie hatte keine Zeit, darüber nachzudenken.

In ihrem Kopf formte sich ein Gedanke. Wenn die Männer ihnen nicht durch die Mauerpforte folgen konnten, dann folgten sie ihnen durch den Tunnel.

»Zum Fledermausturm!«, forderte sie. Niemand widersprach, und schon eilten sie an der Mauer entlang und hinunter in Richtung der Hennastäpfala.

»Wer seid Ihr?«, fragte Hannah endlich, als der Mann neben ihr lief, mit einem Seitenblick auf ihn. Irgendwie kam er ihr langsam doch bekannt vor. Sie konnte jedoch nicht sagen, woher.

»Wir sind uns schon einmal begegnet«, sagte der Mann und grinste schelmisch.

Sein Gesicht wirkte weich, und seine Augen waren wach und schienen die Welt zu durchschauen. Auch seine Hände, mit denen er das Wams festhielt, das ihm etwas zu groß war, wirkten eher weibisch. Ein Handwerker war er jedenfalls nicht. Dazu war er zu auffällig gekleidet.

»Nun sagt schon, ich bin Euch jedenfalls noch nicht begegnet«, sagte Hannah ungeduldig.

»Nennt mich Bruder Adilbert«, sagte der Mann lächelnd.

Hannah blieb stehen. »Bruder Adilbert?« Sie sah ihm genau in die Augen, und jetzt erst konnte sie an der Nasenkrümmung erkennen, dass es tatsächlich der Mönch war, der ihr hier gegenüberstand.

»Aber – wie kommt Ihr in diese Kleidung?« Hannah hätte beinahe laut gelacht, wenn ihr nicht so elend gewesen wäre.

»Das erzähle ich Euch später. Jetzt müssen wir von der Straße weg.«

Hannah wollte schon wieder losgehen, als die Liss sie am Ärmel festhielt.

»Einen Augenblick. Wollen wir wirklich zum Fledermausturm? Die Männer haben uns gesehen – und wenn sie auch dich und Bruder Adilbert selbst nicht kennen – die Schwarze Liss kennen sie vermutlich und werden sie mit dem Fledermausturm in Verbindung bringen. Es wäre also besser, irgendwo anders unterzuschlüpfen. Außerdem gibt es im Fledermausturm vermutlich eine Zuträgerin, wie du weißt. Wir müssen verhindern, dass sie weitererzählt, was wir gesehen haben.«

Bruder Adilbert räusperte sich. »Ich weiß euch beiden einen Unterschlupf.« Er lächelte verlegen. »Niemand wird euch dort vermuten.«

12

Hannah, die Schwarze Liss und Bruder Adilbert saßen zusammen am Tisch des Tischlers. Sie hatten sich etwas zu essen besorgt und waren dann durch das Holzlager in das Haus des Handwerkers zurückgekehrt. Jetzt aßen und beratschlagten sie. Hannahs Bedürfnis, alles, was sie gesehen hatte, zu einem Ganzen zusammenzufügen, war größer als ihre Müdigkeit.

Der Wohnraum, der sich an die Küche anschloss, sah zum kleinen Garten hinaus, sodass sie, sollte sich jemand vom Haupteingang her nähern, immer zum Holzschuppen hinaus verschwinden und das Haus verlassen konnten.

Natürlich bemerkte sie die Blicke des Mönchs, die er ihr zuwarf, wenn sie ihn nicht direkt ansah, und für ein paar Augenblicke hätte sie gern einen Spiegel gehabt, um zu sehen, wie sehr sie sich durch die Brandnacht verändert hatte. Doch sie schüttelte den Gedanken ab. Über diese Dinge konnte sie nachsinnen, wenn ihr drängendstes Problem gelöst war.

»Glaubt ihr, Hartmut Aigen wollte das Grundstück deshalb unbedingt haben, damit er den Gang unter der Mauer hindurch benutzen kann?«, begann sie.

»So weit waren wir schon«, warf die Schwarze Liss ein.

»Wenn er überhaupt etwas von diesem Gang wusste«, entgegnete Bruder Adilbert. »Aigen kauft auf, was günstig liegt. Und wenn es ihm kostenlos in die Hände fällt, umso besser.«

»Er hat den Gang öffnen lassen, bevor der Brandschutt ganz

weggeräumt war. Es muss einen Grund geben, warum er das gemacht hat.« Hannah blieb hartnäckig. »Er wusste also von diesem Gang.«

»Wir haben keinen Beweis dafür«, sagte Bruder Adilbert ruhig.

»Er und seine Kumpane sind Schmuggler«, setzte die Liss nach. »Schmuggeln ist aber ein Wagnis. Ein gewaltiges Wagnis. Außerdem verliert man nicht nur Männer, weil sie in die Hexenlöcher wandern, wenn sie erwischt werden, man verliert auch die Ware und damit Geld.«

»Geld ist ein großer Antrieb«, sagte Hannah.

»Aigen lässt deshalb Waren durch diesen Gang in die Stadt bringen. Das bringt zusätzlich fünfzehn bis zwanzig vom Hundert Gewinn«, warf die Schwarze Liss ein.

Hannah pfiff durch die Zähne. Wer den Torzoll und die Marktabgaben nicht zu zahlen brauchte, der konnte allein von diesem Zugewinn gut leben.

»Allerdings muss er seine Leute bezahlen und geht ein Wagnis ein, das nicht unterschätzt werden darf. Je mehr Menschen von diesem Schmuggelweg wissen, desto schwieriger wird es, das Geheimnis zu bewahren. Ich glaube nicht, dass die anderen Händler nicht Wind davon bekommen, wie Aigen es anstellt, die Ware in die Stadt zu schaffen, Liss.«

Hannah stützte den Kopf in die Hände. Ihre Überlegungen gingen über einen bestimmten Punkt nicht hinaus. Sie spürte diesen Widerstand der Gedanken geradezu körperlich.

»Es gibt noch einen Einwand, dem wir uns stellen müssen: Rechtfertigt der heimliche Warentransport einen Mord an einem Mönch und an einem Mädchen?«, warf sie ein.

Die Schwarze Liss schüttelte den Kopf.

Sie nahm ein Stück Brot und kaute lustlos darauf herum. Auch Hannah griff zu und schob sich ein Stück Brot in den

Mund, auf das sie Öl geträufelt und ein wenig klein geschnittenen Knoblauch gestreut hatte. Aufgeschnittene Soleier lagen vor ihnen. Die grünlich geränderten Augen des gekochten Dotters sahen sie vorwurfsvoll an.

»Vielleicht gehört auch der Tischler, der hier gewohnt hat, zu Aigens Opfern. Schließlich hat er an dem besagten Mauerabschnitt gewacht. Wir sind ihm begegnet, als der Schlüssel angebracht worden ist. Vielleicht hat er ja etwas gesehen, was er nicht hätte sehen sollen«, sagte die Liss.

Hannah nickte. »Das würde seinen ›Unfall‹ erklären.«

»Nichts rechtfertigt den Tod eines Menschen«, sagte Bruder Adilbert.

Hannah kam es so vor, als würde er sich in seiner Handwerkerkleidung wohlfühlen. Jedenfalls hatte er sie nicht mehr gegen seine Kutte getauscht. Hannah gefiel der Mönch in dieser Aufmachung besser. Er wirkte zupackend und war, das musste sie zugeben, geradezu gut aussehend.

»Die Tötungen werden nur erklärlich, wenn die Ware zu heikel ist, als dass sie öffentlich bekannt werden darf.« Der Mönch sah die beiden Frauen an. »Was war in diesen Säcken, die die beiden Schmuggler den Berg heraufgetragen haben?«

Hannah schluckte. Ihr Denken weigerte sich, das zu beenden, was der Satz des Mönchs in ihr angestoßen hatte.

»Etwas hat sich darin bewegt«, sagte die Schwarze Liss leise. Ihren Augen war anzusehen, dass sie dasselbe dachte wie Hannah. »Lebende Ware also.«

»Sie werden kaum Ferkel oder gar Kälber in die Stadt holen. Hunde und Katzen ebenso wenig.« Der Mönch machte eine Pause, in der er die beiden Frauen aufmerksam betrachtete. »Dann bleibt nur noch eine Möglichkeit …«

Hannah sah den Mönch erschrocken an. Plötzlich füllten ihre Augen sich mit Tränen. Obwohl Bruder Adilbert ihre Tochter mit keinem Wort erwähnt hatte, stand ihr Geras Bild plötzlich vor Augen, schmerzverzerrt und leidend. Sie schluchzte kurz auf, bekam sich aber wieder in die Gewalt.

»Bruder Adilbert«, sagte sie mit brüchiger Stimme, »Ihr glaubt doch nicht, das Mädchen, das wir bei unserer Flucht gefunden haben, und die Kleine, die Euch bedienen sollte und dann getötet wurde, sowie das Kind, das zu uns in den Fledermausturm …«, Hannah stockte, weil ihr einfiel, dass das Mädchen immer noch im Turm lag. Wenn sie mittlerweile wieder zu sich gekommen war, konnte man vielleicht mit ihr reden. »Wir müssen die Kleine sprechen, die im Turm liegt. Sie kann uns bestimmt erzählen, was ihr zugestoßen ist.«

Der Mönch sah sie verständnislos an, deshalb erklärte Hannah kurz, was geschehen war, bevor sie aufgebrochen waren.

»Ihr wisst, was das bedeutet?«, fragte er Hannah.

Diese nickte. Sie wusste es sehr wohl. Die Ware, die man in Säcken in die Stadt lieferte, waren … Sie traute sich nicht, es zu denken. Sie sah die Schwarze Liss an und wusste, dass sie dieselbe Überlegung anstellte. Das Wort, dieses eine Wort lastete auf ihrer Brust wie ein Mühlstein.

»Kinder!«, sagte die Liss an ihrer Stelle. »Junge Mädchen vor allem, aber auch junge Knaben.«

Bruder Adilbert nickte. »Sie holen Kinder in die Stadt. Und damit es niemandem auffällt, damit es heimlich geschehen kann, brauchen sie den Tunnel.«

»Aber wofür brauchen sie die Kinder?«

Bruder Adilbert sah die Schwarze Liss an, und die Schwarze Liss nickte wiederum Hannah zu, sagte aber nichts.

»Nein«, entfuhr es Hannah. »Sagt, dass das nicht wahr ist. Sagt, dass ich mich irre.« Wieder schossen ihr die Tränen in die Augen. In ihren Gedanken kreiste der Name ihrer Tochter. »Gera«, schluchzte sie.

Bruder Adilbert schwieg weiter, nickte jedoch langsam und bedächtig.

Hannah schauderte bei diesem Gedanken. Der Patrizier Aigen ließ junge Mädchen und Knaben in die Stadt bringen und bot sie dort an, wie er Bruder Adilbert bereits ein Mädchen angeboten hatte. Damit diese nicht redeten, damit sie nicht erzählten, wen sie getroffen, wem sie zu Willen sein mussten, wurden die Kinder getötet.

Das Bild der Kleinen, die mit halb durchgeschnittener Kehle vor ihr auf dem Tisch gelegen und um deren Leben sie gekämpft hatte, raste ihr durch den Kopf.

»Ihr wisst«, unterbrach Bruder Adilbert ihre Überlegungen, »Ihr wisst, dass wir uns das alles nur zusammenreimen. Nichts davon können wir beweisen. Nicht eine Überlegung hält vor einem Gericht stand. Keiner wird uns glauben.«

Hannah nickte und sah den Mönch durch einen Tränenschleier an. Sie spürte plötzlich seine Hand auf der ihren und fühlte, wie wohl ihr das tat, wie sehr ihr diese Berührung half.

»Wie beschafft er die Kinder?«, fragte sie plötzlich.

Hannah überlegte, wie viele junge Wesen dieser Unmensch womöglich schon in die Stadt geschleust hatte. Sie fragte sich zugleich, wer die Dienste in Anspruch nahm? Noch dringender aber war die Überlegung, wie man diesem Scheusal das Handwerk legen konnte.

»Das frage ich mich auch!«, sagte der Mönch und lehnte sich zurück. Erst jetzt wurde Hannah gewahr, dass sie die letzten Überlegungen laut ausgesprochen hatte.

»Wir sollten uns Gedanken darüber machen und uns den Rat der anderen Frauen einholen. Kopf hoch. Wir haben den Roten zur Strecke gebracht, wir müssen uns vor Aigen nicht fürchten.«

Die Schwarze Liss beugte sich vor und fasste nach Hannahs

Händen. Sie drückte sie so fest, dass Hannah beinahe aufgeschrien hätte.

»Wir müssen wegkommen von unseren Hirngespinsten«, sagte die Liss eindringlich, »und uns vergewissern, dass wir keinen Fehler machen. Vor Aigen selbst brauchen wir uns vermutlich wirklich nicht zu fürchten, aber vor seinen Kreaturen. Hast du die Schwarze Kapuze gesehen? Den Weißen? Und den behaarten Teufel mit der vorstehenden Schnauze. Was ist das und wofür ist der da?«

Bruder Adilbert hob die Hand. Seine Augen blitzten. »Das Wesen kenne ich aus Illustrationen. Gesehen habe ich bis heute noch keines, aber die Zeichnungen sind genau genug, dass ich es wiedererkennen kann.«

Hannah und die Schwarze Liss warteten, was der Mönch ihnen zu sagen habe, doch er sagte nichts mehr. Er lächelte nur versonnen, nickte einem unbekannten Wesen zu, das es nur in seiner Fantasie geben konnte, denn in Wirklichkeit war nichts und niemand zu sehen.

»Jetzt redet endlich, in drei Teufels Namen!«, herrschte die Liss ihn an. »Was war das für ein Wesen?«

»Es war ein …« Der Mönch stockte, als müsste er sich besinnen. »Es ist im *Physiologus* beschrieben …«

Hannah stieß Bruder Adilbert mit dem Fuß an. »Verwendet keine gelehrten Ausdrücke, die wir nicht kennen, sondern redet so, dass wir es verstehen können. Was ist ein Physigolus?«

»*Der Phy-si-o-lo-gus* ist ein Bestiarium, also ein Buch. Darin sind verschiedene Tiere beschrieben und deren Bedeutung aufgezeichnet. Dort kommt auch die Äffin vor. Und der Physiologus sagt über sie: ›Die Äffin ist das Abbild des Teufels‹. Ich habe solch eine Äffin, solch eine Teufelin schon einmal gesehen, allerdings nur als Bild – und sie dann abgemalt. Sie sah so aus wie das Untier, von dem ihr erzählt habt.«

Die beiden Frauen sahen ihn mit offenem Mund an.

»Wo kommt sie her?«, fragten Hannah und die Schwarze Liss wie aus einem Mund.

»Sie stammt aus Afrika.« Als Bruder Adilbert die fragend hochgezogenen Augenbrauen der Frauen sah, erklärte er: »Sie kommt von weit, weit im Süden. Wie sie hierhergekommen ist, weiß ich natürlich nicht. Aber sie hat einen langen Weg hinter sich. Ein Wunder, dass sie noch lebt.«

Hannah räusperte sich. Sie stand auf und musste zweimal auf und ab gehen, bevor sie die Frage stellen konnte, die ihr auf den Nägeln brannte. »Wofür braucht man sie?«

Die Schwarze Liss zuckte mit den Schultern und knurrte: »Als Wachhund war sie jedenfalls denkbar schlecht.«

Bruder Adilbert senkte zuerst den Kopf und biss auf seiner Unterlippe herum, dann hob er den Blick und richtete ihn auf Hannah.

»Sodomie!«, sagte er mit brüchiger Stimme. »Wenn sie schon Kinder in die Stadt schaffen, dann ist dieses Tier vermutlich dazu da, um mit ihm zu …«, er musste husten, als wäre die Luft plötzlich zu trocken, »… zu kopulieren. Succubus …« setzte er schaudernd hinzu.

»Maria Muttergottes, bete für uns«, entfuhr es der Liss. Sie bekreuzigte sich hastig. »Teufelswerk!«

Hannah schloss die Augen und atmete tief ein.

Ihr Haus war niedergebrannt worden, damit irgendwelche Lüstlinge in dieser Stadt leichter an ihre Opfer herankamen, damit sie Unzucht treiben konnten mit Tieren und mit Kindern! Sie konnte es nicht fassen. Dafür hatten zwei Menschen sterben müssen und sie war verunstaltet worden.

Sie konnte das nicht zulassen. Sie konnte nicht einfach zusehen, wie dieser Patrizier, dieser Hartmut Aigen, ohne Skrupel schaltete und waltete und das Gesetz brach. Wenn Gera noch lebte, wenn sie wirklich noch lebte, wie der Rote behauptet hatte, dann musste man gegen ihn vorgehen.

»Wir haben noch ein Problem«, warf der Mönch ein. »Wer versteckt sich unter der Schwarzen Kapuze?«

»Er sah teuflischer aus als die Äffin«, sagte Hannah. »Vielleicht ist es tatsächlich ein Geist?«

»Unsinn. Es gibt keine Geister!«, wetterte Bruder Adilbert. Verlegen blickte er zu Boden.

»Oh, mein liebes Mönchlein, dann steht Ihr hier aber nicht auf dem Boden der Kirche. Die sagt etwas ganz anderes. Und wenn Ihr den Predigten eures Abtes zuhören würdet, dann wüsstet Ihr, dass die Welt voller Teufel ist.«

Jetzt stand auch Bruder Adilbert auf. »Das ist sie fürwahr. Aber die meisten dieser Teufel tragen bürgerliche Kleidung oder Priestergewänder. – Was ich damit sagen will: Ein Wesen, wenn wir von derselben hellgesichtigen Kreatur reden, das in der Lage ist, ein Messer zu führen, ist menschlicher, als ich es mir wünschen würde.«

»Ihr glaubt also nicht an einen Geist?«, fragte die Liss.

»Nein, meine Liebe. Die Wesenheit des Menschen ist so vielfältig, dass wir keine Zuflucht zu irgendwelchen Geistern nehmen müssen. Dennoch – diese Kreatur ist zweifellos gefährlich, sehr gefährlich.«

»Das ist sie in der Tat«, mischte sich die Liss jetzt ein. »Es ist der Weiße von Aigen!«, sagte sie und leckte sich die öligen Finger ab.

»Ein Weißer? Was ist das?«

»Niemand kennt ihn wirklich. Er dient Aigen. Folgt ihm überallhin wie ein Hund. Er scheut das Tageslicht, aber er sieht in der Nacht wie ein Habicht. Seine Zeit ist gekommen, wenn sich der Mond hinter Wolken versteckt oder wenn der Neumond seinen schwarzen Atem über die Erde bläst.«

»Du machst mir Angst, Liss«, sagte Hannah.

»Die solltest du auch haben. Man sagt ihm nach, dass er ein Geschöpf der Finsternis ist. Niemand, der ihn einmal aus der Nähe gesehen hat, kann davon berichten. Sie sind alle …« Die Schwarze Liss deutete mit der Handkante einen Schnitt durch die Kehle an.

»Woher wisst Ihr das?«, fragte der Mönch, der bislang stumm zugehört hatte. »Wenn er nachts so gut sehen kann, dann ist er kein Albino. Dann … dann … er spielt den Weißen …«

»Wir müssen uns vor ihm in Acht nehmen«, sagte Hannah fest. »Aber wir dürfen uns von ihm nicht einschüchtern lassen.«

Dann überlegte sie, was zu tun war. Sie mussten handeln, sie mussten diesem Scheusal von Aigen das Handwerk legen – ob sie der Weiße, der Kapuzenmann, daran zu hindern versuchte oder nicht – oder doch zuerst einmal herausfinden, ob er tatsächlich hinter all dem steckte, was sie sich jetzt zusammengereimt hatten.

»Liss, kann man der Luderin trauen?«, fragte Hannah ihre Freundin.

Diese schüttelte den Kopf. »Nein. Nur sie oder eine von ihren Frauen kann den Kapuzenmann benachrichtigt haben.«

»Dann müssen wir uns hier heimlich treffen, Bruder Adilbert. Wir müssen etwas tun. Wir müssen uns gegen diesen Hartmut Aigen stellen, auch wenn es eher aussichtslos ist. Wir haben den Roten besiegt, dann werden wir diesen Hartmut Aigen auch in die Knie zwingen, mit oder ohne den Kapuzenmann in Weiß.«

Ihr Kopf schwirrte vor lauter Gedanken. Ihr war, als schössen sie ständig durch ihren Schädel und würden wie ein Echo von den Schädelwänden zurückgeworfen, sodass sie sich vervielfältigten und verwirrten.

Hannah verabschiedete sich, ging in den ersten Stock hinauf und legte sich auf eine Liege. Sie war todmüde und wollte allein sein mit ihren Gedanken. Sie starrte an die Decke, die von feinen Rissen durchzogen war. Die dunklen Linien bildeten Muster wie Schriftzeichen, als wäre dort das Leben dieses Hauses aufgezeichnet. Im Schlafzimmer der Apotheke war es ebenso gewesen. Oft hatte sie im Bett gelegen und sich überlegt, was die Zeichen über ihr zu bedeuten hatten, ob sie nicht eine Botschaft an sie, an ihre Familie waren – und als sie einmal ihrem Mann davon erzählte, versuchte der mit ihr das Geheimnis der Deckenrunen zu entziffern. Hannah streckte unwillkürlich die Hand nach Jakob aus, um sogleich festzustellen, dass sie ins Leere griff. Jakob war tot. Das Haus war niedergebrannt. Nie mehr würden sie zusammen das Geheimnis der Runenschrift an der Decke ergründen können. Nur an einem konnte sie sich noch festhalten: Gera. Wenn Gera lebte, dann musste sie ihrer Tochter beistehen – und wenn sie dazu diesen Weißen bezwingen musste. Hannah spürte, wie der Schmerz sie wieder packte. Ihre Augen füllten sich mit Tränen und liefen über, ohne dass sie es hätte verhindern können. Der Blick zu Decke hinauf war getrübt, getrübt wie das Wissen darum, wo Gera war. Langsam rollte sie sich zusammen, zog die Beine an und schlang die Arme um die Knie. So lag sie da und zuckte unter Schluchzern. Sie wollte handeln und konnte es nicht, weil sie in der Gosse lebte.

Hannah horchte auf das Murmeln unten. Der Mönch und die Liss unterhielten sich. Vermutlich erzählte die Schwarze Liss ihm, was sie beide zusammen erlebt und was sie selbst erlebt hatte.

Ihre Wut, die sie noch getrieben hatte, als sie zum Brandplatz aufgebrochen waren, war einer völligen Erschöpfung gewichen. Jetzt fühlte sie sich ohnmächtig. Wie sollte sie einem Mann wie Hartmut Aigen trotzen können? Sie musste beinahe lachen über diese Vermessenheit. Sie würde ihn nicht einmal zu Gesicht bekommen. Allenfalls mit seinen Schergen würde sie es zu tun bekommen und mit dem Weißen. Und gegen keinen dieser Unholde, die sie gesehen hatte, konnte sie wirklich etwas ausrichten. Sie waren nicht wie der Rote, der einfältig und von sich eingenommen war, voll von überheblicher Männlichkeit und daher unvorsichtig. Nein, sie waren gerissen und umsichtig. Die schwarze Kapuze, der *Geist*, flößte ihr Angst ein, ohne dass sie ihn noch recht gesehen hatte. Allein das, was sie von ihm wusste, war abschreckend genug.

Das Pochen war so leise, dass Hannah es fast überhört hätte. Sie horchte darauf, ob sie ein zweites Pochen vernehmen konnte, doch da wurde unten bereits die Tür geöffnet, und sofort begann jemand schnell und mit sich leicht überschlagender Stimme zu sprechen. Zu ihrer Erleichterung erkannte sie Neldas Stimme. Das Mädchen wollte sicherlich zu ihr. Doch woher um alles in der Welt wusste Nelda, wo sie war?

Mit einem Seufzen erhob sie sich, schwang die Beine über die Bettkante – und mit dem Schwung schüttelte sie alle Verzagtheit ab, die sie im Griff gehalten hatte. Wer nicht wagt, der nicht gewinnt.

Sie lief die Treppe hinab und wäre beinahe mit Nelda zusammengestoßen, die, noch über die Schulter hinweg mit der Schwarzen Liss redend, die Treppe heraufkam.

»Was ist?«, fragte Hannah und sah, wie das Mädchen beinahe zu Tode erschrak.

»Röttel!«, zischte sie. »Um Himmels willen.«

Unsicher sah die Liss sie an. »Woher weißt du, wo wir sind?«

Jetzt grinste Nelda frech. »Du gehst keinen Schritt in dieser Stadt, ohne dass wir es wissen.«

Erstaunt nickte Hannah. Sie straffte sich und wischte sich die letzten Tränen aus den Augenwinkeln.

»Warum bist du hier?«, fragte sie dann und setzte dann sofort hinzu: »Wie geht es der Kleinen?«

Nelda nickte. »Gut. Sehr gut sogar. Deshalb bin ich hier. Sie will mit dir sprechen. Nur mit dir.«

Hannah nickte. Sie musste unbedingt mit dem Mädchen reden. Selbst auf die Gefahr hin, entdeckt zu werden.

»Auf zum Fledermausturm«, sagte sie, und an die Liss und den Mönch gewandt setzte sie hinzu. »Spätestens morgen bin ich wieder hier. Dann müssen wir etwas unternehmen.«

Hannah zeigte Nelda den rückwärtigen Ausgang, befahl ihr jedoch, vorne hinauszugehen, so wie sie gekommen war. Hannah würde nach hinten verschwinden, und an den Hennastäpfala würden sie beide sich wieder treffen.

Jetzt, da sie allein auf der Straße war, fühlte Hannah das Unbehagen, das allenthalben aus den Wänden kroch. Als hätte der Wind gedreht oder sich ein Tuch aus Misstrauen über die Stadt gelegt. Sie hatte das Gefühl, als würden die argwöhnischen Blicke aus den Fenstern sie treffen, als würden die Menschen, an denen sie vorüberging, sich nach ihr umdrehen, als wäre sie ein fremdartiges Wesen – und sie konnte nicht sagen, warum. Es mochte auch an ihr selbst liegen, weil sie in jedem schiefen Blick, in jedem Runzeln der Stirn eine Geste sah, die sie betraf. Dabei konnten sich die Menschen ebenso gut in Gedanken befinden oder sie schauten aus reiner Gewohnheit allem und jedem hinterher.

Was sie jedoch mit Bestimmtheit spürte, war, dass sie ihre Sicherheit verloren hatte, die Sicherheit, durch eine Stadt zu gehen, in der die Menschen zwar keine Engel, aber auch keine ausgesprochenen Teufel waren. Doch seit sie wusste, was Gera vielleicht zugestoßen war, empfand sie dieses abgrundtiefe Misstrauen gegen alle Bewohner dieser Stadt.

Sie musterte jeden, dem sie begegnete. Sie fragte sich, was sich hinter der schönen Larve oder hinter dem finsteren oder entstellten Gesicht verbarg. Sie hätte viel darum gegeben, wenn sie in den Gedanken der Menschen um sie herum lesen könnte.

»Du darfst nicht töten« und »Liebe deinen Nächsten wie dich selbst«, das waren nicht nur leere Formeln, es waren Gebote, ohne die die Menschen einander belauern würden wie die Wölfe. Das Misstrauen hatte sich ihr in den Nacken gesetzt wie ein Huckauf und ließ sie nicht mehr los. Die Wolfszeit war angebrochen.

Obwohl sie einen Umweg machte und sich Zeit ließ, kam sie als Erste beim Turm an. Nichts regte sich. Sie stand oben an den Hennastäpfala und sah auf den Turm und auf den Vorplatz hinunter. Alles war ruhig, als könnte nichts diesen Frieden trüben. Und alles daran war in ihren Augen so falsch, denn dahinter verbargen sich Demütigungen und Elend.

In den Winkel hockten sicherlich Beobachter, dort warteten die Nachfolger des Roten darauf, dass jemand ihnen unvorsichtigerweise das Tor öffnete und sie einließ, damit sie das Regiment dort drinnen wieder übernehmen und mit den Frauen schalten und walten konnten, wie sie es gewohnt waren. Sie würden sich täuschen.

Hannah hörte Nelda kommen. Die junge Frau war außer Atem. Noch immer mussten ihr die Striemen und die Wunden zusetzen. Doch Nelda ließ sich nichts anmerken.

Hannah legte den Finger auf den Mund, als Nelda sie erkannte.

Sie ließ noch einen zweiten Blick über den Vorplatz schweifen, der im Licht der späten Nachmittagssonne von langen Schatten bedeckt war. Endlich stieg sie mit Nelda rasch und ohne Zögern hinab. Unbehelligt kamen sie zum Tor. Nelda klopfte, während Hannah aufmerksam die Umgebung beobachtete.

Die Ruhe war etwas, was bei Hannah dazu führte, dass sich

ihr die Nackenhaare aufstellten. Wie das Lastende vor einem Sturm. Man fühlte es, man wusste es, aber man konnte es nicht greifen.

Während Nelda noch die Parole sagte, schoss plötzlich aus einer der Toreinfahrten ein riesiges Tier hervor und auf Hannah zu. Es war ein breitschädeliger Hund, ein Bluthund, wie sie zur Hetzjagd auf Niederwild wie Wildschweine oder zur Menschenjagd eingesetzt wurden. Nur Adlige durften solche Hunde züchten und halten. Hannah schrie auf. Dem Tier troff der Geifer aus dem Maul und riss durch seine Schnelligkeit in Fetzen ab, die ihm ins Fell spritzten. »Nelda!«, schrie Hannah.

Ihr erster Gedanke war Hartmut Aigen, doch dann erinnerte sie sich an das Gespräch zwischen dem Dürren und dessen Schmugglerkumpanen. Auch sie hatten von Hunden gesprochen.

»Nelda! Schnell!«, schrie Hannah entsetzt.

Keine Sekunde zu früh schwang das Tor auf, und die beiden Frauen schlüpften ins Innere und drückten das Tor hastig zu. Im nächsten Augenblick prallte das Tier mit seinem ganzen Gewicht dagegen und begann mit einer tiefen, rauen Stimme zu bellen.

»Jetzt habe ich mich schon in den Fängen dieses Köters gesehen«, hauchte Hannah und lehnte sich erschöpft gegen die Tür. Sie zitterte am ganzen Körper.

Sie waren in einen Raum gekommen, dessen Düsternis sie nicht umfing wie eine warme Decke, sondern die sie bedrückte. Die Frauen sammelten sich um Hannah. Ihre Blicke waren ängstlich und erwartungsvoll zugleich. Ihr Huckauf, dieses Gefühl, als würde ihr eine Bürde aufgeladen, die sie nicht zu tragen vermochte, verstärkte sich.

»Der Hund lässt uns nicht mehr raus«, sagte eine der Frauen. »Wir sind wie … wie eingesperrt.«

Hannah sah Nelda überrascht an. »Wie bist du entkommen?«, fragte Hannah.

Nelda zuckte mit den Schultern. »Bei mir ist er nicht aufgetaucht«, sagte sie, vermied jedoch den Blickkontakt mit Hannah.

Eine weitere Welle des Unbehagens überflutete Hannah. Doch sie hatte keine Zeit, sich um Nelda und deren Ungereimtheiten zu kümmern.

»Wo ist die Kleine?«, fragte Hannah.

»Oben«, war Neldas kurze Antwort.

Hannah ging voraus. Die Genesung der Kleinen war der einzige Lichtblick dieses Tages. Sie war einerseits begierig, mit dem Kind zu reden, andererseits fürchtete sie sich vor dem, was die Kleine zu sagen hatte.

Die Frauen folgten ihr die Treppe hoch in den ersten Stock.

Die Kleine lag zusammen mit Celante in einem durch Stoffbahnen abgetrennten Teil des Raumes. Hannah trat an den Vorhang, schlug ihn zurück und erstarrte.

Über das Kind gebeugt stand da das Mädchen, das die verletzte Celante zu ihnen gebracht hatte – und sie drückte der Kleinen ein Kissen aufs Gesicht. Celantes Begleiterin drehte sich nicht einmal um. Mit aller Kraft presste sie der Hilflosen das Daunenkissen auf Mund und Nase. Diese lag bereits regungslos im Bett.

Celante schlief auf der hinteren Pritsche, als wäre nichts geschehen.

Hannah sprang vor und riss das Mädchen von der Verletzten weg. Celantes Begleiterin, von der sie nicht einmal den Namen behalten hatte, taumelte gegen einen Stuhl, stolperte ein paar Schritte über den Bretterboden und schlug dann der Länge nach hin. Sofort waren zwei Frauen über ihr und hielten sie fest.

Hannah fühlte der Kleinen den Puls, doch da war nichts mehr

zu fühlen. Das Mädchen, das zu ihr gebracht worden war, in ihre Obhut, war erstickt worden.

Hannah fühlte sich innerlich plötzlich eiskalt. Das einzige Wesen, von dem sie hätte erfahren können, was hier wirklich vor sich ging, lebte nicht mehr. Das Gesicht des Mädchens hatte sich im Todeskampf verzerrt und die Augen zeigten das Entsetzen über diese Tat. Sie hatte ihre Mörderin gesehen, sie hatte sie angeschaut. Hannah betrachtete diesen leeren Blick, ob sich darin das Bild der Mörderin spiegelte, doch die Augen blieben stumpf. Mit einer flüchtigen Handbewegung schloss Hannah der Kleinen die Augen. Dann drehte sie sich zu Celantes Begleiterin um.

Die Frauen hatten sie mittlerweile auf die Beine gestellt, ihr die Arme auf den Rücken gedreht und hielten sie fest.

»Wie heißt du?«, fragte Hannah, und sie erschrak selbst über ihre Stimme. Die war rau und kalt wie ein Wintermorgen.

Das Mädchen sah sie trotzig an, sagte jedoch nichts.

Hannah konnte diesen Gesichtsausdruck nicht ertragen. Diese Überheblichkeit der Jugend, die sich im Recht glaubte, nur weil sie jung war. Mit Schwung holte sie aus und schlug ihr mit der Hand ins Gesicht, links und rechts und wieder links und rechts.

Außer Atem hielt Hannah sich ihre eigene Hand fest, damit diese nicht weiter zuschlug.

»Ich habe dich etwas gefragt«, sagte sie nur, leise und drohend.

In den Augen des Mädchens standen Tränen des Zorns. Sie spie vor Hannah aus. Der Speichel hatte sich mit Blut vermischt und lief ihr an der geplatzten Lippe hinab.

»Du hast keine Ahnung, was du da tust«, sagte sie.

Kaum war der Satz gesprochen, wurde das Mädchen erneut von einem Schlag ins Gesicht getroffen. Diesmal mit dem

Handrücken. Hannah spürte, wie dem Mädchen ein Zahn abbrach, und befürchtete schon, sie hätte sich selbst einen Finger dabei verletzt.

Das Mädchen heulte auf. Dann spuckte sie Hannah den Zahn vor die Füße.

»Ich frage dich nochmals. Wie heißt du?« Hannahs Stimme zischte.

»Nichts wirst du erfahren. Nichts!«, keuchte die Kleine undeutlich.

»Gut«, sagte Hannah. »Bindet ihr einen Stein oder etwas Ähnliches ans Bein und werft sie aus dem Fenster in den Bach. Wer nichts sagt, ist wertlos für uns. Sie hat schließlich eine Frau getötet.«

Das Mädchen strampelte, als die beiden Bettlerinnen sie hochhoben und auf den Tisch in der Mitte legten. Zwei weitere Frauen halfen, sie zu bändigen. Dann kam Nelda. Sie hielt einen Strick in der Hand, mit dem sie dem Mädchen Beine und Arme fesselte. Schließlich schleppte eine kräftigere Frau eine Art Kugel mit einem Loch in der Mitte daher. Die wurde dem Kind mit ans Seil gebunden.

Erst als die emsigen Helferinnen die Kleine hochhoben, schrie sie: »Ich heiße Magdalena!«

»Es ist zu spät«, sagte Hannah und befahl mit einem Wink, das Fenster zu öffnen, das auf den Stadtbach hinausging.

»Ich habe etwas zu sagen«, schrie das Mädchen.

Magdalenas Aussprache war undeutlich, weil die Lippen geschwollen waren. Sie versuchte sich den Armen zu entwinden, die sie zum Fenster hochhoben.

»Du wirst Gera nicht wiedersehen!«, schrie sie Hannah an.

»Halt!«, befahl Hannah, während die Bettlerinnen Magdalena bereits über die Brüstung gehievt hatten. Ein Schmerz wie ein Dolchstich durchzuckte sie. »Legt sie zurück auf den Tisch.«

Auf dem Gesicht des Mädchens breitete sich ein Ausdruck des Triumphs aus. Als genieße sie es, dass sie Hannah im Griff hatte.

Hannah bemerkte diesen Blick, dieses Mienenspiel.

»Josefa, bring mir bitte ein Messer, nein, besser einen Löffel.« Dann wandte sie sich an das Mädchen, das inzwischen wieder auf dem Tisch lag, die steinerne Kugel neben ihrer Hüfte.

Hannah betrachtete sie eine ganze Weile – und langsam schien Magdalena zu begreifen, dass dieser Satz nicht die Rettung bedeutete, die sie erwartet hatte. Ruhig, als ginge die ganze Sache sie nichts an, legte Hannah eine Hand auf den Arm des Mädchens. Sie fühlte sich erschöpft. Der Ausbruch von Gewalt, der sie vermutlich mehr überrascht hatte als das Mädchen, hatte ihr alle Kraft geraubt. Doch wenn es um Gera ging, würde sie Wege beschreiten, die sie an den Rand des Möglichen führten.

»Magdalena«, begann Hannah ruhig. »Du solltest jetzt genau zuhören, denn ich werde das Folgende nicht zweimal sagen. Du bist für mich nur dann von Wert, wenn du redest. Hast du nichts zu sagen, werde ich dich wegwerfen, wie man einen Apfelbutzen wegwirft – so wie du selbst das Leben des kleinen Mädchens dort weggeworfen hast.« Hannah deutete zum Bett hinüber, in dem die Kleine ihren Jenseitsschlaf hielt. »Ich weiß nicht, wer mir das alles angetan hat. Ich weiß auch nicht recht, warum. Aber ich weiß, dass ich nichts zu verlieren habe. Ich hoffe, du verstehst mich.«

Josefa hatte inzwischen den Löffel gebracht.

»Ich werde dir jetzt … Fragen stellen«, begann Hannah. »Du wirst diese Fragen beantworten. Ich stelle jede Frage nur einmal.« Hannah atmete schwer. Die Sätze kamen kurz und keuchend. Sie schwitzte und musste sich mit der anderen Hand am Tisch festhalten, sonst wären ihr die Beine weggeknickt. »Glaub mir, du wirst es bereuen, nicht … geantwortet zu haben. Beim ersten Mal werde ich dir die Augen auslöffeln, dann werde ich dir die Finger abschneiden, jeden Finger einzeln, danach kommen die Zehen dran und schließlich Nase, Ohren und Hände.« Allein bei dem Gedanken daran musste Hannah würgen, aber dennoch überwand sie ihren Ekel. Sie dachte an Gera – ihr einziges Kind. »Glaub mir, Kind, nach dem, was du getan hast, wird das für mich eine Genugtuung sein.«

Bei den letzten Worten hatten sich Magdalenas Lippen zu einem Schrei geöffnet, der nicht mehr aufhören wollte.

Hannah stand zitternd neben dem Tisch und hielt diesen Schrei mit gesenktem Kopf aus. Doch dann setzte sie den Löffel unter dem Augenlid des Mädchens an. Dann drückte sie leicht dagegen. Damit ihre bebende Hand nicht abrutschte, hielt sie den Löffel mit beiden Händen fest. Ihr Hals war trocken, und ihr Atem ging stoßweise.

»Genug jetzt.« Sie versuchte ihrer Stimme einen harten Klang zu geben, doch das misslang. Ihre Frage klang eher, wie die Frage einer Mutter klingt: Besorgt. »Wo ist Gera?«

Magdalena verstummte. Hannah erhöhte den Druck. Die Kante des Löffels schlüpfte bereits unter den Augapfel. Schmerz verzerrte das Gesicht des Mädchens, und sie begann zu keuchen.

»Ich weiß es nicht!«, stieß sie hervor.

Hannah ließ nicht nach. Sie konnte nicht hinsehen. Ihr bereitete der Löffel beinahe größere Schmerzen als dem Mädchen. Sie schwitzte, als stünde sie im Hochsommer auf dem Hauptmarkt.

»Woher kennst du sie dann?«

»Ich habe mit Gera gesprochen. Sie hat mich gebeten, dich zu benachrichtigen.«

»Wo hast du sie gesehen?« Die Fragen fielen wie im Staccato – und mit jeder Frage drückte Hannah tiefer. Ein kleines Blutrinnsal lief bereits in die Tränenhöhle und färbte das Auge rot. Magdalena konnte nicht mehr zwinkern, und ihr Gesicht verzerrte sich vor Schmerz.

»Ich weiß es nicht, weil wir den Ort nicht zu Gesicht bekommen haben.«

Hannah befürchtete, dass sie selbst es nicht mehr aushalten könnte. Deshalb fragte sie hastig weiter.

»Liegt dieser Ort innerhalb von Augsburg oder außerhalb?«

»Außerhalb«, stöhnte Magdalena. »Hör auf. Bitte!«

»Warum wird sie dort gefangen gehalten?«

»Sie soll dienen.«

»Wem soll sie dienen?«

»Männern.«

»Welchen Männern?«

»Ich weiß es nicht.«

»Wie hast du von ihr erfahren?«

»Sie hat mich angesprochen, weil ich vor ihr losgeschickt worden bin.«

»Zum Dienen?«

»Ja.«

»Wem hast du gedient?«

»Celante. Der Luderin.«

»Wusste die Luderin, dass du zu ihr geschickt worden bist?«

»Nein.«

Hannah zog den Löffel zurück, und Magdalena schrie auf.

»Komm«, sagte die Schwarze Liss und führte Magdalena zu einem Stuhl, damit sie sich setzen konnte.

Hannah spürte, wie sie keuchte, wie aufgewühlt sie war, wie sie zitterte und nach Luft rang. Sie konnte selbst kaum begreifen, wie grausam sie vorgegangen war. Sie sah auf ihre Hände, die eben noch den Löffel gehalten und dem Mädchen Schmerzen zugefügt hatten – und kannte sich selbst nicht mehr. Ihr war übel. Was stellte diese Welt nur mit ihren Menschen an?

Sie biss die Zähne aufeinander. Es war nicht die Welt. Es waren Menschen wie Aigen, die sie zu einem solchen Verhalten trieben. Sie schüttelte den Kopf, um wieder klar denken zu können, und wandte sich an die kräftige Bettlerin.

»Josefa, egal, wer diese Leute sind. Wir müssen ihnen das Handwerk legen. Sie schicken Hunde, sie töten Kinder, sie entführen Mädchen, sie … ich kann gar nicht alles aufzählen. Das sind Bestien. Wir sind die Einzigen, die diese Bestien aufhalten können, weil wir von ihnen wissen.«

Eine der Frauen trat auf sie zu.

»Röttel, was fangen wir mit Magdalena an?«

»Legt sie dort unters Fenster, so wie sie ist. Es schadet nicht, wenn sie noch ein bisschen leidet.« Dann wandte Hannah sich an die kräftige Josefa, die sich mittlerweile neben sie gesetzt hatte. »Das Schlimmste ist, dass auch unter den Frauen solche Bestien sind. Wer steht überhaupt auf unserer Seite?« Hannah sah in die Runde. »Du, Celante? Du, Nelda? Wie steht es mit euch anderen? Josefa?«

Hannah schlug die Hände vors Gesicht. »Warum können wir niemandem trauen? Was haben sie nur mit Gera gemacht?«

Sie versank in düsteres Brüten. Wer war nur an all den Gräueltaten beteiligt, und wo wurden die Kinder gefangen gehalten, die in die Stadt geschmuggelt wurden? Sie kamen immer nur in winzigen Schritten voran.

Vor dem Turm wurde es Nacht. Die Welt löschte den Gesichtssinn und schärfte das Gehör. Jetzt begann die Stunde der Schattenwesen, jetzt war die Stunde des Weißgesichtigen gekommen. Noch während Hannah diesen Überlegungen nachhing, hörte sie ein merkwürdiges Zischen, das in regelmäßigen Abständen an ihr Ohr drang.

»Was ist das?«, fragte sie Josefa, die bislang nur neben ihr gesessen und ihre Hand gehalten hatte.

»Was meinst du?« Josefa horchte angestrengt.

Plötzlich ertönte vom Perlach her der Ruf des Türmers, und die Brandglocke schlug an.

»Es brennt wieder«, sagte Hannah – und sie konnte es sogar riechen. »Wo es wohl brennt?«, fragte sie – und wie als Antwort zischte durch das offene Fenster ein feuriger Komet, der sich in einen der Deckenbalken bohrte.

»Brandpfeile. Sie schießen mit Brandpfeilen!«, schrie eine Frauenstimme.

Endlich begriff Hannah, was gemeint war. Doch schon loderte ein zweiter Pfeil durch das Fensterloch und setzte die Vorhänge der Abtrennung in Brand. Und jetzt wusste sie auch, woher der Brandgeruch kam: vom Turmdach.

»Sie haben den Turm angesteckt. Sie wollen uns ausräuchern«, schrie sie.

Neben dem Geheul der Frauen, das im Turminneren losbrach, vernahm Hannah das wütende Gekläff von Hunden, die draußen vor dem Turm tobten.

Hannah sprang auf, riss eine Decke von einem der Betten und begann damit auf die Brandherde einzuschlagen, doch es war zu spät. Das trockene Holz, die dürren Balken, das Barchenttuch, alles brannte wie Zunder. Es knisterte sogar oben auf dem Dach.

»Die wollen uns loswerden«, schrie sie.

In aller Hast dachte sie darüber nach, was zu tun war, doch sie fand keine schnelle Lösung. Sie würden entweder in diesem Turm verbrennen, oder – wenn sie nach draußen flüchteten – von den Hunden, die vor dem Tor lauerten, zu Tode gebissen werden. Ein ebenso einfacher wie sicherer Plan ihrer Feinde, von denen sie nicht einmal genau wusste, wer sie waren.

Sie spürte, wie Josefa sie am Handgelenk packte.

»Sollen sie den Turm haben«, sagte diese entschlossen. Dann rief sie: »Nach unten, Weiber. Der Röttel und mir nach.«

Hastig steckte Hannah noch ihr Geld und den Schmuck aus der Schatulle unter das Kleid. Beides hatte sie in einem Leinenbeutel in einer Schublade bei ihren Tinkturen liegen.

Der fensterlose Turmunterbau wurde jetzt nicht nur von Kerzen erleuchtet, sondern auch vom Flackern der Brandherde. Das Untergeschoss war noch recht sicher, denn es hatte keine Luken nach außen und bestand aus Stein. Nur am hölzernen Tor hatte man Feuer gelegt, wie man an dem Licht erkennen konnte, das durch die Ritzen flackerte. Doch das Tor würde noch eine Weile standhalten.

Hannah versammelte die Frauen um sich. Es waren mehr als dreißig, überschlug Hannah mit einem flüchtigen Blick. Dann wies sie Josefa an: »Wir fliehen durch den Brunnenschacht. Er ist nicht tief und führt nach draußen. Allerdings muss man die letzten Meter tauchen. Wer nicht schwimmen kann, braucht sich keine Sorgen zu machen. Das Wasser ist nur ungefähr brusttief. Taucht aber erst weiter bachabwärts auf. Wir treffen uns …«, hier stockte Josefa.

Hannah sprang ein. Zwar war durch das immer lauter werdende Knistern und Fauchen des Feuers über ihnen die Beschreibung nur schwer zu verstehen, doch sie erklärte den Frauen nochmals, wohin sie sich wenden sollten.

Dann bückte sich Josefa, hob die Falltür zum Brunnen an und ließ die ersten Frauen hinab. Sie mussten sich auf den Rand setzen und dann springen. Ohne zu zögern ging es abwärts in die Finsternis.

»Es sind nur knapp fünfzehn Fuß hinunter bis zum Bach«, drängte sie. »Beeilt euch.«

Eine Frau nach der anderen verschwand im Brunnenschacht. Die Schwarze Liss und Hannah waren die Letzten. Sie sahen beide Nelda nach, die sich ins Dunkel fallen ließ, und horchten auf das nahe Platschen des Wassers.

Hannah sah in das Lodern der Flammen über ihnen hinein, dann drückte sie Josefa die Hand. »Du warst unsere letzte Rettung. Danke.«

Hannah umarmte die Bettlerin. Die Kräftige war so überrascht, dass sie Hannah beinahe in das Loch vor ihr gestoßen hätte. Doch die Apothekerin stockte.

»Wir haben jemanden vergessen. Magdalena! Hat jemand Magdalena mitgenommen?«

Die Kräftige, die deutlich zu sehen war im flackernden Schein der Brände, schüttelte den Kopf.

»Wir können sie doch nicht einfach dort oben liegen und verbrennen lassen!«

»Sie hat dir Unglück genug gebracht!«, keuchte Josefa. Langsam füllte sich der Raum mit Rauch.

Hannah ließ sich nicht beirren. Mit einem Blick schätzte sie die Wahrscheinlichkeit ab, mit der sie die Treppe erreichen und das Mädchen oben befreien konnte. Sie spürte das Messer an ihrem Unterarm. Dann sprang sie auch schon in großen Sätzen die Treppe hinauf, ohne auf die wütenden Einwände Josefas zu achten. Dabei verfluchte sie die Kleidung der Frauen. Wie sie unter diesem unförmigen Rock litt, der sich ständig zwischen den Beinen verfing. Doch sie bald würde gar keine Zeit mehr haben, über solche Dinge nachzusinnen.

Eine flackernde Hölle empfing sie. Die Balken an der Decke brannten, und die herabfallenden Funken hatten den Boden ebenfalls entzündet. Die auflodernde Leinwand hatte den hinteren Teil mit dem Leichnam der Kleinen bereits in eine Gluthölle verwandelt. Einen Augenblick lang fühlte sich Hannah zurückversetzt in die Brandnacht ihres Hauses: Sie hörte wieder Schreie. Sie spürte wieder die Hitze der Flammen auf ihrer Haut und den erstickenden Geruch des Rauchs in den Lungen. Flammenzungen loderten auf. In ihrem Kopf hörte sie das Krachen splitternder Balken, die alles mit sich in die Tiefe rissen. Sie begruben Jakob unter sich, der hilflos die Arme nach ihr ausstreckte, und dann sah sie, wie der Weißgesichtige Gera aus der Flammenhölle trug und dem … dem Roten … in den Sack stopfte. Natürlich! Sie hatte Gera gesehen … In dem Sack, den der Rote weggetragen hatte. Sie stand da wie erstarrt, wimmerte, wollte nicht mehr sehen und hören, wollte keinen Schritt mehr gehen. Doch die Hölle blies ihr die Hitze ins Gesicht. Das Fauchen der Flammen betäubte sie. Die Umgebung verschwamm ihr vor den Augen, verwandelte sich in ein zuckendes rotes Inferno.

Erst das Stöhnen einer Frau holte sie zurück in die Wirklichkeit. Sie brauchte einen Augenblick, um sich zurechtzufinden. Sie war nicht mehr in der Apotheke, sondern im Fledermausturm. Die Hitze fühlte sich auf ihrer abheilenden Haut noch heißer an. Sie hatte in der Apotheke versagt, hatte Gera nicht retten können. Sie wollte nicht wieder versagen. Der aufflammende Schmerz trieb sie vorwärts. Sie wollte dieses Mädchen retten.

Mit verzweifelter Kraft hatte Magdalena sich kriechend und sich vorwärtsschiebend vom Fenster aus in Richtung Treppe bewegt, doch offenbar hatten die Kräfte sie verlassen. Sie lag da, schrie und schluchzte und zerrte an ihren Fesseln, doch sie konnte sich nicht befreien.

Hannah stürzte zu dem Mädchen hin. Dabei zog sie das Messer. Die Augen der Kleinen hatten sie erfasst und weiteten sich, als sie den Dolch in Hannahs Hand erblickte. Magdalena zuckte zurück, doch Hannah herrschte sie nur an, sie solle sich auf den Bauch legen. Mit zwei raschen Schnitten hatte sie die Steinkugel gelöst und dann die Fußfesseln durchgeschnitten.

Über ihnen begannen sich Balken knirschend zu bewegen. Das Gewicht des Daches drückte auf das vom Feuer geschwächte Holz. Ein Funkenregen ging auf die beiden Frauen nieder. Hannah riss Magdalena hoch und stieß sie vor sich her zur Treppe. Kaum hatten sie diese betreten, gab die Decke über ihnen unter lautem Getöse nach. Hannah stürzte mehr, als dass sie lief, nach unten.

Sie sah, wie Josefa noch immer am Brunnenschacht stand und erschrocken nach oben blickte. Die Zwischendecke war nur ein einfacher Bretterboden, der einem niederbrechenden Dach niemals würde standhalten können. Hannah stolperte, Magdalena weiter vor sich her schiebend, auf die Bettlerin zu.

»Schnell!«, rief diese in das apokalyptische Getöse des orgelnden Feuers hinein. Sie packte Magdalena und warf sie regelrecht in den Schacht. Dann sprang sie hinterher, und Hannah folgte ihr. Über ihnen schlug der Schachtdeckel zu. Hannah traf bei ihrem Sprung Josefa an der Schulter und drückte sie unter Wasser. Prustend kam diese wieder hoch.

»Los jetzt, weg hier!«, schrie sie, dann tauchte sie unter und Hannah tat es ihr gleich. Sie drückten Magdalena unter Wasser und schoben sie vor sich her.

Der Brunnenzufluss führte sie hinaus auf den Stadtbach. Sie spürte an der stärker werdenden Strömung, dass sie diesen erreicht hatten. Sofort wurde sie mitgerissen. Hannah erwischte noch den Rock von Josefa, dann wurde sie mitgerissen und fortgespült.

Unter Wasser öffnete sie die Augen und sah über sich eine unwirkliche Fackel gegen den schwarzen Himmel, die wie ein lodernder Finger mahnend zum Firmament zeigte.

Ich werde dir das Handwerk legen, dachte Hannah bei diesem Anblick. Ich werde dir das Brennen und Vergewaltigen austreiben, Hartmut Aigen.

Sie musste endlich wieder Luft holen und stieß sich über Wasser und sog prustend die kalte Nachtluft in ihre Lungen. Hannah hatte noch immer die Hand in Josefas Rock gekrallt. Sie spürte, dass diese nicht mit ihr hochkam. Mit aller Kraft stemmte sie sich gegen die schnelle Strömung des Stadtbachs und zog Josefa an die Oberfläche. Sie hob deren Kopf über Wasser und schlug ihr zwei-, dreimal ins Gesicht. Plötzlich prustete Josefa, spuckte Wasser und begann zu strampeln.

»Ruhig«, beschwor Hannah sie. »Ich habe dich.«

»Ich – kann nicht schwimmen«, keuchte Josefa.

»Wo ist Magdalena?«, fragte Hannah mehr sich selbst als Josefa, während sie langsam auf das Ufer zu watete.

»Hier«, prustete es neben ihr. Dann tauchte der Kopf des Mädchens im Stadtbach auf.

Sie krochen alle drei ans Ufer und hinein in ein Dickicht aus Schilf, damit sie nicht gesehen wurden.

»Wie geht es euch?«, fragte Hannah, als sie alle saßen, tropfnass und völlig außer Atem. Außerdem froren sie jämmerlich. Hannah glaubte, das eisige Wasser direkt auf ihren Knochen zu spüren. Keine Sonne der Welt könnte sie je wieder wärmen. Sie schlang die Arme um sich und zitterte so heftig, dass ihre Zähne aufeinanderschlugen.

»Ich lebe«, sagte Josefa und hustete unterdrückt. »Das ist ein gutes Gefühl.«

»Ich auch«, sagte Magdalena und fragte plötzlich: »Warum hast du mich gerettet, Röttel?«

Hannah schwieg eine ganze Weile, weil sie sich selbst nicht ganz im Klaren darüber war, warum sie das getan hatte. Nur langsam verblassten die Bilder vom Feuer in der Apotheke, die durch den Brand wieder in ihr aufgelodert waren. Schließlich sagte sie: »Weil du eine Frau bist. Und Frauen nur dann etwas erreichen, wenn sie zusammenhalten. Ich wollte, dass du es nicht nur weißt, sondern erlebst.« Alle drei schwiegen sie.

Hannah versuchte so selbstsicher wie möglich zu erscheinen, doch sie wusste, dass dies eine lahme Rede gewesen war. Sie würde noch nicht einmal gehen können, weil ihr ganzer Körper wie eingefroren wirkte. Im Augenblick war sie niemandem ein Vorbild, wie sie so in sich zusammengesunken und bibbernd dasaß. Dennoch durfte sei jetzt nicht nachlassen.

Mühsam stand Hannah auf und befahl: »Kommt. Wir müssen uns sammeln. Jetzt wird es ernst.«

Dritter Teil

Mitte Juli des Jahres 1300

Vergeltung

I

Bruder Adilbert schritt wie jeden Morgen seit drei Wochen durch die Gassen des Pfaffenwinkels, lauschte auf das Klappern der Webstühle, achtete auf die Fuhrwerke, die, beladen mit Holz, Kalk und Steinen, vor ihm herfuhren, ging wie unbeteiligt vorbei am Brandplatz des zerstörten Apothekerhauses, bog in die nächste Seitengasse ein und kehrte erneut zur Rückseite der neuen Baustelle zurück. Dabei beobachtete er vor allem den Wehrgang, horchte, ob sich Wachen dort oben befanden, und wenn er sich sicher wähnte, dann huschte er die Zugangstreppe hinauf und achtete darauf, was auf dem Bauplatz unter ihm vor sich ging. Bevor er den Wehrgang wieder verließ, warf er noch einen Blick auf das Lusthäuschen vor dem Tor, ob sich dort etwas Ungewöhnliches tat, dann kehrte er zur Röttel in das Versteck zurück.

Denselben Weg machte er mittags, und zum dritten Mal unternahm er gegen Abend einen Ausflug.

Da er jedes Mal andere Kleidung angelegt hatte, hoffte er, dass die Bauarbeiter ihn nicht wiedererkennen würden.

Das neue Stadthaus, das dort anstelle des Apothekerhauses errichtet wurde, machte rasche Fortschritte. Schon bald würde man von keiner Stelle der Mauer mehr das Atrium einsehen können. Die Außenmauern, die in Holzfachwerk hochgezogen wurden, zeigten einen großzügigen Zuschnitt. Dabei fiel dem Mönch auf, dass beinahe überall doppelwandig gebaut wurde. Entweder zog man zusätzliche Gänge für Bedienstete ein, oder man wollte hinter jeder Wand eine heimliche Treppe haben, durch die man ungesehen in die davor liegenden Räume gelangen oder von dort verschwinden konnte.

Dass das Haus wuchs, lag auch am Geldstrom, der für Aigen unaufhörlich floss. Bruder Adilbert hatte sich umgehört. Aigen verdiente sein Geld mit Warentransporten. Er unterhielt Handelsbeziehungen zu Venedig, Nürnberg, Krakau, Frankfurt. Daneben hielten seine Fuhrwerke natürlich in den Reichsstädten am Weg, in Kaufbeuren ebenso wie in Donauwörth. Die allermeisten der von Ochsenwagen gezogenen Transporte kamen durch das Stephinger Tor in die Stadt. Dort vor dem Tor besaß Aigen als Unterkunft für seine Fuhrknechte einen Garten. Die Rottfuhren standen hier über Nacht sicher, und dort konnten Waren aus- und umgeladen werden.

Bruder Adilbert versuchte seine Beobachtungen so genau wie möglich aufzuzeichnen. Jede Wand, jede Treppe davor oder dahinter wurde von ihm kurz auf einen Bogen Papier kopiert und danach ins Reine übertragen. Und er verbrachte viele Stunden damit, in den Schänken der Umgebung zu sitzen und Bier zu trinken. Dabei kam er mit den Bauarbeitern ins Gespräch, wurde mit ihnen vertraut und erfuhr beim gemeinsamen Leeren des Bierkrugs so manche Einzelheit über das Fortschreiten des Baus. Das Geld dafür erhielt er von der Röttel.

Die Zimmerer fluchten beispielsweise über die schwierigen Einbauten der Doppelwände. Sie wunderten sich, dass zur Straße hin keinerlei Fenster eingeplant waren. Alle Fensteröffnungen zeigten auf das Atrium hinaus. Sie erklärten sich diesen Umstand damit, dass die geheimen Zu- und Durchgänge eben an den Außenseiten lagen und man ja durch die Tiefe der Fensterhöhlen, die man dann hätte durchbrechen müssen, auf die doppelten Wände dahinter hätte schließen können.

Sie wunderten sich auch über die merkwürdigen Zimmerzugänge von außen. Statt Zimmerfluchten gab es nur von außen einzelne Türen als Zugang, die alle auf einen umlaufenden Balkon hinausführten. Wer ein Zimmer betreten wollte, musste immer auf den Balkon hinaustreten und konnte so von unten gesehen werden. Es entstanden nur Einzelzimmer, keine aneinander anschließenden Räume.

»Als wenn der Bauherr dreißig Mädchenzimmer planen würde, die er überwachen müsste«, spottete einmal einer der Maurer bierselig grinsend und hob den Krug, um sich den Kalk aus der Kehle zu spülen. »Da werd ich mir auch mal eine Begleitung ordern.«

Bruder Adilbert notierte sich all diese Gespräche im Gedächtnis, um sie anschließend niederzuschreiben und in der großen Runde im Tischlerhaus zu erzählen.

An manchen Abenden blieb er bis spät in die Nacht in den Spelunken hängen, weil die Maurer und Zimmerer sich über die Hast beklagten, mit der sie zu arbeiten hatten.

So auch an diesem Samstag, an dem die Handwerker erst spät ihren Wochenlohn erhalten hatten und ein wenig länger am Biertisch sitzen blieben.

»Kaum ist der Kalk abgelöscht, müssen wir ihn schon verarbeiten. Aber mir soll's egal sein.«

Man sieht die Balken ja nicht, hörte er klagen. Die sind ja unter den Rupfen verborgen. Man soll sich nicht so haben. Aber es ist doch seine Arbeit, stöhnte ein Meister. Was soll ein Meister in zwanzig Jahren sagen, wenn er eine Wand aufbricht und die halb rohen Balken sieht. Der wird dann sagen, der Meister Hermann ist ein elender Schlamper gewesen und ist nur dem Gewinn nachgelaufen. Dabei würde der Bauherr hinter ihm stehen wie ein Sklaventreiber und ihn vorwärtspeitschen.

Doch dann schlug der Jüngste von ihnen, Meister Erich, mit der Faust auf den Tisch.

Bruder Adilbert, der sich ein wenig zurückgelehnt hatte und in der Ecke im Dunkel verschwand, sodass man seine Anwesenheit gar nicht bemerkte, horchte auf.

»Verflucht noch eins. Einerseits knüppelt er uns vorwärts, dass es eine unchristliche Art ist, und andererseits …« Der junge Meister senkte die Stimme und beugte sich über den Tisch. »Andererseits werden wir ohne bestimmten Grund von der Baustelle gejagt. Dann müssen wir alles stehen und liegen lassen und uns in der Wirtsstube zwei oder gar drei Stunden die Zeit um die Ohren schlagen.«

Ein älterer Maurer meldete sich zu Wort. Seine Stimme war bereits schwer vom Bier. Die knotigen Hände schlossen sich fest um den Krug, als müsste er sich daran festhalten.

»Ach, du bekommst die Zeit ja bezahlt. Also beschwer dich nicht. Fürs Nichtstun Geld einstecken – wo gibt's das schon?«

»Es würde mich doch schon sehr interessieren, was in diesen paar Stunden im Haus passiert.«

Bruder Adilbert verbarg seine Neugier hinter dem Schluck Bier aus seinem Krug. Auch er hätte zu gern gewusst, was sich dort abspielte. Allein schon deshalb, um es in sein Bild einzufügen.

Der junge Zimmerer, der sich Meister Erich nannte, senkte die Stimme noch mehr.

»Deine Neugier hat den Kalkbrecher auch getrieben – und ihr wisst genau, was dem zugestoßen ist.«

Die Runde nickte. Alle starrten bedrückt in ihre Krüge.

Dann hob schließlich einer nach dem anderen den Krug zum Mund. »Auf den Max!«, murmelte der, der am nächsten bei Bruder Adilbert saß, und alle tranken einen kräftigen Schluck.

»Was ist ihm denn zugestoßen?« Aus dem Dunkel der Nische stieß Bruder Adilberts Frage unter die Handwerker wie ein Sauspieß. Die Männer zuckten erschrocken zurück.

Offenbar wollte niemand seine Frage beantworten. Sie waren verlegen geworden. Das Prahlgehabe, das sonst den Samstagabendtisch bestimmte, war wie weggeblasen.

»Nun?«, hakte er nach. Er wusste, dass die Männer irgendwann darüber reden würden. »Wirt!«, rief er in den Schankraum hinein und winkte, als sich der Bierschenk zu ihm umdrehte. »Fünf Krüge für meine Freunde hier.« Auch dafür bezahlte die Röttel.

Beifälliges Gemurmel erhob sich. Man bedankte sich murmelnd, und der Wirt erschien mit einer großen Kanne und füllte die Krüge nach.

Bruder Adilbert wartete, bis die ersten Bierbärte der frischen Runde über den Lippen klebten, dann setzte er erneut an. Flüsternd diesmal.

»Und, was ist da mit Max, dem Kalkbrecher, passiert?«

Meister Erich blies die Luft aus den Lungen und fuhr sich mit der Zunge über die Oberlippe. Bruder Adilbert sah ihm an, wie er mit sich kämpfte. Dennoch schien er ein Bedürfnis zu haben, darüber zu reden.

»Der Max wollte einfach wissen, was da vor sich ging. Er wollte verstehen, warum wir zuerst beinahe mit der Peitsche angetrieben werden, um uns kurz darauf drei Stunden unnütz die Beine in den Bauch zu stehen? Er ist einfach geblieben.« Der Meister sah in die Runde. Zustimmendes Kopfnicken. »Natürlich war das verboten. Er hat sich hinter einem Stapel Lehmziegeln versteckt. Da hat es so eine Lücke gegeben, von der wir Tage vorher schon gesagt haben, dass das ein ideales Versteck ist: dunkel, mit guter Übersicht, und trotzdem kaum zu entdecken.« Meister Erich nahm erneut einen tiefen Zug aus seinem Krug, als müsste er seiner Erinnerung eine feuchte Bahn schaffen, auf der sie besser aus ihm herausgleiten konnte. »Das war ein Fehler gewesen. Wir haben ihn schließlich gefunden. Nach den drei Stunden. Er hatte sich das Genick gebrochen. Der Haufen Lehmziegel war über ihm zusammengefallen und hat ihn unter sich begraben.« Alle nickten wieder. »Ich …«, der Meister stockte und kaute auf seiner Unterlippe. »Ich hab die Trümmer weggeräumt und mir den Leichnam genau angeschaut.« Mit jedem Wort wurde Meister Erich, der Zimmerer, leiser, bis er fast nur noch zu Bruder Adilbert neben ihm redete. »Es gab da so ein paar … Merkwürdigkeiten: Zum einen ist er falsch herum im Versteck gelegen. Mit den Füßen statt mit dem Kopf voraus, verstehst du? Er muss irgendwann ganz herausgekrochen sein und sich umgedreht haben. Außerdem war da kurz oberhalb vom Halsansatz ein Loch. Als wäre ihm dort ein Stilett oder eine … Klaue in die Kehle gerammt worden. Der Winkel zeigte aufwärts und der Stich sah so tief aus, als wäre er ihm bis in den Schädel hinaufgefahren.« Der Meister beugte sich jetzt ganz vor, und seine Stimme war nur noch ein Flüstern. »Nicht der Lehmziegelhaufen hat ihn erschlagen. Er war schon tot, bevor ihn die Ziegel erdrückt haben.«

»Es war der Teufel«, warf plötzlich von der anderen Seite einer ein. »Wir wissen alle, dass der bei diesem Palast die Finger im Spiel hat.«

»Nun«, versuchte es Bruder Adilbert, der spürte, wie die Stimmung umgeschlagen war, »der Teufel selbst wird es wohl nicht gewesen sein. Oder habt ihr Schwefel gerochen?«

Die Männer sahen ihn an und schüttelten den Kopf.

»Schwefel nicht!«, sagte der Meister bedeutungsvoll und sah ans andere Ende des Tisches.

»Auch wenn Ihr jeden Tag um das Gelände herumschleicht wie ein Dieb«, versetzte der Kerl vom anderen Ende des Tisches. Seinen schrundigen und braun verfärbten Händen nach zu schließen, war er Lehmbauer. »Ahnung habt ihr deswegen noch lang keine. Ich hab ihn gesehen, den Beelzebub mit seinem schwarzen Umhang. Blass unter der Kapuze wie eine Mondscheibe. Ein Totengesicht.«

Zwei Dinge erschreckten Bruder Adilbert. Offenbar blieb seine tägliche Runde nicht unbemerkt. Wenn sogar dem schlichten Lehmbauer seine Anwesenheit auffiel, wem fiel sie dann noch auf? Auch er war diesem Teufel begegnet, diesem Weißgesicht – seinem glücklosen Mörder.

»Ihr habt ihn schon einmal gesehen, Lehmbauer? Und warum tut er Euch nichts, dieser Teufel? Er wird doch nicht Angst vor Euch haben?«

Der Lehmbauer warf ihm nur einen wütenden Blick zu. Er presste die Lippen aufeinander, bis sie zu einem schmalen Strich wurden. Er zischte den Mönch an:

»Wenn er Euch begegnet, was ich Euch nicht wünsche, Mann, dann solltet Ihr laufen. Der Teufel ist schnell. Er verzeiht es nicht, wenn man ihn gesehen hat.« Doch dann beugte sich der Lehmbauer vor und entblößte sein lückenhaftes Gebiss, was Bruder Adilbert wohl als kumpelhaftes Grinsen deuten sollte. »Er sieht allerdings nicht gut, wenn es hell ist. Liegt wohl daran, dass es in der Hölle dunkel ist. Da kann einen das Tageslicht schon blenden.«

Bruder Adilbert bedankte sich für die Warnung, doch der Lehmbauer hatte sich bereits erhoben. Er zog sein Wams über und ging zur Tür, ohne sich noch einmal zu den Männern umzudrehen. Jetzt erst, als der Handwerker auf die Straße hinaustrat, bemerkte der Mönch, dass das Tagesgestirn bereits erloschen war und sich eine samtene Decke aus Finsternis über die Stadt legte.

Bruder Adilbert beschloss, sich ebenfalls auf den Heimweg zu machen. Viel erfahren würde er ohnehin nicht mehr. Es saßen nur noch dieselben Rauschkugeln beisammen wie jeden Abend – und deren Gespräch war nach drei oder vier Krügen Bier nicht mehr zu verstehen. Außerdem musste er der Röttel erzählen, was er gehört hatte, wenn sie endlich wieder aus dem Fieberwahn auftauchen würde.

Jeden Tag hatte er Angst, er könnte nach Hause kommen und die Röttel tot vorfinden. Seit ihrer Flucht durch den Sparrenlech war sie fiebrig, und die Hitze schien sie zu verzehren. Seit drei Wochen lag sie nun schon darnieder. Er machte sich ernsthaft Sorgen um sie – und wunderte sich darüber, wie sehr es ihn mitnahm, wenn er sie verschwitzt und mit fieberroter Stirn auf ihrer Bettstatt liegen sah. Dann verspürte er das Bedürfnis, sie in den Arm zu nehmen und zu beschützen. Rasch schüttelte er diesen Gedanken jedes Mal wieder ab. Hin und wieder blitzte der Name Celante auf. Doch seine erste Liebschaft hatte sich nie wieder bei ihm blicken lassen – nach ihr gefragt hatte er allerdings auch nicht.

Der Mönch bezahlte, verabschiedete sich von den Handwerkern, die sicher erst spät nach Mitternacht den Weg in ihr Bett finden würden, und trat ebenfalls auf die Straße. Der Mond war noch nicht aufgegangen, und die Nacht war so finster wie der Schlund der Hölle. Es war kühl und eine eisige Luft wehte durch die Gassen. Bruder Adilbert zog die Schultern hoch und knöpfte sein Wams zu. Dann stapfte er in Richtung Handwerkerhaus davon.

Ganz in seine Gedanken versunken war Bruder Adilbert dahingeschritten, immer darauf bedacht, nicht in eine Lache zu treten oder sich in einem jähen Loch das Bein zu brechen. Er ging wie blind durch die Gassen, die Arme leicht ausgestreckt, um ein Hindernis rechtzeitig zu erkennen und nicht dagegenzulaufen. Das nächste Mal würde er sich eine Laterne mitnehmen.

Er horchte auf das regelmäßige Tappen und Patschen seiner Schritte – und hielt plötzlich inne. Ihm war, als hätten seine Schritte ein unregelmäßiges Echo erzeugt. Ebenso plötzlich wurde ihm klar, dass er das doppelte Geräusch schon länger gehört hatte. Nur sein Nachdenken hatte ihn bislang nicht auf das Echo achten lassen.

Langsam drehte der Mönch sich um und versuchte das Dunkel hinter ihm zu durchdringen. Nirgends schien jemand zu sein, der ihm nachschlich. Allerdings konnte er kaum die Hand vor Augen erkennen, so finster war es. Bruder Adilbert hielt es auch nicht für möglich, dass ihm irgendjemand folgte, denn wenn er selbst niemanden sehen konnte, wie sollte dann jemand ihn sehen?

Er schüttelte unwillig den Kopf und setzte seinen Weg fort. Diesmal jedoch mit gespitzten Ohren. Tatsächlich vernahm er hinter sich einen schleichenden Schritt, der sich dem seinen anzupassen schien. Der Mönch beschleunigte und verzögerte seinen Schritt mehrmals – und brachte damit seinen Verfolger offenbar aus dem Tritt, was ein unnatürliches Echo seiner Schritte hervorrief.

Ohne dass er es verhindern konnte, formten sich in seinem Kopf Bilder, die er von seiner Begegnung mit dem Weißgesichtigen noch im Kopf hatte: dunkler Umhang, Kapuze und darunter ein unnatürlich weißes Gesicht.

War womöglich eingetreten, was er am Stammtisch bereits befürchtet hatte? Wenn der Lehmbauer ihn bemerkt hatte, war er womöglich von dem »Teufel« ebenfalls bemerkt worden?

Bruder Adilbert fürchtete weniger den Beelzebub hinter der Gestalt des Unbekannten als den Unbekannten selbst. Was hatte der Lehmbauer gesagt – der Unbekannte sei schnell. Nun, schnell war er selbst auch, und in den letzten Wochen hatte er den Pfaffenwinkel kennengelernt wie kein zweiter. Unabhängig davon, was die Gestalt von ihm wollte, musste er verhindern, dass sie ihm bis zum Handwerkerhaus folgte. Wenn ihm das nicht gelang, dann war das Leben der Röttel und der Schwarzen Liss keinen Pfifferling mehr wert. Das konnte er nicht zulassen. Wieder plagte ihn dieses merkwürdige Gefühl. Er durfte die beiden Frauen nicht in Gefahr bringen, schon gar nicht die Röttel.

Bruder Adilbert bog mit einem Satz scharf nach rechts ab und fing an zu rennen, um seinem Verfolger zu entkommen. Keine Sekunde zu früh. Neben sich hörte er Metall gegen eine Mauer schlagen und in den Matsch auf dem Boden fallen. Noch im Laufen überlegte er, was das gewesen sein könnte, und er kam zu dem Schluss, dass der Fremde ihm ein Messer nachgeworfen hatte. Er hatte ihn wohl nur verfehlt, weil er – einer göttlichen Eingebung folgend – mit einem Sprung abgebogen war. Das also hatte der Lehmbauer mit Schnelligkeit gemeint. Wer zu langsam war, starb früher. Ihm stellten sich die Nackenhaare auf.

Bruder Adilbert rannte weiter. Obwohl alles um ihn herum so schwarz war wie die Hölle, jagte er im Laufschritt durch die Gasse. Der Weißgesichtige durfte ihn nicht einholen. Er musste den Abstand zwischen ihnen vergrößern. Der Mönch rannte blindlings weiter, selbst auf die Gefahr hin, gegen irgendein Hindernis zu rennen.

Er schlug Haken wie ein Hase, rannte keuchend weiter, hielt sich mal auf der einen, dann auf der Seite der Gasse, bog überraschend ab und blieb endlich völlig außer Atem stehen, um zu lauschen.

Er brauchte eine ganze Weile, um das Geräusch seines Blutes aus den Ohren zu verbannen und seinen Atem zu beruhigen. Dann erst konnte er die Geräusche der Umgebung wahrnehmen. Im ersten Moment glaubte er, ihm müssten spitze Ohren wachsen, so angestrengt lauschte er in die Nacht hinein.

Er hörte nichts. Bruder Adilbert wollte sich schon von der Wandnische abstoßen, in die er sich gedrückt hatte, als ein kaum wahrnehmbares Klickern, wie von kleinen Steinchen ihn innehalten ließ. Als wenn jemand mit der Schuhspitze gegen ein paar

Kiesel gestoßen wäre. Das konnte nicht allzu weit von seinem Versteck entfernt geschehen sein.

Wie eine in die Enge getriebene Ratte schoss er aus seinem Versteck und rannte sofort in die Richtung, aus der er gekommen war. Keine fünf Schritte weiter stieß er mit jemandem zusammen. Bruder Adilbert berührte einen mageren und dennoch sehnig straffen Körper, stieß ihn beiseite und hörte, wie der gegen eine Hauswand krachte. Dann war er vorbei. Erst am Ende der Gasse spürte er den brennenden Schmerz.

Der Unbekannte hatte offenbar erneut ein Messer dabeigehabt und ihn damit am Oberarm verletzt. Er spürte, wie warmes Blut langsam über den Arm bis zu den Fingern herabrann. Die Wunde war nicht besonders tief, aber sie brannte unangenehm.

Noch während er weiterrannte, dachte er darüber nach, woher der Unbekannte gewusst hatte, wohin er sich wenden würde und wo er sich hatte verbergen können.

Der Mönch verdoppelte seine Anstrengungen. Jetzt war er zum Fledermausturm unterwegs. Seit der ausgebrannt war, hatte sich niemand mehr dort sehen lassen.

Bruder Adilbert konnte sich nur auf seinen Instinkt verlassen, denn das Fehlen jeglichen Lichts machte seine Flucht zu einem Abenteuer, und er hoffte inständig, dass er keinen Fehltritt tat. Kaum hatte er das gedacht, trat sein Fuß ins Leere. Der Schwung trug ihn weiter. Er fiel, versuchte, irgendwo Halt zu finden, doch er griff ins Nichts.

2

Hannah fühlte sich, als wäre sie durch das Schöpfrad einer Wassermühle gezogen worden. Das Fieber der letzten Wochen hatte sie geschwächt, ihre Haut war so rau wie die brüchige Rinde einer Birke, und an manchen Stellen schälte sie sich ebenso weiß ab. Sie konnte noch nicht aufstehen, sondern musste im Bett sitzen bleiben. Doch zum ersten Mal war sie frei von Fieber.

Mit kleinen Bissen versuchte sie, das zu essen, was die Schwarze Liss ihr vom Markt hatte besorgen lassen, damit sie wieder zu Kräften kam – und sie nahm wahr, dass Magdalena an ihrem Bett saß. Ein kurzer Blick zwischen ihnen hatte genügt, um Hannah zu versichern, wie sehr das Mädchen darunter litt, dass sie die Verletzte getötet hatte. Beizeiten würde Hannah sie darüber ausfragen. Vielleicht konnte das Mädchen ihr ja auch noch nützlich sein. Jedenfalls wollte sie Magdalena nicht verurteilen, bevor sie nicht eingehend mit ihr gesprochen hatte. Doch das würde noch dauern.

Auch wenn Hannah körperlich nicht so weit war, ihr Kopf fühlte sich klar an und wollte arbeiten – und ständig spukte der Name ihrer Tochter ihr im Kopf herum. »Gera!«, hallte es dort, »Gera. Gera. Gera«, doch sie bekam keine Antwort auf ihr Rufen.

»Wo ist der Mönch?«, fragte sie nun schon zum dritten Mal.

»Nicht wieder zurückgekommen, Röttel«, antwortete Magdalena leise. »Seit drei Wochen schleicht er um das Gebäude am

Brandplatz herum. Heute auch. Sonst kommt er immer spätestens gegen Mitternacht. Heute ist er ausgeblieben. Wir machen uns schon Sorgen, trauen uns aber nicht, ihn zu suchen.«

Hannah nickte und biss in den Salzfisch. Er brannte auf der Zunge, aber er schmeckte herrlich. Sie musste wieder zu Kräften kommen. So schnell wie möglich, sonst war ihre Tochter verloren, wenn es nicht ohnehin längst zu spät war. Drei Wochen waren vergangen, seit sie erfahren hatte, dass Gera womöglich noch lebte. Drei Wochen! Allein der Gedanke daran verursachte ihr ein Brennen im Bauch.

»Spätestens morgen müssen wir nach ihm suchen.« Und nach meiner Tochter, setzte sie in Gedanken dazu. »Gibt es sonst etwas?« Hannah sah Magdalena an.

Nach der Aufgabe des Fledermausturms hatten sich die Frauen im Nebenhaus der Luderin eingefunden. Dabei mussten sie leise sein. Der Hintereingang diente als heimlicher Zugang und wurde von zwei Frauen bewacht, die eine Parole verlangten. Hannah hatte sie – noch im Fieber – nach ein paar Tagen so eingeteilt, dass ein Neuankömmling die eine Wächterin direkt sehen und sie ansprechen musste, während gleichzeitig in ihrem Rücken eine zweite Wache mit einem Spieß in der Hand dastand und unliebsame Besucher sofort niederstechen konnte.

Hannah fühlte sich einigermaßen sicher, aber sie wusste, wie gefährdet ihr Versteck war. Irgendwann würde man darauf aufmerksam werden.

Sie war immer wieder aufgewacht in den letzten Wochen, hatte lichte Augenblicke gehabt, doch sie konnte sich noch nicht alles zusammenreimen.

»Magdalena, was habt ihr herausgefunden? Und was weißt du von Gera?«

Das Mädchen straffte sich, als wollte sie allein durch ihre Körperhaltung wiedergutmachen, was sie angerichtet hatte. Sie verzog den Mund und zeigte so den abgebrochenen Zahn, den Hannah ihr ausgeschlagen hatte.

»An der Stelle des Apothekenanwesens entsteht ein kleiner Palast mit Innenhof. Von außen nicht einsehbar. Wenn die Mauern einmal hochgezogen sind, wirkt das wie eine kleine Burg. Der Kellerzugang, der im hinteren Flügel liegt, führt direkt in einen abseits gelegenen großen Raum. Der ist bereits fertig ausgebaut und kann angeblich betreten werden.«

Hannah lauschte auf den Bericht und versuchte ihre eigenen Beobachtungen damit in Einklang zu bringen. Wurde das ein Lustgarten? Entstand auf dem Gelände ihres eigenen Hauses womöglich ein Rotes Haus, ein Ort der zügellosen Vergnügungen für reiche Bürger und Kleriker? Es trieb Hannah die Tränen in die Augen und sie bebte vor Zorn, wenn sie nur daran dachte. Dafür hatte ihr Mann sterben müssen, und Gera … Ihr wurde schwindlig bei dem Gedanken, und sie musste sich am Bett festhalten … Gera wartete womöglich irgendwo darauf, dort einem Freier zugeführt zu werden. Am liebsten hätte Hannah laut geschrien. Nach allem, was Hannah gehört hatte, blieb nur dieser eine Schluss.

Nebenbei betrachtete sie Magdalena. Die war wie verwandelt, seit sie von ihr aus dem Wasser gezogen worden war. Hannah wusste nur nicht recht, ob und inwieweit sie ihr trauen konnte. Schließlich hatte sie ein Mädchen getötet, das unter Hannahs Händen geheilt worden wäre.

»Bruder Adilbert hat auch noch etwas anderes herausgefunden«, fuhr Magdalena weiter fort. »Aigen hat eine ganze Rotte von Fuhrwerken laufen. Die kommen alle zum Stephinger Tor. Im Garten davor laden manche ihre Waren ab. Die werden umgepackt, und man bringt sie auf kleineren Fuhrwerken in die Stadt. Auch zu dem neuen Haus.«

Hannah hatte das Gefühl, als würden sie auf der Stelle treten.

Sie ahnten, dass ein Rotes Haus geplant war, sie wussten, dass Waren durch den Tunnel unter der Mauer hindurchgeschleust wurden, sie wussten beinahe mit Bestimmtheit, dass auch Kinder durch den Tunnel geführt wurden, aber sie wussten nicht, wo die Kinder herkamen und wer das alles für Aigen durchführte.

Zwar schälte sich aus den Ereignissen ein immer genaueres Bild heraus, doch sie kamen mit ihren Nachforschungen keinen Schritt weiter. Es musste etwas geschehen.

Hannah lehnte sich zurück und lauschte nur noch unaufmerksam dem Bericht, den Magdalena ihr gab.

Dass Aigen offenbar durch den geheimen Gang im Lusthäuschen vor dem Tor Schmuggelware in die Stadt schaffen ließ, wussten sie bereits.

Aber was konnten Frauen schon dagegen ausrichten? Sie galten als Arbeitskräfte für die Wäsche und den Haushalt, man brauchte sie allenfalls als willige Bettgenossinnen und zur Sicherung der Nachkommenschaft. Ansonsten hatte eine Frau nichts zu sagen. Die wenigen Frauen, die sich nach dem Tod ihres Mannes als Meisterinnen durchsetzten und das Geschäft weiterführen konnten, zahlten dafür einen hohen Preis: den der Ehelosigkeit. Nahmen sie sich dennoch einen Mann ins Bett, galten sie als Huren. Wehrten sie sich dann noch gegen eine neue Heirat, drohte ihnen die Zwangsverheiratung durch die Zunft selbst. Frauen waren schwach. Zumindest redete man es ihnen ein.

Hannah zermarterte sich den Kopf darüber, was sie tun könnten, doch ihr fiel beim besten Willen nichts ein. Aigen baute ein neues Haus, einen kleinen Palast. Frauen sollten dort vermutlich eine besondere Rolle spielen. Aber Bettlerinnen?

Schadete sie womöglich Gera, wenn sie versuchte, Aigen das Handwerk zu legen? Er wusste vermutlich, wer Gera war. Aber er wusste nicht, wer sie, Hannah, war. Solange er zwischen der

Röttel und der Apothekerin keinen Zusammenhang herstellen konnte, musste Hannah nur verhindern, dass Gera einem Mann zugeführt wurde. Das gelang ihr jedoch nur, wenn man diese Begegnungen zu einem Wagnis für die Männer machte.

»Wenn ich nur wüsste, was wir tun sollen«, seufzte sie. »Und welches Interesse hatte eigentlich die Luderin, die dich beauftragt hat, am Tod des Mädchens?«

Magdalena schwieg. Dann sagte sie leise: »Ich weiß, was wir tun können.«

Hannah war sofort hellwach. »Was … was meinst du?«, stotterte sie. »Erzähl schon!«

Hannah drängte Magdalena, obwohl sie nicht glaubte, das Mädchen könnte eine Lösung haben, wo sie doch selbst keine gesehen hatte.

Obwohl ihr das Aufrichten im Bett Schmerzen bereitete und ein leichter Schwindel sie schon bei der ersten Bewegung überkam, setzte sich Hannah mit Hilfe der Kleinen auf. Sie bat Magdalena auch, ihr ein weiteres Kissen in den Rücken zu schieben. Mit einem Mal war das fiebrige Gefühl vergessen.

»Was können wir also tun, Kind?«, fragte Hannah, sobald das Gefühl nachließ, als würde sie durch den Raum gedreht werden.

»Wir müssen in den Palast gehen und uns dort umsehen«, sagte Magdalena.

Hannah sah sie zuerst verblüfft an, dann schlug sie mit beiden Handflächen auf die Bettdecke und musste losprusten. »Natürlich. Ich klopfe dort an die Tür und sage einfach: ›Entschuldigt, Exzellenz, ich bin die Röttel, darf ich mich mal umsehen?‹ Nie und nimmer wird das gehen, Kindchen.«

Magdalena zuckte mit den Schultern. »Wisst Ihr, warum uns die Luderin zu Euch geschickt hat?«

»Nein.« Hannahs Neugier war geweckt.

»Ihr wisst es wirklich nicht?«, fragte Magdalena weiter.

Hannah schüttelte erneut den Kopf.

Magdalena spitzte die Lippen. »Niemand hat erwartet, dass das Kind überlebt. Die Luderin wollte, dass Ihr versagt. Eure Heilkunst macht Euch gefährlich. Sie kann es nicht gebrauchen, dass irgendeine andere Frau zu mächtig wird. Schließlich will die Luderin das Haus führen, das dort gebaut wird.«

»Das Haus?« Hannah wusste sofort, was gemeint war. Der Palast sollte also doch ein Lusthaus werden, wie das Häuschen neben dem hier, in dessen Mauern sie gerade wohnte. Gegen die Bestimmungen der Stadt. Sie hatte also richtig vermutet. Hübschlerinnen durften ihre Dienste sonst nur außerhalb der Mauern anbieten. Was allerdings den Nachteil hatte, dass jedermann über einen Besuch und dessen Dauer Bescheid wusste. Schließlich musste man durch das Tor nach draußen. Das störte so manchen Ratsherrn und Domprobst. Jedermann ahnte, dass die Schwarzröcke und hohen Herrn nicht zum Luftschnappen vor die Mauern gingen. Das gab ein unchristliches Gerede.

Hannah atmete tief durch. Die Luderin sollte also das Haus mit ihren Hübschlerinnen führen.

»Ich sollte verhindern, dass das Mädchen überlebt. Nur so, glaubte die Luderin, könnte sie Euren Erfolg bei den Frauen zunichte machen.« Mit jedem Satz war Magdalena leiser geworden, bis ihre Stimme kaum noch zu hören war.

Hannah pfiff leise durch die Zähne. Statt zusammen an einem Strang zu ziehen, versuchten die Frauen hinterrücks, sich gegenseitig Knüppel zwischen die Beine zu werfen.

»Du hast ihr ja dabei geholfen!«, sagte Hannah scharf. Magdalena senkte den Blick. Es hatte den Anschein, als schämte sie sich, doch Hannah hatte das trotzige Aufblitzen in Magdalenas Augen sehr wohl gesehen. Magdalena hatte demnach immer noch nicht aufgegeben. Doch Hannah hoffte inständig, sie habe sich getäuscht. »Was schlägst du jetzt vor?«

»Sie brauchen Frauen, die ihre Reize anbieten – und sie brauchen Frauen, die die Gäste einfach nur bedienen«, fuhr Magdalena fort.

Hannah schloss die Augen. »Kommen wir damit nicht der Luderin in die Quere?«, fragte sie.

»Die Luderin muss es ja nicht wissen. Sie mag vielleicht sogar glauben, es wären ihre Mädchen, die sie dort unterbringt.«

Hannah betrachtete Magdalena genauer. Das schmächtige Mädchen vor ihr wirkte so unbedarft und schwach, dass man ihr kaum zutraute, den Wasserkrug vom Brunnen zu holen. Dennoch steckte in ihr eine Verschlagenheit und Schläue, die Hannah Angst machte. Doch Hannah wischte ihr Bedenken beiseite. Wenn sie Gera helfen wollte, musste sie ungewöhnliche Schritte tun. In ihr reifte ein Plan. Sie würde einige der Frauen, die sich mit etwas Kleidung und Farbe im Gesicht ansehnlich herrichteten, mit diesen Aufgaben betrauen.

Magdalena wollte aufstehen und aus dem Zimmer gehen, als Hannah sie am Arm festhielt.

»Du hast eine Frage noch nicht beantwortet, die mir sehr am Herzen liegt.«

Überrascht blieb das Mädchen stehen und versuchte, ihren Arm aus dem Griff zu winden. Doch Hannahs Finger lagen wie eine Eisenfessel um ihr Handgelenk.

»Gera?«, fragte Magdalena nur.

Hannah nickte und presste die Lippen aufeinander.

»Sie bringen mich um, wenn ich auch nur ein Sterbenswort verrate«, sagte sie erneut so leise, dass Hannah sie kaum verstand.

Hannahs Augen füllten sich mit Tränen, und sie wusste nicht, ob vor Zorn oder vor Trauer. Verstand Magdalena denn nicht, wie sehr sie unter der Ungewissheit litt?

»Bitte«, hauchte sie und blickte das Mädchen an. »Was ist mit meiner Tochter?«

Tränen schossen dem Mädchen in die Augen. Hannah vermutete, dass Magdalena sich jetzt entscheiden musste, auf wessen Seite sie sich schlagen sollte. Wenn sie Hannah etwas über Gera verriet, konnte sie sich bei der Luderin sicher nicht mehr sehen lassen. Denn dann war sie als Verräterin gebrandmarkt. Das Wissen um diesen kleinen Verrat würde unter Hannahs Frauen schneller die Runde machen, als sie Geras Geschichte erzählen konnte.

»Sie ist irgendwo draußen, vor der Stadt. Aber niemand kennt den Ort. Ich war auch dort.«

Hannah legte den Kopf schräg. »Was redest du da?«

»Es sind vielleicht zehn oder zwölf Kinder. Die einen kommen, die anderen gehen. Sie …« Magdalena stockte und kaute auf ihrer Unterlippe, bis sie blutete. »Sie werden von Männern … bestellt.«

Hannah spürte das Entsetzen in sich aufsteigen wie einen Brechreiz. Was sie bislang nur vermutet hatte, wurde plötzlich Wirklichkeit und trat so nah an sie heran, dass ihr übel wurde. Gera konnte bestellt werden. Vor ihren Augen tauchte ihr Mädchen mit den blonden Locken und dem weichen, unschuldigen Gesicht auf.

»Was genau heißt das?«, stieß sie hervor. »Bist du auch … bestellt worden?«

Magdalenas Blick verschleierte sich, als wolle sie sich nicht an das erinnern, was sie erlebt hatte. Dann nickte sie nur und hauchte: »Ja!«

Hannah schüttelte fassungslos den Kopf. Langsam begannen sich die Einzelheiten zu einem Bild zusammenzufügen.

»Die toten Mädchen, sie waren alle … bestellt worden? Und wurden anschließend … getötet?«

Hannah wollte das Wort eigentlich nicht aussprechen, weil es bedeuten konnte, dass Gera längst tot war.

Wieder nickte Magdalena und schloss die Augen.

»Warum lebst du dann noch?«

Magdalena zuckte mit den Schultern. »Ich … nur ein kleiner dicker Kaufmann … er wollte … meine Unschuld … aber es machte ihm nichts aus, dass ich ihn … dass ich ihn … kenne …, er ist unverheiratet.«

Hannah konnte den Gedanken nicht ertragen, dass ihre Tochter, wenn sie noch lebte, im Bett irgendeines lüsternen Kerls landen würde, der es auf ihre Jungfräulichkeit abgesehen hatte und anschließend mit einem Fingerschnippen darüber entschied, ob sie weiterlebte oder nicht. Es dauerte eine Weile, bis der Sinn von Magdalenas Worten ganz zu ihr durchdrang.

»Du meinst, die Mädchen müssen sterben, weil irgendein … irgendein bekannter Bürger der Stadt sie … sie …«

Jetzt standen Tränen in Magdalenas Augen. Sie hatte den Kopf noch tiefer gesenkt und presste das Kinn auf die Brust. Ihre Fäuste verkrampften sich über dem Bauch, und sie wurde von Schluchzen geschüttelt.

»Mein Gott, was sind das nur für Menschen?«, hauchte Hannah. Sie atmete schwer. »Weißt du, wo genau du gewesen bist, bevor man dich in die Stadt geschickt hat?«

»Nein«, sagte Magdalena, von harten Schluchzern unterbrochen. »Wir sind lange gefahren und dann getragen worden.«

»Getragen?« Hannah konnte ihre Verblüffung nicht verbergen.

»In Jutesäcken.«

3

Er lebte. Jedenfalls fühlte es sich für Bruder Adilbert so an. Wenn es ein Jenseits gab und dort einen Himmel, auf den er sich als Mönch einen gewissen Anspruch erhoffte, dann würde es dort keine Schmerzen geben. So viel war sicher. Da er jedoch im Augenblick überall am Körper von ebendieser äußerst diesseitigen Empfindung gequält wurde, nahm er an, dass er noch nicht durch die Himmelpforte hindurchgeschritten war. Dafür steckte er in der Krone eines Baumes.

Wie es geschehen konnte, dass er zuvor noch einen Weg entlanggelaufen war und jetzt im Geäst eines Baumes hing, konnte er zwar nicht recht begreifen, aber Gottes Wege waren wunderbar. Für ihn war es im Augenblick wichtiger, einfach stillzuhalten.

Obwohl es in seinen Ohren brauste und knackte, obwohl sein Brustkorb sich anfühlte, als hätten Hunderte Lanzen ihn durchbohrt, lauschte er auf die Umgebung. Tatsächlich konnte er bald das Rascheln und das wütende Schnaufen eines Wesens vernehmen. Ob dies ein Mensch war, konnte er nicht entscheiden.

Beinahe hätte er sich durch einen Schrei verraten. Wie erstarrt saß er im Geäst und hoffte inständig, dass kein Ast nachgeben und er nach unten fallen oder sich durch ein Knacken verraten würde. Er hoffte, wenn er sich ganz ruhig verhielte, würde sein Widersacher aufgeben. Allerdings konnte er den Kopf kaum bewegen und so die dunkle Gestalt nicht richtig sehen, die unter dem Baum auf und ab ging. Irgendwann begann es in seinem Kopf zu rauschen vor Anspannung.

Wie lange er so verharrte, wusste er nicht mehr zu sagen. Doch irgendwann musste er sich bewegen. Seine Muskeln schmerzten mindestens ebenso sehr wie die Prellungen an den Unterarmen und Oberschenkeln, die er sich bei dem Sturz in den Baum zugezogen hatte. Sein Schädel schien platzen zu wollen, so voller Blut fühlte er sich an.

Über der Gassenflucht vor ihm erschien das erste Licht des Morgens. Langsam schälten sich die Umrisse seiner Umgebung aus der tintenen Schwärze – und mit ihnen das Wissen, was genau geschehen war.

Bruder Adilbert war über eine kleine Begrenzungsmauer hinweggerannt. Sie hatte früher einmal zur Stadtmauer gehört, war jedoch mit deren Erweiterung nach Norden abgetragen worden und bildete nur noch eine schwache Brüstung. Unterhalb der Mauer fiel das Gelände senkrecht ab. Der ehemalige Graben darunter war mit Obstbäumen bepflanzt. In einen dieser Obstbäume war er hineingesprungen und Gott sei Dank hängen geblieben, gehalten vom Astwerk und verborgen vom Laub. Da seine Gliedmaßen langsam steif wurden, weil er seit Stunden beinahe unbeweglich im Obstgeäst gesessen hatte, versuchte er bei Tagesanbruch, sich zu bewegen und kletterte mühsam aus dem Baum. Er hoffte inständig, dass das Ungeheuer verschwunden wäre – und offenbar gehörte das zu den drei Wünschen, die einem gewährt wurden, wenn man solch eine Verfolgung überlebt hatte.

Was war das nur für ein Wesen, das in der Dunkelheit offenbar sehen konnte wie niemand sonst und das das Tageslicht mied? Bruder Adilbert schauderte bei dem Gedanken, der Herrgott könnte tatsächlich den Beelzebub in die Welt geschickt haben, um sie alle zu prüfen.

Langsam rutschte er am Stamm hinab, wobei er sich die Kleidung gehörig zerriss, und humpelte davon.

Er hastete – so schnell es eben ging – sofort in die Unterstadt und zur Röttel. Die Frauen würden sich bestimmt schon Sorgen machen. So lange war er noch nie fort gewesen.

Auf dem Weg zum Haus nickten die Frauen ihm freundlich zu, und Bruder Adilbert hatte das Gefühl, als strömte halb Augsburg in seine Richtung. Schließlich sah er, wie vor ihm eine Frau nach der anderen durch die Pforte des Schuppens im Haus der Röttel verschwand.

Er beschleunigte den Schritt, klopfte an die Pforte, wurde eingelassen und wäre beinahe von der verborgenen Lanzenträgerin in seinem Rücken erstochen worden, als er an der Wache vorbeihuschen wollte.

»Da seid Ihr ja endlich, Bruder.«

»Wo ist sie? Wo ist die Röttel?«, fragte er, ohne auf die Bemerkung einzugehen.

»Sie liegt oben«, sagte die Frau nur, doch da war Bruder Adilbert auch schon an ihr vorbei, hastete durch den Garten und stürmte, mehrere Stufen auf einmal nehmend, die Treppe im Haus hinauf.

Als er den Raum betrat, fiel sein Blick gleich auf die Röttel. Sie lag mit geschlossenen Augen auf dem Rücken, die Hände an die Seite gelegt. Mehrere Frauen standen bei ihr am Bett und wuschen sie. Er erschrak. Was war geschehen? Ihr Gesicht war entsetzlich blass. Sein erster Gedanke war, Hannah sei tot und die Frauen richteten sie gerade her.

Bruder Adilbert machte drei schwere Schritte auf das Bett zu. Der Raum roch scharf nach Schweiß. Er kniete sich nieder, legte eine Hand auf den Arm der Röttel. Sie war nicht so kalt, wie er befürchtet hatte, doch es lag keinerlei Kraft mehr darin. Bruder Adilbert traten die Tränen in die Augen. Er hätte dieses Frauenzimmer gern näher kennenlernen wollen. Ihm entfuhr ein Seufzer: »Hättet Ihr nicht warten können?«

Er nahm die Hand der Röttel, drückte sie an seine Wange und sah vor lauter Wasser in den Augen gar nichts mehr. So kniete er eine ganze Weile, bis er das Gefühl hatte, die Frauenrunde mustere ihn mit einer unverschämten Neugier.

»Worauf hätte ich warten sollen, Bruder Adilbert?«

Die Stimme schlich sich sanft in sein Ohr, und im ersten Moment glaubte Bruder Adilbert, er habe einen Engel vernommen. Verwirrt sah er auf die Röttel, ließ ihre Hand los, als wäre sie heiß wie glühende Kohle, wischte sich mit einer energischen Bewegung die Tränen aus dem Gesicht und blickte in ein geöffnetes Augenpaar.

»Sagt, dass es ein Wunder ist«, flüsterte er. »Dass Ihr lebt. Es ist … es ist … Ich dachte …« Er brach verwirrt ab.

»Schön, Euch lebend bei uns zu sehen, Bruder!«, erwiderte die Röttel. Sie lächelte. »Ich bin nur vor Erschöpfung kurz eingenickt, während mich die Frauen gewaschen haben. Bringt Ihr mir gute Neuigkeiten?«

Hannah lächelte ihn mit einer Wärme an, die ihm wohltat.

Endlich begriff Bruder Adilbert, dass die Röttel keineswegs tot war und er sich zum Narren gemacht hatte. Hastig erhob er sich und wäre beinahe gestolpert, doch er fing sich schnell wieder.

Im Hintergrund kicherten einige der Frauen ohne Scham. Wen sie damit auslachten, wusste er nur zu genau.

»Mein Gott, wie seht Ihr denn aus?«, sagte die Röttel leise, der es noch nicht ganz gut ging, aber schon erheblich besser.

»Ich … äh … das Haus …«, stotterte er los, doch eine Bewegung der Röttel ließ ihn verstummen.

»Jetzt mal von vorn, Bruder Adilbert. Ich werde in der Zwischenzeit eine Salbe auf Eure Wunden tun und sie dann verbinden.«

Die Röttel ließ sich aus dem Bett helfen und setzte sich auf die Kante. Hilfreiche Hände reichten ihr einen Tiegel und heißes Wasser sowie ein frisches Tuch. Eine Frau brachte einen niedrigen Schemel, auf den Bruder Adilbert sich setzen musste. Hannah streifte ihm Wams und Hemd ab, dann begann sie mit ihrer Arbeit. Bruder Adilbert schloss die Augen und erzählte. Die Schmerzen zuvor schienen ihm kein zu geringer Preis für die Berührung durch die Hände der Röttel zu sein.

»Wir werden etwas tun«, murmelte diese immer wieder dazwischen. »Deshalb habe ich all die Frauen zu uns kommen lassen. Wir werden ihm mit weiblichen Mitteln das Handwerk legen – und seinem Mördergeist ebenfalls. Diesem Weißgesicht.«

4

Zwei Tage später hatte Hannah von ihrem Geld für vier Frauen Kleider gekauft, sodass sie nun aussahen wie stattliche Handwerkerweiber. Bevor sie zu ihrem großen Vorhaben aufgebrochen waren, hatten sie sich gegenseitig begutachtet und Haltung sowie die Gestik geübt, damit sie als ehrbare Ehefrauen glaubhaft wirkten.

Dann waren sie losgezogen, Hannah in ihrer Mitte, die, noch immer ein wenig hustend, langsamer ging. Hannah hatte sich die nachgewachsenen blonden Haare mit Walnussöl braun gefärbt, damit sie nicht zufällig erkannt wurde. Die Narben, die sich über den Hals und über die Wange hinaufzogen, begannen langsam zu verblassen, und es bildete sich frische Haut. Hannah hatte die Hoffnung, dass sie nicht so entstellt sein würde, wie sie befürchtet hatte. Doch noch waren die Wunden deutlich zu sehen.

Jetzt standen sie vor den Tuchauslagen im Gewölbe des den Webern zugewiesenen Hauses.

Im kühlen Erdgeschoss des Weberhauses waren ein gutes Dutzend Stände aufgebaut, wo die Stoffballen oft mannshoch aufgetürmt waren. Die billigeren Stoffe wurden an den vordersten Tischen feilgeboten. Je teurer die Stoffe waren, desto tiefer musste man ins Gewölbe hinein. Ganz hinten, an der Wand, verkauften die Ritschart, die Vögelin, die Aigen, ohne dass die Stände besonders kenntlich gewesen wären. Die Luft roch nach trockenem Wollstoff sowie nach dem feuchteren Loden, vermengt mit den fremdartigen Düften von Seide und Brokat.

»Welcher Stand gehört Aigen?«, fragte Hannah flüsternd eine ihrer Begleiterinnen.

Diese deutete mit dem Kinn auf einen Stand an der hinteren Wand, der überquoll von erlesenen Seidenwaren und Spitze aus Brüssel.

»Dann los«, befahl Hannah.

Zwei ihrer Frauen, Gertrud und Josefa, streiften an den Ständen vorbei, strichen mit den Händen über die Stoffe, ließen sich dieses und jenes zeigen, und verließen schließlich mit einem Kopfnicken zu Hannah das Ausstellungsgewölbe des Weberhauses. Was nur Hannah und Magdalena gesehen hatten, war, dass Gertrud eine äußerst scharf geschliffene Klinge versteckt in der Hand gehalten hatte.

»Jetzt sind wir dran«, sagte Hannah. Sie schlenderten zu Aigens Stand hinüber.

Misstrauisch beobachtete sie der Standbesitzer, der für den Kaufmann die Geschäfte abwickelte. Er musterte die beiden Frauen abschätzig und schien zu dem Schluss zu kommen, dass sie bei ihm keine Ware würden kaufen können. Dazu würden sie nicht das Geld haben.

»So mein Kind«, begann Hannah. »Für deine Hochzeit soll es nur das Beste sein. Ich habe mir sagen lassen, dass die Stoffe des Kaufmanns Aigen die besten sein sollen.« Sie schaute den Mann am Stand mit einem entwaffnenden Lächeln an. »Oder stimmt das etwa nicht?«

»Doch, Weib«, antwortete der hoch aufgeschossene Kerl grob. In seinem Blick lag noch immer Argwohn.

»Man heiratet nur einmal im Leben«, plapperte Hannah leichthin weiter. »Dafür darf es dann in einem bescheidenen Goldschmiedehaushalt auch einmal etwas mehr sein.«

Jetzt hatte Hannah offenbar die Aufmerksamkeit des Verkäufers erregt. »An welche Stoffe habt Ihr gedacht, Herrin.«

»Oh«, sagte Hannah gespielt bescheiden, »Herrin ist vielleicht etwas übertrieben. Ich bin ein ganz normales Weib geblieben. Auch wenn mein Mann für den Dom arbeitet.«

Der Kaufmann auf der anderen Seite des Tisches schluckte hörbar, weil er die beiden Frauen offenbar falsch eingeschätzt hatte. Sofort ging auf seinem Gesicht eine lächelnde Sonne auf.

»Spitze aus Brüssel, Brokat aus den Niederlanden, Seide aus dem fernen Asien. Hier, fühlt und riecht. Weich wie das Fell eines Kaninchens und duftend nach Kardamom und Zimt. Allerbeste Qualität – und weil die Jungfer Tochter heiratet, macht die Firma Aigen auch einen besonders günstigen Preis.«

Er hatte die letzten Sätze leiser gesprochen, so als wollte er verhindern, dass die anderen Händler mithören konnten.

Doch Hannah scherte sich nicht darum. Sie posaunte wie ein Echo das Angebot noch einmal hinaus, und der Verkäufer zuckte sichtlich zusammen.

»Dann zeigt uns die Seide, mein Herr«, flötete Hannah.

Bereits beim Ausrollen fielen Hannah die durchstochenen Stellen auf. Gertrud hatte ganze Arbeit geleistet.

Sie feilschte hin und her, schmiegte die Seide an ihre Wange, wehrte Schmeicheleien, auch zweideutiger Art, was ihre Haut und die Farbe ihrer Wangen im Vergleich mit der Chinaseide anbelangte, mit stoischer Ruhe ab. Dann feilschte sie über einen Preis, den sie niemals würde bezahlen können, handelte ihn herunter, ließ sich zwei Barchent-Ellen Stoff zugeben, zog sich zurück, tat so, als würde sie sich mit Magdalena beraten, schaute in ihre Börse, die sie zuvor mit Lechkieseln gefüllt hatte, schien ihr Geld zu zählen, kehrte zurück, verhandelte erneut, bis dem Mann hinter dem Stand die Schweißperlen auf der Stirn standen – und schlug schließlich ein.

Vierzehn Barchent-Ellen Seide, von denen sie nur zwölf zu zahlen brauchte. Eigentlich wäre es ein Abschluss gewesen, auf den sie hätte stolz sein können. Man sah es dem verdrießlichen Gesicht des Kaufmanns an, als er die Längen abmaß. Hannah öffnete mit auffälliger Geste ihre Börse, wie um ihr Geld abzuzählen.

Doch kaum hatte der Verkäufer die Schere angesetzt, ließ sie die Finger erneut über den Stoff gleiten, als wäre sie wie verzaubert von der Schönheit der Weberei – und schrie entsetzt auf.

Verwirrt blickte der Kaufmann auf den Stoffballen – und wurde blass. Auch die Käufer und Verkäufer an den umstehenden Ständen hielten in ihren Verhandlungen inne, als Hannah ein grelles »Betrüger!« in das Gewölbe hinaufschrillen ließ.

Sie war unter dem Stoff entlanggefahren und hatte ihren Finger durch einen der Schnitte gesteckt, die Gertrud in den Stoff geschnitten hatte. Der Kaufmann Aigens blickte auf den hellen Finger, der aus dem Loch in der Stoffbahn ragte, als wäre es ein Fingerzeig Gottes.

Hastig glitten Hannahs Hände weiter über die zwölf Barchent-Ellen. Bei jedem Loch, das sie entdeckte, entfuhr ihr ein weiterer Schrei, der in dem Gewölbe widerhallte, in dem es inzwischen so still geworden war, dass man ein Seidentuch hätte fallen hören können.

»Ihr wolltet mir schadhafte Ware verkaufen? Ihr wolltet mich über den Löffel balbieren? Seht hier, wieder ein Loch. Und da! Das Tuch ist löchrig, durch und durch!« Hannah zog den Stoff auseinander, sodass die Schnitte sichtbar wurden. »Ihr seid ein Scharlatan. Ein Betrüger! Ich habe dem Aigen vertraut, mehr als jedem anderen Kaufmann. Aber ich sehe, der Betrug macht auch vor Eurem Haus nicht halt.«

Sie hob den Kopf, schloss nachdrücklich ihre Börse wieder, und stolzierte davon. Über die Schulter sagte sie kühl zu dem immer noch stummen Kaufmann am Aigen-Stand: »Ich bin gespannt, wie Marktaufsicht und Zunft darüber denken.«

Hannah wusste, dass die Weber einen besonders strengen Ehrenkodex pflegten, vor allem deshalb, weil sie noch keine eigene Zunft hatten bilden dürfen. Von daher wurde jeder Verstoß doppelt misstrauisch beäugt. Die Weber würden dem Kaufmann für einige Zeit Schwierigkeiten machen.

Mit dem Wort »Lump!« verließ Hannah das Gewölbe und schritt hoch erhobenen Hauptes über den Brotmarkt davon. Hinter ihr erhob sich ein Gemurmel.

Hannah fühlte sich, als hätte sie aus den Verhandlungen und aus dem kleinen Sieg Kraft, eine ganz eigene Kraft gesogen. Aigen hatte ihre Familie aus reiner Gier zerstört. Sie würde ihm zeigen, dass man dies nicht ungestraft tun durfte.

Mit erhobenem Haupt steuerten die Frauen auf das Tanzhaus zu. In dessen Untergeschoss hatte man einen kleinen Viktualienmarkt für empfindliche Kräuter und Gewürze errichtet. Aigen unterhielt dort einen Verkaufsstand, an dem Pfeffer, Muskatnuss, Nelken und natürlich Salz feilgeboten wurden.

Hannah lachte laut in den Augsburger Frühmorgen hinauf, als sie sich vorstellte, was gleich geschehen würde.

Wie ein Schwarm Mücken fielen die fünf Frauen ins Untergeschoss ein. Auch hier überwölbte eine aus rotem Ziegel gemauerte Decke den Raum, doch die vordere Reihe der Säulen bildete nur eine Art Arkaden, die nach außen offen waren. Die zweite Säulenreihe beherbergte in die Nischen zwischen den steinernen Pfeilern gebaute Geschäfte. Es duftete nach Fremde, nach weiten Wegen, nach Abenteuer und Gefahr. Woher kamen die Gewürze? Ihr Mann hatte davon gesprochen: vom anderen Ende der Welt – und das buchstäblich. Man sog diese sagenhafte Entfernung regelrecht durch die Nase ein.

Rasch schwärmten die Frauen aus, rochen an diesem Säckchen, ließen sich dort einen Krug öffnen, hier ein paar Tropfen eines Öls auf die Handfläche träufeln, schmeckten und schnüffelten, und nach kurzer Zeit erfüllte ein Duft das Geschoss, der allein schon Träume hätte wecken können. Zwischendurch ließen die Frauen den Geldbeutel klingeln und reizten so die Gier der Verkäufer. Aigens Stand war schnell ausgemacht. Er lag am Ende der insgesamt sieben Geschäfte umfassenden Reihe. Kein allzu günstiger Platz. Dazu war Aigen wohl erst zu kurz im Gewürzgeschäft tätig.

Hannah war von einem zum anderen Stand geschlendert und war dann bei Aigen stehen geblieben. Der Mann betrachtete sie misstrauisch, weil ihre verbrannte Kopfseite noch nicht ganz verheilt war und die Haut sich dort immer noch rötlich abhob. Sie sah den Mann scharf an und ließ sich seine Ware zeigen, die er in kleine Säckchen abgepackt hatte.

Wie auf einen geheimen Befehl hin versammelten sich plötzlich alle Frauen um dieses Geschäft. Hannah ließ sich ein Säckchen Pfeffer öffnen, feilschte wieder um den Preis und wollte eine feine Messerspitze probieren, schon um den Verdacht zu zerstreuen, der Pfeffer Aigens könnte mit Mäusekötteln durchsetzt sein.

»Man hört ja so manches«, ließ Gertrud fallen. »Also, mein Mann war schon auf der Walz in Antwerpen und hat gesehen, wie sie den Mäusedreck sammeln und dem Pfeffer zusetzen.«

»Brrr«, machte Hannah schaudernd.

»Ich versichere euch, Herrin«, widersprach der Verkäufer, »Aigen führt nur unverfälschte Ware.«

»Dann lasst mich probieren!«, forderte Hannah.

»Wenn es denn sein muss. Aber versteht, dass ich nicht meinen ganzen Pfeffer auf die Zungen der Augsburger Bürgerinnen streuen kann, sie würden sonst noch schärfer, als sie ohnehin schon sind!«

Außer den beiden Verkäufern in den Geschäften nebenan lachte niemand.

»Ihr werdet unsere scharfe Zunge kennenlernen, wenn es sich nicht um Pfeffer handelt!«, erwidert Hannah kalt.

Der Mann öffnete das Säckchen – und just in diesem Moment berührte Gertrud ihn am Arm.

»Ist der Pfeffer dort nicht der schärfere?«

Der kurze Augenblick, den der Mann von seiner Ware abgelenkt war, genügte Hannah. Sie ließ eine ganze Handvoll Mäusedreck, den sie auf dem Dachboden des Tischlerhauses gesammelt und kleingerieben hatten, in das Säckchen gleiten.

Der Verkäufer verneinte Gertruds Frage, wandte sich wieder Hannah zu und gab ihr vom obersten Teil des Säckchens eine Messerspitze. Hannah befeuchtete ihren Finger, tunkte ihn in den schwarzen, bröseligen Staub und schob ihn sich auf die Zunge.

Sie probierte ihn eingehend, wobei sie den Mann nicht aus den Augen ließ, dann verzog sie angewidert das Gesicht und spuckte dem Mann das Zeug ins Gesicht.

»Pfui Teufel. Das soll Pfeffer sein? Mäusedreck, wie er im Buche steht!«

Der verblüffte Verkäufer wischte sich den Speichel aus dem Gesicht. Dann lief sein Gesicht puterrot an.

»Wir verkaufen nur beste Ware, keinen Mäusedreck!«

»Dann probiert gefälligst selber – oder noch besser, lasst einen der Herren hier probieren. Ich bin gespannt, wie das Urteil von Kennern ausfällt.«

Der Mann befeuchtete einen Finger und steckte ihn in das Säckchen. Dann probierte er. Und tatsächlich wurde sein Gesicht immer bleicher, je länger er den Geschmack im Mund hin und her schob. Schließlich spie er aus.

»Karl, versuch du!«, sagte er flehend – und aus dem Geschäft der Stolzhirschens, einem der mächtigen Geschlechter des Augsburger Patriziats, kam der Angesprochene herüber, um

Aigens Ware zu prüfen. Bereits nach kurzer Zeit spuckte er aus.

»Mäuseköttel!«, lautete das vernichtende Urteil. Er wischte sich den Mund am Ärmel ab und sah den Mann hinter der Theke scharf an. »Darf ich die Damen in mein Geschäft einladen, den Pfeffer dort zu versuchen. Er ist – das sollten sie mir unbedingt glauben – von allerbester Qualität, unverfälscht und damit rein.«

Hannah, die beinahe laut herausgelacht hätte, zog die Nase kraus.

»Warum sollte ich irgendeinem hier glauben? Es scheint mir hier vor Panschern und unredlichem Gesindel nur so zu wimmeln. Kommt!«, befahl sie ihren Frauen. »Wir gehen. Echten Pfeffer bekommen wir auch anderswo. Da muss man nicht zu Aigen oder Stolzhirsch!«

Hannah warf den Kopf in den Nacken und stolzierte hinaus. Alle vier Frauen hinter ihr her – und als sie durch den Zugang schritten, warnten sie gleich noch zwei weitere Damen, die die Arkaden eben betreten wollten, lautstark davor, bei Aigen oder Stolzhirsch zu kaufen. Da bestünde sogar der Pfeffer aus Mäuseköttеln.

Wie eine Phalanx Ritter verließen sie das Untergeschoss des Tanz- und Herrenhauses und wandten sich zur Unterstadt.

Wenig später saßen sie im Tischlerhaus zusammen und besprachen das, was sie getan hatten.

»Heute Nachmittag wird die Schwarze Liss alles weitererzählen, und die Frauen werden es auf den Märkten und in den Schänken verbreiten«, erläuterte Hannah das weitere Vorgehen. »Wenn Aigens Tuch morgen noch einmal Löcher aufweist, ist er für einige Zeit geliefert. Außerdem tauscht der Mann der Senkerin heute Nacht zwei Säcke Pfeffer gegen Mäusedreck aus und mischt Sand ins Salz.«

Magdalena schaute Hannah an. »Wie will er das machen?«

»Er arbeitet zeitweise für Aigen und fährt die Ware jeden Tag einmal vom Tanzhaus zum Lager und morgens wieder zurück. Die falsche Ware ist bereits abgepackt, er muss sie nur noch austauschen. Für Aigen wird es morgen ein böses Erwachen geben!«

Es waren die Waffen der Frauen, die sie einsetzten: Gerüchte, ein bisschen Tratsch und ein bisschen Lug und Trug. Damit konnten Frauen besser umgehen als mit Dolch und Schwert. Hannah wollte niemanden töten, sie wollte Aigen in die Enge treiben, bis er ihre Tochter freiwillig gehen ließ. Wenn allerdings ihrer Tochter schon etwas zugestoßen war, wenn sie womöglich schon tot war, dann gnade ihm Gott.

Hannah horchte, weil sie Stimmen aus dem Garten hörte. Schließlich betrat Bruder Adilbert den Raum, völlig verschwitzt und verdreckt. Hinter ihm folgten vier Frauen, die nicht minder mitgenommen aussahen.

Hannah hob die Augenbrauen. »Und? Hattet Ihr Erfolg?«

Bruder Adilbert nickte. »Ich komme mir vor wie ein Straßenräuber. Aber es hat gewirkt. Einer der Wagen ist völlig abgebrannt. Das Häuschen steht in Flammen und ein Teil des Gartens ebenfalls.«

»Hoffentlich ist niemand zu Schaden gekommen!« Hannahs Stimme klang besorgt.

»Wir haben darauf geachtet, Röttel. Nur Sachen, keine Menschen!«

»Gut. Jetzt lasst uns unseren Erfolg ein bisschen feiern!«

5

Jetzt müssen wir abwarten, was passiert«, sagte die Schwarze Liss. »Seit zwei Wochen stochern wir im Misthaufen herum; irgendwann wird er anfangen zu stinken.«

Hannah schüttelte den Kopf. »Das hieße, das Heft aus der Hand geben. Ich will nicht mehr einstecken müssen, Liss, ich will dagegenhalten. Was vertreibt Aigen noch? Welche Waren verkauft er? Wo sind seine Lager? Wie können wir in den Lagern Schaden anrichten, ohne anderen zu schaden? Wer kennt jemanden, der wiederum Aigens Handelswege kennt?« Hannah fuhr sich mit der Zunge über die Lippen. »Aigen muss das Gefühl haben, dass er den Boden unter den Füßen verliert. Seine Mitstreiter müssen dieses Gefühl ebenfalls bekommen. Wer hat die Urkunden beglaubigt, nach denen Häuser enteignet worden sind? Welche Grundstücke, Gebäude, Rechte hat er sich unrechtmäßig angeeignet?«

Die Liss legte Hannah begütigend eine Hand auf den Arm.

»Du vergisst, wir sind nur einfache Frauen, keine Patrizierinnen.«

»Aber wir haben Hebammen, Hübschlerinnen, Dirnen und das Bettelvolk, das sogar verhindern könnte, dass einer dieser Dickbäuche zu seinem wohlverdienten Gottesdienst watscheln darf. Schlagt Scheiben ein, macht nachts Lärm in den Gassen, streut Bittersalz ins Mehl der Reichen. Wie viele sind es denn, die uns auf der Nase herumtanzen? Wir sind zehnmal, hundertmal so viele. Es muss uns gelingen. *Wir* sind die Stadt, nicht Aigen.«

Es klopfte. Hannah und die Schwarze Liss, die die Köpfe zusammengesteckt und geflüstert hatten, fuhren auseinander. »Ja?«

Magdalena öffnete die Tür. »Die Mädchen sind da.« In ihrem Gesicht spiegelte sich eine ungewöhnliche Anspannung, die Hannah kurz verwirrte.

»Ist etwas passiert?«

Magdalena schüttelte den Kopf.

Hannah erhob sich. »Also. Dann wollen wir sie uns einmal anschauen. Sie auszustatten wird mich das letzte Geld kosten, das wir haben.«

Die Liss folgte Hannah nach unten. Sie schlüpften in den Raum, der direkt von der Treppe aus zu betreten war und der nach vorn zur Straße hinausging.

Dort standen zehn junge Mädchen aus einem der städtischen Webhäuser. Sie waren jung, schlank wie Gerten und sahen alle gesund aus. Außerdem hatten sie keine Familie mehr und mussten sich selbst ernähren.

Ein wenig Wasser und frische Kleidung wird sie in lauter Schönheiten verwandeln, dachte Hannah. Für einen kurzen Augenblick kam ihr das Bild Geras in den Sinn. Sie war den Mädchen sehr ähnlich, die da vor ihr standen, ebenso jung und schlank. Seit zwei Wochen ließ sie nach ihr forschen und hatte noch immer keine Nachricht, wo sie sich aufhalten könnte.

Aufgereiht wie die Lanzenreiter standen die Mädchen an der Stirnseite des Raums, die Hände hinter dem Rücken verschränkt, den Blick gesenkt.

Als wären sie die Unschuld selbst, dachte Hannah, dabei wusste sie genau, dass das Wort Unschuld bei all den Mädchen mehr als unangebracht war.

»Was willst du mit den Jungfern, Röttel?«

Hannah hatte den Raum betreten, ohne sich umzusehen. Als die Stimme hinter ihr schnarrte, drehte sie sich langsam um.

Vom Türblatt verdeckt, mit der Schulter an der Wand lehnend, stand die Luderin. Ihre rot geschminkten Lippen leuchteten im dämmrigen Licht und verzogen sich zu einer abschätzigen Miene.

»Es war nur eine Frage der Zeit, bis du erfahren hättest, was hier vor sich geht, Luderin«, begrüßte Hannah ihre Nachbarin. Sie versuchte ihre Stimme fest klingen zu lassen. In all den Plänen, die sie sich ausgedacht hatte, war die Luderin eine gewisse Größe gewesen, die sie hatte einbeziehen müssen, ohne zu wissen, ob die Frau auf ihre Seite wechselte. »Gefallen dir die Mädchen?«

»Lenk nicht ab«, zischte die Luderin. »Ich habe dir nicht mein Messer gegeben, damit du es mir an die Kehle setzt, Röttel«, zischte die Luderin und stieß sich von der Wand ab. Sie hatte eine Art Reitgerte in der Hand, die sie durch die Luft pfeifen ließ.

»Von dir, Luderin, will ich nichts. Aber du solltest vorsichtig sein. Frauenhäuser, wie du sie betreibst, sind innerhalb der Stadtmauern verboten. Das weißt du genau. Wie schnell wird ein Frauenhaus wie das deine in der Stadt entdeckt und geschlossen. Also lass es sein.«

Die Mundwinkel der Luderin fielen nach unten. »So redet niemand mit mir. Ich habe dich gut behandelt, als es dir schlecht ging, Röttel. Und so dankst du es mir?«

»Du glaubst, du hast mir geholfen? Für das Messer, Luderin, danke ich dir.« Hannah ging einen Schritt auf die Frau zu. »Doch bevor wir weiterreden, will ich dir etwas sagen. Das Haus, das oben im Pfaffenwinkel gebaut wird, entsteht auf meinem Grund und Boden. Egal, wer dort baut, und egal, was er baut, Luderin. Er macht es ohne meine Genehmigung. Dagegen werde ich mich wehren. Die Herdstelle und das Recht, dort zu wohnen, werde ich mir zurückholen. Außerdem«, Hannah senkte bedrohlich die Stimme, »soll vermutlich in diesem Haus meine Tochter an einen Freier vergeben werden. Wenn ich etwas verhindern werde, dann das!«

Hannah bemerkte, wie die Luderin unsicher wurde.

»Der Bau gehört Aigen. Er hat …«

»Oh«, unterbrach Hannah die Mutter der Hübschlerinnen, »hat er dir angeboten, du könntest das Haus für ihn betreiben?«

»Nächsten Sonntag schon!«, fauchte die Luderin.

»Wie großzügig von ihm. Es wird ihm aber nicht gelingen, denn ich habe ihm keine Genehmigung erteilt, Luderin.«

»Er braucht keine Genehmigung. Er hat einen päpstlichen Gesandten eingeladen, den Stadtpfleger und weitere Würdenträger. Da wird er auf deine *Genehmigung* scheißen, Röttel!«

»Das glaube ich nicht!« Hannah sah der Luderin in die Augen und spürte gleichzeitig die Kälte, dic darin lag. »Ich habe einen Grund, warum es ihm nicht gelingen wird. Er hat die Apotheke meines Mannes dafür niederbrennen lassen. Er hat ihn getötet. Er hätte mich beinahe ersäufen lassen.« Sie fuhr sich über ihr immer noch gerötetes Gesicht. »Er hat mich gezeichnet – und er …« Hannah stockte. Sie hatte schon zu viel gesagt. Dass Gera in seiner Gewalt war, musste sie verschweigen. »Nein, ich werde mir mein Eigentum wieder zurückholen. Du kannst mich dabei unterstützen – oder mich als Gegnerin erleben, Luderin. Wähle. Aber lass dir nicht allzu viel Zeit.«

Bei jedem Satz war sie näher an die Luderin herangetreten, bis sie so dicht vor ihr stand, dass sie die Pockennarben sehen konnte, die unter dem Haaransatz der Luderin kleine Krater in die Haut gerissen hatten.

Die Gerte ihrer Nachbarin schlug unentwegt auf die Unterschenkel, als müsse sie sich zügeln.

»Du wirst dich zurückhalten müssen, Röttel. Aigen weiß um dein … kleines Geheimnis.«

Hannah fühlte, wie sie blass wurde. »Was für ein …?« Das war alles, was sie sagen konnte.

Die Luderin sagte nichts, doch ihre Lippen bildeten lautlos einen Namen: G-E-R-A!

Hannah spürte, wie ihr Herz schneller schlug, wie ihr Kopf rot anlief. Dann brach es aus ihr heraus.

»Du wirst dieses Haus niemals leiten, Luderin«, zischte Hannah, dann fuhr sie fort: »Du hast also die Wahl zwischen der Wasserzelle in den Hexenlöchern oder der Unterstützung meiner Sache!«

Hannah drehte sich um und tat so, als wollte sie weggehen. Doch dann zögerte sie und wandte sich noch einmal zur Luderin um, wie beiläufig, so als habe sie etwas vergessen.

Die Luderin stand da, die Lippen zusammengepresst und mit zu Schlitzen verengten Augen. Ein triumphierendes Lächeln spielte um ihre Mundwinkel.

Leise flüsterte Hannah: »Aigen handelt mit Kindern, die er, nachdem sie … *benutzt* worden sind …« Hannah tat sich schwer, das Wort auszusprechen. Sie spuckte auf den Boden, so widerlich war der Geschmack dieser Buchstaben. »… dann lässt er sie töten!« Beim letzten Wort blickte sie in die Augen der Luderin. »Willst du das wirklich auf dein Gewissen laden?«

Hannah entdeckte keinerlei Regung in den Augen der Luderin – und sie begriff, dass für die Luderin nichts von dem, was Hannah zu ihr gesagt hatte, neu war oder sie zu überraschen vermochte.

»Mein Gott«, entfuhr es ihr da. »Du wusstest davon? Du wusstest die ganze Zeit davon!«

Mit einem Zischen fuhr die Gerte der Luderin durch die Luft. Doch bevor sie Hannahs Gesicht berührte, fiel sie zu Boden. Die Schwarze Liss hatte ihren Stock dazwischen gehalten und der Luderin die Waffe aus der Hand geschlagen. Ein zweiter Stockhieb traf die Luderin gegen die Brust und zwei weitere, rasch hintereinander ausgeführte im Gesicht und am Kopf. Langsam verdrehte die Frau die Augen und sackte in sich zusammen.

Hannah starrte zuerst auf die Luderin, dann auf die Liss. »Danke, Liss!«, hauchte sie. Ihre Stimme zitterte. Schließlich schrie sie: »Magdalena!« Der Name gellte durch das Haus. Es war, seit sie hier Quartier bezogen hatten, der erste laute Ton, der durch das Gebäude hallte. »Magdalena!«

Doch das Mädchen, das sie eben noch die Treppe hinabbegleitet und das zuvor offenbar die Luderin hereingelassen hatte, blieb verschwunden.

»Wo ist sie hin, Liss?«, flüsterte Hannah.

»Sie hat dich hintergangen und verraten, Röttel«, sagte die Schwarze Liss und stieß mit ihrem Stock gegen den schlaffen Körper der Luderin. Die Frau stöhnte leise. »An sie. Und ich möchte nicht wissen, an wen noch alles.«

Hannah sagt nichts. Sie hatte sich in Magdalena getäuscht. Sie hatte sich nicht nur getäuscht, sondern sie hatte einen furchtbaren Irrtum begangen. Sie hatte Magdalena erzählt, dass Gera ihre Tochter war.

Sie drehte sich zu den Mädchen um, die immer noch an der Wand standen und denen das Entsetzen ins Gesicht geschrieben stand. Sie wusste nicht, wie sie erklären sollte, was eben geschehen war.

»Liss!«, bat Hannah. »Sag du den Mädchen, was sie tun müssen. Lass die Luderin fesseln und in ein Zimmer sperren. Man soll sie bewachen. Ich muss nachdenken.«

Hannah schlurfte schwerfällig ins Obergeschoss zurück. Ihr war schwindlig, und sie konnte keinen richtigen Gedanken fassen. Etwas schnürte ihr die Brust zu: Ihre Vertrauensseligkeit hatte ihre Tochter in Gefahr gebracht.

Ständig drehte sich der Name ihrer Tochter in ihrem Kopf, als wollte er heraus. Sie presste die Hände gegen die Schläfen, aber auch das half nichts. Gera, flüsterte es in ihr. Gera! Wenn die Luderin wusste, wer Gera war, dann wusste Aigen auch, welches Pfand er in Händen hielt.

Hannah spürte die Hand nicht sofort, die sie am Ellenbogen fasste, sondern spürte nur, dass der Weg die Treppe hinauf ein wenig leichter wurde. Erst als sie neben sich jemanden atmen hörte, nahm sie wahr, dass sie gestützt wurde.

»Bruder Adilbert? Was wollt Ihr?«

»Als ich die Luderin kommen sah, wusste ich, dass Ihr mich brauchen werdet.«

»Ich? Euch brauchen?« Sie wollte spöttisch klingen, doch es gelang ihr nicht. Dabei war sie ihm dankbar, dass er sie nicht alleinließ.

»Ihr habt eben einen Namen vor Euch hin gemurmelt. Gera? – Euer Kind?«

Hannah nickte. »Ich weiß, dass Gera lebt, aber ich weiß nicht, wo ich noch suchen soll«, sagte Hannah. »Ich war so lange krank und konnte meiner Tochter nicht helfen.« Hannah biss sich auf die Unterlippe, bis es blutete. Womöglich war es schon zu spät.

»Erzählt es mir, wenn Ihr es für richtig erachtet, Röttel.«

Als sie oben angekommen waren, schickte Hannah die Frauen aus dem Zimmer und hieß den Mönch, sich neben sie zu setzen.

Dann erzählte sie von dem Brand, von Gera, die sie an diesem Abend nicht in ihrem Bett vorgefunden hatte, vom Lärm unten im Haus, von ihrem Entsetzen, weil sie Gera vermisst hatte, davon, dass sie glaubte, ihre Tochter sei in den Flammen umgekommen, von der Hoffnung, dass sie das Inferno vielleicht doch überlebt haben könnte, von der Bestürzung, als sie erfahren hatte, Gera befinde sich womöglich in der Gewalt Aigens, und schließlich von der Bestätigung dieser Befürchtung. Sie berichtete vom Verdacht des Kindshandels und von der Angst, Gera könnte dabei zu Schaden kommen. Gera lebte womöglich – und sie hatte sie auch suchen lassen, doch sie hatte keinen Erfolg damit gehabt. Jetzt musste sie ein weiteres Mal um ihr Kind bangen und alles daransetzen, es aus den Fängen dieses Unmenschen zu befreien.

»Welche Hinweise habt Ihr, wo Gera sein könnte?«

Hannah zuckte mit den Schultern.

»Dann wird es Zeit, dass wir darüber nachdenken, Röttel. Kinderhandel. Kindesmissbrauch. Kindstötung. Das sind abscheuliche Verbrechen. Aigen wird, wenn er tatsächlich der Drahtzieher ist, die Kinder nicht in der Stadt unterbringen. Sonst würde sich auch der Aufwand mit dem unterirdischen Gang, mit dem neuen Palast und mit dem Lusthaus vor der Mauer nicht lohnen. Sie sind demnach vermutlich außerhalb der Stadt. Aber wo würde man außerhalb der Stadt eine Gruppe Kinder verbergen können, ohne dass es auffällt?«

Hannah schlug die Hände vors Gesicht, dann löste sie sie wieder und ließ sie auf die Oberschenkel sinken. »Ich weiß es nicht. Ich habe darüber auch schon nachgegrübelt, doch mir ist kein Gedanke dazu gekommen.«

»Allzu weit von der Stadt weg werden sie nicht sein«, überlegte der Mönch laut und Hannah nahm den Gedanken auf.

»Schließlich müssen sie innerhalb kurzer Zeit verfügbar sein. Höchstens eine halbe Tagesreise, am besten noch näher. Aber so viele elternlose Kinder würden auffallen.«

»Sie müssen also an einem Ort versteckt gehalten werden, den niemand zufällig betritt, wenn er die Stadt verlässt.« Bruder Adilbert legte nachdenklich die Stirn in Falten, dann nahm er ihre Hand. Sie fand es bewegend und entzog sie ihm nicht, weil sie das Gefühl hatte, dass diese Berührung ihr guttat.

Bruder Adilbert murmelte vor sich hin – bis er sich mit der freien Hand auf den Schenkel schlug. Erst jetzt schien er zu bemerken, dass er ihre Hand hielt, denn er starrte etwas überrascht und verlegen darauf, ohne loszulassen, und errötete vom Hals bis zum Haaransatz, so als hätte er ein ganzes Fass Wein allein geleert.

»Ihr könnt mich loslassen, Bruder Adilbert«, sagte Hannah leise. »Ich werde nicht umsinken.«

»Oh ja, natürlich.« Als wäre ihre Hand glühendes Eisen, ließ er sie los.

»Und jetzt?« Ihre Stimme klang sanft. »Ihr hattet doch bestimmt einen Gedanken, den ihr mir mitteilen wolltet – oder etwa nicht?«

»Äh, doch«, stammelte Bruder Adilbert. »Natürlich.«

Bruder Adilbert verhielt sich so, wie ihr Mann sich verhalten hatte, als sie sich zum ersten Mal allein begegnet waren: schüchtern und unbeholfen, als könnte er nicht bis drei zählen und seine Gedanken zusammenhalten.

War Bruder Adilbert in sie verliebt? Ein Mönch! Oder deutete sie seine Verlegenheit falsch? Vermutlich. Er war einfach nur den Umgang mit Frauen und überhaupt mit Menschen nicht gewohnt.

»I-ich«, stotterte der Mönch. »Ich glaube … also ich habe eine Ahnung, wo die Kinder … ich meine, die Mädchen … also Gera, Eure Tochter …« Bruder Adilbert seufzte, weil er selbst bemerkte, wie sehr er sich in seiner Unsicherheit verstrickte. »… wo Eure … Tochter … verborgen gehalten werden könnte …«

»Bruder Adilbert«, unterbrach Hannah ihn sanft. »Sammelt Eure Gedanken und sagt, was Ihr denkt.«

Bruder Adilbert nickte und räusperte sich. Dann sah er sie an – und in seinem Blick flackerte eine Flamme, die Hannah gut kannte.

Ein Lächeln umspielte ihre Augen. Sie nahm die Hand des Mönchs und hielt sie fest. Der blickte zuerst auf ihre Hand, die sich um seine Rechte geschlossen hatten, dann auf Hannah, und dann begann er langsam und in gesetzten Worten zu sprechen.

»Vor der Stadt, auf dem Weg zur Brücke über die Wertach, steht eine kleine Kapelle. Sankt Sebastian heißt sie. Es gibt dort ein Haus für Sieche und Aussätzige, das Leprosenhaus. Johann Landsberger, ein Gewandschneider, hat beide vor einem halben Jahrhundert gestiftet. Dieses Leprosenhaus nimmt aber nur Mädchen und Frauen auf. Würde ich Kinder vor den Augen aller verstecken müssen, dann würde ich es dort tun.« Bruder Adilbert sah nach oben, als würde er an der Decke die Lösung finden. »Niemand würde je auf den Gedanken kommen, dort zu suchen. Die Angst vor den Leprosen ist viel zu groß.«

Hannah ließ sich das, was sie von Bruder Adilbert gehört hatte, durch den Kopf gehen.

Das Leprosenhaus lag einerseits nicht weit abseits des Hauptwegs und war dennoch nah genug an der Stadt, aber weit genug entfernt, damit die Aussätzigen nicht auffielen. Man konnte andererseits die Kinder rasch von dort über den Graben zum Lusthäuschen rudern und in die Stadt bringen. Außerdem würde niemand je freiwillig ein Leprosenhaus besuchen, also wagte sich kaum einmal jemand dorthin. Der Mönch hatte wohl recht. Es war ein ideales Versteck. Das Entsetzen und das Hochgefühl der Hoffnung hielten sich die Waage. Gera!

Sie drückte die Hand des Mönchs und führte sie an ihre Lippen, dann bückte sie sich, einer Eingebung folgend, und küsste ihn auf den Mund. Es war nur eine leichte Berührung, mit der ihre trockenen Lippen die seinen streiften, doch sie fühlte, wie ein ganzes Feuer prasselnd in ihr aufloderte. Rasch löste sie sich wieder von ihm und richtete sich auf.

Bruder Adilbert sah sie an, als würde ein ganzer Sturm Engel auf ihn niedergehen.

»Ich muss zum Leprosenhaus. Begleitet Ihr mich?«, fragte sie bemüht sachlich.

»Aber ... das war nur so ... so eine Überlegung.« Der Mönch sah Hannah verblüfft an.

»Eine, der wir nachgehen müssen. Und zwar schnell«, sagte Hannah. »Wenn die Kinder wirklich dort sind und Magdalena uns verraten hat, dann sind die Kinder in größter Gefahr.« Sie sah den Mönch durchdringend an. »Seid Ihr dabei?«

»Mit ... äh ... selbstredend, Röttel«, stotterte der Mönch. »Aber seid Ihr nicht noch zu schwach für diesen ... diesen Ausflug vor die Stadt?«

»Das lasst nur meine Sorge sein. Ich fühle mich niemals zu schwach, wenn es darum geht, mein eigen Fleisch und Blut aus Aigens Klauen zu reißen.« Sie funkelte ihn an.

»Noch etwas müssen wir tun. Wenn Aigen die Kinder dorthin bringt, dann müssen die Fuhrwerke, die die Kinder einsammeln und herbringen, auch dort halten. Wir müssen von unseren Frauen verbreiten lassen, dass Aigens Transporte mit Aussätzigen zu tun haben, dass die Kinder womöglich Lepra übertragen. Das wird die Bürger von den Ständen und vielleicht von den Kindern fernhalten.«

»Es würde die Zukunft der Kinder zerstören, Röttel«, warf Bruder Adilbert düster ein. »Seid vorsichtig mit solchen Gerüchten.«

Doch Hannah rief die Schwarze Liss zu sich, setzte ihr die Geschichte auseinander, die sie eben von Bruder Adilbert erfahren hatte, und beauftragte sie, die Bettlerinnen, Stadtarmen und allen, die auf ihrer Seite standen, das Gerücht verbreiten zu lassen. »Das mit den Kindern lass weg«, ergänzte sie, nachdem sie in Bruder Adilberts düstere Miene geblickt hatte.

»Was machen wir mit der Luderin?«, fragte die Liss. »Sie kommt wieder zu sich.«

Hannah überlegte. Wenn sie die Luderin laufen ließ, konnte die ihr in die Quere kommen. Also musste man sie ausschalten.

»Sperrt sie in das Kellerloch. Dort soll sie schmoren, bis wir mit unserer Angelegenheit fertig sind.«

Die Schwarze Liss betrachtete Hannah aufmerksam und ernst. »Überspann den Faden nicht, Apothekerin. Bedenke eines: Du wirst gehen, wenn dein Mädchen wieder bei dir ist und das Grundstück dir gehört. Wir müssen jedoch bleiben.«

Überrascht sah Hannah auf und forschte in den dunklen Augen der Schwarzen Liss. »Ich werde immer zu Euch stehen!«, sagte sie.

Die Schwarze Liss lächelte traurig und sagte leise: »Ich möchte es dir zu gerne glauben …«

6

Es war empfindlich kalt geworden. Der Himmel sah aus wie ein altes Bleidach, und ein Geruch nach Regen lag in der Luft. Kein Windhauch rührte sich. Unter der grauen Bedachung bildeten sich Regenwolken, die sich über die Stadt senkten.

»Sechs Frauen und ein Mönch!« Bruder Adilbert musste lachen, aber es klang keineswegs fröhlich. »Ihr glaubt, das reicht aus? Keine von ihnen kann auch nur einen Knüppel schwingen – und das Einzige, was ich je in Händen gehalten habe, war ein Schreibgriffel oder ein Pinsel.«

»Jetzt haltet endlich den Mund«, fauchte Hannah den Mönch an. »Hört lieber zu, was hinter den Mauern geredet wird!«

Sie hatten den kleinen Umweg über den neuen Palast gemacht und sich aufgeteilt. Hannah war mit Bruder Adilbert an der Rückseite entlanggegangen, die anderen Frauen einzeln an der Vorderseite vorbei.

»Sie haben die Fassade geschlossen«, stellte Hannah fest.

Bruder Adilbert nickte und stellte sich auf die Zehenspitzen, um besser sehen zu können. »Sie werden bald mit dem Betrieb anfangen. Bevor Magdalena verschwunden ist, hat sie gesagt, dass es noch allerhöchstens drei Wochen dauern wird.«

»Drei Tage«, sagte Hannah tonlos. »Sie fangen nicht in drei Wochen an, sondern in drei Tagen! Bevor wir weggegangen sind, hat aber die Schwarze Liss von einem der Mädchen die Aufforderung für die Luderin bekommen, für den nächsten Sonntag die Aufwärterinnen zu schicken. Sie werden demnach in drei Tagen anfangen. Auch wenn die Gebäude noch nicht ganz fertig sind.«

Bruder Adilbert warf einen kurzen Blick auf Hannah.

»Wenn Gera noch am Leben ist, gilt diese Frist auch für sie«, sagte er und berührte sie leicht am Arm.

»Ja. Unser Vorhaben muss gelingen. Wir müssen Gera und die Kinder befreien, bevor dieses Haus ‚öffnet'.«

Sie stellte sich ebenfalls auf die Zehenspitzen, um durch das Gitter im Gartentor zu sehen, doch hinter der Tür erhob sich das Gebäude wie eine Zitadelle: uneinnehmbar und nicht einsehbar.

Stimmen hinter der Gartenmauer, die sich von innen näherten, ließen die beiden zusammenfahren.

»Gut so«, sagte die Stimme. »Jetzt können sie kommen.«

Der Mann lachte, als wäre dieser Satz besonders humorvoll. »Sogar der Stadtpfleger, der Stolzhirsch, will zur Eröffnung kommen. Hier«, – dabei klopfte er von innen gegen die eiserne Gartentür, hinter der Hannah und Bruder Adilbert angespannt standen – »lasst Ihr die Männer ein. Habt Ihr verstanden?«

Der unsichtbare Zweite murmelte etwas wie Zustimmung.

»Ihr lasst sie durch, wenn sie Euch bekannt und vertrauenswürdig erscheinen. Die Damen bekommen ebenso wie die Herren die Masken hier. Die hängen neben der Tür. Wenn die Herrschaften gehen, nehmt Ihr sie ihnen wieder ab.«

Hannah und der Mönch standen an die Wand gedrückt neben der Pforte. Sie sah Bruder Adilbert an und formte mit den Lippen deutlich »A-I-G-E-N!«

Der Mönch nickte eifrig.

»Auf den Stadtpfleger müsst ihr gesondert achten. Er ist mir nicht unbedingt freundschaftlich verbunden. Gebt ihm eine geschmeidige und willige Natur – nicht zu jung, nicht zu alt. Aber um Himmels willen keine …«

Mehr konnten sie nicht hören. Die beiden Männer entfernten sich offenbar wieder von der Pforte.

»Wenn ich mich recht erinnere«, flüsterte der Mönch, »führt die hintere Pforte in den Innenhof beziehungsweise über einen Raum zum Zugang des Tunnels, der unter dem Innenhof hindurchführt. Von diesem Raum aus gelangt man aber auch in die Einzelzimmer. Wer unerkannt bleiben will, kommt hier herein. Ich glaube kaum, dass sich der päpstliche Nuntius vor aller Augen zu seiner … nun … Schönen führen lässt.«

Hannah, die mit geschlossenen Augen gegen die Wand gelehnt dastand, flüsterte: »Alle kommen, wenn die Luderin die Wahrheit gesagt hat. Ein päpstlicher Gesandter, der Stadtpfleger. Ekelhaft!«

Die Luft knisterte. Über der Stadt standen schwarzleibige Regenwolken, und in der Luft lag ein Prickeln, das unangenehm über die Haut zog. Allein diese Spannung hielt sein Misstrauen aufrecht.

»Seit Magdalena uns hintergangen hat, kann man nicht argwöhnisch genug sein«, murmelte er. »Aigen wappnet sich, seit Ihr ihn in die Enge treibt. Wir sollten weitergehen. Die anderen Frauen warten sicher schon auf uns«, forderte er Hannah auf und zog sie mit sich.

Im Gehen drehte Bruder Adilbert sich noch einmal um und betrachtete misstrauisch den Wehrgang, das Haus, die Gasse. »Habt Ihr das gesehen, Röttel?«, fragte er verwundert.

»Was?«

»Dort oben. Da war so ein Blitzen.« Bruder Adilbert bewegte sich vor und zurück, ging auf die Zehenspitzen und in die Knie. Es war, als vollführte er eine Art Tanz. Tatsächlich, bei einer dieser Bewegungen blitzte es erneut auf, genau zwischen dem Dachträger des Wehrgangs und dessen Ziegeldeckung.

»Spiegel!«, murmelte er und sagte dann laut: »Sie verwenden

Spiegel, um die Gasse zu beobachten. Nur so können sie sicher sein, dass sie die richtigen Leute hereinlassen. Das Sonnenlicht hat sich darin gefangen.«

Auch Hannah blickte nach oben. »Ihr habt demnach recht behalten, Mönch. Aigen hat Vorsichtsmaßnahmen getroffen. Das werden wir auch tun!«

Ein schwacher Donner rollte von Westen über die Mauer hinweg. Ein Gewitter war im Anzug.

»Magdalena!«, sagte Bruder Adilbert trocken. »Sie hat uns vermutlich verraten. Es wird schwierig sein, ins Haus zu kommen.«

Die fünf Bettlerinnen warteten am Fischertor bereits auf sie. Man sah ihnen ihre Unruhe an. Alle waren sie blass und traten von einem Fuß auf den anderen. Stumm schritten sie durch den Torbogen, kletterten in den Graben hinab, wateten durch den kleinen Sumpf, der sich seit dem letzten Mal dort gebildet hatte, weil es immer wieder wolkenbruchartig geregnet hatte, und arbeiteten sich durch das Sumpfried. Stumm stapften sie vorwärts, immer darauf bedacht, in die Fußstapfen der Vorgängerin zu treten und so keine größeren Spuren zu hinterlassen. In der Niederung summten Millionen von Mücken, die das nahe Unwetter zu spüren schienen. Doch niemand achtete darauf, niemand schlug um sich oder verriet die Gruppe durch lautes Fluchen. Wie eine Schar Gespenster bewegten sie sich vorwärts.

Mühsam, und für Hannah unter einer beinahe übermenschlichen Anstrengung, kletterten sie den Hang zur Fischersiedlung hinauf. Hannah musste sich immer wieder leise den Namen ihrer Tochter vorsagen, sonst hätte sie aufgegeben. Der Gang kostete sie ihre ganze Kraft.

Oben angekommen, wandten sie sich nach Osten, zum Lueginsland hinauf und an diesem entlang in Richtung Stephinger Tor. Etwa auf halbem Weg lagen die Kapelle und das Leprosenhaus auf dem Schlachbuhel, wie man den Ort nannte.

Bruder Adilbert lief vorneweg und betete einen Rosenkranz, den sie hinter ihm mitmurmelten. Es war eine merkwürdige Prozession von Gläubigen. Sie trugen einen Korb mit Kleidung für die Mädchen mit sich, die sie befreien wollten.

Nur selten kamen Menschen zum Leprosenhaus und brachten etwas zu essen, Decken oder Kleidung. Man fürchtete sich vor Ansteckung, und man fürchtete sich vor den entstellten Gestalten dort.

Die schmale Kapelle kam bald in Sicht. Das Leprosenhaus daneben war eher eine Hütte. Alles war heruntergekommen und halb verfallen. Wenn die Leprosen selbst nicht Hand anlegten, verwahrloste das Gebäude. Von der Gemeinschaft innerhalb der Mauern wurden sie ausgeschlossen. Die Leprosen, so hieß es, waren allesamt Sünder, die von Gott bereits in diesem Leben bestraft wurden, bevor sie den Gang in die Vorhölle anzutreten hatten.

Der kleine Zug hielt an einem schmalen Bühel, der bedeckt war mit Strauchwerk und Birken. So konnten sie weder vom Wehrgang noch vom Leprosenhaus aus gesehen werden. Direkt vor ihnen lag das Haus, oder besser die Hütte, und daneben die kleine Holzkapelle.

Misstrauisch blickte Bruder Adilbert in den Himmel. Die Wolken hatten sich verzogen und machten blauen Lücken Platz, durch die eine grelle Sonne stach. Sie hatten Aufschub bekommen. Das Unwetter hatte für einen Moment den Atem angehalten, doch es würde sie nicht verschonen.

»Steckt die Knüppel unter die Kleider, Schwestern«, befahl Hannah. »Zwei gehen mit mir und Bruder Adilbert. Die anderen gehen um das Gebäude herum und achten darauf, dass niemand durch eine Hintertür das Haus verlassen kann. Vorwärts.«

Hannah wartete, bis die Frauen, die das Haus von hinten

betreten sollten, abgerückt waren, dann zählte sie bis dreißig, schloss die Finger fester um den Griff ihres Holzknüppels und schritt dann hinter Bruder Adilbert auf die Gebäude zu.

Die Kapelle war plump, weil der Turm eine kleine Glocke zu tragen hatte und deshalb größer war, als es zu dem schmalen Kapellengebäude passte. Der grauschwarze Holzschuppen daneben, einem Heustadel nicht unähnlich, wirkte verrottet und längst ausbesserungsbedürftig. Holzlatten fehlten, und das Dach war an mehreren Stellen undicht.

»In nomine patris et filii et spiritus sancti!«, erhob Bruder Adilbert die Stimme. Doch aus dem Leprosenhaus erhielt er keine Antwort.

Die Frauen hatten den Kopf gesenkt und beobachteten aufmerksam jede Bewegung um das Gebäude herum, doch das dunkle Türloch blieb leer.

Wieder sang der Mönch eine Fürbitte und meldete ihre Geschenke an. Spätestens jetzt hätten die Aussätzigen herauskommen und mit langen Stangen Kleidung und Essen entgegennehmen müssen. Doch nichts geschah. Nicht einmal ein Stöhnen erhob sich, um anzuzeigen, dass jemand im Haus Hilfe benötigte.

Auf einmal ertönte von hinter dem Haus ein kurzer, schriller Schrei und ein lautes, wütendes Krächzen. Die Frauen, die um das Haus herum auf die andere Seite gegangen waren, hatten sich gemeldet.

Hannah wollte sogleich nach hinten gehen, doch Bruder Adilbert hielt sie am Arm zurück.

»Wir schauen zuerst ins Haus«, bestimmte er.

Dann senkte er den Kopf, als müsse er gegen eine Wand anrennen und sie mit unsichtbaren Hörnern einreißen, und trat über die Schwelle. Hannah folgte ihm. Das Innere des Leprosenhauses bestand aus einem einzigen großen Raum, an dessen Wänden entlang doppelstöckige Betten gereiht waren, und aus einem Lehmofen. In einer Ecke standen noch ein Eimer mit Wasser und ein zweiter mit Deckel für die Exkremente.

Rasch gewöhnten sich Hannahs Augen an die Dunkelheit, die nur durch Löcher im Dach und durch die fehlenden Latten in den Wänden gemildert wurde. An der Wand neben dem Eingang hingen an hölzernen Haken Gartengeräte, eine Harke, eine Schaufel, eine Forke und ein Metallstift, von dem sie nicht sagen konnte, was es genau war. Doch ansonsten herrschte gähnende Leere. Als hätte es die Leprakranken nie gegeben.

»Wo sind sie hin?«, fragte Hannah, die dem Mönch über die Schulter schaute.

»Das würde ich auch gern wissen«, sagte Bruder Adilbert.

Plötzlich regte sich hinter ihm Unruhe. »Kommt! Schnell!«, rief eine der Frauen.

Donner rollte schwer über die Ebene vor der Stadt und ließ die Umgebung vibrieren.

Hannah und Bruder Adilbert folgten den Frauen hinter das Haus zu einem Schopf aus Gesträuch, wie dem, bei dem sie eben noch stehen geblieben waren. Das Summen von Tausenden von Fliegen führte sie, und das Geräusch verriet ihnen, was sie erwartete. Sie fanden am Rande des Schopfs, wie Holzbohlen nebeneinander aufgereiht und mit ein wenig Erde bedeckt, acht Körper. Der Gestank nach Verwesung ging von ihnen aus, was bedeutete, dass sie schon seit längerer Zeit dort lagen.

Bruder Adilbert bedeckte seine Nase mit dem Ärmel seiner Kutte, brach einen Zweig von einem Busch ab und näherte sich den Toten. Dann wischte er mit dem Zweig die Erde von den Körpern. Es waren allesamt Leprakranke, alles Frauen. Die Verstümmelungen konnten nicht von der Verwesung stammen, zudem auch an einigen der Leichen wohl schon Tiere genagt hatten.

»Die Raben haben wir eben vertrieben«, sagte eine der Frauen.

»Das sind nicht die, die wir suchen«, sagte der Mönch matt. »Gott sei ihrer Seele gnädig.« Er trat auf die Frauen zu. »Sie sind getötet worden wie die Ratten. Offenbar waren sie Aigens Plänen im Weg.«

»Aber wer tut so etwas?«, fragte Hannah.

In diesem Moment begann die dünne Glocke der Kapelle zu läuten. Es war ein einsamer Klang, der da in die Luft wehte.

Alle fuhren zusammen und drehten sich zu der Kapelle um.

»Der Teufel spricht zu uns!«, flüsterte eine der Frauen.

»Oder die letzte Überlebende!«, entgegnete Bruder Adilbert, dann lief er mit Hannah zum Gotteshaus hinüber.

Die Tür zur Kapelle war verschlossen. Die Klinke ließ sich zwar herunterdrücken, doch die Tür ließ sich nicht öffnen.

»Für was um alles in der Welt braucht eine Kapelle ein Schloss?«, fragte er ratlos und sah Hannah an.

Hannah spähte durch einen Spalt im Holz ins Innere und sah undeutlich eine Gestalt.

»Dort drinnen ist jemand«, flüsterte Hannah dem Mönch zu. »Los, suchen wir den Schlüssel.«

Adilbert schlug mit der Faust gegen die Tür. »Wenn der Schlüssel drinnen ist, öffnet die Tür!«, rief er hinein, doch er bekam keine Antwort. Nur die Glocke läutete erneut mit schwachem Wimmern.

Die Frauen schwärmten aus, um den Schlüssel zu suchen, doch Hannah gab sich keiner Hoffnung hin. Wenn jemand die Kapelle versperrt und den Schlüssel mitgenommen oder gar weggeworfen hatte, würden sie einen Schlosser brauchen.

Hannah trat neben Bruder Adilbert, als er ebenfalls versuchte, durch die Ritzen im Holz der Tür ins Innere zu sehen.

»Ob meine Gera da drin ist?«, fragte sie leise.

»Ich weiß es nicht, Röttel. Ich weiß noch nicht einmal, ob der oder die da drin ein lebendes Wesen ist.«

Hannah sah in den Himmel hinauf, als suchte sie dort oben Beistand.

»Die Leprakranken sind tot«, erwiderte der Mönch, »und Anzeichen dafür, dass man hier Kinder eingesperrt hätte, habe ich nicht entdecken können.«

»Dann öffnet endlich diese verfluchte Tür.«

»Wir sind dabei, Röttel«, sagte Bruder Adilbert. Er hatte endlich einen ausreichend großen Spalt entdeckt, der es ihnen ermöglichte, genauer ins Innere der Kapelle zu spähen. Die Kapelle bekam nur durch zwei Oberlichter etwas Helligkeit, aber es genügte, um einen Eindruck vom Innenraum zu gewinnen. Mitten im Raum stand ein Stuhl, und darauf saß eine Gestalt, die sich nicht bewegte. Wer genau das war, konnten sie nicht sagen. Was sie allerdings sehr wohl erkennen konnten, war, dass an den Wänden entlang Decken lagen.

Hannah und Adilbert blickten sich an. Womöglich hatten sie das Lager der Kinder entdeckt.

»Wir brauchen den Schlüssel!«, murmelte er und sah sich um. Wenn man ihn mitgenommen hatte, dann war ihre Mühe vergebens. Aber niemand nahm einen Schlüssel mit, wenn er hier gebraucht wurde. Unvermittelt drehte Bruder Adilbert sich um und lief zum Leprosenhaus zurück. Hannah rannte hinter ihm her.

Sie betraten den scheunenartigen Bau, und der Mönch griff nach einem unförmigen metallenen Haken neben der Tür. Triumphierend hielt er ihn hoch.

»Der Schlüssel!«, sagte er nur und war schon wieder draußen. Hannah folgte ihm wie ein Schatten.

Er steckte den Schlüssel ins Schloss der Kapellentür. Er passte. Nach wenigen Versuchen ließ der Riegel sich innen heben, und sie konnten die Tür nach außen aufziehen.

Hannah stürmte an ihm vorbei und schrie: »Gera!« Dann blieb sie wie vom Donner gerührt stehen.

Bruder Adilbert betrat hinter ihr das Kapelleninnere. Der Anblick, der sie erwartete, war grauenvoll: Das Kapelleninnere war grau und leer, an den Wänden hingen wahre Fahnen aus staubig schwarzen Spinnweben – und mitten im Raum saß ein Mädchen auf einem Stuhl. Um ihren Hals war das dünne Glockenseil gebunden. Sie war offenbar tot. Nur weil wohl ihr Kopf nach vorn gefallen war, hatte sich das Seil gestrafft und so die Glocke geläutet.

»Magdalena!«, entfuhr es der Röttel entsetzt. »Das ist Magdalena.«

Magdalena saß in einer bereits getrockneten Lache aus Blut. Erst jetzt sahen sie, dass man ihr die Kehle durchgeschnitten hatte – wie auch den anderen Mädchen. Das Seil hatte sich in die klaffende Wunde gedrückt.

7

Streut Gerüchte über den Handel mit Kindern, der von Aigen betrieben wird!«, fauchte Hannah.

»Es ist zu spät!«, warf der Mönch ein. Er sah zur Stadt hinüber, deren rote Backsteinmauer den Blick begrenzte. So sah sie uneinnehmbar aus, diese Wehr, und im heraufziehenden Unwetter färbte sich die Wand allmählich schwarz. »Wir hätten früher anfangen sollen.«

Hannah lief hin und her, wühlte in den zerknüllten Decken in der Kapelle, als suchte sie etwas. Immer wieder stöhnte sie gequält auf.

»Wo haben sie Gera hingebracht? Und warum haben sie Magdalena getötet?«, stieß sie hervor und raufte sich die Haare.

»Das wisst Ihr genau, Röttel«, sagte Bruder Adilbert leise. Er hielt sie fest, als sie an ihm vorüberwollte. Sie wehrte sich, schlug um sich, bis sie schließlich aufgab und sich in die Arme des Mönchs sinken ließ. Sie zuckte vor Schmerz, aber Tränen kamen keine.

»Ich töte ihn, wenn er Gera auch nur ein Haar krümmt.« Hannah schluchzte tief auf.

»Wenn Gera noch lebt. Wenn sie und die Kinder noch leben, Röttel, sind sie vermutlich schon …«

Hannah sah auf. »… im Lusthaus!«, ergänzte sie tonlos.

Bruder Adilbert nickte, dann wandte er sich an die Frauen. »Wir müssen unseren Plan umsetzen, auch wenn Aigen von Magdalena informiert worden ist.«

Hannah beruhigte sich langsam in seinen Armen. Dann löste sie sich von dem Mönch, dessen Habit ein wenig bitter roch, was ihr dennoch nicht unangenehm war.

»Schon gut«, sagte sie. »Es geht wieder.« Sie wischte sich über die Augen und warf einen traurigen Blick auf das Mädchen. »Sie haben Magdalena einfach umgebracht.«

Hannah straffte sich, holte tief Atem und besah sich die Leiche des Mädchens. Ihr Gesicht war geschwollen und blau angelaufen. An den Armen und an den Handgelenken waren rote Striemen zu erkennen. Man hatte sie offenbar gefesselt und geschlagen. Sie erzählte den Frauen von einem Bild, das vor ihrem inneren Auge emporstieg, das Bild, das das Mädchen zeigte, wie es mit einem Strick hierher gezerrt wurde. »Sie hat zu viel gewusst. Und sie hat Aigen verraten. Sicher hat sie ihm von uns erzählt. Ihm – oder seinen Handlangern.«

Hannah strich sich das Haar glatt und wischte sich wieder über die Augen. Ihre Lippen bebten noch immer, ihre Hände zitterten. Sie trat aus der Kapelle ins Freie und blickte zum Lusthaus, dessen Dach von hier aus zu sehen war.

Donner rollten in langen, grollenden Wellen über die Ebene auf sie zu. Noch nie hatte sie die baumlose Umgebung der Stadt so trostlos empfunden wie in diesem Moment. Nur mannshohes Buschwerk, keine kräftigen Stämme, kein Geruch von Nadeln und Laub. Die Gegend wirkte so eunuchenhaft kahl, und vor dem heraufziehenden Gewitter bot sie keinerlei Schutz.

»Ich weiß nicht mehr weiter«, sagte sie und hielt ihr Gesicht in den Wind, der langsam aufkam. Er trocknete ihre Tränen. Tränen des Zorns und der Verzweiflung.

Sie blickte hinauf in den Himmel. Graue Wolkentürme reckten sich ins Blau, mit grauen Hauben und tiefschwarzen Unterseiten. Von Göggingen herüber wehten bereits die ersten Regenvorhänge. Es würde nicht mehr lange dauern, dann würde das

Unwetter, das sich seit ihrem Aufbruch angekündigt hatte, über sie hereinbrechen.

»Sie werden uns erwarten«, sagte Bruder Adilbert. »Magdalena wird ihnen unsere Absicht verraten haben, die Kinder zu befreien.«

»Was ratet Ihr uns demnach?« Hannah sah den Mönch an, als müsste er die rettende Idee haben.

Doch Bruder Adilbert kaute auf seiner Unterlippe und starrte nur über die Ebene hinweg auf das Dach des Lusthäuschens.

»Ich weiß es nicht«, sagte er endlich in einen Windstoß des heraufziehenden Gewitters hinein.

»Wir gehen in die Stadt«, schrie sie in den Sturm hinein, der sich allmählich zu seiner vollen Stärke erhob. »Wir nehmen Magdalena mit, legen sie vorerst in der Nähe des Fischertors ab. Wir brauchen sie noch.«

»Was habt Ihr vor mit dem Mädchen?«, fragte Bruder Adilbert.

Im Westen unter den Wolken leuchtete es. Schwerer Donner wehte mit dem Wind zu ihnen heran und ließ den Boden vibrieren. Wieder begann die Glocke zu läuten und schickte ihr dünnes Stimmchen gegen den mächtigen Ruf des Donners. Hannah sah in das Zucken der wilden Entladungen, die grell aufblitzten. Genau so ein Inferno würde sie in Aigens Stadthaus entzünden.

Plötzlich zupfte ein Gedanke an ihrem Bewusstsein, zart und vorsichtig noch, doch sie wusste, dass daraus eine Idee, eine große Idee entstehen konnte. Sie erhob die Stimme. »Sie erwarten, dass wir zum Lusthaus gehen«, sagte sie entschlossen. »Das werden wir auch, aber nicht so, wie sie sich das vorstellen. Wir kommen durch den Palast. Nicht jetzt. Bald. Am Sonntag. Auf eine Art, die sie nicht vermuten. Wir bringen Magdalena im Schutz des Gewitters in die Stadt.«

Sie griff mit der Hand ins Leere, als müsse sie die Vision festhalten, die sie soeben heimgesucht hatte. »Und dann legen wir ihnen die Leiche in den Garten!«

In diesem Augenblick rauschte der Regen heran und schlug mit großen Tropfen auf die Erde. Es prasselte, als würden Attilas Horden über das Feld zwischen Wertach und Lech heranreiten. Das Rauschen schluckte das zaghafte Bimmeln der Glocke im Dachreiter der Leprosenkapelle, und im Nu stand auf dem Weg knöcheltief das Wasser.

»Jetzt oder nie!«, befahl Hannah.

»Ihr wollt da raus?« Bruder Adilbert stand der Widerwille ins Gesicht geschrieben.

»Das erwarten sie nicht! Auf diesen Umstand müssen wir bauen.« Hannah schlug mit der Faust in ihre Hand. »Wir können hier nicht länger herumstehen und nichts tun! Keiner von diesen Kerlen um Aigen schert sich einen Deut um christliche Gedanken. Sie holen sich, was sie wollen. Ihr habt es gesehen.« Sie deutete in die Richtung des Massengrabes der Leprosen.

Bruder Adilbert knüpfte Magdalena vom Glockenstrick los, legte sie sich über die Schulter, bedeckte sie mit einer Decke und wagte sich dann als erster in den Wolkenbruch hinaus. Hinter ihm her stolperten die Frauen mit der Röttel in das Unwetter und kämpften sich zum Tor durch. Im Nu waren sie nass bis auf die Haut.

Sie legten Magdalena in unmittelbarer Nähe des Fischertors unter einen Knöterichstrauch, der sie ganz verdeckte.

»Wir holen sie, wenn wir sie brauchen«, sagte Hannah und unterband mit einer Handbewegung die Widerworte, die Bruder Adilbert offenbar auf den Lippen lagen. »Sie bekommt ihr christliches Begräbnis. Aber das muss sie sich erst verdienen.«

»Zurück zum Tischlerhaus!«, befahl jetzt der Mönch, und

als Hannah Atem holte, um zu widersprechen, setzte er scharf hinzu. »Sofort!«

Hannah hoffte, dass der Regen die Spiegel, mit denen die Straße vor der Rückseite des Palasts beobachtet werden konnte, beschlagen oder mit Wasserperlen bespritzt hatte, damit man sie nicht erkennen konnte. Unauffällig waren sie keineswegs. Außer ihnen befand sich keine Menschenseele auf der Straße. Wie ein Schock halb ertränkter Katzen schlichen sie den Weg an der Inneren Mauer entlang bis zum Tischlerhaus.

Der unablässige Donner half ihnen, da er das Geräusch ihrer Schritte schluckte.

Wenig später hockten sie im Kreis zusammen, trockene Tücher um den Kopf gewunden, Bruder Adilbert in Hemd und Hose des Tischlers, Hannah in einem schmucklosen Kleid.

Sie zitterte, schniefte und wirkte völlig erschöpft. Ihre Augen waren von dunklen Ringen umschattet und schienen immer tiefer in die Höhlen zu sinken.

Die Schwarze Liss hatte sich neben Hannah niedergelassen. Sie reichte ihr heißen Tee und gab ihn dann an die Runde weiter.

»Wir brauchen einen neuen Plan«, sagte sie. »Wir haben nur noch wenige Stunden Zeit.«

Hannah erzählte der Liss in einem stockenden Bericht, was sie draußen vor dem Tor beim Leprosenhaus erlebt hatten.

Bruder Adilbert hatte den Kopf in die Hände gestützt und starrte ins Leere.

Als sie geendet hatte, kaute Hannah auf ihrer Unterlippe. Schließlich sah sie in die Runde.

»Wir wissen, dass der Stadtpfleger auftauchen wird. Wir wissen, dass ein päpstlicher Nuntius beim Auftakt dabei sein wird. Sie brauchen von der Luderin Aufwärterinnen. Damit müsste sich doch etwas anfangen lassen.«

Bruder Adilbert nickte bedächtig, den Kopf immer noch in die Hände gestützt.

»Aigen hat keine Ahnung, dass wir längst mehr in der Hinterhand haben«, fuhr Hannah fort. »Was ist mit den Aufwärterinnen, Liss?«

»Sie sind längst dort. Außerdem wurden sie von der Luderin handverlesen und Aigen selbst vorgestellt. Schließlich sollen sie ja auch andere Aufgaben übernehmen. Wir hätten es früher wissen müssen. Man hätte sie ganz gezielt mit Aufgaben betrauen können. Jetzt ist es zu spät.«

Der Mönch hob den Kopf und rieb sich mit dem Finger über den Nasenrücken.

Das Unwetter vor dem Haus hüllte die ganze Stadt und auch das Haus des Tischlers in eine Düsternis, die das Gemüt belastete und auf die Stimmung drückte. Das Rauschen des Regens tat sein Übriges. So saßen sie stumm und in sich gekehrt da. Jeder hing seinen Gedanken nach.

»Fassen wir doch noch einmal zusammen«, ergriff Hannah wieder das Wort. »Die Aufwärterinnen sind schon im Palast und können uns nicht mehr helfen, weil wir nicht mehr an sie herankommen. Sie nützen uns erst wieder, wenn wir selbst im Palast sind. Sie kennen sich vor Ort aus.«

Bruder Adilbert schnippte mit Daumen und Zeigefinger. »Zum Lusthaus können wir nicht«, gab er zu bedenken. »Dort werden die Kinder vermutlich gefangen gehalten, aber dort werden sie uns auch erwarten.« Er hielt kurz inne, und alle blickten sich an. Ja, auch der Weißgesichtige würde sie erwarten. »Über das rückwärtige Tor des Palasts kommen die illustren Gäste. Wir sollten es also nicht benutzen.«

»Wir kommen niemals in den Palast. Er ist zu gut gesichert!«, warf die Schwarze Liss ein. »Wenn wir jemanden auf den Wehrgang schicken, kann er sie vielleicht hören.«

»Unmöglich. In den Spiegeln würde man ihn entdecken«, warf der Mönch ein. »Außer ...«

Sofort sah Hannah ihn an. »Außer ... was?«

»Außer er würde in Waffen und mit Helm patrouillieren. Oder er wäre ein Handwerker. Ein Tischler, ein Zimmerer, der den Abschnitt zu bewachen hat.« Bruder Adilbert sah in die Runde.

»Glaubt Ihr, Bruder Adilbert, dass Aigen an diesem Abend nicht Männer postiert hat, die ihm ergeben sind?«

Bruder Adilbert presste die Lippen aufeinander und schwieg. Wieder senkte sich Stille über die Gruppe. Nur das Rauschen des Wolkenbruchs draußen bildete ein dickes Tuch aus Geräuschen, das alle Gedanken dämpfte. Es wurde so dunkel, dass man die Gesichter der einzelnen Personen fast nicht mehr erkennen konnte.

»Wir müssten schon Stadtsoldaten haben, um eindringen zu können«, sagte eine der Frauen.

Sofort versetzte die Liss: »Das wäre das Todesurteil für die Kinder. Sie werden niemanden am Leben lassen, der sie verraten könnte.«

Hannah legte den Kopf in die Hände und begann zu schluchzen und schließlich hemmungslos zu weinen.

Bruder Adilbert sah verlegen zu Boden und bohrte mit der Schuhspitze im Schmutz des Dielenbodens.

Plötzlich hob er den Kopf. »Die Luderin!«, brach es aus ihm heraus. Er schlug mit der Faust in die linke Hand. Seine Augen leuchteten.

Hannah sah ebenfalls auf, wischte sich die Tränen aus dem Gesicht und schnäuzte sich in die Hand.

»Was meint Ihr damit, Mönch?«, fragte sie stockend.

»Lasst die Luderin holen. Sie soll doch das Haus führen. Zu einem Einweihungsfest wie diesem braucht man mehr als Aufwärterinnen und ... Kinder ...« Das letzte Wort kam ihm nur stockend über die Lippen. »Sie weiß am besten, was alles gewünscht war.«

»Sie wird nicht mit uns reden«, warf die Schwarze Liss ein.

»Die Luderin wird mit uns reden«, murmelte Hannah.

»Aber sie ist unzuverlässig. Wenn Aigen gehört hat, dass sie verschwunden ist …«

»Von wem denn«, zischte Hannah. »Magdalena ist weggelaufen, bevor wir die Luderin festgehalten haben. Sie kann demnach nichts weitergetragen haben. Also holt sie!«

Zwei der Frauen sprangen auf und eilten hinaus.

»Wie wollt Ihr sie zum Sprechen bringen?«, fragte der Mönch.

Hannah lächelte und zog aus den Falten ihres frischen Kleides das Messer, das sie von der Luderin bekommen hatte. »Ich schneide ihr die Finger ab«, sagte sie ungerührt.

Bruder Adilberts Augen weiteten sich vor Entsetzen. »Das könnt Ihr nicht tun …«, beschwor er sie.

Eine eisige Stille senkte sich über den Raum.

Schließlich stand er auf und wandte sich zu Hannah hin.

»Ich kann dir nicht folgen, Röttel. Auch wenn der Weißgesichtige, auch wenn Aigen mich töten will – ich kann mich nicht auf ihre unmenschlichen Niederungen hinunterbegeben. Das widerspricht meiner Natur. Ihr verzeiht also, wenn ich Euren Rachefeldzug nicht unterstütze. Da gehe ich lieber zurück in mein Kloster und warte auf den Weißgesichtigen.« Er wandte sich zur Tür. Kurz davor drehte er sich noch einmal zu ihr um. »Außerdem scheint Ihr zu vergessen, dass Gewalt immer Gewalt nach sich zieht. Ihr müsst Euch Freunde schaffen, nicht Feinde.«

Bruder Adilbert öffnete die Tür und wollte hinaustreten, als zwei Frauen die Luderin zur Tür hereinschleppten.

Sie war nur wenige Stunden in dem Kellerloch gesessen, aber in ihren Augen flackerte die Panik der Geschundenen. Ihr Kleid war schmutzig und sie roch nach der schimmligen Fäulnis, die sich im Keller über Jahrzehnte hin ausgebreitet hatte. Ihre Lippen waren rissig und das Haar schmutzig verfilzt, als hätte sie Wochen dort unten verbracht. Helle Tränenrinnen liefen über die dunkel verschmierten Wangen, und ihre Fingernägel waren eingerissen, so als hätte sie versucht, sich freizugraben.

Hannah blickte Bruder Adilbert nach, der hinausschlüpfte. Sie presste die Lippen aufeinander, sagte aber nichts, um ihn aufzuhalten.

»Setz dich, Luderin!«, befahl die Röttel. »Wir haben etwas zu bereden.« Sie klopfte mit dem Griff des Messers auf den Tisch. »Ich werde dir Fragen stellen. Für jede Antwort, von der ich glaube, dass sie falsch ist, oder die mich in die Irre führt, verlierst du einen Finger.«

Sie legte die Hand auf den Tisch und ahmte mit dem Messer nach, was geschehen würde.

Die Luderin stieß einen unverständlichen Laut aus und knickte in den Knien ein und sank auf den Stuhl. Die zwei Frauen ließen sie einfach daraufgleiten und wichen zurück.

»Was für Bedienstete solltest du für den Palast beschaffen?«, fragte Hannah.

Die Luderin sah Hannah an und öffnete den Mund, doch kein Wort kam heraus.

»Ich frage dich noch einmal. Was für Bedienstete?«

Wieder sagte die Luderin nichts. Ihre Lider flatterten.

»Gebt ihr etwas zu trinken«, wies Hannah die Frauen an, und eine der beiden, die die Luderin hergebracht hatten, griff nach einer Karaffe und füllte einen irdenen Becher, den sie der Luderin hinstellte. Diese nahm ihn zitternd und leerte ihn in einem Zug.

»Jetzt gebt mir ihre Hand«, sagte Hannah kalt. »Wenn sie nicht antwortet, kostet es sie den kleinen Finger.«

Die beiden Frauen packten die Luderin und pressten ihre

Hand auf den Tisch. Gegen deren verzweifelten Widerstand spreizten sie ihr die Finger. Hannah setzte das Messer am kleinen Finger an.

»Was für Leute?«, fragte sie nur und sah der Frau in die Augen, die ihr noch vor nicht allzu langer Zeit geholfen hatte.

»Die Auf…wärter…innen!«, stieß die Luderin keuchend hervor.

»Gut so«, sagte Hannah. Sie bemerkte, wie ihre eigene Hand zitterte. Die wütende Selbstsicherheit, die sie eben noch zur Schau getragen hatte, begann zu verfliegen und machte einem anderen Gefühl Platz, dem Mitleid. Dabei hatte man beim Anschlag auf ihre Familie auch kein Mitleid walten lassen. Mit Schaudern dachte sie an die Wasserzelle. Sie wäre ersäuft worden, wenn es nach dem Kerl gegangen wäre, der sie dort hatte hinunterwerfen lassen, nach Aigen.

»Wen noch?«, zischte sie. »Die Aufwärterinnen kennen wir schon.«

Jetzt stach sie das Messer so zwischen Ringfinger und kleinen Finger, dass die Luderin den Stahl spürte und aus einem feinen Schnitt Blut austrat.

»Musikantinnen!«, schrie die Mutter der Hübschlerinnen heraus. »Es sollen Musikantinnen kommen.«

»Lasst sie los!«, befahl Hannah. Sofort ließen die Frauen die Luderin und deren Hand los. Diese sackte auf ihrem Stuhl zusammen und besah sich ihre rechte Hand. Noch fehlte keiner ihrer Finger. Sie konnte ihre Hand kaum ruhig vor Augen halten, so sehr bebte sie innerlich.

»Ich habe dir nichts getan«, sagte Hannah. »Was heißt Musikantinnen?«

Die Luderin, die vor Kurzem noch so unnahbar und stark gewirkt hatte, machte den Eindruck, als wäre sie innerlich zerrüttet. Ihre Unterlippe zitterte, und ihr Gesicht war aschfahl.

Aber auch Hannah zitterte, und sie bemerkte, wie sie am ganzen Körper schwitzte. Vermutlich hätte sie niemals den Mut aufgebracht, die Klinge durch einen der Finger zu sägen.

Hannah beugte sich vor. »Ich habe dich etwas gefragt, Luderin. Antworte gefälligst.«

Mit flackernden Augen sah die Luderin Hannah an.

»Fünf Musikantinnen. Leicht bekleidet. Laute, Flöte, Klangspiel, Drehleier, Trommel. Sie werden am Sonntag den Abend eröffnen.«

»Fünf Frauen! Das ist es!« Hannah sprang auf, weil die Möglichkeit, die sich ihr jetzt eröffnete, so überwältigend schien. »Ich kann Laute spielen«, rief sie. »Die anderen werden wir finden.«

Sie ging zur Luderin hinüber und beugte sich über sie. »Du hast mir geholfen. Wenn wir das hinter uns gebracht haben, was wir tun müssen, bist du frei, Luderin.«

Die sah Hannah nicht an. »Ihr kommt nicht hinein«, sagte sie nur.

Hannah stutzte. »Warum nicht?«

Als wäre die flackernde Unsicherheit aus ihrem Blick weggewischt worden, sah sie Hannah an. »Sie müssen von mir in den Palast gebracht werden. Nur mit mir kommen sie ins Haus.«

Hannah musste nach Luft schnappen. »Also sechs Frauen: die fünf Musikerinnen und ihr, die Luderin.«

Die Luderin nickte. Plötzlich hatte sich die Lage gänzlich gewandelt, und Hannah verfluchte sich, dass sie gegen Bruder Adilberts Rat gehandelt hatte. Sie hatte sich eine Feindin gemacht.

Triumph lag in den Augen der Gedemütigten.

»Ich will dir nichts, Luderin«, sagte Hannah. »Meinetwegen führ dein Haus, wo immer du willst. Aber wenn du mit Aigen Geschäfte machst, solltest du wissen, mit wem du dich einlässt.«

»Du machst mir keine Angst mehr, Röttel«, antwortete die Luderin. Sie stand langsam von ihrem Stuhl auf und ging zur Wand. Dort ließ sie sich mit dem Rücken zu Boden gleiten, zog die Beine hoch und schlang die Arme darum. Ihre Blicke trafen sich.

»Aigen hat den Weißgesichtigen geschickt«, setzte Hannah ihre Rede fort. »Du kennst den Weißgesichtigen?«

Langsam nickte die Luderin. Mit einem Schlag war der Triumph aus ihren Augen gelöscht und einem unsteten Blick gewichen, in dem Furcht lag. »Weiß wie ein Laken. Ein Teufel der Nacht. Er hat ihn irgendwann auf einer seiner Reisen aufgelesen und ihn zum … zum …«

»… zum Mörder gemacht?«, ergänzte Hannah den Satz der Luderin.

Diese nickte und presste die Lippen aufeinander.

»Dann hör gut zu. Magdalena ist zu ihm gelaufen, so wie sie zu dir gelaufen ist. Er hat sie am Glockenseil der Leprosenkapelle erhängt und ihr den Hals durchgeschnitten. Sie ist tot!«

Obwohl sie nicht genau wusste, ob es sich tatsächlich so zugetragen hatte, hängte sie dem weißen Teufel die Untat an. Schließlich war dem Mädchen die Kehle durchgeschnitten worden – und das war ein eindeutiger Hinweis auf den Weißgesichtigen.

»Du lügst!«, entfuhr es der Luderin. Die Furcht war zurückgekehrt. Sie zog die Beine an den Körper und legte den Kopf auf die Knie.

»Ich lüge nicht. Die Frauen hier können es bestätigen. Sie haben keinen Grund zu lügen. Magdalena wusste zu viel, und sie war eine Verräterin. Das genügte dem weißgesichtigen Teufel.«

Die Luderin riss den Kopf hoch und schrie. »Warum? Sie hat ihm doch nichts getan!«

»Sie hätte bei mir bleiben sollen, Luderin, dann wäre ihr das erspart geblieben.«

Die Luderin biss sich auf die Lippen und schlug mit dem Kopf immer wieder an die rückwärtige Lehmwand. »Sie war die Tochter meiner Schwester. Sie war wie mein eigenes Kind.«

»Dann verstehst du vielleicht, wie es mir geht. Aigen hat …« Hannah zögerte, weil die Preisgabe dieses Wissens auch gegen sie verwendet werden konnte. »… er hat meine Tochter in seiner Gewalt.«

Verwirrt blickte die Luderin auf. Dann hellte sich ihr Blick etwas auf.

»Deshalb machst du das! Wie eine Wölfin, die um ihr Junges kämpft. Du opferst die anderen Mädchen, um das Leben deines Kindes zu retten.« Der letzte Satz triefte vor Spott und Hohn.

»Ich opfere niemanden – du schon. Du hast Magdalena in den Turm geschickt, damit sie die Verletzte tötet.«

Die Luderin spuckte aus. »Die Kleine hätte erzählt, was im Palast passieren soll. Das hätte Aigens Machenschaften aufgedeckt. Sie musste zum Schweigen gebracht werden.«

Hannah holte tief Luft. Die Kälte, mit der die Luderin ihr Handeln rechtfertigte, ließ sie frösteln.

»Außerdem hast *du* Magdalena zum Weißgesichtigen geschickt, wenn ich das richtig verstanden habe. Nicht ich. Wäre sie bei mir geblieben, würde sie noch leben.«

Die Luderin öffnete den Mund, als wollte sie antworten, doch dann schwieg sie. Sie setzte das Kinn auf den Knien auf. Tränen liefen ihr übers Gesicht und zogen neue Rinnsale in die schmutzigen Wangen.

»Warum?«, flüsterte sie. »Sie hat doch alles richtig gemacht.«

Hannah zuckte mit den Schultern. »Der Weißgesichtige hat in Aigens Auftrag noch viel mehr verbrochen.«

Die Augen der Luderin schwammen in Tränen. Sie presste die Lippen aufeinander und fasste sich überraschend schnell wieder.

»Wir brauchen dich, um in den Palast zu kommen«, fuhr Hannah fort. »Ich muss meine Tochter dort herausholen. Sie und mindestens acht weitere Kinder. Wir müssen Aigen sein schmutziges Handwerk legen.«

Der Blick, den die Luderin zu Hannah hochwarf, war voller Mitleid. »In was für einer Welt lebst du, Röttel. Eine Bettlerin will Gerechtigkeit von Aigen? Seit wann gibt es eine Gerechtigkeit für jemanden wie uns? Die Oberen in dieser Stadt werden dich lehren, warum der Herr, unser Gott, ein Oben und ein Unten geschaffen hat. Sie werden dich leiden lassen.«

»Ich leide bereits, Luderin. Mehr als du ahnst. Wirst du uns führen?«

Die Luderin zögerte, dann entblößte sie ihre Zähne in einem hässlichen Grinsen. »Nein!« Die Luderin stieß das Wort aus sich heraus wie Spucke.

Hannah schloss die Augen. Sie hatte es versucht und verloren. Hätte sie nur besser auf Bruder Adilbert gehört. Nachdem sie die Luderin gedemütigt hatte, war die ihr entglitten. Wer schon ganz unten war, der konnte nicht tiefer sinken. Diese Lehre hatte die Luderin ihr gerade beigebracht.

Müde befahl Hannah den Frauen: »Lasst sie baden und kleidet sie frisch an. Wir nehmen sie trotzdem mit.«

»Ich habe Nein gesagt!«, schrie die Luderin.

Hannah stand auf. Sie musste zu Bruder Adilbert. Sie musste ihn suchen, wenn er das Haus verlassen hatte.

»Das mag sein, Luderin«, sagte sie. Sie fühlte sich erschöpft und ausgelaugt. »Aber du wirst uns den Zugang zum Palast verschaffen, und wenn ich dir zuvor die Zunge herausreißen muss, damit du uns nicht verrätst. Dann übergebe ich dich dem Weißgesichtigen. Soll er mit dir machen, was er will. Ich muss in den Palast.« Den letzten Satz schrie sie der Luderin ins Gesicht.

Sie ging zur Tür, zögerte jedoch auf der Schwelle. »Liss. Kommst du?«

Die Schwarze Liss humpelte hinter Hannah hinaus. Hannah stieg vor ihr her in den ersten Stock hinauf und setzte sich auf den Treppenabsatz.

»Das war unklug, Liss. Ich habe alles falsch gemacht, alles.«

Die Schwarze Liss klopfte ihr auf die Schulter. »Jetzt verfall nicht gleich in Selbstmitleid, Röttel. Wichtiger ist jetzt, dass wir vier Musikerinnen finden. Sie müssen nämlich nicht nur die Instrumente beherrschen, sondern auch etwas Vernünftiges von sich geben.«

Hannah nickte und lächelte die Liss an. »Was würde ich nur ohne dich machen? Ich wäre völlig hilflos.«

»Da hast du recht«, sagte die Schwarze Liss und grinste sie an.

Plötzlich schlug die Tür unten. Stimmen waren zu hören. Hannah erkannte die Stimme des Mönchs darin, die sich fast überschlug. Sie konnte nichts verstehen. Dann stand Bruder Adilbert plötzlich vor ihnen unter dem Treppenabsatz.

»Stadtsoldaten!«, stieß er hervor. »Sie sind auf dem Weg hierher.«

Bruder Adilbert war wiedergekommen, was mehr war, als sie erwartet hatte.

»Also, ich bin über diese feisten Kerle gestolpert, die sich vor dem Rathaus sammeln. Sie haben wegen des Wetters geflucht und sich unter den Traufen zusammengedrängt, damit sie nicht nass werden. Ich hab mich einfach dazugestellt. Wir standen so eng beisammen, dass ich jedes Wort hab mithören können. Einer hat gesagt, jetzt räuchern wir das Weibsstück und ihre Hurenbande aus.«

Hannah legte ihm sanft die Hand auf die Schulter.

»Das Weibsstück und ihre Hurenbande. Wer ist damit gemeint?«

Verblüfft sah Bruder Adilbert sie an. Dann murmelte er ein paar unverständliche Worte und holte tief Luft. »Sie haben von der Luderin geredet«, fuhr der Mönch hastig fort. »Sie sagten etwas über die Brandanschläge und dass man jetzt wüsste, wer dahintersteckt. Die Soldaten unterhielten sich über das Hurenhaus der Luderin in der Unterstadt. Dort sollte das Gesindel wohnen. Das habe ich auf uns bezogen. Und dann bin ich gerannt, um Euch zu warnen.«

»Hurenhäuser innerhalb der Stadtmauern sind verboten. Sie meinen also tatsächlich die Luderin!«, mischte sich die Schwarze Liss ein. »Da will wohl jemand reinen Tisch machen. Schließlich hat sie bislang unter dem Schutz einer starken Hand ihrem Gewerbe nachgehen können.«

Auch Bruder Adilbert nickte. »Sie können es nur von jemandem wissen, der mit der Luderin zu tun hatte.«

»Aigen?«, sagte die Schwarze Liss, und Hannah und Adilbert nickten. »Wenn er ihr anbietet, den Palast zu führen, muss er sie kennen.«

Hannah saß da und presste die Hände gegen die Schläfen. »Das muss nicht schlecht sein. Das muss alles nicht schlecht sein. Wir müssen es nur ausnützen und den Besuch der Stadtschergen bei der Luderin und die Eröffnung des Palasts miteinander verbinden. Das geht nur alles zu schnell. Ich weiß … nicht … was …!«

Sie schwiegen alle drei.

»Ich weiß, wie wir es machen müssen, Liss!«, sagte sie.

»Das wird ein interessanter Eröffnungssonntag für Aigen werden.«

Als hätte Hannah Flügel, huschte sie an Bruder Adilbert vorbei und die Treppen hinunter, dabei zog sie den Mönch an der Hand hinter sich her, sodass dieser mehr stolperte als lief.

Sie öffnete mit einem Ruck die Tür. Im Zimmer stand ein niederer Zuber, in dem die Luderin stand, mit dem Rücken zur Tür, splitternackt. Sie wurde von zwei Frauen mit Wasser übergossen und mit Bürste und Tuch abgeschrubbt.

»Ich habe mit dir zu reden, Luderin«, sagte Hannah schroff.

Die Hübschlerin drehte sich zu ihr um.

Bruder Adilbert, der hinter Hannah in den Raum gekommen war, noch immer an deren Hand, öffnete den Mund, konnte aber die Augen nicht von der Frau wenden.

Hannah fand, dass die Luderin immer noch einen wohlgeformten Körper hatte, der die Männer verwirren konnte.

»Ihr geht besser hinaus, Bruder Adilbert«, sagte sie sanft, löste ihre Hand aus seiner, nahm den Mönch, dessen Gesicht feuerrot geworden war, bei den Schultern und schob ihn aus der Tür.

Sie schloss die Tür und wandte sich wieder der Luderin zu.

»Die Stadtschergen nehmen dein Haus auseinander«, begann sie sofort. »Magdalena hat dich verraten, ob freiwillig oder nicht, weiß ich nicht. Ich vermute aber, dass Aigen glaubt, du bist für all das … Ungemach verantwortlich, das er in letzter Zeit hatte.«

Spöttisch musterte die Luderin Hannah von oben bis unten. »Woher willst du wissen, dass sie mein Haus durchsuchen?«

Sie deutete mit dem Daumen hinter sich zur Tür, durch die Adilbert hinausgegangen war. »Er hat mitgehört, wohin sie wollen. Aigen will zuerst dich aus dem Weg räumen. Jetzt, wo der Sonntagabend fertig geplant und beinahe durchgeführt ist, braucht er keine Helfer mehr, und er lässt sie verhaften.«

»Du lügst«, zischte die Hübschlerin.

Hannah zuckte mit den Schultern. »Mag sein, aber du wirst bald die Wahrheit erfahren können.« Streng gebot sie den Frauen: »Zieht der Luderin etwas über.«

Während die Luderin sich fertig machte, begann es auf der Straße draußen zu rumoren. Befehle wurden gebrüllt, Fragen wurden geschrien, Holz splitterte. Dann kreischte eine Frauenstimme, zeterte – und verstummte so plötzlich, wie sie begonnen hatte. Man hörte leises Wimmern aus dem angrenzenden Haus.

Die Luderin stand vor dem Zuber, so weiß wie eine gekalkte Wand, und musste sich an einer der Frauen festhalten, die sich um sie gekümmert hatten. Sie sah zu Hannah.

»Willst du, dass ich dich zu den Stadtsoldaten bringe?«, fragte Hannah höhnisch. »Die Hexenlöcher sind ein wirklich netter Ort, um den Abend zu verbringen. Es sei denn …« Sie brach ab.

Die Luderin schluckte. »Ich würde euch verraten!«, blaffte sie.

Hannah schüttelte den Kopf. »Das würdest du nicht. Wie ich Aigen einschätze, würdest du die erste Nacht in den Hexenlöchern nicht überleben. Durch dein Plappern würden die Stadtschergen auf den Palast aufmerksam – das könnte er sich nicht leisten. Aigen wird wohl seinen weißgesichtigen Mörder schicken. Das weißt du genau.«

Das Gesicht der Luderin erstarrte zu einer Maske.

»Du begleitest uns in den Palast, Luderin. Aigen soll sehen, dass nicht alle seine Pläne gelingen. Du bist auch unsere Sicherheit. Die Schwarze Liss und ein paar andere Frauen warten hier. Wenn der Weißgesichtige hier erscheinen sollte oder wenn wir nicht zurückkehren – mit meiner Tochter –, dann bekommen die Stadtschergen einen Hinweis. Ich bin mir sicher, dass der Stadtkommandant großes Interesse hat, den Mörder des Mannes zu finden, dem das Haus hier gehört hat.«

Hannah fühlte in diesem Moment keinen Triumph. Sie sah nur, wie die Luderin sich wand, weil sie wusste, dass jede der

Entscheidungen, die sie jetzt traf, auf sie zurückfallen würde. Aigen hätte sie für immer am Wickel.

Hannah spielte ihren letzten Trumpf aus. »Ich werde Aigen vernichten, Luderin. Nur dann wirst du den Kopf aus der Schlinge nehmen können. Hilf mir, und du hilfst auch dir.«

8

Schon in der Gasse zum Aigen-Palast erklang eine hinreißende Melodie. Das leise Jammern der Drehleier mischte sich mit dem näselnden Ton der Flöte, und zum hohen Zupfen der Laute ertönte ein dreistimmiger Gesang, der sich so mit dem Echo der Gasse und der schweren Feuchtigkeit des Abends vermischte, als webten sie ein Netz aus Tönen. Seelenfänger nannten Abergläubische diesen musikalischen Strang.

Mit tänzelnden Schritten bewegte sich eine bunte Truppe junger Frauen die Gasse hinauf, bis sie vor dem noch nach feuchtem Lehm riechenden Mauerwerk des Aigen-Palastes stehen blieben. Die leicht bekleideten Frauen stimmten kurz ihre Instrumente nach und ließen dann eine Melodie über die Mauerzinnen hinweg erklingen, die selbst ein Herz aus Stein gerührt hätte.

Schließlich pochte die vorweg gehende Musikantin mit ihrer Schelle gegen das Eichentor. Sie benutzte einen Rhythmus, der sich mit dem der Melodie zu mischen schien und im ersten Moment nicht auffiel, sondern als eigener Takt wahrgenommen wurde.

Es dauerte eine Weile, bis sich im Tor ein vergittertes Fenster öffnete und der Ausschnitt eines Gesichts darin erschien.

Zwei Wörter wurden gewechselt, dann rief die Anführerin: »Mädchen, tretet ein!«, und ein Flügel schwang zurück. Die fünf Frauen schlüpften hinter ihrer Anführerin ins Innere.

Hannah hielt sich gleich hinter der Luderin, weil sie ihr nicht traute. Der Lakai, der sich als einer der Männer entpuppte, die

Hannah am Lusthaus gesehen hatte, führte sie in den Innenhof des Anwesens.

Das Gebäude war noch nicht ganz fertig. Hier fehlte ein Handlauf, dort eine Tür. In einer Ecke standen noch Maurerkübel und Mischwerkzeuge für den Lehm, in einer anderen roch es noch nach feuchtem Kalk. Fehlender Wandverputz ließ grobe Steinblöcke sehen, und weiß gekalkte Wände warteten auf ein wenig Farbe.

Der etwas grobschlächtige Diener deutete auf eine Treppe. »Dort hinauf. Ihr sollt vom Balkon aus spielen. Die ersten Gäste werden gleich kommen.« Mit einer Bewegung des Kinns den Weg andeutend, schickte er die Frauen hinauf.

Hannah ließ der Luderin den Vortritt, folgte ihr jedoch dichtauf.

Die Treppe mündete auf zwei Balkone, von denen einer mit einer steinernen Balustrade die Sicht von unten verdeckte. Geradeaus weiter lief der Außenbalkon mit den Zugängen zu den Einzelzimmern im ersten Stock. Von oben konnte man gut in den Hof hinuntersehen und einen Blick auf die Zimmer werfen. Bei manchen dieser Räume fehlten noch die Türen. Einige jedoch waren bereits fertig.

»Wie kommt man in die Geheimgänge dahinter?«, fragte Hannah flüsternd.

»Man müsste von jedem Zimmer aus Zugang haben«, sagte eine der Schönen, die allerdings etwas verhärmt wirkte und eine männlich dunkle Stimme hatte.

Hannah blickte zu der Gestalt, unter deren luftigem Kleid sich keine Frau verbarg, sondern Bruder Adilbert, frisch rasiert und ein wenig geschminkt.

Trotz der Gefahr, dass der Mönch im Palast bekannt war und entdeckt werden könnte, war Hannah die Unsicherheit zu groß gewesen, ohne männliche Begleitung den Schritt in die Höhle des Löwen zu wagen. Außerdem spielte der Mönch vorzüglich die Drehleier.

»Wir müssen darauf achten, welche Männer wohin verschwinden«, sagte Hannah.

»Was jetzt? Wir sind im Palast. Wie soll es weitergehen?«, fragte Bruder Adilbert ein wenig unglücklich. Die Bekleidung behagte im augenscheinlich gar nicht. Ständig zupfte er an seinem Kleid herum.

»Wir machen Musik«, befahl Hannah. Sie setzte die Laute an und begann einige Takte frei zu spielen, bis der Mönch mit seiner Drehleier einfiel.

»Wo habt Ihr so gut spielen gelernt?«, fragte Hannah, als sie eine Pause machten. »Als Mönch hat man viel Zeit, die nicht nur mit Beten und wissenschaftlichem Studium gefüllt ist. Also habe ich die Drehleier zu beherrschen gelernt«, sagte er nicht ohne Stolz. »Ich habe es mir selbst beigebracht – und bei einem Bruder im Kloster Unterricht genossen.«

Der Innenhof war auf allen vier Seiten abgeschlossen und damit von außen nicht einsehbar. Wie ein Hufeisen umschlossen ihn drei Gebäudeteile. Die vierte Mauer wurde von der fensterlosen Front des Nachbarhauses gebildet. Vorderseite und Rückseite zeigten auf die Gassen und hatten zum Innenhof hin einen Balkon, hinter dem jeweils die Zimmer lagen. Unter dem vorderen Gebäudeteil musste sich der Zugang zum Keller befinden.

Im kurzen Schenkel des Hufeisens befand sich die Balustrade, auf der sie als Musiker saßen und spielten. Sie verband die beiden Hauptgebäude. Davon ab gingen links und rechts die beiden Balkone.

Die Melodie schwebte über die Balustrade hinab in den Vorgarten, der von einer Lehmmauer mit Holztüren eingefasst war.

Hannah prägte sich den Palast und dessen verwinkelte Bauart genau ein. Sie merkte sich jede Abzweigung, jede Treppe, jede

Tür und jedes Fenster. Sie verließ den Platz, den sie einnehmen sollte und lief mit ihrer Laute einen der Balkone entlang, sah in die Einzelzimmer, die noch offen standen, bemerkte die Teppiche im rückwärtigen Teil der Zimmer, hinter denen sie die Zugänge und Türen zu den hinter den Zimmern umlaufenden Geheimgängen vermutete.

In immer höher aufschäumenden Kaskaden spielten die Frauen, als hätten sie seit Jahren nichts anderes miteinander gemacht, was für vier der Musikerinnen auch tatsächlich zutraf. Die Schwarze Liss hatte sie aus Gablers Taverne geholt. Dort spielten sie täglich auf. Plötzlich hatte Liss vor Hannah gestanden und die vier jungen Frauen vorgestellt. Flöte, Klangspiel, Drehleier, Trommel sowie Gesang harmonierten ausgezeichnet, wenn auch alles etwas bäuerisch klang. Hannah konnte sich mit ihrer Laute gut einfügen, und Bruder Adilbert war ein regelrechtes Naturtalent. Er würde die Drehleier später an eines der Mädchen abgeben.

Hannah kehrte zu ihrem Platz zurück. Als sie sich wieder umdrehte und über die Balustrade nach unten sah, hätte sie beinahe die Laute fallen lassen. Dort unten stand der Weißgesichtige im Dunkel eines Zugangs am Rande des Hofes. Er blickte zuerst zu den Frauen empor, ließ den Blick dann weiterwandern zu den Balkonen und Zimmern und musterte die Mädchen, die sich im Innenhof zu schaffen machten, aufdeckten und Getränke bereitstellten.

Ein Schauder überlief Hannah. Beim Anblick des Weißgesichtigen wurde ihr bewusst, dass sie nicht mehr zurückkonnte. Sie hatte sich ins Herz dieser unmenschlichen Macht geschlichen, jetzt musste sie die Adern durchschneiden, die diese Macht am Leben erhielten.

Für einen kurzen Moment schloss sie die Augen, um Kräfte zu sammeln. Sie schickte ein kurzes Stoßgebet zum Himmel, in dem sie darum bat, dass ihr Plan aufgehen möge, obwohl er so überstürzt hatte entwickelt werden müssen.

Als sie die Augen wieder öffnete, war der Weißgesichtige verschwunden. Hannah ärgerte sich, weil sie ihn nicht beobachtet hatte.

»Habt Ihr ihn gesehen?«, flüsterte es von der Seite.

Bruder Adilbert stand gleich neben ihr. »Er ist nach hinten in den Raum zurückgegangen. Das ist der Zugang zu den Kellern. Vom Platz her würde das passen. Wir sollten uns einfach mal dort unten umsehen, wenn die Gäste eingetroffen sind.«

Ein heller Gong ertönte. Vermutlich das Zeichen, dass die ersten Gäste eintrafen.

Zwei der Aufwärterinnen eilten mit wehenden Kleidern in Richtung des Hintereingangs. Hannah und Bruder Adilbert reckten neugierig den Hals über die Balustrade und konnten tatsächlich zwei Männer erkennen. Sie trugen Masken. Doch ihre Kleidung war so auffällig, dass die Masken geradezu lächerlich wirkten: Jeder in der Stadt konnte sie allein anhand ihrer bunten Aufmachung erkennen.

»Imhof und Herkomer«, flüsterte Hannah Bruder Adilbert zu. »Beide bekannt durch ihre Eskapaden. Als Herkomer geheiratet hat, musste er Strafe zahlen, weil die Hochzeit gegen die Auflagen der Stadt verstieß: zu viele Hochzeitsgäste, zu pompös, zu teuer. Außerdem hätte die Braut keinen Goldschmuck tragen dürfen und kein Kleid aus Seide. Sie ist schließlich nur eine Bürgerin. Auch er schlug über die Stränge, weil sein Wams mit Hermelinpelz verbrämt gewesen war.«

»Das Vorrecht der Könige und Kaiser«, ergänzte der Mönch.

»Natürlich, Bruder Adilbert. Aber Herkomer hat es mit einem Schulterzucken hingenommen und seine Strafe bezahlt. Man munkelt, er hätte das Geld durch den Schmuggel von Waren an den Toren vorbei wieder hereingeholt. Geholfen hat ihm dabei …«

»Lasst mich raten: Aigen?«, ergänzte Bruder Adilbert.

Hannah nickte bitter. »Die beiden sind seit Jahren berüchtigt als Jungfrauenschänder. Obwohl sie verheiratet sind, heben sie jeden Rock, der in ihre Nähe kommt.«

Der Gong ertönte jetzt in schöner Regelmäßigkeit, und das Haus füllte sich. Zwanzig, fünfundzwanzig Männer standen im Innenhof und unterhielten sich. Alle mit Masken vor dem Gesicht. Zweimal hatte der Gong geläutet, und niemand war im Innenhof erschienen. Die Aufwärterinnen waren ohne einen männlichen Gast zurückgekommen. Die Erklärung dafür war wohl, dass diese Besucher sofort über Geheimtreppen und Geheimgänge in ihre Zimmer geführt worden waren. Hannah konnte nur ahnen, wer das gewesen war, vielleicht der Nuntius aus Rom, der sich in Dillingen beim Bischof von Augsburg gelangweilt hatte, und hoffentlich der Stadtpfleger Stolzhirsch. Beiden hatte sie eine besondere Rolle zugedacht, von der die Herren noch nichts wussten.

Das Stimmengewirr unten schwoll an, sodass der Musik immer weniger Beachtung geschenkt wurde. Hannah legte die Laute beiseite und drehte sich zu Bruder Adilbert um.

»Wir sollten uns jetzt etwas umsehen«, flüsterte Hannah.

Als sie sich erhob, um vom Musikerbalkon zu verschwinden, stand die Luderin neben ihr.

»Ich komme mit«, sagte sie beiläufig.

Noch bevor Hannah etwas einwenden konnte, stand der Weißgesichtige auf der Balustrade. Niemand hatte ihn kommen hören. Für einen kurzen Moment geriet die Musik aus dem Takt, doch die Frauen fingen sich sofort wieder.

»Wer von Euch ist die Luderin?«, fragte das Wesen mit einer gespenstisch tiefen Stimme, die zudem rau und wie brüchig klang. Er hatte die Augen zu schmalen Schlitzen zusammengekniffen, als wäre es ihm hier zu hell.

Bruder Adilbert senkte sofort den Blick, zog seine Haube tiefer ins Gesicht und richtete sein Augenmerk ganz auf das Drehleierspiel, während Hannah mit einer Kopfbewegung zur Luderin deutete.

»Mein Herr will Euch sehen, Luderin.« Aus dem Mund des Weißgesichtigen klang sogar dieser einfache Satz bedrohlich.

Das ist wahrlich ein Mann, um anderen die Kehle durchzuschneiden, aber kein Hausdiener, dachte Hannah. Sie machte sich Sorgen um die Luderin – und um sich und ihre Frauen. Wo Aigen den Mann wohl gefunden hatte? Er war allerhöchstens Mitte zwanzig. Seine Haut war so hell, dass sie aussah wie mit Mehl bestäubt. Dabei war sie überzogen von unzähligen eitrigen Blasen, so als hätte er die besonders schwere Form eines Sonnenbrandes.

Mit vor Entsetzen geweitetem Blick nickte die Luderin und drängte sich an Hannah vorbei, um dem Weißgesichtigen zu folgen. »Ihr müsst mir helfen«, flüsterte sie ihr dabei hastig zu.

Hannah nickte flüchtig und lächelte sie tapfer an.

Sie würde der Luderin helfen, wenn es in ihrer Macht stand. Aber sie konnte keine Wunder vollbringen. Sie blickte den beiden die Treppe hinab nach. Sie überquerten den Hof und verschwanden in demselben Raum, in dem der Weißgesichtige nach Adilberts Angaben zuvor schon verschwunden war.

»Wo ist er hergekommen?«, flüsterte Hannah dem neben ihr sitzenden Mönch zu.

»Er stand plötzlich hinter mir. Ich hoffe, er hat nicht gehört, was wir gesprochen haben. Wir müssen vorsichtiger sein. Die Wände hier haben buchstäblich Ohren.«

Hannah drehte sich um. Hinter ihr gab es nur eine Lehmwand, die so fest gefügt schien wie alles an diesem Palast. Dennoch hatte der Weißgesichtige plötzlich hinter ihr gestanden. Es gab aber nur den Zugang über die Treppe. Sie hätten ihn also sehen müssen. Hannah trat zu der Wand und betrachtete sie genau. Sie wurde von vier Holzbalken unterteilt, die gewölbt wie Säulen aus dem Verputz herausragten. Sie drückte gegen den Verputz – nichts geschah. Sie versuchte die Säulen zu drehen – vergeblich.

Sie stemmte sich gegen die Mauer zwischen den Balken des Fachwerks – nichts.

»Es muss einen Zugang geben«, flüsterte sie mehr zu sich selbst. »Wenn wir den Eingang finden würden, könnten wir uns vielleicht ungesehen in diesem Labyrinth zwischen Zimmern und Außenwand bewegen.«

Da stolperte sie unversehens über einen der Ziegel, mit denen der Boden der Balustrade ausgelegt war. Er befand sich in der Nähe der Wand und ragte etwas über die anderen Steine hinaus. Nichts, was dem Auge aufgefallen wäre. Hannah fluchte innerlich über ihre Tollpatschigkeit, doch dann kam ihr ein Gedanke. Mit aller Kraft trat sie auf den Stein, der tatsächlich etwas nachgab. Beinahe wie von selbst schwang das mittlere der fünf zwischen den Balken liegenden Fachwerkfüllungen zurück und gab den Zugang zu einem Gang dahinter frei.

»Ich hab's!«, stieß Hannah flüsternd hervor. »Kommt!«

Sie schlüpfte hinter die Wand und wartete, bis Bruder Adilbert ihr folgte.

Ein schmaler Gang lag vor ihnen, so finster wie die Hölle selbst. Der Mönch drückte das Lehmfach hinter sich wieder in die Wand. So warteten sie, bis ihre Augen sich an die Dunkelheit gewöhnt hatten.

»Der Gang führt bis zu den Zimmern«, sagte Bruder Adilbert. »Ich habe ihn gesehen, als sie ihn gebaut haben. Hinter uns macht er einen kleinen Bogen und dann läuft er hinunter. Aber wohin genau er führt, weiß ich nicht.«

»Wohin sollen wir uns wenden?« Hannahs Herz schlug einen

rasenden Takt, der verhinderte, dass sie normal denken konnte. Ihre Lippen waren wie ausgedörrt, und auch ihre Kehle fühlte sich rau an.

»Habt Ihr vorhin gehört? Es hat zweimal gegongt, aber niemand ist gekommen. Offenbar hat man die ›wichtigen‹ Gäste gleich in die Zimmer geführt.« Sie stieß verächtlich die Luft aus.

»Dann besuchen wir erst einmal diese Gäste. Man muss wissen, mit wem man es zu tun hat«, flüsterte Adilbert.

Tastend schlichen sie vorwärts. Hannah überprüfte, ob das Messer, das die Luderin ihr ihrerzeit gegeben hatte, noch an seinem Platz war.

Schließlich kamen sie zu einer Tür. Sie war aus Holz und hatte ein Gitter in Augenhöhe, durch das man in den Raum hätte spähen können, wäre da nicht der Teppich gewesen, der innen über der Tür hing.

Hannah und der Mönch lauschten, ob sich jemand im Zimmer befand, doch es rührte sich nichts. Vorsichtig drückte Hannah gegen die Tür, doch sie öffnete sich nicht. Dann drückte sie die Klinke. Ein Klicken verriet, dass sich die Sperre gelöst hatte. Die Tür schwang zu ihnen in den Gang hinein. Zuerst hielt Hannah das für einen Fehler der Bauweise, doch dann bemerkte sie, dass die Tür anderen den Weg versperrte. Diese Türen bildeten nicht nur den Zugang, sondern dienten auch der Sicherheit.

War die Tür offen, konnte man den Gang versperren. Man konnte aber auch die Mädchen, die nach oben geschickt wurden, so in die richtigen Zimmer lenken. Die offene Tür verhinderte, dass sie in das falsche Zimmer gingen.

Hannah und der Mönch tasteten sich weiter. Ganz am Ende des Gangs gab es plötzlich einen Absatz – eine Treppe –, und jetzt vernahmen sie zum ersten Mal Geräusche. Hinter der Tür befanden sich offenbar mehrere Personen. Die Art der Geräusche ließ keinen Zweifel daran, was dort drinnen geschah.

»Ich will nachsehen, wer sich dort vergnügt!«, flüsterte Hannah dem Mönch ins Ohr.

»Nein!«, protestierte der, doch Hannah hatte ihre Hand bereits am Griff der Tür.

»Männer beim Liebesspiel hören und sehen nichts«, sagte sie leise und hoffte, dass sie recht behielt.

Sie spähte durch das Gitter, doch der Teppich an der Innenseite versperrte ihr die Sicht. Dann drückte sie die Klinke herunter. Geräuschlos ließ sich die Tür öffnen. Hannah stellte sich vor den Teppich und bemerkte, dass sich darin Aussparungen befanden, durch die man hindurchschauen konnte. Sie sah ein karg eingerichtetes Zimmer mit einer Liege. Davor stand ein schwergewichtiger Mann, der sich an der Kleidung eines Mädchens zu schaffen machte. Er hatte sie ihm bereits halb vom Leib gestreift. Die Kleine war allerhöchstens zwölf Jahre alt. Ihr Gesicht war tränenüberströmt. Angst verzerrte ihre Züge, sie war steif vor Abwehr und Panik. Hannah wurde von Übelkeit erfasst bei dem abscheulichen Anblick.

Hannah atmete durch. Wenn sie jetzt eingriff, dann gefährdete sie ihr Vorhaben. Es würde einen Tumult geben, und sie würden womöglich zu früh entdeckt werden. Hannah dachte aber auch an Gera, die nur um ein weniges älter war als die Kleine. Wenn dieser alte Bock sich an dem Mädchen verging, dann verging er sich eigentlich an ihrer Tochter. Sie musste eingreifen. Falls dieser Mann tatsächlich der Nuntius war, konnte sie sich nicht vorstellen, dass das Mädchen, das ihm zugeführt worden war, diese Nacht überleben würde. Das konnte sich der Geistliche nicht leisten. Man würde sie also töten, sobald der Mann sein Vergnügen mit ihr gehabt hatte.

Mit einer fließenden Bewegung zog sie das Messer der Luderin aus dem Armhalfter.

»Seid Ihr verrückt?«, zischte der Mönch, als er bemerkte, wie

Hannah den Teppich langsam zurückschlug und durch den Spalt zwischen Mauer und Teppich in den Raum schlüpfte.

»Du sollst dich wehren«, knurrte der Fette vor ihr, der sich jetzt unter Mühen auf die Knie niederließ und versuchte, dem Kind das Kleid über die Hüfte herabzuziehen. Doch das Mädchen sah mit geweiteten Augen und steif vor Furcht zu Hannah, die hinter dem Wandvorhang hervortrat und mit gezücktem Messer auf sie zuging.

Mit drei Schritten war Hannah bei dem Mann und hielt ihm das Messer an den Hals. Der wollte zuerst auffahren, als er jedoch das Messer spürte, versteifte er sich vor Schreck.

»Finger weg von dem Mädchen, Maul halten – und bleibt, wo Ihr seid, sonst seid Ihr tot«, zischte Hannah.

Der Mann verfiel in ein Jammern, das man sicher bis nach draußen hören konnte, doch ein stärkerer Druck des Messers gegen den Hals ließ ihn sofort verstummen.

»Und du, zieh dich an und komm her!«, sagte Hannah schon sanfter zu dem Mädchen.

Bruder Adilbert war hinter Hannah in den Raum getreten.

»Jetzt steht nicht so herum. Zerreißt sein Hemd und stopft ihm etwas ins Maul. Sonst schreit er das Haus zusammen.«

Der Kleidung nach zu urteilen, handelte es sich bei dem Fettkloß um den Nuntius des Papstes.

»Und jetzt?«, blaffte Bruder Adilbert sie an. »Was wollt Ihr jetzt mit ihm tun? Ihn erstechen?«

Der Kniende zuckte zusammen.

»Nein, bitte nicht, bitte nicht, bitte nicht …«, jammerte er, bis Hannah sich zu ihm hinabbeugte und ihm ins Ohr zischte: »Wenn Ihr nicht sofort den Schnabel haltet, werde ich mit dem Messer dafür sorgen, dass ihr aus ganz anderen Löchern pfeift!«

Der Nuntius hatte offenbar verstanden, denn er verstummte augenblicklich.

Endlich konnte Hannah sich dem Mädchen zuwenden.

»Wie heißt du?«

Das Mädchen sah sie stumm an. Sie hatte ihr Kleid mittlerweile wieder über die Schultern gezogen. Die Kleine hatte ein ausgesprochen hübsches Gesicht und war bereits weit entwickelt. Dennoch blickte sie Hannah aus Kinderaugen an, in denen jetzt eine maßlose Furcht stand. Der Blick des Mädchens ruckte ständig zwischen ihr, dem Messer und dem Mönch hin und her, als würde sie das alles nicht zusammenbringen können.

»Du brauchst keine Angst zu haben. Wir tun dir nichts. Sagst du uns deinen Namen?«

»Gallina«, sagte das Mädchen flüsternd. »Der Weißfuchs wird euch finden.«

Bruder Adilbert war gerade dabei, das Seidenhemd des Nuntius zu zerreißen, um einen Mundknebel daraus zu machen. Er hielt inne. »Weißfuchs? Du meinst den Weißgesichtigen?«

Das Mädchen nickte und blickte zur Tür, als müsse er jeden Augenblick dort auftauchen.

»Der Weißfuchs. Er weiß alles. Er weiß, dass ihr hier seid.«

Erschrocken zuckte Hannah mit dem Messer, was beim Nuntius ein Quieken auslöste. Der kniete noch immer am Boden.

Bruder Adilbert stopfte ihm schnell den zusammengeknüllten Stoff in den Mund und band ihn mit einem Streifen Seide um den Kopf fest. Dann griff er nach einer Kordel, die am Bett befestigt war, vermutlich um Liebesspiele mit Fesseln zu veranstalten, und band ihm die Hände auf den Rücken. Erst jetzt durfte der Nuntius aufstehen, was ihm nur mit Mühe und mit Unterstützung durch Bruder Adilbert gelang.

Die Augen des Nuntius weiteten sich, als er den Mönch in dem Aufzug als Musikantin sah. Er versuchte etwas zu sagen, doch mit seinem Mundknebel brachte er nur unverständliche Laute hervor.

Hannah stieß den gefesselten Geistlichen so auf die Pritsche, dass er bäuchlings darauf zu liegen kam. Dann beugte sie sich zu ihm hinunter.

»Ich empfehle Euch, so liegen zu bleiben und Euch nicht zu rühren. Wenn der Weißfuchs Euch entdeckt, glaube ich nicht, dass er Euch befreien wird. Sein Herr kann sich solche Zwischenfälle nicht leisten. Er wird Euch also vermutlich töten und beiseiteschaffen. Oder habt Ihr dem Bischof erzählt, wohin Ihr gegangen seid?«

Dem Mann lief der Angstschweiß über das speckige Genick und über das Kinn. Verzagt schüttelte er den Kopf.

Mit einem Ruck wandte sie sich an Gallina.

»Hat er dir etwas getan?

Der Nuntius hinter ihr brummte und stöhnte.

Gallina schüttelte den Kopf.

»Dann komm!«, sagte Hannah und zog das Mädchen aus dem Zimmer.

Sie schickte den Mönch zuerst hinaus, schob dann Gallina hinter ihm her und folgte als Letzte. Sie achtete darauf, dass der Teppich wieder glatt herunterhing, schlüpfte hinaus, schob die Tür zu, machte mit dem Messer eine Kerbe in den Türrahmen, damit sie das Zimmer wiederfinden konnten, und erst jetzt wandte sie sich dem Mädchen zu, das zwischen Adilbert und ihr im Gang stand.

»Sind noch mehr Mädchen da?«, fragte sie. »Mehr Kinder?«

Gallina zögerte. Hannah sah die flackernde Angst in den Augen der Kleinen, die den Blick auf das Messer geheftet hatte, das Hannah noch immer in der Hand hielt.

»Tut mir leid«, flüsterte Hannah. »Das stecke ich wieder weg. Du hast wirklich nichts zu befürchten, Kindchen.« Dann stockte Hannah – und stellte ihre Frage erneut.

Schließlich nickte Gallina völlig eingeschüchtert und mit

hochgezogenen Schultern, als wolle sie sich dahinter verstecken. »Sieben Mädchen. Drei Jungen.«

»Zehn Kinder«, wiederholte Hannah.

»Und ein Tier. Ein schwarzer Teufel. Er schreit und tobt.«

Hannah dachte an den Teufel, den sie selbst gesehen hatte. »Er hängt an einer Kette. Nicht wahr?«

Gallinas Augen weiteten sich. »Woher …?«

»Ich bin ihm schon einmal begegnet. – Wo sind die Kinder?«

Gallina zuckte zusammen. »Nicht hier. In einem … anderen … Haus.«

»Draußen vor der Mauer? Im Lusthaus? Bist du über den Tunnel hierher gebracht worden?«

Gallinas Augen weiteten sich vor Entsetzen. Sie schluckte mehrmals. Als Hannah ihr zur Beruhigung die Hand auf den Arm legen wollte, zuckte das Kind zurück, als hätte es sich verbrüht.

»Woher … wisst Ihr …?«, fragte Gallina stockend.

»Ich weiß es, weil ich seit Monaten versuche, die Kinder zu finden und diesem … diesem Scheusal von Aigen das Handwerk zu legen.«

»Aigen!«, wiederholte Gallina, als hätte sie diesen Namen zum ersten Mal gehört.

Hannah deutete mit einer Kopfbewegung an, dass sie hier nicht länger bleiben konnten. Sie tasteten sich die Treppe hinab und kamen in einen Vorraum, von dem aus ein Gang für die Zimmer im Erdgeschoß abging. Im hintersten Winkel gähnte ein Loch.

Als Hannah den Blick dorthin richtete, wich Gallina zurück.

»Nein«, hauchte das Mädchen. »Nein!«

»Seid ihr von dort gekommen!«, fragte sie Gallina. Hannah bemerkte, wie sich in den Augen des Kindes die Tränen sammelten. Gallina schüttelte den Kopf und sackte in sich zusammen. So, mit angezogenen Beinen, blieb sie in der Ecke sitzen.

»Das ist der Zugang für den Gang unter dem Innenhof hindurch«, sagte der Mönch. »Ich habe gesehen, wie sie ihn gegraben haben. So können die Kinder ungesehen vom Lusthaus hierher gebracht werden.«

Gallina deutete nur auf den Zugang und schüttelte entsetzt den Kopf. »Nein«, murmelte sie, »nein, nein, nein!«

»Heißt eins von den Mädchen Gera?«, entfuhr es Hannah heiser.

Überrascht blickte das Mädchen auf. »Gera? Ja. Gera ist dabei.«

»Werdet Ihr bewacht?« Hannah Stimme zitterte. Gera lebte also.

»Wie viele Männer sind es?«, fragte nun Bruder Adilbert. Er blickte Hannah an, und in seinem Blick lag ein Vorwurf, der sie schmerzte: Warum hast du das Kind befreit? Jetzt behindert es uns nur. Jetzt weiß es zudem, dass wir nach Gera suchen.

»Wir können sie nicht hierlassen!«, sagte der Mönch. »Wir werden sie aber auch nicht mitnehmen können.«

»Zwei. Ohne den Weißfuchs«, flüsterte Gallina stockend. »An dem Weißfuchs kommt niemand vorbei. Wer flieht, ist tot.« Den letzten Satz hauchte sie, dann senkte sie den Kopf.

Hannah überlegte fieberhaft.

»Die Schwarze Liss!«, sagte sie schließlich. »Wir müssen auf die Schwarze Liss warten.«

Sie wusste nicht genau, wie spät es war, aber sie hatten mit der Schwarzen Liss abgesprochen, dass sie, zwei Stunden nachdem die Musikanten im Palast verschwunden waren, an das Tor klopfen und im Namen der Luderin neue Frauen bringen würde. Sie würde also bald auftauchen. So lange musste das Kind verschwinden. Aber wohin sollten sie es bringen, wenn es nicht bei ihnen bleiben konnte? Hannah ließ sich auf die Knie nieder und sah dem Mädchen ins Gesicht.

Das Kind hatte den Blick gesenkt und weinte.

»Wir beschützen dich!«, sagte Hannah. »Aber du musst mitkommen.«

Das Mädchen schüttelte den Kopf. In ihren Augen wuchs ein Grauen, das Hannah wegblicken ließ. Was um alles in der Welt hat das Mädchen nur erlebt? Hannah ließ ihren Blick auf dem Kind ruhen, während sie darüber nachdachte.

Stimmen näherten sich. Das Kichern einer jungen Frau mischte sich mit dem Bass eines Mannes. Allein am Tonfall konnte Hannah hören, dass die beiden eine ruhige Ecke suchten, um Zärtlichkeiten auszutauschen. Dass sie dafür den Geheimgang benutzten, war unwahrscheinlich. Vermutlich würden sie sich in eines der Zimmer zurückziehen, das man von außen betrat.

Sie konnten Gallina nicht zurückschicken, auch wenn sie nicht mit ihnen kommen wollte. Würde sie im Zimmer des Nuntius gefunden, wäre das ihr Ende. Es gab in Hannahs Augen keinen anderen Ausweg. Sie mussten Gallina mitnehmen.

Ihr Blick wurde hart, als sie erneut versuchte, die Schale aus Abwehr zu durchbrechen, die Gallina umgab.

»Du musst uns begleiten, sonst finden sie dich in den Gängen. Wir können dich nur beschützen, wenn du uns hilfst. Ich muss Gera finden. Zeig mir, wo sie ist.«

Während sie auf Gallinas Antwort wartete, horchte sie auf die Stimmen, die immer näher kamen und tatsächlich das erste Zimmer belegten, das sie fanden.

Sie erkannte den Mann an der Stimme. Es war die des Stadtpflegers Heinrich Stolzhirsch, des Bürgermeisters. Sein näselndes Sprechen war unverwechselbar. Die junge Frau lachte, während sich der Mann benahm, als wäre er auf Brautschau. Er prahlte von seinen Reisen nach Venedig, erzählte, wie er auf einer dieser Fahrten eigenhändig einen Räuber gefangen und am nächsten Baum aufgeknüpft habe, erntete dafür ein leises Kreischen.

Hannah kannte den Bürgermeister Stolzhirsch, weil dessen Frau häufiger bei ihr erschienen war und um ein kräftigendes Mittel für ihren Mann nachgesucht hatte. Hannahs Mann, dem Apotheker, hatte sie ihr Problem nicht anvertrauen wollen. Hannah hatte es weitergegeben – und das Mittel, das ihr Mann daraufhin gebraut hatte, hatte offenbar zu gut gewirkt, wenn er seine wiedergewonnene Manneskraft jetzt in diesem Palast Aigens abstoßen musste.

Doch solange er keines der Kinder anrührte, war es Hannah gleichgültig.

Hannah stand auf, ohne weiter auf Gallina zu achten. In ihrem Kopf begannen sich die letzten Mosaiksteinchen ihres Plans zusammenzufügen und ein Bild zu ergeben. Darin spielte Stolzhirsch eine eigene Rolle.

Sie nahm Bruder Adilbert kurz beiseite. »Das ist Stolzhirsch. Ihn müsst Ihr nachher aufsuchen, Bruder Adilbert. Führt die Schwarze Liss in das Zimmer des Stadtpflegers. Ihr müsst ...« Mit einem Blick auf Gallina verstummte sie. Der Mönch nickte.

Plötzlich ging Hannah mit raschem Schritt auf Gallina zu, packte sie am Handgelenk und zog sie hoch. »Ich will, dass du mit mir mitgehst. Zeig mir den Weg zu Gera. Wenn du hierbleibst, werden sie uns ...«

Mit einem stummen Schrei riss Gallina sich los, und noch bevor der Mönch oder Hannah etwas tun konnten, jagte sie die Treppen hinauf, die sie eben hinuntergestiegen waren.

Schneller als Hannah ihm zugetraut hätte, sprang der Mönch hinter Gallina her. Immer zwei Stufen auf einmal nehmend verschwand er rasch im Dunkel des Treppenaufgangs.

Hannah überlegte kurz, ob sie ihm folgen sollte, doch dann

besann sie sich anders. Gera! Ihre Tochter wartete auf sie. Bruder Adilbert würde Gallina schon finden, würde sie aufhalten und dann wissen, was zu tun war. Ihre Mission jedoch duldete keinen Aufschub.

Hannah zog den Dolch unter ihrem Ärmel hervor und näherte sich der Luke, die sie schwarz angähnte. Eine Leiter lehnte in der Öffnung, die Klappe stand offen. Beides war aus frischem, hellem Holz gefertigt und wie neu. Sie roch das Harz.

Hanna packte die beiden Leiterholme, dann setzte sie einen Fuß auf die erste Sprosse. Was sie jetzt tat, konnte sie nicht wieder ungeschehen machen.

Sie verschwand in dem Loch und blieb am Fuß der Leiter stehen, bis sie sich an die Dunkelheit gewöhnt hatte. Sie sog den Geruch des Gangs ein, der sich dort auftat. Sie roch Erde und Männerschweiß, aber auch etwas anderes, süßlicheres: Es war die Angst der Kinder.

Der Gang selbst war mit einer kleinen Kerze beleuchtet, die aber kaum Licht spendete. Sie stand in einer Nische in der Wand. Als sie wieder einigermaßen sehen konnte, ging Hannah in den Gang hinein, immer darauf bedacht, kein Geräusch zu machen. Sie hielt ihr Messer so, dass es auf den ersten Blick nicht zu sehen war. Langsam tastete sie sich vorwärts. Wenn sie ihren Sinnen trauen konnte, dann führte der Gang in Richtung des Raums, in dem sie den Weißfuchs hatte stehen sehen. Auf halber Strecke war der Gang mit Holz verkleidet, offenbar aber noch nicht ganz, denn an der Seite lagen Stapel mit Latten, die wohl noch verarbeitet werden mussten.

Der Gang führte kerzengerade unter dem Innenhof hindurch, und Hannah war froh, weil sie niemandem begegnete. Die Feuchtigkeit im Kellergang trieb ihr den Schweiß auf die Stirn, und sie spürte, wie ihr Kleid sich am Rücken und unter den Brüsten mit Schweiß vollsog.

Überraschenderweise endete der Gang an einer Holztür – jedenfalls hatte sie den Eindruck, denn die Bretter der Mauer waren recht deutlich zu erkennen. Hannah verlangsamte den Schritt. Was sollte das? Wenn Gallina gesagt hatte, sie war durch den Tunnel gekommen, dann musste es dort einen Durchgang geben. Sie überlegte, auf welcher Höhe der Räume sie sich befand, und kam zu dem Schluss, dass sie bereits wieder unter dem Gebäudeflügel sein musste. Irgendwo musste es also einen Gang nach oben geben. Vorsichtig tastete und klopfte sie die Bretter ab, doch es war nichts zu sehen oder zu hören.

Hannah bemerkte ihren Irrtum erst, als es zu spät war. Der Gang war nicht mit Brettern verschlossen und endete dort, sondern machte eine Biegung. Die Tür lag seitlich zu ihr und hatte einen kleinen Durchblick. Plötzlich klappte die Seitenwand auf und versperrte den Gang hinter ihr völlig. Zu ihrem Schrecken erkannte Hannah dasselbe Prinzip wie bei den geheimen Gängen hinter den Zimmern. Die Türen waren zugleich Hindernisse, die den Rückweg versperrten.

In der Türöffnung stand einer der Wärter.

»Wen haben wir denn da?«, wurde sie begrüßt, und der Drang, sich umzudrehen und davonzulaufen, war übermächtig in Hannah. Aber sie konnte nicht fliehen. Die Holztür versperrte ihr den Rückweg. Sie machte eine unwillkürliche Drehbewegung und verdrehte sich den Fuß – sie knickte um und fiel zu Boden.

»Du brauchst nicht vor mir in die Knie zu gehen, Kleine!«, knurrte der Kerl.

Hannah sah erschrocken von unten hoch – und erkannte einen der Männer, die die Säcke durch das Schilfdickicht geschleppt hatten. Groß und breitschultrig versperrte er ihr den Gang, der zu einer Treppe nach oben führte, wie sie erkennen konnte, als sie an ihm vorbeisah.

»Ich …«, begann sie. »Ich … man hat mich … äh, ich meine …

er hat mich … hat mich heruntergeschickt, um dir die … die Zeit zu vertreiben«, stottert Hannah. Sie verbarg ihr Messer unter dem Ärmel.

»Er hat *was*?« Der Kerl lachte. »Der Weißfuchs wird doch nicht eine menschliche Regung zeigen. Aber von mir aus. Wenn sich der halbe Magistrat oben vergnügt, fallen auch für die Fußabstreifer ein paar Brosamen ab.« Er lachte wieder.

Hannah fand sein Lachen nicht unangenehm. Es war dunkel und nicht unfreundlich, doch bei dem Gedanken, dass der Mann womöglich ihre Tochter in einem Sack hierher geschleppt hatte, stellten sich ihr die Nackenhaare auf.

»Dann wollen wir mal keine Zeit verlieren. Komm, mein Täubchen.«

Er griff nach Hannahs Arm und zog sie zu sich her. Auf die Gelegenheit hatte Hannah gewartet. Sie wartete, bis sie ganz dicht vor ihm stand. Sie roch seinen Atem, der nach Wein stank, und sie spürte seine harten Hände an ihrem Gesäß – und dann stach sie zu.

Die Klinge fuhr dem Kerl seitlich in den Unterbauch und wurde von Hannahs Hand mit einem Ruck schräg nach oben gezogen. Keine fünf Atemzüge später lag der Mann zusammengekrümmt und mit blasigem Blutschleim auf den Lippen am Boden, ohne auch nur ein lautes Wort von sich gegeben zu haben.

»Gott sei deiner armen Seele gnädig«, murmelte sie.

Hannah biss sich auf die Lippen und lehnte sich kurz gegen die Bretterwand, weil ihre Beine sie nicht mehr tragen wollten. Was stellte dieses Leben nur mit ihr an? Sie betrachtete ihre Hand, die das Messer geführt hatte. Obwohl sie zitterte, hatte diese Hand sie zur mehrfachen Mörderin gemacht – und sie schämte sich nicht einmal dafür. Jeden dieser Toten konnte sie vor Gott rechtfertigen. Die Rechtfertigung hieß Gera. Hannah verbiss sich die Tränen. Sie musste sich zusammennehmen. Wenn sie jetzt versagte, musste Gera sterben.

Hannah bückte sich, schloss dem Mann mit bebenden Fingern die Lider, ohne ihm in die Augen zu sehen, und wischte ihre Hand und das Messer an seinem Wams ab. Hannah spürte, wie ihr langsam übel wurde. Der Geruch des süßlichen Blutes würgte sie in der Kehle.

Dann straffte sie sich und stieg über den Leichnam hinweg. Er musste liegen blieben, wo er lag. Auch auf die Gefahr hin, dass er entdeckt wurde. Allein hätte sie ihn ohnehin nicht verstecken können.

Über ihr rumorte es. Eine Tür wurde zugeschlagen. Stiefelsohlen knallten auf die Holzdielen, ein schweres Schnaufen war zu hören. Jemand hatte den Raum über ihr betreten. Hannah betete voller Inbrunst, dass der Kerl über ihr nicht hier herunterkommen wollte. Und ihr Gebet wurde erhört – er kam nicht zu ihr herunter.

Hannah wunderte sich, warum der Weg nach oben führte. Hatte sie eine Abzweigung übersehen, die weiter nach unten und in die Keller führte? Das war unmöglich.

Langsam schlich sie die Treppe hinauf. Diesmal war da keine Leiter. Hannah rechnete jeden Augenblick mit der nächsten Begegnung. Ob diese so glimpflich ablaufen würde wie die letzte, wagte sie zu bezweifeln, schon deshalb, weil ihre rechte Hand immer noch voller Blut war.

Vorsichtig, als ginge sie auf rohen Eiern, schlich sie weiter, immer auf der Hut. Sie wagte kaum zu atmen.

Die Treppe machte eine Biegung, und Licht fiel mit einem Mal von oben herein. Langsam setzte sie einen Fuß vor den anderen. Sie ging auf Zehenspitzen, und ihre Waden schmerzten bereits. Vorsichtig streckte sie den Kopf über die Bodenebene hinaus – und tatsächlich stand dort am Fenster ein weiterer Kerl.

Er hatte ihr den Rücken zugewandt. Seine Aufmerksamkeit galt dem Geschehen vor dem Fenster. Sein Fuß wippte im Takt der Musik, die von der Balustrade herabfloss, und sein Schwertgehänge klirrte rhythmisch dazu.

Hannah zog den Kopf wieder zurück und hielt in der Bewegung inne. Sie würde auch diesen Mann niederstechen müssen, wenn sie zu Gera gelangen wollte. Irgendwo von diesem Raum aus musste es doch in den Keller hinuntergehen.

Plötzlich vernahm sie ein Kreischen, das ihr das Blut in den Adern stocken ließ. Es war ein irres Gelächter, so als freute sich der Teufel über die Sünder in diesem Palast und über die Sünden, die hier begangen wurden. Es schwoll an, kicherte und gackerte, dann ging es über in ein Schreien und Toben und brach schließlich unvermittelt ab. Hannah bemerkte, wie ihre Messerhand heftiger zitterte, und einen Moment lang befürchtete sie, das Messer würde ihr aus den Fingern gleiten.

»Verfluchtes Vieh!«, knurrte der Kerl über ihr und ging in den Raum hinein. »Beruhige es; das klingt ja, als hätten die Höllenteufel die Herrschaft schon übernommen!«, schrie er dann.

Hannah wusste zuerst nicht, mit wem der Mann sprach, doch sie vermutete, dass der Raum einen zweiten Zugang zu den Kellern hatte. Den Abstieg, den sie suchte. Was ihr jedoch einen weiteren Schauer über den Rücken jagte, war die Stimme des Mannes. Diese Stimme kannte sie genau. Es war dieselbe Stimme, die sie während des Brandes angesprochen hatte. Es war Aigens Stimme.

Prüfte der Kaufmann selbst nach, ob seine Geschäfte mit den Kindern auch gut liefen?

Hannahs Finger umschlossen jetzt den Messergriff so fest, dass es ihr wehtat.

»Verfluchte Ratte!«, knurrte sie innerlich. Hannah versuchte, so vollständig mit der Umgebung zu verschmelzen wie möglich.

Sie überlegte, ob sie mit raschen Schritten nach oben stürmen, die Überraschung ausnutzen und dem Mann die Klinge in den Leib stoßen sollte. Sie zweifelte allerdings daran, dass ihr das gelingen würde. Aigen galt allgemein als ausgezeichneter Fechter. Er trug sogar hier im Haus sein Schwertgehänge. Bevor sie noch bei ihm wäre, würde sie auf dem sandbestreuten Boden liegen.

Sie konnte sich jedoch nicht länger so stillhalten. Sie musste sich bewegen – und ihre Bewegungen würden sofort Aigens Aufmerksamkeit auf sich ziehen.

Hannah hatte sich schon entschlossen, es wenigstens zu versuchen, als der samtene Klang einer Messingglocke an ihre Ohren drang.

»Sie sind da!«, murmelte der Mann über ihr. »Luderin, du hast Wort gehalten. Brav so.«

Mit einem leisen Lachen trat der Kaufmann zur Tür, zog sie auf und verschwand nach draußen. Hannah zögerte. Hatte er mit der Luderin oder hatte er mit sich selbst gesprochen? War sie womöglich auch im Zimmer, in der Ecke des Raums, die sie von hier unten nicht einsehen konnte? Egal. Sie musste handeln.

Hannah wartete nicht, bis sich der Flügel geschlossen hatte. Sie huschte nach oben, immer den Raum und die Tür im Auge. Sie entdeckte links von sich die beiden Holme einer Leiter und warf einen weiteren Blick durch den Raum. Im Hintergrund hing eine Stange, die mit Seilen an der Decke befestigt war und an der mindestens dreißig verschiedenfarbige Kleider in unterschiedlichen Größen hingen, vom Novizinnenhabit bis hin zur Patrizierinnenrobe. Ansonsten war das Zimmer leer. Demnach hatte Aigen ein Selbstgespräch geführt.

Ein Johlen ging draußen durch die Menge, die offenbar immer größer geworden war. Aus der Tiefe des Zimmers blickte sie durch die nackte Fensteröffnung nach draußen auf den Innenhof, auf dem alles, was männlich war und der Kleidung nach

Rang und Namen hatte, versammelt war, ein kleiner Wald aus Masken.

Die Männer klatschten etwa einem Dutzend junger Frauen Beifall, die durch das hintere Tor eingelassen worden waren.

»He, Konrad«, schrie ein Mann in der Nähe des Fensters. »Die Dunkle da, die Hässliche, die ist was für dich.«

9

Bruder Adilbert war völlig außer Atem, als er das Ende der Treppe erreicht hatte, doch das Mädchen war verschwunden. Er hatte eben noch ihren Rock die letzten Stufen hinaufhuschen sehen – und jetzt war sie weg. Wie vom Erdboden verschluckt. Gedankenverloren streifte er mit den Händen über zwei Vertiefungen links und rechts in der Wand, in die man Kerzen stellen konnte.

Er musste das Mädchen finden und aufhalten, bevor es nach draußen floh und die Aufmerksamkeit der überall umherstehenden Wachen erregte. Sie würde sonst noch ihren ganzen Plan verderben.

Der Mönch ging den Gang entlang. Er probierte jede Klinke, die er ertasten konnte, sah in jedes Zimmer. Nichts. Die Räume waren alle gähnend leer. Wo um alles in der Welt war das vermaledeite Mädchen hingerannt?

Als er die letzte Klinke heruntergedrückt hatte und sich auch in diesem Zimmer niemand fand, fluchte er leise vor sich hin, rügte sich jedoch im selben Moment dafür.

Gallina konnte sich doch nicht in Luft aufgelöst haben. Plötzlich kam ihm ein Gedanke. Er musste den Gang nochmals zurückgehen. Dort hatte er diese Vertiefungen für Kerzen in der Wand gesehen, ihnen aber keine Bedeutung beigemessen. Aber die Vertiefungen waren nicht nur als Nischen für Kerzen gedacht. Sein Blick lief die Wand hinauf – und tatsächlich befanden sich im Trittabstand immer wieder Mulden, auch in der gegenüberliegenden Wand. Diese führten zu einer Luke direkt über ihm. Und die Luke stand jetzt offen.

»Na warte, Maid!«, knirschte er. Das Mädchen war sicher dort hinausgeflohen. Wenn man seine Füße in die Nischen setzte, konnte man sie als Tritte verwenden, denn er Gang war hier so schmal, dass man sie benutzen konnte wie Leiterholme.

»Ich muss das nicht machen«, redete er sich zu und setzte doch die Fußspitzen in die Mauernischen. Darauf fasste er mit den Händen nach und zog sich so im Spreizschritt nach oben, bis er seinen Kopf durch die Luke stecken konnte. »Wenn der Herr unser Gott gewollt hätte, dass ich mich wie ein Eichhörnchen verhalte, hätte er mich mit einem beweglichen Körper und einem buschigen Schwanz ausgestattet«, schimpfte er leise vor sich hin. Kaum war sein Kopf über dem Lukenrand erschienen, musste sich der Mönch auch schon unter einem Tritt wegducken.

»Verdammt, Gallina«, zischte Bruder Adilbert. »Du brauchst mich nicht umzubringen. Wir wollen dir doch nur helfen. Du bist hier in Augsburg und vor allem in diesem Palast nicht sicher. Das musst du mir glauben.«

»Warum sollte ich Euch glauben? Die Frau wollte mich wieder zurückbringen.«

»Blödes Geschwätz!«, warf der Mönch ein. »Sie wollte nur wissen, wo die anderen Kinder sind. Das weißt nur du allein. Da dachte sie einfach, du hilfst ihr, so wie wir dir geholfen haben.«

Die wütenden Fußtritte hörten schlagartig auf.

Der Kopf des Mädchens erschien über ihm in der Öffnung.

»Warum läufst du mir dann nach?«

»Weil du über den Ort hier so viel mehr weißt als wir. Wir würden dieses Wissen gern verwenden.«

Das Mädchen schaute ihn wütend an. »Ich weiß gar nichts!«

Bruder Adilbert zuckte nur mit den Schultern. »Wir wissen noch weniger.«

Der Mönch kletterte höher, in der Hoffnung, dass sie nicht mehr auf ihn eintreten würde. Er steckte den Kopf durch die Luke und sah sich vorsichtig um.

»Woher weiß ich, dass ich Euch trauen kann?«, zischte Gallina ihn an. Sie saß im Schneidersitz mit verschränkten Armen direkt vor ihm und sah ihn herausfordernd an.

»Du kannst es nicht wissen. Du musst es spüren.«

Stöhnend und schnaufend zog sich der Mönch durch die Luke auf ein Dach.

»Außerdem«, keuchte er, nachdem er sich auf den Rücken gerollt hatte und mit ausgebreiteten Armen erschöpft in den Himmel hinaufstarrte, »wird es bald keine Rolle mehr spielen, wem du trauen kannst, wenn du nicht leise bist. Du ziehst die Aufmerksamkeit der Wächter unten auf uns. Und denen kannst du sicher nicht trauen, denn die werden uns erst gar nicht mehr von hier herunterholen, sondern uns sofort töten und den Raben überlassen.«

Bruder Adilbert hatte das Gefühl, als hätte er sich noch nie in seinem Leben so anstrengen müssen. Sicher würde er nie wieder auf die Beine kommen. Er betrachtete den Himmel, der sich von Osten her dunkel färbte. »Ich werde in den Innenhof hinunterspringen müssen, denn über die Mauertritte schaffe ich es nicht mehr. Warum bist du nicht in eins der Zimmer geflüchtet?«

»Wer weiß schon, was Ihr von mir wollt«, kam die schnelle Antwort.

»Die Röttel und ich wollen dir helfen. Dir und den anderen Kindern.«

Bruder Adilbert stützte sich auf die Ellbogen und sah in die dunkelrote Sonne, die den Horizont im Westen in einen See von Blut tauchte. Von hier oben sah die Welt friedlich aus, und man konnte tatsächlich glauben, man könnte ihr entkommen. Doch die Wahrheit war eine andere. Dort unten wurden Mädchen wie Gallina für das Vergnügen eines Augenblicks geopfert. Bruder Adilbert setzte sich ganz auf.

»Was für ein Sündenpfuhl«, entfuhr es ihm. »Ein Sündenpfuhl mitten in einer Rosenblüte.«

Sie saßen dort oben auf dem Dach des Palasts, versunken in den Anblick des Sonnenuntergangs, und hingen für einen Augenblick ihren Gedanken nach.

»Es kann nur aufhören, wenn wir uns darum kümmern, Gallina. Wenn wir uns gegenseitig helfen. Wenn wir diesem elenden Hundesohn das Handwerk legen«, flüsterte der Mönch in das Blutrot der sinkenden Sonne hinein. »Stell dir nur vor, du könnest so etwas Wunderbares wie diese Sonne nie mehr hinter den Horizont sinken sehen.«

Es krampfte ihm das Herz zusammen, wenn er an die Kinder dachte, die irgendwo vor der Stadtmauer in diesem Haus hockten, zusammengesunken und verängstigt, statt sich an diesem Schauspiel, das der Herrgott ihren Augen gönnte, zu ergötzen. »Wirst du uns helfen, Kind?«

»Sie ist die Röttel? Wirklich die Röttel?«, hauchte es neben ihm.

»Ja, Gallina. Das ist sie. Kennst du sie etwa?«

Bruder Adilbert hörte das Mädchen neben sich tief durchatmen. Er sah sie nicht an, damit sie ihre Tränen fortwischen konnte, bevor sie redete.

»Was wollt Ihr wissen?«, flüsterte Gallina, und der Mönch schlug in Gedanken ein Kreuz.

»Zuerst einmal, wie ich von diesem verdammten Dach wieder herunterkomme.«

»Wenn wir der Bettlerfürstin helfen wollen, dann sollten wir uns beeilen.«

»Der … was?«, fragte Bruder Adilbert verblüfft.

»Da seid Ihr wohl der Einzige, der ihren neuen Namen noch nicht erfahren hat: Fürstin der Bettler. Man weiß um ihre Wohltaten.«

»Die Frage muss lauten, woher weißt du von ihren Wohltaten, Gallina?«

Adilbert setzte sich kerzengerade auf. *Fürstin der Bettler* – das klang gut. Aber woher hatte das Mädchen diesen Namen?

»Woher weißt du das?«, hakte er nach.

»Der Weißfuchs. Er hat geschimpft. Auch die Männer wussten es von den Beobachtern. Sie wollen die Röttel hierher locken und sie in eine Falle tappen lassen.«

Jetzt war Bruder Adilbert sprachlos. Das konnte doch nicht sein. Das Mädchen wusste von der Falle und floh vor ihnen? Er wollte schon wieder ansetzen, doch dann kam ihm ein ganz anderer Gedanke. Das Mädchen war nicht vor ihnen geflohen. Es hatte von der Falle gewusst und wollte nicht zusammen mit der Röttel hineintappen.

Sein Mund war ganz trocken, als er sprechen wollte. Doch in diesem Augenblick zog der Klang einer Messingglocke durch den Palast und lenkte ihn ab. Bald darauf hallte der Innenhof wider von den Rufen und Pfiffen der Männer und vom Gekicher der Frauen.

»Die Liss!«, entfuhr es ihm. »Sie tappt ebenfalls mitten hinein.«

Bruder Adilbert drehte sich zu Gallina und packte sie am Handgelenk. »Worin besteht die Falle, die der Weißfuchs der Röttel gestellt hat? Weißt du etwas davon?«

Gallina sah ihn mit weit aufgerissenen Augen an und nickte. »Deshalb wollte ich nicht mit.« Schließlich begannen ihre Augen in Tränen zu schwimmen. »Ihr tut mir weh.«

Erschrocken ließ der Mönch ihr Handgelenk los.

»Was für eine Welt! Um dich selbst zu retten, lässt du die Röttel ins Verderben laufen. Dafür sollte ich dich wieder dem Nuntius ausliefern.«

Gallina schlug die Hände vors Gesicht und brach in lautes Schluchzen aus. Doch ein heulendes Mädchen konnte er im Augenblick nicht gebrauchen.

Manchmal, dachte er bei sich, manchmal ist es angenehmer, ein Mönch zu sein. Da bleiben einem gewisse Beschwernisse erspart.

Er legte den Arm um Gallina und zog sie an sich. Das Mädchen wehrte sich zuerst, aber Bruder Adilbert war sanft und bestimmt. Er strich ihr über das Haar und summte eine Melodie, die er in einer der Kaschemmen aufgeschnappt hatte, die er vor Kurzem aufgesucht hatte.

Gallina fing plötzlich an zu lachen.

Der Mönch war völlig ratlos. Zuerst hatte das Mädchen noch erbärmlich geflennt, und jetzt kicherte sie mit tränenüberströmtem Gesicht.

»Wisst Ihr …«, lachte sie, unterbrochen von krampfhaftem Aufschluchzen. »Wisst Ihr eigentlich, was Ihr da summt?«

Erstaunt hob Bruder Adilbert die Augenbrauen.

»Nein«, erklärte er.

»Das Lied, zu dem die Melodie gehört, handelt von einem Mann, der spätnachts nach Hause kommt. Sein Weib wartet mit dem Stock hinter der Tür, weil sie denkt, er hätte wieder den Wochenlohn ins Wirtshaus getragen. Aber er hat etwas anderes gemacht. Er hat ihr für ihren zehnten Hochzeitstag einen Ring anfertigen lassen. Aus Liebe zu ihr. Doch sie drischt auf ihn ein, als sie ihn sieht, und ihm fällt der Ring aus der Hand. Erst als sie innehält, weil sie merkt, dass er gar nicht betrunken ist, kann er ihr erklären, womit er sie hatte überraschen wollen. Jetzt suchen sie alle beide den Ring auf dem Boden, und er schaut ihr unter den Rock und findet dort … weiter will ich nicht erzählen.«

Gallina sah den Mönch an, und der senkte verlegen den Blick. Er konnte sich sehr wohl denken, wie es zwischen den beiden auf dem Küchenboden weitergegangen war, auch wenn er darin keine große Erfahrung hatte.

»Lassen wir diese Geschichten. Erzähl mir, welche Falle die Röttel zu fürchten hat. Wir müssen sie warnen, wenn das noch möglich ist. Oder schneller handeln.«

10

Hannah stieg vorsichtig die Leiter hinunter. Dort unten war es stockfinster. Nicht einmal eine Kerze brannte, und sie schalt sich töricht, dass sie nicht eine der Kerzen aus den Nischen im Verbindungsgang unter dem Innenhof mitgenommen hatte. Sie wartete am Ende der Leiter, bevor sie weiterging. Zwar kannte sie sich jetzt genau aus, aber man konnte nicht wissen, was dieser Teufel von Aigen für Tücken eingebaut hatte. Denn dass dieser Weg kein Spaziergang würde, ahnte sie.

Nur langsam gewöhnten sich ihre Augen an die Dunkelheit, und schließlich konnte sie Einzelheiten erkennen.

Der Keller sah nicht viel anders aus als in ihrer Erinnerung: gemauerte Ziegelwände, gestampfter Lehmboden. Allerdings sah Hannah etwas, was ihr das Blut in den Adern stocken ließ: die dunklen Umrisse einer Gestalt. Sie stand da und schwankte, als wiegte sie sich in einem leichten Wind. Am liebsten hätte Hannah geschrien, aber sie musste ihren Schrecken unterdrücken. Niemand durfte wissen, dass sie hier war.

Sie packte ihr Messer fester und wagte einen Schritt auf das unbekannte Wesen zu.

Die Gestalt vor ihr hob unvermittelt den Kopf. »Wer ist da?«

Hannah wagte nicht, zu antworten.

»Bleib weg!«, flüsterte die Gestalt plötzlich. Unwillkürlich zuckte Hannah zurück. Unwillkürlich schnupperte Hannah – und sie roch eine Mischung aus Blut und Angst.

»Warum?«, wagte sie zu flüstern. Die Neugier zog sie näher zu dem Schatten hin.

Jetzt erst erkannte Hannah, dass die Gestalt vor ihr an einem Strick festgemacht war, der durch einen Haken an der Decke lief. Außerdem war der Schatten weiblich und offenbar nackt. Je näher sie kam, desto deutlicher wurde, dass sie die Frau kannte.

»Luderin?«, fragte Hannah.

»Du hattest recht, Röttel!«, stöhnte die Frau vor ihr. »Du hattest recht, aber was nützt es noch?«

Hannah sah, dass man die Luderin ausgepeitscht hatte. Rote Striemen zogen sich über die Haut, und an manchen Stellen war sie aufgeplatzt und blutete. Die Misshandlungen konnten noch nicht lange zurückliegen, denn die Wunden waren frisch, und das Blut war noch feucht.

»Womit hatte ich recht?« Hannah trat zur Luderin hin und wollte ihr die Fesseln durchschneiden.

»Lass. Bitte lass. Lass!« Die Luderin bat so eindringlich, dass Hannah mit dem Messer innehielt.

»Wenn du mich losschneidest, tötet er mich«, sagte sie schwach.

»Wer? Aigen? Der Weißfuchs?«

Das Weiße in den Augen der Luderin schimmerte im Dunkeln, als der Schreck ihr die Augen aufriss.

»Wo ist er? Hier?«

Offenbar war allein die Erwähnung des Namens zu viel für die Luderin, denn sie verdrehte die Augen und die Beine knickten ihr weg. Merkwürdigerweise blieb sie nicht hängen, sondern sank langsam ins Seil und zu Boden. Das Seil verlängerte sich. Aus dem Untergeschoss hörte sie gleichzeitig ein Schaben, kurz darauf ein Krachen, dann hörte es sich an, als wenn Metall an Metall reiben würde und auf einmal ging alles ganz schnell.

Sie hörte den Teufel kichern!

Aus der Luke vor ihr schoss er hervor, als hätte man ihn eben erst befreit. Der Schreck fuhr ihr eisig in die Glieder. Sie wagte nicht einmal mehr zu blinzeln. Dann wurde die Luke über ihr zugeworfen und die Finsternis war urplötzlich beinahe vollständig.

Anscheinend war der Teufel vom plötzlichen Dunkel ebenso überrascht wie sie selbst. Denn er verstummte sofort, und Hannah hörte keinerlei Bewegung mehr.

Sie hielt ihr Messer starr von sich weg, die Klinge gezückt, und wich mit kleinen Schritten zur Wand zurück. Es dauerte unendlich lange, so kam es ihr vor, bis sie die feuchte Mauer in ihrem Rücken spürte. So stand sie da und lauschte in den Raum hinein.

»Luderin?«, fragte sie leise, doch die Hurenmutter antwortete ihr nicht. Vermutlich war sie immer noch bewusstlos oder wagte es nicht, etwas zu sagen.

Hannahs Gehör schien um ein Vielfaches schärfer zu werden. Sie hörte die Luderin atmen, sie hörte ihre eigenes Herz schlagen – und sie vernahm ein weiteres Geräusch: ein rasselndes Keuchen.

Der Teufel hatte sich also nicht in Luft aufgelöst, nein, er wartete darauf, sie anzufallen. Hannah schloss beide Hände um das Heft ihres Messers, damit der Satan, wenn er sie anfiele, es ihr nicht aus der Hand schlagen konnte.

»Was immer du vorhast, du Teufel, wage es ja nicht, dich zwischen mich und meine Tochter zu stellen!«, fauchte Hannah.

Die Antwort war eine Art Fiepen wie bei jungen Katzen, wenn sie sich fürchteten und man sie streichelte. Hannah wunderte sich. Nachdem sie geredet hatte, wusste der Teufel, wo sie sich befand. Sie hatte nicht mit diesem Fiepen gerechnet, sondern mit einem Angriff. Doch das Wesen schien ebenso viel Angst zu haben wie sie selbst. Wieder fiepte es, und sie hörte ein Geräusch, als wälzte sich das Wesen auf dem Boden.

Was um alles in der Welt sollte sie davon halten? Wollte der

Teufel sie nur in Sicherheit wiegen, um sich danach umso grausamer auf sie zu stürzen? Ihr Mann hatte immer gesagt, wenn dir etwas ungewöhnlich erscheint, denk zuerst nach und lass dich weder vom Schein noch vom Aberglauben leiten. Aber das galt für Krankheiten und Wunden, nicht für Teufelserscheinungen.

Sie dachte dennoch nach: Wenn das Wesen kein Teufel war, fürchtete es womöglich die Dunkelheit ebenso wie sie selbst.

»Was immer du bist …«, flüsterte Hannah und versuchte, sich ihre eigene Furcht nicht an der Stimme anmerken zu lassen. »Was immer du bist, ich werde dir jedenfalls nichts tun, wenn du mich auch in Ruhe lässt.«

Hannah erinnerte sich an die kräftigen gelben Eckzähne, die sie damals vor dem Lusthaus an diesem Wesen bemerkt hatte.

Doch sie konnte nicht ewig hier stehen und warten. Wenn man die Luderin ausgepeitscht hatte, hatte sie womöglich einen Teil des Plans verraten. Jedenfalls wusste Aigen womöglich, dass die Musikanten keine Kapelle waren und dass Hannah ihre Tochter suchte. Das hieß, dass die Zeit knapp wurde und die Gefahr für Gera wuchs.

Hannah würgte ihre Angst hinunter. Ihr wurde übel, doch sie musste an diesem Wesen vorbei und tiefer steigen, viel tiefer. Jetzt verfluchte sie den Umstand noch mehr, dass sie vergessen hatte, eine Lampe mitzunehmen.

Langsam und wie beschwörend vor sich hin redend setzte sie Schritt vor Schritt. Sie sprach ganz ruhig, sang sogar ein wenig und näherte sich mehr und mehr dem Fiepen, das sich dem Rhythmus ihrer Stimme angepasst hatte.

Hannah konnte nur vermuten, wo sich die Luke befand. Bevor die obere Klappe zugefallen war, hatte sie noch gesehen, wie das Wesen sich an den Rand der Luke geduckt hatte. Sie musste also über diesen Teufel hinwegsteigen, wenn sie tiefer hinabwollte. Je näher sie dem Fiepen kam, desto sicherer war sie, dass das

Wesen harmlos sein musste. Schließlich glaubte sie es direkt vor sich zu haben. Hannah hielt ihr Messer so, dass sie einerseits rasch zustechen konnte, wenn es sein musste, andererseits wollte sie, wenn möglich, niemanden damit verletzen. Beschwörungsformeln murmelnd ging sie in die Knie und streckte ihre linke Hand tastend vor. Sie spürte Fell, spürte Wärme, spürte auch, dass das Wesen unter ihrer Berührung zusammenzuckte, und hörte, wie es mit einem Mal andere Laute von sich gab, eine Art Knurren, das höchst gefährlich klang.

Ihre Hand zuckte zurück, und sie stimmte ein Lied an, ein Lied, mit dem man Kleinkinder in den Schlaf wiegte. Es wirkte beinahe sofort. Das Knurren brach ab.

Schließlich streckte sie ihre Hand wieder aus. Das Wesen ließ sich berühren. Licht war das Einzige, was sie im Augenblick gebraucht hätte. Aber sie musste ohne diese Hilfe auskommen.

Nachdem sie das Gefühl hatte, von dem Wesen, das da vor ihr auf dem Boden kauerte, gehe keine Gefahr mehr aus, tastete sie mit der anderen Hand um sich herum, um die Luke zu entdecken. Schließlich spürte sie den Rand hinter dem gezähmten Teufel.

Hannah erhob sich langsam, während sie weiter das Wiegenlied sang, ging um das Wesen herum und suchte nach den Holmen der Leiter.

Sie hatte gerade einen davon gefasst und wollte nach dem zweiten greifen und die erste Sprosse nehmen, als sie plötzlich ins Leere trat. Hannah verlor das Gleichgewicht. In ihrer Verzweiflung versuchte sie, Halt zu finden, und trat mit dem anderen Fuß gegen den Teufel. Der kreischte auf, schnatterte los, und Hannah stürzte ins Nichts. Das Messer entglitt ihr, sie sauste nach unten, an der Leiter entlang wie auf einer Rutsche, spürte plötzlich ein Seil zwischen ihren Fingern, packte es und rutschte langsam nach unten, bis sie auf dem gestampften Lehmboden des Untergeschosses aufkam. Eisen kreischte aneinander. Als sie den Strick losließ, stöhnte die Luderin oben auf, und das Eisen rasselte wieder zurück. Über ihr tobte der Teufel. Hastig tastete Hannah zuerst nach ihrem Messer, doch sie konnte es nirgends finden, und untersuchte schließlich sich. Sie spürte keinen Schmerz außer dem Brennen an den Handflächen, durch die das Seil gerutscht war.

Hannah fühlte sich elend. Sie kroch von der Leiter weg, weil sie befürchtete, der rasende Teufel über ihr würde zu ihr herabsteigen und sich rächen für den Schrecken, den sie ihm zweifellos eingejagt hatte.

Das tiefere Geschoss war nicht ganz so dunkel, wie sie befürchtet hatte. In einer Ecke flackerte etwas Licht, und als sie darauf zukroch, sah sie, dass dort eine abgedeckte Laterne stand. Sie zog die Abdeckung herunter, nahm die Lampe und ließ den Lichtschein über den Boden streichen. Dort, direkt neben der Treppe, lag ihr Messer. Sie sprang hin, doch bevor sie es zu fassen bekam, hing der schwarzhaarige Teufel über ihr an der Leiter und kreischte und schrie wie ein Tobsüchtiger. Er entblößte seine Eckzähne, und die waren gewaltiger, als Hannah sie in Erinnerung hatte. Fieberhaft überlegte Hannah, was sie tun sollte. Sie brauchte das Messer, um sich zu schützen. Hannah schloss die Augen und begann erneut zu singen, in der Hoffnung, das Satanswesen damit zu beruhigen, wie es ihr eben schon einmal gelungen war. Doch es beruhigte sich nicht. Jedes Mal, wenn Hannah versuchte, nach dem Messer zu greifen, hangelte sich das Wesen ein Stück weiter die Leiter hinab, bleckte die Zähne und kreischte. Doch es griff sie nicht an, sondern starrte nur auf ihren Mund. Hannah sang um ihr Leben – und langsam schien sie Erfolg damit zu haben. Die Wut des aufgebrachten Ungeheuers begann zu schwinden. Das wütende Kreischen klang ab.

Während sie sang, hatte sie versucht, den Mechanismus zu erkunden, der ihren Sturz abgefangen hatte. Neben dem Abstieg ins nächste Kellergeschoss, dessen Luke geschlossen war, stand ein Eisenkäfig. Dessen Fallgitter war mit einem Seil verbunden. Dieses Seil hatte das Käfiggitter hochgezogen. Das Seil lief durch die Bodenöffnung nach oben und war dasselbe, mit dem man die Luderin gefesselt hatte. Langsam begann Hannah zu begreifen, wie das Spiel abgelaufen war. Mit dem Gewicht ihres ohnmächtig zusammensackenden Körpers hatte die Luderin das Käfiggitter hochgezogen und das Teufelswesen befreit. Offenbar gab es eine ähnliche Konstruktion, die daraufhin die obere Falltür zum Keller schloss. So war sie hier eingesperrt worden und dem Teufelswesen ausgeliefert.

Was sie nicht verstand, war, warum man die Laterne zurückgelassen hatte. Hatte man womöglich nicht damit gerechnet, dass es jemand bis hier herunter schaffen würde. Wem gehörte die Laterne? Womöglich dem Weißfuchs?

Während sie diese Überlegungen anstellte, hangelte sich der schwarze Teufel in eigenartig schwingenden Bewegungen die Leiter hinab, wobei er sich auch mit den Zehen an Sprossen und Holmen festhielt. Langsam, als wäre er seiner Rolle müde, kletterte er zurück in den Käfig, in dem eine Schale mit Früchten lag, und schnappte sich einen Apfel.

Hannah hörte nicht auf zu singen und kroch dabei langsam zu ihrem Messer hin. Schließlich konnte sie es greifen. Das Wesen sah ihr dabei zu, als sei es erschöpft oder einfach zu müde, immer nur den Tobsüchtigen zu spielen. Mit einem Art höhnischem Grinsen biss es in den Apfel. Hannah hatte mittlerweile das Seil in die Hand bekommen und schnitt es mit einigen raschen Bewegungen durch. Mit einem Scheppern fiel das Gitter herab und schloss das Satanswesen wieder ein. Das zuckte nur kurz zusammen vor Schreck, setzte sich dann aber mit dem Rücken zu ihr auf den Käfigboden und kaute an seinem Apfel.

Mit einem raschen Sprung griff sie nach dem Riegel, der auf dem Boden lag, und schob ihn durch die beiden Eisenschlaufen. Jetzt konnte das Gitter von dem schwarzen Teufel nicht mehr geöffnet werden.

Erst jetzt bemerkte Hannah, wie ihre Hände zitterten. Ihre Kleidung war schweißnass. Sie hockte sich nieder und zog die Arme um die angewinkelten Beine und sah sich nachdenklich in dem Raum um. Das alles war nicht zufällig hier aufgebaut worden. Als sie mit der Liss vor wenigen Wochen hier unten gewesen war, hatten sie nichts dergleichen gesehen.

Der Aufbau war eindeutig eine Falle.

Bei diesem Gedanken fasste sie ihr Messer fester und starrte auf die Luke, die weiter hinab zum Verbindungstunnel führte und die man geschlossen hatte. Es gab keine weitere Leiter mehr im Raum, also hatte man die Leiter nach unten gezogen.

Wer immer die Luke geschlossen hatte, war nach draußen gegangen in Richtung des Lusthauses. Hannah fuhr sich mit der Zunge über die Lippen. Obwohl sie schwitzte, waren ihre Lippen so trocken wie Papier. Langsam ahnte sie, dass man sie bewusst hierher gelockt hatte. Magdalena hatte wirklich ganze Arbeit geleistet, und den Rest hatte offenbar die Luderin besorgt.

Wäre das Satanswesen nur halb so wild gewesen wie an dem Tag, als sie es zum ersten Mal gesehen hatte, dann wäre diese Begegnung ihr Tod gewesen. Sinnend betrachtete sie die geschlossene Luke.

Niemand erwartete also, dass jetzt die Luke nach unten geöffnet wurde, dass jemand dort hinuntersteigen und nach draußen vor die Mauer gehen wollte. Allerdings konnte unten jemand warten, bis …

Mit einem erneuten Anflug von Furcht ging sie zum Käfig und betrachtete ihn prüfend. Den Riegel musste jemand abgezogen haben, sonst hätte sich das Gitter nicht nach oben geöffnet.

Sie schlug zweimal mit der flachen Hand gegen die Gitterstäbe. Das Tier erschrak und begann zu schreien. Hektisch suchte sie nach etwas, das sie in der Hand halten, mit dem sie zuschlagen konnte. Aber die einzige Waffe war die Lampe. Doch die konnte sie nicht benutzen, denn sie brauchte das Licht.

Zufällig fiel ihr Blick auf das Seil. Sie nahm ihr Messer und schnitt ein doppelt körperlanges Stück ab. Dann begann sie damit, an einem Ende des Seils einen mehrfachen Knoten zu knüpfen, so dass man es als eine Art Keule schwingen konnte.

Als sie damit fertig war, schlich sie hinter die Lukenöffnung, hockte sich auf die Fersen, bedeckte die Lampe wieder mit dem Blendschirm und wartete. Doch nichts geschah. Sie harrte vergeblich auf eine Bewegung der Lukenklappe. Hannah kämpfte mit sich. Wenn sie sich nun irrte? Sie konnte ihre wertvolle Zeit besser verbringen. Gera wartete irgendwo da unten auf ihre Befreiung.

Wie sie so dahockte und auf die Luke starrte, kam ihr plötzlich das Krachen wieder in den Sinn, das sie gehört hatte, bevor der schwarze Teufel erschienen war. Was, wenn doch jemand durch die Luke hinabgestiegen war? Irgendjemand musste schließlich die Laterne zurückgelassen haben. Sie stellte sich vor, wie einer der Männer die Falle aufgebaut hatte und von ihrem Erscheinen ein Stockwerk darüber überrascht wurde. Er hätte Hals über Kopf fliehen müssen, um nicht selbst angegriffen zu werden.

Sie saß da und dachte über ihre Lage nach – und je länger sie so dasaß, das Ende des verknoteten Seils in der Hand, mit dem sie ausholen und zuschlagen konnte, desto mehr musste sie innerlich über ihre lächerlichen Gedanken schmunzeln. Warum sollte jemand im Dunklen darauf warten, dass sich hier oben alles beruhigte? Das war mehr als lächerlich, das war widersinnig, ihrem überreizten Gehirn entsprungen. Sie durfte sich nicht aufhalten lassen, musste weiter, sie musste zu Gera. Die Zeit drängte, jedes Zögern konnte sie das Leben kosten – und sie hockte vor einer verschlossenen Luke.

Sie war schon so weit, aufzustehen und selbst die Luke zu öffnen, als sie ein leises Knirschen vernahm und sah, wie die Klappe sich ganz langsam nach oben bewegte. Die Lukenklappe öffnete sich, und Hannah war von einem Moment auf den anderen hellwach.

Sie griff nach ihrer Lampe und fasste mit der anderen das Seil mit den Knoten noch fester. Die Luke öffnete sich kaum wahrnehmbar. Hannah sah, wie sich der Blick des Satanswesens aufmerksam auf die Öffnung richtete, als erwartete es eine besondere Belohnung. Zwei Holme schoben sich durch die Öffnung nach oben. Der Kerl lehnte die Leiter an. Dann geschah eine ganze Weile nichts. Offenbar vergewisserte sich der Unbekannte unter ihr, wo sich das Satanswesen befand. Nachdem klar war, dass der Käfig geschlossen war, hob sich die Lukenklappe rascher.

Hannahs glaubte, ihr Herz poche so laut, dass man es hören müsste. Die Finger einer Hand erschienen am Rand der Klappe und hoben sie vorsichtig weiter an. Dann wurde ein Unterarm seitlich herausgeschoben, und schließlich sah sie, wie dieser Unterarm sich aufstützte. Die Hand, die sie erkennen konnte, hielt ein Messer. Endlich hob sich die Lukenklappe so weit, dass sie schütteres langes Haar sehen konnte. Trotz des Dämmerlichts erkannte sie einen der Kerle aus dem Lusthaus.

Hannah zögerte nicht. Wenn sie etwas gelernt hatte auf der Straße und unter dem Bettelvolk, dann war es, dass nur rasches Handeln Erfolg brachte. Sie holte mit ihrer selbst gefertigten Seilkeule aus und ließ den schweren Knoten auf die Schläfe des Mannes niedersausen. Die Wirkung war jedoch eine andere, als sie erwartet hatte. Zwar hatte sie den Kerl hart getroffen. Sie bemerkte, wie er schwankte, doch er stürzte nicht. Langsam drehte er sich auf der Leiter zu ihr um.

Hannah holte abermals aus und schlug wieder mit aller Kraft zu. Sie traf ihn erneut an der Schläfe. Der Mann gab ein Grunzen von sich, hielt sich aber weiter aufrecht. In Hannah stieg eine Furcht empor, die ihr Gesichtsfeld enger machte. Sie sah nur noch den Kerl vor sich, sah dessen riesige Augen, mit denen er sie anstarrte, seine langsamen Bewegungen, dann bemerkte sie, wie er die Klappe losließ, offenbar um den dritten Schlag, zu dem sie ausholte, mit der Hand abzufangen. Sie verfehlte seinen Kopf, traf ihn aber mit Wucht an der Hand. Diesmal rutschte er von der Leitersprosse. Er versuchte sich einzuhalten, erwischte die Lukenklappe, und die fiel mit einem Krachen auf die Holme. Zwischen Luke und erster Sprosse war jedoch der Kopf eingeklemmt. Der Mann rutschte aus, sein Körper zog ihn nach unten.

Hannah würde das knappe Knacken nie mehr aus dem Kopf bekommen, mit dem das Genick des Kerls unter seinem eigenen Gewicht brach. Sie spürte am Beben des Deckels, wie der Sterbende noch strampelte, dann war auch das vorbei.

Wie erstarrt stand Hannah da und sah in die vor Schreck weit aufgerissenen Augen des Mannes, die nichts mehr wahrnahmen und nur noch blind ins Nichts starrten.

Noch vor wenigen Monaten wäre sie schreiend davongelaufen. Jetzt fühlte sie jedoch in sich eine Leere, die sie mehr und mehr erschreckte. Sie musste zu Gera – und der Kerl hatte sie daran gehindert. Sie schauderte. Wurden Mütter, denen man das Kind wegnahm, zu solchen Menschen? Das Fehlen von Mitgefühl und Trauer erschreckte sie selbst.

Doch dann zog Hannah mit aller Kraft an ihrem Seil, und die Luke öffnete sich ein wenig. Der Kopf verschwand durch die Öffnung, und die Lukenklappe knallte wieder auf die Holme, während der Körper des Mannes mit einem dumpfen Laut unten auf dem Lehmboden aufschlug.

Hannah zitterte am ganzen Körper und wagte nicht, auch nur einen Schritt zu gehen, weil sie Angst hatte, ins Nichts zu fallen.

Sie kniete vor der halb verschlossenen Öffnung und fing hemmungslos an zu weinen. Was hatte sie nur verbrochen, dass man ihr derart nachstellte? Was um alles in der Welt machte sie hier? Was hatte sie im Kellergewölbe dieses Hauses verloren? Und dann erinnerte sie sich, dass sie nicht in irgendeinem Gewölbe kniete, sondern in ihrem eigenen. Dass es ihr Haus war und nicht das des Patriziers Aigen.

Trotzig schlug sie mit der flachen Hand auf den Lehmboden und wischte sich endlich die Tränen aus dem Gesicht. Sie versuchte zu ihrer Tochter zu kommen – und jeder, der sie daran hindern, wolle, musste damit rechnen, vor das Strafgericht des Herrn zu treten.

Langsam gewann sie die Fassung wieder und versuchte sich an einem Dankgebet. Sie fühlte, wie sie daraus neue Kraft schöpfte, wie ihre innere Energie zurückkehrte. Endlich stand sie auf und sah auf die beiden Holmspitzen, die aus dem Lehmboden ragten.

Hannah packte ihre Laterne, öffnete die Luke ganz, setzte einen Fuß auf die Leiter, hielt sich mit der Messerhand an einem Holm fest und stieg auf die nächste Ebene hinab. Kurz dachte sie an die Luderin, doch diese Frau war ihr egal. Sie war von ihr verraten worden. Sollte sich jemand anders um sie kümmern.

Langsam und mit der Furcht im Rücken, dort unten erwartet zu werden, stieg sie weiter abwärts.

11

»Hol sie mir her!«, flüsterte Bruder Adilbert Gallina zu und deutete auf eine unscheinbare Frau, die auf einer Bank in der Ecke des Innenhofs saß, das Gesicht durch einen Schleier halb verdeckt.

Das Mädchen hastete über den Hof, beugte sich kurz zu der Alten hinab, und diese folgte ihr unverzüglich.

Als die Alte das Zimmer betrat und Bruder Adilbert entdeckte, zeichnete sich auf ihrem Gesicht ein offenes Grinsen ab. »Ihr seht verführerisch aus, Mönch!«

Der Mönch achtete nicht auf die spöttische Bemerkung.

»Habt Ihr das Paket abgelegt?«, fragte er nur.

Die Schwarze Liss nickte. »Es wird losgehen.«

»Die Röttel wurde in eine Falle gelockt!«, sagte Bruder Adilbert nur. »Wir müssen ihr beistehen – und unseren Plan daher etwas rascher ausführen.«

Die Augen der Schwarzen Liss weiteten sich. Ihre Lippen bildeten einen stummen Fluch.

»Warum kann für uns das Leben nicht geradlinig verlaufen?«, knurrte sie. »Warum muss es immer um die Ecke gehen?«

»Über die Wege unseres Herrgotts können wir uns später unterhalten. Jetzt gilt es, etwas von unserem Plan abzuweichen.«

»Habt Ihr den Nuntius schon gefunden?«

»Und Stolzhirsch auch«, sagte der Mönch. »Er ist beschäftigt. Wir sollten uns aber beeilen, bevor er sich wieder unter die Feiernden mischt.«

Sie saßen zu dritt in dem Raum zusammen, in dem sich der Abstieg zum Tunnel unter dem Innenhof befand. Bruder Adilbert betete darum, dass der Vater im Himmel ihren geänderten Plan immer noch für gut heißen und gelingen lassen würde.

Gallina und die Liss hörten sich die knappen Ausführungen des Mönchs an. Die Schwarze Liss stellte nur einige kurze Fragen, während Gallina mit offenem Mund und aufgerissenen Augen zuhörte. Dann gingen sie auseinander. Gallina holte eine der Frauen, die Bruder Adilbert unterstützen sollten; die Schwarze Liss holte das Paket, und er selbst stieg den Geheimgang hinauf ins Zimmer des Nuntius.

Als er den Raum betrat, lag dieser noch immer bäuchlings auf der Pritsche. Der Geistliche atmete schwer, und die Farbe in seinem Gesicht glich der seines purpurnen Kardinalsrocks.

»Wollt Ihr mich umbringen?«, stöhnte der Nuntius, nachdem Bruder Adilbert ihm den Knebel aus dem Mund genommen hatte.

»Ihr hättet es verdient«, murmelte der Mönch. Er kniete sich neben den Nuntius.

»Ich bin unschuldig«, beteuerte der Nuntius weinerlich. »Man hat mich verführt. Dieses junge Ding. Der Teufel in Menschen…«

Bruder Adilbert spuckte aus. Diese selbstgefällige und selbstmitleidige Kreatur widerte ihn an. Am liebsten hätte er ihn einfach seinem Schicksal überlassen. Doch sie brauchten ihn.

»Wenn Ihr wirklich unschuldig seid, Nuntius, wird der Herr und Gott das sicherlich wissen und Euch in den Himmel erheben. Wenn nicht, landet Ihr in der Hölle. Überlasst also Euer Schicksal beruhigt dem Herrn, Eurem Glauben und uns.«

Der Nuntius zerrte wütend an seinen Fesseln, doch Bruder Adilbert stieß ihn von der Pritsche auf den Boden. Dort kam er auf dem Rücken zu liegen. Die Augen des Geistlichen funkelten den Mönch an, doch dieser zeigte sich unbeeindruckt. Bruder Adilbert hoffte, dass Gallina rasch mit seiner Verstärkung kommen würde. Tatsächlich hörte er kurz darauf jemanden die Treppe heraufsteigen, und eine der Frauen, die mit der Schwarzen Liss gekommen waren, betrat das Zimmer. Sie hatte ein Messer in der Hand, das blutverschmiert war.

»Wie Ihr seht, haben die Frauen ihre Sache mittlerweile selbst in die Hand genommen.«

Die Augen des Nuntius weiteten sich. Er versuchte, von der Frau mit der blutigen Klinge wegzurutschen.

»Die Mütter dieser Kinder meinen, wer keine Lust mehr empfindet, wird ihre Kinder künftig in Ruhe lassen.«

Der Nuntius keuchte. »Nein. Nein, das dürft Ihr nicht.«

»Was man darf oder nicht darf, ist meist eine Angelegenheit von Macht und Einfluss. Seht Ihr das nicht ebenso? Ihr als Gesandter des Papstes und der römischen Kurie hattet doch das Gefühl, die Welt liege Euch zu Füßen. Da spielte es keine Rolle, ob die Frauen noch nicht einmal geschlechtsreif waren, an denen Ihr Euch vergangen habt. Nicht wahr?«

»Das ist alles nicht wahr …« Das Gesicht des Geistlichen war nun kalkweiß geworden. »Ich bin verführt worden …«

»Anna hilft Euch doch nur, den Zölibat und das Keuschheitsgelübde einzuhalten. Es wird ganz schnell gehen. Ihr werdet kaum Schmerzen verspüren. Dann kann der Verführer auch nicht mehr an Euch herantreten.«

Bevor der Nuntius losschreien konnte, hielt der Mönch ihm den Mund zu. »Wenn Ihr brüllt, werdet Ihr mehr verlieren als nur Euren gotteslästerlichen Schwanz!«

Bruder Adilbert winkte Anna heran, nachdem der Geistliche sich beruhigt hatte. »Hilf mir, den Nuntius auf die Beine zu stellen!«, bat er. »Seine Hände lassen wir gefesselt.« Mühsam zerrten, zogen und schoben sie den schweren Mann hoch.

Bruder Adilbert erklärte ihm flüsternd, dass sie ihn verschonen würden, wenn er mit ihnen zusammenarbeiten würde. Sie würden mit ihm jetzt ein Stockwerk nach unten gehen. Dort habe er nur etwas zu beobachten. Mehr nicht. Sollte er nicht richtig wiedergeben, was er gesehen habe, werde man ihn mit den toten Kindern im Stadtgraben in Verbindung bringen. Gallina wisse darüber Bescheid. Er deutete auf die Zwölfjährige, die jetzt durch die Tür hinter dem Teppich geschlüpft war und den Nuntius voller Abscheu betrachtete.

»Ich verstehe nicht!«, sagte der Nuntius.

»Ihr werdet verstehen, wenn Ihr es seht!«, sagte Bruder Adilbert. Dann trat er hinter den Mönch und stopfte ihm mit einer raschen Bewegung erneut einen Knebel in den Mund, bevor dieser sich wehren konnte, und Anna setzte das blutverschmierte Messer an seinen Hoden an.

Der Mann erstarrte und stand etwas verkrümmt und stocksteif und mit vor Schreck geweiteten Augen da.

»Warum nicht gleich so?«, murmelte Bruder Adilbert und stieß den Mann vorwärts, sodass der stolpernd aus dem Raum taumelte.

Sie stiegen die Stufen hinab, liefen in den Gang hinein, in dem das Zimmer lag, von dem er wusste, dass sich der Stadtpfleger und Bürgermeister Stolzhirsch darin aufhielt. Bruder Adilbert horchte an der Tür und vernahm, was er erwartete: ein hechelndes Keuchen und ein Klatschen von Haut auf Haut. Mit einer Kopfbewegung schickte er Gallina und Anna hinter die Tür. Dann öffnete er sie und versperrte damit den Gang. Das Gesicht des Nuntius konnte er jedoch durch die Türöffnung genau sehen, und dieser wiederum würde sehen, was davor geschah.

Der Mönch drehte sich um und suchte den Gang vor sich ab, bis er zufrieden nickte. Sechs Fuß vor ihm lag das blutige Messer, fast nicht zu sehen in der Ecke des Ganges. Anna hatte es dort hingelegt, als sie an der Stelle vorübergegangen waren. Dann wandte er sich wieder zur Tür um.

»Schaut genau zu, Nuntius. Es wird Euch womöglich das Leben retten!«, flüsterte Bruder Adilbert.

Der Teppich hielt kaum etwas von den Geräuschen im Zimmer ab. Der Bürgermeister war im tiefsten Liebesspiel verfangen. Es würde ihn noch eine kleine Weile hinhalten. Allerdings mussten sie sich beeilen. Wenn Stolzhirsch fertig wurde und wieder auf den Hof hinaustrat, bevor sie ihre Komödie gespielt hatten, wäre die Gelegenheit vertan und der Plan misslungen. Was dann aus der Röttel werden würde, wollte er sich gar nicht erst vorstellen.

Unruhig kaute er auf der Unterlippe. Am liebsten wäre er hin und her gelaufen, um den harten schnellen Schlag seines Herzens zu dämpfen. Doch durch die dünne Trennwand hätte man ihn vermutlich gehört, und das durfte nicht sein. So stand er da wie eine Salzsäule und harrte darauf, dass die Schwarze Liss sich zeigen würde.

Und sie kam, zusammen mit einer weiteren Frau. Sie stützten in ihrer Mitte eine dritte. Es war Magdalena. Man hatte sie gewaschen und frisch gekleidet. Sie trug einen roten Rock mit grüner Schürze, dazu eine weiße Bluse, und ihre Haare waren mit Blumen geschmückt. Man hatte ihr Hände und Gesicht geschminkt. Hätte Bruder Adilbert nicht gewusst, dass keinerlei Leben mehr in dieser weiblichen Hülle steckte, so wäre er versucht gewesen, sie nur für betrunken zu halten.

Die drei Frauen hielten vielleicht fünf Schritte von ihm entfernt inne, ganz dicht bei dem Messer. Die Schwarze Liss nickte ihm zu, und Bruder Adilbert bestätigte mit dem Heben der Hand. Er holte tief Atem. Was er jetzt tat, konnte ebenso gut sein Todesurteil bedeuten wie auch den Triumph über Aigen.

Mit Schwung schlug er den Teppich zurück und betrat den Raum.

Wäre er nicht angespannt gewesen wie eine Bogensehne, dann hätte er lauthals gelacht. Der Stadtpfleger und Bürgermeister lag über einer Frau, die dieselben Kleidungsstücke trug wie Magdalena im Gang dahinter. Der Mann hatte der jungen Frau die Bluse von den Schultern und den Rock über die Hüfte geschoben, bevor er sich auf sie gelegt hatte. Sie trug die gleiche weiße Bluse wie Magdalena, den gleichen roten Rock mit grüner Schürze und die gleichen Blumen im Haar. Was der Stadtpfleger nicht wusste: Sie hatte dafür gesorgt, dass man sie und Stolzhirsch hier in diesem Zimmer hatte verschwinden sehen.

Überrascht durch den plötzlichen Eindringling, fuhr Stolzhirsch auf und versuchte auf die Beine zu kommen. Doch er stolperte über seine Hose, die ihm noch um die Fesseln hing. Beinahe wäre er gestürzt. Die junge Frau bewahrte ihn davor.

»Gefahr im Verzug!«, sagte Bruder Adilbert mit verstellter Stimme, sodass er klang wie eine Frau. »Dort hinaus!« Er deutete hinter sich.

Der Bürgermeister raffte seine Kleidungsstücke zusammen, zog die Hose hoch und schlüpfte in seine Stiefel.

»Rasch, Herr, rasch! Sie kommen!«, drängte der Mönch und begann gleichzeitig, seinen Rock zu lösen und die Bluse aus dem Bund zu ziehen.

»Wo hinaus?«

»Dort. Hinter den Teppich!« Der Mönch wies in die Richtung, aus der er gekommen war. Er selbst versperrte wie zufällig den Weg durch die Eingangstür.

Kaum hatte der Bürgermeister ihm den Rücken zugekehrt, ließ er den Rock fallen und zog sich die Bluse über den Kopf. Beides warf er dem Frauenzimmer zu, das sich Bluse und Rock rasch überzog. Die Schürze stopfte sie sich unter das Kleid. Bruder Adilbert stürzte, jetzt wieder als Bürgerlicher gekleidet, hinter Stolzhirsch her.

Ein unterdrückter Schrei, das dumpfe Fallen eines Körpers auf den Boden und das erschreckte Aufatmen eines Mannes zeigten dem Mönch an, dass bislang alles so ablief wie geplant.

»Was habt Ihr gemacht?«, fuhr der Mönch den Bürgermeister an, nachdem er den Gang hinter dem Stadtpfleger wieder betreten hatte. »Warum habt Ihr die Frau getötet?«

Stolzhirsch fuhr zu ihm herum, völlig verwirrt und mit panisch geweiteten Augen. »Ich habe … nichts getan. Ich habe … niemanden getötet!« Seine Stimme war völlig tonlos.

»Das ist nicht wahr. Er hat zugestochen«, vernahm Bruder Adilbert hinter sich. Beinahe hätte er sich ein Grinsen nicht verkneifen können. »Mit dem Messer, das da vorn neben der Frau liegt.«

»Ihr seid überführt!«, sagte der Mönch in nüchternem Ton.

Aller Augen richteten sich auf das mit Blut verschmierte Messer in der Ecke des Gangs.

»Das ist … das ist mein Messer!«, hauchte der Stadtpfleger. »Aber ich schwöre, ich habe es nicht in der Hand gehabt.«

Bruder Adilbert vernahm noch gedämpft das Schlagen der Eingangstür. Die junge Frau von eben hatte sich umgekleidet und das Zimmer verlassen. Jetzt gab es nur noch eine Frau, die so gekleidet war wie das Mädchen, mit der Stolzhirsch sich vergnügt hatte. Und die lag tot vor ihm.

»Außerdem ist Eure Hand blutig von Eurem Werk!«, sagte Bruder Adilbert. Der Stadtpfleger streckte die Arme aus, um sich zu vergewissern. Bruder Adilbert trat rasch auf Stolzhirsch zu, packte ihn am Arm und schlang eine Seilschlinge um seine Arme, mit er sich eben noch den Rock umgebunden gehabt hatte. Der oberste Magistrat der Stadt Augsburg wehrte sich nur schwach.

»Ihr müsst mir glauben, ich habe das Messer nicht in der Hand gehabt. Ich bin unschuldig.«

»Das sagen sie alle«, entgegnete Bruder Adilbert spöttisch. »Aber der Galgen wird Euch die Zunge schon lösen. Stadtpfleger Stolzhirsch: Ich nehme Euch fest wegen der Ermordung dieser Frau.« Der Mönch deutete auf die am Boden liegende Magdalena. »Ihr werdet dem Galgen nicht entkommen!« Er ging zurück in das jetzt leere Liebesnest und zog dabei seinen Gefangenen hinter sich her. »Ihr werdet uns eine Erklärung geben müssen. Leugnen wird Euch nichts nützen. Wir haben nämlich einen Zeugen für Eure frevelhafte Tat: den päpstlichen Nuntius!«

12

Das Drachenmaul gähnte ihr entgegen, als wollte es sie verschlingen. Hannah traute sich nicht, das Licht ganz aufzudecken, sodass nur ein trüber Schein den letzten Raum erhellte. Sie musste zum Lusthaus hinausgehen, denn abzuwarten, bis die Kinder hier hindurchgetrieben wurden, dazu hatte sie keine Zeit mehr. Ihre Angst wuchs mit jedem Schritt, den sie machte. Sie versuchte sich selbst Mut zuzusprechen, doch mit jedem Fuß, den sie dem Drachenmaul näher kam, nahm ihre Furcht zu.

Welcher Teufel hatte sie nur geritten, dass sie glaubte, sie könnte es allein mit Aigen und dem Weißfuchs aufnehmen? Diese Anmaßung hatte sie hierher und vermutlich in ihr Verderben geführt.

Dennoch trieb eine Gewissheit sie vorwärts, die Gewissheit, dass sie es nicht für sich und wegen ihrer Rachegelüste tat, sondern um das Leben ihrer einzigen Tochter zu retten. Gera – sie konnte an nichts anderes mehr denken.

Mit weichen Knien betrat sie den Tunnel und blieb wie angewurzelt stehen. Eine Bohlenwand versperrte ihr den Weg. Sie trat näher und entdeckte zwar eine Tür in der Wand, doch von dieser Seite war sie nicht zu öffnen. Hannah suchte mit den Fingerspitzen nach einer Druckvorrichtung, tastete den Boden ab, ob irgendwelche Hebel oder Erhebungen verborgene Sperrvorrichtungen entriegelten, suchte nach einem Zug oder nach einer Klinke. Doch nichts dergleichen war zu finden, noch nicht einmal ein Schlüsselloch. Obwohl die Verzweiflung sie fast übermannte, begriff sie plötzlich Sinn und Zweck dieser Vorrichtung.

Ein Schauer überlief sie. Selbst dafür hatte dieses Scheusal von Aigen also vorgesorgt. Sollte eines der Kinder entkommen und den Weg zurück nehmen wollen, war ihre Flucht hier zu Ende. Niemand würde diese Tür öffnen können.

Sie würde nicht weiterkommen. Diese massiven Bohlen trennten sie endgültig von ihrer Tochter. Die Röttel hatte letztlich versagt. Am liebsten hätte sie losgeheult und mit den Fäusten gegen die Bohlenwand gehämmert. Sie ließ sich auf die Knie nieder und barg ihren Kopf in den Händen. Die Röttel war besiegt worden. Gera war verloren. In dieser Haltung verharrte sie eine Zeit lang ohne Regung. Sie hörte sich nicht einmal selbst atmen. Sie war am Ende ihrer Suche angelangt. Wo kein Weg mehr war, da war auch kein Wille mehr, dachte sie.

Hannah spürte, wie ein Gefühl in ihr hochstieg, ein Gefühl der Leere und der Bedrückung. Sie fühlte, wie es sie zu lähmen drohte. Sie wusste, wenn sie sich jetzt hinsetzte, würde sie nicht wieder aufstehen.

»Gera!«, seufzte sie.

Als hätte der Name eine belebende Wirkung, entzündete er in ihrem Inneren eine kleine Flamme, die langsam hochzüngelte, bis sie hell und heller zu brennen begann: die Flamme des Widerstands. So konnte die Welt nicht gemacht sein. So durfte sie nicht gemacht sein. So wurde sie nur, wenn man glaubte, das Schicksal nehme alles vorweg. Aber das Schicksal nahm nichts vorweg. Sein Schicksal musste man nur selbst in die Hand nehmen. Hatte sie das nicht getan, seit sie aus ihrem Haus vertrieben worden war?

»Gera!«, flüsterte sie lauter in die Schwärze des Kellers hinein und horchte auf das Echo. Mochte man die Röttel besiegt haben, die Hannah Meisterin hatte man noch lange nicht besiegt. Denn die Hannah Meisterin hatte ein Ziel, und das hieß Gera!

Hannah würde sich nicht ihrer Verzweiflung überlassen. Sie würde sich zusammenreißen, würde kämpfen. Jetzt erst recht.

Doch vorerst blieb ihr nichts anderes übrig, als zurückzugehen. Hannah stand auf und untersuchte den zugänglichen Teil der Höhle. Überall lagen Säcke mit Sand und Kalk herum, stapelte sich Bauholz in den Ecken. Doch sie suchte etwas, mit dem sie sich wehren konnte. Hannah ging an der Leiche des Mannes vorbei und stieg hinauf in den Keller mit dem Käfig. Beim Käfig des schwarzen Teufels fand sie das, was sie suchte: den langen Riegel. Hannah zog ihn vorsichtig aus den Eisenringen. Das war es, was sie jetzt brauchte.

»Lass mir das Gitter zu!«, flüsterte sie dem Teufelswesen zu, das sie aufmerksam beobachtete, das sich aber nicht von der Stelle rührte. Hannah wog das Gewicht des Riegels kurz ab, dann machte sie sich wieder auf zu dem Raum mit dem Drachenkopf.

An dem Toten schlich sie sich vorbei, ohne in seine weit aufgerissenen Augen zu starren. Schließlich stand sie vor der Bohlentür. Sie versuchte den langen schmalen Riegel in eine der Ritzen zu klemmen und so die Tür aufzuhebeln. Doch es gelang ihr nicht. Keine der Ritzen war breit genug. Schließlich wollte sie schon mit roher Gewalt einfach nur gegen die Tür dreschen, bis eine der Eichenbohlen nachgegeben hätte, doch bevor sie ausholen und zuschlagen konnte, drang das Geräusch von Schritten an ihre Ohren. Jemand näherte sich von der anderen Seite des Ganges der Tür.

Hannah überlegte fieberhaft, was sie jetzt tun sollte. Sollte sie fliehen oder ausharren?

Wenn sie die Flucht antrat, würde man die Leiche finden und dann wüssten die Verfolger, dass jemand hier gewesen war. Wenn sie hierblieb, wo konnte sie sich verstecken, ohne dass das Licht sie verraten würde?

Sicher begleitete wieder einer der Männer die Kinder. Das Mädchen hatte von zwei Männern gesprochen, von zweien und von dem Weißfuchs. Wenn sie recht hatte, dann näherte sich jetzt … Sie schauderte bei dem Gedanken an die bleiche Haut dieses Wesens. Doch sie konnte, sie durfte nicht zurück, auch wenn die Angst sie schier auffraß.

Schließlich beschloss sie, sich neben dem Drachenkopf niederzukauern, das Licht gänzlich abzudecken und mit schlagbereitem Riegel in der Dunkelheit darauf zu warten, was vor sich gehen würde.

Sie hatte sich noch nicht ganz hingekauert, als sie ein Knarren vernahm. Die Tür schwang langsam auf.

»Los jetzt!«, hörte sie eine Stimme.

Hannah vernahm Schritte von mehreren Menschen, die in den Drachenraum hineingingen. Hannah vernahm jedoch zu ihrem Entsetzen auch, wie jemand zu schnüffeln begann wie ein Hund.

»Hierher zu mir, schnell!«, befahl die Stimme erneut, diesmal jedoch mit einem Unterton, der Hannah aufschreckte. »Schnell, habe ich gesagt!«, drängte die Stimme erneut.

Hier erteilte nicht irgendjemand Befehle – es war der Weißfuchs, den sie auf der Balustrade schon gehört hatte.

»Aber wir sehen doch nichts!«, widersprach eine Kinderstimme. »Wie soll es da schnell gehen?«

Hannahs Herz machte einen Satz. Ihr ganzer Körper, ihre Seele, ihr Innerstes riefen: »Gera!«, und sie atmete kurz auf. Das war ein Fehler, denn der Weißfuchs hatte sie offensichtlich gehört, und jetzt wusste er, dass sie da war und wo sie sich befand.

Hannah duckte sich, machte sich so klein wie möglich. Tatsächlich klirrte dort, wo sie eben noch den Kopf gehabt hatte, etwas Metallisches gegen die Ziegelwand. Ein Messer?

Hannah konnte spüren, wie die Gestalt des Weißfuchses regelrecht auf sie zuschoss.

Doch jetzt, da sie ihre Tochter an der Stimme erkannt hatte und wusste, dass sie noch lebte, wuchsen ihr Kräfte zu, die sie selbst nicht erwartet hätte. Unwillkürlich stieß sie den Riegel nach vorn in die Dunkelheit, und tatsächlich traf sie etwas Weiches. Ein kurzes Stöhnen entwich dem Mund des Weißfuchses.

Hannah wusste, dass sie diesen Kampf nicht gewinnen konnte. Wie man munkelte, konnte der Weißfuchs im Dunkeln besser sehen als bei Tag. Sie dagegen war wie blind und musste sich auf ihr Gehör verlassen.

Das Stöhnen brach ab, und wieder herrschte diese Ruhe, die an den Nerven zerrte.

Irgendwo vor ihr wartete das Wesen, das aus einem Albtraum entsprungen zu sein schien, und wollte sie umbringen. Aber sie musste leben, sie wollte überleben.

Sie horchte in die Finsternis hinein, die plötzlich voll war von einem Teppich an Geräuschen. Verwirrt drehte Hannah den Kopf hin und her. Woher kamen die Geräusche? Welche waren gefährlich?

Bruder Adilbert stand vor dem Fenster und sah hinaus auf den Innenhof. Eine Kleinigkeit des Plans hatten sie offenbar nicht recht bedacht. Um den Platz herum standen mindestens fünf Wachen in bunter Uniform, die für die Sicherheit der Gäste sorgen sollten.

Neben jeder Wache hatte sich eine der Frauen aufgestellt. Wenn er mit dem Stadtpfleger Stolzhirsch und dem Nuntius auf den Hof treten würde, wären sie zur Stelle. Sie trugen Messer unter den Röcken und waren es gewohnt, sich zu verteidigen. Darum sorgte er sich nicht. Was ihm eher Kopfzerbrechen bereitete, war die Röttel. Sie musste auftauchen. Sie musste im rechten Moment erscheinen. Doch sie hatten seit geraumer Zeit keine Nachricht mehr von ihr erhalten – und aus dem Gang war sie auch nicht wieder aufgetaucht.

Sollte er jemanden hinter ihr her schicken? Sicherlich wären die Frauen alle dazu bereit gewesen, doch er brauchte sie hier oben.

Es war unvernünftig gewesen, die Röttel allein in den Keller gehen zu lassen und zu glauben, sie werde sich schon gegen alle Hindernisse und Gefahren behaupten.

Bruder Adilbert seufzte. Die Zeit lief ihnen davon. Über dem Palast schwebte der Glockenschlag des Doms. Noch eine Stunde, und die Tore der Stadt würden geschlossen werden. Jetzt wurden gerade die Stadtschergen, die das Haus der Luderin besucht hatten, von einer der Frauen, denen die Röttel vertraute, hierher geschickt. Bis diese eintrafen, musste er Aigen an den Pranger gestellt und den Stadtpfleger aufseiten der Röttel haben.

Bruder Adilbert drehte sich um und blickte in das Zimmer.

Der Stadtpfleger und der Nuntius saßen auf der Pritsche. Die Schwarze Liss stand vor dem Teppich und hätte jede Bewegung gespürt, wenn jemand über den Geheimgang hereingekommen wäre. Gallina stand neben Anna und der Liss.

»Stadtpfleger, Ihr solltet erfahren, dass Euch heute eine wichtige Aufgabe zukommt. Wenn Ihr nicht am Galgen enden wollt, dann kann ich Euch nur raten, genau zuzuhören und dann zu urteilen.«

Der Stadtpfleger wollte etwas sagen, doch Bruder Adilbert winkte ab.

»Später, Stolzhirsch. Ihr hört zu. Mehr braucht Ihr nicht zu tun. Dann entscheidet Ihr Euch. Ich werde rechtzeitig das Fenster öffnen, damit Ihr auch wirklich hören könnt, was gesprochen wird. Denkt nach, bevor Ihr Euch äußert.«

Danach drehte sich der Mönch zur Schwarzen Liss um und blickte sie an.

»Aber sie ist noch nicht da!«, warf diese ein.

»Die Glocken haben geläutet. Wir müssen anfangen.«

Plötzlich kreischten die Kinder auf. Irgendetwas geschah, das Hannah nicht erkennen konnte, und dann blitzte eine Idee in ihr auf.

Sie stand auf und riss das Tuch von der Laterne weg. Gerade noch rechtzeitig, wie sie feststellte, denn der Weißfuchs hatte sich wieder erholt und sie ausgemacht. Er stand keine drei Schritte von ihr entfernt, ein Messer in der ausgestreckten Hand. Mit der Linken hob sie ihm das Licht entgegen.

Noch nie hatte sie so durchscheinende Augen gesehen. Ihr war, als könnte sie durch sie hindurch bis in das Innerste dieses Menschen blicken. Und dieses Innerste war schwarz, kohlrabenschwarz, höllenschwarz. Gleichzeitig holte sie mit ihrem Riegel aus und schlug zu. Das Licht zu heben, in die Augen des weißen Teufels zu blicken und mit dem Riegel zuzuschlagen war eine einzige Bewegung in einem einzigen Moment. Bevor der Weißfuchs den Arm zum Schutz vor dem Schlag hochreißen konnte, traf ihn das Eisen an der Schläfe.

Der Körper des Weißfuchses sank in die Knie, und mit einem ausdrucklosen Gesicht, das so aussah, als hätte man es aus Wachs geformt, starrte der Weißfuchs Hannah an. Langsam, fahrig, so als falle ihm die Bewegung schwer, wollte er sich an die Schulter fassen, doch es gelang ihm nicht.

Hannah sah, wonach er suchte. Dort saß ein Schulterhalfter,

in dem noch drei Messer steckten. Dann, noch langsamer, verdrehte der Weißfuchs die wasserklaren Augen und sackte vornüber.

Stille herrschte im Raum. Vollkommene Stille. Hannah hob den Kopf. Sie konnte keines der Kinder wirklich ausmachen. Sie standen alle außerhalb des Lichtkegels. Sie wusste nicht einmal, wie viele es waren. Schließlich trat eines der Kinder vor und flüsterte ein Wort, ein Wort, das in Hannah alle Dämme brechen ließ.

»Mutter?«

Bruder Adilbert öffnete die Tür und trat ins Freie. Das war das Zeichen für die Frauen. Womöglich hätte niemand ihn bemerkt, wenn nicht in dem Augenblick, als die Tür aufging, die Frauen in der Nähe der Wachen das Messer gezückt und es den Männern an die Kehle gehalten hätten. Kurz darauf klirrten die Schwerter zu Boden, wurden eingesammelt, und die Wachen fielen auf die Knie, wo sie mit blassem, verkniffenem Gesicht stillhielten.

Plötzlich verstummte die Musik – und eine Stille trat ein, die unwirklich anmutete. Alle Gäste im Innenhof sahen sich um, blickten verwundert auf die Knienden und fuhren herum, als der Mönch sich zu Wort meldete.

»Aigen!«, schrie Bruder Adilbert in die Stille hinein. »Aigen! Tretet heraus.«

Zuerst geschah nichts, nur einige der höheren Herrn, vor allem die Geistlichen, flüsterten miteinander, als wollten sie sich beschweren, dass der so gelungene Abend diese unverständliche und merkwürdige Unterbrechung erfuhr.

Dann kam Bewegung in die Menschen. Sie steckten die Köpfe zusammen, deuteten auf Bruder Adilbert, dann auf die Wachen, bis sich schließlich eine Person aus der Menge löste und auf den Mönch zuschritt.

Bruder Adilbert wollte schon harsch reagieren, als er von der Balustrade herab, von dort, wo die Musik spielte, ein Räuspern vernahm.

»Warum stört Ihr meine kleine Einweihungsfeier?« Aigen trat an die Brüstung und stützte sich mit den Armen auf.

Der Mann, der sich dem Mönch genähert hatte, verhielt den Schritt und sah ebenfalls empor.

Bruder Adilbert wusste sofort, warum der Mann sich dort zeigte. Hinter ihm begann der Geheimgang – und er hätte sofort verschwinden können, wenn es für ihn brenzlig wurde.

»Wir stören sie nicht. Wir bereichern sie nur«, sagte der Mönch leichthin. »Mit einigen Anekdoten, die Euch sicherlich interessieren werden.«

»Das freut mich.« Der Patrizier rang sich ein Lächeln ab, das jedoch gezwungen wirkte. »Aber ich gebe nichts auf den Klatsch der Straße.«

»Oh, Aigen, Ihr irrt Euch gewaltig. Das ist kein Klatsch, den wir Euch vorsetzen wollen, das ist nichts weniger als die Grundlage für ein Heldenepos.«

Wieder lächelte der Patrizier gezwungen. »Die Zeit der großen Dichter ist vorbei. Wir leben in weit dunkleren Zeiten, die nicht mehr zu Heldentaten taugen.«

»Wieder irrt Ihr Euch, Aigen. Sie eignen sich nicht nur dazu, sie haben eine Heldentat hervorgebracht, die man nur bewundern kann.«

Der Mönch sah, wie die Bürger und die Geistlichen wieder die Köpfe zusammensteckten und tuschelten. Während ihres Disputs hatten die weiblichen Bediensteten weiterhin Getränke und kleine Speisen gereicht, sodass man fast den Eindruck bekam, das Gespräch zwischen Aigen und ihm gehöre mit zur Gestaltung dieses Abends. Wenn da nicht die knienden Wachen gewesen wären. Und jeder der Frauen war anzusehen, dass sie ernst machen würde mit ihrem Messer, dessen Schneide die Kehle der Männer ritzte.

»Um aus dem Leben ein Epos zu machen, eine Heldengeschichte zu formen, braucht es neben einem Mann mit machtvoller Sprache auch ein Geschehen, das es wert wäre, erzählt und der Nachwelt überliefert zu werden«, fuhr Aigen fort.

Adilbert dachte fieberhaft nach. Er musste Zeit gewinnen. So viel Zeit, bis die Röttel auftauchte. Wenn sie nicht wiederkam, dann stand er hier auf verlorenem Posten.

»Es wird eine Geschichte, die alles enthält, was für ein Epos nötig ist: Lug und Trug, Brandstiftung, Geldgier, Mord, Sünde, Läuterung und ein Ende ohne Schrecken, an dem der Übertäter bestraft wird«, sagte er bedächtig.

Aigen lachte lauthals auf, und nicht wenige der Anwesenden fielen in das Gelächter ein.

»Seid Ihr ein Bauer geworden, der Märchen erzählt?«, sagte Aigen höhnisch.

»Es ist weit mehr als das. Es ist die lautere Wahrheit.«

»Die Wahrheit, Mann? Wer kann schon sagen, was wahr ist und was gelogen. Ist nicht vielmehr die Wahrheit das, was alle für eine solche halten wollen, weil sie weniger schmerzt?«

Damit hatte Aigen die Schwachstelle in ihrem ganzen Plan getroffen. Wer würde die Wahrheit schon glauben? Wer von diesen Männern, denen noch immer die Gier nach Frauenleibern in den Augen stand, würde sich schon für die Wahrheit interessieren? Wenn Bruder Adilbert ehrlich zu sich war, niemand.

»Wir wollen es versuchen, Aigen, das mit der Wahrheit.«

Hannah schluckte. Sie brachte kein Wort heraus. Sie starrte das Mädchen an, das, nur mit einem hellen Hemd bekleidet, vor ihr stand. Dann verschwand es hinter einem Schleier von Tränen. Hannah sah nur noch die Umrisse, doch sie hätte sofort sagen können, wer da vor ihr stand.

»Gera?« Sie schluchzte den Namen beinahe unverständlich hervor.

»Mutter!«, schrie das Mädchen und warf sich in Hannahs Arme.

»Gera!«, hauchte Hannah in das Haar ihrer Tochter. »Gera!«

»Ihr habt den Brand überlebt, Mutter? Ihr habt Euch retten können?«, rief Gera keuchend und barg den Kopf an Hannahs Brust. Hannah konnte das Mädchen gar nicht so fest an sich pressen, wie sie gewollt hätte, weil ihr die Kräfte zu versagen drohten.

Neben sich hörte Hannah ein Stöhnen, und das erinnerte Hannah daran, dass noch nicht alles vorüber war. Obwohl ihr ganzer Körper noch immer zitterte vor Aufregung und Freude, hatte sie gelernt, solche Zeichen nicht unbeachtet zu lassen.

»Der Weißfuchs lebt. Er darf nicht entkommen! Helft mir!«, sagte Hannah hastig. Sie schob ihre Tochter sanft, aber entschieden von sich weg. Im Schein der Laterne suchte sie nach ihrem Riegel. Dann sah sie sich um, zog das Messer – der Weißgesichtige hatte tatsächlich ein Messer nach ihr geworfen – aus der Ziegelwand und richtete es auf den Körper des Mannes.

Der Weißfuchs rührte sich nicht.

Doch Hannah traute ihm nicht. Mit wenigen Schnitten, und ohne den Weißfuchs aus den Augen zu lassen, hatte sie einen Stoffstreifen von ihrem Rocksaum abgetrennt, ihn gezwirbelt und fesselte dem Weißfuchs die Hände auf dem Rücken. Erst als dieser auch an den Beinen gefesselt vor ihr lag, beruhigte sie sich wieder.

Erst jetzt bemerkte sie, dass sie die ganze Zeit geweint und geschluchzt hatte.

Die Kinder standen um sie herum und starrten sie an.

Hannah wischte sich die Tränen aus dem Gesicht und betrachtete die Kinder. Es waren sieben Mädchen und drei Jungen. Hannah musste mehrmals ansetzen, bevor es ihr gelang, etwas zu sagen.

»Ihr seid frei«, verkündete sie nur. »Niemand wird euch mehr zu irgendetwas zwingen. Aber ihr müsst mir noch helfen. Ich will …« Sie verstummte und suchte Geras Blick. Hannah streckte die Hand aus, fasste die Hand ihrer Tochter und zog Gera wieder zu sich her. So standen sie lange da, bis in Hannah das Zittern ein wenig nachließ, das sie erfasst hatte, seit sie Geras Stimme vernommen hatte.

»Ihr zerquetscht mir noch die Hand, Frau Mutter!«, sagte Gera.

Hannah lockerte den Griff ein bisschen, aber sie hielt die Hand ihres Kindes weiter fest.

»Du glaubst ja nicht, wie sehr ich mich nach diesem Moment gesehnt habe, Gera.«

Doch Gera war unruhig. Hannah bemerkte, wie sie immer wieder zur Tür des Drachenlochs blickte.

»Was ist?«, fragte Hannah besorgt. »Kommt noch jemand?«

»Ich … wir wissen es nicht.« Ein anders Kind hatte geantwortet.

Die Kinder waren ängstlich, verschreckt. Sie zuckten zusammen, als Hannah einen Schritt auf sie zu machte.

»Ich glaube, Ihr braucht euch keine Sorgen mehr zu machen«, versuchte Hannah die Kinder zu beruhigen. »Wo kommt ihr alle her?«, fragte sie dann, um deren Vertrauen zu gewinnen.

Gera antwortete an deren Stelle. Sie deutete auf einen der Jungen und auf zwei Mädchen. »Die sind aus einem Armenhaus bei

Oberhausen. Und die beiden«, sie deutete auf zwei weitere Kinder, »wurden direkt vom Feld bei Gessertshausen entführt, als sie Ähren gelesen haben; Elisabeth, Anna und Domenikus hier sind Kinder von Hübschlerinnen. Geboren in einem Frauenhaus.«

Hannah sah ihre Tochter lange an. In ihr nagte schon lange eine Frage, und jetzt war der rechte Zeitpunkt, sie zu stellen.

»Wie haben sie dich einfangen können, Gera?«

Gera sah ihre Mutter offen an. »Ich weiß, dass ich unrecht gehandelt habe, Mutter.«

Verblüfft schüttelte Hannah den Kopf. »Aber nicht doch. Erzähl einfach.«

Und Gera erzählte, wie sie ein Geräusch gehört hatte, wie sie aber Hannah nicht hatte wecken wollen und an ihr vorbei nach unten geschlichen sei.

»Vater stand dort in seinem Labor und hat sich mit einem Mann gestritten. Sie haben sich gegenseitig angezischt. Vater hat immer gesagt, er würde dieses Haus nicht verkaufen. Da ist der andere Mann handgreiflich geworden. Vater hat ihn gegen das Regal gestoßen, und der Mann hat sich dabei verletzt. Ich habe es gesehen und bin in die Stube gelaufen. Vater war einen Moment abgelenkt. Er hat ganz erschrocken zu mir herüber gesehen, und da hat ihm der Mann …«, Gera unterbrach sich, übermannt von der Erinnerung und den Tränen nah, »… da hat ihm der Mann ein Messer in den Bauch gestoßen. Ich wollte schreien, aber der Weißfuchs hat plötzlich hinter mir gestanden und mir den Mund zugehalten. Vater hat den Fremden gepackt, ihn festgehalten und dann im Fallen das Regal umgeworfen, das sie beide begraben hat.« Geras Lippen zitterten, als sie geendet hatte. »Dann hat der Weißfuchs mich mitgenommen und eine Öllampe, die dagestanden ist, in das Labor geworfen. Alles hat sofort Feuer gefangen, Mutter. Ich wollte … ich wollte …«

Hannah nahm das verstörte Kind in den Arm und tröstete es. Und während ihre Tochter sich ausweinte, sah sie sich die Kinder wieder an.

Es waren traurige Gestalten. Mager und verhärmt. Die Augen dieser Kinder wirkten im trüben Licht des Kellers wie erloschen.

»Wie lange halten sie euch schon gefangen?«, fragte Hannah zaghaft weiter.

Gera löste sich von ihrer Mutter, verbiss sich die Tränen und beantwortete die Fragen. Die Kinder standen immer noch stumm und verängstigt da und sahen zu. Sie rührten sich nicht von der Stelle.

»Ein halbes Jahr. Manche noch länger. Antonia hier wurde schon einmal …« Mehr sagte Gera nicht. Doch Hannah wusste genau, was gemeint war.

Sie blickte das Mädchen an, das kaum elf Jahre zählen mochte. Es war blass und mit dunklen Ringen unter den Augen, die man selbst im matten Laternenschein deutlich erkennen konnte.

Gera fuhr fort: »Manche wurden freigelassen. Wir haben alle so gehofft, dass wir ebenfalls freikommen, wenn …«

Mit einer energischen Geste schnitt Hannah Gera das Wort ab. »Niemand ist freigelassen worden«, sagte sie Gera verbittert. Dann zögerte sie, weil sie nicht wusste, wie die Wahrheit wirken würde, und ob die Kinder wirklich erfahren sollten, was sie erwartet hätte. Dann aber fuhr sie mit fester Stimme fort. »Die Kinder wurden ermordet. Wir haben sie gefunden. Im Stadtgraben. Mit durchgeschnittener Kehle. Weggeworfen wie Abfall.«

Sie blickte in die Runde in die entsetzten Blicke. Hannah deutete auf den Weißfuchs, der sich noch immer nicht rührte.

»Es war vermutlich sein Werk.«

»Was sollen wir jetzt tun?«, fragte Gera.

»Wir gehen hinauf. In den Palast. Dort werdet ihr erzählen, was sie mit euch gemacht haben, der Weißfuchs und Aigen.«

»Wer soll Euch all diese Hirngespinste und Fantastereien von Brandstiftung und gefälschten Urkunden und Mordabsichten glauben? Ihr seid wie eine Spinne, die sich ein Netz webt und aus dem Seim ihres Körpers einen endlosen Faden gebiert, der zu nichts anderem dient, als Gutgläubige darin zu fangen. Das ist doch alles Unsinn. Das habt Ihr Euch alles ausgedacht. Spannend zwar, aber eben alles nur Ausfluss Eurer wirklich blühenden Fantasie.«

Die Menge begann zu lachen. Mittlerweile waren sie auch aus einzelnen Zimmern auf die Balkongänge hinausgetreten und schauten auf ihn hinunter. Eine Stimme erhob sich und schrie: »Schafft ihn hinaus, den Schwätzer.«

Doch Bruder Adilbert schrie über die Menge hinweg – und es gelang ihm tatsächlich, sie für einen kurzen Augenblick zu beruhigen.

»Ich werde zwei weitere Zeugen aufbieten, die bestätigen …«

»Er hat mit jedem Wort, das er gesagt hat, die Wahrheit gesprochen!«, rief plötzlich eine rauchige Stimme dazwischen. Der Mönch fuhr herum.

In der Türöffnung, die zum Keller hinabführte, stand Hannah. Sie stand dort schon geraume Zeit und hörte der Auseinandersetzung zu.

Der Mönch zuckte zusammen, als er ihr blasses Gesicht sah.

»Ein Gesindel unterstützt das andere«, rief Aigen vom Balkon herunter. Doch an seiner Stimme bemerkte Hannah den Schrecken, der dem Patrizier in die Glieder gefahren war.

»Ihr solltet Euch etwas zusammennehmen gegenüber einer

Dame, Aigen«, entgegnete Hannah. »Vor allem, wenn Ihr das Haus der Dame betreten habt.«

Das Lachen blieb Aigen im Halse stecken. Dagegen erhob sich das Gemurmel der Männer erneut, die im Innenhof standen und sich einen Becher Wein nach dem anderen bringen ließen.

»Was soll das heißen? Wer seid Ihr?«, tönte es aus der Menge.

»Gebt nichts auf das Geschwätz«, griff Aigen ein. Er warf einen Blick über die Schulter, doch er hatte wohl die Rechnung nicht mit den Frauen gemacht. Sie versperrten die Tür zum Geheimgang.

»Ich, Aigen, ich bin Hannah Meisterin, die Gattin des Apothekers Jakob Meister, der hier an dieser Stelle bei einem Brand ums Leben kam. Ich bin die rechtmäßige Erbin der Apotheke und des Grundstücks und aller Gebäude, die auf diesem Grundstück errichtet worden sind.« Hannah sprach langsam und so laut, dass jeder in diesem Atrium sie hören konnte.

Es war, als würde jegliches Geräusch von diesen Sätzen verschluckt werden.

Wie ein schrilles Wiehern wehte die Reaktion Aigens von der Balustrade herab.

»Die Meisters sind allesamt verbrannt«, warf Aigen ein. »Vater, Mutter und die Tochter. Ihr lügt demnach.«

»Ich lüge nie. Ich sage die Wahrheit, Aigen!«

»Wer könnte das bezeugen? Niemand.«

Ein Gemurmel erhob sich unter der Menge, als ein Mädchen in hellem Sackleinen vortrat, bis zur Mitte des Atriums ging und zu Aigen hochsah.

Man konnte sehen, wie der Patrizier erbleichte.

»Ich kann das bezeugen. Ich bin Gera Meisterin, die Tochter dieser Frau.«

Schlagartig verstummten die Gespräche. Unruhig sahen die Leute von einem zum anderen.

»Außerdem sind nicht alle Meisters verbrannt. Man hat zwei Männerleichen gefunden und die Leiche einer alten Frau«, sagte eine weitere Stimme. »Die Frau hier ist Hannah Meisterin!«

Die Luderin musste sich auf ein Mädchen stützen, denn allein fiel es ihr offenbar noch schwer, sich auf den Beinen zu halten. Die Menschen, die sie sahen, schlugen bestürzt die Hände vor den Mund. Die Luderin hielt sich nur ein Tuch vor die Brust. Der von Peitschenstriemen übersäte Rücken war entblößt. »Außerdem hat er mich gefoltert, damit dieses Wissen verborgen bleibt.«

Sie deutete zu Aigen hinauf, der gehetzt in die Runde sah.

Schließlich trat Bruder Adilbert vor, und sogleich wandten sich alle Köpfe ihm zu.

»Ich bin Bruder Adilbert, Mönch des Benediktinerkonvents zu Sankt Ulrich und Afra hier in Augsburg. Ich habe den Auftrag ausgeführt, die Urkunde, die den Vorbesitz dieses Grundstücks bestätigte, zu fälschen.« Er deutete zur Balustrade hoch, auf die sich der immer blasser werdende Aigen stützte. »In seinem Auftrag.«

Ein Sturm der Entrüstung erhob sich.

»Außerdem hat er versucht, mich töten zu lassen, ebenso wie er die rechtmäßige Besitzerin, Hannah Meisterin, in den Hexenlöchern hat ertränken wollen. Es ist ihm allerdings nicht gelungen, wie man sieht – doch der Versuch hat mich auf seine Spur geführt.«

Mit jedem Satz, der das Ungeheuerliche dieser Intrige aufdeckte, wandte sich die Stimmung mehr gegen Aigen. Dieser suchte nach einem Ausweg, versuchte den Mönch oder Hannah zu unterbrechen, doch die Zuhörer schrien Aigen nieder und spornten Hannah und Bruder Adilbert an, alles, aber auch alles ganz genau zu berichten.

Punkt für Punkt zählte Hannah auf, schilderte genau und ausführlich, was sich ereignet hatte, bis sie schließlich zur eigentlichen Frage kam. Lange hatte sie damit hinter dem Berg gehalten, lange hatte sie diese Frage vorbereitet, so lange, bis sie sich schon fast von selbst stellte.

»Warum wurde dies alles in die Tat umgesetzt? Warum wollte Hartmut Aigen sowohl das Lusthaus und als auch dieses Grundstück hier für sich haben?«

Sie warf die Frage unter die Menge, so wie man würfelt: scharf und genau. Und sie warf die Sieben!

»Haltet den Mund!«, schrie Aigen von oben herunter, doch Hannah hatte bereits die Kinder auf das Atrium hinausgewunken. Einzeln stellten sie sich vor Hannah.

Erneut begann ein Gemurmel und Getuschel, und Hannah, die den Patrizier auf der Balustrade scharf beobachtete, sah, wie Aigen in sich zusammenzufallen schien.

Hannah begann von der ersten Toten zu berichten, die sie gefunden hatte, von den weiteren Leichen, von den Mädchen, die als Gespielinnen angeboten wurden, um dann ermordet zu werden. Als eine Woge des Unmuts sich unter den Männern aufbäumte, ließ sie Antonia vortreten, die mit ausdrucksloser Stimme erzählte, wie ein Domkapitular sich an ihr vergangen hatte.

Schließlich wurde auf einen Wink hin der Körper Magdalenas in die Mitte getragen.

Hannah ging zu der toten Frau hin, dann deutete sie auf Hartmut Aigen und sagte: »Er hat sie getötet. Er hat sie töten lassen – und zwar …«, wieder gab sie den Mädchen hinter ihr einen Wink, und zwei Frauen trugen den gefesselten Weißfuchs heraus, der sich im Licht nur schwach wehrte. »Und zwar durch ihn!«

Ein irres Lachen erfüllte den Innenhof, das nicht mehr aufhören wollte. Es hätte wohl noch endlos angedauert, wenn nicht das Dröhnen von Faustschlägen gegen das Tor die völlig aberwitzige Situation durchbrochen hätte.

Die Männer standen starr da – manche hatten sich einfach auf den gepflasterten Boden gesetzt. Anderen liefen die Tränen über die Wangen. Viele schüttelten den Kopf. Mit dem Dröhnen der Schläge wurden sie aufgeschreckt, hasteten zum Teil kopflos durcheinander, suchten Zuflucht in den Zimmern, was ihnen jedoch von den Frauen verwehrt wurde.

Zwei der Dienerinnen huschten ans Tor – und dann brachen die Stadtbüttel in die Gesellschaft ein. Mit erhobenen Lanzen und gezogenen Schwertern hielten sie die Gesellschaft in Schach. Nur die Frauen, die den Wachen das Messer an die Kehle hielten, ließen sich nicht verscheuchen.

»Nehmt sie gefangen. Verhaftet das Gesindel. So helft mir doch. Hilfe!«, schrie Hartmut Aigen von der Balustrade herab und deutete auf Hannah und den Mönch.

Der Stadthauptmann sah sich überrascht um, doch bevor er etwas sagen, bevor er etwas tun konnte, trat der Stadtpfleger Stolzhirsch in den Innenhof.

»Stadthauptmann. Gut, dass Ihr gekommen seid. Nehmt den Mann hier fest.« Er deutete auf den Weißfuchs. »Auf ihn wartet der Galgen. Also ab in die Hexenlöcher.« Dann drehte er sich um und blickte zur Balustrade hinauf. »Hartmut Aigen, Ihr steht unter Hausarrest. Untersteht Euch, Euer Stadthaus zu verlassen.« Dann wandte er sich erneut an den Stadthauptmann. »Nehmt ihn mit – und stellt eine Wache vor das Haus.«

Die Befehle des Stadtpflegers gellten über den Innenhof wie Peitschenhiebe. Der Stadthauptmann nickte nur und versah seinen Dienst.

Unter Stolzhirschens Aufsicht wurden die beiden Männer in Eisen gelegt. Dann trat der Stadtpfleger zu Bruder Adilbert hin und nahm ihn beiseite.

»Auf ein Wort, Mönch«, begann er. Dabei sah er den Benediktiner mit einem etwas schrägen Blick an, denn der steckte schließlich in einer mehr als weltlichen Kleidung. Außerdem hatte der Stadtpfleger ihn auch noch als Frau verkleidet erlebt.

»Nennt mir einen Grund, warum ich Euch und diese ... Bettlerin nicht ebenfalls an den Galgen bringen sollte.«

Bruder Adilbert schnaufte abschätzig. »Ihr kennt den Grund genauso gut wie ich selbst.«

Die beiden Männer blickten einander lange in die Augen.

»Warum habt Ihr das Ganze mit mir und dieser ... dieser Magdalena und dem päpstlichen Nuntius inszeniert?«, fragte Stolzhirsch.

Der Mönch verzog den Mund, dann antwortete er dem Patrizier spöttisch. »Hättet Ihr einer Bettlerin auch nur einen Moment lang zugehört, wenn ich Euch darum gebeten hätte? Seid ehrlich zu Euch selbst. Natürlich nicht. Und warum? Weil sie bis jetzt in Euren Augen eine Bettlerin ist. Auch wenn sie mehr ist als das, auch wenn mehr Adel in ihrem Blut fließt, als bei allen Patriziern dieser Stadt zusammen. Sie ist eine wahre Fürstin, Stolzhirsch. Die Röttel, oder die Hannah Meisterin, wie sie wirklich heißt, ist für Wahrheit und Gerechtigkeit eingestanden. Doch sie musste schwer darum kämpfen. Wirkliche Gerechtigkeit, Stolzhirsch, die gibt es nur für die Reichen und Mächtigen. Wir Armen müssen sie uns erzwingen.«

13

»Ihr verlasst die Stadt, Rött… äh, Meisterin?«

Hannah lächelte Bruder Adilbert zu. Sie hatte ihn ins Herz geschlossen und seine ruhige und bedächtige Art schätzen gelernt. Er war ihr in den letzten Wochen eine unentbehrliche Hilfe gewesen, obwohl er sich mehrmals mit dem Abt von Sankt Ulrich und Afra in den Haaren gelegen hatte bezüglich seiner geistlichen Aufgaben und Pflichten, die er in den Augen seines Oberen zu sehr vernachlässigte.

»Hannah«, sagte sie. »Ich habe Euch schon mehrmals gesagt, Ihr sollt mich Hannah nennen.«

Es berührte sie, als Bruder Adilbert die Augen niederschlug. Wenn sie die Hinweise richtig deutete, dann empfand der Mönch tatsächlich mehr für sie, als er zu zeigen bereit war.

»Ich werde es nie lernen«, sagte er leise. »Doch Ihr habt meine Frage nicht beantwortet, Hannah. Ihr verlasst die Stadt? Die Frauen haben mir so etwas zugetragen.«

Jetzt musste Hannah herzhaft lachen. »Welche Frauen denn, Bruder Adilbert? Ihr werdet doch nicht etwa das Angebot der Luderin angenommen haben?«

Erschrocken wehrte der Mönch ab und wedelte heftig mit den Händen.

Hannah wich einen Schritt zurück, stolperte und wäre gestürzt, wenn der Mönch sie nicht geistesgegenwärtig an einer Hand gepackt hätte.

»Ihr seid noch schuld, wenn ich mir das Genick breche«, schalt sie, doch sie ließ seine Hand nicht mehr los. Auch der Mönch schien nichts dagegen zu haben, sie festzuhalten.

Die Frage von eben stand noch immer zwischen ihnen. In Bruder Adilberts Miene konnte sie die Hoffnung lesen, er hätte die Gerüchte vielleicht missverstanden.

»Ich kann nicht bleiben, Bruder Adilbert.«

»Aber der Magistrat hat Euch wieder in alle Eure Rechte eingesetzt. Ihr habt das Grundstück zurückerhalten, habt den Palast als Entschädigung für den gewaltsamen Tod Eures Gatten bekommen, Ihr könntet sogar als die Witwe Eures Mannes die Apotheke weiterführen.«

Hannah sah, wie die Augen des Mönchs leuchteten, als er all die Erfolge aufzählte, die er für sie und mit ihr erstritten hatte. Dennoch blieb bei ihr ein schaler Geschmack zurück.

Stolzhirsch hatte all dem nur zugestimmt, weil er befürchtete, Bruder Adilbert würde ihm, im Zusammenspiel mit dem Nuntius, den Tod Magdalenas anhängen. Bruder Adilbert hatte ihr alles bis ins Kleinste hinein erzählt, und daher wusste sie nur zu gut, welches Druckmittel der Mönch auch dem Nuntius gegenüber hatte. Schließlich hatte sie Gallina, die mit Gera eng befreundet war, jeden Tag vor Augen. Solange er sich in Augsburg aufhielt, war der Nuntius Wachs in ihren Händen. Das würde sich allerdings ändern, sobald er die Stadt verlassen hatte. Dann konnte auch die Stimmung des Stadtpflegers ihr gegenüber umschlagen.

»Mein Lieber«, begann Hannah leise. »Ich habe Palast und Grundstück bereits verkauft.«

Sie bemerkte seinen bestürzten Blick. »Keine Sorge. Der Preis war sehr gut. Das Geld wird reichen, um Gera und mir einen Neuanfang zu ermöglichen. Nicht hier in Augsburg. Wir werden in dieser Stadt keine Zukunft haben, solange ein Aigen nicht verurteilt und hingerichtet wird. Ihr wisst genauso gut wie ich, dass das niemals der Fall sein wird.« Ihr Ton wurde bitter. »Er ist Patrizier und allein deshalb unschuldig – vor allem deshalb. Außerdem ist der einzige Zeuge, der Weißfuchs, zufällig in der Wasserzelle ertrunken.«

»Wann war das?«, hauchte der Mönch.

»Heute Nacht. Der Wärter der Hexenlöchern hat es mir erzählt.«

Bruder Adilbert pfiff durch die Zähne.

Hannah wusste, was dieser Pfiff bedeutete. Es war alles noch nicht zu Ende. Die Ereignisse hatten sich nur verlangsamt. Hannahs Gegner formierten sich neu.

»Ich habe es zur Bedingung gemacht, dass den Frauen das Haus weiter zur Verfügung steht, als Anlaufstelle für Bettlerinnen und Witwen wie mich«, erklärte Hannah.

»An wen habt Ihr verkauft?«

»An die Benediktinerinnen von Sankt Stephan«, sagte Hannah und lachte.

Sie gingen nebeneinander her in Richtung des Stephinger Tors. Hannah hatte die Hand des Mönchs wieder losgelassen, und auch er hatte sich zögernd von ihr gelöst.

»Wann brecht Ihr auf?«, fragte der Mönch.

»In zwei Stunden. Deshalb wollte ich Euch noch einmal sehen.« Hannah bemerkte, wie der Mönch schluckte. So rasch hatte er ihren Abschied wohl nicht erwartet. Doch seit der Weißfuchs tot war, war sie in Gefahr. Aigen spann bereits wieder am Netz seiner Intrigen.

Ihm selbst war nichts nachzuweisen gewesen. Keiner der städtischen Magistrate hatte es gewagt, ihn zu beschuldigen. Alles wurde dem Weißfuchs angelastet, selbst die Entführung ihrer Tochter und die Ermordung ihres Mannes. Aigen behielt seine weiße Weste.

Vom Tod des Weißfuchses wusste noch niemand. Der Wärter würde ihn erst bekannt geben, wenn sie und Gera die Stadt verlassen hatten. Sie selbst hatte nur deshalb davon erfahren, weil sie zweimal in der Zelle gewesen war, um von dem Weißgesichtigen zu erfahren, warum er nicht nur ihren Mann ermordet, sondern auch ihre Tochter entführt hatte. Gesagt hatte er es ihr nicht. Nur höhnisch gelacht.

Hannah und Bruder Adilbert gingen eine ganze Weile nebeneinander her, und beide hingen ihren Gedanken nach. Schließlich räusperte sich der Mönch. Hannah musste lächeln. Er verhielt sich so … sie fand nur ein Wort dafür, und das wollte sie eigentlich gar nicht denken: einfühlsam.

»Was habt Ihr, Bruder Adilbert?«

Der Mönch sah sie von der Seite an, dann starrte er wieder auf den Weg vor sich. Die mit Lechkieseln gepflasterte Straße forderte die ganze Aufmerksamkeit.

»Könnt Ihr Euch das nicht denken?«, sagte der Mönch.

»Was soll ich mir denken, Bruder Adilbert?«

Sie sah, wie er mit sich kämpfte. Er wollte etwas sagen, zögerte, setzte erneut an, holte Luft – und stieß sie wieder aus, ohne einen anderen Laut als einen bedrückten Seufzer von sich zu geben.

»Ich hätte mir nie vorstellen können, wie schwer es ist, mit einer Frau zu reden«, sagte er.

Jetzt musste Hannah hellauf lachen. »Warum ist das so schwer? Ihr habt doch mit mir geredet.«

»Unendlich schwer, Hannah«, sagte er ernst, und sie schwieg. Sie wollte ihn weder kränken noch entmutigen, weil sie sehr wohl fühlte, wie wichtig ihm das war, was er sagen wollte.

»Dann redet mit mir wie mit einem Mann!«, ermunterte sie ihn versöhnlich und blieb stehen.

Bruder Adilbert machte zwei weitere Schritte, bis er bemerkte, dass Hannah nicht mehr neben ihm herging. Rasch drehte er sich zu ihr um. Ihre Blicke trafen sich – und Hannah ahnte, was dem Mönch so auf dem Herzen lag. Einem solchen Blick war sie schon einmal begegnet: vor vielen Jahren, als Jakob um ihre Hand angehalten hatte.

»Hannah«, sprudelte es plötzlich völlig wirr und unverständlich aus dem Mönch heraus. »Ich würde Euch gern … begleiten. Nicht nur als … als Mönch … ich will … äh muss … will … den Orden … verlassen … um Euch … mit Euch …«

Bruder Adilberts Ohren leuchteten hellrot, und sein Gesicht hatte eine fast purpurne Farbe angenommen, die Hannah fast Sorgen machte. Sie fand ihn reizend in seiner Schüchternheit und hätte ihm am liebsten auf offener Straße einen Kuss gegeben, wenn es sich geschickt hätte.

»Ich weiß nicht, Bruder Adilbert …«, sagte sie und bemerkte, wie alle Hoffnung aus seinen Zügen wich. »Ich weiß nicht genau, was Ihr mir da gerade habt sagen wollen.« Hannah fand selbst, dass das keine geschickte Art gewesen war, zu antworten. »Um das herauszufinden, müsstet Ihr mir nur eine Frage beantworten. Ihr könnt einfach mit Ja oder Nein antworten.« Sie hielt inne, um zu sehen, ob sie ihn mit ihrer unverblümten Art verletzt hatte.

»Also: Würdet Ihr mit mir nach Frankfurt gehen?«

Dem Mönch blieb die Luft weg. Er schwankte.

»Ihr … Ihr … Ihr würdet mich mitnehmen?«

»Deshalb wollte ich Euch sprechen. Aber Ihr müsst Euch sofort entscheiden. Gera und Gallina warten bereits vor der Stadt auf mich.«

Der Mund des Mönchs öffnete und schloss sich mehrmals hintereinander, ohne dass ein Laut herauskam.

»Ja!«, stieß er endlich hervor. »Ich gehe mit Euch, wohin Ihr wollt«, fuhr er fort. »Auf der Stelle!« Adilbert hob seine Kutte und zog sie über den Kopf hastig aus. Darunter trug er lederne Reisekleidung und eine Tasche. »Aus der Truhe des Tischlers«, entschuldigte er sich verlegen. Er berührte leicht seine Tonsur. »Das wird sich auswachsen«, sagte er nur.

Mit einem gewissen Vergnügen sah Hannah, dass der Mönch immer noch rot war wie ein reifer Apfel.

Sie stellte sich auf die Zehenspitzen und gab ihm einen flüchtigen, übermütigen Kuss auf die Wange.

Mit Schwung rollte er das wollene Habit zusammen und klemmte es sich unter den Arm.

Hannah hängte sich bei ihm ein und legte den Kopf leicht an seine Schulter, bevor sie losgingen.

»Uns hält hier nichts mehr, Adilbert«, sagte sie leise.

»Gar nichts mehr«, antwortete er.

»Sollte das eben übrigens ein Heiratsantrag gewesen sein, lass mir noch etwas Zeit, mich an den Mann zu gewöhnen. Ich … ich glaube, ich kenne erst den Mönch. Aber was ich bisher von dem Mann gesehen und erlebt habe, gefällt mir durchaus.«

Im Gleichschritt gingen sie weiter bis zum Stephinger Tor. Niemand hinderte sie am Durchschreiten des Tordurchgangs. Erst als sie unter dem Torbogen standen, ertönte hinter ihnen ein energisches und hartes »Halt!«

Hannah und der Mönch fuhren herum.

Hinter ihnen hatte sich der junge Wärter aufgebaut, den die Schwarze Liss vor nicht einmal einem halben Jahr bezirzt hatte. Er stand da mit einem grimmigen Gesichtsausdruck, die Beine gespreizt, die Hellebarde in der einen Hand – und die Schwarze Liss neben sich.

»Ihr glaubt doch nicht, Ihr könnt einfach so aus dieser Stadt verschwinden?«, sagte diese.

Hannah stöhnte auf. »Ihr habt mich vielleicht erschreckt. Beinahe hätte ich mir in den Rock gemacht.«

»Die Fürstin der Bettler und Angst? Das glaubt dir doch kein Mensch, Röttel!«

Die Schwarze Liss humpelte auf Hannah zu, und auch Hannah ging ihr entgegen. Sie umarmten sich, und Hannah konnte nicht anders als weinen, während sie sich in den Armen lagen. Die Tränen wollten gar nicht mehr aufhören, während sie die Schwarze Liss an sich drückte.

»Ihr geht also beide, Hannah?« Es war mehr eine Feststellung als eine Frage.

Hannah nickte an der Schulter der Bettlerin.

»Vorerst nach Frankfurt«, flüsterte sie ihr ins Ohr. Sie wollte ihre Pläne nicht hinausposaunen. »Eine Schwester meines Mannes wohnt in der Nähe der Stadt. Aber wir werden dort nicht bleiben.« Hannah drückte die Schwarze Liss noch einmal an sich. »Danke für alles!«

»Ach, Hannah, wir haben zu danken. Es wird lange dauern, bis wir wieder eine Fürstin unter den Bettlerinnen finden.«

Dann schob sie Hannah zu Bruder Adilbert hin und winkte sie weiter.

»Lasst von euch hören!«, sagte sie leise.

Nachwort

Diese Geschichte könnte überall spielen. Ich habe sie nach Augsburg verlegt, weil die Stadt schon vor sechshundert Jahren ein Zentrum des Lebens und des Lasters war.

Immer wieder werde ich gefragt, was denn »wahr« sei an meinen Romanen. Die Antwort ist einfach: Wahr ist im Grunde nichts, denn es sind Romane. Romane haben es an sich, dass ihre Geschichten erdacht sind.

Dennoch gibt es historisch verbürgte Ereignisse und Tatsachen, die ich für meine Romane verwende. Ich fantasiere mir die Geschehnisse und Örtlichkeiten nicht zusammen, ich *bringe* sie zusammen. Oft versuche ich zu historisch nachweisbaren Ereignissen Geschichten zu erfinden, die diese Geschehnisse nachvollziehbar, also wahrscheinlich machen.

So auch im vorliegenden Fall.

An der nördlichen Stadtmauer hat es in Augsburg einen »Fledermausturm« gegeben, der um das Jahr 1300 herum niedergebrannt ist und nicht wieder aufgebaut wurde. Schon zuvor war er nicht mehr als Wehrturm benötigt worden und hatte den unterschiedlichsten Personen Unterschlupf gewährt, unter anderem einer als Hexe beschuldigten Frau. Auch die Ruine wurde noch bewohnt und diente den Stadtarmen als Schlafstätte. Erreichen kann man den Ort bis heute vom Pfaffenwinkel aus über die alten »Hennastäpfala«, obwohl diese mittlerweile einem wenig attraktiven Betonweg gewichen sind.

Ebenso wie den Fledermausturm hat es die Apotheke im

nördlichen Stadtteil gegeben. Auch sie wurde etwa zur selben Zeit ein Opfer der Flammen und damit mein Vorbild für das brennende Anwesen der Hannah Meisterin. Der einzige Hinweis auf den Brand der Apotheke ist aber eine kurze Bemerkung in einem städtischen Merkbuch. Wie das Haus wirklich ausgesehen hat und warum es den Flammen zum Opfer gefallen ist, weiß niemand mehr zu sagen.

Neben der Apotheke gibt es bis heute das »Hurenhäuschen«, eigentlich das »Lusthaus« (gemeint ist damit ein Sommerhaus) des Bischofs. Mittlerweile hat es die Stadt Augsburg an Privatiers verkauft, die es renoviert haben. Zwar ist es nicht mehr das Gebäude, das auf den ältesten Stadtplänen der Stadt Augsburg bereits eingezeichnet ist, aber seine Lage gibt bis heute zu Spekulationen Anlass. So streiten die Archäologen noch immer darüber, ob die Hinweise im Keller und im Vorgarten des Anwesens einen unterirdischen Gang unter der Stadtmauer hinweg belegen oder nicht. Ich habe für mich die Entscheidung getroffen: Der Gang existierte in Vorzeiten, auch wenn die Umbaumaßnahmen des Dreißigjährigen Krieges, durch die die Stadtmauer und Wehranlagen verändert wurden, die Spuren getilgt haben.

So wie diese beiden Gebäude den historisch nachweisbaren Tatsachen entsprechen, entsprechen alle anderen Gebäude ebenfalls real existierenden Vorlagen. Selbst das Haus des Handwerkers in der Altstadt, in dem Bruder Adilbert Unterschlupf findet, hat solch eine Vorlage, ebenso wie der Wehrgang, das »Lueginsland«, der Weg dorthin, der Garten von der Schwarzen Liss und ihrem Vater, die besondere Form des Stadtgrabens, der fehlende Übergang beim Fischertor, das Fischerdorf selbst, das Stephinger Tor, die Pest- und Leprosenkapelle Sankt Sebastian, die heute ein stattliche Kirche ist, und, und, und … Man könnte, dieses Buch in der Hand, alle Wege abgehen und würde die Orte aus dem Roman vorfinden.

Ebenso verhält es sich mit der Geschichte, die ich dem Roman zugrunde gelegt habe: die Kinderschändung.

In der beschriebenen Zeit um 1300 werden bei Rodungsarbeiten im trockenen Teil des Grabens um die Stadt mehrere Kinderleichen gefunden. Man erwähnt sie, stellt fest, dass sie alle gewaltsam zu Tode gekommen sind, aber es gibt keine ordentliche Untersuchung. Niemand forscht nach. Niemand hat ein ehrliches Interesse, Schuldige dingfest zu machen. Niemand will wissen, wer die toten Kinder sind.

Dieser grausige Teil der Augsburger Stadthistorie hat mich dazu inspiriert, eine Geschichte zu erzählen, die möglicherweise hinter diesen Ereignissen gestanden haben könnte. Sie hat nicht genau so stattgefunden. Aber sie hätte so stattfinden können, denn machtversessene, skrupellose Menschen wie die von mir geschilderten hat es immer und zu allen Epochen gegeben.

Zuletzt möchte ich noch Danke sagen.

Romane beruhen auf der Arbeit einer Vielzahl von Menschen. Ich kann nicht alle aufzählen; das würde ein eigenes Buch füllen. Dennoch möchte ich die für mich wichtigsten Menschen erwähnen:

Immer zu tiefstem Dank verpflichtet bin ich meiner Frau Ingrid, die mir Kritikerin und Diskussionspartnerin ist und die mich mit dem Brot des Schriftstellers versorgt, nämlich der Zeit, um ungestört zu arbeiten.

Der Arbeit meines Agenten Roman Hocke schulde ich großen Dank. Er rief wie immer das Projekt ins Leben und bietet mir jederzeit Unterstützung.

Meine Lektorin Friederike Achilles redigierte mein Buch wie immer mit viel Einfühlungsvermögen für die Geschichte, dem Herz für die verletzliche Seele des Schriftstellers und dem präzisen Verstand dafür, wie Romane funktionieren. Dafür kann ich nicht genug danken.

Auch Monika Hofko hat in mühevoller Kleinarbeit dem Roman seinen Schliff gegeben und aus meinen süddeutsch angehauchten Sätzen ein in ganz Deutschland lesbares Werk gemacht. Diese Hilfe ist unschätzbar. Vielen lieben Dank.

Dank auch an meinen Bruder Gerhard, der die ersten Entwürfe durchgesehen und diese kritisiert und mir wesentliche Ideen geliefert hat.

Zuletzt vielen Dank allen, die durch ihre Hinweise, durch ihre Rücksichtnahme, ihre Geschichten, ihre Recherche und oft allein durch ihre Anwesenheit wissentlich und unwissentlich an der Entstehung dieses Buches ihren Anteil hatten.

Peter Dempf, im Winter 2012

Werde Teil der Bastei Lübbe Welt
You Tube
www.luebbe.de/Meinewelt
Lesen, rezensieren, Bücher gewinnen
Lerne Autoren, Verlagsmitarbeiter und andere Leser kennen